Klemens Ludwig
Holm Triesch

Gendün

།།དགེ་འདུན།།

Die Rückkehr des Panchen Lama

Longtai Verlag

Klemens Ludwig & Holm Triesch: Gendün. Die Rückkehr des Panchen Lama
1. Aufl. 2012
Longtai Verlag Gießen
Landwehrstr. 17a
35452 Heuchelheim
E-Mail: Longtai_Verlag@gmx.de
Home: www.Longtai.de

Printed in Germany
ISBN: 978-3-938946-22-0

Prolog

Die Katastrophe traf die Tibeter unvorbereitet, obwohl die Orakelpriester düstere Vorzeichen gesehen hatten. Doch als die chinesischen Truppen in ihre Heimat einfielen, stellte sich ihnen niemand entgegen. Erst als deren Herrschaft immer brutaler wurde, setzten sich die Tibeter zur Wehr. Vor allem die Khampa im Osten Tibets waren es nicht gewohnt, sich Fremden zu beugen. Ihre Widerstandskämpfer wurden zu einem ernsten Gegner für die Chinesen und ermöglichten 1959 die Flucht des Dalai Lama aus Tibet.

Danach jedoch verlegte Chinas Führer Mao Tsetung so viele Truppen nach Tibet, dass die tibetischen Guerillas ihr Operationsgebiet nach Mustang im Norden von Nepal verlegen mussten. Mit Unterstützung der CIA griffen sie von dort aus immer wieder chinesische Militärkonvois und Stützpunkte an. Doch die Tibeter wollten den Besatzern nicht nur Nadelstiche versetzen, sie wollten sie mit einem Überraschungsangriff aus dem Land vertreiben.

Eine wichtige Rolle fiel dabei Lhondrup Gompo zu. Er stammte aus dem Grenzgebiet von Mustang. In seiner Kindheit war es für ihn das Selbstverständlichste auf der Welt gewesen, die Grenze in beiden Richtungen zu überschreiten, ja er hatte noch nicht einmal gewusst, dass es etwas gab, das zwei Staaten voneinander trennte. In der Natur sah man nichts davon, und so wie die Vögel oder die Würmer hatten sich auch die Menschen nicht darum geschert. Lhondrup Gompo kannte dort jeden Übergang, nicht nur die Pässe, die gemeinhin von der Bevölkerung benutzt wurden.

Als junger Mann hatte Lhondrup sein Dorf verlassen, um Mönch in einem der großen Klöster von Zentral-Tibet zu werden. Jetzt kehrte er als Krieger zurück und erinnerte sich mit klopfendem Herzen noch an eine andere Verbindung: In seinem Dorf lebte Padma, ein Mädchen, mit dem er als Kind gemeinsam durch die Gegend gestreift war. Padma hatte keinem der Jungen nachgestanden, wenn sie durch Flüsse gewatet und auf Bäume geklettert waren. Selbst bei Prügeleien hatte sie sich nicht zurück gehalten. Als Lhondrups Eltern voller Stolz verkündet hatten, dass ihr Junge in das berühmte Kloster Sera aufgenommen worden war, hatten ihn alle bewundert, nur Padma war weinend davongelaufen. Seitdem hatte er sie nicht wiedergesehen, auch zu seinem Abschied war sie nicht erschienen.

Seit Lhondrup sein Mönchsgelübde zurückgegeben hatte, war ihm Padma immer wieder in den Sinn gekommen. Doch wenn er in leiser Wehmut an seine Jugendfreundin dachte, schalt er sich einen Narren: „Natürlich ist sie längst verheiratet und hat viele Kinder, wie es sich für eine Frau gehört." Dennoch empfand er ein ungewöhnliches kribbelndes Gefühl, wenn er daran dachte, zum ersten Mal seit vielen Jahren wieder in Padmas Nähe zu sein. Das Gefühl verunsicherte den tapferen Kämpfer mehr als alles andere, was ihm bisher im Leben begegnet war.

Noch am Abend seiner Rückkehr erschien Padma im Haus von Lhondrups Eltern, gekleidet in ihre besten Chuba. Es war ihr gleich, dass dort auch Lhondrups Bruder Tsarong zugegen war, der ihr jahrelang ohne Erfolg den Hof gemacht hatte.

In all den Jahren war nichts von ihrer alten Vertrautheit verloren gegangen. Sie brauchten keine Worte, um zu spüren, wie sehr sie sich schon immer geliebt hatten. Voller Bewunderung hing Padma an seinen Lippen, als er von den Kämpfen erzählte oder von seiner Begegnung mit dem Dalai Lama. Und wie schwierig auch die Umstände sein mochten, ihr Herz hüpfte vor Freude, als sie erfuhr, dass der Mann, der ihr nie aus dem Kopf und dem Herz gegangen war, nur wenige Kilometer südlich in Mustang ein Lager der Widerstandskämpfer befehligte.

Jeder, der die beiden erlebte, wusste nun, warum Padma alle Freier abgewiesen hatte. Selbst Tsarong schien den beiden ihr Glück zu gönnen. Er strahlte, als sei er endlich selbst von ihr erhört worden. Padma wunderte das. Diese Großmut hatte sie ihm nicht zugetraut. Vielleicht hatte sie sich ja in ihm getäuscht.

Mehr als eine Nacht konnte Lhondrup nicht in seinem Dorf verbringen, doch er versprach Padma und seinen Eltern, so bald wie möglich zurückzukehren. Er wäre nicht der einzige Widerstandskämpfer mit einer Frau.

Bei ihrer Hochzeit waren zahlreiche Kämpfer und Kommandanten zugegen. Kurze Zeit später wurde Padma schwanger. Lhondrup war gerade mit einem Kommando unterwegs, als ihr erster Sohn Thinley geboren wurde. Mit der Unterstützung und Erfahrung ihrer eigenen Mutter war Padmas Entbindung ohne Komplikationen verlaufen. Nun konnte sie es nicht erwarten, ihrem Mann den Nachwuchs zu präsentieren.

Doch für Privatleben war in Mustang keine Zeit. Der entscheidende Schlag stand bevor, der die chinesische Herrschaft in ihren Grundfesten erschüttern würde. Wangdu, der Oberbefehlshaber, rief seine Kommandeure und Kämpfer zusammen, um ihnen seine Pläne zu unterbreiten: „Auf dem Weg nach Chhikhum, nicht weit von der Straße, liegt die größte chinesische Garnison. Sie wird das erste Ziel unserer Aktion sein. Ich suche zweihundert Kämpfer für den Überfall auf die Garnison aus, damit werden wir es schaffen. Sie pirschen sich nachts über einen geheimen Pass an die Garnison heran, und bevor der Feind überhaupt weiß, was geschieht, ist er schon besiegt. Mit den erbeuteten Waffen erobern wir dann zügig weitere Gebiete bis zum Yarlung und bringen dabei auch die Straße nach Kashgar unter unsere Kontrolle. Damit ist eine ihrer wichtigsten Versorgungsrouten blockiert. Der Feind in Lhasa wird merken, dass seine Zeit abläuft."

Als Termin für den großen Angriff wurde der nächste Neumond festgelegt, wenn die Nacht am dunkelsten war. Zudem hatten Späher berichtetet, dass ein hoher General der Volksbefreiungsarmee auf Inspektionsreise in der Garnison Halt gemacht hatte.

Wangdu ernannte Lhondrup zum Befehlshaber der Operation, weil er die beste Ortskenntnis hatte. Er selbst wollte die Truppen anführen, die auf die Nachricht der Kuriere warten und dann rasch das Gelände bis zum Yarlung besetzen sollten.

Drei Tage vor dem Aufbruch begab sich Lhondrup noch einmal in sein Heimatdorf zu seiner Frau und seinem Sohn. Wangdu sah das zwar nicht gern, doch Lhondrup konnte ihn überreden. Bevor der entscheidende große Kampf begann, wollte er seine kleine Familie über die Grenze nach Mustang in Sicherheit bringen. Im Krieg konnte man die Ereignisse nie genau planen.

Die Spannung unter den zweihundert Elitekämpfern stieg mit jedem Tag. Schließlich war der letzte Abend angebrochen und Unruhe machte sich breit. Lhondrup war immer noch nicht wieder zurück. Der vereinbarte Termin seiner Rückkehr war längst überschritten. Wenn er nicht bald kommen würde, musste die Operation entweder verschoben werden oder ohne ihn stattfinden. Niemand sagte etwas gegen den erfahrenen Kämpfer, aber Fragen drängten sich auf. War ihm etwas zugestoßen? Zog er womöglich doch das private Glück dem Freiheitskampf vor?

Als die Zeit unerbittlich fortschritt, bedrängten die Männer ihren Kommandeur: „Wir werden unsere Operation nicht von einem einzelnen Mann abhängig machen. Den großen Sieg erkämpfen wir auch ohne ihn!" Wangdu jedoch zögerte: „Irgendetwas stimmt nicht an der Sache. Ich bin nicht sicher, ob wir aufbrechen sollen."

Die Khampa bewunderten und akzeptierten ihn als ihren Anführer, aber sie lebten nie in solch hierarchischen Strukturen wie andere Kampfverbände, dazu war jeder einzelne von ihnen zu stolz. Dem musste Wangdu Rechnung tragen. Schweren Herzens gab er das Kommando zum Aufbruch. Kämpfer für Kämpfer schritt an ihm vorbei, er sah keinen Anflug von Zweifel in ihren Augen. Nur mit Mühe verscheuchte er den düsteren Gedanken daran, dass es ein Abschied für immer sein könnte.

Ohne Probleme erreichten die Krieger den geheimen Pass und machten sich im Schutz der Dunkelheit an den Anstieg. Von der anderen Seite waren es noch zwei Stunden bis zur Garnison. Als sie auf der Passhöhe die Grenze überschritten, verstummte wie auf ein geheimes Kommando hin jedes Gespräch.

Plötzlich peitschten Schüsse durch die Nacht. Chinesische Truppen nahmen die Tibeter unter Feuer. Sie mussten von dem Plan erfahren haben und hatten auf sie gewartet. Verzweifelt suchten die Angegriffenen nach Deckung, doch es gab keine. Der Weg war in die Felsen geschnitten, auf denen die chinesischen Schützen Stellung bezogen hatten. Egal in welche Richtung sie flüchteten, immer wurden sie von neuen Feuerstößen empfangen. Es waren die Tibeter, nicht die Chinesen, die vernichtend geschlagen wurden.

Nur die versprengte Nachhut konnte sich retten und brachte die furchtbare Nachricht ins Lager von Wangdu. Verzweiflung machte sich breit. Wer konnte sie verraten haben? Niemand, an dessen Loyalität auch nur der geringste Zweifel bestand, war eingeweiht worden, auch kein tibetischer Vertrauensmann jenseits der Grenze. Das Risiko war zu groß, dass dessen verbotenes Tun auffliegen und die chinesische Folter auch noch die letzte geheime Information aus ihm herauspressen würde.

Gleichzeitig waren Lhondrup und Padma verschwunden. Bald verbreitete sich das Gerücht, sie seien zu den Chinesen übergelaufen, hätten die Pläne verraten und führten jetzt in China ein luxuriöses Leben. Lhondrups alte Vertraute schenkten dem keinen Glauben, doch sie hatten nichts, was sie den Verdächtigungen entgegensetzen konnten, zumal beide für immer verschwunden blieben. Nur ihr Sohn Thinley war von einem der Kämpfer entdeckt und in das Lager gebracht worden. Man hatte ihn offenbar für tot gehalten, doch der Kleine war außergewöhnlich zäh. Das warf noch einmal Fragen auf, und für kurze Zeit verstummten die Gerüchte. Doch der Junge war noch zu klein, um irgendetwas von dem erzählen zu können, was vorgefallen war. Irgendwann brachte man ihn in ein Waisenhaus nach Kathmandu.

1. Teil: Die Suche

Der 10. Panchen Lama

Knapp zwanzig Jahre nach dem Ende der Kämpfe öffnete sich die kommunistische Partei einer alten tibetischen Tradition. Am 28. Januar 1989 war der 10. Panchen Lama gestorben, ein Mann, den die chinesische Führung gern in der Öffentlichkeit präsentiert hatte. Er war im Land geblieben, als der Dalai Lama geflohen war, auch wenn er teuer dafür bezahlen musste. Da er es gewagt hatte, die Partei wegen ihrer Zerstörungen in Tibet zu kritisieren, wurde er wegen „reaktionärer Arroganz" angeklagt und aufgefordert, Selbstkritik zu üben und den Dalai Lama zu kritisieren. All das verweigerte er und bekannte sich so offen wie nie zuvor zu seinem Oberhaupt. Für die Fanatiker um Mao Tsetung war das eine besondere Provokation. Also reagierten sie mit der einzigen Methode, die sie kannten, mit Einschüchterung und Repression. Der Panchen Lama wurde mehrfach öffentlich vorgeführt und gedemütigt und schließlich ohne Prozess inhaftiert. Bis 1977 war in Haft, und die meisten Tibeter, selbst in seiner näheren Umgebung, hielten ihn für tot. Es dauerte noch Jahre, bis er rehabilitiert wurde. Obwohl er den Rest seines Lebens in Peking verbringen musste, übte er in den achtziger Jahren wieder einen positiven Einfluss zugunsten Tibets aus. Der Schulunterricht in tibetischer Sprache wurde erheblich ausgeweitet und sogar die Universität in Lhasa bot dank seiner Vermittlung Kurse auf Tibetisch an.

Die Bevölkerung verehrte ihn, denn er war nach dem Dalai Lama die höchste Autorität im Lande. Der 5. Dalai Lama hatte 400 Jahre zuvor seinen Lehrer, den Abt des Kloster Tashi Lhunpo, zum Panchen Lama ernannt. Die Tibeter bezeichnen beide, den Dalai Lama und den Panchen Lama, als Gyalwa Yabse: das siegreiche Duo Vater und Sohn. Dabei nahm der Dalai Lama, unabhängig von seinem Alter, stets die Rolle des Vaters ein. Wenn zwischen beiden Inkarnationen ein hoher Alterunterschied lag, war der jeweils Ältere die oberste Autorität für die Anerkennung des Jüngeren.

In seinen letzten Lebensjahren hatte man dem 10. Panchen Lama zahlreiche Ehrenämter verliehen. Immer wieder zitierten die chinesischen Medien Aussagen von ihm, in denen er die Zugehörigkeit Tibets zu China hervorhob.

Nur selten durfte er nach Tibet reisen und sein Stammkloster Tashi Lhunpo in Shigatse besuchen. Beim letzten Besuch 1989, als er einen großen Stupa für seinen verstorbenen Vorgänger einweihen wollte, starb er plötzlich und völlig unerwartet. Nach seinem Tode kamen immer mehr Informationen über sein Wirken für Tibet an die Öffentlichkeit. Er hatte nicht nur der tibetischen Kultur zu mehr Anerkennung verholfen, hinter den Kulissen hatte er auch – wie schon zwanzig Jahre zuvor – die chinesische Tibetpolitik heftig kritisiert. Das nährte Zweifel an einem natürlichen Tod.

„Er ist vergiftet worden, das steht außer Frage! Als er hierher kam, erfreute er sich bester Gesundheit und einer Vitalität, wie ich sie noch nie bei unserem verehrten Meister erlebt habe." Der junge Jigme aus dem Kloster Tashi Lhunpo ließ seiner Empörung freien Lauf. Er war allein mit seinem Abt Chadrel Rinpoche und wagte deshalb, frei zu reden. Der Abt schwieg lange. Er war ein strenger Mann mit einem kantigen Gesicht und ausgeprägten Wangenknochen, der nur selten lächelte. Eine große Brille verstärkte diesen ernsten Eindruck noch. Seine geistliche Laufbahn hatte er bereits mit sieben Jahren begonnen. Seit über dreißig Jahren schon war das Kloster Tashi Lhunpo seine Heimat. In den sechziger Jahren war er auf Veranlassung des 10. Panchen Lama nach Peking gegangen, um am chinesischen buddhistischen Institut zu studieren. Dadurch hatte er die Zerstörungen in Tibet nicht persönlich miterlebt. Die Kulturrevolution überlebte er in einer landwirtschaftlichen Kommune. Anschließend gehörte er zu den ersten, die auf den Ruinen das religiöse Leben in Tibet langsam wieder aufbauen durften.

Nun war er Mitte vierzig. Allgemein galt er eher als großer Diplomat denn als großer Gelehrter. Legendär waren seine Disziplin und seine Tugendhaftigkeit. Sein Arbeitsalltag war streng geregelt, und niemand konnte ihm nachsagen, dass er jemals um des eigenen Vorteils willen gehandelt hätte. Aber er war auch gefürchtet, denn die ihm eigene Disziplin verlangte er ebenso von anderen, und wenn jemand gegen die Vorschriften verstieß, kannte er kein Pardon. Schon mancher hatte deswegen das Kloster verlassen müssen. Auch politische Betätigung oder Schriften des Dalai Lama duldete er nicht – zumindest nicht öffentlich. Letzteres erklärten seine Mönche damit, dass es im Kloster viele Spitzel gab. Der Abt wollte den Behörden keinen Vorwand geben, gegen sein Kloster vorzugehen.

Schließlich ergriff Chadrel Rinpoche das Wort. Seine Antwort klang gewohnt streng und ließ keinen Raum für Widerspruch: „Wir alle teilen Deinen Schmerz über den Verlust unseres geliebten Panchen Lama, aber der Buddha lehrt uns, dass es nicht gut ist, sich seinen Emotionen hinzugeben – nicht gut für andere und, was noch wichtiger ist, nicht gut für uns selbst. Erst recht ist es nicht angebracht, aus den Emotionen heraus Anklagen zu erheben, die nicht bewiesen werden können. Wir wissen nicht, woran unser ehrwürdiger geistlicher Lehrer gestorben ist. Es kommt vor, dass gesunde Menschen plötzlich aus dem Leben gerissen werden, weil ihr Herz oder ihr Kreislauf versagt." Wieder machte er eine Pause und betonte dann noch einmal mit allem Nachdruck: „Wir wissen nicht, wie er zu Tode gekommen ist, und deshalb verbieten sich alle Spekulationen und alle Anklagen. Ich möchte in meinem Kloster keine Kommentare zu seinem Tod hören, die nicht eindeutig bewiesen sind." Dann veränderte sich seine Stimme wieder, sie wurde sanft wie die eines gütigen Vaters. „Der Verlust schmerzt, das ist nur natürlich, doch es gibt es keinen Grund, verzagt zu sein. Nur die körperliche Hülle ist von uns gegangen. Sein Geist wird wiederkehren und sich eine neue Hülle suchen, denn er hat vermutlich noch einige Aufgaben zu erledigen. Richten wir unsere Aufmerksamkeit, unsere Gedanken und Gebete deshalb auf das, was vor uns liegt, denn das können wir beeinflussen. Das Vergangene ist wie der Wind, der über die Hochebene fegt. Selbst wenn er heftig ist und seine Spuren hinterlässt, lohnt es sich nicht, seine Energien darauf zu richten, denn wir haben keinen Einfluss mehr auf das, was vergangen ist."

Die Autorität von Chadrel Rinpoche sorgte rasch dafür, dass sich die Mutmaßungen um den Tod des Panchen Lama in seinem Kloster in Grenzen hielten, doch mit der Entfernung von Tashi Lhunpo nahmen auch die Spekulationen zu, vor allem im Exil. Immerhin gelang es dem Abt kraft seines Ansehens, die Chinesen zu besänftigen. Jedes Zugeständnis, jedes neue Maß an Freiheit, musste mühsam errungen werden und konnte jederzeit mit einem Federstrich wieder zunichte gemacht werden.

Dennoch dachte Chadrel Rinpoche niemals daran, wie andere Mönche ins indische Exil zu fliehen. Seine Aufgabe lag in Tibet. Hier lebte die große Mehrheit des tibetischen Volkes, und hier musste die Tradition fortgesetzt werden, allen Widrigkeiten zum Trotz. Nein, niemals würde er seine Landsleute allein lassen. Dass es ihm gelungen war, mit der Zeit das Vertrauen der chinesischen Behörden zu gewinnen, war ein unschätzbarer Vorteil für alle, die mit seinem Kloster in Verbindung standen. Für die Gläubigen in seiner Umgebung hatte er mehr Freiheiten durchgesetzt, als die meisten anderen Äbte. Das schloss auch die Suche nach der neuen Inkarnation ein.

Schon wenige Monate nach dem Tod des 10. Panchen Lama waren die Würdenträger aus Tashi Lhunpo und die Führung der kommunistischen Partei überein gekommen, nach der neuen Inkarnation zu suchen. Die Parteikader gaben ihre förmliche Zustimmung: „Die Zentralregierung respektiert die Tradition des tibetischen Volkes und gibt ihre Einwilligung zu der ehrenvollen Aufgabe, die neue Inkarnation des Panchen Lama ausfindig zu machen. Die Zentralregierung überlässt es dem Kloster, die Kommission zusammenzustellen, die diesen Auftrag ausführen soll. Gleichzeitig erwartet die Zentralregierung, dass die Gesetze des Landes respektiert und jegliche Kontakte zur spalterischen Dalai-Clique vermieden werden. Nur dann kann die Inkarnation gefunden werden, die dem Wohle des tibetischen Volkes innerhalb der großen Gemeinschaft des chinesischen Mutterlandes ebenso dient, wie der so früh von uns gegangene vorige Lebende Buddha. Selbstverständlich kann eine solche Inkarnation nur innerhalb des Mutterlandes gefunden werden."

Chadrel Rinpoche bedankte sich für das Entgegenkommen und erklärte sich bereit, die Aufgabe zu übernehmen. Dabei wirkte er noch förmlicher und steifer als es ohnehin seine Art war.

Von Beginn an war ihm klar, dass er in einen Loyalitätskonflikt geraten würde, aus dem es kaum einen Ausweg gab. Zum ersten Mal seit der Flucht des Dalai Lama vor fast vierzig Jahren erlaubte die Partei, eine hohe Inkarnation nach alter Tradition zu suchen. Das war höchst bemerkenswert für eine Ideologie, die auf Atheismus und Materialismus gründete. Chadrel Rinpoche war Realist. Er wusste, dass diese Entscheidung maßgeblich auf dem Vertrauen basierte, dass die Chinesen in ihn setzten, da sie ihn für einen Patrioten hielten. In Chadrel Rinpoche sah die Partei jemanden, der im Zweifelsfall der Führung in Peking näher stand als dem Dalai Lama in Indien. Ihm war klar, dass die Chinesen erhebliche Gegenleistungen für ihre Großzügigkeit erwarteten. Der neue Panchen Lama sollte in ihrem Sinne erzogen werden und die Bevölkerung irgendwann vom Segen der kommunistischen Ideologie und der friedlichen Befreiung Tibets überzeugen. So gesehen war es eine zweifelhafte Ehre, die dem strengen Abt von der Parteiführung zuteil wurde, denn tief in seinem Herzen stand er in der Tradition seines Glaubens. Dies bedeutete auch, dass er im Dalai Lama die höchste Autorität für die Anerkennung des Panchen Lama sah, egal wo er sich aufhalten mochte. Das jedoch hatte Peking ausdrücklich verboten.

„Ich werde die Chance nutzen", sagte er zu sich selbst, „ich werde einen Weg finden, dass die neue Inkarnation im Einklang mit unserer Tradition autorisiert und gleichzeitig auch von den Chinesen akzeptiert wird. Ich weiß noch nicht, wie das gelingen kann, aber es wird gelingen!"

Seine Vertrauten registrierten mit gemischten Gefühlen, wie konfliktbereit ihr Abt war. In ihrem Herzen freuten sie sich über seine Standfestigkeit, doch gleichzeitig ahnten sie, dass dadurch große Prüfungen auf sie alle zukommen würden. Und mancher musste sich heimlich eingestehen, dass er seinem Abt eine solche Verbundenheit mit der Tradition nicht zugetraut hätte.

Die Suche war lang und beschwerlich. Aber Chadrel Rinpoche machte nicht den Eindruck, als habe er es eilig. Niemandem vertraute er im Einzelnen an, welche Strategie er verfolgte. Zunächst einmal schien er Zeit gewinnen zu wollen.

Die Liste mit möglichen Kandidaten enthielt 28 Namen. Das war ungewöhnlich viel, auch wenn nach der alten Tradition viele Familien, Gemeinden und Regionen ein Interesse daran hatten, einen Vorschlag ins Spiel zu bringen. Die Anerkennung ihres Kandidaten brächte der gesamten Umgebung nicht nur ein hohes Ansehen, sondern auch handfeste materielle Vorteile, denn der Ort würde für Jahrzehnte zahlreiche Pilger anziehen, die Verpflegung und Übernachtung benötigten. Also war es einen Versuch wert, man wusste ja nie, wie die Suche endete.

Von solchen Interessen zeigte sich Chadrel Rinpoche jedoch unbeeindruckt. Um sich zu orientieren, besuchte er mit seinem engsten Vertrauten, Ngachen Rinpoche, einem in den tantrischen Disziplinen hoch gebildeten Mönch, den geheimnisvollen Lhamo Latso, den Orakel-See, im Süden des Landes. Der See war dafür bekannt, dass sich auf seiner Oberfläche die Zukunft offenbarte, doch mussten die Zeichen richtig gedeutet werden. Der 2. Dalai Lama hatte einst südwestlich des Sees das Kloster Choekorgyal gegründet, das auch für Chadrel Rinpoche und seine Begleiter Ausgangspunkt für die Orakelbefragung war. Der See selbst war von hohen Bergen umgeben, meist herrschte ein äußerst raues Wetter.

Am Lhamo Latso angekommen, versanken beide in tiefe Meditation. Vor seinem geistigen Auge erschien Chadrel Rinpoche der tibetische Tierkreis. Er drehte sich im Uhrzeigersinn. Als er nach einigen Umdrehungen zum Stillstand kam, stand das Zeichen der Schlange im Zenit. Es schien wie gemalt und wurde immer plastischer, während die anderen elf Zeichen verblassten. Offensichtlich war die neue Inkarnation im Jahr der Schlange geboren worden, nach der tibetischen Zählung ein Jahr nach dem Tode des Vorgängers, der sich kurz vor Losar, dem Neujahrsfest, ereignet hatte.

Chadrel Rinpoche war zwar kein großer Anhänger der Astrologie, doch wie alle gelehrten Mönche war auch er natürlich mit den Grundbegriffen vertraut. Daher wusste er, dass man der neuen Inkarnation einen eigensinnigen Charakter zuschreiben konnte, aber auch ein gutes Herz, einen guten Geschmack und Humor. Das gemeine Volk sah in den Schlangengeborenen auch die Genießer aller sinnlichen Freuden, die das Leben zu bieten hatte, aber das würde für den Gesuchten nicht in Frage kommen.

Der Abt vermutete, dass andere der Schlange zugeschriebene Charaktereigenschaften den Gesuchten eher prägen könnten, nämlich schweigsam, zurückhaltend und bisweilen etwas stur zu sein. „Das wird er brauchen", dachte Chadrel Rinpoche. Und er sah noch mehr in seiner Vision: die Landschaft von Lhari, einem Gebiet nördlich von Lhasa. Das musste die Heimat des neuen Panchen Lama sein.

Auch Ngachen Rinpoche empfing mehrere Visionen am Orakel-See. Er sah die Buchstaben Dra und Ra, die er nicht gleich zu deuten wusste, die sich ihm jedoch tief einprägten. Danach zeigte sich ihm ein kleines Kind, das ein Muttermal in Form einer Zwei trug. Ngachen Rinpoche wusste, dass er das Kind in seinem Leben noch nie gesehen hatte, und dennoch kam es ihm seltsam bekannt vor. Es gab dieses Kind, er musste es nur noch finden. So ergänzten sich die Visionen der beiden Männer.

Nach der Rückkehr vom Lhamo Latso schauten sie sich die Liste der Kandidaten genau an. Ein Gespür, dass sie nicht näher beschreiben konnten, ließ sie bei einem Jungen auf der Liste einhalten. Je intensiver sie sich mit ihm befassten, desto stärker wurde ihr Gefühl. Das Junge stammte aus Nagchu, und wie sich herausstellte, war er im Jahr der Schlange geboren. Er hieß Gendün Choekyi Nyima. Chadrel Rinpoche und Ngachen Rinpoche beschlossen, zunächst etwas über seine Eltern in Erfahrung zu bringen. Der Vater war Arzt im Bezirkskrankenhaus der Stadt, seine Mutter Krankenschwester. Obwohl beide eine staatliche Ausbildung absolviert hatten, waren sie tief religiöse Menschen. Es gab bereits einen Tulku in der Familie: ein älterer Bruder von Gendün Choekyi Nyima. Er war erst wenige Jahre zuvor als Wiedergeburt eines hohen Lama aus dem Kloster Drigung anerkannt worden.

Alles passte, doch Chadrel Rinpoche war ein vorsichtiger Mann. Noch war nichts entschieden, und er würde sich hüten, schon jetzt durch Andeutungen etwas vorweg zu nehmen. Stattdessen beauftragte er Ngachen Rinpoche, die anderen Kandidaten aufzusuchen, um zu schauen, ob auch einer von ihnen der Gesuchte sein konnte.

Erst ganz zum Schluss brachen sie gemeinsam nach Nagchu auf, um Gendün Choekyi Nyima in Augenschein zu nehmen. Als sie sein Elternhaus erreichten, empfing sie der inzwischen Fünfjährige mit einer Offenheit und Herzlichkeit, die

Fremden gegenüber ungewöhnlich war. Aber die Besucher schienen dem Jungen nicht fremd zu sein. Er setzte sich wie selbstverständlich bei den Mönchen auf den Schoß und redete mit ihnen. „Tashi Lhunpo ist meine Heimat“, erklärte er, noch bevor der Name des Klosters gefallen war. Die Rinpoches wollten ihn darin weder bestätigen noch verunsichern.

Als sie Abschied nahmen, erschien der Junge mit einem Bündel und bestand darauf, sie zu begleiten, so als ob er es gar nicht abwarten könne, in das Kloster einzutreten und seine Ausbildung zu beginnen. Milde lächelten die Mönche ihm zu. „Wir kommen wieder, Junge, ganz gewiss“, versicherte Chadrel Rinpoche in einem Ton, der keinen Zweifel zuließ. Voller Inbrunst rief er still die Gottheiten an: „Ihr Götter, helft mir, dass ich mein Versprechen halten kann!“

Das Auswahlverfahren brauchte seine Zeit, und der schwierigste Teil stand dem Abt noch bevor. Er musste den Dalai Lama über die Kandidaten informieren und ihm dabei auch seine Erfahrungen mitteilen. Dann musste das Oberhaupt die letzte Entscheidung treffen. Und dies alles musste ohne Wissen der Chinesen geschehen.

In die Überlegungen, wie das anzustellen sei, platzte eine Nachricht aus Peking, die für die Mönche fataler nicht hätte sein können. Das Amt für Religiöse Angelegenheiten hatte kurz und knapp verfügt, es sei nicht länger erlaubt, Bilder des Dalai Lama zu besitzen oder gar öffentlich zur Schau zu stellen. „Da die Dalai-Clique mit ihren spalterischen Aktivitäten fortfährt und versucht, Unruhe zu stiften sowie die buddhistische Ordnung zu stören, wird jedes Bekenntnis zu dieser Clique mit aller Härte des Gesetzes verfolgt.“ Die Sprache der kommunistischen Bürokraten war unmissverständlich.

Chadrel Rinpoche und seine Vertrauten wussten, was das bedeutete. Peking hatte entschieden, die Kampagne gegen ihr Oberhaupt zu verschärfen. Jedem in Tibet und in der übrigen Welt war klar, wie fadenscheinig die Begründung war. Bereits vor sieben Jahren hatte der Dalai Lama erklärt, er strebe nicht länger die Unabhängigkeit Tibets an, sondern wünsche eine echte Autonomie unter chinesischer Flagge, damit beide Völker voneinander lernen könnten. Von spalterischen Aktivitäten war keine Rede, und Unruhe stiftete der Dalai Lama noch weniger. Peking fürchtete einfach seinen Einfluss und versuchte mit allen Mitteln, ihn einzudämmen. Natürlich würde dieser Versuch ebenso scheitern wie alle anderen zuvor, aber der Alltag der Menschen, die den Dalai Lama verehrten, würde noch schwieriger werden, als er ohnehin schon war. Am meisten hatte die Kommission zu befürchten, die auf der

Suche nach dem zweitwichtigsten buddhistischen Würdenträger war. Selbst wenn Chadrel Rinpoche bisweilen davon geträumt hatte, Peking könne kooperieren, so wusste er jetzt, dass dies ausgeschlossen war. Das machte es noch schwieriger, einen geeigneten Boten zu finden. Das Risiko für die in Tibet lebenden Geistlichen oder Laien war zu hoch. Das konnte er niemandem zumuten.

Doch dann kam ihnen eine glückliche Fügung zu Hilfe. Gyalto Rinpoche, ein Mönch und hoher Gelehrter aus dem Exil-Kloster Tashi Lhunpo in Südindien, besuchte das Stammkloster. Er erschien vertrauenswürdig für die Aufgabe, die selbst einen Menschen ohne chinesischen Pass in große Gefahr brachte.

Chadrel Rinpoche bat seinen geistigen Bruder aus Indien zu sich: „Ehrwürdiger Geshe“, begann er, „große Herausforderungen warten in diesen Zeiten auf uns. Sie wissen um die neuen Maßnahmen der chinesischen Regierung und die Schwierigkeiten, unter denen wir leben. Wir bitten Sie deshalb um ihre Hilfe. Wir haben hier eine ganz besondere Gebetsmühle, deren Inhalt für Seine Heiligkeit von großer Bedeutung ist. Er muss diese Informationen so schnell wie möglich erhalten, ohne dass jemand etwas davon erfährt. Würden Sie diese Aufgabe übernehmen?“

Der Angesprochene war tief bewegt über das Vertrauen, das man in ihn setzte, doch die Bitte durchkreuzte seine Pläne. „Ehrwürdiger Rinpoche, ich bin mir der hohen Ehre bewusst und gerne bereit, einen Beitrag zur Stärkung des Dharma in Tibet zu leisten, aber ich hatte die Absicht, bis nach Losar hier im Kloster zu bleiben, das sind noch sechs Wochen. Es gibt nichts Wichtiges, das meine Anwesenheit in Südindien früher nötig machte.“ „Es wartet eine höchst bedeutungsvolle Aufgabe in Nordindien auf Sie – die Übergabe dieser Gebetsmühle an Seine Heiligkeit den Dalai Lama“, erwiderte Chadrel Rinpoche so eindringlich, wie er konnte. „Könnten Sie Ihre Abreise vorziehen und sich so schnell wie möglich auf den Weg machen? Seien Sie gewiss, wir würden Sie nicht darum bitten, wenn es nicht eine solch außerordentliche Bedeutung hätte.“

Dem Gast aus dem Exil war klar, dass die Mönche Informationen über die neue Inkarnation des Panchen Lama, auf die alle warteten, in einer Gebetsmühle versteckt hatten. Aber es verbot sich, Näheres zu erfragen. Vielleicht war es auch besser, nicht alle Einzelheiten zu wissen. Wer konnte schon sagen, was unterwegs noch geschehen würde? Gyalto Rinpoche entschied sich schnell. Er würde den Auftrag anzunehmen und sich unverzüglich auf den Weg machen. „Wir danken Ihnen von

Herzen", versicherte ihm Chadrel Rinpoche. „Noch etwas ist wichtig. Erzählen Sie niemandem etwas von dem Auftrag, wirklich niemandem, nur Seiner Heiligkeit!"

Bereits am nächsten Morgen brach Gyalto Rinpoche auf. Er nahm einen Kleinbus bis zur Grenzstation Zhangmu. Das war die unauffälligste Art, Tibet zu verlassen, denn die meisten Mitreisenden waren Touristen aus dem Westen, die von den Grenzposten in der Regel nicht sonderlich streng kontrolliert wurden. Zwar wussten die Behörden, dass sich viele von ihnen dem Dalai Lama und den Tibetern verbunden fühlten, doch wenn sie sich jeder offenen Sympathiebekundung enthielten, waren sie gern gesehene Devisenbringer, die unbehelligt blieben, damit sie der Welt ein positives Bild von Tibet vermittelten. Unter ihnen fühle sich Gyalto Rinpoche relativ sicher. Tatsächlich verlief die Fahrt bis Zhangmu ohne Zwischenfälle. Dort wurden die Reisenden mürrisch aufgefordert, den Bus zu verlassen.

Mit den Englischkenntnissen, die Gyalto Rinpoche in Süd-Indien erworben hatte, konnte er die Gespräche der Touristen verfolgen. Ihnen gefiel die Atmosphäre an dem Grenzkontrollposten offenbar nicht. „Grenzbeamte sind überall gleich", beklagte sich ein Mann mittleren Alters. „Sie halten sich für schrecklich wichtig." „Ich habe schon welche erlebt, die durchaus zuvorkommend waren", widersprach jemand, „nur nicht in China". „In China?", mischte sich eine junge Frau ein. „Ich war nicht in China, ich war in Tibet, das sich leider unter chinesischer Besatzung befindet", erklärte sie mit Nachdruck.

Gyalto Rinpoche sah sie genauer an. Sie war groß gewachsen, trug ihr dunkles Haar schulterlang und machte einen selbstbewussten Eindruck. Angst vor Spitzeln oder Überwachung schien ihr fremd. Wie anders sie sich aufführte als viele Menschen in den Städten und Klöstern des Landes, die immer mit Verrätern rechnen mussten. Fast beneidete er sie um ihre Unbekümmertheit, doch solche Gefühle waren eines Mönchs unwürdig.

Selbst wenn die chinesischen Grenzposten kein Englisch verstanden, mussten sie die Ablehnung durch diese Gruppe spüren, und das behagte Gyalto Rinpoche nicht. Er wollte mit seinem höchst brisanten Gepäck möglichst rasch und unauffällig den chinesischen Hoheitsbereich verlassen. Als ob die Grenzposten seine Befürchtungen bestätigen wollten, begannen sie, die Gepäckstücke der Touristen intensiv zu kontrollieren. Was, wenn sie sich auch ihn vornehmen würden? Wenn sie sogar seine Gebetsmühle öffneten? Dann wäre sein wichtiger Auftrag bereits hier zu Ende. Viel mehr als die Aussicht auf eine lange Gefängnisstrafe für ihn selbst schreckte ihn die

Vorstellung, was dies für seine Glaubensbrüder in Tashi Lhunpo bedeuten würde. Auch ihnen drohten lange Haftstrafen, denn es war leicht herauszufinden, woher seine Nachricht kam und an wen sie gerichtet war. Und der Dalai Lama würde für immer vergeblich auf eine Nachricht aus Tashi Lhunpo warten. Nicht auszudenken!

Gyalto Rinpoche blieb nichts anderes übrig, als zu warten und zu beten. Wenn er jetzt versuchte, die Grenze zu Fuß zu überqueren oder die Gebetsmühle verschwinden zu lassen, machte er sich erst recht verdächtig. Also murmelte er unhörbar, aber mit großer Inbrunst das alte Mantra zu Ehren des Dalai Lama: „Om mani padme hum, om mani padme hum, O Du Juwel in der Lotusblüte".

Währenddessen gab sich die kritische junge Frau keine Mühe, ihre Abneigung gegenüber den Grenzposten zu verbergen. Also kam es, wie es kommen musste. Die Beamten in ihren etwas heruntergekommenen Uniformen durchsuchten ihr Gepäck so gründlich, als hätten sie an diesem Tag nichts anderes mehr zu tun. Selbst Gyalto Rinpoche, der Schikanen gewohnt war, wunderte sich, wie viele Möglichkeiten es gab, in fremden Sachen herumzuwühlen. Besondere Freude hatten die Grenzer offenbar dabei, die Unterwäsche der jungen Frau auf dem Boden auszubreiten. Die Besitzerin stand stoisch daneben, ohne das geringste Zeichen von Ungeduld oder Sorge zu zeigen, aber mit einem Ausdruck unverhohlener Verachtung in den Zügen. Bisweilen hatte Gyalto Rinpoche den Eindruck, es handele sich um einen Wettstreit, wer über die größte Ausdauer und die besten Nerven verfügte. Der Mönch begann die Frau zu bewundern. Auch nach über zwei Stunden hatten die Grenzer noch nichts gefunden, das sie gegen sie verwenden konnten, kein Foto des Dalai Lama, keine China-kritischen Schriften, nichts dergleichen.

Eine weitere Stunde später, nachdem alle Kleidungsstücke zum wer weiß wievielten Male gewendet, alle Tuben ausgedrückt und alle Elektrogeräte auseinander genommen worden waren, gaben die Grenzbeamten auf. Sie hatten nichts Verwertbares gefunden und konnten gegen eine Ausländerin nicht so willkürlich vorgehen wie gegen die eigenen Landsleute, zumal sich inzwischen auf beiden Seiten der Grenze Dutzende neugieriger Zuschauer eingefunden hatten. Ohne jede Eile packte die Frau ihre Habe wieder ein. Nun wurden die Mitreisenden kontrolliert, doch das ging ziemlich schnell, offenbar war den Grenzern die Lust an weiteren Blamagen gründlich vergangen. Schließlich überquerte die Gruppe die Grenze zu Fuß über die Freundschaftsbrücke, wie es üblich war.

Auf der nepalesischen Seite der Grenze wartete ein kleiner Reisebus, um die Gruppe nach Kathmandu zu bringen, das noch eine knappe Tagesreise entfernt war. Zunächst herrschte bedrücktes Schweigen im Bus. Gyalto Rinpoche vermutete, dass einige Mitreisende im Stillen der Frau ihr Verhalten zum Vorwurf machten, immerhin hatte sie der Gruppe damit eine Wartezeit von drei Stunden eingebrockt. Sie würden die nepalesische Hauptstadt nicht mehr im Hellen erreichen. Die Frau selbst indes wirkte heiter und gelassen. Auf ihrem Gesicht zeigte sich ein entspanntes Lächeln, als berge sie ein schönes Geheimnis.

Kurz vor Kathmandu hielt der Fahrer an einer der typisch nepalesischen Raststätten. Kaum jemand im Auto legte noch Wert auf eine längere Pause, doch es gehörte zur Route. Vermutlich war der Fahrer vertraglich verpflichtet, hier einen letzten Halt einzulegen. Zumindest bot der Stopp die Gelegenheit, anderen dringenden Bedürfnissen nachzukommen, deshalb beklagte sich niemand. Über einer offenen Küche waren einige Zeltplanen aufgespannt, ein paar Tische mit unbequemen Hockern warteten auf Gäste. Es roch nach Chai, dem süßen indischen Tee, der hier in den tieferen Regionen des Himalaya anstelle des tibetischen Buttertees serviert wurde. Wer wollte, konnte einige Reisgerichte mit Gemüse und sogar Hähnchen bestellen, doch machten die wenigsten Touristen aus Übersee davon Gebrauch. Sie genossen die Softdrinks, die zu Preisen angeboten wurden, die sich nur wenige Einheimische leisten konnten.

Unauffällig näherte sich die junge Frau Gyalto Rinpoche, der wie üblich etwas abseits von den anderen saß. „Es ist alles gut gelaufen, oder?“ Der Mönch sah sie verständnislos an. Was sollte diese Anspielung? „Keine Sorge“, fuhr sie fort, „ich komme aus England und verfolge die Ereignisse in Tibet sehr genau. Ich weiß, dass die Mönche von Tashi Lhunpo nach der neuen Inkarnation des Panchen Lama suchen, auf die wir alle warten. Ich war in Tashi Lhunpo und habe Sie dort gesehen. Ich habe auch mitbekommen, dass Sie eine wichtige Botschaft zu Seiner Heiligkeit bringen sollen.“ Sie musste lachen über sein erstauntes Gesicht. „Auftrag vom Chef! Die Mönche kennen mich von vielen Besuchen im Kloster und wissen, dass sie mir vertrauen können. Sie wollen doch wissen, ob Sie es sicher aus Tibet hinaus schaffen würden. Um die Besatzer an der Grenze abzulenken, habe ich alle Aufmerksamkeit auf mich gezogen. Ich wusste ja, dass es bei mir nichts zu finden gab, und diese jungen Männer, die von ihrer Regierung missbraucht werden, sind viel zu unbedarft, um mir etwas unterzuschieben, womit man woanders durchaus rechnen muss. Zudem habe ich gute Kontakte zu Medien und Politikern in London. Meine Festnahme hätte einen ziemlichen Skandal heraufbeschworen.

Das Risiko, das ich einging, war also gering, aber das Ergebnis sehr zufrieden stellend. Die Grenzer waren so frustriert, dass sie deutlich weniger Interesse hatten, Sie auch noch zu filzen." Jetzt lachte sie so laut auf, dass die Mitfahrer an den anderen Tischen aufmerksam wurden. Gyalto Rinpoche konnte jedoch nicht sagen, was sie mehr erheiterte, die Freude über den gelungenen Coup oder sein völlig perplexes Gesicht.

Bevor er sich wieder gefasst hatte, ging die Fahrt schon weiter. Es war nicht mehr weit bis Kathmandu. In Anwesenheit der anderen wollten beide nicht über das Thema sprechen. Auch in der nepalesischen Hauptstadt ergab sich keine Gelegenheit mehr dazu. An der Busstation verabschiedete sich die junge Frau rasch mit einem herzlichen Händedruck von Gyalto Rinpoche. Sie schien es eilig zu haben. Der Rinpoche schaute ihr noch lange nach, auch als sie schon längst seinen Blicken entschwunden war. Erst allmählich wurde ihm klar, was überhaupt geschehen war. Der strenge Chadrel Rinpoche oder einer seiner Mönche hatte ihm heimlich eine junge Frau zur Seite gestellt, die beobachten sollte, wie die Mission verlief. Warum auch nicht? Auf diese Idee musste erst einmal jemand kommen. Er fragte sich, ob er die Frau, von der er noch nicht einmal den Namen wusste, jemals wiedersehen würde.

Doch auch Gyalto Rinpoche hatte keine Zeit zu verlieren. Er hatte zwar den gefährlichsten Teil der Reise hinter sich gebracht, war aber noch lange nicht am Ziel. Da er von der Fahrt erschöpft war – immerhin hatten sie einen Höhenunterschied von über 3.000 Meter hinter sich –, gönnte er sich eine Übernachtung in Kathmandu, bevor er sich mit einem Linienbus auf die beschwerliche Reise nach Dharamsala machte.

Drei Tage später erreichte er die tibetische Exilhauptstadt. Er kannte das pulsierende Leben in den engen, überfüllten Gassen des Ortsteils McLeod Ganj bereits von früheren Besuchen, doch diesmal hatte er keinen Blick dafür. Es ging ihm allein darum, so schnell wie möglich eine Audienz bei Seiner Heiligkeit dem Dalai Lama zu bekommen. Chadrel Rinpoche hatte ihm eingeschärft, niemand anderem als dem Dalai Lama von seinem Auftrag zu berichten.

Unmittelbar gegenüber dem Tor, das zur Residenz des tibetischen Oberhauptes führte, lag das größte Heiligtum der Exiltibeter, der Namgyal-Tempel. Gyalto Rinpoche entschloss sich, zunächst dort um den Segen des Buddha zu bitten. Er opferte Butterkerzen vor der großen, geschmückten Statue und machte seine Niederwerfungen. Gestärkt und guten Mutes überquerte er dann den Platz und begab sich zur Residenz des Dalai Lama.

Der Komplex war gut bewacht. Neben einigen indischen Sicherheitskräften, die eindrucksvoll bewaffnet waren, aber eher gelangweilt an den hölzernen Wänden des Wachhäuschens lehnten, hatte auch tibetisches Personal Stellung bezogen. Ihre Waffen waren dezent unter ihren Anzügen verborgen, sie wirkten sehr aufmerksam. Der Rinpoche entschied sich, sie auf Tibetisch anzusprechen. „Ich brauche so schnell wie möglich eine Audienz bei Seiner Heiligkeit, bitte helfen Sie mir!“ „Wie heißen Sie? Ich muss prüfen, ob Sie auf der Liste stehen“, lautete die wenig hoffnungsvolle Antwort. Der Angesprochene schien ungerührt von der Dringlichkeit der Bitte. „Ich stehe auf keiner Liste, aber es ist trotzdem dringend, sehr dringend“, beteuerte Gyalto Rinpoche. „Das heißt, Sie haben keinen Termin?“ Der Rinpoche beschloss, sein Heil in der Flucht nach vorn zu suchen. „Nein, ich habe keinen Termin. Aber ich muss noch einmal betonen: Es ist äußerst wichtig – für Seine Heiligkeit!“, fügte er rasch hinzu und glaubte, dabei ein leichtes Lächeln auf dem Gesicht des Wachtmanns bemerkt zu haben. Vermutlich war es die dunkelrote Mönchsrobe, die den Posten immerhin veranlasste, zum Telefon zu greifen und eine kurze Nummer zu wählen. „Warten Sie hier!“, beschied er anschließend knapp.

Gyalto Rinpoche wartete. Er nutzte die Zeit, sich die Residenz des tibetischen Oberhaupts näher anzuschauen, so weit das vom Tor aus möglich war. Es war eine recht bescheidene, freundliche Anlage, ohne prunkvolle Repräsentativbauten. Viel Grün zwischen den Gebäuden entsprach dem Geschmack des Dalai Lama. Er liebte Tiere und Pflanzen, vor allem Orchideen. Während Gyalto Rinpoche seinen Blick noch schweifen ließ, erschien ein streng dreinblickender Mönch bei dem Wachtposten. Die Männer wechselten kurz ein paar Worte miteinander, dann ging der Mönch auf Gyalto Rinpoche zu. „Tashi Delek, ich bin Tenzin Geyche, der Privatsekretär Seiner Heiligkeit. Mit welchem Anliegen sind Sie hierher gekommen?“ Der Botschafter aus Tashi Lhunpo wiederholte seine dringende Bitte nach einer Audienz, und ging auch jetzt nicht auf weitere Einzelheiten ein. Dass der Privatsekretär persönlich zum Tor gekommen war, sah er als gutes Zeichen, doch die Antwort holte ihn sogleich wieder auf den Boden der Tatsachen zurück. „Eine Audienz ist nur nach vorheriger Anmeldung möglich. Dabei müssen Sie Ihr Anliegen nennen.“ „Das kann ich nicht. Ich kann nur sagen, dass es sich um eine Angelegenheit von größter

Bedeutung für Seine Heiligkeit handelt. Bitte lassen Sie mich vor!" Ohne eine Miene zu verziehen, erteilte ihm Tenzin Geyche eine unmissverständliche Absage: „Was glauben Sie, wie viele Menschen täglich hierher kommen? Mit einem ‚wichtigen Anliegen'." Die beiden letzten Worte betonte er so stark, dass die Ironie schmerzte. „Entweder Sie halten sich an die Regeln, oder es gibt keinen Einlass. Es bleibt Ihnen noch eine öffentliche Audienz nächste Woche im Namgyal-Tempel." Mit diesen Worten verschwand Tenzin Geyche. Vorher raunte er dem Wachtposten noch einige Instruktionen zu, die Gyalto Rinpoche aber nicht verstehen konnte.

Der Botschafter in Sachen Panchen Lama war ernüchtert, aber nicht entmutigt. Er war fast am Ziel. Jetzt würde er es auch schaffen, noch den letzten Schritt zurückzulegen. Früh am nächsten Morgen machte er sich erneut auf den Weg zur Residenz. Andere Posten hatten dort Stellung bezogen, und so versuchte er sein Glück auf die gleiche Art wie am Tag zuvor. Seine Hoffnung sank jedoch, als wieder Tenzin Geyche auftauchte, der sich diesmal kaum Mühe gab, seinen Unmut zu verbergen. Dennoch versuchte es Gyalto Rinpoche mit Freundlichkeit. „Ehrwürdiger Mönch, ich würde Sie nicht belästigen, wenn es sich nicht um eine Angelegenheit von größter Bedeutung für Seine Heiligkeit handelte. Bitte glauben Sie mir! Geben Sie mir eine Chance!" „Ich habe Ihnen meine Antwort bereits gegeben. Warum sollte ich Ihnen mehr trauen als allen anderen, die mit einer wichtigen Botschaft zum Dalai Lama wollen?" Damit drehte er sich um und ließ Gyalto Rinpoche einfach stehen.

Einen ganzen Tag verbrachte er vor dem Tor der Residenz, scheinbar ohne dass irgendjemand Notiz von ihm nahm. In der Tat gab es einige Tibeter und westliche Touristen, die ohne vorherige Vorsprache Einlass begehrten und abgewiesen wurden. Niemand von ihnen verharrte jedoch so lange vor dem Tor wie Gyalto Rinpoche. Am Mittag des nächsten Tages erschien Tenzin Geyche erneut, diesmal unangekündigt. Das war der Augenblick der Entscheidung. Entweder würde der Botschafter aus Tashi Lhunpo weggejagt wie ein Hund, dann blieb ihm nichts anderes übrig, als das Geheimnis seiner Mission dem Privatsekretär mitzuteilen – falls der ihm dann noch glaubte – oder er bekam endlich Einlass. Gyalto Rinpoche war beinah so angespannt wie auf der Grenzstation in Zhangmu, auch wenn die Situation weniger gefährlich war. „Kommen Sie mit!", meinte Tenzin Geyche knapp, wechselte noch ein paar unverständliche Worte mit dem Wachtposten und ging voraus. Gyalto Rinpoche frohlockte innerlich. Seine Hartnäckigkeit schien die Umgebung des Dalai Lama überzeugt zu haben. Wenn er erst einmal den Inhalt seiner Gebetsmühle übergeben hatte, wüssten alle, dass er nicht zu denen gehörte, die nur gekommen waren, um den Dalai Lama aus der Nähe zu sehen. Doch er hegte keinen Groll. Im Grunde verstand er Tenzin Geyche. Er hatte ja nichts von seiner Mission verraten, so konnte auch niemand wissen, welch ein besonderes Anliegen er mitbrachte.

Zwanzig Minuten später, nach einer intensiven Leibesvisitation, stand Gyalto Rinpoche vor seinem Oberhaupt, dem er noch nie so nahe gekommen war. Sichtlich befangen verbeugte er sich ehrerbietig, doch der Dalai Lama legte wenig Wert auf Etikette. Er forderte ihn auf, sein Anliegen ohne Umschweife vorzutragen. Offenbar wusste er bereits von dem Mönch, der mit solcher Hartnäckigkeit vor seiner Residenz ausgehalten hatte. Jetzt wollte er erfahren, welche Bewandtnis es damit hatte. Die Finger des Rinpoche zitterten, als er die Gebetsmühle unter seiner Robe hervorzog und aufschraubte. „Ich komme aus Tashi Lhunpo. Chadrel Rinpoche hat mir ausdrücklich aufgetragen, nur Euch persönlich mein Anliegen vorzutragen, deshalb konnte ich vorher nichts darüber sagen.“ Fast entschuldigend schaute er Gyalto Rinpoche kurz zu Tenzin Geyche hinüber, doch das Eis war längst gebrochen. Etwas Wichtigeres als eine Botschaft aus Tashi Lhunpo konnte es in diesen Tagen für den Dalai Lama nicht geben. Mit ungewohnter Eile nahm der Privatsekretär die Papiere entgegen. Er benötigte einige Zeit, um sich zu orientieren. Um die Nachricht zu tarnen, hatte man auch zahlreiche Texte mit Mantras in die Gebetsmühle gesteckt. Endlich kam eine Liste mit den Namen all der Kandidaten zum Vorschein, die als 11. Inkarnation des Panchen Lama in Frage kamen. Auch ein langer Brief von Chadrel Rinpoche lag dabei, in dem er genau ausführte, wem seine Präferenz galt und wie er sich das weitere Vorgehen dachte.

Glücklich, zutiefst befriedigt und mit dem besonderen Dank und Segen des Dalai Lama versehen, verließ Gyalto Rinpoche Dharamsala und begab sich wieder in sein Kloster im Süden Indiens. Noch vor wenigen Wochen hätte er sich nie träumen lassen, dass er einmal eine Rolle bei der Auffindung des Panchen Lama spielen würde. Nun war es wahr geworden, und es war eine wichtige Rolle gewesen.

Suche nach der Wiedergeburt

Beim Dalai Lama und seiner Umgebung herrschte Hochstimmung. Mit der sehnsüchtig erwarteten Nachricht aus Tashi Lhunpo war endlich die lange Zeit der Untätigkeit zu Ende. Nun konnte man handeln. Es sah nach einer positiven Entwicklung aus, der Austausch mit Tashi Lhunpo funktionierte. Das tibetische Oberhaupt nahm sich viel Zeit, um die Ausführungen von Chadrel Rinpoche zu den einzelnen Kandidaten in Ruhe durchzulesen. Detailliert beschrieb der Abt, was für und was gegen die einzelnen Jungen sprach. Besonders genau schilderte er, warum er persönlich den Knaben Gendün Choekyi Nyima aus Lhari favorisierte. Aber – auch das machte er unmissverständlich deutlich – der Dalai Lama möge mit seinen Methoden unvoreingenommen prüfen, wen er für die wahre Inkarnation halte, und dann die letztgültige Entscheidung treffen.

So weit hatte der Dalai Lama keine Einwände, doch dann offenbarte ihm der Abt aus Tashi Lhunpo seine weiteren Pläne: Der Dalai Lama solle ihm die Entscheidung zukommen lassen, ohne irgendwelche Andeutungen darüber an die Öffentlichkeit zu geben. Dann wolle er, Chadrel Rinpoche, dafür sorgen, dass die Chinesen diesen Kandidaten akzeptierten und er feierlich eingesetzt würde. Erst wenn das geschehen sei und die Chinesen keinen Rückzug mehr machen könnten, solle der Dalai Lama verkünden, dass dieser Junge der Kandidat war, den er ausgewählt hatte. Wenn die Wut der Chinesen ihn, Chadrel Rinpoche, treffen sollte, werde er die Konsequenzen auf sich nehmen. Viel wichtiger sei, dass die Gläubigen in Tibet wieder über eine religiöse Autorität verfügten, die der Dalai Lama offiziell anerkannt habe.

Der Dalai Lama runzelte die Stirn: welch kühner Plan! Unter diesen Kandidaten seine Wahl zu treffen und den Namen heimlich nach Tashi Lhunpo weiterzuleiten, war nicht sonderlich schwierig. Aber selbst wenn es Chadrel Rinpoche gelingen sollte, die Chinesen davon zu überzeugen, dass er den richtigen Jungen gefunden hatte und dieser in seine Ämter eingeführt werden konnte, hatte der Dalai Lama ein Problem, für das er keine einfache Lösung sah.

Würden ihm die Tibeter glauben, wenn er erst nach der Ernennung durch die Chinesen erklärte, er habe den Jungen autorisiert? Vor allem im Exil gab es großen Druck, eine Inkarnation zu ernennen, der sich nicht im chinesischen Machtbereich befand. Würde womöglich der Anschein erweckt, er habe sich einfach um des lieben Friedens Willen die Entscheidung der Chinesen zu eigen gemacht? Welche Folgen hätte das für seine Autorität, die maßgeblich darauf beruhte, dass er seine Führungsposition in allen religiösen Fragen immer wieder deutlich verteidigte?

Nein, dieser Teil des Plans von Chadrel Rinpoche gefiel dem Dalai Lama nicht, den musste er noch einmal überdenken. Aber er entschloss sich, der Reihe nach vorzugehen. Zunächst einmal musste unter all den Kandidaten der richtige herausgefunden werden, unbeeinflusst von der Vorauswahl des Abtes aus Tashi Lhunpo.

Mit der Prüfung der Kandidaten durch den Dalai Lama begann die entscheidende Phase des Auswahlprozesses. Immer wieder hatte das tibetische Oberhaupt zuvor das Orakel befragt und immer wieder die Antwort erhalten, die Zeit für eine Entscheidung sei noch nicht reif. Doch nun hatten sich die Voraussetzungen geändert: Das Orakel lenkte die Aufmerksamkeit auf einen sechs Jahre alten Jungen. Wenn das Alter stimmte, musste ein Teil seines Bewusstseins noch zu Lebzeiten der vorherigen Inkarnation Vorkehrungen für eine ganz rasche Wiedergeburt getroffen haben. Offenbar wollte sich der Panchen Lama nicht einmal die Zeit nehmen, eine normale Schwangerschaft abzuwarten. Als die 10. Inkarnation gestorben war, wuchs die 11. bereits seit sechs Monaten im Mutterleib heran. Daran nahm niemand Anstoß, denn hohe Inkarnationen konnten sich in vielerlei Formen – sogar zur gleichen Zeit – manifestieren, da sie den Naturgesetzen nicht unterworfen waren.

Gendün Choekyi Nyima war sechs Jahre alt. Je länger der Dalai Lama sein Foto betrachtete, desto intensiver spürte er, dass es ein ganz besonderes Kind war. Das Bild zeigte einen ernsten Jungen, der mit wachen, ein wenig verschreckten Augen in die Welt schaute, als sähe er etwas viel zu Großes auf sich zukommen. Sein Mund war leicht geöffnet, die Ohren außergewöhnlich groß. Wohin schaute der Junge? Welche Zukunft wartete auf ihn? Alles war offen.

Allein auf sein Gefühl durfte und wollte sich das Oberhaupt der Tibeter nicht verlassen. Er befragte das Orakel erneut, ob der Zeitpunkt für die Entscheidung jetzt gekommen sei, und endlich gab es auch auf diese Frage eine positive Antwort. Der Prozess gewann an Tempo. An einem günstigen Tag versenkte sich der Dalai Lama in eine tiefe Meditation, bei der es darum ging, sich die Verbundenheit aller Lebewesen bewusst zu machen.

Der Dalai Lama war allein in seinem Raum. Stille herrschte um ihn herum, die keine Ablenkung erlaubte. Die Welt jenseits des Raumes hatte aufgehört zu existieren. In seiner inneren Welt rief der Dalai Lama alle bisherigen Panchen Lamas an. Sie erschienen vor seinem geistigen Auge, und die Bande der Wiedergeburten von der

Vergangenheit zur bis in die Gegenwart schienen unzertrennlich. An die Seite der Panchen Lamas traten die wichtigsten Schutzgottheiten. Der Dalai Lama spürte, dass die Zeit der Entscheidung gekommen war.

Plötzlich stieg – unvermutet und wie aus eigener Kraft – erneut das Bild von Gendün Choekyi Nyima auf. Es prägte sich so stark ein, dass es noch lange nach der Meditation im Bewusstsein des Dalai Lama nachwirkte.

Aber auch damit begnügte sich der Mann, von dem alles abhing, nicht. Er befragte noch ein weiteres Orakel. Dazu bat er seine engsten Vertrauten, aus Tsampateig kleine Kugeln zu formen und sie genau abzuwiegen. Sie mussten exakt das gleiche Gewicht haben, nur so konnte man ein objektives Ergebnis erzielen. Dann wurde in jede der Kugeln ein Stückchen Papier geknetet, auf dem jeweils der Name eines Kandidaten stand. Schließlich legten die Mönche alle Kugeln in eine Schale und übergaben sie ihrem Oberhaupt. Der ergriff die Schale fest mit beiden Händen und sprach dabei unablässig Gebete. Zunächst bewegte er sich nicht. Nach einer Zeit, die seiner Umgebung endlos lang vorkam, begannen seine Hände mit der Schale zu kreisen. Anfangs waren es kleine Bewegungen, dann wurden sie ausladender und schneller. Die Kugeln in der Schale begannen zu tanzen, schließlich fiel eine heraus. Ein Mönch nahm sie auf und reichte sie dem Dalai Lama, der noch immer ganz versunken schien. Ohne Eile stellte er die Schale beiseite, nahm die Kugel, die herausgefallen war, zerdrückte sie und zog sorgfältig den Zettel heraus. Dann las er den Namen laut vor: Gendün Choekyi Nyima.

Den Dalai Lama überkam ein tiefes Glücksgefühl, jetzt war jeder Zweifel beseitigt. Gendün Choekyi Nyima, der sechsjährige Junge aus Nagchu, war die 11. Inkarnation des Panchen Lama. Die Entscheidung war gefallen.

Damit drängten neue Probleme in den Vordergrund. Diese Entscheidung Chadrel Rinpoche mitzuteilen, war das Geringste. Ein verlässlicher Bote, der dem Abt von Tashi Lhunpo ein entsprechendes Schreiben bringen sollte, stand schon in Delhi bereit. Der Dalai Lama bat den Abt, das weitere Vorgehen festzulegen. Würde er es schaffen, den Chinesen diesen Kandidaten zu vermitteln, ohne dass sie Verdacht schöpften, der Junge sei vom Dalai Lama ausgewählt und anerkannt worden? Das war die alles entscheidende Frage.

In Tashi Lhunpo wartete Chadrel Rinpoche ungeduldig auf eine Nachricht aus Dharamsala. Der Druck der Chinesen wurde immer stärker. Lange konnte er sie nicht mehr hinhalten. Als sich Tenzin Lhamo, der Bote, aufmachte, schien sich das Wetter gegen die Tibeter verschworen zu haben. Es war Ende Januar, es hatte heftig geschneit. Die Straße zwischen Kathmandu und der Grenze war für Fahrzeuge unpassierbar. Mit einer raschen Schneeschmelze war angesichts der Kälte nicht zu rechnen. Tenzin Lhamo wusste jedoch, dass er nicht warten konnte. So blieb ihm nur die Möglichkeit, sich zu Fuß durch den Schnee zu kämpfen. Das barg nicht nur aufgrund des Wetters ein Risiko. Denn obwohl er über korrekte Reisepapiere verfügte, könnte es den Chinesen verdächtig vorkommen, dass sich jemand ausgerechnet in dieser Jahreszeit auf den Weg nach Tibet machte. Sollte er streng kontrolliert werden, könnte das fatale Folgen haben, obwohl der Brief nach bewährter Tradition in einer Gebetsmühle versteckt war.

Die Grenzstation Zhangmu wirkte wie ausgestorben. Tenzin ging in eine andere Richtung als diejenigen, die von den chinesischen Grenzposten gewöhnlich besonders kontrolliert wurden. Deren wichtigste Aufgabe war es zu verhindern, dass Tibeter das Land verließen oder Informationen herausgeschmuggelt wurden. Aber es gab ja auch Tibeter, die Schriften und Reden der ‚Dalai-Clique' ins Land hinein schmuggelten. Das musste ebenso verhindert werden.

Zudem war der einsame Pilger eine willkommene Abwechslung in der Eintönigkeit des Winteralltags. Also befassten sich die Grenzer intensiv mit ihm. Eine genaue Untersuchung seines Gepäcks und seiner Kleidung brachte nichts Verdächtiges zu Tage. Es folgte allerdings noch ein Verhör. Was ihn denn zu dieser Zeit nach Tibet führe?

Darauf war Tenzin Lhamo vorbereitet. „Mein Vater in Shigatse ist schwer erkrankt. Ich möchte ihn unbedingt noch einmal lebend sehen, deshalb bin ich in Eile." „Hättest Du unser Mutterland nicht verlassen, wärst Du Deinem Vater immer nahe gewesen", warf einer der Grenzbeamten ein. Tenzin Lhamo wusste nicht so recht, wie er mit der Bemerkung umgehen sollte. Er sah eine Sehnsucht in den Augen des jungen Mannes, dessen Stimme plötzlich den barschen Ton verlor. Vermutlich lag es an der großen Einsamkeit um diese Zeit. „Ich bin auch weit weg von meinem Vater. Die Führung hat mich zum Dienst hierher geschickt. Es ist ein großer Vertrauensbeweis, für den ich sehr dankbar bin, aber die Trennung tut mir weh."

„So geht es mir auch", pflichtete ihm Tenzin Lhamo bei. „Ich war noch ein Kind, als ich weggeschickt wurde. Niemand hat mich gefragt. Wenn ich wählen könnte, dann möchte ich nicht länger von meinen Eltern getrennt sein und unsere Heimat nicht mehr verlassen." Er lächelte scheu. Es wirkte so überzeugend, dass die Grenzsoldaten ihn ohne weitere Verzögerung ziehen ließen.

Verstohlen meldete sich sein schlechtes Gewissen. Auch wenn er kein Mönch war, glaubte Tenzin Lhamo doch fest an die Lehren des Buddha. Wahrhaftigkeit war eine der grundlegenden Pflichten. Noch nie hatte er in so kurzer Zeit so häufig die Unwahrheit gesagt. Aber schließlich war das nicht seine Entscheidung gewesen. Er war unterwegs, weil er einer höheren Wahrheit diente, die geheim bleiben musste, weil eine brutale Militärmacht sie unterdrückte. Ihm blieb keine andere Wahl.

Als er die Pässe des Himalaya-Zentralmassivs hinter sich gelassen hatte, wurde der Schnee weniger, und er kam schneller voran. Schließlich konnten sogar LKWs wieder fahren. Ein Stück des Weges lege Tenzin Lhamo mit ihnen zurück. Fünf Tage nach seinem Abmarsch von der Grenze erreichte er das Kloster Tashi Lhunpo.

Dort waren die Probleme für Chadrel Rinpoche mit jedem Tag größer geworden. Die chinesische Führung drang auf eine Entscheidung – nach ihren Kriterien. Zettel mit den Namen der von ihr gebilligten Kandidaten sollten, wie in der Kaiserzeit, in eine goldene Urne gelegt werden. Unter Aufsicht der Parteiführung würde dann ein hoher geistlicher Würdenträger das Los aus der Urne ziehen. Damit war die rechtmäßige Inkarnation ermittelt.

Solange die Tibeter ihre Geschicke selbst lenken konnten, hatten sie das Verfahren der Goldenen Urne nur dann angewandt, wenn mit den anderen Methoden keine Einigkeit über den Kandidaten erzielt worden war. Lag kein Konflikt vor, verzichteten sie darauf. Deshalb musste Chadrel Rinpoche alles vermeiden, was den Anschein von Uneinigkeit erweckt hätte. Doch das war angesichts der unterschiedlichen Interessen kaum möglich. Da die Versuche des Rinpoche, die Entscheidung hinauszuzögern, der Führung in Peking inzwischen verdächtig vorkamen, ohne dass sie konkrete Vorwürfe gegen ihn erheben konnte, hatte sie einige ihrer linientreuen tibetischen Informanten in die Suchkommission entsandt. Einer von ihnen war Sengchen Lobsang Gyaltsen, ein alter Rivale von Chadrel Rinpoche um Macht und Einfluss in Tashi Lhunpo. Der Mönch war vom verstorbenen Panchen Lama mehrmals öffentlich gemaßregelt worden, weil er die Interessen der kommunistischen Führung mit einer Rücksichtslosigkeit im Kloster durchsetzen wollte, die der tibetischen Tradition keinen Raum mehr ließ. Er würde grundsätzlich alles ablehnen, was Chadrel Rinpoche vorschlug.

Bis zur Ankunft des Boten aus Dharamsala verfolgte der Abt vor allem die Taktik, seinen Kandidaten Gendün Choekyi Nyima im Rennen zu halten. Als er dann die ausführliche Darlegung seines Oberhaupts las, gab es für ihn nur noch ein Ziel: Gendün Choekyi Nyima musste als Panchen Lama anerkannt werden. Wenn er schon um das Losverfahren mit der Goldenen Urne nicht herum kam, dann musste der Entscheid in seinem Sinne ausgehen. Aber er hatte die Hoffnung noch nicht ganz aufgegeben, dass es auch ohne diese Methode ging.

Um weitere unfruchtbare Auseinandersetzungen mit Sengchen Lobsang Gyaltsen zu vermeiden, entschied sich Chadrel Rinpoche, direkt nach Peking zu fliegen. Zwar waren die Chancen gering, doch vielleicht würde es ihm gelingen, die chinesische Führung durch seine persönliche Überzeugungskraft zu bewegen, der Anerkennung von Gendün Choekyi Nyima zuzustimmen. Dann hätten sich alle weiteren Auseinandersetzungen in der Suchkommission erübrigt.

Doch auch sein Gegenspieler wusste, dass die Entscheidung letztlich in Peking gefällt wurde. Auch er machte sich auf den Weg dorthin. Sengchen Lobsang Gyaltsen hatte noch einen weiteren Grund dafür. Im Kloster Tashi Lhunpo konnte er keinerlei Unterstützung für seine Position erwarten. Jeder wusste, wie nah er den Chinesen stand, und jeder wusste, wie sehr ihn der alte Panchen Lama deswegen abgelehnt hatte. Inzwischen hatte er sogar geheiratet und sich dadurch noch mehr diskreditiert, als es ohnehin der Fall war.

In Peking jedoch hatte die Stimme von Sengchen Lobsang Gyaltsen Gewicht, nicht zuletzt deshalb, weil er genau das sagte, was seine Förderer nur zu gern hörten: „Seit Jahrhunderten schon entscheidet das Los aus der Goldenen Urne über jede hohe Inkarnation. Die Führung sollte dieser Tradition treu bleiben und damit ihren Anspruch auf Tibet unterstreichen.“ Es fiel ihm nicht schwer, mit solchen Argumenten seine Gesprächspartner zu überzeugen.

Chadrel Rinpoches Schwierigkeiten indes wuchsen von Tag zu Tag. Die Hartnäckigkeit, mit der er einen ganz bestimmten Kandidaten durchsetzen wollte und das Losverfahren mit der Goldenen Urne ablehnte, machte die Chinesen immer misstrauischer. Zwar hatten sie nach wie vor nichts Konkretes gegen ihn in der Hand, aber sie fragten sich, was wohl hinter seiner Sturheit stecken mochte. Letztlich war es ein aussichtsloser Kampf, den Chadrel Rinpoche, der Mann, dem die Führung früher vertraut hatte, in Peking führte. Er konnte nicht durchsetzen, dass Gendün Choekyi Nyima als neuer Panchen Lama anerkannt und in sein Amt eingeführt wurde.

Einen letzten Strohhalm gab es noch, und an den klammerte sich Chadrel Rinpoche. Wenn das Losverfahren mit der Goldenen Urne schon unvermeidlich war, dann musste er irgendwie dafür sorgen, dass sich nur ein einziger Name in der Urne befand, der des echten Panchen Lama. Chadrel Rinpoche vertraute auf die Führung des Buddha. Es musste einfach so ausgehen, dass der Glaube und das Vertrauen in den Erleuchteten gestärkt aus der Auseinandersetzung hervorgehen würden.

Südlich des Himalaya, beim Dalai Lama, wuchsen die Zweifel, ob die Pläne von Chadrel Rinpoche noch zum Erfolg führen könnten, und einflussreiche Kräfte im Exil hielten sich nicht zurück, um diese Zweifel noch zu nähren.

Als der Dalai Lama vor Mönchen aus dem Kloster Tashi Lhunpo in Süd-Indien erstmals andeutete, dass sein Kandidat nicht aus dem Exil stammte, er ihnen aber noch nichts Näheres verraten könne, um den Prozess in Tibet nicht zu stören, machten sie aus ihrer Ablehnung und Besorgnis keinen Hehl: Ob Seine Heiligkeit wirklich vorhabe, den Chinesen in dieser so wichtigen Frage den Vorrang zu überlassen? Das könnte seiner Autorität unter den Tibetern erheblichen Schaden zufügen.

Damit trafen sie das tibetische Oberhaupt an einer empfindlichen Stelle. Bei der Kontroverse ging es längst nicht mehr allein um die Ernennung des zweitwichtigsten Würdenträgers im tibetischen Buddhismus, es ging auch um die Frage nach der höchsten religiösen Autorität. Lag sie noch in der Hand des Dalai Lama? Oder hatte sich die chinesische Führung auch in dieser entscheidenden Frage die Hoheitsrechte angemaßt?

„Ich kann nicht einfach abwarten, bis Peking irgendwann eine Entscheidung trifft", erklärte er im engsten Kreis seiner Mönche und Mitarbeiter. „Ich habe mich entschlossen, meine Wahl der Öffentlichkeit mitzuteilen. Bald kommt ein Tag, der dafür besonders gut geeignet ist, der 14. Mai, Saga Dawa. An diesem Tag gedenken wir der Geburt und der Erleuchtung des Buddha und seines Eintritts ins Nirwana. Diesen dreifach Glück verheißenden Tag habe ich gewählt, um der Welt bekanntzugeben, dass die neue Inkarnation des Panchen Lama gefunden wurde und dass es der sechsjährige Gendün Choekyi Nyima aus Nagchu in Tibet ist."

Auf den Gesichtern seiner Vertrauten sah er Besorgnis, keine Freude. „Aber was ist mit Chadrel Rinpoche?", wandte Tenzin Geyshe ein. „Er hat ausdrücklich darum gebeten, nichts ohne Absprache mit ihm zu unternehmen. Wir wissen nicht, wie weit er in seinen Verhandlungen mit der Führung in Peking gekommen ist." „Keine Angst", lächelte der Dalai Lama, „ich ignoriere seine Bedenken nicht. Wir werden einen

Boten nach Peking schicken, der ihn über meine Pläne informieren wird. Wenn er sich vehement dagegen ausspricht, bin ich bereit, noch einmal darüber nachzudenken. Ich kann es mir aber nicht erlauben, den Eindruck zu erwecken, die Chinesen hätten das letzte Wort in dieser Frage. Ich muss handeln, das spüre ich ganz deutlich."

Drei Tage später war der Bote aus Dharamsala, ein westlicher Freund der Tibeter, in Peking. Es war eine heikle Mission. Er musste vorsichtig sein und durfte gleichzeitig keine Zeit verlieren. Immerhin trug er keine schriftliche Nachricht bei sich, so dass man ihm selbst bei einer Leibesvisitation nichts nachweisen könnte.

In der chinesischen Hauptstadt angekommen, begab er sich als erstes zu Li Jie, der Witwe des verstorbenen Panchen Lama, die er schon einmal interviewt hatte. Ein weiterer Besuch erregte deshalb nicht gleich den Verdacht der Behörden, auch wenn Li Jie ein Leben wie in einem goldenen Käfig führte. Momentan gab es einen Konflikt zwischen ihr und dem Kloster Tashi Lhunpo, das Gegenstände aus dem Besitz ihres verstorbenen Mannes beanspruchte.

Nach den üblichen Formalitäten fragte er scheinbar beiläufig nach Chadrel Rinpoche. Hatte sie ihn in der letzten Zeit gesehen? Der Name elektrisierte die sonst so zurückhaltende Frau: „Ich bin froh, dass er endlich weg ist! Er war lange genug hier, um mir wertvolle Erinnerungsstücke an meinen verstorbenen Mann wegzunehmen, die angeblich nach Tashi Lhunpo gehören. Diese Strenge, diese Kälte! Er hat keinerlei Verständnis für den Schmerz und die Trauer einer Witwe. Ich möchte ihn nie wieder sehen." Der Bote heuchelte Mitgefühl. „Dann kann ich nur hoffen, dass er seine Lektion gelernt hat und Sie jetzt mit seinen Forderungen in Ruhe lässt. Oder glauben Sie, er könnte noch einmal bei Ihnen auftauchen?" „Seine Begleiter haben mir versichert, er würde heute Nachmittag nach Chengdu fliegen, um von dort nach Tashi Lhunpo zurückzukehren. Ich hoffe, sie haben mich nicht belogen." „Das hoffe ich auch!", dachte der junge Mann aus der fremden Kultur im Stillen und verabschiedete sich. Plötzlich hatte er es sehr eilig.

Rasch rief er ein Taxi und ließ sich zum Flughafen bringen. Der Nachmittag war bereits fortgeschritten, doch vielleicht war das Flugzeug nach Chengdu noch nicht gestartet, und er konnte Chadrel Rinpoche vor seinem Abflug noch sprechen. Er war dem Abt zwar noch nie begegnet, hatte aber ein Bild dabei. Allzu viele tibetische Mönche würde es am Flughafen von Peking nicht geben. Zunehmend nervös studierte er die Anzeigentafeln: Es gab keinen Flug mehr nach Chengdu! Am Schalter von

Air China erfuhr er schließlich, dass die letzte Maschine vor einer halben Stunde abgeflogen war. Was nun? Er verlor wertvolle Zeit. Er würde frühestens einen Tag nach Chadrel Rinpoche in Chengdu sein. Wo sollte er den Abt in der Millionenmetropole suchen? Er hatte keine Chance.

Chadrel Rinpoches Mission war auf der ganzen Linie gescheitert. Auch der Bote konnte seinen Auftraggebern in Dharamsala nur melden, dass er nichts erreicht hatte. Mit der Verzweiflung aber wuchs auch die Entschlossenheit des Dalai Lama. Es blieb nicht mehr viel Zeit bis zum 14. Mai. Noch einmal befragte er das Orakel. War es wirklich der richtige Zeitpunkt, seine Wahl bekannt zu geben? Das Orakel bestärkte ihn. Damit war die letzte Entscheidung gefallen.

Am Morgen des 14. Mai fühlte sich der Dalai Lama krank und müde, doch das ignorierte er, denn es gab kein Zurück. Hohe Würdenträger und die Medien waren eingeladen worden. Man hatte ihnen eine wichtige Erklärung angekündigt: „Heute ist der glückverheißende Tag, an dem der Buddha zum ersten Mal das Kalachakra lehrte. Diese Lehren haben eine besondere Verbindung zum Panchen Lama. An diesem glücklichen Tag kann ich mit großer Freude verkünden, dass die neue Inkarnation des Panchen Lama gefunden wurde: Ich habe Gendün Choekyi Nyima, geboren am 25. April 1989 im Lhari-Bezirk in Nagchu, dessen Vater Könchok Phüntsog und dessen Mutter Dechen Chödön ist, als wahre Reinkarnation des 10. Panchen Lama anerkannt."

Sehr glücklich wirkte der Dalai Lama nicht, als er das bekannt gab. Wenig später schickten die Agenturen die Meldung in alle Welt.

Zwei Tage lang hüllten sich die Chinesen in Schweigen. Sie nährten damit die vage Hoffnung des Dalai Lama, sie könnten seine Wahl doch akzeptieren. Dann wurde die Illusion zerstört. Mit harschen Worten wies Peking den Anspruch des Dalai Lama, den Panchen Lama anzuerkennen, zurück und beharrte darauf, die neue Inkarnation selbst zu bestimmen. Chadrel Rinpoche hatte man umgehend verhaftet, noch bevor er Chengdu verlassen konnte. Er hatte verzweifelt versucht, Dharamsala eine Botschaft zukommen zu lassen mit der Bitte, sich mit öffentlichen Äußerungen zurückzuhalten. Auch damit war er gescheitert.

Das Verhör im Gefängnis von Chengdu zog sich über Tage hin: „Du hast unser Mutterland verraten! Du hast hinter unserem Rücken mit der Dalai-Clique kollaboriert! Leugnen ist zwecklos, wir haben Beweise!" „Ich leugne nichts. Der Dalai Lama ist das religiöse Oberhaupt aller Tibeter. Es war schon immer seine Aufgabe, den

Panchen Lama anzuerkennen. Diese Tradition darf nicht unterbrochen werden", hielt der Mönch standhaft dagegen. Der Sicherheitsbeamte verlor allmählich seine Geduld. „Du machst es nur noch schlimmer mit Deinen Äußerungen. Der Dalai ist ein Spalter und Verräter! Der Panchen Lama ist nach unserer Tradition schon immer durch die Goldene Urne bestimmt worden, nicht durch einen Verräter." „Kein Tibeter kann zulassen, dass auf diese Art über sein Oberhaupt geredet wird", unterbrach ihn der Gefangene, der nun, da all seine Pläne gescheitert waren, offenbar keine Rücksicht mehr auf sein persönliches Schicksal nahm. „Schweig! Du redest nur, wenn Du gefragt wirst!", herrschte ihn der Offizier drohend an. „Auch wenn Du es nicht verdienst – eine Chance gibt es für Dich, Deiner gerechten Strafe zu entgehen." Chadrel Rinpoche horchte auf. Er hoffte nicht auf Gnade, er war nur neugierig zu erfahren, was die Behörden noch von ihm wollten. „Du musst dich von diesem Jungen Gendün Choekyi Nyima distanzieren. Du musst öffentlich erklären, dass er nicht der richtige Panchen Lama ist, und dass Du das niemals behauptet hast. Dann wird unsere Regierung Dir gegenüber Milde walten lassen."

Der Abt von Tashi Lhunpo sah dem Offizier lange in die Augen, bis dieser, unsicher und verwirrt, den Blick senkte. Er hatte nicht die Erlaubnis, den hohen Geistlichen, der weit über die Landesgrenzen hinaus bekannt war, so zu behandeln wie einen gewöhnlich Kriminellen, der es ohnehin nie gewagt hätte, ihm offen in die Augen zu schauen. Dann verzog der Mönch sein Gesicht zu einem Lächeln, doch es war kein sonderlich freundliches Lächeln, eher ein überlegenes. „Niemals!", sagte er mit fester Stimme. „Niemals werde ich den wahren Panchen Lama, Gendün Choekyi Nyima, verleugnen!"

Damit war sein Schicksal besiegelt: Für sechs Jahre schlossen sich die Gefängnismauern hinter ihm.

Chadrel Rinpoche wurde noch verhört, als die Familie von Gendün Choekyi Nyima unliebsamen Besuch erhielt. Es waren keine Mönche, die gekommen waren, um den Jungen – wie es früher Sitte war – feierlich in sein Kloster zu geleiten, sondern bewaffnete Sicherheitskräfte. Unsanft zwangen sie die Eltern und den Panchen Lama in ein Auto. In halsbrecherischer Fahrt ging es über Schotterpisten Richtung Gormo zum nächsten Flughafen. Verzweifelt hielt Dechen Chödön ihren Sohn fest. Er verstand nicht, was eigentlich los war. Seit dem Besuch der Mönche aus Tashi Lhunpo hatte er jeden Tag darauf gewartet, dass sie wiederkämen und ihn abholten.

Als die unfreiwillige Reisegruppe am nächsten Tag Gormo erreichte, waren alle so erschöpft, dass sie kaum mehr die Kraft hatten, sich ihrem Schicksal zu widersetzen. Doch dann geschah etwas noch weit Schlimmeres. Sicherheitskräfte rissen den Jungen aus den Armen seiner Mutter und schleiften ihn zu einem wartenden Flugzeug. Seine Eltern wurden zu einem anderen kommandiert. Fast besinnungslos vor Angst befreite sich die Mutter und stürzte auf ihren Jungen zu. Noch bevor die überraschten Soldaten eingreifen konnten, hielt sie ihn fest umschlungen. Die Männer schauten sich kurz an. Einer nickte ein stummes Kommando – und Mutter und Sohn wurden wieder auseinandergerissen. Der schreiende, zappelnde Junge wurde rasch zum Flugzeug getragen, während andere Uniformierte die Mutter festhielten. Das letzte, was Dechen Chödön sah, war, wie ihr Junge in der Einstiegluke des Flugzeugs verschwand, die sich sofort hinter ihm schloss. Kurze Zeit später startete auch das Flugzeug mit den Eltern. Gendün Choekyi Nyima und seine Familie waren aus der Öffentlichkeit verschwunden.

Zur gleichen Zeit verbreitete sich die Nachricht von der Anerkennung Gendün Choekyi Nyimas als 11. Panchen Lama wie ein Lauffeuer in Tibet. Sein Heimatort Nagchu war bald Ziel zahlreicher Pilger, obwohl die chinesische Polizei seit der Entführung des Jungen sein Haus bei Tag und Nacht bewachte. Sie wollte sicherstellen, dass niemand eindrang und womöglich wichtiges Beweismaterial für die Zusammenarbeit von Chadrel Rinpoche mit der Dalai-Clique beseitigte. Genau danach durchsuchten Sicherheitsbeamte tagelang das ganze Haus. Dafür stellten sie alles auf den Kopf. Kein Möbelstück blieb, wo es stand, keine Schachtel, keine Dose blieb ungeöffnet, selbst die Säckchen mit Tsampa aus dem Vorratsraum wurden auf den Boden ausgeschüttet. Vielleicht fand sich ja darin etwas Brauchbares. Die Männer hatten den strikten Befehl, irgendetwas ans Licht zu bringen, was die Kooperation der Suchkommission mit dem Dalai Lama bewies.

Sehr erfolgreich waren sie bei ihren Bemühungen nicht, und so wurde die Stimmung von Tag zu Tag schlechter. Das bekamen vor allem die Tibeter zu spüren, die aus weit entfernten Landesteilen nach Nagchu gepilgert waren und von der dramatischen aktuellen Entwicklung noch nichts gehört hatten. Wer nicht sofort der Aufforderung Folge leistete umzukehren, sondern sich dennoch dem Haus näherte, vielleicht nur deshalb, weil er die in Chinesisch gebrüllten Befehle nicht verstand, wurde mit Schlagstöcken empfangen. Einige besonders hartnäckige Pilger wurden gar übel zugerichtet.

Es gab auch Tibeter, die nach der Entführung gezielt versuchten, das Haus zu betreten, um ihrerseits nach Hinweisen auf den Verbleib des Jungen und seiner Eltern zu suchen. Sie schlichen sich nachts heran, nicht ahnend, dass die Posten permanent auf der Hut waren. Gegen sie gingen die genervten Volkspolizisten besonders brutal vor. Blutige Nasen und manchmal sogar gebrochene Knochen gaben Zeugnis davon.

Nach zehn Tagen zogen die Sicherheitskräfte ab. Sofort folgte ein Abrisskommando. Das Geburtshaus des Panchen Lama wurde dem Erdboden gleichgemacht. Nichts mehr sollte an ihn erinnern. Es gab keinen Panchen Lama in Tibet, der vom Dalai Lama anerkannt worden war. So jedenfalls wollte es die allmächtige Partei.

Doch die chinesische Führung hatte nicht alles unter Kontrolle. Als die einzelnen Kandidaten geprüft wurden – damals genossen Chadrel Rinpoche und seine Mitarbeiter noch das Vertrauen der Behörden –, hatte man Gendün Choekyi Nyima mehrere Trompeten gezeigt. Sie waren aus Oberschenkelknochen gefertigt und wurden bei rituellen Tänzen verwendet. Eine davon hatte dem verstorbenen Panchen Lama gehört. Der Junge hatte sie sofort identifiziert und mit Inbrunst hineingeblasen.

Als ob ihn eine Vorahnung überkommen hätte, gab Chadrel Rinpoche einem seiner Mönche, der bis dahin nichts mit der Suche nach dem Panchen Lama zu tun hatte und deshalb unverdächtig war, den Auftrag: „Bring diese Trompete nach Dharamsala! Sie hat ihre Aufgabe für uns erfüllt, womöglich wird sie für unsere Freunde im Exil noch wichtig sein.“ Er fügte noch eine Notiz mit wichtigen Informationen hinzu, die jedoch so verfasst war, dass sie nur für den Dalai Lama und seine Umgebung Sinn ergab. Sollten chinesische Sicherkräfte den Mönch kontrollieren und sein Gepäck durchforsten, würden sie es für religiöse Gebrauchsgegenstände und Anweisungen halten.

Doch alles ging glatt. Ohne Probleme passierte der Mönch die Grenze nach Nepal. Eine Woche später war er in Dharamsala und übergab die Trompete mit dem Schreiben Tenzin Geyche, dem Privatsekretär des Dalai Lama.

Die Verantwortlichen in Dharamsala wussten sofort, was zu tun war. Sie leiteten das wertvolle Stück an den älteren Bruder des Dalai Lama weiter, der in den USA lebte. Er ließ es auf genetische Spuren untersuchen. Für amerikanische Labors war es kein Problem, mit Hilfe der Trompete DNA-Spuren von Gendün Choekyi Nyima sicherzustellen. Das Ergebnis wurde an die CIA weitergeleitet, die damit ein sicheres Indiz in der Hand hielt, um die Identität des Panchen Lama nachweisen zu können, wenn es einmal nötig sein sollte.

Dann schickte der Dalai Lama eigens einen Gesandten nach Washington, um zu besprechen, wie mit diesen wichtigen Erkenntnissen umgegangen werden solle. „Was werden die Chinesen machen?“, fragte der für forensische Untersuchungen zuständige Abteilungsleiter im Geheimdienst den Gast aus Indien, doch er erntete nur ein hilfloses Lächeln. „Das kann niemand mit Sicherheit sagen.“ „Das heißt aber auch, niemand kann mit Sicherheit ausschließen, dass der Junge umgebracht wird, und die Chinesen irgendwann einen erwachsenen Lama präsentieren werden, dessen Identität niemand überprüfen kann“, hakte der Beamte unverblümt nach. Er war nicht vertraut mit der asiatischen Mentalität war. Sein Gesprächspartner blickte indigniert zur Seite. So direkt malte sich kein Tibeter aus, was mit dieser kostbaren Inkarnation geschehen könnte. Doch der Amerikaner ließ nicht locker. „Wenn das ein realistisches Szenario ist, dann sollten wir den Chinesen die Nachricht zukommen lassen, dass wir über DNA-Spuren des Lama verfügen.“ „Des Panchen Lama“, verbesserte der Tibeter leise, doch sein Gesprächspartner schien auf solche Feinheiten wenig Wert zu legen. „Welchen Lamas auch immer“, lachte er und fuhr unbeirrt fort: „Wenn wir den Chinesen das glaubhaft vermitteln können, sind sie gewarnt. Dann können sie die Welt nicht mit einem falschen Lama, pardon, Panchen Lama, zum Narren halten.“ „Ich danke Ihnen für die Informationen“, schloss der Tibeter, „ich werde Ihren Vorschlag meiner Regierung vortragen. Ich habe nicht die Kompetenz, eine solche Frage eigenmächtig zu entscheiden.“

In Dharamsala fand der Vorschlag aus Washington uneingeschränkte Unterstützung. Auch wenn niemand offen aussprach, dass die chinesische Führung ein solches Verbrechen anordnen könnte, schloss es doch niemand in seinem Herzen aus. Es war auf jeden Fall gut, den Machthabern in Peking zu klar zu verstehen zu geben, dass eine Täuschung der Welt ausgeschlossen war, selbst nach Jahrzehnten, wenn sich der Panchen Lama körperlich weiterentwickelt hätte.

Derweil machte sich die chinesische Führung mit ihren tibetischen Freunden daran, einen eigenen Panchen Lama zu finden.

Ein halbes Jahr, nachdem man den jungen Panchen Lama und seine Familie hatte verschwinden lassen, fand die feierliche Zeremonie statt. Hohe Parteiprominenz und eine große Anzahl von Angehörigen der Bewaffneten Volkspolizei waren ein ungewohntes Publikum bei der Wahl eines buddhistischen Würdenträgers in Lhasa.

Drei Elfenbeinkugeln mit jeweils einem Namen darauf wurden in die Goldene Urne gelegt. Ein hoher Geistlicher musste eine Kugel ziehen. Niemand außer den kommunistischen Funktionären wusste, welche Namen sich darin befanden und nach welchen Kriterien die Kandidaten ausgesucht worden waren. Schließlich wurde der Name Gyaltsen Norbu gezogen: ein Junge, der genauso hieß wie der Vorsitzende der Kommunistischen Partei in Tibet und dessen Eltern beide der Partei angehörten. Großer Jubel der Funktionäre begleitete die Wahl. In ungewohnter Eile wurde der Junge in seine Ämter eingesetzt.

Tibet hatte nun zwei Panchen Lamas, einen, den die Kommunistische Partei ernannt hatte, und einen, der vom Dalai Lama anerkannt worden war.

Während der eine im Sinne der Partei in Peking erzogen wurde, wusste vom anderen niemand, wo er sich befand.

Der chinesische Panchen Lama

Im Kloster Tashi Lhunpo herrschte Aufregung. Es war beinahe ein Aufruhr der Mönche. Ihr verehrter und geschätzter Abt Chadrel Rinpoche war zusammen mit mehreren seiner engsten Mitarbeiter verhaftet worden. Der Panchen Lama, den er gefunden und der Dalai Lama autorisiert hatte, war verschwunden, und von dem neuen wusste niemand, was ihn eigentlich für dieses Amt legitimierte.

Die Partei rief die Mönche zu einer Versammlung ein. Jeder ahnte, was auf sie zukam. Die ganze Stadt Shigatse glich einem Heerlager. In den letzten Jahren hatten sich die Soldaten eher zurückgehalten. Nun zeigten sie offen Präsenz, kontrollierten alle wichtigen Straßenkreuzungen und erst recht alle Zugänge zum Kloster. Offenbar befürchteten die Behörden massenhafte Proteste, denen sie von vorne herein begegnen wollten, indem sie ihre Macht demonstrativ zur Schau stellten, um die Menschen einzuschüchtern.

Hinter den Klostermauern forderte Sengchen Lobsang Gyaltsen die Mönche auf, sich zu Gyaltsen Norbu zu bekennen: „Der neue Panchen Lama ist auf traditionelle Art, durch die Wahl mit der Goldenen Urne, ermittelt und rechtmäßig inthronisiert worden. Nichts spricht für den Knaben Gendün Choekyi Nyima. Unser ehemaliger Abt“, er vermied es, den Namen auszusprechen, „hat niemals sagen können, warum er diesen Kandidaten ausgewählt hat, deshalb hat die Wahl keine Relevanz.“

Unüberhörbares Murren begleitete die Ausführungen von Sengchen Lobsang Gyaltsen, doch er achtete nicht darauf. In der Anwesenheit chinesischer Soldaten fühlte er sich sicher. Er fuhr fort: „Außerdem entspricht es nicht unserer Tradition, Kräfte außerhalb des Mutterlandes zu konsultieren.“ Der Unmut schwoll an, denn jeder wusste, worauf Sengchen Lobsang Gyaltsen anspielte. Einige Mönche in den ersten Reihen machten Anstalten, sich zu erheben. Im Raum selbst waren nur wenige Sicherheitskräfte zugegen. Sie könnten zwar in kürzester Zeit zusammengerufen werden, aber dennoch überkam den ehemaligen Mönch des Klosters ein mulmiges Gefühl.

Dann stand Ngachen Rinpoche auf und ging nach vorn zu Sengchen Lobsang Gyaltsen. Auf einen Schlag war es totenstill in dem Versammlungssaal. Jeder wusste um die wichtige Rolle, die der alte Mönch bei der Auffindung des Panchen Lama gespielt hatte. Welche Stellung würde er beziehen? Er hatte sich nicht mehr öffentlich zu Wort gemeldet, seit Chadrel Rinpoche verhaftet worden war. Niemand wusste, wie das zu deuten war. Würde er es wagen, der Regierung offen die Stirn zu bieten? Er hatte sich nie politisch betätigt. Oder würde er Sengchen Lobsang Gyaltsen zustimmen und die ursprüngliche Wahl widerrufen?

Atemlos hingen die Mönche an seinen Lippen, die Spannung war mit Händen zu greifen. Auch der Vertreter der Regierung wusste nicht, was jetzt auf ihn zukam, aber er wagte es nicht, dem hoch angesehenen Mönch das Wort zu verbieten. Ngachen Rinpoche begann mit leiser Stimme zu sprechen, so dass die Mönche in den hinteren Reihen Mühe hatten, ihn zu verstehen, obwohl man eine Stecknadel hätte fallen hören.

„Du sagst, niemand wisse, warum unser Abt Chadrel Rinpoche den Jungen Gendün Choekyi Nyima als wahre Inkarnation des Panchen Lama anerkannt hat", wandte er sich direkt an Sengchen Lobsang Gyaltsen. „Jeder hier im Raum weiß, dass ich unseren ehrwürdigen Abt bei der Auswahl eng begleitet habe. Ich war mit ihm am heiligen See Lhamo Latso, ich habe zusammen mit ihm Gendün Choekyi Nyima besucht. Der Körper des Kindes trug Zeichen, die jeden Zweifel über seine Identität als wahren Panchen Lama verbieten. Holt ihn her, und ich zeige sie Euch allen! Deshalb bleibe ich dabei: Der Junge, der von Seiner Heiligkeit dem Dalai Lama bestätigt wurde, ist der wahre Panchen Lama. Ich erkenne die Wahl mit der Goldenen Urne nicht an!"

Weiter kam er nicht. Die Spannung, die Enttäuschung über den Verrat, aber auch die Begeisterung über die klare Stellungnahme von Ngachen Rinpoche machten sich in Freudenschreien Luft. „Lang lebe der Dalai Lama!", „Freiheit für Tibet!" Immer mehr Mönche stimmten ein.

Im Gedanken an die Rechenschaft, die er seinen Parteioberen schuldig war, versuchte Sengchen Lobsang Gyaltsen noch einmal, sich Gehör zu verschaffen, doch es war aussichtslos. Die Stimmung schlug sofort um, als er um Ruhe bat. Er wurde niedergeschrien. Als er drohende Fäuste gegen sich gerichtet sah, floh er zum Ausgang. Wenige Minuten später stürmten bewaffnete Volkspolizisten den Raum und trieben die Mönche mit Schlagstöcken auseinander.

Sengchen Lobsang Gyaltsen war alarmiert. Unmittelbar nach der Versammlung machte er sich auf nach Peking, um den Verantwortlichen der Einheitsfront Bericht zu erstatten und das weitere Vorgehen mit ihnen zu besprechen. Den Jungen Gyaltsen Norbu zur Ausbildung nach Tashi Lhunpo zu bringen, wie es für einen

Panchen Lama gemeinhin üblich war, schien ihm jedenfalls ein unkalkulierbares Risiko zu bergen.

Das Ministerium der Einheitsfront zählte zu den einflussreichsten im kommunistischen System. Offiziell war es für den Kontakt mit allen Gruppierungen und Bewegungen außerhalb der Partei zuständig. Das besondere Augenmerk lag dabei auf den religiösen Gruppierungen. Tatsächlich jedoch ging es um die Kontrolle all dieser Organisationen. Die Partei duldete nicht, dass sich ihr etwas entzog.

Ein aufstrebender Vertreter des Ministeriums war der Tibeter Sitha, ein Mann, auf den die Führung große Hoffnungen setzte. Er war absolut loyal und stand der Religion eher ablehnend gegenüber, was von den meisten tibetischen Kadern nicht behauptet werden konnte. Deshalb war er der ideale Mann, der bei der Ausbildung des Partei-eigenen Panchen Lama im Hintergrund die Fäden in der Hand hielt.

„Wir können nicht wagen, ihn in Tibet zu erziehen“, bekannte Sengchen Lobsang Gyaltsen offen. Die Mehrzahl der Mönche sympathisiert mit der Dalai-Clique und dem Separatismus. Es ist nicht abzusehen, wie sie auf den neuen Panchen Lama reagieren.“ „Dann hättet ihr größere Anstrengungen bei der patriotischen Erziehung der Mönche machen müssen. Es wird diesem undankbaren Kloster doch wohl bewusst sein, welche Privilegien ihm die Zentralregierung bereits gewährt hat“, hielt Sitha ungerührt entgegen. Sengchen Lobsang Gyaltsen schluckte. Bei jedem anderen hätte er eine solche Anmaßung wütend zurückgewiesen. Was hatte er schließlich nicht alles unternommen, um die Mönche vom segensreichen Wirken der Zentralregierung und den Reformen des Genossen Deng Xiaoping zu überzeugen. Und wie hatte man ihn dafür angegriffen. Bisweilen hatte er sogar um seine Unversehrtheit fürchten müssen. Aber Sitha konnte er nicht angreifen, denn dieser stand in der Parteihierarchie über ihm, obwohl er jünger war. Und es war gewiss noch nicht das Ende seiner Karriere. Also schluckte er seinen Ärger herunter und antwortete so freundlich, wie er vermochte: „Genosse Sitha, Sie kennen unsere Landsleute, manchmal sind sie entsetzlich stur. Leider ist der Einfluss der Dalai-Clique noch immer nicht überall ausgemerzt. Bestärkt werden die renitenten Elemente noch durch Verräter wie Chadrel Rinpoche und Ngachen Rinpoche. Sie wehren sich gegen jede Form des Fortschritts, und Dankbarkeit liegt ihnen völlig fern. Wir sollten deshalb mit Gyaltsen Norbu...“ „Mit dem Panchen Lama, Genosse!“, unterbrach ihn der tibetische Funktionär streng. „Mit dem Panchen Lama!“, verbesserte sich Sengchen Lobsang Gyaltsen sofort, doch seinem Gesicht war abzulesen, wie sehr es ihn ärgerte, erneut gemaßregelt zu werden. „Wir sollten sehr vorsichtig mit ihm sein und kein Risiko eingehen. Wir wissen nicht, wie ein solches Kind reagiert, wenn es Ablehnung spürt oder gar von gewissenlosen Elementen indoktriniert wird."

Diesen Argumenten konnte sich niemand im Ministerium der Einheitsfront verschließen. Die Funktionäre entschieden deshalb, dass ihr Panchen Lama Gyaltsen Norbu in Peking ausgebildet würde und nur zu besonderen Anlässen nach Tibet in sein Stammkloster Tashi Lhunpo reisen sollte. Alle, die mit ihm zu tun hatten, wurden sorgfältig ausgewählt und standen unter ständiger gegenseitiger Kontrolle. Niemand sollte die Möglichkeit haben, mit dem Jungen allein zu sein und ihm womöglich Informationen zukommen zu lassen, die nicht im Sinne der Partei waren.

Sein wichtigster Lehrer wurde Phagpa Dedrül Rinpoche, ein hoher Gelehrter, der sich immer aus allen politischen und gesellschaftlichen Fragen herausgehalten hatte. Die Kulturrevolution hatte er als Arbeiter in Shigatse überstanden. Niemals hatte er den Kontakt zum Exil gesucht. Selbst seine engste Umgebung wusste nicht, wie er in seinem Herzen zum Dalai Lama stand. Die Funktionäre gingen davon aus, dass er der Partei gegenüber loyal war, auch wenn sie nach den Erfahrungen mit Chadrel Rinpoche noch misstrauischer waren als sonst. Aber sie brauchten einen Lehrer, der dem Jungen eine fundierte religiöse Ausbildung geben konnte. Nur dann konnten sie hoffen, dass die Tibeter ihren Widerstand gegen die Wahl irgendwann einmal aufgeben würden.

Als die Funktionäre Phagpa Dedrül Rinpoche von ihrer Entscheidung in Kenntnis setzten, war er alles andere als begeistert. Zunächst suchte er vorsichtig nach einer Möglichkeit, die Aufgabe abzulehnen. „Ich danke für die Ehre und das Vertrauen. Bedenkt aber bitte mein Alter und meine Gesundheit. Keiner weiß, wie lange ich noch leben werde. Der junge Panchen Lama benötigt einen Lehrer, der ihn bis in das Erwachsenenalter hinein begleitet und zu dem er Vertrauen aufbauen kann. Das kann ich nicht garantieren. Deshalb wäre es vielleicht sinnvoll, eine andere Wahl zu treffen", gab er Sitha zu bedenken. Doch dieser blieb hart: „Unsere Wahl ist getroffen. Wenn sich die Partei einmal entschieden hat, dann bleibt sie dabei!", beendete der Funktionär das Ansinnen. „Wir sind überzeugt, dass Du die Verantwortung übernehmen kannst, die mit der Aufgabe verbunden ist. Enttäusche uns nicht!" Phagpa Dedrül Rinpoche war klar, dass es keine Alternative mehr gab. Er musste zustimmen, wollte er sich nicht verdächtig machen und sich in

Schwierigkeiten bringen. Immerhin durfte er auf einige alte Weggefährten zurückgreifen, die ihn bei der Ausbildung unterstützen sollten.

Für die noch wichtigere patriotische Erziehung übernahm das Ministerium der Einheitsfront selbst die Verantwortung. Einige der politisch zuverlässigsten Mitarbeiter wurden abkommandiert, um sich allein diesem Jungen zu widmen. Im Gegensatz zur religiösen Ausbildung wählte die Partei dafür junge Kader aus. Sie konnten durch diese Aufgabe ihre Treue und ihre Verlässlichkeit beweisen und sich für ihre weitere Laufbahn empfehlen.

Gyaltsen Norbus Eltern, treue, wenn auch nicht sonderlich aktive Parteimitglieder, unterstützten die Ausbildung ihres Sohnes. Wie viele tibetische Kommunisten lebten sie in zwei Welten. In die Partei waren sie nicht zuletzt eingetreten, um beruflich etwas zu erreichen. Es gab nicht viele Tibeter, die zu diesem Schritt bereit waren, doch die Norbus waren pragmatisch. Den Glauben an Buddha hatten sie dadurch nicht abgelegt. Wollte ihr Sohn sein ehrenvolles Amt zur Zufriedenheit der Partei ausfüllen, musste er von klein auf mit den Grundzügen der Ideologie vertraut gemacht werden.

Gyaltsen Norbu war ein gelehriger Schüler. Er wusste bald, dass seine Heimat schon immer ein integraler Bestandteil Chinas gewesen war und dass die Kommunistische Partei unter dem Großen Vorsitzenden Mao Tsetung 1949 Feudalismus und Ausbeutung in Tibet abgeschafft hatte. Er lernte, dass 1959 das Volk einen Aufstand der alten Feudalherren und Reaktionäre entschlossen niedergeschlagen hatte und dass die separatistische Dalai-Clique anschließend nach Indien geflohen war. Man verschwieg ihm auch nicht, dass in den sechziger Jahren der Einfluss einiger linksradikaler Elemente für gravierende politische Irrtümer verantwortlich war, die zu bedauerlichen Ausschreitungen gegen religiöse Einrichtungen geführt hatten. Aber durch den Reformkurs des Vorsitzenden Deng Xiaoping hatte sich die Lage rasch beruhigt. Sein Modernisierungskurs ließ das Land aufblühen und bescherte den Menschen einen nie gekannten Fortschritt.

Und Gyaltsen Norbu lernte auch, dass die separatistischen Elemente, die nach Indien geflohen waren, noch immer versuchten, seine Heimat zu destabilisieren. Dafür hatten sie sich mit Kräften verbündet, die China feindlich gegenüber standen. Es könne keinen Zweifel geben, dass die Dalai-Clique mit Hilfe der USA das Mutterland spalten wolle. Auch in der Provinz Taiwan seien Separatisten am Werke. Einem religiösen Würdenträger wie ihm obliege es in nicht allzu ferner Zukunft, die

Menschen darüber aufzuklären, wie schädlich die Aktivitäten der Dalai-Clique für den Wohlstand und die Ausübung der Religionsfreiheit seien.

In die religiöse Erziehung mischte sich die Einheitsfront nicht direkt ein. Phagpa Dedrül Rinpoche legte großen Wert darauf, den Jungen mit den Grundzügen der buddhistischen Lehre, aber auch mit den Ritualen vertraut zu machen. Auf dem Lehrplan standen fünf Haupt- und fünf Nebenfächer. Zur ersten Gruppe gehörten Dialektik, also die Kunst des Debattierens, Buddhistische Philosophie, Grammatik und Sprachwissenschaft, Medizin sowie Kunst und Kultur. Bei den Nebenfächern handelte es sich um Metrik und Ausdruck, Wortschatz, Poesie, Musik und Drama sowie schließlich Astrologie.

Dies sah die traditionelle Mönchsausbildung vor, und daran hielt sich Phagpa Dedrül Rinpoche. Darüber hinaus lehrte er den Jungen die seit Jahrhunderten überlieferten Riten und Formen einer Puja, einer Segnung und anderer Weihehandlungen. Jeden Bezug zum Dalai Lama vermied Phagpa Dedrül Rinpoche, und wenn ihn die Funktionäre aufforderten, sich in der Ausbildung stärker von dem tibetischen Oberhaupt zu distanzieren, zeigte er ihnen selbstbewusst ihre Grenzen auf: „Das ist Teil der patriotischen, nicht der religiösen Erziehung, und deshalb gehört es nicht zu meinen Aufgaben.“

Gyatsen Norbu nahm den Unterricht seiner politischen Lehrer ebenso ernst wie die religiösen Unterweisungen. Die übergeordneten Parteifunktionäre, die aus einer gewissen Distanz, jedoch mit großer Sorgfalt, seine Entwicklung beobachteten, waren sehr zufrieden mit ihm – so zufrieden, dass sie nach einigen Jahren entschieden, der Junge solle von Zeit zu Zeit sein Stammkloster Tashi Lhunpo aufsuchen, um seinen Anspruch dort deutlich zu machen. Wenn sie durch ihn ihre religiöse Autorität über Tibet festigen wollten, durfte er sich nicht nur in Peking aufhalten.

Ein solches Unternehmen erforderte intensive Vorbereitungen. Die genaue Auswahl der Delegationsteilnehmer, das Programm im Kloster, die dortigen Kontaktpersonen – all das musste gut geplant sein, damit es nicht zu unangenehmen Zwischenfällen kam. Seit dem Auswahlverfahren waren die Genossen gewarnt. Sie überließen nichts mehr dem Zufall. Besonders wichtig war es, die Mönche des Klosters zu instruieren. Von ihren Spitzeln wussten sie, dass die große Mehrheit von ihnen Gyaltsen Norbu auch Jahre nach seiner Inthronisierung noch immer nicht als Panchen Lama akzeptierte.

Wenige Tage vor dem geplanten Besuch riefen die Vertreter der Einheitsfront die Mönche zu einer Versammlung zusammen. Sengchen Lobsang Gyaltsen hatte Sitha überzeugen können, selbst nach Tashi Lhunpo zu kommen. Dafür gab es zwei gewichtige Gründe. Zum einen wollte er auf keinen Fall selbst noch einmal zu den Mönchen dort sprechen, denn ihm war klar, dass sein letzter Auftritt auch Jahre später noch nicht vergessen war und keiner der Mönche auf das hören würde, was er zu sagen hätte. Zum anderen wollte er aber auch, dass Sitha selbst einen Eindruck von der Stimmung in dem Kloster bekam. Dann würde er hoffentlich nicht mehr so überheblich auftreten, wenn die patriotische Erziehung nicht den gewünschten Erfolg zeitigte.

Sithas Rede enthielt Altbekanntes: „Nur wenn alle patriotischen Kräfte zusammenhalten, ist es möglich, der Bedrohung durch die vom Ausland aus operierenden separatistischen und reaktionären Elemente standzuhalten und das Wohl aller zu fördern. Der Panchen Lama war schon immer ein großer Patriot. Einst wird er ein wahrer religiöser Führer seines Volkes sein. Also heißt ihn seiner Würde und seines Amtes entsprechend willkommen."

Verschlossene Gesichter starrten den tibetischen Kommunisten an, der die Mauer der Ablehnung spürte. Sie war mit Händen zu greifen. Aber so leicht ließ er sich nicht entmutigen. Er verschärfte den Ton: „Wenn Ihr Eurer patriotischen Pflicht nicht nachkommt, könnte es sein, dass sich die Zentralregierung nicht mehr so großzügig und tolerant Eurem Kloster gegenüber erweist. Tashi Lhunpo hat schon immer mehr Privilegien genossen als jedes andere Kloster in Tibet. Zeigt Euch dafür erkenntlich!"
„Gebt uns Chadrel zurück!", rief jemand aus den hinteren Reihen. Beifälliges Gemurmel erhob sich. Sitha war es nicht möglich, unter den vielen Mönchen, die für ihn alle gleich aussahen, den Zwischenrufer zu identifizieren. Er entschloss sich, ihn zu ignorieren. Obwohl er spürte, dass er auch mit Drohungen nicht weiterkam, fiel ihm nichts anderes ein. „Ich warne Euch! Unterschätzt meine Ernsthaftigkeit nicht. Die Zentralregierung hat es nicht nötig, für ihre Großzügigkeit auch noch abgelehnt zu werden. Kommt Eurer patriotischen Pflicht nach, wenn der Panchen Lama in ein paar Tagen hier erscheint, sonst wird das Konsequenzen haben, für Euch alle!"

Niemand regte sich, niemand sagte ein Wort. Jetzt wünschte sich Sitha fast offenen Widerspruch, denn der wäre noch leichter zu ertragen gewesen als diese stumme Ablehnung. Dabei waren die Mönche von Tashi Lhunpo für ihre hitzigen Debatten bekannt.

Pflichtbewusst meldete Sitha nach Peking, dass alle Instruktionen vorschriftsmäßig erteilt worden seien. Der Panchen Lama möge nach dem Willen der Partei und des tibetischen Volkes sein Stammkloster besuchen, die Mönche erwarteten ihn.

Es war ein kalter Morgen, als sich die Wagenkolonne mit dem hohen Gast dem Kloster näherte. Entlang des Weges hatte die Partei Gebetsfahnen anbringen lassen, hin und wieder auch die rote Nationalflagge mit den vier kleinen und dem einen großen Stern in der Ecke. Der Bevölkerung hatte man Geld versprochen, wenn sie sich entlang der Straße aufstellte und den Gast mit kleinen Nationalfähnchen freundlich willkommen hieße. Doch nur ganz vereinzelt fand sich jemand an der Wegstrecke ein. Die Vertreter der Einheitsfront beschlich ein ungutes Gefühl.

Schließlich erreichte der Konvoi die stattliche Klosteranlage. Der junge Panchen Lama war tief bewegt. Zum ersten Mal in seinem Leben betrat er sein Stammkloster. Über dem Eingangstor flatterte in chinesischer und tibetischer Schrift ein großes Banner: „Willkommen, Panchen Lama!"

Die Wagenkolonne hielt vor dem Portal. Es war abgesprochen worden, den Jungen zu Fuß durch das Kloster zu führen, in dem er womöglich einmal residieren sollte. Bei Eintritt fiel ihm sofort ein mächtiges rotes Gebäude im linken hinteren Bereich des Klosters auf. Zwar hatten ihm seine Lehrer häufig Bilder von Tashi Lhunpo gezeigt, doch der unmittelbare Anblick war weitaus überwältigender als jedes Foto. So bemerkte er nicht, wie leer die Anlage war. Seinen Begleitern jedoch entging das nicht. Es verstärkte ihr Gefühl, dass es ein schwieriger Besuch werden könnte.

Zunächst jedoch steuerten sie auf das imposante Gebäude mit einem quadratischen Grundriss zu, das alle anderen überragte. „Der Tempel zu Ehren des Buddha Maitreya, den der 9. Panchen Lama vor noch nicht einmal hundert Jahren hat errichten lassen", erklärte Phagpa Dedrül Rinpoche. Bei der Besichtigung sah der Junge aus Peking, warum der Tempel solche Ausmaße hatte: Er beherbergte eine überdimensionale Statue von Maitreya, dem Buddhas des zukünftigen Zeitalters, dem von allen ersehnten kommenden Weltenlehrer. In Tashi Lhunpo wurde er besonders verehrt. Die Statue war 26 Meter hoch, wie die Mönche ihrem Gast stolz erläuterten, und mit 179 Kilogramm Gold verziert, um sie erstrahlen zu lassen. Die Augen waren aus reinen Diamanten gefertigt.

Ein nicht minder beeindruckendes Monument bemerkte Gyaltsen Norbu am äußersten rechten Rand der Klosteranlage: eine Thangka-Mauer, vierzig Meter breit und 28 Meter hoch, von der bei Klosterfesten Rollgemälde herabgelassen wurden.

All die neuen Eindrücke weckten in Gyaltsen Norbu eine kindliche Freude, die sich noch verstärkte, als ihn die Mönche durch die Residenz des Panchen Lama führten, die sich auf halbem Wege zwischen Maitreya-Tempel und Thangka-Mauer befand. Mit besonderem Stolz verwies Sitha auf eine chinesische Kapelle, die der 6. Panchen Lama in dem Gebäude hatte errichten lassen. „Damit kennt sogar er sich aus, der sonst nicht viel von Religion hält“, dachte Phagpa Dedrül Rinpoche, doch er hütete sich, seine Gedanken laut zu äußern. „Hier ist mein Platz, hier möchte ich einmal leben“, äußerte der Junge voller Unschuld. Seine Begleiter vermieden es, darauf einzugehen.

Schließlich endete die kurze Besichtigung im großen Gebetsraum. Im Eingangsbereich befand sich die Grabkapelle des ersten Dalai Lama, der das Kloster gegründet hatte. Vor der Tür warteten vier Mönche, um den Gast zu begrüßen. Respektvoll, doch steif und formell neigten sie ihr Haupt, die Hände vor der Brust gefaltet. Norbus Begleitung warfen sie ein paar besorgte Blicke zu, die dem Jungen jedoch verborgen blieben.

Als die Gäste feierlich in die große Gebetshalle schritten, stockte ihnen der Atem – doch das hatte nichts mit der ungewohnten Höhe in Tibet zu tun: Was sie sahen, übertraf ihre schlimmsten Befürchtungen. Die Halle war beinahe leer. Die wenigen Mönche, die den Jungen erwarteten, wirkten verloren in dem riesigen Saal. Die meisten waren einfach in ihren Klausen geblieben – ein stummer Protest, gegen den die Behörden wenig ausrichten konnten. Der Junge blieb in der Tür stehen und schaute seinen Lehrer Phagpa Dedrül Rinpoche konsterniert an. Unverständnis, ja Fassungslosigkeit zeigte sich in seinem Blick. Wenn er in China Tempel und Klöster besuchte, strömten weit mehr Menschen zusammen, um ihn zu sehen und seinen Segen zu empfangen. Warum waren hier in seinem eigenen Kloster nur so wenige Mönche erschienen? Warum interessierte sich hier niemand für ihn? Was war vorgefallen? Was hatte man ihm verheimlicht? Die Fragen schwirrten durch seinen Kopf, doch er fand keine Möglichkeit, sie in Worte zu fassen.

Phagpa Dedrül Rinpoche konnte seinem Blick nicht lange standhalten. Was sollte er ihm sagen? Die Wahrheit durfte er nicht verraten, und jede Notlüge hätte alles nur noch schlimmer gemacht. Dann spürte er, wie Sitha ihn anstieß: Das Schauspiel sollte weitergehen, als sei nichts geschehen. Also geleiteten die Mönche ihren Panchen Lama zu einem vorbereiteten Thron. In ehrfürchtigem Abstand nahmen sie davor Aufstellung und bedeuteten ihm, mit den Segnungen zu beginnen. Die wenigen Mönche traten vor, und er berührte ihren Kopf mit seiner Hand. Rasch war die Zeremonie beendet. Die Blicke von Phagpa Dedrül Rinpoche machten dem Jungen deutlich, dass es besser wäre, keine Fragen zu stellen.

Eine Erklärung war jedoch unvermeidlich, und deshalb ergriff Sitha forsch die Initiative. Er tauschte sich kurz mit den einheimischen Mönchen aus und wandte sich dann lächelnd dem Jungen zu: „Wir haben einen schlechten Tag erwischt. Die Mönche sind intensiv mit ihren Studien beschäftigt. Wichtige Prüfungen stehen auf dem Programm, da dürfen sie sich nicht stören lassen.“ Die Mine des Jungen entspannte sich ein wenig, doch als er in das Gesicht seines wichtigsten Mentors schaute, sah er ein derartig gequältes Lächeln, dass ihm klar wurde, diese Erklärung war nur ein Vorwand. Phagpa Dedrül Rinpoche bedauerte es nicht, die Intrigen von Sitha durchkreuzt zu haben.

Zurück in Peking trafen sich Sitha, Sengchen Lobsang Gyaltsen und andere Funktionäre vom Ministerium der Einheitsfront zu einer Krisensitzung. Die sorgenvollen Gesichter der gewöhnlich so souveränen Männer zeigten, wie ernst sie die Lage einschätzten. „Wir müssen uns etwas einfallen lassen. Wenn der Panchen Lama nicht häufiger nach Tibet reist, wird es uns nie gelingen, ihn bei der Bevölkerung durchzusetzen. Warum hält unser Volk nur so stur an der separatistischen Dalai-Clique fest?“, begann Sengchen Lobsang Gyaltsen. „Lass das Jammern“, hielt Sitha ihm entgegen. „Du kennst unser Volk so gut wie ich. Wir sollten die Besuche erst einmal in die östlichen Landesteile verlegen, wo die Ablehnung nicht so groß ist.“ „Ja“, sprang ihm Sengchen Lobsang Gyaltsen eifrig zur Seite, „je weiter wir von Shigatse entfernt sind, desto einfacher dürfte es sein. Und wenn er erst einmal im Osten anerkannt ist, fällt es uns vermutlich auch im Zentrum leichter, ihn durchzusetzen. Wir müssen langfristig denken.“ Der letzte Satz klang sehr belehrend. Er merkte sofort, dass dies bei Sitha nicht gut ankam.

„Wie wäre es mit Kumbum?“ fragte Sitha in den Raum. „Es ist eines der bedeutendsten Klöster im ganzen Land. „Verzeihen Sie, wenn ich widerspreche, Genosse“, wagte Sengchen Lobsang Gyaltsen einen Einwand. „Wir müssen bedenken, dass der Dalai aus der Gegend stammt und als kleines Kind einige Zeit dort gelebt hat. Die Mönche verehren ihn in Kumbum mehr als irgendwo sonst, deshalb erscheint mir ein Besuch dort nicht opportun.“ Er verzog sein Gesicht ein wenig. Selten hatte er seine wirkliche Meinung über den Einfluss des tibetischen Oberhauptes, von dem es immer hieß, er sei der Wortführer einer kleinen separatistischen Clique im Exil, so offen von sich gegeben. Aber um weitere Katastrophen zu vermeiden, mussten sie zumindest untereinander ehrlich sein. Etwas verunsichert über seinen eigenen Mut fuhr er fort: „Aber Qinghai an sich ist eine gute Idee, Genosse. Dort liegt auch Labrang, ein nicht weniger bedeutendes Kloster, nur weiter entfernt vom Einfluss der Dalai-Clique."

„Du könntest Recht haben, Du alter Fuchs." Das Lob von Sitha schmeichelte dem Mönch, der schon lange nicht mehr als solcher lebte. Aber im Stillen dachte er grimmig. „Wenn ich noch gläubig wäre, würde ich jetzt zu Buddha beten, dass ich wirklich Recht habe."

Der Vorschlag sollte rasch umgesetzt werden. Es wurde höchste Zeit, dass sich Pekings Panchen Lama wieder in einem tibetischen Umfeld sehen ließ.

Selbst für den umsichtigen und misstrauischen Sitha war es überraschend, wie schnell sich Informationen aus dem Umfeld seines Panchen Lama in Tibet verbreiteten. Dem würde er nachgehen müssen. Noch bevor der Besuch in Labrang offiziell bekannt gegeben worden war, machten Gerüchte darüber die Runde. Aber diesmal würden die Behörden besser vorbereitet sein als in Tashi Lhunpo. Das hatte Sitha sich geschworen.

Zwei Wochen vor dem Termin wurden alle Mönche des Klosters zu einer Versammlung einberufen. Sie erhielten die gleichen Anweisungen wie seinerzeit die Mönche in Tashi Lhunpo – aber auch ihre Reaktion war die gleiche. Einmal mehr prallten die Vertreter der Einheitsfront gegen eine Mauer des Schweigens und der Ablehnung. „Wir können es nicht wagen, den Panchen Lama unter diesen Bedingungen nach Labrang zu bringen. Diese Sturköpfe sind in der Lage und bereiten uns eine ähnliche Blamage. Das dürfen wir nicht riskieren." Die eindringlichen Worte von Sengchen Lobsang Gyaltsen nervten Sitha. „Absagen können wir den Besuch auch nicht", hielt er dagegen. „Wir könnten sagen, der Junge sei krank geworden", beharrte Sengchen Lobsang Gyaltsen. „Blödsinn!", antwortete Sitha schroffer, als er eigentlich wollte. „Es geht um den Jungen, nicht darum, was ein paar reaktionäre Mönche denken. Das interessiert mich nicht sonderlich. Aber den Jungen haben wir über den Besuch bereits informiert. Wenn wir ihn jetzt absagen, dann wäre der Bursche noch verwirrter und verunsicherter, als er es ohnehin schon ist. Wir müssen einen anderen Weg finden."

Plötzlich erhellten sich seine Gesichtszüge: „Diesmal gehen wir kein Risiko ein. Wir kommandieren Soldaten der Bewaffneten Volkspolizei ab, scheren ihnen die Haare, stecken sie in Mönchsroben und lassen sie das Empfangskomitee für den Panchen Lama bilden. Sie müssen nicht mehr machen, als die Hände falten und so tun, als würden sie seinen Reden folgen und dann seinen Segen empfangen. Kann ja nicht schaden", fügte er noch hinzu und lachte laut über seinen Witz, den er für besonders gelungen hielt. Niemand wagte, ihm zu widersprechen, auch wenn sich mancher im Stillen fragte, ob ein so groß angelegtes Täuschungsmanöver wirklich Erfolg haben könnte.

Die Vorbereitungen dauerten nicht lange. Die Männer der Bewaffneten Volkspolizei waren es gewohnt, Befehle ohne Widerspruch und ohne Zögern auszuführen, egal wie ungewöhnlich oder sinnlos sie ihnen erschienen. Also ließen sie sich klaglos in Mönchskutten stecken und ihre ohnehin schon kurzen Haare auf Mönchslänge stutzen. Ein paar Tage, bevor der hohe Besuch in Labrang eintreffen sollte, traten sie zum Übungsappell an. Die Funktionäre waren hoch zufrieden. Wer die Männer nicht persönlich kannte, konnte unmöglich ahnen, dass es sich nicht um Mönche handelte. Der Panchen Lama durfte kommen!

Einmal mehr machte er sich in Begleitung von Phagpa Dedrül Rinpoche und einigen vertrauten Mönchen auf die Reise. Sie waren in den Betrug mit den Soldaten nicht eingeweiht worden. Sitha erschien dies unnötig. Diesmal wartete eine große Abordnung auf die Delegation. Der Junge nahm es mit Genugtuung zur Kenntnis. Vielleicht hatte es ja doch gestimmt, dass die Mönche von Tashi Lhunpo gerade in den Vorbereitungen auf ihre Prüfungen steckten, als er dort zu Besuch war. In der großen Versammlungshalle wurde seine Stimmung immer besser. Sie war bis auf den letzten Platz besetzt mit Mönchen, die sich wie auf ein heimliches Kommando hin gleichzeitig erhoben und ihn mit gefalteten Händen begrüßten.

Angesichts des großen Interesses an seinem Besuch nahm er sich vor, die vorgesehenen Rituale ein wenig auszudehnen. Bei seinen öffentlichen Auftritten war es nicht erwünscht, dass er etwas anderes von sich gab als die vorbereiteten Texte, die ihm von seinen Lehrern übergeben wurden. Doch gegen rituelle Handlungen würde niemand etwas einwenden können. Um sicher zu gehen, besprach er sich kurz mit Phagpa Dedrül Rinpoche. Dieser nickte zustimmend. Das reichte als Legitimation, schließlich war er sein wichtigster religiöser Mentor.

Phagpa Dedrül Rinpoche gefiel die Idee des ihm Anvertrauten gut. Irgendetwas in dem großen Versammlungssaal verursachte ihm ein seltsames Gefühl, da konnte es nicht schaden, viel Wert auf die Rituale zu legen, damit kannte sich der Panchen Lama schließlich gut aus.

Zunächst stimmte er ein Mantra an, „Om Vajrasattva hum“, die Verehrung des transzendenten Buddha Vajrasattva, der nur in einem Lichtkörper existierte. Seine Begleiter fielen ein, doch seltsamerweise blieb es still im voll besetzten Saal, in dem sich einige hundert Mönche befanden. Noch nie hatte sich ein Mönch einem Mantra zu Ehren des Vajrasattva verweigert. Phagpa Dedrül Rinpoche betrachtete die Runde mit wachsendem Unbehagen. Er sah auch den irritierten Blick seines Schützlings. Warum nur ließen sie sich nicht auf das Mantra ein?

Daraufhin ergriff Gyaltsen Norbu den Vajra, den Donnerkeil, der auch das diamantene Zepter genannt wurde, sowie die Ghanta, die Glocke. Der Donnerkeil war das Sinnbild für das männliche Prinzip und symbolisierte den Weg zur Erleuchtung; die Glocke stand für das weibliche und symbolisierte die Weisheit. Beide zusammen bildeten die Einheit, die nötig war, um die Erleuchtung zu erlangen, den Zustand, in dem Weg und Ziel zusammenfielen. Gekonnt ließ er beide Gegenstände durch seine Hände gleiten. Phagpa Dedrül Rinpoche führte die entsprechenden Gesten ohne die Gegenstände aus und forderte die Mönche durch einen kurzen Blickkontakt auf, es ihm gleichzutun. Offensichtlich hatte niemand Vajra und Ghanta parat, was schon ungewöhnlich war, aber dann sollten sie die Weihehandlungen wenigstens mit den Händen ausführen. Sein Misstrauen gegen die Versammlung wuchs.

Hilflose Blicke suchten die Augen der Funktionäre, doch sie erhielten keine Antwort. Wer Sitha gut kannte, wusste, dass der Tibeter vor Wut kochte, auch wenn er scheinbar unbeteiligt am Rande der Versammlungshalle stand. Ein paar Anwesende versuchten ungelenk, die Finger ähnlich zu bewegen wie der Panchen Lama, doch es wirkte lächerlich. Nach Lachen war den hohen Gästen aus Peking indes nicht zumute.

Schließlich nahm der Panchen Lama der Partei noch eine Segnung vor, bei der die Mönche zu seinem Thron kommen sollten. Sie bewegten sich seltsam gleichmäßig, wie aufgezogen. „Fast wie auf einem Kasernenhof,“ dachte Phagpa Dedrül Rinpoche. Als sie vor dem Jungen standen, wirkten sie völlig unbeholfen. Einige senkten noch nicht einmal den Kopf, sondern schauten ihm offen in die Augen, was bei einer so hohen Inkarnation unpassend war, selbst in dem jungen Alter.

Für Phagpa Dedrül Rinpoche gab es kaum noch Zweifel. Bei den Männern im Kloster konnte es sich unmöglich um Mönche handeln. „Ich habe keine Ahnung, wer diese

Männer sind und woher sie kommen, aber eines ist gewiss, um Mönche handelt es sich nicht", murmelte er unhörbar vor sich hin, als sie aus dem Kloster schritten.

Seinem Schützling teilte er die Einschätzung nicht mit, obwohl dessen fragender Blick mehr als alle Worte nach einer Erklärung suchte. Der Besuch in Labrang, der so hoffnungsvoll begonnen hatte, erschütterte ihn noch mehr, als es der Besuch in Tashi Lhunpo getan hatte.

„Was ist mit den tibetischen Mönchen?", fragte der junge Mann voller Verzweiflung seinen Lehrer, als sie wieder in Peking waren. „Warum lehnen sie mich ab? Entweder erscheinen sie erst gar nicht, wenn ich komme, oder sie weigern sich, an den Ritualen teilzunehmen und ein Mantra zu singen. Ich verstehe das nicht." „Mein Sohn", die Stimme von Phagpa Dedrül Rinpoche war so sanft, als spräche er zu einem Kleinkind. Er empfand Mitgefühl für den Jungen, der wie unter einer Glaskuppel aufwuchs und niemals mit der Welt hinter dem Glas in Kontakt treten, ja noch nicht einmal etwas von deren Existenz wissen durfte.

„Sie haben das Mantra und die Rituale nicht mit Absicht verweigert. Ich bin sicher, sie wussten es nicht besser. Womöglich waren die meisten noch in der Ausbildung", versuchte er eine Erklärung, ohne dabei Überzeugungskraft auszustrahlen. Deshalb wagte der Junge, seinem Lehrer zu widersprechen. „Aber die meisten waren doch viel zu alt, um Novizen zu sein. Sie müssen ihre Ausbildung bereits abgeschlossen haben." Dem konnte Phagpa Dedrül Rinpoche kaum widersprechen.

Er entschloss sich, seinem Schützling ein wenig mehr von der Wahrheit zu offenbaren. „Einige waren vermutlich gar keine Mönche. Sie wollten als Laien den Panchen Lama begrüßen und haben nie eine Ausbildung erhalten." Der junge Gyaltsen Norbu war so aufgewühlt, dass er kaum wahrnahm, wie sehr er sich ereiferte und seinen Lehrer mit Fragen bedrängte, die er gewöhnlich nie zu formulieren gewagt hätte. „Aber warum ziehen sich Gläubige eine Mönchsrobe an, wenn sie den Segen des Panchen Lama erhalten wollen? So etwas darf doch nicht sein!" „Nein, das darf es eigentlich nicht", pflichtete ihm Phagpa Dedrül Rinpoche bei. „Aber wir leben in schwierigen Zeiten. Gewöhnlich wird ein Panchen Lama in Tashi Lhunpo erzogen, jetzt aber wünscht die Zentralregierung, dass er seine Ausbildung in Peking erhält." In den Augen des Jungen sah er Verunsicherung und immer mehr Fragen. Der alte Mönch hatte den Eindruck, dass er, je mehr er versuchte, diese komplizierte Situation zu erklären, sich desto mehr in Widersprüche verfing. Dem musste er ein Ende bereiten. „Die Zentralregierung hat ihre Gründe dafür, aber dazu kann ich nichts sagen“, erklärte er leicht ungehalten. Damit war das unangenehme Gespräch zwar beendet, der Konflikt aber nicht gelöst.

Phagpa Dedrül Rinpoche fühlte sich so unwohl wie schon lange nicht mehr. Er wusste, dass sich sein Schützling ebenso schlecht fühlte. Er war der Situation hilflos ausgeliefert, denn er hatte nicht die geringste Vorstellung, was für ein Spiel die Mächtigen im Staat mit ihm trieben und warum. Auch die sporadischen Besuche, die seinen Eltern erlaubt wurden, änderten nicht viel daran, denn auch sie wichen den drängenden Fragen ihres Jungen aus.

In Phagpa Dedrül Rinpoche regte sich immer größerer Widerwille gegen die Rolle, die man ihm in dem Spiel zugewiesen hatte. Er wollte nicht länger Teil dieser perfiden Inszenierung sein. Zwar hatte er noch keine konkrete Vorstellung, wie er sich dem entziehen konnte, aber er nahm sich vor, nach einem Ausweg zu suchen.

In seiner Klause kaum ihm eine Idee. Er würde Ma Panchen fragen, die Mutter des verstorbenen 10. Panchen Lama, ob sie bereit wäre, dem von der Partei ernannten Nachfolger ihres Sohnes mehr über die Hintergründe seiner Inthronisierung zu verraten, als er es konnte. Ma Panchen, die in Wirklichkeit Sonam Dölma hieß, hatte wenig zu verlieren. Die zutiefst gläubige Frau blickte auf ein hartes Leben zurück. Ihr Mann, der Vorsteher des kleinen Dorfes Wendu in der Provinz Amdo, war ein notorischer Frauenheld gewesen. All seine Affären hatte sie nach außen mit großem Gleichmut ertragen. Als ihr Sohn zum 10. Panchen Lama Lobsang Choekyi Gyaltsen ernannt worden und die Familie damit in den Adelsstand aufgestiegen war, hatte sich an ihrem Leben nur wenig geändert. Bald wurde die große Ehre sogar zur Quelle unendlichen Leids. Während der Kulturrevolution ließ die Partei sie völlig im Dunkeln über das Schicksal ihres Sohnes, der Jahre lang in Einzelhaft gehalten wurde. Sie hatte die Hoffnung, ihn lebend wiederzusehen, bereits aufgegeben, als er ohne Vorankündigung nach 14 Jahren plötzlich wieder vor ihr stand.

Nach dem Tode ihres Mannes und ihres Sohnes lebte sie sehr zurückgezogen mit einigen Bediensteten in einer Neubausiedlung in Xining, nicht weit von ihrem Heimatort. Mit der Rehabilitierung ihres Sohnes hatte die Partei auch ihr zahlreiche Ehrentitel verliehen, die sie höflich entgegen genommen hatte. Doch jeder, der sie näher kannte, wusste, wie wenig Wert sie darauf legte.

Zwei Monate nach dem denkwürdigen Besuch in Labrang konnte Phagpa Dedrül Rinpoche seinem Schützling die erfreuliche Nachricht überbringen: Sonam Dölma war bereit, mit ihm zusammenzutreffen. Die Behörden hatten keine Einwände, Ma

Panchen galt als zuverlässig. Niemals, nicht einmal in der härtesten Zeit der Verfolgung ihres Sohnes, hatte sie Klagen oder Beschwerden vorgebracht. Deshalb verzichtete Sitha darauf, Vertreter seines Ministeriums zu dem Treffen abzukommandieren. Er wusste, wie verunsichert der für die Partei so wichtige Junge war. Deshalb wollte man ihm jetzt die Chance geben, im Kontakt mit einer vertrauenswürdigen Frau neue Zuversicht für seine Rolle zu gewinnen, ohne sich dabei überwacht zu fühlen.

Sonam Dölma war eigens nach Peking geleitet worden. Sie traf den Jungen in seinem Kloster. Ähnlich wie Phagpa Dedrül Rinpoche empfand sie ein tiefes Mitgefühl für ihn. Er war in eine Intrige hineingezogen worden, deren Dimensionen er nicht einmal erahnen konnte. Aber im Gegensatz zu seinem Lehrer war sie entschlossen, sich nicht in Notlügen zu flüchten. Es ging ihr nicht darum, eine alte Rechnung mit der Partei zu begleichen; sie fand es nur an der Zeiz, der Wahrheit zu ihrem Recht zu verhelfen.

In ihrer zurückhaltenden Art forderte sie den Jungen auf, ihr alles zu sagen, was ihn bedrückte. Sie versprach ihm, ehrlich auf seine Fragen zu antworten.

Gyaltsen Norbu fasst Vertrauen zu ihr. Es war selten, dass ihm jemand Ehrlichkeit und Offenheit versprach. Also erzählte er ausführlich von seinem Besuch in Tashi Lhunpo, als kaum jemand erschienen war, um ihn zu empfangen, und von der Reise nach Labrang, wo die Mönche nichts wussten von Mantren und Ritualen. Er berichtete von seinem Alltag, in dem er sich ständig beobachtet fühlte, und von seinen Fragen zu seinem Vorgänger und zum Dalai Lama, auf die er nie eine Antwort erhielt. Er erwähnte seine Bitten, sich länger in seinem Stammkloster aufhalten zu dürfen, auf die nie jemand ernsthaft einging. All das sei sehr verwirrend. Daher sei er Ma Panchen wirklich dankbar, wenn sie ihm mehr dazu sagen könne.

Die Angesprochene schwieg lange. Gyaltsen Norbu begann bereits zu resignieren. Es gab also wohl niemanden, der bereit war, ihm mehr über die Hintergründe seines Amtes anzuvertrauen.

Die trüben Gedanken wurden plötzlich von einer tonlosen Stimme unterbrochen. „Ich habe Dir versprochen, Dir ehrlich zu sagen, was ich weiß, und daran halte ich mich. Die Wahrheit wird hart für Dich sein, aber dann weißt Du wenigstens, woran Du bist und musst Dir keine Gedanken mehr darüber machen, warum die Tibeter so seltsam auf Dich reagieren.“ Wieder folgte eine lange Pause. „Du wirst von ihnen nicht als

Panchen Lama anerkannt!“ Jetzt war der Satz heraus. Er stand wie ein Felsblock im Raum, unzerstörbar, unverrückbar.

Sonam Dölma sah, dass der Junge kein Wort von dem verstand, was sie sagte. Sie hielt deshalb inne und ließ die Worte wirken. „So ist es, leider. Es gab eine große Kontroverse um die Wiedergeburt meines Sohnes.“ Dabei lächelte sie bitter. Der Junge ahnte nicht, wie viel Schmerz es ihr in den Zeiten der religiösen Unterdrückung verursacht hatte, die Mutter des Panchen Lama zu sein. Und jetzt stand wieder ein junger Mensch vor ihr, der für politische Zwecke missbraucht wurde.

„Der Mönch, der von der Zentralregierung beauftragt worden war, die neue Inkarnation zu finden, favorisierte einen anderen Kandidaten“, fuhr sie schließlich fort. „Dem stimmte auch unser Oberhaupt zu, der Dalai Lama. Die Zentralregierung wollte jedoch keinen Kandidaten akzeptieren, den der Dalai Lama anerkannt hatte. Deshalb zogen sie ein Los aus der Goldenen Urne, und dieses Los fiel auf dich. Das jedoch interessiert die Tibeter nicht.“

Gyaltsen Norbu war kreidebleich in seinem Sessel zusammengesackt. Das erklärte alles, und es war eine entsetzliche Wahrheit. Als er sich wieder gefasst hatte, stammelte er: „Und wo ist der andere Kandidat?“ „Er ist nicht mehr in der Öffentlichkeit. Keiner weiß, wo er sich befindet, und keiner darf ihn sehen.“ Nach einer Weile fügte sie leise hinzu: „Ich hoffe, dass wenigstens seine Eltern bei ihm sind.“ Diese Bemerkung ließ Gyaltsen Norbu nicht mehr los.

Militärlager 45

Während Gyaltsen Norbu in einem goldenen Käfig lebte, befand sich der gleichaltrige Gendün Choekyi Nyima in einem richtigen Gefangenenlager. Der Junge, in dem die Tibeter den wahren Panchen Lama sahen, war der am strengsten bewachte und abgeschirmte Gefangene in China.

Seit dem Besuch der Mönche aus Tashi Lhunpo war sich Gendün Choekyi Nyima bewusst, dass er nach einer traditionellen Ausbildung ein bedeutendes Amt übernehmen würde. Sein Schmerz war unermesslich, dass es ihm versagt wurde, die Inkarnation eines hohen Geistlichen in der buddhistischen Tradition anzutreten. Die Sehnsucht danach schmerzte ihn noch mehr als die sonstigen Lebensumstände, um die es gleichwohl auch nicht gut stand.

Der Panchen Lama war in das Militärlager 45 nördlich von Peking gebracht worden,. Vor dem Schlimmsten hatten die Behörden ihn bewahrt. Seine Eltern durften bei ihm sein, wenn auch unter strengen Auflagen. „Es ist Euch nicht erlaubt, mit dem Jungen Tibetisch zu sprechen. Es ist Euch nicht erlaubt, ihm die tibetische Schrift beizubringen oder ihm sonstigen Unterricht auf Tibetisch zu erteilen. Es ist Euch erst recht nicht erlaubt, den Jungen in der buddhistischen Lehre zu unterweisen oder ihm gar etwas von seiner angeblichen Inkarnation zu berichten“, befahl ihnen gleich bei der ersten Begegnung der militärische Oberbefehlshaber, der eigens mit seinen beiden Stellvertretern gekommen war, um zu unterstreichen, wie ernst es der Partei war. Und er fügte drohend hinzu: „Wenn Ihr Euch dieser Anweisung von höchster Stelle widersetzt, dann wird das ernsthafte Konsequenzen haben. Die Partei erlaubt keinen Ungehorsam.“ Dann wurde er verbindlicher: „Außerdem geschieht dies alles nur zu Eurem Schutz. Die Partei hat herausgefunden, dass reaktionäre Elemente den Jungen entführen wollten. Wer weiß, was dann mit ihm geschehen wäre. Um das zu verhindern, haben wir ihn an diesen sicheren Ort gebracht.“ Keiner der Gefangenen nahm derartige Phrasen ernst.

Schon nach wenigen Wochen war Dechen Chödön mit ihren Nerven am Ende. Die starke Frau, die in den wenigen Jahren der Normalität mit schier unerschöpflicher Energie ihrer Verantwortung als Ärztin, Mutter und Hausfrau nachgekommen war, konnte sich mit einem Leben inmitten hoher Elektrozäune, rund um die Uhr besetzter Wachttürme und schwer bewaffneter Soldaten nicht abfinden. Häufig sank sie abends, wenn sie sich unbeobachtet fühlte, weinend in die Arme ihres Mannes, den sie früher mit ihrer Kraft unterstützt hatte.

„Wir werden die Vorschriften nicht befolgen", flüsterte ihr Könchok Phüntsog zu. „Unser Junge ist der rechtmäßige Panchen Lama, das hat der Dalai Lama bestätigt. Das ist eine große Ehre für uns und gleichzeitig eine Verpflichtung, ihn, so gut wir können, heimlich auf seine Rolle vorzubereiten. Er ist noch so jung, wer weiß, wie sich die Lage entwickelt. Mit Hilfe der Götter wird die Wahrheit eines Tages siegen, und dann muss unser Junge auf sein Amt vorbereitet sein. Alle Tibeter setzen ihre Hoffnung darauf, wir dürfen sie nicht enttäuschen." Mit ihrem verweinten Gesicht drückte sich Dechen Chödön noch näher an ihren Mann. „Wenn das nur gut geht", hauchte sie kaum hörbar. „Es geht gut", flüsterte er zurück und schaute dabei so selbstbewusst und souverän, dass sie zum ersten Mal seit ihrer Verhaftung ein wenig Zuversicht schöpfte.

Ein halbes Dutzend Soldaten waren zur Bewachung der kleinen Familie abkommandiert worden. Die meisten waren junge Burschen vom Lande, unerfahren und ungebildet in politischen Angelegenheiten und damit hilflose Opfer der Parteipropaganda, die ihnen eingetrichtert hatte, dass es sich bei den drei Inhaftierten um besonders gefährliche Separatisten handelte. Niemand fragte, wie ein Kind bereits ein Separatist sein konnte.

Nur einer war anders, der Soldat Wang Leimin. Er diente seit 15 Jahren in der Volksbefreiungsarmee und war in seinem Herzen zutiefst unzufrieden mit seiner Aufgabe. Immer wieder wurde er Zeuge, wie sich seine Vorgesetzten ihren Sold um ein Mehrfaches erhöhten, indem sie Familien von Gefangenen, die noch weniger besaßen, erpressten und bedrohten. Häufig verlangten sie Geld mit dem Versprechen, den inhaftierten Angehörigen kleine Hafterleichterungen oder bessere Nahrung zu beschaffen, doch niemand konnte überprüfen, ob das Geld tatsächlich in dem Sinne eingesetzt wurde, geschweige denn sich beschweren, wenn der Verdacht von Unregelmäßigkeiten aufkam. Wang Leimin war klug genug, sich nichts von seinen Gefühlen anmerken zu lassen. Getreu den Worten des Vorsitzenden Mao bewegte er sich unauffällig wie ein Fisch im Wasser.

Die Brutalität der Armee, der er diente, hatte er auf tragische Weise selbst erfahren. Sein jüngerer Bruder hatte 1989 als Student an den Demonstrationen auf dem Platz des Himmlischen Friedens teilgenommen. Nach dem Militäreinsatz hatte die Familie nie wieder etwas von ihm gehört. Anfangs hoffte sie noch, er sei lediglich in Haft, denn es gab keine offizielle Nachricht über seinen Tod. Wann immer sich die Eltern jedoch nach seinem Verbleib erkundigten, erhielten sie entweder keine Reaktion oder die stereotype Antwort, es lägen keine Erkenntnisse über ihn vor. Der ständige Wechsel zwischen Hoffen und Bangen setzte der Familie mehr zu, als es jede konkrete Information – und wäre sie noch so tragisch gewesen – jemals vermocht hätte. Nach Jahren des Wartens gab die Familie die Hoffnung auf, ihren Jüngsten lebend wiederzusehen. Wang Leimin traf der Verlust besonders hart, denn beide waren sich von klein auf sehr nahe gewesen. Noch immer konnte der Soldat den Verlust nicht verwinden.

Zur Tragik der Familie gehörte auch, dass der Vater in seiner Jugend den berüchtigten Roten Garden angehört hatte und in Tibet zum Einsatz gekommen war. Nach langem Schweigen hatte er irgendwann seine Erfahrungen nicht länger für sich behalten können und seinen Söhnen von die Gräueltaten seiner Einheit in Tibet berichtet. Kaum einem Chinesen war Näheres darüber bekannt. In der chinesischen Geschichtsschreibung wurde die Epoche der Roten Garden als „Verfehlung linksradikaler Elemente" abgetan, unter denen das gesamte Mutterland gelitten habe.

Wang Leimin unterschied sich vordergründig nicht von den sonstigen Bewachern. Wann immer er gemeinsam mit den anderen den drei Gefangenen begegnete, waren seine Befehle knapp und barsch. Auch hielt er sich an die Auflage, nur das Notwendigste mit den Inhaftierten zu besprechen und ihnen das Gefühl zu vermitteln, permanent beobachtet zu werden. Zudem sollten die Bewacher unauffällig überprüfen, welche Fortschritte der Junge im Chinesischen machte. Die Partei wollte sich nicht nur auf die Lehrer verlassen, um sicherzugehen, dass die Eltern alle Vorgaben beachteten.

Wenn Wang mit dem Panchen Lama oder seinen Eltern allein war, was hin und wieder vorkam, war sein Tonfall ein anderer. „Du musst unsere Sprache lernen, damit Du es später zu etwas bringst und Deinen Weg gehen kannst", riet er dem Jungen mit geradezu väterlicher Fürsorge. „Dabei kommt es nicht darauf an, in welcher Form Dir die Sprache beigebracht wird. Bildung ist wichtig in einem Land wie dem unseren. Wir sind in einer Zeit des großen Umbruchs. Wer weiß, was alles noch geschehen wird. Also lerne, wann immer sich Dir die Gelegenheit bietet."

So richtig verstand der Junge nicht, was sein Bewacher meinte, aber er wagte auch nicht, den Mann in Uniform näher darüber zu befragen. Kurze Zeit nach der Ermutigung tauchte der zweite Bewacher wieder auf, der eine wichtige Botschaft an das Ministerium der Einheitsfront abgesetzt hatte. Sofort schien Wang ein anderer Mensch zu sein, ein harter, strenger Soldat in einem besonderen Wachdienst und durch nichts von den anderen zu unterscheiden.

Es war nicht nötig, den Panchen Lama zum Lernen aufzufordern. Ungeachtet seiner Entführung und Isolation war er noch immer versessen darauf, sich zu bilden. Schließlich ließ er sich sogar auf die ungeliebte chinesische Sprache ein. Seine Lehrer benutzen Bücher, die mehrere Jahrzehnte alt waren. Die Geschichtsbücher schienen kein anderes Thema zu kennen als die Erfolge der glorreichen Volksbefreiungsarmee und die Heimtücke der Klassenfeinde. Auch Chinas historische Verbindung mit Tibet, die friedliche Befreiung von 1950 und das unmenschliche Feudalsystem der Dalai-Clique nahmen breiten Raum im Unterricht ein. Immer neue Texte informierten den Panchen Lama darüber, wie brutal es im alten Tibet vor der Befreiung zugegangen war, wie Leibeigene von den Feudalherren und den Äbten der Klöster nach Belieben gedemütigt, geschlagen, verstümmelt und auf alle nur erdenklichen Arten getötet worden waren und wie die Überlebenden schließlich aufbegehrt und mit Unterstützung der Volksbefreiungsarmee den Sieg davon getragen hatten. Ebenso ausführlich berichteten die Bücher davon, wie dankbar die ehemaligen Leibeigenen heute ihren Befreiern waren und wie glücklich sie sich schätzten, dass sie ihr Schicksal selbst in die Hand genommen hatten und dass die Ausbeuter unter der Führung der Dalai-Clique ins Ausland geflohen waren.

Zunächst bekam der Panchen Lama diese Informationen in Bildern vorgesetzt, dann in kleinen Geschichten und nach einem Jahr konnte er die Zeugnisse der Leibeigenen selbst lesen und wiedergeben.

Im Laufe des Unterrichts verstand er allmählich, was der Soldat Wang Leimin mit seiner Bemerkung gemeint hatte, beim Erlernen der Sprache komme es nicht darauf an, in welcher Form sie vermittelt würde. Der Inhalt der Texte interessierte ihn nicht, und er ignorierte ihn, so weit er konnte. Die chinesische Sprache zu beherrschen, war indes gewiss von Nutzen.

Das, was wirklich wichtig war, brachten ihm seine Eltern bei. Nachdem sie den Eindruck gewonnen hatten, die Bewachung sei nicht mehr ganz so streng, da sie sich nichts zu Schulden kommen ließen, setzte sich der Vater eines Abends zu seinem Sohn ans Bett. „Junge, Du weißt, dass Du in Tashi Lhunpo sein und dort ausgebildet werden solltest. Was Du hier lernst, hat mit der Geschichte und dem Glauben unseres Volkes nichts zu tun. Dir fällt eine wichtige Rolle zu, diesen

Glauben zu stärken, aber dafür benötigst Du eine richtige Ausbildung. Wir werden ab Morgen damit beginnen, denn das ist meine Pflicht als Vater, auch wenn dies nicht der geeignete Ort für einen Jungen wie Dich ist. Niemand darf davon erfahren, dafür sorgen Deine Mutter und ich. Der Unterricht wird immer am Abend stattfinden, wenn die Bewacher nicht mehr direkt bei uns sind. Die Götter aber werden mit uns sei, und deshalb wird es gelingen."

Gendün Choekyi Nyima war überwältigt. Tränen schossen ihm in die Augen, doch er brachte kein Wort über die Lippen, obwohl sein Herz überfloss vor Dankbarkeit und Freude. Als sich der Vater nach einer Weile entfernen wollte, damit niemand in der Umgebung Verdacht schöpfte, hielt er ihn am Arm fest: „Bitte Vater, sag mir, warum sind wir überhaupt hier? Warum haben mich die Mönche von Tashi Lhunpo nicht gleich mit ins Kloster genommen, als sie uns besucht haben? Warum sind sie nicht zurückgekehrt, obwohl sie es fest versprochen hatten? Warum sind an ihrer Stelle Soldaten gekommen, und wie lange müssen wir noch hier bleiben?"

Der Junge ereiferte sich immer lauter, so dass der Vater ihm sanft den Finger auf den Mund legte und seine Lippen verschloss. Es war das erste Mal, dass der Panchen Lama in der Gefangenschaft offen gegen sein Schicksal aufbegehrte, und es war offenkundig, wie intensiv er sich bereits damit beschäftigt hatte. „Vorsichtig, ganz vorsichtig", flüsterte der Vater, „wenn wir mit der Ausbildung beginnen, musst Du mit jedem Deiner Worte noch viel vorsichtiger sein als jetzt, und Du musst bei Deinen Lehrern noch fleißiger lernen als bisher. Einige Deiner Fragen werden sich im Laufe der Zeit von selbst beantworten. Auf manche weiß ich auch keine Antwort und muss selbst Vermutungen anstellen. Ich kann Dir jetzt sagen, dass die Mönche gern Wort gehalten hätten, doch die Partei hat es nicht erlaubt. Du bist der Panchen Lama. Kurz bevor die Soldaten kamen, haben wir im Radio gehört, dass der Dalai Lama, unser geliebtes Oberhaupt, dich bestätigt hat. Das ist das Wichtigste. Aber die Partei mag den Dalai Lama nicht. Was genau geschehen ist, weiß auch ich nicht, aber immerhin sind wir bei dir. Mehr kann ich nicht sagen, und nun muss ich wirklich gehen."

Rasch entfernte er sich. Die letzten Informationen konnten das tiefe Glücksgefühl nicht beeinträchtigen, das sich eingestellt hatte, als er dem Jungen eine wirkliche Ausbildung in Aussicht gestellt hatte. Dass diese Ausbildung wenig mit dem zu tun haben würde, was in Tashi Lhunpo auf ihn gewartet hätte, verschwieg der Vater. Er hoffte, mit seinen bescheidenen Möglichkeiten als Laie zumindest eine Grundlage zu legen zu können, auf die ein Kloster später aufbauen konnte, falls sich die Lage einmal grundlegend änderte.

Da die Eltern von Beginn der Verbannung an abends mit ihrem Sohn zusammen waren, kümmerte sich niemand mehr darum, was in dieser Zeit geschah. Könchok Phüntsog übernahm den eigentlichen Unterricht, während seine Frau Dechen Chödön darauf achtete, ob sich jemand von den Aufsehern näherte. Die beiden hatten ein geheimes Warnzeichen vereinbart. Von ihrem Raum aus konnte sie den Innenhof gut überblicken, über den ein ungebetener Gast kommen musste. Der provisorische Unterricht fand in einem engen fensterlosen Raum im hinteren Teil der kleinen Wohnung statt. Im Falle von Gefahr würde Dechen Chödön den Fernseher in ihrem Zimmer einschalten, der weniger der Unterhaltung diente als der Propaganda. Er war so eingestellt, dass nur staatliche Sender empfangen werden konnte. Die Familie verzichtete deshalb zumeist auf diese Art der Ablenkung. Wenn sie aber den Fernseher laut stellte, ohne sich dabei aus dem Zimmer zu bewegen, erweckte sie keinerlei Verdacht. Ihr Mann und ihr Sohn im Nebenzimmer hörten es und hatten genug Zeit, alle Spuren des Unterrichts zu beseitigen.

Zunächst lief alles nach Plan. Könchok Phüntsog brachte seinem Sohn die tibetische Schrift bei. Das war die Grundlage, auf der jeder weitere Unterricht aufbaute. Die Sprache beherrschte der Junge schon gut, obwohl sie sich eigentlich nur auf Chinesisch unterhalten durften.

Nach einigen Wochen begann Könchok Phüntsog mit den Grundlagen der buddhistischen Lehre, mit denen er selbst einigermaßen vertraut war. Aufgewachsen war er in einer Zeit, als jede religiöse Praxis wie ein Schwerverbrechen geahndet worden war, doch in der kurzen Epoche der Öffnung, ein paar Jahre nach dem Tod Maos, hatte er häufig Unterweisungen in Klöstern beigewohnt. Dabei hatte er sich mit den Grundzügen der Lehre des Buddha vertraut gemacht.

Den chinesischen Lehrern fiel eine Veränderung beim Panchen Lama auf. Zunächst schenkten sie dem keine weitere Beachtung, doch im Laufe der Zeit fingen sie an, sich darüber Gedanken zu machen. Der Junge wirkte nicht mehr so reserviert und verschlossen, ja, er ging geradezu fröhlich an seine Aufgaben heran. Zuvor hatten sie häufig den Eindruck, er sei mit seinen Gedanken ganz woanders. Gleichzeitig war der Junge ständig übermüdet, richtig erschöpft, als würde er zu wenig Schlaf bekommen. Beides passte nicht zusammen. Da dieser Zustand anhielt und sie auf Nachfragen keine befriedigende Antwort bekamen, entschlossen sie sich, seinen

Bewachern ihre Beobachtung mitzuteilen. Vielleicht hatten diese eine Erklärung; zumindest sollten sie die Augen offen halten und noch wachsamer sein. Schließlich hatte ihnen die Partei in einer wichtigen Angelegenheit große Verantwortung übertragen. Und die Partei durfte nicht enttäuscht werden.

Monate vergingen, und der Privatunterricht durch den Vater zeigte große Erfolge. Rasch hatte der Panchen Lama die tibetische Schrift erlernt und übte sich mit Begeisterung im Schreiben. Die kleinen Schriftrollen nahm die Mutter jede Nacht am Ende des Unterrichts an sich und verbrannte sie am nächsten Tag. Keinerlei Spuren durften zurückbleiben. Die Unterweisung in der Lehre des Buddha, die der Junge aufnahm wie ein ausgetrockneter Schwamm das Wasser, geschah ohne schriftliche Aufzeichnungen.

Eines kalten Wintertages saß Dechen Chödön wie immer im Dunkel des Raumes, achtsam den Blick auf den schwach erleuchteten Hof vor ihrer Tür richtend. Seit Beginn des Unterrichts hatte sie wenige Male bereits den Fernseher angestellt, weil sie glaubte, jemanden gesehen zu haben, doch es war falscher Alarm gewesen. Dennoch waren sich alle einig, dass es richtig war, lieber übertrieben vorsichtig zu sein als einen Moment der Unachtsamkeit zu riskieren. Sie fragte sich, wie lange dieser Zustand noch andauern würde. Während der abendlichen Unterrichtsstunden im Zimmer nebenan stand sie unter großer Spannung. Ihr Mann und ihr Sohn konzentrierten sich ganz auf die Unterweisungen. Sie vertrauten ihr bedingungslos, dass sie jede Gefahr rechtzeitig bemerken würde. Manchmal erwischte sie sich dabei, dass sie heimlich dachte, sie trüge die schwerere Bürde und würde gern mit ihrem Mann die Rollen tauschen, doch in ihrem Herzen wusste sie, dass es so gut war. Sie wusste noch weniger von der buddhistischen Lehre als ihr Mann, deshalb hätte sie ihrem Sohn kaum etwas beibringen können.

In diese Gedanken hinein wurde plötzlich die Tür aufgerissen. Bevor sie realisierte, was geschah, war jemand beim Lichtschalter. Der grelle Schein der nackten Glühbirne blendete sie. In dem Moment wurde ihr die Gefahr bewusst. Sie musste die ungebetenen Gäste für einige Minuten aufhalten. Also sprang sie auf, um den Fernseher einzuschalten, doch sie kam nicht weit. Grobe Hände drückten sie auf ihren Stuhl zurück. Niemand sagte ein Wort. Mit schnellen Schritten war ein Mann an der Tür zum Unterrichtszimmer. Es war zu spät. Drei der Wächter, darunter Wang, hatten sich durch einen Hinterhof, von dem die Familie nichts wusste, dem Haus genähert.

Es hatte keinen Sinn, irgendetwas zu leugnen. Gendün Choekyi Nyima schrieb gerade einen tibetischen Text. Die Buchstaben waren so sauber, dass sie nur von jemandem stammen konnten, der mit dem Tibetischen in Wort und Schrift gut vertraut war.

Am nächsten Tag wurde Könchok Phüntsog zum Verhör ins Polizeipräsidium gebracht. Hohe Parteifunktionäre und finster dreinblickende Sicherheitsbeamte warteten auf ihn. Die meisten trugen Sonnenbrillen, so dass es unmöglich war, ihnen in die Augen zu schauen. Die Staatsführung nahm die Angelegenheit sehr ernst. „Genosse Könchok Phüntsog", begann jemand, von dem der Angesprochene vermutete, dass es sich nicht um den Ranghöchsten handelte. „Du hast gegen die grundlegenden Auflagen verstoßen, die von der Partei für die Erziehung Deines Sohnes erteilt worden sind. Nur schonungslose Selbstkritik kann Dich vor Deiner gerechten Strafe bewahren. Bedauerst Du dein Vorgehen?"

Könchok Phüntsog musste sich rasch eine Verteidigungsstrategie überlegen. Natürlich bedauerte er nichts, doch es war nicht ratsam, den Funktionären offen zu widersprechen. Andererseits wollte er auch sein Handeln nicht vollkommen verwerfen. Also begann er langsam und bedächtig: „Mein Junge ist ein tibetischer Junge, und unsere Verfassung erlaubt den nationalen Minderheiten, ihre Sprache zu gebrauchen und ihre kulturellen Eigenarten zu pflegen. Deshalb habe ich geglaubt..." Weiter kam er nicht. „Genosse, wenn Du etwas mehr Respekt vor der Partei und ihren Vertretern hättest", unterbrach ihn der Wortführer des Verhörs barsch, „würdest Du uns nicht über unsere Verfassung belehren. Wir kennen die Verfassung selbst sehr gut und auch die Rechte, die darin den nationalen Minderheiten gewährt werden.

Die Partei hat aber auch das Recht, Ausnahmen zu verfügen, wenn übergeordnete Interessen und die Sicherheit des Staates im Spiel sind. Das ist im Falle von Gendün Choekyi Nyima der Fall. Er genießt eine patriotische Erziehung, die ihm alles vermittelt, was für ihn wichtig ist. Mehr bedarf es nicht, zumal die Dalai-Clique und andere der Regierung feindlich gesonnene Kräfte ihn für ihre separatistische Propaganda missbrauchen wollen."

So ganz verstand Könchok Phüntsog den letzten Satz nicht. Diese harten Funktionäre ließen sich auf nichts ein, aber so leicht wollte er es ihnen nicht machen. Er gab sich eingeschüchtert und hakte in unterwürfigem Ton vorsichtig nach: „Ich bitte um Verzeihung, aber ich habe nicht ahnen können, welche Rolle meinem Jungen zukommt. Deshalb habe ich einen Fehler gemacht. Ich bedauere das. Erlauben Sie mir jedoch bitte noch eine Frage, Genosse." Der Angesprochene nickte mürrisch, die Selbstkritik hatte ihn etwas milder gestimmt. „Warum hat die Partei entschieden, meinen Jungen von jeder tibetischen Ausbildung fernzuhalten? Wir wollen nur unsere kulturellen Eigenheiten bewahren. Jeden Versuch, das Mutterland zu spalten, verurteilen wir natürlich."

Auch diese Frage stieß auf Ablehnung. „Was die Partei sagt, gilt, auch wenn Du es nicht verstehst. Die Partei hat es nicht nötig, ihre Entscheidungen zu rechtfertigen,. Deine Frage zeigt einmal mehr, wie wenig Respekt du trotz Deiner Selbstkritik vor der Partei hast."

Da die Ankläger davon ausgingen, dass Könchok Phüntsog seinen Sohn nur in tibetischer Sprache und Grammatik, nicht aber in der buddhistischen Lehre unterrichtet hatte, beließen sie es bei einer scharfen Verwarnung – eine vergleichsweise harmlose Strafe für ein Verbrechen gegen die Sicherheit des Staates. Um ihm die Zeit zu geben, seinen Fehler zu bereuen, behielten sie ihn zehn Tage in Gewahrsam.

Hätten sie geahnt, das Gendün Choekyi Nyima auch im Buddhismus unterwiesen wurde, wäre das Urteil ungleich härter ausgefallen. Die Funktionäre machten dem Vater des Panchen Lama unmissverständlich klar, dass weiterer Privatunterricht für seinen Sohn schwerwiegende Konsequenzen nach sich ziehen würde.

Als Könchok Phüntsog nach einer Woche in das Lager zurückgebracht wurde, erkannte er seine Frau kaum wieder. Ihre Augen waren angeschwollen, als ob sie die ganze Zeit geweint hätte. Ihr Haar, auf dessen Pflege sie immer großen Wert gelegt hatte, hing in wirren, fettigen Strähnen um ihren Kopf. Sie musste Schlimmes durchgemacht haben. Niemand hatte sie über das Schicksal ihres Mannes informiert. Auch Gendün Choekyi Nyima wirkte verstört und verstand nicht, was in seiner Umgebung geschah.

Dechen Chödön sank halb ohnmächtig in die Arme ihres Mannes. Erst in den folgenden Tagen erfuhr er, was vorgefallen war.

Die Mutter des Panchen Lama hatte sich schwere Vorwürfe gemacht, dass die Soldaten unbemerkt ins Haus kommen konnten. Dass es gar nicht in ihrer Verantwortung lag, weil sie nicht über den Hof gekommen waren, tröstete sie nicht. Voller Schuldgefühle war sie zu den Aufsehern gelaufen und hatte sie angefleht, sie selbst statt ihres Mannes in Haft zu nehmen, doch die hatten sie brüsk zurückgewiesen. Alle Fragen nach dem Verbleib ihres Mannes blieben unbeantwortet.

Gegen Morgen war sie weinend in einen unruhigen Schlaf gefallen, doch das war keine Erholung. Alpträume peinigten sie schlimmer, als es die Wirklichkeit hätte tun können. Sie sah ihren Mann im Gefängnis, sah, wie er brutal gefoltert wurde, wie er blutete und um Gnade bettelte, die es jedoch nicht gab. Er war nackt unter einer Decke angekettet und hing so hoch, dass die Füße nicht den Boden berühren konnten. Gleichzeitig waren Gewichte an Füßen und Brustwarzen angebracht, die an seinen Gliedern zerrten und unerträgliche Schmerzen hervorriefen. Mit Eisenstangen schlugen seine Peiniger Wunden am ganzen Körper. An den besonders schmerzempfindlichen Stellen drückten sie genussvoll brennende Zigaretten aus. Wenn sich Könchok Phüntsog vor Schmerzen krümmte, quälten ihn die Gewichte noch mehr.

Bei dem Bild wachte Dechen Chödön schreiend und schweißgebadet auf. Hilflos saß ihr Sohn an ihrem Bett. In der Tür stand Wang Leimin, allein. Er sagte nichts.

Die Bilder waren so klar, dass sie die Folterszenen für die Wirklichkeit halten musste. Immer wenn sie kurz eingenickt war, hatte sich der Alptraum wiederholt, deshalb hatte sie mit allen Kräften gegen das Schlafbedürfnis angekämpft.

„Es war nicht die Wirklichkeit, es waren deine Ängste", hörte sie ihren Mann liebevoll flüstern, und langsam, ganz langsam drang das in ihr Bewusstsein. Dennoch blieb ein unbestimmtes Gefühl der Angst. Noch nie hatte sie so intensive Träume gehabt.

Könchok Phüntsog ließ sich Zeit, bevor er seiner Frau von dem Verhör und den Warnungen der Funktionäre berichtete. Aber er erklärte auch, dass er nicht die Absicht habe, den Unterricht aufzugeben. Er hatte die Pflicht dem tibetischen Volk gegenüber, den Panchen Lama auf sein Amt vorzubereiten, auch wenn die Bedingungen schwierig waren. Dies galt sehr viel mehr als jede Pflicht der Partei gegenüber. Aber er würde noch vorsichtiger vorgehen und zunächst einmal Zeit verstreichen lassen.

Am Nationalfeiertag, als das ganze Land der ruhmreichen Gründung der Volksrepublik gedachte, erhielt die Familie Besuch von zwei Wächtern, unter ihnen Wang Leimin. Offenbar sollten sie überprüfen, ob auch die Familie das besondere Ereignis gebührend würdigte. Einer der Wächter hatte Alkohol mitgebracht, den es nur zur Feier des höchsten Festes im Lande gab. Der eine Wachtmann war dem Alkohol sehr zugetan. Könchok Phüntsog fiel auf, wie offen er von Wang dazu ermutigt wurde. Wang dagegen hielt sich zurück, und der Vater des Panchen Lama konnte sogar beobachten, wie er manches Glas, das sein Kollege ihm eingekippt hatte, heimlich wegschüttete. Offenbar verfolgte er eine bestimmte Absicht. Tatsächlich war der Wächter nach zwei Stunden so betrunken, dass er in einen tiefen Schlaf fiel. Als sie sicher sein konnten, dass er nichts mehr wahrnahm, wirkte Wang wie verwandelt. „Ich weiß, dass Sie viele Fragen haben. Ich werde versuchen, Ihnen alles zu sagen, was ich weiß“, begann er unvermittelt...

„Sie wissen, dass niemand, absolut niemand von dem, was ich Ihnen jetzt sage, etwas erfahren darf. Es wäre für uns alle das Ende.“ Dabei sah er zuerst dem Vater und dann der Mutter fest in die Augen. In dem Moment wurde für beide zur Zuversicht, was sie insgeheim gehofft, aber kaum zu glauben gewagt hatten: In seinem Herzen gehörte Wang nicht zu denen, die für das verantwortlich waren, was man ihnen antat. „Ja, ja, selbstverständlich“, stammelte der ansonsten so selbstbewusste Könchok Phüntsog. Und er fügte leise hinzu: „Danke! Danke von Herzen!“

Also begann Wang mit seiner Geschichte: „Ihr Junge, Gendün Choekyi Nyima, ist vom Dalai Lama als Panchen Lama anerkannt worden. Die Parteiführung hat darüber geschäumt vor Wut. Sie wollte nicht akzeptieren, dass der Dalai Lama in einer so wichtigen Angelegenheit das letzte Wort hatte. Deshalb wurde Ihr Sohn entführt. Doch es war zu spät, denn alle in Tibet, ja die ganze Welt wusste davon. Und alle, außer unserer Führung, sehen ihn als den wahren Panchen Lama an. Es gibt ein Bild von ihm, das, wie ich erfahren habe, überall in Tibet heimlich verbreitet wird.

Je mehr Menschen Ihren Sohn als Panchen Lama anerkannten, desto verstockter reagierte die Partei. Also setzte sie etwas dagegen. Etwa ein halbes Jahr, nachdem Sie hier inhaftiert wurden, veranstaltete sie eine Wahl im Jokhang-Tempel, die vom chinesischen Fernsehen übertragen wurde. In Anwesenheit hoher Funktionäre zog ein Geistlicher einen Zettel aus einer goldenen Urne. Darauf stand ‚Gyaltsen Norbu‘. Wie der Vorsitzende unserer Partei in Tibet.“ Er hielt inne und lächelte gequält. Es hatte erheiternd wirken sollen, aber niemand im Raum fand es komisch. In der Stille hörte man das Schnarchen des betrunkenen Wächters, dem vorher niemand Beachtung geschenkt hatte. Alle standen im Bann der Erzählung.

Schließlich fuhr Wang fort: „Die Eltern des Knaben gehören der Partei an. Er lebt auch hier in Peking – allerdings etwas komfortabler – und wird im Sinne der Partei erzogen. Mit ihm hofft die Führung, Einfluss auf das religiöse Leben in Tibet nehmen zu können. Das gelingt ihr aber nur, wenn Ihr Sohn, der echte Panchen Lama, verschwunden bleibt. Deshalb werden Sie wie Schwerverbrecher bewacht, und deshalb soll Ihr Sohn vollkommen von der tibetischen Tradition fern gehalten werden.

Selbst wenn sich die Lage einmal ändern sollte, würde der Panchen Lama nichts anderes kennen als die chinesische Erziehung. So will es die Partei."

Könchok Phüntsog und Dechen Chödön schluckten immer wieder. Jetzt bekamen die Ereignisse einen Sinn. Sie wollten die einmalige Gelegenheit beim Schopfe packen und noch mehr erfahren.

„Aber was ist mit den Mönchen, die zu uns kam? Was ist mit Chadrel Rinpoche, dem hochwürdigem Abt aus Tashi Lhunpo? Er hat doch nie etwas Kritisches gegen die Chinesen gesagt. Lag es nicht in seiner Hand, den Panchen Lama zu bestimmen?"

Und so erzählte Wang ihnen ausführlich vom Schicksal des Abtes. Wie er sich an die Tradition gehalten hatte und dafür als Staatsfeind kriminalisiert und eingekerkert worden ist. Die chinesischen Medien hatten ausführlich darüber berichtet, als Warnung an alle Separatisten. Wang verstand es inzwischen, die Wahrheit aus der Propaganda herauszufiltern.

Es gab so viel, das die Eltern des Panchen Lama wissen wollen, doch irgendwann räusperte sich der betrunkene Wächter. Wang verstummte und setzte seine undurchdringliche Miene auf. „Komm, Genosse, du bist wohl etwas über die Stränge geschlagen", wandte er sich ihm zu und sah ihn dabei streng an. Der Wächter senkte verlegen seinen Kopf, der mächtig brummte. Allmählich dämmerte ihm, wo er sich befand. Dass er sich auf in dieser Weise hatte gehen lassen, konnte für einen Wachsoldaten der Volksbefreiungsarmee schwerwiegende Konsequenzen haben. Der Nationalfeiertag rechtfertigte das auf keinen Fall. Unter keinen Umständen durften seine Vorgesetzten Wind davon bekommen. „Genosse", begann er schuldbewusst, „wäre es möglich…", Er stockte, unfähig, die richtigen Worte zu finden. Konnte er Wang überhaupt vertrauen? Auch unter dem Wachpersonal herrschte Misstrauen und Bespitzelung. Wenn sein Kollege den Vorfall meldete, war es um ihn geschehen. Das musste er unbedingt vermeiden, so viel war ihm klar, selbst in seinem elenden Zustand.

„Hast du etwas auf dem Herzen?", fragte Wang gespielt arglos. „Du weißt, mein Zustand...", versuchte es der Betrunkene erneut, doch es gelang ihm noch immer nicht, sich richtig auszudrücken. „Ach, Du sorgst Dich, dass jemand von den Vorgesetzten davon erfährt?" Wang gefiel das Spiel. Es könnte ihm sogar handfeste Vorteile bescheren. Man wusste ja nie, was kommt. „Ja", bestätigte der Mann beschämt und doch irgendwie erleichtert, dass nun im Raum stand, worum es ihm ging. „Wäre es möglich, dass unsere Vorgesetzten nichts von diesem Abend erfahren?" „Das will ich doch hoffen", dachte Wang bei sich und hatte Mühe, ein Grinsen zu unterdrücken. „Verlass Dich auf mich", antwortete er mit seinem üblichen stoischen Gesichtsausdruck, und fügte in strengem Ton hinzu: „Vielleicht kannst Du mir ja auch mal einen Gefallen tun." „Bestimmt, Genosse, bestimmt, was immer Du willst. Danke noch mal!" Die Erleichterung des Mannes war überdeutlich. Es schien ihn nicht einmal zu stören, dass die inhaftierte Familie die Szene mitbekam. Wang, hakte seinen dankbaren Kollegen unter und verließ die Familie so grußlos und streng wie immer, wenn er seinen Dienst beendet hatte.

Eintönige Wochen und Monate zogen ins Land, in denen der staatliche Chinesisch-unterricht die einzige Abwechselung für den Panchen Lama war. Sein Vater wollte Zeit ins Land gehen lassen, bevor er seine buddhistischen Unterweisungen wieder aufnahm. Dass er es tun würde, daran gab es keinen Zweifel, auch wenn er noch nicht genau wusste, wie er es diesmal anstellen würde. Die Bewachung war erheblich strenger geworden, es gab neue Gesichter unter den Soldaten aufgetaucht. Zwei von ihnen blieben jeden Abend so lange in der kargen Wohnung, bis der Junge eingeschlafen war – oder es zumindest den Anschein hatte.

Der jedoch wurde immer ungeduldiger. „Vater", drängte er schließlich, „ich möchte endlich wieder richtig unterrichtet werden, von Dir!"

An diesem Abend war Wang für die letzte Wache eingeteilt. Könchok Phüntsog hätte gern dessen Meinung dazu gehört, doch das ging nur, wenn der zweite Soldat die Wohnung verließ – wenigstens für kurze Zeit. Wang fing den Blick des Vaters auf und verstand sofort. Er wartete ein paar Minuten, dann bemerkte er beiläufig zu seinem Kollegen, der in der Rangordnung unter ihm stand: „Genosse, reich' mir bitte unser Protokollbuch für den Tagesbericht. Ich will die Zeit nutzen und meinen Pflichten nachkommen." „Aber das Buch liegt drüben im Wachhaus", entgegnete der junge Soldat. „Wirklich?", spielte Wang den Ahnungslosen. „Ich meinte gesehen zu haben, wie Du es mitgebracht hast. Es würde unseren Dienst verkürzen, wenn wir unserer Pflicht jetzt schon nachkommen, denn hier geschieht nichts Besonderes mehr." „Soll ich es holen?", fragte sich der junge Mann diensteifrig. „Wenn Du das für mich tun würdest? Und keine Eile, ich habe die Sache hier im Griff. Wir müssen noch lange genug ausharren." Der Soldat machte sich auf und Wang postierte sich schräg hinter dem vergitterten Fenster, so dass er den schwach erleuchteten Hof überblicken konnte, ohne selbst gesehen zu werden. Er wusste, dass niemand über den Hinterhof kommen würde.

„Ich ahne Euer Anliegen“, begann er, sobald sein Kollege außer Hörweite war. Ihr wollt den Unterricht fortsetzen.“ „Ja, das ist unser tiefer Wunsch“, entgegnete Könchok Phüntsog. Er war etwas besorgt, wie leicht sie zu durchschauen waren.

„Ihr habt gesehen, wie die Sicherheitsmaßnahmen verschärft wurden. Papier ist Euch nicht mehr gestattet. Es wurde sogar erwogen, Euch rund um die Uhr in Euren Räumlichkeiten zu überwachen. Da Ihr Euch seit der Verhaftung jedoch vorbildlich verhalten habt, geht die Partei davon aus, dass Ihr Eure Fehler eingesehen habt und geläutert seid. Das verschafft Euch einen kleinen Freiraum, aber die Partei ist auf der Hut. Selbst wir werden überwacht.“ Das klang nicht sehr beruhigend, aber nach einer kurzen Pause fügte Wang mit einem gequälten Lächeln hinzu, „Keine Angst, ich bin lange genug im System und kenne es. Leider habe ich damals zu spät von der Kontrolle durch den Hinterhof erfahren. Die Maßnahme war von sehr weit oben veranlasst worden, weil die eifrigen Lehrer“, seine Verachtung war nicht zu überhören, „Verdacht geschöpft hatten, dass etwas mit dem Jungen nicht stimmte. Ich kann Euch verraten, die zwei sind schlimmer und misstrauischer als alle Wachhabenden zusammen. Gegen sie sind wir machtlos. Sie unterstehen direkt dem Ministerium der Einheitsfront.“

„Ich werde das Wagnis dennoch wieder auf mich nehmen“, erklärte Könchok Phüntsog trotzig. „Und ich werde Euch unterstützen“, entgegnete Wang ebenso entschieden. „Ich hasse dieses System. Ich werde Euch eine Tafel zuspielen, deren Schrift automatisch gelöscht wird. Ihr müsst sie sehr gut verstecken, aber das Risiko ist geringer, als immer wieder neues Papier in Eure Wohnung zu schmuggeln. Wenn Ihr dennoch jemals damit erwischt werdet, dürft Ihr die Quelle auf keinen Fall nennen. Sagt einfach, sie sei aus der Schule.“ Wang lachte laut, doch dem Vater des Panchen Lama war nicht nach Witzen zumute. „Das ist also nicht das größte Problem“, nahm der Soldat den Faden wieder auf. „Das Hauptproblem sind die Lehrer. Wenn Ihr nachts, nach unserem Abzug, mit dem Unterricht beginnt, merken die Lehrer mit der Zeit wieder, wie müde der Junge ist. Das lässt sich nicht vermeiden. Und selbst wenn sie Euch nicht erwischen, werden sie Verdacht schöpfen. Und dann droht die 24-Stunden-Bewachung. Oder, noch schlimmer, der Junge wird Euch entzogen.“ Wang wirkte etwas hilflos.

„Wie wäre es“, ergriff Dechen Chödön das Wort, „wenn wir seinen Schlafrhythmus verändern? Wenn er abends immer früher ins Bett geht, könnte er morgens immer früher aufstehen, und der Unterricht könnte vor der Schule stattfinden.“

Diese Idee fand Zustimmung bei den beiden Männern. Mit der Aussicht auf religiöse Unterweisungen musste der Panchen Lama nicht lange überredet werden, früh ins Bett zu gehen. Um jeden Verdacht zu vermeiden, erteilte Wang sogar den Befehl, die Tür zum Schlafzimmer auszuhängen. Seinen Vorgesetzten meldete er, wenn der Junge so früh ins Bett verschwinde, müssten die Soldaten kontrollieren können, was im Schlafzimmer geschehe. Für so viel Umsicht und Wachsamkeit erntete er viel Lob. Wangs Kalkül war einfach: Alle Wachhabenden sollten mitbekommen, dass Gendün Choekyi Nyima einfach nur früh ins Bett ging und bald einschlief. Dass er morgens immer eher geweckt wurde, merkte niemand. Bald sollte sich zeigen, wie gut die Idee war.

Nach einigen Wochen war es Gendün Choekyi Nyima gewohnt, morgens um vier Uhr aufzustehen, drei Stunden intensiv Tibetisch zu lernen und buddhistische Unterweisungen zu erhalten, die einen immer größeren Raum einnahmen. Wie zuvor hielt Dechen Chödön Wache und achtete, so gut es ging, direkt auf die Tür und nicht nur auf den Hof. Dennoch wäre es schwer gewesen, jemanden, der vom Hinterhof kam, rechtzeitig zu erkennen, so dass die Spannung während der verbotenen Unterrichtsstunden groß war.

Der junge Panchen Lama nahm begierig auf, was sein Vater ihm beibrachte und erschien dennoch konzentriert bei seinen staatlichen Lehrern, deren Aufgabe es immer stärker war, ihn nicht nur mit der offiziellen Sichtweise der tibetischen und chinesischen Geschichte vertraut zu machen, sondern auch seine Entwicklung zu überwachen. Dadurch sollte jede Veränderung, jedes auffällige Verhalten, sofort registriert und den Behörden gemeldet werden.

Fast ein Jahr war seit der kurzen Haft von Könchok Phüntsog vergangen, da entschieden sich die Lehrer des Panchen Lama, ihn umfassend zu prüfen. Sie informierten ihn nicht vorab, sondern begannen unvermittelt eines Morgens damit. Vordergründig war das Ergebnis zufriedenstellend. Gendün Choekyi Nyima wusste recht gut Bescheid über die Gründung der glorreichen Kommunistischen Partei und der Volksbefreiungsarmee, und das Pflichtprogramm zum Langen Marsch des verehrten Vorsitzenden Mao und zur Reformpolitik des bewunderten Genossen Deng spulte er ab wie am Schnürchen.

Dennoch zeigten die Mienen seiner Lehrer am Ende mehr Besorgnis als Zufriedenheit. Am Wissen ihres Schützlings war eigentlich kaum etwas auszusetzen, doch trug er seine Kenntnisse so teilnahmslos vor, dass es für jeden deutlich war, wie wenig er sich im Grunde dafür interessierte. Die Partei aber wollte, dass dieser Jungen zu einem echten Patrioten – nach ihrem Verständnis – erzogen wurde. Das war der eigentliche Zweck des Unterrichts, und das hatten die Lehrer offensichtlich nicht geschafft. Sie wurden die Vermutung nicht los, dass jemand ihren Bemühungen entgegen wirkte. Zugang zu dem Jungen hatten nur die Wachmannschaft und seine Eltern. Von den Soldaten kam niemand in Frage, das waren eigens ausgesuchte und verlässliche Parteigenossen. Also konnten es nur die Eltern sein. Sie mussten besser überwacht werden. Diese jedoch gingen mit großer Vorsicht zur Sache. Das Schlafzimmer hatte keine Außenfenster, und damit vor dem Morgengrauen keine Lichtquelle durch die offene Tür nach außen drang, benutzten Vater und Sohn nur eine Taschenlampe. Sie hielten sich in der entlegensten Ecke des Zimmers auf, so dass der Schein der Lampe vom Hof aus nicht zu sehen war. Dechen Chödön hatte es mehrfach überprüft.

Nach dem Bericht der Lehrer erließ die Partei den Befehl, die Verschleppten unauffällig rund um die Uhr zu überwachen. Niemand konnte jedoch etwas Auffälliges melden. Auch dass Dechen Chödön ab vier Uhr am Fenster Wache hielt, war von der gegenüberliegenden Seite des Hofes, wo ein Wachtposten ebenfalls hinter einem Fenster Position beziehen musste, nicht zu erkennen. Sie bewegte sich auch in der Dunkelheit sicher. Es dauerte zwei Wochen, bis Wang die Gelegenheit bekam, die Familie über den neuen Befehl zu unterrichten.

In der Folgezeit legte der Junge seinen Lehrern gegenüber einen größeren Eifer an den Tag. Dennoch blieb deren Misstrauen ungebrochen. Wochen und Monate vergingen, in denen sich nichts am Alltag des Panchen Lama änderte. Die einzige Unterbrechung war Wang. Wenn er die Möglichkeit hatte, allein mit der Familie zu sprechen, erfuhren sie Neuigkeiten von der Welt außerhalb ihres Verlieses. Dabei blieb auch dem Panchen Lama nicht verborgen, dass Wang anders war als die anderen und auf ihrer Seite stand. Der Junge konnte sich das nicht erklären.

Die Prüfung

Es war ein schöner Spätherbsttag. Die letzten Bäume verloren ihre Blätter, und die tief stehende Sonne wanderte in immer kürzerer Zeit über einen strahlend blauen Himmel. Nachts war es bereits empfindlich kalt, so dass es dem Panchen Lama jeden Morgen schwerer fiel, so früh aufzustehen und sich in der Kälte auf den Unterricht bei seinem Vater zu konzentrieren. Dechen Chödön besprach deshalb mit Wang, ob sie es wagen könnte, in der Frühe den geliebten Buttertee zuzubereiten, der den beiden Studierenden im Schlafzimmer gut tun würde. Sie verabredeten, dass sie dies mit aller Vorsicht ausprobieren sollte, wenn Wang zur Nachtwache im gegenüberliegenden Haus eingeteilt war. Anschließend versicherte er ihr, dass man von dort aus nichts erkennen konnte.

In diesen Tagen erreichte die Lehrer eine alarmierende Nachricht aus dem Ministerium der Einheitsfront. Der Minister persönlich wollte die Fortschritte des Jungen überprüfen und deshalb in einer Woche zum Unterricht erscheinen. Die Lehrer überlegten, ob sie Gendün Choekyi Nyima davon in Kenntnis setzen sollten, und entschieden sich dann dafür, ihm mitzuteilen, dass es eine Prüfung geben würde, ohne den genauen Termin zu nennen. Sie trauten dem Jungen nicht, aber dennoch sollte er vorbereitet sein, denn wenn der Minister mit der Ausbildung des Jungen nicht zufrieden war, dann würde das auf sie zurückfallen; mit unabsehbaren Folgen. Sie konnten niemand sonst verantwortlich machen. Es gab keine Beweise dafür, dass die Eltern erneut versucht hatten, den Jungen im Sinne der feudalen Dalai-Clique zu beeinflussen. Ohnehin war es ihre und der Wachen Aufgabe, so etwas schon im Ansatz zu erkennen und zu unterbinden.

Die beiden Lehrer sahen dem Besuch mit wachsender Nervosität entgegen. Was, wenn der Junge sich gar keine Mühe gab, seine Kenntnisse unter Beweis zu stellen? Seine patriotische Gesinnung schien nicht sehr ausgeprägt.

In der Nacht vor dem Besuch konnten beide kaum schlafen. Lange vor Sonnenaufgang standen sie auf, nervös und unruhig. „Es ist eine schöne, klare Nacht und die Morgenröte wird leuchten wie die Fahne unserer Republik. Lass uns spazieren gehen, vielleicht legen wir dadurch unsere Nervosität ab und werden etwas ruhiger", schlug der eine vor. Der andere stimmte zu.

Zur gleichen Zeit weckte Dechen Chödön wie jeden Morgen ihren Sohn. Auch wenn er sich nur schwer von seiner gemütlichen, warmen Bettdecke trennte, stand er sofort auf. Disziplin gehörte zu seinen wichtigsten Eigenschaften. Er freute sich auf den Tee, den seine Mutter auf einer kleinen Flamme zubereitete. Wenn ihre Familie damit versorgt war, ging Dechen Chödön wieder auf ihren Wachtposten hinter der Gardine.

Sie genoss die Ruhe um diese Zeit, auch wenn sie wusste, dass jemand von der gegenüber liegenden Seite des Hofes während der ganzen Nacht ihre Wohnung im Blick hatte. Ob der Wache wohl manchmal die Augen zufielen? Der Gedanke daran erheiterte sie. Sie nahm sich vor, Wang bei der nächsten Gelegenheit danach zu fragen. Allerdings war das für sie kein Grund, in ihrer eigenen Wachsamkeit nachzulassen. Schon einmal war sie nicht aufmerksam genug gewesen, und es hatte böse Folgen gehabt. Auch wenn ihr alle einredeten, dass es nicht ihre Schuld gewesen sei, ließ sie ihr schlechtes Gewissen nicht los.

An jenem sternenklaren Morgen stand sie an der Kochstelle, als die beiden Lehrer durch den Hinterhof an ihrer Wohnung vorbei kamen. Die Dämmerung war noch fern. Durch die Gardinen drang verschwommen der schwache Lichtschein des Herdfeuers. Verwundert schauten sie sich an und nickten sich zu. Hier stimmte etwas nicht. Dechen Chödön rührte noch den Buttertee, als die beiden dunkel gekleideten Gestalten plötzlich die Tür aufrissen. Der Schock saß so tief, dass sie noch nicht einmal einen Schrei ausstoßen konnte. „So früh schon auf?“ Der spöttische Ton traf Dechen Chödön wie ein Schlag. Alles ging so schnell, dass niemand in der Wohnung Zeit hatte zu reagieren. Sofort war einer der Lehrer im Schlafzimmer, wo Vater und Sohn über einer Tafel hockten. „Her damit!“, schrie der ungebetene Eindringling, hastete zu ihnen hinüber und riss die Tafel an sich. Er sah die tibetischen Schriftzeichen. Zwar konnte er den Text nicht lesen, aber was immer dort auch stehen mochte – es war streng verboten, sie überhaupt zu verwenden, selbst wenn es sich um Hymnen an die Partei oder den Vorsitzenden Mao gehandelt hätte.

Die Lehrer hatten die Lage sofort erfasst und wussten genau, was zu tun war. Einer lief mit der Tafel zum Wachhaus, der andere hielt die völlig verschüchterte Familie in Schach. Zwar war auf der Tafel nichts mehr zu erkennen, aber die beiden waren sich sicher, dass es mit Hilfe der Technik gelingen würde, den Text wieder sichtbar zu machen. Kurz darauf standen sechs finstere Männer mit Gewehren im Anschlag in der Tür. Sie ergriffen Könchok Phüntsog und stießen ihn mit Gewehrkolben zu einem wartenden Auto. Es war das letzte Mal, dass seine Frau und sein Sohn ihn so sahen, wie sie ihn kannten.

In Sekundenbruchteilen tauchten wieder all die alptraumhaften Bilder vor dem inneren Auge von Dechen Chödön auf, die sie nach der ersten Verhaftung ihres Mannes gepeinigt hatten. Die Knie versagten ihr den Dienst, zitternd sank sie zu Boden. Sie versuchte, sich an dem kalten Stein festzukrallen und bot einen so elenden Anblick, dass selbst die Wächter eine Spur von Mitleid verspürten. Das Gefühl machte sie hilflos. Hilflos fühlten sie sich unwohl, und dafür machten sie die gebrochene Frau verantwortlich. Einer baute sich über ihr auf: „Ihr habt gegen alle Vorschriften und Grundsätze der Partei verstoßen. Was bildet Ihr Euch nur ein? Wie könnt Ihr da noch Gnade erwarten?“ Er begann sich zu ereifern, bis er Wangs Hand auf seiner Schulter spürte. „Du hast Recht, Genosse, aber lass gut sein. Sie versteht nichts von dem, was du sagst. Heute kommen hohe Vertreter von Regierung und Partei, sie werden wissen, wie mit diesen Reaktionären zu verfahren ist.“ Er wollte Dechen Chödön die letzte Demütigung ersparen, denn er wusste genau, was auf die Familie zukam, doch er konnte es nicht verhindern. Er hätte schreien können vor Wut, wenn er daran dachte, doch er musste wie ein souveräner Wachposten auftreten. Vielleicht konnte er wenigstens dem Jungen beistehen? Wer konnte schon wissen, was die Partei nun mit ihm anstellen würde?

Die Lehrer grinsten sich zufrieden an. Wie gnädig das Schicksal doch sein konnte. Vor kurzem noch hatten sie dem Tag voller Sorge entgegen gesehen, denn eine Prüfung ihres Zöglings stand an, von der sie nicht wussten, wie sie ausgehen würde. Jetzt konnten sie sich der größten Anerkennung durch die Partei sicher sein, denn sie hatten durch ihre Aufmerksamkeit gefährliche Konterrevolutionäre überführt.

Vier Stunden später erschienen der Minister und die Parteifunktionäre mit großem Gefolge. Sie waren telefonisch über die Vorgänge im Lager unterrichtet worden und wussten, dass sie kein Unterrichtsbesuch erwartete. Als sie aus ihren verdunkelten Limousinen ausstiegen, gaben sie sich keine Mühe, ihre tiefe Befriedigung darüber zu verbergen, wie aufmerksam die Partei Reaktionäre und Separatisten verfolgte. Aus Dechen Chödön konnten sie jedoch keine Informationen herausholen. Die Frau war nicht ansprechbar. Dennoch bestimmte die Partei, dass bis auf weiteres zwei Wachmänner rund um die Uhr bei Mutter und Sohn Quartier bezogen. Nie wieder sollten sie unbeobachtet sein. Was darüber hinaus mit ihnen geschah, wollten die Funktionäre in Ruhe überlegen. Das Schicksal dieses Jungen war schließlich von immenser Bedeutung für das Ansehen der gesamten Republik. Die chinafeindlichen Kräfte im Ausland hörten nicht auf, danach zu fragen.

Dechen Chödöns Alpträume wurden immer schlimmer. Schon bei der ersten Verhaftung ihres Mannes hatte sie geglaubt, die Grenzen des Erträglichen erreicht zu haben. Jetzt erlebte sie, dass es solche Grenzen nicht gab – außer im Tod. Ihr Glaube verbot ihr jedoch, diese verlockende Form der Erlösung in Erwägung zu ziehen.

Wieder sah sie Bilder, wie ihr Mann gefoltert wurde, und diesmal war es, als geschähe es ihr selbst. Sie hörte, wie Knochen brachen und Zähne ausgeschlagen wurden, sie roch verbrannte Haut. Schreiend wachte sie auf. Wieder versuchte sie verzweifelt, nicht mehr einzuschlafen. Jedes Mal, wenn sie vor Erschöpfung Doch einnickte, kamen die Bilder zurück.

Diesmal war Könchok Phüntsog nicht nach zehn Tagen zurück und auch nicht nach einem Monat. Der Zustand seiner Frau verschlechterte sich so sehr, dass die Wächter sie in ein Militärkrankenhaus einlieferten und ihrem Sohne erlaubten mitzukommen. Die Ärzte erfassten schnell, was es mit Dechen Chödön auf sich hatte. Sie unterrichteten ihre Vorgesetzten. „Er hat seine Lektion gelernt, mit Sicherheit", grinste Sitha, dem der Fall vorgetragen worden war, „führt sie wieder zusammen."

Doch der Mann, der fünf Tage später wieder zu seiner Familie gebracht wurde, war nicht mehr wiederzuerkennen. Die Techniker hatten die Schrift auf der Tafel wiederherstellen können und herausgefunden, dass der Junge in der buddhistischen Lehre unterrichtet worden war. So viel Eigensinn – oder Ungehorsam, wie sie es nannten – empörte die Partei sehr. Deshalb war Könchok Phüntsog in ein Folterlager verlegt worden, in das dafür berüchtigte Ngaba Gefängnis in der Provinz Sichuan. All das, was seine Frau während seiner ersten Haft in ihren Alpträumen gesehen hatte, war Wirklichkeit gewesen – allerdings eine, die damals noch vor ihnen lag.

Könchok Phüntsog war gebrochen. Sein Gesicht war von Blutergüssen und Narben entstellt, ein Auge war zerstört worden. Wo sich sonst eine Pupille befand, war nur noch eine blutunterlaufene Vertiefung zu sehen. Wenn er seinen Mund öffnete, sah man, dass die meisten Zähne fehlten. Das Zahnfleisch war noch blutig. Selbst die Wächter wandten sich mit Grausen ab. Den Rest seines Körpers wollte Könchok Phüntsog nicht zeigen, auch nicht seiner Frau. Sitha hatte Recht: Der Mann hatte seine Lektion gelernt. Er sprach kaum noch. Wenn seine Frau versuchte, ihn zu berühren, schien er es gar nicht zu spüren. Er reagierte weder abweisend noch erfreut, er reagierte einfach gar nicht. Wurde er angesprochen, nickt er immer nur kurz, ganz gleich, worum es ging. Ein Gespräch mit dem so gebildeten Mann war nicht mehr möglich.

Auch die Wachsoldaten, die sich nun immer in seiner Umgebung aufhielten, störten ihn offenbar nicht. Er begegnete ihnen mit der gleichen Teilnahmslosigkeit wie seiner Frau und seinem Sohn. Nach zwei Wochen stand er nicht mehr vom Bett auf. Er weigerte sich, das in Buttertee eingeweichte Tsampa zu essen, das einzige, was er überhaupt noch zu sich nehmen konnte. Stattdessen murmelte er unaufhörlich, aber kaum verständlich das alte Mantra zu Ehren des Dalai Lama: „Om mani padme hum", ‚O Du Juwel in der Lotusblüte". Vor dem Aufenthalt im Folterlager wäre das streng bestraft worden, doch jetzt ließen die Wachen ihn gewähren. Sie wussten ohnehin nicht genau, was das eigentlich bedeutete.

Es war das Letzte, was seine Umgebung von Könchok Phüntsog wahrnahm. Unaufhaltsam glitt er in die andere Welt hinüber, und je weiter er sich von der körperlichen entfernte, desto gelöster schien er. Eines Morgens wachte er nicht mehr auf. Sein Frau nahm seine Hand, berührte sein Gesicht und flehte: „Bitte, bleibe bei mir, verlass mich nicht, bitte!" So gezeichnet Könchok Phüntsog auch war, seine bloße körperliche Anwesenheit hatte ihr Lebensmut gegeben. Die äußeren und inneren Spuren der Folter ignorierte sie einfach. Sie hatte sich eingeredet, dass er sich im Laufe der Zeit wieder erholen würde. Mit ihrer Liebe hatte Dechen Chödön ihren Mann ins Leben zurückholen wollen – doch es sollte nicht sein.

Als er endgültig seinen Körper verlassen hatte und Dechen Chödön einsehen musste, dass ihre Bemühungen vergebens gewesen waren, entschwanden alle Hoffnung und aller Lebensmut aus ihrem schwer gezeichneten Körper. Schritt für Schritt verabschiedete auch sie sich aus dem Leben. Eines Tages lag sie ohne Bewusstsein in ihrem Bett. Der junge Panchen Lama warf sich über sie und flehte sie schluchzend an: „Bitte, Mama, bitte, bleib Du bei mir!" Ihr Körper wirkte kälter als sonst, sie schien aber noch flach zu atmen. Rasch riefen die Wachen einen Arzt. Er maß Puls und Blutdruck und schaute dann die Wärter verständnislos an. „Ein Puls von unter 40 und Blutdruck von 70 zu 40. Damit kann man eigentlich nicht mehr leben. Ist irgendetwas vorgefallen mit ihr?" „Nichts, was Sie nicht selbst wissen, ihr Mann...". Der junge Wärter sprach den Satz nicht zu Ende, doch jeder im Raum, auch der Arzt, wusste, wie barbarisch man Könchok Phüntsog gefoltert hatte, und dass er an den Folgen gestorben war. Dechen Chödön dagegen war äußerlich kein Leid angetan worden, aber alle hatten gesehen, wie sie unter der Misshandlung ihres Mannes gelitten hatte. Der Puls wurde immer langsamer und schwächer. Der Arzt fand keine Erklärung für das Dahinsiechen der Frau. Er rief noch einen Kollegen hinzu, doch der war ebenso ratlos.

Gendün Choekyi Nyima hörte, was die Ärzte und die Wächter miteinander besprachen, und plötzlich verstand er, was vorging. Seine Mutter beherrschte eine besondere Meditationstechnik, die Tukdam-Meditation. Sie wurde vor allem von älteren Mönchen und Nonnen praktiziert, die sich auf den Abschied vom Leben und den Übertritt ins Bardo vorbereiteten, den Zustand nach dem Ende der körperlichen Existenz. Die auf den großen Gelehrten Padmasambhava zurückgehende Meditation machte es möglich, die Körperfunktionen mit Absicht immer weiter zu reduzieren, bis sie schließlich ganz erloschen. Dadurch konnten die Praktizierenden den Zeitpunkt des Eintritts vom Leben in das Zwischenreich, den sie keinesfalls als bedrohlich oder schrecklich empfanden, auf friedliche Weise selbst bestimmen. In der Heimatregion von Dechen Chödön, in der Padmasambhava besonders verehrt wurde, war diese Praxis über die Klöster hinaus verbreitet. So war es ihr möglich gewesen, sie ebenfalls zu erlernen.

Die Tukdam-Meditation war nicht zwingend ein Weg ohne Wiederkehr. Bis zu einem gewissen Zeitpunkt konnte der Praktizierende mit einer Art Codewort vom Weg ins Bardo zurückgeholt werden. Dieses Schlüsselwort wurde nur an die engsten Vertrauten weitergegeben. Allein ihr verstorbener Mann hatte das Wort gekannt, das seine Frau für sich ausgesucht hatte.

Ein paar Jahre nach ihrer Entführung hatte Dechen Chödön ihren Sohn mit der Tukdam-Meditation vertraut gemacht. Es war eine Zeit, als der Familie klar geworden war, dass die Entführung nicht nur eine vorübergehende Episode war, die schon bald von der Kommunistischen Partei rückgängig gemacht würde. Offensichtlich hatte die chinesische Führung vor, sie auf unbestimmte Zeit unter ihrer Kontrolle zu behalten. Da konnte es nicht schaden, über derartige Fähigkeiten zu verfügen.

Nicht nur der hilflose Panchen Lama, auch Wang wusste, was mit Dechen Chödön vor sich ging. Nachdem ihr Mann das erste Mal freigelassen worden war und die Familie sich trotz des hohen Risikos entschlossen hatte, den verbotenen Unterricht fortzusetzen, hatte sie den Chinesen in das Geheimnis eingeweiht, selbst über sein irdisches Ende bestimmen zu können. Wang besaß viel zu viel Respekt vor dem

Tod, um die Meditation selbst zu praktizieren, aber sie erschien ihm einleuchtend und verstärkte noch seine Bewunderung für die Tibeter. Ihrem Jungen gegenüber hatte Dechen Chödön darauf bestanden, dass auch er sich in der Praxis übte. Wer konnte schon voraussehen, was die Chinesen noch planten? Nun war es die Mutter selbst, die sich mit Hilfe dieser Meditation aus dem Leben verabschiedete.

Gendün Choekyi Nyima stand nun vollkommen allein auf der Welt. Seine Verzweiflung hätte größer nicht sein können. Es gab keinen Menschen mehr, dem er sich anvertrauen konnte. Immer tiefer versank er in seine eigene Welt. Die Umgebung nahm er nur noch durch einen Nebel wahr, verschwommen, dumpf und unwirklich.

Zwei alte Frauen, verdiente und vertrauenswürdige Genossinnen, kochten seit dem Tod seiner Eltern für den jungen Panchen Lama und kümmerten sich um sein sonstiges Wohl, wie es die Aufgabe von revolutionären Eltern war. Ansonsten sollte der Unterricht weitergehen wie bisher. Die Lehrer hatten höchste Wachsamkeit bewiesen und sich damit für weitere Aufgaben qualifiziert. Doch der Junge saß die Unterrichtsstunden nur apathisch ab, die Augen auf ein fernes Ziel gerichtet, das nur er auszumachen schien.

Einige Wochen lang ließen ihn die Lehrer gewähren. Selbst sie empfanden Mitleid mit ihm, obwohl das mit ihrem Pflichtgefühl der Partei gegenüber konkurrierte. Doch da sie sich nun sicher sein konnten, dass der Junge keinen konterrevolutionären und separatistischen Einflüssen mehr ausgesetzt war, ließen sie die Pflicht vorübergehend in den Hintergrund treten.

Es hatte jedoch nicht den Anschein, als würde Gendün Choekyi Nyima wieder in die Welt um ihn herum zurückkehren. Mechanisch stand er morgens auf, aß ein wenig von dem Gemüsereis, den die Haushaltshilfe zubereitete, saß ein paar Stunden in dem kargen Schulzimmer und verbrachte den Rest des Tages im Lotossitz in seinem Raum. Dabei wirkte er jedoch nicht konzentriert und präsent wie ein Meditierender, sondern ebenso abwesend wie in der Schule. Mit seinen Haushaltshilfen wechselte er kaum ein Wort. Manchmal fragten sie sich, ob er überhaupt wüsste, wie sie aussahen.

Eines Abends war Wang mit ihm allein. Gewöhnlich wurde er immer noch von zwei Sicherheitskräften bewacht, doch selbst die Funktionäre im Ministerium der Einheitsfront hatten eingesehen, dass der korrekten Erziehung des Jungen keine Gefahr mehr drohte. Deshalb wurde kein zweiter Wachposten eingeteilt, wenn mal einer ausfiel, wie es an diesem grauen Wintertag der Fall war. Wangs Kollege hatte sich gründlich den Magen verdorben und musste deshalb sein Lager hüten. So etwas kam vor, und niemand machte sich Gedanken darüber. Keiner ahnte, dass Wang ein wenig nachgeholfen hatte, damit der Mann sich so unpässlich fühlte.

Als Wang herausgefunden hatte, dass die zweite Wache in so einem Fall nicht ersetzt wurde, hatte er den Entschluss gefasst, allein mit Gendün Choekyi Nyima zu sprechen. Auch die Hausangestellten verließen die kleine Wohnung gewöhnlich nach dem Abendessen, so war der Weg frei. Wangs kleine Intrige war der Beginn eines höchst verwegenen Plans.

Der Panchen Lama saß wie üblich im Lotussitz auf dem Boden, doch Wang wusste, dass er nicht in tiefe Meditation versunken war. Es war einfach seine Methode geworden, sich der Welt zu entziehen. Wang fand es jetzt an der Zeit, dem entgegenzuwirken. Auf Umwegen hatte er erfahren, dass dem Panchen Lama der Partei inzwischen selbst Zweifel an seiner Rolle gekommen waren. Der junge Mann war nicht völlig von der Außenwelt abgeschnitten. Wang war sich sicher, dass es ihm auf irgendeine Art gelingen könnte, mit ihm Kontakt aufzunehmen. Er wusste noch nicht genau, wohin das führen sollte, doch eine innere Stimme sagte ihm, dass er die Partei womöglich vor aller Welt bloßstellen könnte. Dafür würde er jedes persönliche Risiko auf sich nehmen. Das alles hatte jedoch nur dann eine Perspektive, wenn der echte Panchen Lama wieder in die Welt zurückkehrte.

„Du weißt, dass Deine Eltern mir vertraut haben, und Du weißt, dass ich versucht habe, Deinen Unterricht geheim zu halten. Leider hat eine Reihe von unglücklichen Zufällen dazu geführt, dass alles aufgedeckt wurde." „Alles, außer meiner Rolle!", fügte er mit einer gewissen Befriedigung in Gedanken hinzu. Gleichzeitig erschauderte er bei dem Gedanken, was die Sicherheitskräfte mit ihm angestellt hätten, wenn auch das ans Tageslicht gekommen wäre.

Der Panchen Lama zeigte keine Regung. Nach einer kurzen Pause fuhr Wang unbeirrt vor: „Es ist aber nicht der Wunsch der Götter, dass Du den Rest Deines wertvollen Lebens hier in Apathie verbringst." Als das Wort Götter fiel, schaute der Panchen Lama kurz auf. „Wenn es der Wunsch der Götter wäre, lebte ich in Tashi Lhunpo und würde dort ausgebildet", murmelte er kaum hörbar. „Ich verstehe Deinen Schmerz", wandte Wang ein, „aber manchmal schicken uns die Götter auf Wege, deren Sinn wir erst erkennen, wenn wir sie zu Ende gegangen sind. Unterwegs kommt uns alles trostlos vor." Doch Gendün Choekyi Nyima war wieder in seinen Dämmerzustand gefallen, in dem er unerreichbar schien.

Wang wusste selbst nicht so recht, wie er die Strategie der Partei durchkreuzen konnte. Zunächst einmal wollte er nicht länger mit ansehen, wie ein Junge, der die Hoffnung für Millionen Tibeter war, sich immer weiter vom Leben entfernte, obwohl seine Zeit noch gar nicht gekommen war. „Ich werde sehen, dass ich in der nächsten Zeit häufiger mit Dir allein bin. Da die Partei keinerlei Gefahr mehr in Dir sieht, dürfte das nicht schwer sein. Wir müssen diesen Zustand beenden, auch wenn ich noch keine klare Vorstellung davon habe, wie das geschehen soll." Mit diesen Worten verabschiedete er sich. Er hoffte, dass der Junge sie aufgenommen hatte.

Allmählich nistete sich in seinem Kopf eine Idee ein, über die er selbst erschrak, so tollkühn erschien sie ihm. Sie ließ sich einfach nicht verdrängen, ja, sie nahm immer mehr Raum ein und bestimmte im Laufe der Zeit sein gesamtes Denken: Er wollte die beiden Jungen zusammenbringen und dann irgendwie außer Landes schaffen. Über Kontakte, die es eigentlich gar nicht geben durfte, hatte er von der Begegnung zwischen Gyaltsen Norbu und Ma Panchen erfahren und auch davon, wie sehr das, was der chinesische Panchen Lama von ihr erfahren hatte, diesen verunsichert hatte. Das war seine Chance! Die Idee war verrückt, doch er wurde geradezu besessenen davon. Ihm war klar, dass so etwas Zeit brauchte, falls es überhaupt durchführbar war, aber er musste es versuchen, schon um die Ehre seiner eigenen Familie wieder herzustellen. Die Verbrechen, an denen sein Vater in Tibet beteiligt war, belasteten alle, auch wenn niemand in der Familie offen darüber sprach. Wenn es ihm jetzt gelänge, etwas so Besonderes für Tibet zu tun, würde das auch die Schuld seines Vaters abtragen. Davon war er überzeugt.

Er wollte Kontakt zu Phagpa Dedrül Rinpoche aufnehmen, dem Lehrer des kommunistischen Panchen Lama, der hin und wieder öffentliche Belehrungen im Yong He Gong-Tempel in Peking gab. Es war der wichtigste tibetisch-buddhistische Tempel in der Hauptstadt und wurde sogar von Regierungsmitgliedern aufgesucht. Zunächst jedoch musste Wang herausfinden, auf welcher Seite der Rinpoche wirklich stand. Natürlich vertrat er nach außen hin die Linie der Partei. Bei kaum einem öffentlichen Empfang versäumte er es, die Befreiung Tibets vom Feudalismus und die Reformen des Genossen Deng für den Fortschritt dort zu preisen. Doch das musste nicht unbedingt etwas bedeuten. Viele scheinbar angepasste Tibeter waren tief in ihrem Herzen der Tradition treu geblieben. Manche hatten sich einfach aus Resignation den Gegebenheiten gefügt. Offene Auflehnung war nach 1959 aussichtslos geworden, und jeder wusste, was denen drohte, die es dennoch versuchten. Manche hofften auch, durch die Mitarbeit im herrschenden System einen gewissen Einfluss zu gewinnen, um zumindest auf lokaler Ebene etwas für die Menschen und den Erhalt ihrer Kultur tun zu können. Ihr Vorbild war der verstorbene Panchen Lama, der genau das geschafft hatte. Schließlich gab es noch eine dritte Gruppe, die mit Abstand kleinste, die aus Überzeugung mit den Chinesen zusammenarbeitete. Die Chinesen bedienten sich aller, denn sie brauchten die Tibeter, um zu demonstrieren, wie erfolgreich ihre Reformen in dem vermeintlich rückständigen Land waren. Letztlich konnten die Parteifunktionäre selbst nicht unterscheiden, wer im Einzelnen welche Rolle spielte.

In Wangs Freundeskreis gab es einen Tibeter, dem er vertraute, Tsering Gyalwa. Sie hatten sich vor vielen Jahren auf einer Schulung kennengelernt und im Laufe der Zeit allmählich gemerkt, dass sie in ihrem Innern die Partei und ihr System zutiefst ablehnten. Er weiht Tsering nur sehr vage in seinen wahrwitzigen Plan ein, und der fragte nicht weiter nach. Wenn es tatsächlich dazu kommen sollte, durften nur wenige davon wissen, und einen Tibeter würde man sofort verdächtigen, egal welche Position er innehatte. Wang wollte Tsering nicht gefährden. Er deutete er seinem Freund jedoch an, dass es bald eine große Blamage für die Partei geben könnte. Dazu müsse man den Kontakt zum Lehrer des Panchen Lama herstellen. Mehr wollte Tsering gar nicht wissen. Er versprach, sein Bestes zu tun, um herauszufinden, auf welcher Seite Phagpa Dedrül Rinpoche wirklich stand.

Als einer der scheinbar angepassten Tibeter konnte Tsering mit dem wichtigen Lama in Verbindung treten, ohne Verdacht zu erregen. Im Anschluss an eine Belehrung bat er ihn, seine kleine Wohnung in Peking nach tibetischer Tradition zu weihen. So ein Ansinnen war selbst unter den Partei-Tibetern nicht ungewöhnlich. Die Regierung tolerierte die Religion als Privatangelegenheit. Angeblich gab es sogar hohe Parteifunktionäre, die der einen oder anderen religiösen Praxis nachgingen. Offen redete allerdings niemand darüber.

Phagpa Dedrül Rinpoche sagte Tsering zu, und die beiden vereinbarten einen Termin für eine Puja. Bei dem Ritual übergab Tsering dem Rinpoche ein kleines, verschlossenes Päckchen. „Dies schickt mein Cousin aus den USA. Es ist eine Opfergabe für ein Kloster. Ich habe es nicht geöffnet." Der Lehrer des Panchen Lama sah ihn durchdringend an, dann lächelte er, bedankte sich und verschwand. Mit dem Spürsinn eines Unangepassten hatte er sofort erkannt, dass Tsering ihn nicht wegen der Puja angesprochen hatte. Dieser Mann wollte ihm irgendetwas mitteilen, und er war bereit, sich darauf einzulassen. Neugierig öffnete er das Päckchen, als er sich in seinem Kloster unbeobachtet wusste. Nach Opfergaben aus den USA sah der Inhalt nicht aus. Aus dem Ausland erhofften sich die Tibeter vor allem finanzielle Zuwendungen für den Wiederaufbau oder den Erhalt ihrer Klöster. Dieses Päckchen aber enthielt einen Kathak, den traditionellen Begrüßungsschal, eine Dose Biskuits, die vor allem zum Losar-Fest als Opfergabe dargebracht wurden – und ein Medaillon. Der Rinpoche sah auf den ersten Blick, dass es sich um ein ganz besonderes Exemplar handelte. Vermutlich war dies der eigentliche Grund für die Kontaktaufnahme. Auf der Vorderseite zeigte es den vielarmigen Bodhisattva Avalokiteshvara, den Schutzheiligen Tibets. Als dessen Inkarnation gilt der Dalai Lama, und so war auf der Rückseite sein Bildnis zu sehen, das in Tibet streng verboten war. Der Rinpoche musste schmunzeln. „Dieser Landsmann riskiert einiges", dachte er, „wenn ich den Vorfall melde, bekommt er Probleme. Das weiß er. Offenbar will er wissen, wo ich stehe."

Tsering hatte den Geistlichen zunächst mit einem Hochgefühl verabschiedet. Er war sich sicher, auf einen Gleichgesinnten gestoßen zu sein. Doch in den folgenden Tagen verlor sich dieses Gefühl, und Zweifel kamen auf. Was, wenn er sich doch getäuscht hatte? Er könnte zwar weiterhin behaupten, den Inhalt des Päckchens nicht zu kennen, doch es würde schwierig werden, das zu beweisen. Er würde bei einem Verhör auch nicht nachweisen können, überhaupt eine Sendung aus den USA erhalten zu haben.

Tatsächlich geschah einfach gar nichts. Es gab weder unangenehmen Besuch der Staatssicherheit, noch irgendeine Reaktion von Phagpa Dedrül Rinpoche. Knapp drei Wochen später veranstaltete die Partei einen tibetischen Kulturabend. Womöglich würde der Rinpoche dort sein. Die Funktionäre sahen es gerne, wenn wichtige Lamas – und nicht nur verkleidete Soldaten – sich bei solchen Ereignissen zeigten, wo sich zahlreiche ausländische Gäste die Ehre gaben. Auf diese Weise bewies die Partei in aller Öffentlichkeit, wie sehr sie die tibetische Tradition pflegte.

Voll gespannter Erwartung machte sich Tsering auf dem Weg dorthin. Doch die Enttäuschung war groß, von Phagpa Dedrül Rinpoche war nichts zu sehen. Dennoch entschied er sich zu bleiben, auch wenn das bedeutete, dass er sich all die Reden der Genossen anhören musste. Das war nichts Neues für ihn. Für diese Fälle hatte er sich eine Strategie zurechtgelegt: Je mehr ihn eine Rede langweilte, desto begeisterter applaudierte er. So hatte er für sich selber das Gefühl, die Partei hinters Licht zu führen. Es war ein kleiner, geradezu lächerlicher Akt des Widerstands, das war ihm durchaus bewusst, trotzdem half es ihm, solche Veranstaltungen leichter hinter sich zu bringen.

Während er gerade besonders heftig applaudierte, fühlte er sich plötzlich beobachtet. Etwas irritiert sah er auf und erkannte Phagpa Dedrül Rinpoche. Ihre Blicke trafen sich, und Tserings zur Schau gestellte Begeisterung war mit einem Mal verflogen. Der Rinpoche lächelte ihm vielsagend zu, dann schob er den Überwurf seiner Robe ein wenig zur Seite – Tsering hätte beinah einen echten Jubelschrei ausgestoßen. Dort hatte er das Medaillon angebracht! Natürlich konnte er es nicht um den Hals tragen, denn wenn bei einer Bewegung die Rückseite sichtbar geworden wäre, hätte das selbst für jemanden in seiner Position unangenehme Folgen gehabt. Die Ausbildung des Panchen Lama hätte man ihm auf jeden Fall entzogen. Deshalb hatte er es angenäht. So konnte zum einen niemand sehen, was sich auf der Rückseite befand, und zum anderen trug er dadurch das Bildnis des Dalai Lama immer auf dem Herzen. Deutlicher hätte er nicht zeigen können, auf welcher Seite er wirklich stand.

In einer Pause trat der Rinpoche direkt zu Tsering und bedankte sich förmlich für das Geschenk. „Ich habe mich sehr über den Inhalt gefreut. Geben Sie meine Grüße an den edlen Spender weiter, wer auch immer es sein mag. Vielleicht kann ich mich einmal erkenntlich zeigen." „Danke!", sagte Tsering leise. Er war sichtlich ergriffen von dieser unmissverständlichen Aufforderung des Rinpoche, ihm mitzuteilen, um was es eigentlich ging. Spontan entschloss er sich, die Gelegenheit beim Schopfe zu fassen. „Ein Freund von mir, ein Chinese, möchte mit Ihnen in Kontakt treten. Er ist ein wirklich guter Freund". „Das lässt sich machen. Ich freue mich über alle guten Freunde, die Interesse an unserer Kultur haben, gleich welcher Nationalität sie sind. Wünscht er eine Segnung?" „Nicht direkt. Dieser Freund erfüllt eine außergewöhnlich wichtige Aufgabe", erläuterte Tsering und flüsterte: „Er bewacht den Panchen Lama!" Er sah, wie die Züge des Rinpoche erstarrten und fügte schnell noch hinzu: „Den echten!" Phagpa Dedrül Rinpoche schwieg lange. Es war offensichtlich, dass er mit so etwas nicht gerechnet hatte. Auch Tsering schwieg. Die Redner fuhren mit ihren Vorträgen fort, aber keiner der beiden hörte noch zu. Nach einer Zeit, die Tsering wie eine Ewigkeit vorkam, lösten sich die Gesichtszüge des Rinpoche. „Ich bin sehr daran interessiert, diesen Freund unserer Kultur kennenzulernen. Da die internationalen Reaktionäre gerade wieder unser Vaterland diffamieren, wird im nächsten Monat eine Schulung stattfinden, an der er vermutlich auch teilnehmen muss. Er erkennt mich an dem Medaillon und soll nicht zögern, mich anzusprechen. Als

Freund unserer Kultur wird er wissen, wie das anzustellen ist." Mit diesen Worten verschwand der Rinpoche. Tsering war überglücklich. Das war eine Einladung an Wang, die dieser nicht ausschlagen würde. Damit war seine Aufgabe erledigt. Der Rinpoche hingegen, obwohl seit Jahrzehnten geübt in meditativer Praxis, war von einer seltenen Unruhe erfüllt. Was mochte ein Bewacher des entführten Panchen Lama für ein Interesse haben, mit dem Lehrer des Gegenkandidaten Kontakt aufzunehmen? Der Gedanke faszinierte ihn. Nur seine langjährige spirituelle Praxis half ihm, sich in Geduld zu üben und abzuwarten.

Nach der guten Nachricht von Tsering besuchte Wang die Belehrungen des Rinpoche im Yong He Gong-Tempel. Er hoffte, dort nicht nur den Mentor, sondern auch dessen Schützling zu sehen. Aber natürlich wollte er jetzt noch keinen Kontakt aufnahmen. Wang konnte es sich erlauben, dort aufzutauchen, denn er galt als äußerst vertrauenswürdig. Vermutlich würde es ihm sogar hoch angerechnet, stellte er doch seine Ehrerbietung dem Jungen gegenüber unter Beweis.

Die Partei machte kein Geheimnis daraus, wann ihr Panchen Lama öffentlich auftrat, und sie freute sich über jede Aufmerksamkeit, denn die hielt sich nach wie vor in Grenzen. Die Tibeter lehnten ihn ab, das musste die Führung immer wieder erfahren, und die Chinesen interessierten sich nicht für ihn. Für sie war Tibet einfach ein Teil vom Reich der Mitte, aber was dort geschah, hatte mit ihrem Leben nichts zu tun.

Also waren die Parteifunktionäre durchaus erfreut, dass sich ein verdienstvolles Mitglied der Volksbefreiungsarmee einfand, als ihr Panchen Lama und dessen Lehrer im Yong He Gong-Tempel eine öffentliche Segnung erteilten.

Der Junge beeindruckte Wang. Offensichtlich war er im gleichen Alter wie sein gefangener Konkurrent. Beide waren keine Kinder mehr, aber auch noch keine Erwachsenen, sondern Jugendliche in der Umbruchphase ihrer Entwicklung. Der Junge im Tempel wirkte sehr ernst, was nicht nur mit der Zeremonie zu tun hatte. Auch wenn er in einer beneidenswerteren Lage als sein Schützling war, so schien ihn doch eine viel zu große Last zu bedrücken.

Schließlich kam ihnen die Partei unerwartet zu Hilfe. Sie bestellte alle diejenigen, die mit tibetisch-buddhistischen Angelegenheiten betraut waren, zu einer Schulung ein, um sie zu erhöhter Wachsamkeit zu verpflichten. Von einem Freund, der regelmäßig die internationalen Medien verfolgte, hatte Wang erfahren, dass Parlamentarier aus Europa bei einem Staatsbesuch mit solcher Hartnäckigkeit nach dem Schicksal von Gendün Choekyi Nyima gefragt hatten, dass sich die Behörden genötigt sahen, ihnen Informationen zu versprechen. Natürlich hegte niemand ernsthaft die Absicht, dieses Versprechen einzuhalten, doch die Unverfrorenheit, mit der sich fremde, reaktionäre Mächte in die inneren chinesischen Angelegenheiten um den Panchen Lama einmischten, alarmierte die Partei. Sie wollte deshalb alle Personen, die mit den beiden Jungen zu tun hatten, in regelmäßigen Abständen instruieren.

Etwa zwei Dutzend Personen fanden sich in einem Unterrichtsraum der Parteischule wieder, darunter Wang und Phagpa Dedrül Rinpoche.

Die Schulung brachte keine neuen Erkenntnisse für den Soldaten. Er hörte die üblichen Phrasen, die ihn seit seiner Ausbildung begleiteten. Und doch war er noch nie so hellwach wie bei diesem Anlass. Er musste mit dem Rinpoche in Kontakt treten; diese Chance durfte er sich nicht entgehen lassen.

In der Mittagspause sah er, wie der alte Mann allein in einer Ecke des Speiseraumes saß. Wang bewegte sich in seine Richtung, aber er musste vorsichtig sein. Serviererinnen liefen geschäftig durch die Reihen. Wang kannte das System gut genug, um zu wissen, dass es nicht ihre erste Aufgabe war, sich um das leibliche Wohl ihrer Gäste zu kümmern. Sie waren Spitzel des Geheimdienstes, die alle Gespräche mithören und sofort melden sollten, wenn der Verdacht auf subversive Gesinnung aufkam. Selbst im Umgang mit ihren Dienern zeigte die Partei wenig Vertrauen. Entsprechend oberflächlich waren die Unterhaltungen, sofern sie überhaupt zustande kamen. Die meisten Teilnehmer blieben lieber für sich allein, versunken in Gedanken, die kein Spitzel erahnen konnte.

Phagpa Dedrül Rinpoche wartete. Als sich ein Angehöriger der Volksbefreiungsarmee an seinen Tisch setzte, ahnte der Mentor des chinesischen Panchen Lama, dass es sich um die Person handelte, die der Tibeter angekündigt hatte. Doch er war auf der Hut. Sofort widmete die Bedienung den beiden ihre volle Aufmerksamkeit. Sie gaben vor, auf die Wünsche der ehrwürdigen Gäste besonders eingehen zu wollen. Wang musste sein Anliegen ohne Worte deutlich machen.

Die Blicke der Männer trafen sich. Sie schauten sich intensiv an, und ein Vertrauen entstand, das tiefer war als alle Worte. Langsam und bedächtig begann Phagpa Dedrül Rinpoche: „Sie erbitten eine religiöse Unterweisung von mir?“ „Ja“, erwiderte Wang. Der Mann verstand ihn. „Ich bin Phagpa Dedrül Rinpoche. Zweimal im Monat, an jedem ersten und dritten Montag, gebe ich Unterweisungen im Yong He Gong-Tempel. Sie kennen den Ort?“ Wang nickte. „Sie sind herzlich willkommen“, fuhr der Rinpoche fort. „Danke“, antwortete Wang und verbeugte sich knapp. Die Serviererinnen hatten alles mitbekommen, aber es gab nichts, was sie ihren Auftraggebern hätten weitergeben müssen. Soldaten der Volksbefreiungsarmee war es nicht verboten, an religiösen Belehrungen teilzunehmen. Wangs Freude jedoch entging den Frauen.

Menschen, die sich für Menschlichkeit und Freiheit einsetzen, wo Willkür und Gewalt herrschen, entwickeln ein untrügliches Gespür dafür, wem sie trauen können und von wem sie Abstand halten müssen. Das ist Teil ihrer Überlebensstrategie, so wie die alten Jäger und Sammler es vermochten, jeder Spur in der Wildnis alle für sie wichtigen Informationen zu entnehmen. Fehler können sie sich nicht leisten, denn die sind tödlich.

Phagpa Dedrül Rinpoche und der Soldat Wang waren in einem solchen System aufgewachsen. Sie beherrschten diese Fähigkeit. Deshalb wussten beide ohne viele Worte und Erklärungen, dass sie jemanden vor sich hatten, dem sie vertrauen konnten. Es dauerte nicht lange, bis sie im Yong He Gong-Tempel rasch zum Kern von Wangs Plan kamen. Um keinen Verdacht zu erwecken, trafen sie sich nicht allzu häufig.

Phagpa Dedrül Rinpoche glaubte so wenig wie irgendein anderer Tibeter, dass sein Schützling Gyaltsen Norbu die wahre Inkarnation des Panchen Lama war. Er hütete sich zwar, seine Zweifel zu äußern, doch seit die Mutter des verstorbenen Panchen Lama offen davon gesprochen hatte, vermied er es tunlichst, den Jungen in der Rolle zu bestärken, die ihm die Partei zugeschrieben hatte. Gyaltsen Norbu war das nicht entgangen. Gerade von seinem Mentor, dem er blind vertraute, hätte er sich in dieser Lage mehr Zuspruch erhofft. Sein Schweigen hatte den Jungen in noch tiefere Zweifel gestürzt,. Niemand konnte den Rinpoche dafür verantwortlich machen, ja niemand aus der Partei bemerkte überhaupt diese Feinheiten.

Informationen aus erster Hand über den Jungen zu erhalten, den auch er für den echten Panchen Lama hielt, war für Phagpa Dedrül Rinpoche so wichtig wie brisant. Obwohl ihm die Parteiführung eine einflussreiche Funktion anvertraut hatte, erfuhr auch er nicht mehr als das, was die Oberen für notwendig erachteten. Das aber schloss keine Informationen über den echten Panchen Lama ein.

Als ihm Wang schließlich seine Vision unterbreitete, den Panchen Lama – irgendwie – aus China herauszuschaffen, verschlug es Phagpa Dedrül Rinpoche zunächst einmal den Atem. Darauf war Wang jedoch vorbereitet. „Ich weiß noch nicht, wie das gehen soll, aber ein Gefühl sagt mir, dass es möglich ist, wenn wir es nur geschickt anstellen. Was wir dafür brauchen, ist Hilfe von außen und absolut vertrauenswürdige Kontaktpersonen nach innen, Menschen, die der Partei unverdächtig sind. Zumindest in diesem Bereich sind die Voraussetzungen nicht schlecht". Wang lächelte bei seinen letzten Worten. Dem Rinpoche fiel es nicht schwer, sie zu verstehen. Er nahm den Ball auf und erwiderte: „Vielleicht sogar besser als Sie denken! Ich fürchte nur, die erste Voraussetzung ist die entschieden schwierigere."

Beide hatten vage von den Aktivitäten der tibetischen Regierung im Exil und deren weltweiten Unterstützern gehört. Sollten sie zu diesen Kreisen Kontakt aufnehmen? Und wie? Die Tibeter in Indien unterhielten geheime Bande nach Tibet, doch würde das für ein solches Unternehmen ausreichen? Sie mussten ganz genau wissen, was sie wollten und wem sie vertrauen konnten. Auch in Dharamsala gab es Spitzel und Agenten. Das Risiko war zu groß und der Erfolg zu ungewiss, darin waren sich beide einig.

Phagpa Dedrül Rinpoche wusste aber noch, dass die USA vor einigen Jahrzehnten den Kampf der Tibeter gegen die Chinesen unterstützt hatten. Niemand in China oder sonstwo auf der Welt hatte damals etwas davon mitbekommen. Bei einem Unternehmen von solcher Tragweite, wie sie es planten, erschien das der richtige Partner.

Wang indes blieb skeptisch: „Ich meine, Ihr Tibeter kennt eure Heimat gut genug, um jemanden ohne fremde Hilfe außer Landes zu schaffen. Ich glaube ohnehin nicht, dass die Amerikaner Hilfe schicken. Warum sollten sie das tun?"

„Du hast schon Recht, bis zur Grenze würden wir es bei sorgfältiger Vorbereitung vielleicht schaffen," hielt Phagpa dagegen, „aber wenn die Flüchtlinge erst einmal im Ausland sind, sind unsere Einflussmöglichkeiten erschöpft. Als Ziel kommt nur Nepal in Frage. Dort haben die Chinesen in den letzten Jahren ihren Einfluss immer mehr ausgebaut und die Inder in den Hintergrund gedrängt. Vor allem in der Grenzregion sind viele der höheren nepalesischen Beamten von den Chinesen gekauft worden. Sie bekommen eine Kopfprämie für jeden Flüchtling, den sie wieder an die roten Grenzposten ausliefern. Nachrichtensender, die ich hin und wieder empfange, berichten offen darüber.

Verbindungen zu den USA könnten dafür sorgen, dass dieses Risiko deutlich verringert wird. Völlig ohne Einfluss auf die nepalesische Regierung sind die Amerikaner nämlich nicht. Kathmandu ist auf Hilfsgelder aus dem Westen angewiesen."

Wir sollten auf jeden Fall versuchen, diese zusätzliche Hilfe zu bekommen. Scheitert der Versuch, dann können wir immer noch sehen, wie wir es alleine schaffen."

Wang war überzeugt. Auch wenn er nichts über die Rolle der USA im Freiheitskampf der Tibeter wusste, hegte er große Bewunderung für das Land. Zu dem Geheimdienst mussten sie den Kontakt herstellen und die alten Freunde Tibets zu Hilfe rufen. Grundsätzlich schien das nicht unmöglich zu sein, denn China und die USA waren inzwischen, nach dem Untergang der Sowjetunion, nicht mehr so eng verbündet, wie ein paar Jahrzehnte zuvor, als die US-Regierung unter Präsident Nixon die Tibeter fallen gelassen hatte, um mit Mao Freundschaft zu schließen. Das Problem war nur: Wie konnten sie mit der CIA Kontakt aufnehmen? Die amerikanische Botschaft kam nicht infrage, denn dort wurde jeder Besucher registriert.

Aber auch sämtliche Kommunikationswege, vor allem ins Ausland, wurden streng kontrolliert. Briefe, Faxe und E-Mails schieden ebenfalls aus. Jemand musste persönlich eine Nachricht aus dem Land herausschmuggeln. Tibeter wurden – wenn sie überhaupt reisen durften – besonders streng überwacht. Wen sollten sie bitten? Und selbst wenn sich jemand bereit erklärte, könnte auch ein noch so gut versteckter Text gefunden werden. Eine Verschlüsselung tat Not, doch davon hatten beide keine Ahnung.

Bei der Lösung erwies sich Phagpa Dedrül Rinpoche als äußerst hilfreicher Partner. Das hätte Wang nicht einmal zu träumen gewagt. „Lhasa ist voll von Touristen, darunter sind viele Amerikaner. Sie sind der Schlüssel zum Erfolg unseres Planes." „Aber wir kommen nur über die Reiseleiter an sie heran", wandte Wang ein. „Das lass nur meine Sorge sein", erwiderte der Rinpoche.

Mit den Reiseleitern in Tibet hatte es seine eigene Bewandtnis. Am liebsten hätten die Tourismus-Behörden nur Chinesen eingesetzt, doch die Touristen mit ihrem seltsamen Faible für Tibet forderten zumeist Tibeter als Guides. Um nicht den Eindruck zu erwecken, die Tibeter würden diskriminiert, mussten also auch tibetische Reiseleiter zugelassen werden. Sie wurden allerdings ständig geschult und überwacht, damit sie keine regierungsfeindlichen Informationen von sich gaben. Zudem waren sie angehalten, entsprechende Äußerungen von Touristen den Behörden zu melden.

Phagpa Dedrül Rinpoche konnte keine unbekannten Reiseleiter in ihren Plan einweihen, aber das war auch gar nicht nötig, denn der Rinpoche kannte einen von ihnen bereits seit 15 Jahren.

Lobsang Trinley arbeitete schon lange im chinesischen Fremdenverkehrsamt. Er trat als äußerst linientreuer Reiseleiter auf – zumindest gegenüber den Behörden. Politische Äußerungen vermied er, und regierungsfeindliche Agitationen von Touristen meldete er pflichtbewusst. Den Behörden war es jedoch noch nicht gelungen, aus seinen Aussagen direkt Kapital zu schlagen. Entweder waren die Betroffenen schon abgereist, oder sie hatten falsche Namen angegeben. Dass diese eher unbrauchbaren Aussagen bei Lobsang Trinley System hatten, war noch niemandem aufgefallen. Nur ganz wenige wussten, was er in seinem Herzen dachte und was er seinen Reisegruppen erzählte, wenn er zu ihnen Vertrauen gefasst hatte und mit ihnen in abgelegenen Regionen unterwegs war, wo niemand sie kontrollieren konnte.

Zu den wenigen, denen Lobsang Trinley sich offenbart hatte, zählte Phagpa Dedrül Rinpoche. Die beiden stammten aus der gleichen Region, und der Geistliche kannte Lobsangs Familie, die seinem Stammkloster großzügige Spenden zukommen ließ. Er wusste, dass er ihn in die Verschwörung einbeziehen konnte. Und er wusste, dass Lobsang die geeignete Person war, um über amerikanische Touristen an die CIA heranzukommen.

Der Rinpoche lud Lobsang bei dessen nächsten Besuch in Peking in seinen Tempel ein, eine unverdächtige Initiative, denn die Reiseleiter waren ohnehin angehalten, immer wieder zu Schulungen in die Hauptstadt zu kommen.

Lobsang Trinley wurde blass, als er hörte, was der Lehrer des chinesischen und der Bewacher des echten Panchen Lama vorhatten. „Das Risiko ist es wert", versicherte der Geistliche. „Wir können nicht zulassen, dass die Partei den Jungen zerstört, der zu den Stützen unserer Religion gehört. Selbst wenn unser Plan misslingt, wird allein schon unser Versuch belohnt werden; spätestens im nächsten Leben." Phagpa Dedrül Rinpoche war sehr ernst. Natürlich konnte er nicht garantieren, dass ihr waghalsiges Unternehmen ein Erfolg sein würde. Er dachte in größeren Kategorien. Es ging nicht allein darum, ein Ziel zu erreichen, auch wenn es noch so selbstlos und edel erschien. Es ging um Perspektiven weit über dieses Leben hinaus, das nur ein kleiner Mosaikstein auf einem unendlich langen Weg hin zum Erwachen war.

Phagpa Dedrül Rinpoche war sich immer bewusst gewesen, was er tat, als er sich auf die Zusammenarbeit mit den Chinesen eingelassen hatte. Es kam ihm vor wie ein Pakt mit dem Teufel. Ein Teil seiner Motivation bestand darin, anderen, jüngeren Mönchen eine solche Demütigung zu ersparen, die vom gesamten tibetischen Volk als Verrat betrachtet wurde.

Nahezu jeder Tibeter, der sich auf eine Zusammenarbeit mit den Chinesen einließ, wusste im Grund seines Herzens, dass er damit in gewisser Weise sein Land verriet. Vor allem die Tibeter in den Städten, wo die traditionellen Berufe nicht mehr gefragt waren, hatten jedoch kaum eine andere Wahl, wollten sie nicht als Tagelöhner mit ihrer Familie ein Leben am Rand des Existenzminimums führen.

Phagpa Dedrül Rinpoche lebte indes ohne Familie. Die vielen Kompromisse, die er immer wieder machen musste und die im Gegensatz zu seiner inneren Überzeugung standen, hatten für ihn deshalb noch eine andere Bedeutung. Von Beginn an sagte ihm ein Gefühl, dass ihn dieser äußere Verrat einmal in eine Situation bringen würde, in der er seinem Volk einen großen Dienst erweisen könnte. Er war ein diffuses Gefühl. Bisweilen hatte er sich gefragt, ob er sich das nur einbildete, um seine Zusammenarbeit mit den Chinesen zu rechtfertigen. Tief in seinem Inneren war er sich jedoch sicher, dass mehr dahinter steckte. Jetzt bot sich die Gelegenheit, mit einem Schlag all das wieder gutzumachen, was ihm selbst immer wieder Kopfzerbrechen bereitet hatte.

Seine Entschlossenheit steckte die beiden anderen an. Die Art, wie der Rinpoche Lobsang Trinley von der Dringlichkeit der Aufgabe überzeugte, ließ keinen Raum für Widerspruch. Obwohl der Fremdenführer nichts Genaues über die Beweggründe des Mönchs wusste, spürte er doch, dass diesen eine besondere Mission trieb. Wang ließ sich von der Überzeugungskraft mitreißen, obwohl er kein Buddhist war und nicht sicher sein konnte, ob ihn die nächsten Leben tatsächlich für die Risiken entschädigen würden, die er in diesem auf sich nahm. Als Soldat, der den gesamten Sicherheitsapparat durchlaufen hatte, wusste er zu gut, was sie in den Gefängnissen erwartete, wenn sie entdeckt und überführt werden sollten. Er verdrängte den Gedanken daran, sonst wäre er nicht in der Lage, seine ganze Kraft auf den Erfolg des Unternehmens zu richten.

Lobsang Trinley willigte ein. Auch er hegte einen tiefen Groll gegen die Chinesen. Zu häufig hatte er all die Schikanen und Demütigungen ertragen müssen, denen die Tibeter ausgesetzt sind, wenn sie versuchten, auch einen Anteil von dem abzubekommen, was die Faszination abwarf, die ihr Land für Ausländer besaß. Er wusste, dass er keinerlei Perspektive als Fremdenführer hätte, wenn nicht die Touristen selbst immer wieder nach Tibetern fragen würden.

Der phantastische Plan

Lobsang Trinley blieb länger in Peking als üblicherweise. Nachdem die erste Euphorie verflogen war, stellten sie sich den praktischen Problemen. „Selbst wenn wir an die CIA herankommen sollten, stellt sich die Frage, was wir ihr dann eigentlich mitteilen wollen?“, gab er zu bedenken. Er erkannte rasch, dass er zunächst den schwierigsten Teil übernehmen musste. „Auch gegenüber vertrauenswürdigen Touristen muss ich genau wissen, was ich will. Und das weiß ich noch nicht“, fügte er beinahe entschuldigend hinzu. Sie mussten den Plan bis in allen Einzelheiten im direkten Kontakt miteinander entwerfen und die unfreiwilligen Mitverschwörer persönlich in Lhasa aussuchen. Jede Art des Kontakts zu den USA, egal ob über Telefon, die Post oder das neue Medium des Internets, wurde überwacht und sie würden schneller in den Fängen der allmächtigen Geheimpolizei sein als ihnen lieb sein konnte.

Eine offene Botschaft konnten sie nicht übermitteln. Selbst wenn die Übergabe an einen Touristen gelingen sollte, wussten sie nicht, in welche Hände die Nachricht geriet. Es musste eine verschlüsselte Botschaft sein, für die es noch den Schlüssel zu ihrer Dechiffrierung gab, ohne das Aufsehen der Sicherheitsbeamten zu erregen. Allmählich wurde ihnen bewusst, welche Schwierigkeiten der Plan enthielt. Niemand von ihnen hatte Erfahrungen mit solchen Aktivitäten und somit eine passende Idee, wie sie die Probleme lösen konnten.

„Ich kann nicht länger bleiben, ohne mich verdächtig zu machen“, meinte Lobsang irgendwann, als sie wieder verschiedene Varianten durchgespielt und verworfen hatten. „So kommen wir nicht weiter“, pflichtete ihm Wang bei, „Ich schlage vor, jeder überlegt sich selbst einen Plan, und wir treffen uns in drei Monaten wieder hier in Peking, um unsere Ideen zusammenzutragen, die dann hoffentlich brauchbarer sind.“ Der Vorschlag stieß zwar nicht auf große Begeisterung, doch niemand hatte einen besseren. Jeder hoffte, dass mit etwas Abstand die rettende Idee schon kommen würde.

Lobsang Trinley hätte ohnehin nicht eher wieder in die Hauptstadt fahren können, ohne dass es aufgefallen wäre, denn zuvor war er nicht sonderlich häufig in Peking gewesen. Jede Veränderung im Verhalten wurde in dem System, in dem sie lebten, sofort registriert und konnte eine besondere Beobachtung nach sich ziehen.

Schließlich fand Wang den Schlüssel zur Lösung ihres Problems. Als er im Fernsehen eine Detektivgeschichte sah, traf es ihn wie ein Blitz. Er würde in einer der großen Buchhandlungen der Hauptstadt nach Kriminalgeschichten suchen. In solchen Geschichten ging es häufig um geheime, konspirative Dinge. Womöglich bekam er dort eine Inspiration. Er suchte eine staatliche Buchhandlung auf, um keinerlei Verdacht zu erwecken und war begeistert. Obwohl er sich früher nie sonderlich für derartige Literatur interessiert hatte, merkte er plötzlich, wie ihn die Thematik fesselte. Er verschlang gleich mehrere solcher Bücher.

In einem fand er genau das, was er suchte: Ein geheimer Text musste übermittelt werden, und dem Helden, natürlich ein Mitarbeiter des Geheimdienstes, gelang es mit Hilfe einer Verschlüsselung. Es gab zwei Zettel, den verschlüsselten Text und den Schlüssel dazu. Nur wer beides in der Hand hielt, erkannte, worum es ging. Die englische Sprache eignete für so etwas sehr viel besser als die chinesische mit ihren vielen komplizierten Zeichen. So war es die Aufgabe des Reiseleiters, nicht nur vertrauenswürdige Kontaktpersonen zu finden, sondern auch einen Code zu entwickeln.

Als sie sich wieder trafen, waren Phagpa Dedrül Rinpoche und Lobsang Trinley begeistert von der Idee. Um Lobsang zu unterstützen, aber auch weil er selbst so viel Freude daran gefunden hatte, erzählte Wang seinen Mitverschwörern detailliert von der Geschichte, durch die er auf diese Idee gestoßen war.

Sie blieben so lange zusammen, bis Lobsang eine Verschlüsselung entwickelt hatte, die ohne den dazugehörigen Code nicht zu entziffern war. Der junge Reiseleiter leistete ganze Arbeit und präsentierte ihnen innerhalb einer Woche einen überzeugenden Vorschlag, wie der Kontakt zur CIA aufgenommen werden könnte. Gemeinsam verfassten sie nun einen kurzen Text für die Touristen, den Lobsang ins Englische übersetzte. Die Touristen sollten zunächst folgenden Zettel im Klartext erhalten:

„Bitte übermitteln Sie das beigefügte Papier der CIA in den USA, und vernichten Sie diesen Zettel umgehend."

Das eine Papier, das weitergeleitet werden sollte, sah folgendermaßen aus:

First Message: P3 U7 W4 G9 B6 E7 W7 P6 O1 H8 X7 I1 O4 E7 Y7 W6 M6 F6 N8 V6 RE O0 M0 D7 H0 Y7 D2 C7 G5 8 A8 D19 K8 L8 C1

Dazu gehörte folgende Botschaft auf einem eigenen Zettel: Second Message

	A	C	D	E	F	G	H	I	J	K	L	M	N	O	P	R	Q	R	S	T	U	V	W	X	Y	Z
1	6	d	b	l	f	f	i	d	o	h	c	e	e	f	n	3	p	e	m	b	i	c	h	5	c	m
2	n	j	c	f	7	h	t	D	c	l	b	l	f	n	d	y	b	e	5	m	e	y	6	t	d	9
3	o	d	c	4	e	a	y	D	a	i	s	7	s	a	e	i	p	i	m	s	i	a	d	t	d	j
4	l	n	b	o	e	h	e	A	f	g	1	p	i	b	v	p	e	c	n	z	b	h	e	x	y	g
5	o	c	p	d	n	c	c	U	i	i	o	a	n	d	j	z	a	g	q	t	a	s	x	8	s	m
6	j	a	s	g	9	o	n	A	g	l	h	p	e	q	l	a	f	u	i	a	c	h	t	o	1	v
7	m	i	l	h	p	d	w	C	e	j	2	p	b	u	j	u	i	d	s	t	l	j	h	d	r	m
8	g	m	b	n	i	m	q	D	a	s	s	j	b	t	u	i	z	m	z	a	o	z	h	y	k	b
9	2	c	d	0	9	q	a	U	i	j	f	y	g	3	a	x	y	d	4	m	z	k	a	y	i	0
0	u	i	a	h	u	i	p	e	q	x	c	z	t	g	l	t	w	z	a	a	q	u	y	w	e	h

Dadurch, dass es für jeden Buchstaben viele verschiedene Codes gab, war es nicht möglich, die Nachricht aufgrund der Häufigkeit der Buchstaben zu entschlüsseln. Der Code war zwar ungewöhnlich, aber effektiv. Ohne die Dechiffrierungstabelle war es nahezu unmöglich, den Text zu entschlüsseln.

Wenn der richtige Code gefunden war, wurde daraus folgender Brief:

„Freiheit für den Panchen Lama!

Helfen Sie uns, den wirklichen Panchen Lama aus China herauszubekommen. Wir benötigen Unterstützung und einen direkten Kontakt zu einem Agenten der CIA.

Die CIA möge bitte ein Foto mit einem Rhododendron Capitalum Marim auf der Homepage www.himalayan-flowers.com veröffentlichen.

Bitte veröffentlichen Sie das Foto mit dem Zusatz, aufgenommen am TTMMJJJJ. Das soll der Tag sein, an dem wir mit dem Agenten Kontakt aufnehmen wollen, nur ein Jahr vorher. Bitte schicken Sie einen Tibetisch sprechenden Agenten nach Lhasa; er möge sich an dem vereinbarten Tag um 13.00 Uhr an der Ecke Shamo Karpo / Barkhor Tromshung Jang einfinden und das Buch „Die Blumen von Tibet“ als Erkennungszeichen unter dem Arm tragen. Er wird dort erwartet, aber er soll auf keinen Fall von sich aus Kontakt zu jemandem aufnehmen. Ich werde an ihm vorbeigehen und ihm den Namen „Panchen Lama“ ins Ohr flüstern. Dann soll er mir unauffällig folgen.“

Für die Verschwörer stand noch die Frage im Raum, wie viele Touristen angesprochen werden sollte. Sie konnten nicht davon ausgehen, dass jeder Kontakt Erfolg hatte. Wenn es also zu wenige waren, liefen sie Gefahr, dass die ganze Sache im Sande verlief. Andererseits wuchs mit jedem Zettel die Gefahr, dass er in die Hand des Geheimdienstes fallen könnte.

Sie einigten sich schließlich auf sechs Personen. Drei sollten den verschlüsselten Text erhalten und drei den Code zu seiner Entschlüsselung. Sie hofften inständig, dass zumindest ein Exemplar von jedem Zettel die CIA erreichte.

„Aber die CIA reicht uns nicht", gab Phagpa Dedrül Rinpoche zu bedenken. „Wir benötigen auch Verbündete hier in Peking", er machte eine kurze Pause, „und zwar chinesische Verbündete. Machen wir uns nichts vor. Sollte es uns tatsächlich gelingen, den Jungen aus der Hand seiner Bewacher zu befreien, geraten alle Tibeter in Peking und Umgebung – mich eingeschlossen – unter Generalverdacht. Wir werden für Wochen und Monate auf Schritt und Tritt überwacht. Deshalb ist die gesamte Aktion nicht ohne chinesische Hilfe möglich."

Er musste gar nicht Wang direkt ansprechen, es war auch so klar, dass nur der chinesische Soldat über die entsprechenden Kontakte verfügte. „Natürlich", nickt er sehr bedächtig, „ich habe mir darüber auch schon Gedanken gemacht. Es gibt ein paar Männer, denen es ähnlich geht wie mir. Sie tragen Uniform und verrichten ihren Dienst, doch im Grunde ihres Herzens hassen sie das ganze brutale, verlogene System ebenso wie ich." Es sah den leicht vorwurfsvollen Blick des Rinpoche und musste lächeln, ungeachtet des Ernstes der Situation. Der tibetische Mönch hatte ihn schon manches Mal ermahnt, dass Hass und andere negative Emotionen zu den Grundübeln der menschlichen Existenz zählten und sich vor allem gegen die eigene Person richtet. „Als die wenigen überlebenden buddhistischen Mönche in Tibet vom Tode Maos erfuhren," pflegte er bei der Gelegenheit gern zu sagen, „haben sie Gebete für ihn gesprochen, um seine Seele auf dem Weg ins Bardo zu begleiten. Den Mann, der maßgeblich für die Zerstörung unserer gesamten Kultur verantwortlich ist, haben wir nie als unseren Feind betrachtet."

So viel Selbstlosigkeit konnte Wang nicht nachvollziehen, aber er korrigierte sich pflichtbewusst, ohne dass der Rinpoche ein Wort gesagt hätte. „Sie lehnen also das ganze System ebenso ab wie ich. Es wird ihnen ein Vergnügen sein, dieser Partei vor aller Welt eine kräftige Blamage zu erteilen." Dann lächelte er verschmitzt. „Zwei sind mir ohnehin noch einen Gefallen schuldig, und einen dritten werde ich auch finden. Mit drei Verbündeten sollten wir hinkommen, der Kreis darf nicht zu groß werden.“ Die anderen nickten. In den nächsten Wochen hatte Wang genügend Zeit, drei weitere Verschwörer in die Pläne einzuweihen. Er hatte sie richtig eingeschätzt: Alle drei zögerten nicht lange. Sie warteten jetzt auf das Signal für den Beginn der Operation. Der Startschuss musste aus Lhasa kommen.

Als diese Vorbereitungen getroffen waren, musste nur noch eine Hürde genommen werden, womöglich die schwierigste. Wang musste den Panchen Lama selbst überzeugen, bei der Verschwörung mitzumachen. Wang war schon froh, dass der Junge nicht seiner Mutter ins Bardo gefolgt war, doch diese Meditationstechnik wollte er sich zunutze machen. Nur ging das nicht ohne Einwilligung des Jungen selbst, der nach wie vor keinerlei Bereitschaft zeigte, wieder am Leben teilzunehmen.

Phagpa Dedrül Rinpoche, der selbst keine Möglichkeit hatte, mit dem internierten Panchen Lama in Kontakt zu treten, ja, der noch nicht einmal dessen Existenz erwähnen durfte, gab Wang einen Tipp. „Wir haben nur eine Chance. Sag ihm, der große Vater ruft ihn. Nicht sein leiblicher Vater sondern der große Vater der Tibeter, der Dalai Lama. Wir sagen in unserer Tradition, der Dalai Lama ist der Vater und der Panchen Lama der Sohn. Wenn er wirklich der Panchen Lama ist“, der Rinpoche stockte einen Moment, als hätte er gerade eine grobe Beleidigung ausgesprochen, „und davon können wir ausgehen, dann wird sich irgendetwas in ihm daran erinnern und ihm den nötigen Anstoß geben, uns zu vertrauen.“ Der Mönch sollte Recht behalten. Als Wang den ‚großen Vater’ erwähnte, der ihn gerufen habe, und zu dem sie ihn bringen wollten, spürte er wieder so etwas wie einen Lebensfunken in dem Jungen aufsteigen. Er wollte nichts übereilen. Nach und nach gelang ihm, das volle Vertrauen des Jungen zu gewinnen. Nun konnte er es wagen, ihn in die Pläne einzuweihen. Niemand sonst in der Umgebung beachtete die Veränderung, die in Gendün Choekyi Nyima vorging.

Als Lobsang Trinley Richtung wieder nach Lhasa zurückkehrte, ließ er Phagba Dedrül Rinpoche und Wang in optimistischer Stimmung zurück.

In Lhasa angekommen, machte sich Lobsang unverzüglich auf zum Jokhang-Tempel. Er wusste genau, dass der aberwitzige Plan in dieser Phase allein von ihm abhing, aber er machte sich nicht allzu viele Gedanken darüber, welche Verantwortung auf ihm lag und was geschehen würde, wenn etwas Unvorhergesehenes eintrat.

Stattdessen konzentrierte er sich ganz darauf, geeignete Touristen zu finden. In Lhasa war es möglich, einzelne Reisende anzusprechen, die nicht mit einer Gruppe unterwegs waren. Nur für größere Touren außerhalb der Stadt war er auf die Kooperation – oder Gnade, wie er im Stillen dachte – der staatlichen Behörden angewiesen. So weit wollte er jetzt nicht gehen.

Um solche Touristen zu treffen, musste er sich häufig am Jokhang aufhalten, was ihn wiederum verdächtig machen konnte, denn der gesamte Platz war mit Überwachungskameras ausgestattet. Er erschien deshalb jeden Tag in anderer Kleidung und mit unterschiedlicher Kopfbedeckung, die er, wie viele andere, vor allem jüngere Leute, tief ins Gesicht zog. So war er relativ sicher, nicht identifiziert zu werden. Lobsang nahm sich vor, nach Rucksacktouristen Ausschau zu halten und nach solchen, die besonders bildungsbeflissen schienen. Sie brachten in der Regel eine große Sympathie für Tibet mit, und gerade viele Jüngere unterstützten den tibetischen Freiheitskampf. Von älteren wollte er sich lieber fernhalten, sie könnten zu ängstlich sein. Auch Frauen wollte er ansprechen, sie zeichneten sich häufig durch besonderen Mut und Engagement aus. Als Reiseleiter war er den Kontakt zu ihnen gewohnt. Er wusste, dass gerade viele Amerikanerinnen sehr unkompliziert waren.

Am dritten Tag sah er eine Gruppe, die ihm geeignet erschein. Es war offenbar eine Studentenreisegruppe. An der Art, wie sie die tibetischen Pilger in ihrer eigenen Sprache mit „Tashi Delek" begrüßten und wie sie sich rücksichtsvoll dem Heiligtum näherten, erkannte er den großen Respekt, den sie seiner Kultur entgegenbrachten. Bescheiden bot er ihnen seine Führungsdienste an: Sie willigten ein. Damit hatte er während der ganzen Zeit im Tempel die Gelegenheit, drei Personen aus der Gruppe ausfindig zu machen, die ihm besonders vertrauenswürdig erschienen. Als sich der Tempel-Rundgang seinem Ende näherte und der Abschied gekommen war, bei dem traditionell ein Obolus übergeben wurde, musste er zur Tat schreiten. Er hatte sich vorgenommen, einen Mann und zwei Frau anzusprechen. Aus ihren Fragen hatte er schließen können, dass sie sich eingehend mit der tibetischen Kultur befasst hatten. Allen dreien würde er den verschlüsselten Text geben. Scheinbar absichtslos begann er, in seiner Hosentasche zu nesteln. Er holte einige Papiere heraus, die für jeden, der nicht genau hinschaute, wie Papiertaschentücher aussahen. Bei der Übergabe des Trinkgeldes suchte er Augenkontakt zu den drei anvisierten Personen. Ihm wurde heiß und kalt, aber jetzt gab es kein Zurück mehr. Unverwandt schaute er zuerst dem Mann in die Augen. Dabei drückte er ihm wie nebenbei ein paar Papiere in die Hand, einen kleinen Zettel mit Anweisungen und die verschlüsselte Botschaft. Dem fragenden Blick des Mannes begegnete er mit einem kleinen Kopfnicken. „Alles ist in Ordnung“, schien er zu sagen, und der Mann verstand. Ebenso beiläufig steckte er die Zettel in seine Hosentasche und wandte sich ab, als ob nichts geschehen sei. Keiner von beiden konnte sagen, ob jemand aus der Gruppe oder gar ein außenstehender Beobachter irgendetwas mitbekommen hatte.

Das gleiche Prozedere wiederholte er bei den Frauen. Er hatte sie richtig eingeschätzt. Sie waren selbstbewusst genug, um nichts dabei zu finden, dass er ihre Blicke suchte: und sie waren sensibel genug, um zu spüren, dass es hier nicht um eine simple Anbiederung ging.

Als die Gruppe aus seinem Blick verschwunden war und er unbehelligt den Platz verlassen konnte, breitete sich ein großes Gefühl der Erleichterung in ihm aus. Die Botschaften schienen in guten Händen zu sein. Niemand von den zahlreichen Sicherheitskräften hatte etwas bemerkt, sonst wäre er noch an Ort und Stelle verhaftet worden, und die Beamten hätten den Touristen die Zettel weggenommen. Gar nicht auszudenken…

Doch das waren erst die Texte. Jetzt musste er noch geeignete Überbringer für den Code finden. Der Erfolg machte Lobsang zuversichtlich. Zwei Tage später machte er sich wieder auf den Weg. Diesmal wollte er sich auf Einzelreisende konzentrieren, um seine Nachrichten breit zu streuen. Deren Zahl vor dem Jokhang war groß, doch viele von ihnen, die in eher abgerissenen Kleidern und mit zerzausten Haaren dort herumhingen, schloss er von vornherein aus. Er befürchtete nicht, dass sie die Behörden informieren könnten – sicherlich hegten auch sie große Sympathien für die Sache Tibets – aber meistens waren sie Monate lang auf Reisen, und damit war die Gefahr groß, dass Zettel und Dringlichkeit der Bitte in ihrer Erinnerung verblassten.

Schließlich fiel ihm ein Pärchen auf, das einen englischen Kulturreiseführer bei sich trug, aber einen unverkennbar amerikanischen Akzent hatte. Es behandelte die tibetischen Pilger ebenfalls mit großem Respekt und sprach sogar noch etwas mehr Tibetisch als nur die Grußformel „dashi delek“. In ihrem Fall war die Kontaktaufnahme und die Übergabe des Zettels einfach. Lobsang setzte auf diese zwei seine besondere Hoffnung. Auch mit einem jungen Studenten klappte die Übermittlung wie geplant. Dann geschah etwas Unvorhergesehenes. „Sie verteilen Informationen?“ Ein Mann, mit einem Khatak um den Hals, der vermutlich von einem Klosterbesuch stammte, sprach ihn von hinten an. Offenbar hatte er die Szene beobachtet. Was, wenn er nicht der einzige gewesen war? „Nur ein paar alte Freunde“, wehrte Lobsang in gezielt gebrochenem Englisch ab und beeilte sich, den Platz vor dem

Jokhang zu verlassen. Der Mann jedoch war hartnäckig und folgte ihm. So viel Aufmerksamkeit passte dem Reiseleiter gar nicht. Also drehte er sich um und versuchte auf die freundliche Art, den Verfolger abzuschütteln: „Ich habe jetzt wirklich keine Zeit, tut mir leid!“ Der Mann schien es einfach zu überhören. „Sie brauchen keine Angst zu haben. Ich weiß, was in Tibet los ist. Ich arbeite für eine Tibetorganisation in meiner Heimat im Mittelwesten. Wir würden uns freuen, auch in Tibet etwas tun zu können.“ Wie um seine Worte zu unterstreichen, griff er in seine Jackentasche, zog ein Foto des Dalai Lama heraus und reichte es Lobsang so geschickt verdeckt, dass es niemand mitbekommen konnte. „Für Sie,“ flüsterte er. So etwas war in Tibet inzwischen verboten. Aber als ob das noch nicht genug wäre, holte er noch ein zweites Foto hervor. Es zeigte die tibetische Fahne mit dem Schneelöwenpaar und der aufgehenden Sonne über den Bergen. Jetzt war Lobsang völlig verblüfft. Dies Symbol der tibetischen Unabhängigkeit war besonders streng verboten. Diese Fahne zu zeigen, oder auch nur ein Bild davon, war eines der schlimmsten Verbrechen, die man in Tibet begehen konnte.

Lobsang musste sich schnell entscheiden. Wenn er diesen Mann als Letzten einweihen sollte, dann würde er ihm den Zettel auf keinen Fall mitten auf dem Platz in die Hand drücken. Wer weiß, vielleicht wurden sie schon längst beobachtet? Wenn es sich um einen Spitzel der Chinesen handelte, dann war es ohnehin zu spät, denn der Mann hatte ihn offenbar gut beobachtet. Ihn loszuwerden, würde gewiss keinen Erfolg haben. Also entschloss er sich zur Flucht nach vorn. „Ja, ich kann Ihnen die Statuen und Wandmalereien im Tempel gerne erklären“, sagte er in geschäftlichem Ton und wandte sich Richtung Jokhang. Der Mann verstand und folgte ihm.

Im Tempel selbst war die Luft angefüllt mit dem Geruch von Hunderten von Butterlampen. Menschen drängten durch die engen Gänge. Zahlreiche Sicherheitskräfte in Zivil und in Uniform gaben sich keinerlei Mühe, unauffällig im Hintergrund zu bleiben.

Dort, wo das Gedränge besonders groß war, griff Lobsang in seine Hosentasche und holte den letzten Zettel heraus. Er nahm sich auch eine der Butterlampen, reichte sie seinem Begleiter und schaute ihm dabei tief in die Augen. Er reagierte erneut sehr schnell. Er fühlte das Papier unter der Lampe, und während er sie an den dafür vorgesehenen Platz stellte, verschwand der kleine Zettel so geschickt im Ärmel seines Hemdes, dass selbst Lobsang es kaum wahrnahm. Vielleicht hatten doch die Götter den Mann geschickt, damit ihr Unternehmen ein Erfolg wurde? Oder die Geschicklichkeit zeichnete ihn erst recht als erfahrenen Spitzel der Chinesen aus?

Es hatte keinen Sinn, sich darüber den Kopf zu zerbrechen; wenn es so wäre, würde er es ohnehin bald erfahren.

Als Lobsang den Platz verließ, folgte ihm niemand. Der Verdacht gegen den Mann war offensichtlich unbegründet. Phagpa Dedrül Rinpoche in Peking teilte er mit, dass sich das Wetter in Lhasa von seiner besten Seite zeigte. Das war das verabredete Codewort dafür, dass er die Nachrichten an sechs amerikanische Touristen weitergegeben hatte.

Zeit des Wartens

Nun begann eine zermürbende Zeit des Wartens. Lobsang wusste nicht, wann die Amerikaner in ihre Heimat zurückkehren würden und ob die CIA tatsächlich mindestens zwei zusammenpassende Nachrichten erhalten würde.

Was sie planten, war ohnehin ein riskantes Unternehmen. Das Internet wurde in China strengstens überwacht, wobei amerikanische Firmen wie Yahoo und Google bereitwillig Hilfsdienste leisteten. Manch kritischer Journalist oder Blogger wurde enttarnt und zu langjährigen Haftstrafen verurteilt, weil diese Firmen den chinesischen Behörden anstandslos IP-Adressen zur Verfügung gestellt hatten, mit denen man die Internetkontakte der Verdächtigten herausgefunden hatte. Die Verschwörer hatten sich deshalb für gänzlich unverdächtige botanische Themen entschieden. Auf der angegebenen Seite veröffentlichten Rhododendronfreunde aus der ganzen Welt ihre Aufnahmen und tauschten Erfahrungen aus.

Rhododendron Capitalum Marim war eine Art, die es nur in Tibet gab. Informationen darüber wurden deshalb von den Botanikern mit besonderer Aufmerksamkeit verfolgt. Da die Pflanze sehr selten vorkam und sich nur wenige Blumenfreunde auf diese Art konzentriert hatten, war das Risiko gering, dass eine Veröffentlichung auf eine andere Quelle als die CIA zurückging. Gleichzeitig war es unverfänglich, eine solche Seite in Tibet aufzurufen.

Themen anzuklicken, die von der Regierung als feindlich angesehen wurden, war ohnehin unmöglich. Effektive Filtersoftware blockte alles ab, was irgendwie verdächtig erschien. Ganz oben auf der Liste stand natürlich Tibet selbst, dazu die weltweite Solidaritätsbewegung. Sogar die Internetpräsenz ganzer Großstädte und Regionen im Westen verschwand in den Filtern, wenn dort örtliche Tibet-Gruppen präsent waren.

Wann immer jemand ein Internet-Café in Lhasa aufsuchte, musste er sich ausweisen, seine Personalien wurden notiert. Aber das war nicht alles: Jede aufgerufene Seite wurde registriert. Die Behörden wollten genau wissen, wer wie häufig das schwer zu kontrollierende Internet benutzte, welche Seiten die Person anschaute und welche Kontakte sie pflegte. Jeder wusste, dass die Daten untereinander ausgetauscht wurden. Deshalb nutzte es Regimegegnern auch nichts, verschiedene Cafés aufzusuchen.

Um sich nicht verdächtig zu machen, hielt sich Lobsang völlig im Hintergrund Ab und zu bat er Freunde, die Seite aufzurufen. Seine Geduld wurde auf eine harte Probe gestellt. Wochen vergingen, ohne dass der ersehnten Eintrag erschien. Langsam schwand Lobsangs Hoffnung. Er begann zu zweifeln, ob ihn sein Gefühl bei der Auswahl der Übermittler nicht getrogen hatte, und die Zweifel waren nicht ganz unberechtigt. Auch wenn niemand von ihnen die chinesische Polizei eingeschaltet hatte, so hieß das dennoch nicht, dass alle sein Anliegen unterstützten.

Ein Mann aus der studentischen Reisegruppe zeigte die beiden Zettel, die er erhalten hatte, einem Freund, der nicht mit im Jokhang war, weil er unter der Höhenkrankheit litt. Beide ahnten, dass es hier um eine brisante Angelegenheit ging; „Zu brisant", meinte der Freund, der als Lehrer an einer Schule in Iowa arbeitete. „Halt Dich aus solchen Sachen heraus", riet er. „Wir haben keine Ahnung, was es damit auf sich hat. Es ist sicher nicht alles gut in Tibet, aber sie sollen ihre Probleme selbst lösen. Wir verstehen viel zu wenig davon. Alles, was für dich dabei herausspringen kann, ist Ärger. Komm, wirf den Zettel in die Toilette, dann ist die Sache erledigt und keiner bekommt Ärger." Etwas widerwillig folgte der Mann dem Rat seines Freundes, seine Entschiedenheit beeindruckte ihn irgendwie. Doch kaum war der Zettel weggespült, bereute er seine Entscheidung. Dieser Tibeter hatte so vertrauensvoll ausgesehen und offenbar große Hoffnung in ihn gesetzt. Jetzt hatte er ihn bitter enttäuscht. Aber es gab keine Möglichkeit, das wieder gutzumachen. Noch Jahre später dachte er an dieses Erlebnis und fragte sich, welche Konsequenzen seine Feigheit wohl gehabt hatte.

Die Frau aus der gleichen Gruppe entschloss sich, mit niemandem darüber zu sprechen. Sie steckte den Zettel in ihre Jeans und nahm sich vor, nach ihrer Rückkehr einen FBI-Beamten einzuschalten. Doch ausgerechnet sie hatte noch eine lange Reise vor sich. Während der größte Teil der Gruppe bald über Kathmandu in die USA zurückreisen würde, hatte sie noch eine Tour nach Sinkiang gebucht, eine Provinz im Nordwesten von Tibet, wo sich die einheimischen Uighuren ebenfalls von China lösen wollten.

Der dritte Student erwies sich als unzuverlässig. Schon als er den kleinen Zettel mit der Bitte erhalten hatte, die Nachricht an die CIA weiterzuleiten, hatte er sich eher amüsiert. Er mochte seinen Geheimdienst nicht sonderlich und fand es komisch, als Bote dafür auserwählt worden zu sein. Dennoch setzte er zunächst seinen Ehrgeiz daran, die Nachricht zu entziffern, was jedoch ohne den Code unmöglich war.

Daraufhin verlor er das Interesse an der ganzen Geschichte. Welche Bedeutung sie haben könnte, machte er sich nicht bewusst. Am Tag der Abreise fand er das Papier in einer Jackentasche wieder und warf es in seinem Hotelzimmer in den Papierkorb.

Einer der Amerikaner, der einen Zettel mit dem Entzifferungscode erhalten hatte, verließ Tibet bereits wenige Tage später. Er ahnte, dass es sich um eine wichtige Nachricht handelte, verfolgte jedoch seine eigenen Pläne damit. Von der CIA hielt er nichts, stattdessen überlegte er sich, wie er aus dieser Nachricht für sich selbst Kapital schlagen könnte. Tibet hatte ihn nicht sonderlich fasziniert und die Situation der Tibeter hatte ihn kalt gelassen. Deshalb war es ihm eher lästig, in eine Angelegenheit einbezogen worden zu sein, mit der er nichts zu tun haben wollte. Er war jedoch ein pragmatischer Typ. So kam ihm die Idee, dass die Chinesen sicher großes Interesse an der Botschaft haben könnten und sich das einiges kosten lassen würden. In seiner Heimatstadt New York gab es ein chinesisches Konsulat, das er nach ein paar Tagen, als er wusste, was zu tun war, aufsuchte. Es befand sich nicht einmal weit von seiner Wohnung in der 12. Avenue.

Dort erschien er mit einer Kopie des halben Zettels und erzählte seine Geschichte von der Übergabe in Lhasa und der dringenden Bitte des Tibeters, diese Nachricht an die CIA weiterzugeben. „Eine solche Botschaft, komplett und im Original versteht sich, sollte Ihnen doch einiges Wert sein, oder?“, schloss er seinen kurzen Bericht. Der Konsulatsbeamte wirkte sehr reserviert. „Tibet, immer Tibet, als ob es weiter nichts Interessantes gäbe. Ich kann überhaupt nicht beurteilen und entscheiden, ob Ihre Geschichte für uns von Bedeutung ist. Ich kann Ihnen nur anbieten, dass Sie uns den Zettel sowie Ihren Namen, Ihre Telefonnummer und Ihre Adresse hinterlassen, dann werden wir uns gegebenenfalls melden.“ „Den Zettel und meinen Nachnamen können Sie haben, mehr sicher nicht. Ich werde mich wieder bei Ihnen melden. Wann kann ich vorbeischauen?“ „Kommen Sie in einer Woche wieder, aber machen Sie sich nicht zu viele Hoffnungen.“ Damit war er entlassen, eine gewisse Enttäuschung machte sich breit, aber er gab nicht auf. „Vermutlich sind die Konsulatsbeamten hier einfach zu dumm, um den Wert dieses Zettels zu erkennen“. dachte er sich.

Noch bevor er das Gebäude verlassen hatte, bat der Beamte über eine versteckte Kamera unter der Decke eilig einen Kollegen zu sich. Er steckte ihm einen Zettel mit einem Namen zu und wies ihn an, dem Mann unauffällig zu folgen. Zwei Stunden später kehrte der Mann von seinem Auftrag zurück und übergab seinem

Vorgesetzten einen Zettel. Es handelte sich um die Adresse des Amerikaners. Es könnte ja sein, dass die noch nützlich würde. Der Beamte bedankte sich mit einem kurzen „xie, xie".

Die Mühe schien jedoch vergebens, denn eine Anfrage beim Geheimdienst und Innenministerium in Peking erbrachte nichts Substantielles. Von irgendwelchen Intrigen in Tibet, in die sogar die CIA einbezogen sein sollte, war nirgendwo etwas bekannt. Offenbar handelte es sich um einen Spinner, der sich eine lächerliche Geschichte ausgedacht hatte, um die Aufmerksamkeit, die ausländische Reaktionäre vor allem in den USA Tibet widmeten, zu seinem Vorteil auszunutzen. Falls er tatsächlich die Dreistigkeit haben sollte, noch einmal aufzutauchen, würde er eine angemessene Antwort erhalten, aber davon ging im Konsulat niemand mehr aus.

Derweil entdeckte das Zimmermädchen in Lhasa einen auffälligen Schnipsel im Papierkorb eines abgereisten Touristen. Sie hatte den Eindruck, es könnte sich um eine wichtige Information handeln. Wenn sie die an ihren Vorgesetzten weitergab, würde ihr das womöglich zum Vorteil gereichen. Sie hoffte schon lange auf eine bessere Anstellung innerhalb des Hotels. Der Vorgesetze, ein strammer Kader der KP, teilte die Auffassung seiner Angestellten und beeilte sich, den Zettel weiterzuleiten, nicht ohne seine eigene Rolle bei der Auffindung hervorzuheben. Das Zimmermädchen musste noch lange auf eine Beförderung warten.

Zunächst faxte der Manager den Zettel an die Zentrale des Fremdenverkehrsverbands nach Peking, die ihn dem Geheimdienst übergab. Ein Mitarbeiter rief daraufhin im Hotel an, um nähere Einzelheiten zu erfahren, wie der Zettel aufgefunden worden sei. Es war nämlich nicht einfach, die Nachricht zu entziffern, weil die Anhaltspunkte fehlten, um den Code zu knacken, mit dem er verschlüsselt war.

Immerhin blieb noch die Möglichkeit, den Touristen ausfindig zu machen, der den Zettel hinterlassen hatte. Er musste mehr über dessen Ursprung wissen. Das war kein Problem, und den Chinesen war das Glück hold. Es stellte sich heraus, dass es sich um einen Amerikaner handelte, der sich noch in Tibet befand. Sein Rückflug von Gonggar nach Kathmandu war zwei Tage später mit einer Reisegruppe gebucht. Als der Geheimdienst erfuhr, dass Amerikaner mit der Affäre zu tun hatten, wuchs der Verdacht, dass es sich um staatsfeindliche Aktivitäten handelte. Amerikaner hatten sich schon immer auf unakzeptable Art in die Belange Tibets eingemischt. Dem Vorfall wurde eine höhere Priorität beigemessen.

Bei der Passkontrolle tauchten plötzlich drei Sicherheitsbeamte auf, die den amerikanischen Touristen festhielten und von seiner Gruppe trennten. Unter lauten Protesten wurde in die Verhörzelle des Flughafens geleitet. „Es muss sich um einen Irrtum handeln, und wenn sie es mir nicht ermöglichen, mein Flugzeug zu nehmen, wird das für Sie erhebliche Konsequenzen haben. Ich habe wichtige Verpflichtungen in meiner Heimat." „Haben Sie einen Haftbefehl oder sonst etwas, das gegen ihn vorliegt?", schaltete sich auch der Reiseleiter ein. Die Sicherheitsbeamten gaben sich unbeeindruckt. „Sie sollten zuschauen, dass Sie den Flug nicht auch verpassen und Sie können sicher sein, dass wir niemanden an der Ausreise hindern, gegen den nicht gravierende Verdachtsmomente vorliegen." „Ich werde sofort von Kathmandu aus unsere Botschaft kontaktieren, und dann können Sie sicher sein, dass eine willkürlich Inhaftierung eines amerikanischen Staatsbürgers nicht ohne Folgen für Sie bleiben wird", versuchte es der Reiseleiter noch einmal, aber erneut erntete er nur kühle Ablehnung. „Tun Sie, was Sie für richtig erachten", bemerkte der Sicherheitsbeamte, dann verschwanden er und seine Mitarbeiter mit dem sich noch immer sträubenden Mann.

In der Verhörzelle befand sich bereits das Gepäck des Amerikaners, das von der Abfertigung offenbar unmittelbar dorthin gebracht worden war. „Öffnen Sie bitte einmal Ihren Koffer", forderte ihn der Sicherheitsbeamte in einem so höflichen Ton auf, dass sich der Verhaftete nur verhöhnt fühlen konnte. Widerwillig tat er wie ihm geheißen, nicht ohne sich den Kommentar „ich habe nichts zu verbergen", verkneifen zu können. Dann stutzte er, denn oben im Koffer befand sich eine Papprolle, die ihm unbekannt war. „Geben Sie mir bitte die Rolle", jetzt klang der Beamte schon weniger höflich. „Ich kenne die Rolle nicht, sie ist nicht von mir", wehrte sich der Verhaftete. „Sie reden bitte nur, wenn sie gefragt werden und jetzt die Rolle." Der Ton wurde schneidend, und sichtlich eingeschüchtert händigte der Amerikaner sie aus. Mit einer geübten Handbewegung griff der Beamte hinein und holte ein offenbar sehr altes Thangka heraus, auf dem die Schutzgottheit des Dalai Lama dargestellt war, Palden Lhamo. „Herzlichen Glückwunsch, Sie verstehen etwas von alter Kunst", bemerkte der Beamte mit böse spöttischem Unterton. „Dumm nur, dass die Ausfuhr solcher Antiquitäten streng verboten ist und schwere Strafen nach sich zieht." Der Amerikaner wollte protestieren: „Aber ich habe Ihnen doch gesagt, diese Rolle ist nicht von mir, ich kenne..." Weiter kam er nicht, denn der Vernehmungsbeamte fuhr dazwischen: „Und ich habe Ihnen gesagt, dass Sie nur dann reden, wenn sie gefragt werden. Wenn Sie beweisen können, dass diese Rolle nicht von Ihnen ist, werden wir uns bei Ihnen entschuldigen müssen. Wenn Ihnen das allerdings nicht gelingt, steht Ihnen ein Strafverfahren wegen der illegalen Ausfuhr von Antiquitäten bevor, was von unseren Gerichten streng geahndet wird. Bei Gesetzesbrüchen wird Ihnen auch Ihre Botschaft nicht viel helfen können“ Mutlos sank der Amerikaner auf seinem Stuhl zusammen. Er hatte verstanden. Aus irgendeinem Grund wollten ihm die Behörden etwas anhängen, denn wie sollte er beweisen, dass dies nicht sein Thangka war? Er hatte nur keine Ahnung, worum es letztlich ging, ahnte jedoch immer mehr, in welch einer schwierigen Lage er sich befand.

Der Chinese beobachtete den Gefangenen genau, und er schien zufrieden mit dem Verlauf des Verhörs zu sein. Nach einer Weile setzte er wieder an: „Es gibt noch eine dritte Möglichkeit.“ Der Gefangene horchte auf, genauso wie der Sicherheitsbeamte es erwartet hatte. „Wir müssen da eine sehr wichtige Angelegenheit klären, bei der Sie uns behilflich sein könnten. Wenn Sie mit uns kooperieren, werde ich mich dafür einsetzen, dass man Ihnen bei dem bevorstehenden Strafverfahren mit Nachsicht und Milde begegnen wird. Und glauben Sie mir, mein Einfluss reicht sehr weit.“ „Dann sagen Sie doch endlich, was Sie wollen“, erwiderte der Amerikaner reichlich ungeduldig. „Ihr Ton ist ein wenig unangemessen“, entgegnete der Beamte erneut übertrieben höflich. „Bitte vergessen Sie Ihre Lage nicht. Aber kommen wir zur Sache. In Ihrem Zimmer in Lhasa wurde dieser Zettel gefunden.“ Damit griff er in seine Tasche und hielt dem eingeschüchterten Mann die Nachricht vor das Gesicht. „Wir müssen unbedingt wissen, was es damit auf sich hat und woher Sie ihn haben.“ Langsam erinnerte sich der Gefangene wieder an den Tibeter vor dem Jokhang, der ihm mit flehentlicher Hoffnung in den Augen den Zettel zugesteckt hatte. Längst hatte er die Episode vergessen, und nun holte sie ihn wieder ein. Warum war ausgerechnet er in eine so dumme Intrige geraten? Er bedauerte sich selbst, aber auch wenn er sich anstrengte, konnte er sich an nichts Genaues mehr erinnern. Er hatte dem Ganzen einfach keine Bedeutung beigemessen.

„Also, raus mit der Sprache, woher kommt der Zettel und welche Bewandtnis hat es damit auf sich?“ Der Sicherheitsbeamte wurde allmählich ungeduldig. „Ich weiß es nicht, ich kann mich nicht mehr genau an den Zettel erinnern. Ich habe so viel erlebt in diesem Land, da weiß ich nicht mehr alle Einzelheiten.“ „Du scheinst deine Lage noch immer nicht zu erfasst, denn du wirst noch viel erleben bei uns. Illegale Ausfuhr von Antiquitäten kann in besonders schweren Fällen mit fünf Jahren Gefängnis bestraft werden. Ein solcher Fall liegt bei dir offensichtlich vor. Außerdem solltest du dir darüber im Klaren sein, dass die Gefängnisse in unserm Land nicht ganz so komfortabel sind wie die bei euch. Es sei denn, und das ist meine letzte Aufforderung, du kooperierst freiwillig. Wir können ganz sicher auch anders." Er wechselte ein paar Worte mit einem seiner Mitarbeiter, der einen Knopf drückte, woraufhin sich eine Tür öffnete. Der Amerikaner erblickte einen Raum mit einem Verhörstuhl, auf dem die Opfer fixiert werden konnten. Daneben stand ein grimmig dreinblickender Chinese. Der Vernehmungsbeamte deutet auf ihn und meine mit sanfter Stimme, „mein Kollege war in der letzten Zeit ein wenig unterbeschäftigt. Er klagt schon über Langeweile und würde sich gewiss freuen, wieder etwas Arbeit zu bekommen."

Dann wechselte er der Ton und wurde wieder schneidender: „Also, hast du diesen Zettel in deinem Hotel in den Papierkorb geworfen?" „Ja", antwortete der Mann kleinlaut. „Na bitte", meinte der Beamte, „warum denn erst so störrisch? Woher hast du ihn?" Der Widerstand des Gefangenen war gebrochen. Er würde alles erzählen was er wusste, was gingen ihn die Probleme Tibets an? „Ein Tibeter hat ihn mir gegeben." „Wo und wann?" „Vor der Jokhang-Tempel. Aber das ist schon über einen Monat her." „Was wollte der Mann? Warum hat er Dir einen solchen Zettel überreicht?" „Er hat mich gebeten, ihn an den Geheimdienst CIA weiterzuleiten. Es war eine ganz kurze Begegnung, der Mann ist gleich wieder verschwunden." „Das könnte stimmen, aber ein Anliegen haben wir noch, helfen Sie uns, den Mann zu identifizieren, dann lassen wir die Anklage gegen Sie fallen." „Wie soll ich das machen? Ich erinnere mich wirklich kaum mehr." „Sie haben sich schon an erfreulich viel erinnert." Daraufhin winkte er einem der anderen Beamten zu, der eine Kladde mit Polizeifotos hervorholte. Darin waren etwa ein Dutzend Tibeter abgebildet. Den meisten war die nackte Angst ins Gesicht geschrieben, ein paar blickten apathisch und resigniert in die Kamera, nur wenige trotzig und selbstbewusst.

„Reiß dich zusammen und erinnere dich! Befindet sich das Bild des Mannes, der dir den Zettel gegeben hat, in dieser Mappe?" „Ganz genau weiß ich das nicht mehr, weil für mich alle Tibeter gleich aussehen, aber ich glaube..., es war dieser." Willkürlich zeigte er auf irgendeinen, in der Hoffnung, damit das Verhör zu beenden. „Danke", entgegnete der Vernehmungsbeamte und änderte erneut seinen Tonfall.

„Jetzt unterschreiben Sie uns noch ein Vernehmungsprotokoll, aus dem hervorgeht, dass sie beim illegalen Handel mit Antiquitäten erwischt worden sind. Da wir jedoch davon ausgehen können, dass Sie aus Unwissenheit gehandelt und gut kooperiert haben, bewerten wir dies als einen minderschweren Fall. Die Anklage wird fallengelassen und Sie können morgen das nächste Flugzeug nach Kathmandu nehmen."

Zutiefst dankbar, dass es endlich vorüber war und er das Land verlassen durfte, unterschrieb der Mann alles, was man ihm vorlegte. Weitere Gedanken über die Affäre, in die er geraten war, machte er sich nicht.

Die Sicherheitsbeamten jedoch waren nicht so zufrieden. Zwar war es nicht schwer, die identifizierte Personen ausfindig zu machen, doch bei ihr handelte es sich um einen Tibeter, der wegen Sympathiebekundungen für den Dalai Lama im Umerziehungslager Nyairong, einige hundert Kilometer nördlich von Lhasa, eingesessen hatte. Erst vor zwei Wochen war er entlassen und in die Polizeiliste möglicher Unruhestifter aufgenommen worden. Für die illegale Kontaktaufnahme mit den Ausländern kam er nicht in Frage.

Inzwischen zog der Fall innerhalb des Geheimdienstes weitere Kreise. Einer der Vernehmungsbeamten hatte einen höheren Vorgesetzten informiert, der die Brisanz erkannte und sogar den allmächtigen Chef der Behörde einweihte. Wenn es um Tibet ging und ausländische Staatsfeinde ihre Hand im Spiel hatten, war größte Wachsamkeit geboten. Gleichzeitig war es ratsam, die übergeordneten Stellen einzuschalten, denn wenn es eine Panne geben sollte, wäre es leichter, sich aus der Verantwortung zu stehlen. Das klappte allerdings nicht immer, denn die Hochrangigen waren ihrerseits daran interessiert, die Verantwortung für Pannen nach unten weiterzureichen.

Der Verantwortliche für die Operation am Flughafen sah sich heftiger Kritik ausgesetzt, weil er den amerikanischen Touristen hatte ausreisen lassen, bevor der Überbringer des verdächtigen Zettels wirklich gefasst war. Um sich zu rehabilitieren, hatte er nur noch eine Chance, im Geheimdienst gab es eine Spezialabteilung für die Dechiffrierung geheimer Informationen. Sie war bislang noch nicht in die Aktivitäten einbezogen worden. Gleich mehrere der erfahrensten Experten wurden herangezogen, um die Chiffre zu entschlüsseln. Die Rechner liefen heiß, kamen jedoch zu keinem Ergebnis, obwohl die Chiffren mit allen bekannten Codes abgeglichen wurden. Ein Problem bestand darin, dass nicht klar war, in welcher Sprache der Originaltext verfasst war, Chinesisch, Tibetisch, Englisch? Dadurch war der Spielraum unermesslich groß.

Als der Geheimdienstchef Liao Chen von dem Ergebnis erfuhr, tobte er. „Wozu habe ich diese hoch bezahlten Spezialisten, die angeblich klügsten Köpfe in unserm großen Volk? Wozu die Rechner, die mehr als eine Milliarde Operationen pro Sekunde ausführen, wenn sie nicht in der Lage sind, den Code eines dummen, ungewaschenen Tibeters zu knacken? Wollt ihr mich verhöhnen? Ich kann nur hoffen, dass die Affäre keine weiteren Kreise zieht und sich nur jemand einen Scherz erlaubt hat. Gar nicht auszumalen, wenn der Innenminister von dieser Peinlichkeit erfährt!“ Das sollte nicht lange dauern, denn schon einen Tag später wurde der Geheimdienstchef ins Innenministerium bestellt. Er kannte das System zu gut, um sich Illusionen zu machen, was vorging: Jemand aus seiner Behörde hatte Meldung über den Vorfall erstattet; vermutlich jemand, der ihm seine Position nicht gönnte und selbst Interesse daran hatte, oder einen Vertrauten dort sehen wollte. Mit solchen Intrigen hatte er Erfahrung, jetzt musste er sehen, dass er ihnen nicht selbst zum Opfer fiel.

Der Innenminister empfing ihn nach den üblichen Höflichkeitsfloskeln betont mürrisch: „Mir ist zu Ohren gekommen, dass ausländische Separatisten wieder in Tibet aktiv sind. Was haben Sie mir zu melden?“ Daraufhin erzählte der Geheimdienstchef in knappen Worten was er wusste, vermied es aber, genauer auf die Schwierigkeiten bei der Dechiffrierung des Codes einzugehen. Vielleicht wusste der Minister ja noch nicht alles. Doch die nächste Frage machte diese Hoffnung zunichte: „Aber es wird doch unserem exzellenten Geheimdienst nicht schwer fallen, den Code eines primitiven Tibeters zu entziffern?“ „Alle arbeiten mit Hochdruck, aber wir haben leider sehr wenig Anhaltspunkte, so dass die Aufgabe alles von uns erfordert“, antwortete der mächtige Mann kleinlaut. „Genosse Liao, ich warne Sie“. Die Stimme des Innenministers war schneidend. „Ich will keine Ausreden hören. Sie werden den Code knacken, das darf ich von Ihnen erwarten. Sie werden doch nicht vergessen haben, wem Sie Ihre Stellung zu verdanken haben, obwohl Sie eigentlich noch gar nicht an der Reihe waren und einige andere sich große Hoffnung darauf gemacht hatten. Wenn Sie mich jetzt enttäuschen, wüsste ich nicht, warum ich noch meine schützende Hand über Sie halten sollte.“ Er machte eine kurze Pause und fuhr etwas verbindlicher fort, „wir dürfen uns keine Blöße geben, wenn es um Tibet geht. Es gibt kein Thema, bei dem uns ausländische Reaktionäre lieber angreifen, das wissen Sie genauso gut wie ich. Morgen um diese Zeit erstatten Sie mir Rapport und ich will Ergebnisse sehen.“

Sofort nach dem Treffen rief der Geheimdienstchef seine wichtigsten Mitarbeiter zu sich und machte Ihnen den Ernst der Lage deutlich, doch es nützte nichts. Der Code ließ sich nicht entschlüsseln und die Tage von Geheimdienstchef Liao Chen schienen gezählt. Der Innenminister, sein langjähriger Förderer, gab ihm jedoch noch eine Chance. Ungeachtet erhöhter Wachsamkeit deutete in Tibet nichts auf einen separatistischen Komplott hin. Die Führung ging deshalb davon aus, dass sich entweder der unbekannte Tibeter oder der Amerikaner nur hatte wichtig machen wollen. Der Minister machte dem Geheimdienstchef jedoch gleichzeitig unmissverständlich deutlich, dass er bei der nächsten Bewährungsprobe bessere Ergebnisse vorweisen musste.

Der Mann mit dem Khatak, der Lobsang so genau beobachtet hatte, reagierte nach seiner Rückkehr in die Heimat anders als seine Landsleute. Er hatte nicht gelogen, sondern war tatsächlich Mitarbeiter einer amerikanischen Tibet-Organisation. Zwar konnte er mit der Botschaft ebenso wenig anfangen wie alle anderen, doch er ahnte die Brisanz und ging deshalb mit großer Umsicht vor. Er versteckte die Zettel sorgfältig in seiner Kamera und zögerte nach seiner Rückkehr keinen Tag, um sie dem örtlichen Sheriff zu übergeben, mit der dringen Bitte, sie an die CIA weiterzuleiten. Es handele sich um eine sehr wichtige Angelegenheit für die amerikanische Außenpolitik.

Drei Wochen später sprach er erneut beim Sheriff vor, um zu erfahren, was der Kontakt mit dem CIA ergeben hatte. Der Sheriff wirkte sichtlich verlegen. Er war mit anderen Dingen beschäftigt und hatte die Angelegenheit nicht sonderlich ernst genommen. Spinner, die mit irgendwelchem seltsamen Mitteilen große Politik machen wollten, gab es genug. Er hatte den Zettel auf irgendeinen Stapel gelegt, und nun war verschwunden, einfach verschwunden. Der Überbringer war empört: „Es gibt Menschen bei uns, die sich nicht nur für das interessieren, was vor ihrer eigenen Haustür geschieht. Ich habe guten Kontakt zu einigen von ihnen, vor allem zu Journalisten. Wenn Sie hier nicht mitziehen, kann ich Ihnen versichern, werden Sie in der Öffentlichkeit bald ausgesprochen dumm dastehen.“ „Beruhigen Sie sich, es tut mir einfach leid, wir haben genug zu tun, mit den kleinen und großen Gangstern vor unserer Haustür.“ Innerlich war er sehr viel unsicherer als er zugeben wollte, dazu hatte das Stichwort ‚Journalist“ beigetragen. Der Sheriff mochte die Presse nicht, denn er hatte schlechte Erfahrungen mit ihr und ihrem Einfluss gemacht. Einmal hätte ihm eine Medienkampagne beinah seine Wiederwahl gekostet. So etwas wollte er auf keinem Fall noch einmal riskieren. „Was soll ich denn jetzt machen?“ fragte er schließlich in Raum mehr für sich als für sein Gegenüber. Er sah keine Möglichkeit, wieder an den Zettel heranzukommen. „Sie bekommen eine letzte Chance“, lächelte der Tibet-Aktivist etwas süffisant und zog einen weiteren Zettel aus seiner Tasche. Um nichts dem Zufall zu überlassen, hatte er eine Kopie von der Nachricht erstellt, und diese Umsicht kam ihm jetzt zugute.

Der Sheriff war erleichtert. Er würde die Nachricht sofort weiterleiten. Selbst wenn es sich bei dem Typen um einen Spinner handelte, wollte er auf jeden Fall vermeiden, dass die Spinner von der Presse ihn wieder schlecht machten, weil er angeblich irgendeine Staatsaffäre verschlampt hätte.

Also gelangte die Botschaft aus Lhasa doch noch in das Hauptquartier der CIA in Langley, in den Wäldern Virginias. Von Washington war es kaum mehr als eine halbe Autostunde bis in das Herz des Geheimdienstes, wo täglich Zehntausende von Nachrichten aus den verschiedensten Quellen eingingen. Neben den Informationen der eigenen Mitarbeiter aus allen Teilen der Welt liefen dort solche von Spinnern, Wichtigtuern, Scherzbolden, Desinformanten, Gegenspionen und seriösen Quellen zusammen. Sie zu sichten, auszuwerten und zu entscheiden, was unsinnig und was sinnvoll war und weiter verfolgt werden sollte, war eine der größten Herausforderungen für den Geheimdienst.

Schließlich erreichten zwei Zettel aus Lhasa den Schreibtisch von Glen van Houten, den Offizier vom Dienst. Genauer gesagt waren es sogar drei. Zwei erhielten einen Code zur Dechiffrierung einer Nachricht, bei dem die Experten aber rasch erkannten, dass der eigentliche Text dazu fehlte. Auf dem zusätzlichen war nur die Bitte vermerkt, dies an die CIA weiterzuleiten und den Zettel dann zu vernichten. Der Mann mit dem Khatak hatte die Aufforderung nicht befolgt. Er war zuversichtlich, dass die chinesischen Behörden die geheimen Nachrichten nicht finden würden, und wenn er dann noch den zweiten Zettel der CIA übergeben könnte, sollte das dem Ganzen mehr Gewicht geben.

Glen van Houten erhielt zudem die Information, dass die Papiere aus der tibetischen Hauptstadt Lhasa stammten und dort an US-Touristen übergeben worden waren. Glen war ratlos, was er mit den Papieren machen sollte, aber sein Bauch sagte ihm, dass hinter den unverständlichen Zetteln eine große Geschichte stecken könnte. Zudem hatte in seiner Ausbildung gelernt, lieber zu viel als zu wenig Informationen zu sichten, da sich schon manch scheinbar wertlose Randnotiz als wichtige Quelle erwiesen hatte. Also brachte er die Sache auf die Tagesordnung der wöchentlichen Lagebesprechung. Dort sorgte sie für Kopfschütteln. Sein Vorgesetzter, Phil Jackson, der Leiter der Asien-Abteilung, schaute sich die Zettel etwas genauer an: „Glen, ich habe einen guten Riecher, hier will uns jemand veräppeln. Wir haben keinen Mangel an seriöser Arbeit, und unsere Regierung erwartet von uns nachrichtendienstliche Erkenntnisse, mit denen sie etwas anfangen kann. Das hier gehört nicht dazu, also füttere deinen Reißwolf damit. Glen nickte kurz, das hatte er erwartet, denn sein Boss galt als der große Minimalist in der Behörde. Glen hatte sich schon häufig über ihn geärgert, aber natürlich konnte er ihm nicht offen widersprechen.

Er entschloss sich, die Aufforderung seines Chefs zu ignorieren. Stattdessen wollte er mehr über Tibet in Erfahrung bringen, denn bisher war er damit noch nicht befasst gewesen. Im Archiv seiner Behörde stieß er auf Informationen über eine Fallschirm-Operation in den fünfziger Jahren und den Kleinkrieg, den die Tibeter mit ihrer Unterstützung von Mustang aus geführt hatten. Die Operationen faszinierten ihn, und er traf immer wieder auf den Namen Robert McCarthy. Der Mann war längst in Pension, doch für Glen kein Unbekannter. Zu Beginn seiner Ausbildung hatte er Unterricht bei McCarthy genommen. Der erfahrene Agent hatte allerdings nie etwas über seine konkreten Einsätze verraten. Selbst innerhalb der Firma, wie die Mitarbeiter ihren Arbeitgeber etwas despektierlich nannten, herrschte höchste Diskretion.

Es war indes nicht schwer an McCarthy heranzukommen, und als der hörte, dass der CIA eine Nachricht aus Tibet zugespielt worden sei, war der Alte wie elektrisiert. Den Mann, der von dem tibetischen Guerillakämpfer als „weißer Khampa" bezeichnet worden war, hatte das Thema Tibet nie losgelassen. Das Ende der Operation hatte er als schmählichen Verrat seines Präsidenten Nixon und seines Außenministers Kissinger empfunden, doch konnte er als Geheimdienstoffizier seine Regierung nicht kritisieren. Unter sehr vertrauten Freunden äußerte er bisweilen die Auffassung, der Rückzug aus Tibet sei der moralische Tiefpunkt der CIA-Aktivitäten gewesen.

McCarthy war noch lange Zeit in Asien geblieben, bevor er in seinen letzten Dienstjahren zunehmend als Ausbilder in der Zentrale eingesetzt worden war. Doch auch McCarthys alte Begeisterung für Tibet reichte nicht, um mit diesem seltsamen Code etwas anfangen zu können. „Ich mache dir einen Vorschlag", unterbreitete er van Houten. „Überlass mir die Zettel. Ich habe viel Zeit, und du kannst sicher sein, dass ich alles daran setzen werde, um herauszufinden, worum es hier geht. Gleichzeitig hast du deine Pflicht erfüllt und die Papiere verschwinden lassen, wie dein Chef es befohlen hat." Er machte eine kurze Pause und fuhr dann mit einem verschmitzten Lächeln fort, „den ich übrigens für etwas einfältig halte." Als er van Houtens fragenden Blick sah, wiegelte er gleich ab. „Vergiss es. Aber sei gewiss, wenn wir das Geheimnis dieser Botschaft lüften, wird niemand erfahren, woher ich die Papiere habe. Ich bin unter den Verantwortlichen in der Firma immer noch als der alte Tibet-Hase bekannt. Ich könnte also auch meine eigenen Quellen haben." Van Houten war beruhigt. Die Sache war in guten Händen, und ihm würde keiner vorwerfen können, er habe sich dem Befehl seines Vorgesetzten widersetzt.

Derweil sanken de Hoffnungen der Verschwörer in Lhasa und Peking. Wochen waren vergangen, die amerikanischen Touristen mussten längst wieder zu Hause sein, und wenn alles nach Plan verlaufen wäre, hätten sie sich gewiss gemeldet. Phagpa Dedrül Rinpoche sah noch eine letzte Chance bevor alles verloren war. Er hatte einen Freund namens Karma Lobsang, dem er vollständig vertrauen konnte. Der hatte sich, ähnlich wie der Reiseleiter Lobsang, nach außen hin mit den herrschenden Verhältnissen arrangiert, war im Inneren jedoch ein glühender Patriot und Verehrer des Dalai Lama. Er arbeitete als Händler und durfte mehrmals im Jahr den Nangpa-La überschreiten, den Grenzpass nach Nepal, um im südlichen Nachbarstaat billige chinesische Waren zu verkaufen. Karma Lobsang hatte zudem einen Kontaktmann jenseits der Grenze in Namche Bazar, der über beste Beziehungen zur tibetischen Exilregierung in Dharamsala verfügte.

Phagpa Dedrül Rinpoche ging das Risiko ein, eine SMS an Karma Lobsang zu schicken. In China besaßen mehr als 500 Millionen Menschen ein Handy und sie verschickten täglich über eine Milliarde SMS-Nachrichten. Eine solche Masse an Informationen konnte selbst der allmächtige Geheimdienst nicht kontrollieren, so dass es einigermaßen sicher war, auch vertrauliche Botschaften auf diese Art weiterzugeben. Der Lehrer des chinesischen Panchen Lama teilte dem Händler mit, dass eine sehr wichtige Nachricht aus Tibet an die CIA unterwegs sei. Die Nachricht komme in zwei Teilen an. Die tibetische Exilregierung möge die US-Administration darüber in Kenntnis setzen.

Der Händler fragte nicht weiter nach, er gab die Information weiter, sie gelangte nach Dharamsala und von dort unverzüglich an die amerikanische Regierung. Auch wenn die USA Tibet auf geheimdienstlicher Ebene nicht mehr unterstützten, so gab es innerhalb der Administration große Sympathien für Tibet, und Nachrichten aus Dharamsala wurden bevorzugt behandelt. Das galt auch für die Regierung Bush. Die Geschäfte mit den Chinesen wollte der Präsident nicht aufs Spiel setzen, doch im kleinen Kreis machte er keinen Hehl daraus, wie wenig er die „Schlitzaugen", wie er sie unter Vertrauten gern nannte, mochte. Und wenn sich die Gelegenheit bot, ihnen undercover Schaden zuzufügen, hielt er sich nicht zurück.

Verstärkt wurden seine Ressentiments noch durch einen Vorfall nur wenige Monate nach seinem Amtsantritt. Ein amerikanisches Spionageflugzeug war von der chinesischen Luftwaffe gezwungen worden, auf der Insel Hainan zu landen. Elf Tage lang blieben die 24 Besatzungsmitglieder in chinesischer Haft. Vor der Landung hatten sie in einer verzweifelten Aktion versucht, alle technischen Geräte der geheimen Nachrichtenkommunikation sowie vertrauliche Unterlagen zu zerstören. Das war ihnen in der Kürze der Zeit jedoch nur teilweise gelungen, und die Chinesen frohlockten über das unerwartete Geschenk der USA. Die Maschine selbst wurde erst neun Monate später wieder an ihre Besitzer zurückgegeben. Präsident Bush betrachtete das Vorgehen geradezu als persönliche Beleidigung und wies seinen Beraterstab an, ihn über alle Informationen auf dem Laufenden zu halten, die gegen China verwendet werden könnten. Zudem entschloss er sich kurz nach dem Zwischenfall, demonstrativ den Dalai Lama im Weißen Haus zu empfangen, noch bevor irgendein chinesischer Repräsentant dort willkommen geheißen worden war. Das war ein doppelter Affront gegenüber Peking.

Die Nachricht aus Dharamsala gelangte schließlich auf den Schreibtisch des Präsidenten, und der horchte auf. „Was immer das zu bedeuten hat", wies er seinen Referenten an, „diese Information wird als ‚Blue Border' klassifiziert und als ‚Top Secret' weiterverfolgt. Sagen Sie das den Verantwortlichen in der Firma". Sein Referent schüttelte unmerklich den Kopf. Dieser Präsident war unberechenbar. „Top Secret" und „Blue Border" bedeuteten die höchste Stufe der Geheimhaltung und politischen Gewichtigkeit. „Blue Border"-Dokumente wiesen tatsächlich einen blauen Rand auf, um ihre Wichtigkeit auf den ersten Blick deutlich zu machen. Alles, was unter der Kategorie bearbeitet und ausgetauscht wurde, musste auf der einen Seite vom CIA-Chef und auf der anderen vom Präsidenten, vom Außen- oder Verteidigungsminister abgezeichnet werden. Berichte der besten Agenten aus den Zentren der internationalen Politik gehörten dazu, doch keine Randnotiz einer von niemandem anerkannten Exilregierung. Aber wenn der Chef es so verfügte?

Somit landete die Akte wieder auf dem Schreibtisch von Phil Jackson. Dem standen Schweißperlen auf der Stirn. Er konnte sich vage an die Geschichte erinnern, die er für lächerlich gehalten hatte. Als er von der Einschätzung seines Präsidenten hörte, wurde ihm flau im Magen. Alle, die an der Lagebesprechung teilgenommen hatten, wussten, dass es diese Nachricht gab; es war also aussichtslos, sie zu verleugnen; da waren genug Neider, die seine Vorgesetzten darüber informieren würden. Ebenso wenig konnte er zugeben, den Zettel vernichtet zu haben.

In seiner Not rief er Glen van Houten zu sich. „Sie erinnern sich an diese seltsame Nachricht aus Tibet?“ „Ja, Sir, die Nachricht, die ich vernichten sollte“, antwortete der Agent betont pflichtbewusst. Obwohl er offiziell noch nicht eingeweiht war, wusste er längst von der Depesche aus dem Weißen Haus. Doch diesen Triumph über seinen Chef wollte er auskosten. „Sie haben meinen Auftrag ausgeführt, nehme ich an?“ tastete sich Jackson vor. „Selbstverständlich“, bluffte van Houten. Jackson schwieg. „Dumm“, flüsterte er kaum hörbar, doch van Houten setzte gleich nach. „Wie meinen Sie das, Sir?“ Und dann erzählte der Asienreferent in knappen Worten, welche Bedeutung dieser Meldung inzwischen zukam. Van Houten schien völlig perplex. „Wissen Sie, wohin Sie die Meldung getan haben? Gibt es noch irgendeine kleine Chance, an sie heranzukommen, unsere Techniker bringen schließlich viel zustande.“ „Van Houten erweckte den Eindruck, als würde er angestrengt nachdenken, dabei hatte er längst einen Plan gefasst, mit dem er sich seinen Chef für lange Zeit verpflichten würde. Dann hellten sich seine Züge auf. „Ich habe eine Idee. Es gibt da einen pensionierten Offizier, McCarthy, er war einer meiner Ausbilder und ganz besonders mit dem Tibet-Programm der Vergangenheit betraut. Ich kenne ihn ein wenig, er ist noch verdammt fit. Womöglich verfügt er über eigene Quellen und hat diese Nachricht auch erhalten. Ich kann gerne mit ihm Kontakt aufnehmen, wenn Sie das wünschen, Sir.“ „Van Houten, wenn es Ihnen auf diese oder auf irgendeine andere Art gelingt, wieder an die Nachricht heranzukommen, werde ich Ihnen ewig dankbar sein.“ ‚Darauf werde ich gewiss noch einmal zurückkommen, mein Lieber“, dachte der für sich, doch er verabschiedete sich mit den Worten, „Ich tue meine Bestes, Sir.“

Zwei Tage später hielt ein überglücklicher Phil Jackson die Nachricht aus Lhasa wieder in seinen Händen. „McCarthy zu fragen, war wirklich eine gute Idee. Dieser van Houten empfiehlt sich für Höheres.“

Doch die erste Euphorie war rasch verflogen, denn die Experten der Firma bemerkten bald, dass es sich hier nur um einen Dechiffrierungs-Code handelte, zu dem der Text fehlte. Im Weißen Haus war indes die Nachricht angekommen, dass eine wichtige Botschaft in zwei Teilen an die CIA unterwegs sei. Also musste es noch einen zweiten Teil geben, und der musste gefunden werden, koste es was es wolle.

Zunächst lud Glen van Houten den Reisenden ein, der den Zettel überbracht hatte. Natürlich war er registriert worden, so dass es kein Problem war, mit ihm erneut in Kontakt zu treten. Er konnte berichten, dass ein Tibeter in Lhasa mehrere amerikanische Touristen angesprochen hatte, aber er wusste keine Namen. Dennoch hatte die CIA nun einige Anhaltspunkte. Sie wusste, wann die Übergabe stattgefunden hatte, und sie konnte die Reiseveranstalter für einen sehr konkreten, eingegrenzten Zeitraum kontaktieren. Tatsächlich wurde noch eine weitere Person durch die Teilnehmerliste des Reiseveranstalters ermittelt, doch der hatte nur den gleichen Zettel noch einmal zu bieten. Der doppelte Code half nicht weiter.

Auch die Personen aus der ersten Gruppe wurden ausfindig gemacht. Der regierungskritische Student, der den Zettel dem chinesischen Konsulat übergeben hatte, weigerte sich nach wie vor, mit der CIA zusammenzuarbeiten, und der Lehrer musste zugeben, den Zettel vernichtet zu haben. Er machte sich jetzt noch mehr Vorwürfe.

Schließlich blieb noch eine Frau, die eine längere Tour unternommen hatte. Der Kontaktmann der CIA traf nur auf ihre Mutter, die zu berichten wusste, dass ihre Tochter in der folgenden Woche heimkehren wollte.

„Unsere letzte Chance“, murmelte van Houten, doch sein Vorgesetzter wollte davon nichts wissen. „Sie hatten schon einmal die rettende Idee. Wir müssen diese Nachricht bekommen. Unser oberster Chef hat diese Geschichte zu seinem persönlichen Anliegen erhoben. Wir würden es ihm gewiss nicht vermitteln können, warum wir nur die Hälfte der Botschaft haben, mit der wir allein nichts anfangen können. Solche Details interessieren ihn…“ Jackson lächelte etwas gequält. Offenbar hatte er schon die eine oder andere Erfahrung mit dem Mann im Weißen Haus gemacht - oder zumindest einiges mitbekommen. „Sie werden Recht haben, Chef, aber lassen Sie uns mit der Krisensitzung warten, bis diese Frau zurück ist. Dann wissen wir wenigstens, wo wir stehen,“ versuchte van Houten die Lage zu beruhigen. Es hatte keinen Sinn, jetzt in Panik zu verfallen, das sah auch Jackson ein.

„Kleines, du sollst dich sofort bei der Polizei melden. Was hast du nur wieder angestellt?“ Die Begrüßung nach einer dreimonatigen Asienreise hatte sich Esther Jones anders vorgestellt, doch ihre Mutter schien sehr aufgebracht. „Ich, angestellt?“ Esther hatte so viel erlebt, war so erfüllt von all den Erfahrungen, dass sie Monate benötigen würde, um sie zu verarbeiten. Mit der Polizei jedoch hatte sie nichts zu tun gehabt. „Das muss ein Irrtum sein, Mutter. Ich werde den Officer bei Gelegenheit anrufen und ihm das mitteilen.“ Die Mutter widersprach heftig. „Nein, nein, er war sich ganz sicher. Es geht um eine Nachricht aus Tibet, die du bekommen hast. Sie wird von unseren Behörden aus irgendwelchen Gründen dringend erwartet.“ Esther wurde bleich, ihrer Mutter blieb das nicht verborgen. Da war doch etwas gewesen, in

Lhasa... Daran hatte sie überhaupt nicht mehr gedacht. „Siehst du, du erinnerst dich“, es klang beinah wie ein Triumph, „wenn unsere Behörden etwas von dir wollen, dann darfst du sie nicht enttäuschen“. „Bitte, Mutter, lass mir Zeit zum Nachdenken, und ich verspreche dir, ich tue, was ich kann, ja?“ Sehr glücklich war die Mutter mit der Abfuhr nicht, hatte sie doch gehofft, mehr über die Aktivitäten ihrer Tochter zu erfahren. Wer vom Geheimdienst angerufen wurde, musste sehr wichtig sein. Aber Esther Jones wirkte nicht so, als würde sie noch irgendetwas von sich geben. So entschlossen hatte ihre Mutter sie selten erlebt.

Die junge Frau versuchte ihre Gedanken zu sammeln. Wie war das gewesen in Lhasa? Ein Tibeter hatte ihr einen Zettel mit seltsamen Zeichen überreicht, die sie nicht identifizieren konnte. Aber da war noch dieser kleine Zettel, mit der Bitte, den verschlüsselten Text an die CIA weiterzuleiten. Den Zettel hatte sie wunschgemäß sogleich vernichtet, doch was war aus dem anderen geworden? Ins Portemonnaie oder in ihre Papiere hatte sie ihn nicht gesteckt, sonst wäre er ihr hin und wieder in die Hände gefallen. Vermutlich hatte sie ihn in die Taschen ihrer Jeans gesteckt. Bei dem Gedanken wurde sie noch bleicher. Die Jeans hatte sie kurz vor der Abreise in Bangkok in eine Wäscherei gegeben. Sofort durchwühlte sie ihren Koffer, zog die Jeans heraus und nestelte in den Taschen herum. Rechts hinten ertastete sie etwas. Zitternd zog sie es heraus. Das dürfte die Nachricht aus Lhasa sein, doch hervor kam ein vollkommen unleserliches Papierknäuel, von dem man allenfalls erahnen konnte, dass dort mal irgendwelche Schriftzeichen zu sehen waren.

Plötzlich sah sie den Tibeter wieder vor sich, die Augen, die sie so voller Vertrauen angeschaut hatten. Wie bitter hatte sie ihn enttäuscht, und welche Konsequenzen würde das haben? Diese Erkenntnis und die Anstrengung der Reise waren zu viel für sie. Sie brach in Tränen aus. Noch während sie verzweifelt da saß, spürte sie den Arm ihrer Mutter um ihre Schulter. Ihren Trost jedoch konnte sie nicht ertragen. Unwirsch wehrte sie ab, was sich ihre Mutter nicht erklären konnte. Womöglich war ihre Tochter in ein internationales Verbrechen verwickelt und jetzt war alles ans Tageslicht gekommen? Wäre sie doch lieber zu Hause geblieben. „Soll ich die Polizei informieren? Es ist sicher besser, wenn du dich stellst, dann kannst du vielleicht auf Milde hoffen.“ Verständnislos schaute ihre Tochter sie an. „Ja, das habe ich schon häufig im Fernsehen gesehen, wer die Wahrheit sagt, hat die besten Chancen, milde davonzukommen.“ „Mutter“, unterbrach Esther sie energisch, „ich habe keine Ahnung wovon du redest. Lass mich nachdenken. Es ging um die CIA. Ich sollte unserem Geheimdienst eine Nachricht überbringen, die offenbar sehr wichtig ist, aber diese Nachricht ist nur noch ein unleserliches Papierknäuel. Die Wäscherei in Bangkok hat ihr nicht gut getan. Jetzt muss ich überlegen, was ich mache". Das Gesicht ihrer Mutter erhellte sich. „Wenn das alles ist, das habe ich auch im Fernsehen gesehen, die Jungs von der CIA bekommen das wieder hin". „Mama, du schaust zu viel Fernsehen", war alles was die fassungslose Esther noch herausbrachte.

Sie wollte über die Angelegenheit schlafen und sich dann überlegen, was sie tun konnte, alles leugnen oder lieber reinen Wein einschenken? Niemand konnte ihr irgendetwas nachweisen und sie war gewiss nicht verpflichtet, der Bitte des Tibeters nachzukommen, auch wenn sie gern geholfen hätte. ‚Scherereien habe ich nicht zu befürchten", sagte sie sich trotzig. Und wenn ihre Mutter sogar Recht hatte?

In der Nacht rang sie sich dazu durch, der CIA die Wahrheit zu sagen. Der Anrufer, ein Glen van Houten, hatte ihrer Mutter seine Telefonnummer hinterlassen, so dass sie sich direkt melden konnte.

Van Houten kam gleich zur Sache. „Wir schicken jemanden vorbei, um das Papierknäuel abzuholen und werden schon etwas daraus machen." Esther Jones verstand noch immer nicht so recht, worum es eigentlich ging, außer, dass es höchst wichtig war. Als sie dem Verbindungsmann, der in Zivil auftauchte, den Papierklumpen verlegen präsentierte, stutzte dieser. „Wir werden das hinbekommen", versicherte er jedoch voller Zuversicht. „Sir", setzte Esther nach, „darf ich wissen, worum es eigentlich geht und welche Rolle ich beim dem Ganzen spiele?" Der Beamte lächelte etwas unbeholfen. „Wir sind nicht umsonst der Geheimdienst. Auch wenn wir Ihnen zu Dank verpflichtet sind, dürfen wir über laufende Operationen nichts verraten. Aber so viel kann ich Ihnen sagen, wir wissen es selbst noch gar nicht, aber der, pardon, Zettel", bei dem Gedanken an den Papierknäuel musste er grinsen, obwohl er es gar nicht wollte, „wird es uns hoffentlich verraten. Es scheint eine Sache von höchster Bedeutung zu sein. Sie dürfen mir gern Ihre Mailadresse hinterlassen. Wenn es irgendwann möglich sein sollte, informiere ich Sie".

Esther Jones wusste, dass sie mehr nicht erwarten konnte, also hakte sie nicht weiter nach. Wie es aussah, hatte sie die Erwartung des Tibeters in Lhasa nicht völlig enttäuscht.

In der Firma arbeiteten alle fieberhaft. Die technischen Spezialisten hatten einige Mühe die Schrift des verwaschenen Zettels zu rekonstruieren, aber die Experten für die Dechiffrierung von Nachrichten konnten die Botschaft schließlich entschlüsseln.

Allerdings verstanden sie nichts, denn von einem Panchen Lama hatten sie noch nie gehört. Dafür war die Asienabteilung zuständig. „Sir“, schlug van Houten in einer Lagebesprechung an seinen Chef gewandt vor, „lassen Sie uns von Beginn an unseren alten Kollegen McCarthy hinzuziehen. Niemand kennt sich so gut mit Tibet aus, niemand hat so viel Erfahrung, und das Schicksal der Menschen bewegt ihn noch immer. Wir könnten keine bessere Unterstützung bekommen.“ Phil Jackson zögerte. Natürlich stimmte das alles, was sein Mitarbeiter sagte, doch wenn er ehrlich sein wollte, fürchtete er sich genau davor. Die Gefahr war groß, dass er die Initiative abgeben würde und das passte ihm gar nicht. Zudem hegte er den Verdacht, McCarthy könnte Informationen über ihn selbst besitzen, die nicht unbedingt jeder wissen sollte. Nein, den alten Haudegen wollte er lieber aus der Sache heraushalten, ohne dass seine Untergebenen etwas von den wirklichen Gründen ahnten.

„Gute Idee, van Houten“, begann er fast übertrieben laut. „Im Prinzip zumindest. Ich werde sie im Hinterkopf behalten, aber im Moment sind wir noch gut in der Lage, die Sache selbst zu stemmen. Erstatten wir zunächst dem Weißen Haus Bericht, und dann sehen wir, wie es weitergeht.“ Aus dem Weißen Haus kam die gleiche Nachricht wie zuvor. Die Sache habe höchste Priorität, und müsse mit allen zur Verfügung stehenden Möglichkeiten weiterverfolgt werden. Zudem beglückwünschte der Präsident die Mitarbeiter persönlich, dass es ihnen gelungen war, die Nachricht aus Lhasa zu identifizieren. Noch einmal wurde allen deutlich, welche großes Interesse der Präsident daran hatte, den jungen Panchen Lama aus der Hand der Chinesen zu befreiten.

Damit hatten sich auch weitere Diskussionen über den Sinn der Aktion erübrigt. Ein Anliegen, das dem Präsidenten so wichtig war, konnte vom CIA nicht torpediert werden; die Tibeter würden also die erwünschte Rückmeldung erhalten. Dazu benötigten sie jedoch einen Agenten, der die Voraussetzungen für den Auftrag erfüllte. Er musste Chinesisch und Tibetisch sprechen und sich möglichst unauffällig im Lande bewegen können, um der chinesischen Geheimpolizei nicht schon durch seine äußere Erscheinung aufzufallen. Somit kam nur ein gebürtiger Tibeter in Frage, doch das war ein Problem. Wenige Jahrzehnte vorher wäre es einfach gewesen, einen solchen Mann zu finden, aber seit die Regierung Nixon das Tibet Undercover-Programm eingestellt hatte, war die Abteilung geschlossen und die tibetischen Agenten waren entlassen worden. Klassische Geheimdienstoperationen wie seinerzeit in Tibet waren ohnehin immer mehr in den Hintergrund getreten, denn sie hatten keine sonderlich nützlichen Informationen mehr beschafft und bargen zudem ein großes Risiko. Agenten konnten umgedreht oder erpresst werden und versorgten die Zentrale gezielt mit Falschinformationen, ohne dass dies über Jahre hinweg bemerkt wurde. Auch der hohe Blutzoll unter den enttarnten Agenten sowie die immensen Kosten für deren Rekrutierung und Ausbildung und schließlich Bestechungsgelder vor Ort sprachen gegen diese alte Praxis. Stattdessen setzte der Dienst schon längst mehr auf technologische Spionage wie das Abhören von Telefonaten und die Kontrolle von Emails.

Phil Jackson blieb nichts anderes übrig, als seinem Chef George J. Tenet zu melden, dass für die Operation keine geeignete Person zur Verfügung stand. Tenet war wütend, weil er wusste, wie diese Nachricht im Weißen Haus aufgenommen werden würde. Er entschied sich, den Präsidenten persönlich zu unterrichten; das verlangte sein Ehrgefühl. Tenet, ein Sohn griechischer Einwanderer, war nicht der Mann, der sich bei unpopulären Maßnahmen hinter anderen versteckte. Er sollte sich nicht täuschen in seinem Präsidenten. George Bush tobte, wie es sein Namensvetter selten erlebt hatte. "George, du stehst an der Spitze des größten und teuersten Geheimdienstes der Welt. 5.000 Beamte sitzen sich am Potomac den Hintern platt, mich kostet das jedes Jahr Milliarden von Dollar, die ich den dämlichen Liberalen im Kongress gegen immer größere Widerstände abringen muss. Und jetzt willst du mir sagen, dass ihr für eine solch vergleichsweise harmlose Operation keinen passenden Mann habt? Was für eine Gurkentruppe halte ich mir da? George, du weißt, mir liegt persönlich viel an dieser Operation. Sieh zu, dass du einen geeigneten Agenten findest; woher, das ist dein Problem, dafür wirst du bezahlt, und verdammt nicht schlecht."

George Tenet wusste, dass jeder Widerspruch zwecklos war, dass kein Argument den Präsidenten umstimmen konnte. Er wollte diese Operation aus welchen Gründen auch immer um jeden Preis. Also mussten sie in der Firma alles daransetzen, einen geeigneten Mann zu finden.

Der CIA-Direktor rief eine Konferenz aller Abteilungsleiter ein. Das geschah selten und dann ging es um etwas ganz Besonderes, um die große Politik. Als Tenet ihnen sein Anliegen vortrug, sah er zunächst in etwas irritierte, ja belustigte Gesichter. Eine Nachricht aus der tibetischen Hauptstadt Lhasa! Welche weltpolitische Brisanz konnte sich dahinter verbergen? Doch als Tenet deutlich machte, welchen Wert der Präsident persönlich auf den Erfolg dieser Operation legte, schaute niemand mehr belustigt, sondern nur noch irritiert. Sie kannten den Präsidenten und seine unberechenbaren Entscheidungen. Niemand wusste, welchen Narren er an Tibet gefressen hatte. Da gab es kein Öl, Osama Bin Laden hielt sich dort gewiss nicht versteckt und von einer Al Kaida-Zelle hatte auch noch niemand berichtet. Dennoch nahm diese Geschichte nun so viel Aufmerksamkeit in Anspruch.

Um weiterzukommen, verschaffte sich die Firma Zugang zu den Daten aller Absolventen der amerikanischen Hochschulen, ohne dabei fündig zu werden. In seiner Not wandte sich van Houten erneut eigenmächtig an den alten McCarthy. Die Tibeter, mit denen er noch in Kontakt stand, waren viel zu alt, als dass sie für den Einsatz in Frage gekommen wären. Mit den Jüngeren war er nicht mehr sonderlich vertraut, doch nach einigem Zögern kam ihn eine Idee. „Es gibt da einen Tim Lossey, der eigentlich Thinley Lhotse heißt. Um den Jungen rankt sich irgendein Geheimnis, das auch ich nie lüften konnte. Er wirkt immer sehr bedrückt, als ob er eine Last mit sich herumschleppt, von der er selbst nicht weiß, was es ist und wie er sie abwerfen kann. Seine Eltern sind verschollen, als er noch sehr klein war. Sie müssen eine Rolle im Widerstand gespielt haben, doch keiner verrät etwas darüber. Jedenfalls hat ihn ein anderer Kämpfer hilflos bei den Lagern in Mustang gefunden, von dort ist er zunächst in ein Heim nach Kathmandu gebracht worden und schließlich zu Pflegeeltern in Pokhara, entfernte Bekannte von mir. Sie haben ihn ziemlich mies behandelt, was sonst nicht die Art tibetischer Eltern ist, und schon gar nicht in dieser Familie. Wenn ich nachgefragt habe, hieß es, das ginge nur Tibeter etwas an und es sei auch für mich nicht gut, zu tief in ihre persönlichen Angelegenheiten einzudringen. Die Mauer des Schweigens war undurchdringlich, doch aus ein paar Andeutungen hier und dort konnte ich mir etwas zusammenreimen. Die Ablehnung hat wohl mit seinen Eltern zu tun, die irgendetwas Schlimmes verbrochen und den Widerstand geschwächt haben müssen, aber Genaues habe ich nie herausgefunden.

Dann ist der Junge durch ein Adoptivprogramm zu uns in die Staaten gekommen. Ich habe das zufällig erfahren, seine Pflegeltern waren froh ihn loszuwerden. Er fand an der Westküste bei äußerst liebevollen Eltern ein neues Zuhause. Sie waren große Freunde Tibets und haben ihm alle Möglichkeiten gegeben, im Kontakt mit seiner Kultur aufzuwachsen, soweit das fern der Heimat möglich ist“. McCarthy schwieg. Seine Stimme klang wehmütig und der junge Agent spürte, wie viel Liebe dieser Mann für Tibet empfand. Offensichtlich war dieses karge, ferne Land auch für ihn eine Art Heimat.

Van Houten fand keine Worte, die der Situation angemessen gewesen wären, deshalb schwieg auch er, bis McCarthy den Faden wieder aufnahm. „Ich halte einen losen Kontakt zu dem Jungen und werde mich bei ihm für die Operation verwenden." Das war eine klare Aussage, wie man sie von dem alten Agenten kannte.

Als van Houten die Informationen weitergab, ohne dabei seine Quelle zu nennen, stellte die CIA selbst Untersuchungen an, die große Begeisterung hervorriefen. Tim Lossey hatte Tibetologie und Sinologie studiert und mit summa cum laude abgeschlossen. Er beherrschte die chinesische Sprache in Wort und Schrift fast perfekt und hatte eine Anstellung am Museum for Asian Art in San Fransisco gefunden. Mit geheimdienstlichen Aktivitäten schien er nichts zu tun gehabt zu haben, aber eine andere Wahl gab es nicht. Mancher in der Firma fragte sich jetzt, warum sie nicht selbst auf den Mann gestoßen waren.

Noch vor McCarthy nahm die CIA selbst Kontakt zu Tim Lossey auf. Der Direktor des Museums, Richard Goldstern, bat ihn etwas geheimnisvoll zu einem Gespräch, bei dem Tim noch einen anderen, ihm unbekannten Mann vorfand. „Tim", eröffnete der Direktor das Gespräch, „ich möchte dir Mr. Tucker vorstellen". Er arbeitet für unsere Regierung und möchte dich in einer äußerst wichtigen Angelegenheit um Unterstützung bitten. Viele Hoffnungen ruhen auf dir". Tim wirkte eher befremdet als neugierig. Er war froh, ein relativ ruhiges Leben führen und sich mit Dingen befassen zu können, die ihn wirklich interessierten. Unsicherheit hatte er in seiner Kindheit schon zu viel erlebt. Die Höflichkeit gebot es jedoch, sich das Anliegen des Mr. Tucker anzuhören. Also erfuhr er von der Nachricht aus Lhasa und den Plänen der CIA, mit Hilfe einiger Tibeter den Panchen Lama aus Tibet herauszuholen. Tucker meinte, für kurze Zeit ein Feuer in den Augen des jungen Mannes auflodern gesehen zu haben, doch als er geendet hatte, sah er in ein undurchdringliches, stoisches Gesicht. „Tut mir leid, Mr. Tucker", antwortete Lossey in einem Tonfall, der keinen Zweifel aufkommen ließ, „aber ich bin definitiv nicht der richtige Mann für diese Operation. Ich habe keinerlei Erfahrung mit so etwas, ich liebe meine Arbeit im Museum sehr", fast verstohlen schaute er zu seinem Chef hinüber und fügte leise hinzu, „und mein Leben". Tucker unternahm noch einen Anlauf, ihn umzustimmen, doch er musste einsehen, dass es aussichtslos war. Und zwingen konnte auch die CIA niemanden, zumindest nicht direkt.

Tim Losseys Entscheidung

Lossey freute sich sehr, als Robert McCarthy seinen Besuch ankündigte, denn irgendetwas zog ihn zu dem Alten hin, auch wenn sie sich nicht häufig begegneten. Nur mit ihm sprach Lossey bisweilen über die alten Kämpfe in Tibet und Nepal. McCarthy hielt sich mit seinem Anliegen zunächst zurück, so erwähnte Lossey beiläufig, „die CIA hat eine Aufgabe für mich." „Ich weiß", entgegnete McCarthy, und die Miene des etwa vierzigjährigen Tibeters verfinsterte sich. „Hat dich der Geheimdienst hierher geschickt?" „Nein, ganz gewiss nicht, und ich darf eigentlich gar nichts wissen, aber so ist das nun mal mit den alten Agenten." Er lachte laut, doch das verbesserte Losseys Stimmung nicht.

„Natürlich liegt mir an Tibet, wie du weißt, aber auch du und deine Geschichte interessiert mich schon lange. Was habt ihr für Helden hervorgebracht, von denen niemand jemals etwas erfährt!?"

Bei den letzten Worten wirkte sein Gesichtsausdruck sehr überzeugend und entschlossen, was Lossey verunsicherte. Es gab eine Verständigung, die über Worte hinausging, und McCarthy hatte ihn an der richtigen Stelle gefasst, dem Rätsel um seine Familie. Dennoch, zusagen wollte er nicht. „Ich weiß nichts von meiner Geschichte und ich bezweifele, ob es da viel Gutes zu erfahren gibt," widersprach er trotziger als er es eigentlich meinte. „Du wirst nie etwas erfahren, wenn du nichts unternimmst", hielt McCarthy dagegen.

Lossey bat sich ein paar Tage Bedenkzeit aus, die ihm McCarthy gern gewährte, denn er war sicher, der Mann würde mitmachen und die Firma hätte ihren Agenten für die Operation in Lhasa gefunden.

Doch diesmal täuschte sich der alte Fuchs, denn er unterschätzte die Abneigung, die Lossey gegen alles hegte, was mit seiner Vergangenheit zu tun hatte. Er wollte sich lieber nicht darauf einlassen, und nach dem Zusammentreffen meldeten sich rasch seine Zweifel zurück. Es würde den Alten enttäuschen, aber er wollte einfach nicht. Noch vor Ablauf der Woche teilte er McCarthy seine Entscheidung schriftlich mit, dann gab es keine Möglichkeit mehr, aufs Neue beeinflusst zu werden.

McCarthy war in der Tat ebenso überrascht wie enttäuscht. Wie hatte er sich nur so verschätzen können? Aber er sah weit und breit keine Alternative zu Lossey, deshalb musste es noch Möglichkeiten geben, ihn umzustimmen. Er traf sich mit van Houten, um ihm die schlechte Nachricht persönlich zu überbringen, und die beiden Männer saßen ratlos da. „Auf welche Art“, fragt van Houten schließlich, „kann man einen Tibeter am nachhaltigsten beeinflussen? Sie haben doch so lange mit ihnen zusammen gearbeitet und kennen sie so gut wie niemand sonst.“ „Das hatte ich mir auch eingebildet, doch so langsam zweifele ich an mir selbst.“ Er verfiel ins Grübeln und murmelte vor sich hin, „Aber das ist eine gute Frage: Wie kann man einen Tibeter am ehesten zu etwas bewegen?“ Plötzlich hellte sich seine Mine auf, er sprang von seinem Sitz hoch und rief, „Das ist es, ja genau.“ Van Houten sah ihn nur verständnislos an. „Dass ich nicht eher darauf gekommen bin!“ Er schlug sich so heftig vor den Kopf, dass van Houten fast Angst um ihn bekam. Dann fuhr er fort in seiner Euphorie. „Natürlich, wie wurden die Kämpfer in Mustang dazu bewegt, ihre Waffen niederzulegen? Nicht durch den schändlichen Verrat unserer Regierung, nicht durch die Übermacht der nepalesischen Armee, schon gar nicht durch die Chinesen, sondern durch etwas weit harmloseres, aber viel wirkungsvolleres: eine Botschaft des Dalai Lama! Kein Tibeter wird sich dem entziehen, auch keiner, der in den USA aufgewachsen ist. Der Dalai Lama muss Lossey einen persönlichen Brief schreiben, dann haben wir ihn!“ Van Houten, der bisher wenig mit Tibet zu tun hatte, konnte das zwar nicht so recht nachvollziehen, denn er würde sich nicht durch seinen Präsidenten von einer Sache überzeugen lassen, die er nicht wollte, aber der Alte wirkte ganz sicher. Ein Versuch war es allemal Wert.

Es war für die CIA nicht schwer, den Kontakt zum Büro des Dalai Lama herzustellen, und dort erkannte man sofort, wie wichtig die Angelegenheit war. Der Dalai Lama zögerte deshalb nicht lange, dem jungen Mann in einem sehr persönlichen Schreiben den Auftrag ans Herz zu legen: „Nur wenn der wirkliche Panchen Lama eine fundierte Ausbildung erhält und er ohne äußere Zwänge selbst über sein Leben bestimmen kann, gibt es eine Chance, dass auch nach meinem Ableben unsere Tradition gewahrt und fortgeführt wird. Der Vater und der Sohn haben unserem Volk immer eine Orientierung gegeben. Wenn der eine nicht da war, hat der andere die Aufgabe übernommen. Nun besteht die Gefahr, dass über einen langen Zeitraum niemand da ist, der die Rolle übernimmt, wenn der Vater gegangen ist. Sollte es dir aber gelingen, den Panchen Lama, unseren Sohn, sicher nach Indien zu geleiten, dann hast du dir Verdienste erworben, von denen noch Generationen reden werden.“ Natürlich wusste der Dalai Lama auch, welche Risiken auf den jungen Mann zukamen, deshalb wies er am Ende seines Schreibens darauf hin, dass es ihm natürlich frei stünde, den Auftrag abzulehnen und dass er, der Dalai Lama, ihm das niemals übelnehmen würde. McCarthy hatte jedoch richtig spekuliert, Tim Lossey konnte nicht mehr absagen; er hätte sonst sein Oberhaupt enttäuscht. So siedelte er von seinem geliebten Kalifornien nach Virginia über, ins Hauptquartier der CIA, wo er eine kurze Intensivausbildung erhielt und auf die vor ihm liegende Aufgabe vorbereitet wurde. Die Verantwortlichen wollten zwar in erster Linie die Operation erfolgreich durchziehen, sie wollten aber auch alles Erdenkliche tun, um ihren neuen Agenten nicht in unnötige Gefahr zu bringen. Selbst für einen alten Fuchs wäre es ein höchst brisantes Unterfangen gewesen. Aber vielleicht bot gerade die Losseys Unbedarftheit gute Voraussetzungen für den Erfolg.

Als Tim Lossay so gut als möglich vorbereitet war, stellte Phil Jackson die Nachricht über den seltenen Rhododendron Capitalum Marim in das Webportal der Botanikfreunde. Der Chef der Asienabteilung hatte entschieden, die Operation, die dem Präsidenten so sehr am Herzen lag, selbst vom Hauptquartier aus zu koordinieren; eine Entscheidung, die McCarthy nicht sonderlich freudig stimmte, aber darauf konnte er keinen Einfluss nehmen. Es war Ende Februar und als Aufnahmedatum gab Jackson den 1. Mai 2002 an.

Zwei Monate waren vergangen, seit Lobsang Trinley seine schriftlichen Nachrichten auf eine ungewisse Reise geschickt hatte. Drei Tage später fand einer seiner Freunde das Foto von der Pflanze. Auch wenn er nur sehr oberflächlich eingeweiht war und gar nicht mehr wissen wollte, war ihm klar, dass dies für den Reiseleiter eine ganz besondere Nachricht war, der er sehnsüchtig entgegenfieberte. Dennoch zeigte er im Internet-Café keinerlei Gefühlsregung. Scheinbar teilnahmslos machte er sich ein paar Notizen, dann suchte er seinen Freund Lobsang auf. Es hatte geklappt! Lobsang war überwältigt und gleichzeitig schwindelte ihm bei dem Gedanken, dass die Amerikaner ernst machten. Für einen kurzen Moment fragte er sich, ob er überhaupt daran geglaubt hatte. Jetzt gab es kein Zurück mehr.

Gleichzeitig grübelten die Verantwortlichen der CIA über das erste Problem nach. Wie sollte ihr neuer Agent unauffällig nach China einreisen? Gewöhnlich wurden die CIA-Mitarbeiter als Botschaftsangehörige ausgegeben, dann erhielten sie automatisch diplomatische Immunität. Angehörige der Botschaften oder Konsulate durften indes ihr Umfeld nur nach vorheriger Meldung bei den chinesischen Behörden verlassen, eine für Tim Lossey unpraktikable Regelung, denn er musste sich in weiten Teilen des Landes frei und möglichst unauffällig bewegen können. Die Idee, ihn einfach mit einem Touristenvisum loszuschicken, wurde auch verworfen, denn das war zeitlich begrenzt und wenn man überzog, machte man die Behörden ganz sicher auf sich aufmerksam. Das musste Lossey unbedingt vermeiden. Am besten wäre es, wenn er an einen chinesischen Pass käme.

Als van Houten erneut vorschlug, den alten McCarthy in die Planung einzubeziehen, stimmte sein Chef nach einigem Zögern zu. Klappte die Operation, würde die Ehre auf ihn zurückfallen und er konnte eine rasche Beförderung erwarten; Grund genug, über seine persönlichen Ressentiments hinwegzusehen.

„Wir haben ein paar Under-Cover-Informanten in einigen Klöstern im Osten und in der Umgebung von Peking", begann McCarthy eine Sitzung. „Ich weiß", fiel ihm Jackson genervt ins Wort. Er konnte es nicht ertragen, wenn der frühere Agent allgemein bekannte Informationen als große Geheimnisse preisgab. „Das nützt uns im Moment allerdings wenig, denn wir müssen unseren Mann zunächst einmal unentdeckt ins Land schmuggeln. „Ganz recht, Sir", McCarthy blieb ruhig und höflich. „Er müsste die Identität von einem der Mönche annehmen, die auf unserer Seite stehen". Es schien einmal mehr laut zu denken. „Wäre doch gelacht, wenn wir das nicht hinbekämen," fügte er rasch hinzu, als er die zweifelnden Gesichert sah. Grundsätzlich erschien die Idee nicht schlecht, doch verlagerte sie das Problem nur, denn einen Weg zur Umsetzung sah noch niemand.

„Leute", beendete Jackson schließlich die Besprechung, „so kommen wir nicht weiter. Ich entbinde euch für eine Woche von euren routinemäßigen Aufgaben. Ihr macht nichts anders, als in allen verfügbaren Quellen nach Informationen über Tibet, die chinesische Tibetpolitik und aktuelle Ereignisse zu recherchieren. Verfolgt alles, was euch begegnet, vielleicht kommen wir damit auf eine Spur, die uns weiterhilft".

„Zumindest das war eine gute Idee von deinem Boss", bemerkte McCarthy etwas süffisant, als er sich mit van Houten traf. Sie machten sich gemeinsam an die Recherche und waren sehr froh, dass dies ganz offiziell außerhalb der Firma geschah.

Van Houten schaute sich auf den Webseiten der chinesischen Regierung um. Dabei stieß er häufig auf einen ihm unbekannten Begriff. Schließlich fragte er McCarthy: „Sir, sagt Ihnen der Name ‚Shugden" etwas? Das scheint eine buddhistische Sekte zu sein, die von der chinesischen Regierung sehr geschätzt wird." McCarthy horchte auf. „Oh ja, Junge, Shugden sagt mir etwas. Das ist eine skurrile Geschichte". „Können Sie mir mehr darüber sagen, ich mag skurrile Geschichten," grinste van Houten ehrlich interessiert.

Also holte McCarthy etwas weiter aus: „Vordergründig handelt es sich um einen religiösen Richtungsstreit, der für erhebliche Irritationen unter den Tibetern sorgt. Gegner des Dalai Lama benutzen die Auseinandersetzung als Beleg, dass es mit der viel gepriesenen Toleranz des tibetischen Oberhauptes nicht weit her sei. Im Februar 1997 wurden drei enge Vertraute des Dalai Lama auf scheußliche Weise ermordet. Die Mörder müssen im Blutrausch gewesen sein, denn die Leichen wiesen dutzende von Messerstichen auf, sogar die Augen waren ausgestochen worden. Die indische Polizei hat herausgefunden, dass es sich bei den Tätern um Anhänger des Schutzgeistes Shugden handelte.

Dieser Geist spielt in der Tradition der Gelugpa, der Schule des Dalai Lama, eine wichtige Rolle. Der Volksglaube kennt viele persönliche Schutzheilige und Geister, die angerufen werden können. Shugden ist einer der bedeutendsten, vor allem in Ost-Tibet hat er zahlreiche Anhänger. Der Dalai Lama betrachtet seine Macht jedoch als gefährlich, denn er meint, dass der Buddhismus dadurch zu einer Geisterverehrung verkommt. Zudem hätte der Geist ihm und der tibetischen Regierung immer wieder Schaden zugefügt.

Jedoch haben sich auch viele Anhänger des Dalai Lama, darunter zahlreiche Mönche, durch ein Gelübde an den Shugden-Geist gebunden. Die Ablehnung ihres Oberhauptes bringt sie in große Gewissensnöte. Um sie daraus zu befreien, hat der Dalai Lama mehrfach erklärt, er nehme alle Konsequenzen auf sich, die entstehen, wenn sie dem Shugden-Kult abschwören. Die Anhänger beharren dagegen auf der Verehrung dieses Geistes. Sie werfen dem Dalai Lama Unterdrückung der Religionsfreiheit und Intoleranz vor, denn sie werden von dessen Belehrungen ausgeschlossen.

Das wiederum interessiert die Chinesen, die alles unterstützen, was gegen den Dalai Lama gerichtet ist. Ideologisch könnten die Kommunisten und die Shugden-Anhänger nicht weiter voneinander entfernt sein, denn sie gehören zu den Konservativsten im tibetischen Buddhismus, doch der Dalai Lama als gemeinsamer Gegner vereint die Gegensätze. Die Führung in Peking sieht in der Kontroverse eine willkommene Gelegenheit, um das tibetische Oberhaupt zu diskreditieren.

Sogar die Ermittlungen in dem Mordfall brachten die Zusammenarbeit an den Tag. Die Verdächtigen, sechs tibetische Shugden-Anhänger, haben sich ihrer Verhaftung durch die Flucht nach Tibet entzogen. Dort stehen sie unter dem Schutz der chinesischen Behörden, die dem Dalai Lama ebenfalls vorwerfen, er würde die Religionsfreiheit einschränken."

Als McCarthy in van Houtens Gesicht sah, das ein immer größeres Unverständnis offenbarte, hielt er ein und lachte. „Tut mir Leid, Junge, ich bin wohl etwas davon galoppiert. Auf jeden Fall hast du Recht mit deinem Eindruck, die Klöster der Shugden-Anhänger in Tibet genießen zahlreiche Privilegien, die andere nicht haben. Und was sagt die Webseite dazu?"

Damit begab er sich an den Computer, wo von einem großen Shugden-Kongress in Wien die Rede war. Das Motto lautete: ‚Dalai Lama, gib uns Religionsfreiheit". Die chinesische Regierung erklärte stolz, dass auch Mönche aus verschiedenen tibetischen Klöstern nach Wien reisen würden.

McCarthy überflog die Seite: „Womöglich spielt uns die chinesische Regierung direkt in die Hände. Eine kleine Gruppe, die sich „Freunde Shugden" nennt, plant einen Kongress von erstaunlichen Dimensionen." Mit wachsender Begeisterung vertiefte sich der alte Agent in den Text: „Hier", rief er plötzlich, ohne das van Houten viel verstand, „Kloster Jampa Ling. Da sitzt einer unserer Zuverlässigsten, Geshe Tsering, ein Mann etwa im Alter von Lossey und ein glühender tibetischer Patriot. Wenn er zu dem Kongress nach Wien führe, ließe sich etwas machen."

Das Kloster Jampa Ling nahe Chamdo in Ost-Tibet zählte zu den Klöstern, denen die chinesische Führung uneingeschränkt vertraute. Jeder Mönch war mehrmals überprüft worden, und nie hatte es auch nur Anzeichen von Unmut oder Protesten gegeben, was nicht über viele Klöster gesagt werden konnte. Als weitere Sicherheitsmaßnahme hatte der Geheimdienst auch dieses Kloster mit einem Netz von Spitzeln überzogen, so dass den Behörden nichts entging. Und Jampa Ling war dafür bekannt, dass Shugden dort besonders intensiv verehrt wurde. Was lag näher, als einem Mönch aus Jampa Ling das große Privileg einer Reise nach Wien zu gewähren?

McCarthy instruierte van Houten genau über seinen Plan und fügte mit Nachdruck hinzu: „Du trägst ihn bei Jackson in der Runde vor. Ich muss niemandem mehr etwas beweisen und ich weiß nicht, wie Jackson reagieren wird, wenn die Idee von mir kommt. Ich werde dich sehr dafür loben, und es wird dir nicht zum Schaden gereichen."

Die Geheimdienstmitarbeiter begegneten dem Plan jedoch zunächst skeptisch. Mit Hilfe der CIA-Gewährsleute in der Umgebung des Klosters Jampa Ling sollte der

Geheimdienst durchsetzen, dass Geshe Tsering zu dem Kongress in Wien fahren durfte. Dort würde er den Dalai Lama heftig für seine Rolle in der Shugden-Kontroverse kritisieren und ihm die Verletzung der Religionsfreiheit vorwerfen. Somit erfüllte er alle Erwartungen der chinesischen Führung, und konnte zweifellos mit großen Belobigungen rechnen. Natürlich würde das Ministerium der Einheitsfront eine ganze Legion von Spitzeln zu dem Kongress schicken, die jede Äußerung genau registrieren und weitermelden mussten.

Johnson wurde ungeduldig. „Na und, was nützt uns der Kongress? Ich sehe nicht, wie wir dadurch unseren Agenten ins Land schmuggeln können. Wien liegt nun mal nicht in Tibet." Er kam sich ziemlich klug vor mit dem Einwand und grinst breit, doch McCarthy sprang seinem Freund dezent zur Seite. „Ich glaube, das ist noch nicht alles, und ich ahne, worauf der junge Mann hinaus will. Lassen wir ihn doch ausreden." Er fing van Houtens dankbaren Blick auf, der leicht verunsichert fortfuhr: „Der Kongress endet irgendwann. Wir müssen dafür sogen, dass Geshe Tsering allein von Hongkong aus zurückfliegt, wo die Überwachung noch nichts ganz so extrem ist. Deshalb kann dort die Umwandlung der Identitäten stattfinden. Aus Tim Lossey wird Geshe Tsering, der nach Tibet weiterreist, und aus Geshe Tsering wird Tim Lossey, der zu uns kommen und seine besetzte Heimat nie wiedersehen wird. Ob er dann weiterhin für uns arbeiten wird oder nicht, werden wir sehen."

Wieder schaltete sich Jackson mit einer süffisanten Bemerkung ein: „Und wie soll unser Agent die Mönche in seinem Kloster, mit denen er seit Jahren zusammenlebt, davon überzeugen, dass er plötzlich ein anderer ist? Selbst wenn die beiden in einem Alter sind und er sich den Kopf kahl scheren lässt, dürfte es für seine nähere Umgebung nicht schwer sein, die ‚Umwandlung", er betonte das Wort mit sichtlicher Missachtung, „zu erkennen." „Zweifellos, Sir", blieb van Houten sachlich. „Aber er soll ja nicht in sein Kloster zurückkehren, dort kann er nichts für uns ausrichten. Die Idee ist, dass der echte Geshe Tsering, bevor sich beide von Hongkong aus in verschiedene Richtungen aufmachen, in seinem Kloster anruft und seinem Abt erklärt, dass er ins Ministerium der Einheitsfront nach Peking beordert wurde, um dort Bericht über den Kongress zu erstatten, und dass er bei der Gelegenheiten noch weitere Geschäfte in der Hauptstadt erledigen wolle. Dann wird niemand Verdacht schöpfen, selbst wenn er für Monate nichts von sich hören lässt. Während der Zeit hält er sich in Lhasa auf, wo er seine Mission erfüllt. Und wenn sich die Mönche irgendwann wundern, wo ihr Bruder bleibt, dann ist die Mission hoffentlich erfolgreich beendet und er längst über alle Berge."

Jetzt erfüllte bewunderndes Schweigen den Raum, denn alles schien gut durchdacht und durchaus Erfolg versprechend. Van Houten genoss die Stimmung, in der auch sein Vorgesetzter keinen kritischen Einwand mehr vorbrachte. Dann hob er noch einmal an. „Und noch etwas spricht dafür, dass der Plan gelingen kann. Nach unseren Informationen gibt es bei der Einreise nach China noch keinerlei Erfassung von biometrischen Daten. Das wäre die einzige Schwachstelle, aber die Sorge, dass der Coup dadurch auffliegen könnte, müssen wir nicht haben." Auch das überzeugte die Runde, Tim Lossey eingeschlossen, und so machten sich die Verantwortlichen an die Umsetzung. Zum Glück stand der Kongress in Wien bereits vor der Tür, so dass der vereinbarte Termin in Lhasa eingehalten werden könnte.

Tim Lossey hatte seine Heimat seit seiner Geburt nicht mehr betreten. Er war im Exil aufgewachsen, wusste kaum etwas über seine Herkunft und fühlte sich viel mehr wie ein Amerikaner. Er hatte noch nicht einmal einen Gedanken daran verschwendet, Tibet als Tourist zu besuchen, obwohl er durch sein Tibetologie-Studium umfangreiche Kenntnisse über seine Heimat erworben hatte. Die chinesische Besetzung hatte ihn trotz aller Verbundenheit stets von derartigen Reiseplänen abgeschreckt. Dazu kam der unbekannte dunkle Punkt in seinem Leben, der ihn immer wieder gegen eine Mauer des Schweigens prallen ließ, sobald er mit älteren Landsleuten in Kontakt kam. Bei jüngeren Tibetern war das nicht der Fall und obwohl er darauf brannte, den Grund für die Ablehnung zu erfahren, wagte er es nicht, danach zu fragen. Dazu fehlte ihm das Vertrauen zu den älteren Tibetern. Im Laufe der Jahre hatte er sich mit der Situation arrangiert, die allmählich immer weniger Raum in seinem Leben einnahm.

Nun buchte er einen Flug von Hongkong nach Chengdu unter dem Namen des Mönchs Geshe Tsering aus dem Jampa Ling-Kloster. In Hongkong trafen sich die beiden, die ihre Identität tauschten, nur kurz. Die CIA hatte alles vorbereitet, und für Sentimentalitäten war ohnehin kein Raum. Tim benötigte jedoch einige Zeit, um sich an die Mönchsrobe zu gewöhnen, die er vermutlich bis zum Ende der Operation zu tragen hatte.

Von Chengdu aus nahm er am nächsten Tag in der Frühe einen Anschlussflug nach Lhasa. Der Himmel war klar, als das Flugzeug über die Hauptstadt hinweg flog. Der Flughafen Gonggar lag etwa 70 Kilometer südwestlich von Lhasa, so dass die aus China kommenden Fluggäste zuvor bereits einen großartigen Blick auf die Stadt hatten. Lossey fühlte sich seltsam bei dem Anblick. Trotz allem spürte er eine unerklärliche Verbindung zu der Stadt, die ihn irritierte. Der weithin sichtbare Potala-Palast, den er von Fotos kannte, erschien in Wirklichkeit noch eindrucksvoller. Doch dahinter zogen sich endlose Reihen von seelenlosen Bauten hin, die vermutlich in den letzten Jahren für die vielen chinesischen Siedler errichtet worden waren.

Lossey erreichte die Hauptstadt zwei Tage vor dem vereinbarten Termin, und er war sehr froh darüber. So hatte er noch Zeit, sich ein wenig mit ihr vertraut zu machen. Obligatorisch war ein Besuch im Jokhang-Tempel, wo er in seiner Mönchsrobe nicht auffiel. Bei der Gelegenheit hielt er bereits Ausschau nach dem Ort, an dem er mit dem geheimnisvollen Übermittler der Botschaft Kontakt aufnehmen sollte.

Als der Tag anbrach, fühlte er sich gut vorbereitet. Er bewohnte ein kleines Gasthaus, in dem einige Mönche aus ländlichen Gebieten untergekommen waren. In einem Kloster hatte er nicht um eine Herberge gefragt, denn er wollte unangebrachte Fragen vermeiden. Die Höhe von Lhasa machte ihm nichts aus; ‚ich bin wohl doch ein Mann der Berge“, dachte er bei sich und grinste.

Gegen Mittag holte er das botanische Werk ‚Die Blumen von Tibet“ hervor, das Erkennungszeichen für den Unbekannten. So unbekümmert wie möglich schlenderte er damit zum Platz vor dem Jokhang-Tempel und blätterte darin. Einen Moment lang schoss ihm der Gedanke durch den Kopf, ‚wenn das alles nur eine Falle des chinesischen Geheimdienstes wäre?“ Er versuchte den Gedanken zu verscheuchen, doch das war nicht einfach. Seine ganze Unbekümmertheit war verflogen. Er spürte Schweiß auf seiner Stirn, fühlte sich von allen Seiten beobachtet und verfluchte sich dafür, den Auftrag angenommen zu haben. Noch nie hatte er Interesse an geheimdienstlichen Tätigkeiten gehabt.

Eisern zwang er sich zur Ruhe. Er klappte das Buch zu und setzte sich schlendernd in Bewegung. Dabei merkte er, wie ihm ein Tibeter folgte, der ein paar Jahre älter war als er. Ihre Blicke suchten sich, sie nickten sich kurz zu, und es war klar, dass sie sich gefunden hatten. Sich noch auf dem Platz umschauend, ließ er den Tibeter vorgehen und folgte ihm unauffällig. Der Mann aus Lhasa machte einen sehr umsichtigen Eindruck und verschwand schließlich in einem alten Haus. Tom Lossey folgte ihm. Der Kontakt war hergestellt.

2. Teil: Die Flucht

Am Rande des Todes

Nach einem langen und harten Winter zog langsam der Frühling in Peking ein. Die Menschen atmeten auf, als die Tage allmählich länger wurden und sich die bittere Kälte zurückzog. Es war die Zeit der Staubstürme, die im Norden über das trockene Land hinwegfegten und auch vor der Hauptstadt nicht Halt machten, doch die rosa Blüten der Zierkirsche kündeten bereits schönere Tage an. Auch der Bambus kleidete sich langsam wieder in ein sattes Grün. Die Nächte waren noch immer kalt, doch die Sonne strahlte jeden Tag etwas mehr Wärme aus. Manche Menschen glaubten sie nicht nur auf ihrer Haut, sondern auch in ihren Herzen zu spüren. Und sie meinten mit dem bloßen Auge erkennen zu können, dass der lebensspendende Feuerball Tag für Tag höher am Himmel stand. Selbst in dem abgeriegelten Militärlager, in dem sich der Panchen Lama befand, erschienen die Blüten, das neue Grün und das Gezwitscher der Vögel, die spielerisch leicht alle Zäune und Schießanlagen überflogen, wie Boten des neuen Lebens.

Wie jeden Morgen traten die Haushälterinnen an das Bett dieses seltsamen Jungen, der sich nach wie vor weigerte, ein Wort mit ihnen zu wechseln. Aber das war ihnen egal, sie folgten dem Befehl der Partei, die sie zu einem wichtigen Dienst hierher bestellt hatte.

Ein Spion in Washington hatte die Information bestätigt, dass die USA tatsächlich über DNA-Spuren des Jungen verfügten. Wie sie daran gekommen waren, blieb ein Rätsel, das die Verantwortlichen gern gelöst hätten, aber das entzog sich ihrer Quelle. Aufgrund dieser Informationen hatte die Parteiführung den strengen Befehl ausgegeben, dass dem Jungen nichts geschehen dürfe. Man wollte sich nicht den Vorwurf der Dalai-Clique und ihrer zahlreichen Unterstützer in aller Welt zuziehen, den Jungen womöglich ermordet zu haben. Solche Diffamierungen waren den Spaltern des Mutterlandes allemal zuzutrauen.

Als die Frauen an das Bett des Jungen traten, erschraken sie heftig. Der Junge rührte sich nicht und wirkte wie tot. Voller Panik, dafür zur Rechenschaft gezogen zu werden, riefen sie nach einem Arzt. Nur wenige Minuten später war er da und stellte die gleichen Symptome fest wie zuvor bei der Mutter des Jungen; einen kaum wahrnehmbaren Puls und einen viel zu niedrigen Blutdruck. Damals hatte er schon bald nur noch den Tod feststellen können. Auch er geriet in Panik, denn er wusste von der strengen Vorgabe, dass dem Jungen nichts geschehen dürfe.

Wang stand ebenfalls mit fassungslosem Gesicht am Bett des Jungen. Er hatte an diesem Morgen Dienst. „Wir wissen alle, wie viel unserer Partei am Leben des Jungen liegt, warum auch immer. Ich schlage deshalb vor, wir liefern ihn in das beste Krankenhaus unseres Landes ein. Wenn überhaupt, dann kann ihm vermutlich nur dort geholfen werden.“ „Großartige Idee“, stammelte der noch immer hilflose Arzt, weil Gendün Choekyi Nyima auf keine seiner Reanimationsversuche ansprach. „Da kommt nur das Krankenhaus in Frage, wo unsere höchsten Parteikader und ausländische Diplomaten behandelt werden.“

Wang hätte seinen Triumph am liebsten herausgeschrien, doch er beherrschte sich und schaute genauso fassungslos drein wie alle anderen, die um das Bett versammelt waren. Allein er wusste was hier vorging. Am Abend zuvor hatte die Operation begonnen. Er war allein mit dem Panchen Lama gewesen und hatte mit ihm abgesprochen, dass er kurz vor Morgengrauen in die Mo Tu-Meditation eintauchen solle. Das sei die einzige Chance, aus den Fängen des allgegenwärtigen Überwachungssystems herauszukommen, und er möge ihm vertrauen. Sie hatten auch ein Codewort vereinbart, mit dessen Hilfe der Junge, wenn die Zeit gekommen war, wieder ins Leben zurückgeführt werden sollte.

Wang hatte gehofft, dass er in das erwähnte Krankenhaus eingeliefert werden würde, denn darauf hatte er seine Unterstützer eingeschworen. Nun lief alles nach Plan. Nicht er hatte das Krankenhaus ins Gespräch gebracht, sondern der Arzt. Wenn der Junge von dort verschwinden sollte, würde kein Verdacht auf ihn fallen.

Das Krankenhaus und seine Umgebung waren bei weitem nicht so streng überwacht wie ein Militärkrankenhaus, aus dem es kein Entrinnen geben würde. Die Formalitäten für die Aufnahme waren rasch erledigt, dafür sorgte der Minister der Einheitsfront persönlich.

Unter falschem Namen wurde Gendün Choekyi Nyima eilends in das Krankenhaus gebracht. Die Leitung wurde aufgefordert, sofort einen Gang in dem großen Gebäude zu räumen. Die ausländischen Ärzte schüttelten den Kopf, doch die meisten von ihnen waren lang genug im Land, um zu wissen, dass man bei einem Befehl, der von einem Minister persönlich kam, nicht nachfragte. Der Patient musste der Partei außerordentlich wichtig sein und wer in einer solchen Angelegenheit nicht sofort kooperierte, riskierte seine Aufenthaltsgenehmigung. Für Chinesen waren die Konsequenzen noch weitaus härter. Also stellte niemand irgendwelche Fragen, als ein offenkundig noch Halbwüchsiger im bewusstlosen Zustand in ein Zimmer auf einem leeren Gang eingeliefert wurde und Sicherheitskräfte die anderen Zimmer bezogen. Um nicht zu viel Aufmerksamkeit zu erregen, setzte die Partei auf das Personal, das sich im Militärlager bestens bewährt hatte. Dem erfahrenen Wang kam eine Schlüsselrolle zu, und auch darauf hatte er gebaut bei seinen waghalsigen Plänen.

Doch zunächst waren die Ärzte an der Reihe. Die ausländischen Spezialisten konnten indes auch nicht mehr feststellen als ihre Kollegen vom Militär. Offensichtlich waren die Körperfunktionen des Jungen auf ein Maß reduziert, das akut lebensbedrohlich war. Lange würde er in dem Zustand nicht verharren können. Gleichzeitig konnten sie nicht herausfinden, was die Ursache für die merkwürdigen körperlichen Reaktionen war. Bei dem Jungen schienen keinerlei organische Fehlfunktionen vorzuliegen.

Während die Ärzte, denen der Minister der Einheitsfront unmissverständlich deutlich gemacht hatte, dass der Junge unter keinen Umständen sterben dürfe, fieberhaft über die Ursache des Problems nachsannen, konnte Wang endlich seinen Plänen nachgehen. Er wusste, es war ein Wettlauf gegen die Zeit, spätestens am folgenden Tag musste der Junge aus dem Krankenhaus heraus gebracht haben, sonst war er unwiederbringlich im Bardo. Dass die Ärzte nichts ausrichten konnten, war ihm bewusst.

Der Minister der Einheitsfront hatte Wang eine schriftliche Aufzeichnung hinterlassen, die er den Ärzten weiterleiten sollte. Darin hieß es, dass sie dem Wachpersonal grundsätzlich Folge zu leisten hätten und sie sich bei schwerwiegenden Entscheidungen aus Sicherheitsgründen telefonisch rückversichern mussten. Der Minister hatte das Papier handschriftlich unterzeichnet. Wang stöhnte innerlich auf. ‚Ich bin immer noch zu unbedarft“, dachte er bei sich, ‚und dabei glaubte ich das System zu kennen“. Er hatte darauf gehofft, dass ihnen, den bewährten Wachsoldaten, die letzte Verantwortung übergeben würde; die weitere Rückversicherung über das Telefon hatte er nicht einkalkuliert. Damit nicht alles daran scheiterte, ging er noch ein Risiko ein: Er verfasste den Brief neu mit geänderter Telefonnummer und setzte Sithas Unterschrift darunter. Es war ein

Affront ohnegleichen, doch Wang scherte sich nicht mehr drum. ‚Wenn wir auffliegen, kommt es darauf auch nicht mehr an“, dachte er fatalistisch.

Die geänderte Nummer gehörte zu einem Mobiltelefon, das er sich eigens für diese Aktion auf dem Schwarzmarkt besorgt hatte, damit der Halter nicht ermittelt werden konnte. Der Schwarzhändler hatte Beziehungen zur Verkehrspolizei. Dort wurden regelmäßig Mobiltelefone unterschlagen, die Opfern von tödlichen Unfällen gehörten. Die Angehörigen fragten in ihrer Trauer gewöhnlich nicht nach den Geräten. Wenn sie mit einer Karte aufgeladen werden konnten, waren sie auch problemlos weiter zu benutzen, ohne dass die Behörden den neuen Besitzer ermitteln konnten.

Wie zu erwarten, kamen die Ärzte nicht weiter mit dem Jungen. Weder fanden sie die Ursachen für das allmähliche Versagen seiner körperlichen Funktionen, noch konnten sie es stoppen und seinen Kreislauf stabilisieren. Die Warnung des Ministers im Ohr, wurden sie zusehends nervöser.

Spät in der Nacht hielt ein Krankenwagen vor dem Spital. Zwei Männer in weißen Kitteln sprangen heraus und steuerten zielstrebig auf den überwachten Trakt zu. „Wir haben den strikten Auftrag, den Jungen abzuholen und umzuquartieren.“ Die Ärzte waren entsetzt. „Wie kommen Sie dazu? Dann wird er ganz sicher sterben.“ „Wir haben erfahren, dass er im Sterben liegt, und wir sind hier um das zu verhindern.“ „Woher kommen Sie?“, fragte der verantwortliche Arzt, schon etwas weniger selbstbewusst. „Ich glaube nicht, dass wir Ihnen Rechenschaft schuldig sind“, entgegnete der Wortführer entschieden. „Wir handeln auf allerhöchsten Befehl, und wenn Sie meinen, Sie müssen uns Probleme bereiten, dann werden Sie erleben, was wirklich Probleme sind. Unsere Aufsichtsorgane wollten immer schon mal einen tieferen Blick in Ihre Bücher werfen, und es wäre doch gelacht, wenn unser Gesundheitsministerium bei genauem Hinschauen nicht erhebliche Mängel finden würde, die womöglich zu einer Schließung führen könnten.“ Der leitende Arzt wirkte sichtlich eingeschüchtert. Er war bisher unbehelligt von Schikanen geblieben, doch er kannte genug Fälle, in denen ausländische Investoren der Willkür der Behörden ebenso ausgeliefert waren wie die Einheimischen. Scheinbar ebenfalls eingeschüchtert, schaltete sich Wang ein, „Sie könnten doch die Nummer kontaktieren, um sicher zu gehen, dann wird Ihnen niemand einen Vorwurf machen“. Dankbar sah der Mann Wang an. Daran hatte er in der Aufregung gar nicht gedacht. Rasch griff er nach der Anordnung und wählte die Nummer. Er ahnte nicht, dass das Telefon in dem Krankenwagen vor dem Haus klingelte. Dort wartete ein weiterer

Komplize auf den ersehnten Anruf. „Folgen Sie den Anweisungen“, antwortete der Mann militärisch knapp und fügte hinzu, „aber schicken Sie zumindest einen der Wachhabenden mit, die kennen sich aus mit dem Jungen.“

Natürlich fiel die Wahl auf Wang, und nur wenige Minuten später verließen ein Polizist sowie zwei Männer im weißen Kittel mit einer Trage unbehelligt eines der renommiertesten Krankenhäuser des Landes. Der leitende Arzt sah ihnen nach, als sich der Krankenwagen rasch entfernte. Ein Gefühl der Erleichterung machte sich breit. Wo immer sie den Jungen auch hinbrachten, falls er sterben sollte, hatte er nicht die Verantwortung dafür zu tragen, er hatte sich bei der Partei rückversichert. In dem Moment ahnte er noch nicht, was in den nächsten Tagen über ihn hereinbrechen sollte.

Wang und seine Komplizen fuhren nur ein kurzes Stück Richtung Stadtausgang und zerstörten während dessen die Sim-Karte ihres Telefons. In einer dunklen Gegend, aus der einer der Verschwörer stammte, stiegen sie aus und luden die Trage in einen unauffälligen, kleinen Lieferwagen um, mit dem sie ihre Flucht fortsetzten. Es würde im besten Fall eine Frage von Stunden sein, bis ihr dreister Coup entdeckt war, dann würde ganz Peking nach einem Krankenwagen suchen, und selbst wenn sich der Arzt, der ihnen den Patienten überlassen hatte, ihre Nummer gemerkt hatte, würde das ihren Verfolgern nicht weiterhelfen.

Als sie sich wieder in Bewegung setzten, begann Wang mit der eigentlichen Aufgabe; er durfte keine Minute mehr verlieren, um Gendün Choekyi Nyima aus seiner Trance zurückzurufen. Er konzentrierte sich ganz auf den Jungen und sprach laut das Wort „Kundun“, das vereinbarte Zeichen. Nichts geschah. Er wiederholte das Wort, zweimal, dreimal. Nichts geschah. Wang begann zu verzweifeln. Die schlechten Straßen rüttelten und schüttelten die Bahre durch, doch auch das hatte keine Auswirkung auf den Bewusstlosen. „Wir haben verloren“, schrie Wang, doch seine Mitverschwörer sahen ihn nur hilflos an. Er zwang sich ruhig zu bleiben und zermarterte sich noch einmal sein Gehirn, ob er irgendetwas übersehen hatte. Dann hatte er eine Idee, eine vermutlich letzte Chance. „Kundun, Dechen“, sprach er laut und konzentriert, das Codewort in Verbindung mit der Mutter. Und plötzlich reagierte der Junge. Seine Augen zuckten, er zwinkerte und während alle an der Trage die Luft anhielten, schlug er die Augen auf. Er schien Wang zu erkennen. Dem flossen die Tränen, und er schämte sich nicht dafür.

Inzwischen war es höchste Zeit, den Panchen Lama in ein vorbereitetes Versteck zu bringen. Da sie nicht wussten, wann die Befreiungsaktion auffliegen würden, ihnen aber klar war, dass buchstäblich jedes Auto im Großraum Peking angehalten und überprüft werden würde, wollten sie das Risiko nicht eingehen, die Stadt gleich zu verlassen. Sie hielten es für sicherer, einige Wochen in dem Versteck zu bleiben, bis die intensivsten Fahndungsmaßnahmen abgemildert werden würden. Schon aus wirtschaftlichen Gründen konnte es sich die Partei nicht erlauben, über Wochen hinweg den Ausnahmezustand über Peking zu verhängen; so wichtig war nicht einmal der Panchen Lama.

Und da ihnen genug Zeit für die Vorbereitungen geblieben war, hatten sie ein nahezu perfektes Versteck geschaffen.

Der Panchen Lama nahm eine andere Identität an, die Identität eines jungen Tibeters, der von Wangs Vertrauten wenige Stunden vor der Befreiungsaktion verhaftet worden war. Sie hatten mehrere Tibeter willkürlich aufgegriffen, durchsucht und bei einem fanden sie, wonach sie gesucht hatten: Ein Bild des Dalai Lama. Zwar war bekannt, dass viele Tibeter selbst in der chinesischen Hauptstadt ein Bild ihres Oberhauptes bei sich trugen, aber es war offiziell nicht erlaubt. Wenn die Behörden nach einem Vorwand suchten, jemanden zu verhaftet, hatte sie damit häufig Erfolg.

Sein alter Freund Tai Jingshua hatte die Operation geleitet. Der Verhaftete war erst gar nicht ins Gefängnis gesteckt, sondern durch Drohungen und Versprechungen kurzerhand zu einem Spion des chinesischen Geheimdienstes umfunktioniert worden. Seine Papiere hatte Tai an sich genommen, dafür hatte er andere Papiere bekommen, ganz spezielle. Er erhielt den Auftrag, als Tibeter die tibetische Exilgemeinde in Dharamsala zu bespitzeln. Die Behörden versuchten andauernd, Tibeter für diese Aufgabe zu gewinnen, denn sie waren besessen von dem Gedanken, dass es in Dharamsala wichtige Informationen über die spalterischen Aktivitäten der Dalai-Clique gab, die sich auch international im Propaganda-Kampf um Tibet verwerten ließen. Zwar war es hin und wieder gelungen, Tibeter für diese überaus ehrenvolle und patriotische Angelegenheit zu gewinnen, doch sonderlich ergiebig war die Ausbeute an Informationen nicht. Anfangs waren die Spione einfach in Dharamsala geblieben und hatten sich der tibetischen Exilregierung offenbart. Aufgrund dieser Erfahrung gingen die Chinesen dazu über, nur noch Spitzel über die Grenze zu schicken, deren engste Familienangehörige in Tibet zurückbleiben mussten. Ihnen wurden für den Fall des Scheiterns ihrer Mission schärfste

Konsequenzen für ihre Familie angedroht. Die Zahl der Überläufer ging daraufhin drastisch zurück. Allerdings schafften es einige, ihren Angehörigen die Flucht aus Tibet zu ermöglichen, woraufhin sie ihre zweifelhafte Aufgabe unverzüglich beendeten.

Die Chinesen gaben jedoch nicht auf und verbanden mit jedem neuen Spitzel neue Hoffnungen auf wichtige Informationen.

Tai zögerte nicht und verwandelte dank seiner Kontakte den Häftling in einen Spitzel des Geheimdienstes. Bei dem Verhör, das streng getrennt von anderen Wächtern stattgefunden hatte, damit niemand den Verhafteten zu Gesicht bekam, war Tai mit entsprechenden Papieren aufgetaucht: „Wir lassen dich frei, wenn du nach Dharamsala gehst und dort für uns arbeitest". Das Angebot traf den jungen Mann überraschend, und seine Skepsis war groß. „Warum machen Sie das?", fragte er gerade heraus. „Wir haben unsere Gründe, über die wir nie offen reden, aber du kannst uns glauben, es ist mir ernst. Das einzige, was ich von dir dafür möchte, ist deine Identität", Tai grinste dabei, und der Gefangene wirkte noch verwirrter. „Frag nicht so viel, das ist nicht gut, hier sind deine Papiere, mit denen kommst du an jeder Grenzkontrolle vorbei, und wenn du in Dharamsala bist, mach einfach, was dein Gewissen dir sagt. Ich kann dir versichern, dass ich alle Papiere über dich vernichten werde, so dass niemand auf Idee kommen kann, deine Arbeit zu überprüfen und deiner Familie Ärger zu machen." Nun lächelte Tai so herzlich, dass der Mann die Gelegenheit beim Schopfe packte. Für das Dalai Lama-Bild, das bei ihm gefunden worden war, konnten ihn Richter für Jahre ins Gefängnis stecken und wenn das eine Falle war, ereilte ihn das Schicksal ohnehin. Der Versuch war es wert; wer konnte schon wissen, was chinesische Geheimdienstoffiziere im Schilde führten.

Mit tibetischen Namen kannten sich die hohen Offiziere nicht besonders gut aus und die Anwerbung neuer Agenten unterlag strenger Geheimhaltung. So konnten die Verschwörer die Eigenheiten des totalitären Systems für ihre eigenen Interessen nutzen. Dem Gefangenen verheimlichte Tai, warum er als Spitzel aus dem Land geschleust werden sollte, und dem war es herzlich egal. Er dankte Tai überschwänglich, und dem chinesischen Polizisten war klar, dass dieser Mann niemals irgendeine Information aus Dharamsala liefern würde. Die Verschwörer hatten ihr Ziel erreicht, Gendün Choekyi Nyima konnte die Identität dieses Mannes annehmen und verbrachte die nächsten Wochen im Gefängnis, wo sich vor allem Tai um ihn kümmerte. Dort würde er als letztes gesucht werden.

Tai war es auch, der ihn hin und wieder zu Verhören aus seiner Zelle holte und ihn - wenn er sicher war, dass niemand sonst zuhören konnte - über den Stand der Suche informierte. Er legte sogar eine offizielle Akte an, vermerkte dort etwas von „separatistischer Propaganda“ und vergaß nie den Eintrag: „die Verhöre dauern an“. Das hieß übersetzt, dass es noch keine konkreten Informationen gab. Da die Verhaftung am Tag vor dem Verschwinden des Panchen Lama stattgefunden hatte, stellte niemand einen Zusammenhang her. Der kleine Fisch mit dem Dalai Lama-Bild interessierte niemanden, und niemand erwartete einen raschen Bericht von Tai; zumal nicht nach der dramatischen Eskalation der Ereignisse.

Wang selbst tauchte ebenfalls unter und suchte in der Wohnung von Tai Jingshua Zuflucht. Sein Kollege und Vertrauter lebte alleine, so dass sonst niemand in die Pläne eingeweiht werden musste. Wang wagte es nicht, die Wohnung zu verlassen, um nicht durch einen dummen Zufall erkannt und überwältigt zu werden. Er wollte nicht das geringste Risiko eingehen, in die Hände seiner ehemaligen Mitarbeiter zu fallen. Er wusste zu gut, was ihn dann erwartete, und er tat gut an seinen Vorsichtsmaßnahmen.

In Tais Wohnung verfolgte Wang die offizielle Reaktion auf das Verschwinden des Panchen Lama. Er war jedoch nicht sonderlich überrascht, dass es keine gab. Nicht einmal die kleinste Notiz war zu lesen; so sehr, wie der Junge vor der Welt versteckt worden war – obwohl man seine Existenz nie geleugnet hatte – so sehr verheimlichte man jetzt sein Verschwinden.

Dabei hatte die Aktion die gesamte Staatsführung in Panik und den Sicherheitsapparat in höchste Alarmbereitschaft versetzt. Tai erzählte seinen heimlichen Mitbewohner jeden Abend was sich in den Polizeidienststellen, im Parteibüro und auch auf den Straßen abspielte. Hätten sie selbst nicht so unter Spannung gestanden, hätten sie über manche Geschichte schallend gelacht. Übereifrige Offiziere hatten sogar versucht, einen Sohn von Vizeminister Sitha auf dem Campus der Universität zu verhaften, weil sie dachten, dabei könnte es sich um den Panchen Lama handeln. Die Aktion hatten sie bitter bereut. Nur im Gefängnis suchte tatsächlich niemand, wie die Verschwörer vorhergesehen hatten.

Am härtesten traf es den Direktor der Klinik, der den Panchen Lama hatte entkommen lassen. Obwohl es sich um einen Ausländer handelte, wurde ihm der Prozess wegen Hochverrats gemacht. Jeder Versuch seiner diplomatischen Vertretung, irgendetwas über den genauen Grund der Anklage zu erfahren, wurde mit einer Überheblichkeit abgeschmettert, die selbst die erfahrenen Diplomaten vermuten ließ, dass sich der bemitleidenswerte Mann eines Kapitalverbrechens schuldig gemacht hatte.

Daneben richtet sich die ganze Wut des Sicherheitsapparats auf Wang. An vielen Stellen in der Hauptstadt waren bereits einen Tag nach dem erfolgreichen Coup Fahndungsplakate zu sehen, die ihn des „Hochverrats“ bezichtigten. Näher wurde auch sein Vergehen nicht benannt, aber eine stattliche Summe Kopfgeld motivierte nicht nur die zahllosen Spitzel, sondern auch unbescholtene Bürger, nach ihm zu suchen. Es wäre völlig unmöglich für ihn gewesen, sich in der Öffentlichkeit blicken zu lassen, ja dutzende vermeintlicher Wangs wurden denunziert und verhaftet, denn viele wollten mit dem Kopfgeld ihre private Kasse aufbessern, doch die Behörden mussten sich immer wieder zähneknirschend eingestehen, dass sich der echte nicht darunter befand.

Auf den Ausfallstraßen herrschte unbeschreibliches Chaos. Kilometerlang stauten sich Wagenkolonnen in alle Richtungen. Kreuzungen glichen Kampfställen, doch je heftiger die Fahrer versuchten, sich durch eine vermeintliche Lücke zu quetschen, desto größer wurde das Chaos. Die Motorradfahrer wichen auf die breiten Fahrradwege aus und vertrieben die Radler, die sich laut schimpfend auf die Gehwege flüchten mussten und dort den Fußgängern in die Quere kamen. Bei mancher Rangelei floss sogar Blut.

Verantwortlich für das Chaos war die allmächtige Militärpolizei. Sie hielt zahllose Autos an und durchsuchte LKWs ebenso wie Lieferwagen und PKWs. Sitze wurden hochgeklappt, Kofferräume durchwühlt, Ladungen auf den Kopf gestellt, aber offenbar fanden die Sicherheitskräfte nicht was sie suchten. Auf jeden Fall schüchterten sie die Menschen ein, denn gewöhnlich oblagen solche Tätigkeiten der Verkehrspolizei. War die Militärpolizei im Einsatz, musste es sich um einen Vorfall von höchster Brisanz handeln, und niemand wagte es, ihnen zu widersprechen.

Von Tag zu Tag wurden die schwer bewaffneten Truppen auf den Straßen mürrischer, willkürlicher, selbstherrlicher, und bald erreichten Beschwerden ganz anderer Art das Politbüro. Für die großen Unternehmen, staatlicher wie privater Natur, waren die schikanösen Maßnahmen eine erhebliche Beeinträchtigung ihrer Produktion. Deren einflussreiche Manager waren nicht gewillt, dies zu akzeptieren; zumal niemand auch nur die geringste Ahnung hatte, worum es bei dem gigantischen Fahndungsaufwand ging. Die Medien schwiegen sich weiterhin darüber aus, und die Fahnder selbst verweigerten jede Auskunft. Das gab erst recht vielerlei Gerüchten Nahrung. Nichts Auffälliges war geschehen. Es hatten keinen großen Anschlag gegeben, das wäre niemandem entgangen, auch aus den aufrührerischen Provinzen im Westen des Landes waren keine besonderen Vorkommnisse gemeldet wurde, und es deutete auch nichts auf eine hohe Delegation ausländischer Staatsgäste hin, die besonders geschützt werden musste. Es war ein Rätsel.

Nach einer Woche sprachen zwölf Manager beim Wirtschaftsminister vor. Unter ihnen befanden sich Söhne von Jiang Zemin und Wen Jiabao, der obersten Spitze des Staates. „Was immer auch geschehen sein mag, wir und viele andere vermögen nicht zu sehen, dass es eine Rechtfertigung dafür sein kann, auf den Straßen der Hauptstadt mit höchst schikanösen Maßnahmen eine Atmosphäre zu schaffen, die für uns ruinös ist. Waren vom Land werden nicht rechtzeitig angeliefert, fertige Produkte aus unseren Fabriken erreichen die Empfänger nur noch mit erheblicher Verspätung. Wir bitten um Auskunft darüber, was diesen Maßnahmen zugrunde liegt, und vor allem, wann wir damit rechnen können, dass sie abgestellt werden." Dem Minister war sichtlich unwohl. Obwohl er zu den wichtigsten Personen im Politbüro gehörte, war selbst er nicht vollständig über die Hintergründe informiert. Es war eine Sache, die vor allem den Geheimdienst betraf, da fragte selbst ein Mitglied aus dem Politbüro besser nicht genauer nach, sondern begnügte sich mit den Informationen, die freiwillig herausgegeben wurden.

Andererseits wollte er sich mit diesen Leuten keinesfalls anlegen, denn auch wenn sie keine hohe Funktion in der Partei ausübten – selbstverständlich waren sie alle seit ihrer Jugend Mitglied – waren sie doch enorm einflussreich. Sie waren für die Versorgung des gesamten Landes verantwortlich, das betraf die landwirtschaftlichen Güter ebenso wie die Industrieprodukte. Eine gute Versorgung aber war der Schlüssel für die Zufriedenheit der breiten Massen, auf die sich die Partei stützte und die sie stark machten. Deshalb wurden die Manager von der Staatsspitze ebenso hofiert wie die Militärs und der Geheimdienst. Der Minister entschloss sich deshalb, ihnen das anzuvertrauen, was er selbst wusste: „Jemand ist entführt wurden," sagte er bedächtig und sah das Grinsen auf den Gesichtern der Manager, denn Entführungen und Lösegelderpressung waren gewiss nichts Ungewöhnliches in China. Wenn deswegen immer ein solcher Aufwand betrieben würde, wäre die gesamte Wirtschaft längst zusammengebrochen. Ein besonders kecker spottete: „Und, wer ist das Opfer, der Genosse Staatschef oder der Genosse Regierungschef?"

Der Minister blieb ernst: „Sie fragen mich zu viel. Es dürfte nicht viele Personen geben, die das wissen. Gerüchteweise soll es sich um einen Heranwachsenden handeln, aber da sage ich schon mehr als ich eigentlich weiß. Die Person selbst ist nicht so wichtig, aber es geht um unser Ansehen in der Welt. Offenbar hat es etwas mit der Unruheprovinz Xizang zu tun.“ Seit Kaiserzeiten nannten die Chinesen Tibet Xizang – westliches Schatzhaus – denn sie wussten schon immer, wie reich die abgelegene Provinz ist.

Diese Auskunft hinterließ erst recht keinen nachhaltigen Eindruck bei den Managern. „Xizang, Xizang“, antwortete einer sichtlich genervt, „wo immer wir hinkommen, reden alle nur von Xizang, als ob es sonst keine Probleme auf der Welt gäbe. Was Xizang angeht, werden wir es den Kapitalisten niemals recht machen, also warum sorgen wir uns darum? Jeder weiß, dass ausländische Kräfte Xizang vom Mutterland abspalten wollen und dass ihnen das niemals gelingen wird. Warum treten wir solchen Angriffen auf unsere Einheit nicht mit mehr Entschiedenheit und Selbstbewusstsein entgegen? Allen großen Unternehmen der Kapitalisten ist das ständige Eintreten für Xizang längst ein Dorn im Auge, und sie sind es, die bei uns Schlange stehen und um Aufträge bitten. Wir sind in der komfortablen Situation, dass wir uns unserer Partner aussuchen können. Wenn die einen meinen, Xizang oder die Menschenrechte seien so wichtig, dann machen wir unsere Geschäfte eben mit den anderen. Dieses Prinzip hat sich bisher bestens bewährt. Welchen Grund kann es dann geben, wegen eines Knaben aus Xizang in der Hauptstadt den Ausnahmezustand zu verhängen? Sind wir denn die Marionetten der Kapitalisten? Oder sie die unseren?“ Er fühlte sich sehr sicher, wenn er einem wichtigen Minister so unverblümt seine Meinung sagte. Aber der Minister nahm es ihm nicht übel, denn er stimmte jedem Wort zu. „Ihr habt Recht, Genosse, und ich verspreche euch, alles in meiner Macht stehende zu unternehmen, damit dieser Zustand umgehend abgestellt wird.“ Er hielt Wort. Nach zwei Tagen wurden die Kontrollen gelockert, und nach einer Woche war wieder Normalität in Peking eingekehrt; zumindest auf den Straßen. Eine weitere Woche später hatten die allermeisten Bürger die Ereignisse fast vergessen.

Darauf hatten Wang, Tai und die anderen Verschwörer gewartet. Tai erhielt von seinem Vorgesetzten die Unterschrift, dass er den bei ihm inhaftierten Gefangenen in ein Haftzentrum außerhalb der Hauptstadt überstellen sollte. Dem Offizier war es in diesem Moment einerlei, was mit einem Tibeter geschah, von dem es hieß, er habe nach dem Genuss von zu viel Chang Dalai Lama-Bilder hergezeigt. Seine ganze

Aufmerksamkeit richtete sich auf den Panchen Lama, von dem er nicht ahnte, wie nah er sich befand. Der umsichtige Tai vergaß auch die Haftakte nicht, als er sich daran machte, seinen Häftling in einem Gefangenenbus mit legalen Papieren aus Peking herauszubringen – auf die erste Etappe Richtung Nepal.

Die Fahndung

Bereits wenige Tage nach dem Verschwinden des Panchen Lama, als deutlich wurde, dass die Großfahndung nicht zu einem raschen Erfolg führen würde, hatte sich die Partei entschieden, die Operation in die Hände des Geheimdienstes zu legen. Im klaren Bewusstsein, dass es auch um seine persönliche Karriere ging, rief Geheimdienstchef Laio Chen seine engsten Vertrauten zu sich: „Ausländische reaktionäre Kräfte versuchen einmal mehr sich der separatistischen Elemente in Tibet zu bedienen, um das Vaterland zu destabilisieren. Natürlich wird ihnen das nicht gelingen, doch wenn wir nicht wachsam sind, könnten sie uns in der Öffentlichkeit eine unnötige Blamage zufügen. Durch mangelnde Wachsamkeit und den schändlichen Verrat einiger Soldaten, ist ein junger Mann verschwunden, den die separatistischen Kräfte als Panchen Lama bezeichnen. Trotz einer sofortigen Fahndung fehlt von ihm jede Spur. Es darf den Verrätern keinesfalls gelingen, mit dem Jungen ins Ausland zu gelangen. Gleichzeitig darf in der Öffentlichkeit nicht allzu viel Aufsehen um die Operation gemacht werden, denn unserer Feinde werden vor keiner Spekulation und Diffamierung zurückschrecken, wenn ihnen irgendwelche Gerüchte zu Ohren kommen. Es liegt in unserer Verantwortung, diese Operation zu einem raschen Erfolg zu führen und den Separatisten eine Lektion zu erteilen, die sie nicht vergessen werden."

„Gibt es irgendwelche Anhaltspunkte für Hintermänner, die mit dem Verschwinden des angeblichen Panchen Lama zu tun haben?", fragte einer der Mitarbeiter. „Die Ermittlungsbehörden tappen bislang noch im Dunkeln, deshalb wurden wir eingeschaltet. Bekannt ist allein, dass auch ein Wachsoldat verschwunden ist, allerdings einer, der das Vertrauen der Partei besessen hat." „Ein Wachsoldat?", meldete sich der Mann erneut ziemlich ungläubig. „Und wie ist es mit Elementen in Tibet selbst?" „Dazu konnte bislang noch nichts in Erfahrung gebracht werden", räumte der Geheimdienstchef ein. „Aber da gab es doch merkwürdige Begebenheiten, die womöglich damit im Zusammenhang stehen", setzte der Sprecher seinen Gedankengang fort. „Vor ein paar Wochen erhielten wir einen Anruf aus unserm Konsulat in New York, weil uns irgendein Amerikaner einen Zettel mit einem Code verkaufen wollte, den er von einem Tibeter in Lhasa erhalten haben will, um ihn an einen feindlichen Geheimdienst weiterzuleiten. Wir haben das nicht ernst genommen, weil wir davon ausgegangen sind, dass uns der Mann nur ausnehmen wollte. Außerdem haben wir einen Amerikaner am Flughafen ergriffen, dem in Lhasa ein Zettel mit einer chiffrierten Botschaft an den gleichen Geheindienst zugesteckt worden war. Da sich die beiden kaum abgesprochen haben dürften, können wir davon ausgehen, dass die staatsfeindlichen Kräfte etwas gegen unser Land planen. Und nun verschwindet eine der am besten bewachten Personen im Land. Das bringen doch nicht ein paar verräterische Wachsoldaten fertig, da müssen reaktionäre ausländische Kräfte ihre Hand im Spiel haben."

Die Runde schwieg beeindruckt. Jeder konnte sich an diese Vorfälle erinnern, und zumindest dem ersten war in der Tat keinerlei Bedeutung beigemessen worden. Die Logik des Geheimdienstchefs jedoch war bestechend. Es musste einen Zusammenhang zwischen all diesen Ereignissen geben; und wenn der gefunden war, würde es nicht mehr schwer fallen, das Verschwinden des Jungen aufzuklären.

Erst jetzt gingen die Mitarbeiter des Geheimdienstes daran, den Zettel vom Flughafen mit dem Code zusammenzubringen, der ihnen aus New York gefaxt worden war. Obwohl die Übermittlung unvollständig war, gelang es den Experten bald, den Text zu entschlüsseln. Damit war die Vermutung bewiesen, dass beides zusammen gehörte und man es mit einem größeren Komplott der Separatisten zu tun hatte. Um weiterzukommen, wurde schleunigst das Konsulat in New York kontaktiert. Es stellte sich als sehr vorteilhaft heraus, dass der umsichtige Beamte über den Namen und die Adresse des Mannes verfügte, der ihnen den Zettel aus Lhasa angeboten hatte. Alle hofften inständig, dass der Mann die wichtige Botschaft nach seiner Abfuhr im Konsulat nicht sofort vernichtet hatte.

Als der Amerikaner am folgenden Tag nach der Arbeit in seine Wohnung trat, gerann ihm das Blut. Schon vom Flur aus erkannte er, dass seine Zimmer durchwühlt worden waren. Sein erster Impuls war, sofort umzudrehen und die Polizei zu benachrichtigen, doch er zwang sich, noch ein paar Schritte weiter zu gehen, um sich einen vollständigen Überblick über die Barbarei zu verschaffen. Sekunden später traf ihn ein Schlag von hinten, und das Letzte, was er im Fallen spürte, war ein Tuch mit einem beißenden Geruch unter der Nase. Dann versank er in Bewusstlosigkeit.

Als er wieder aufwachte, spürte er, dass er festgeschnallt auf einer Liege lag und eine grelle Lampe in sein Gesicht leuchtete. Sie blendete ihn so sehr, dass er nichts sah, zudem schmerzte sein Kopf. Dann hörte er eine Stimme. „Wo ist der Zettel aus Lhasa?" Benommen versuchte er den Kopf zu schütteln. Wo war er und was war mit ihm geschehen? Allmählich erinnerte er sich an die Spuren des Überfalls in seiner Wohnung. Natürlich war er von Kriminellen ausgegangen, Beschaffungskriminalität vermutlich. Die Verbrecher hatten nach Geld oder Wertsachen gesucht, nichts gefunden und aus Wut alles verwüstet. Was aber hatte das mit dem Zettel aus Lhasa zu tun? Erneut hörte er die Stimme. „Sie sollten in Ihrem eigenen Interesse mit uns kooperieren, deshalb noch einmal, wo ist der Zettel aus Lhasa, den Sie an den CIA weiterleiten sollten?" Jetzt erkannte er den unverkennbaren chinesischen Akzent und plötzlich wurde ihm alles klar. Er war vom Konsulat entführt worden, weil sie plötzlich doch Interesse an seinem Angebot hatten. Das aber, was er jetzt erlebte, musste er sich in seinem eigenen Land nicht bieten lassen. „Bezahlt mich anständig, dann bekommt ihr den Zettel.", hielt er den Chinesen entgegen.

Der Gegenüber, den er nicht zu Gesicht bekam, blieb unbeeindruckt. „Sie verkennen Ihre Situation. Sie sind nicht in der Lage, irgendwelche Forderungen zu stellen, also kooperieren Sie mit uns, sonst werden Sie es bereuen." „Und Sie verkennen, wo sie sich befinden. Sie haben nicht das Recht, einen Bürger der Vereinigten Staaten von Amerika in seinem eigenen Land so zu behandeln. Das wird gravierende Konsequenzen für Sie haben", schrie er in den Raum. Stille folgte, und er glaubte bereits, die Chinesen eingeschüchtert zu haben. Dann meldete sich die Stimme wieder: „Sie sind also nach wie vor nicht bereit, mit uns zu kooperieren?" „Schlitzauge piss off", lautete die wütende Antwort, und gleich darauf erfolgte ein durchdringender Schrei. Verzweifelt versuchte sich der Mann aufzubäumen, denn ein heftiger Stromstoß peinigte seinen Körper. In kurzen Abständen erfolgten zwei, drei weitere. Das Opfer schrie wie am Spieß. Dann kehrte Ruhe ein, bis die unbekannte Stimme wieder zu hören war: „Das war nur ein kleiner Appetitanreger. Wenn Sie es immer noch vorziehen, uns zu drohen statt mit uns zu kooperieren, dann werden wir Ihnen eine Demonstration unserer Macht erteilen, die Sie nie im Leben vergessen werden – sofern es danach noch ein Leben für Sie gibt." „Nein, nein, hören Sie auf", schrie der Mann, halb besinnungslos vor Angst. „Ich sagen Ihnen alles, was Sie wissen wollen." „Das hätten Sie einfacher haben können", meinte die Stimme nun beinah väterlich fürsorglich, „also, wo ist der Zettel aus Lhasa?" „Er befindet sich nicht in der Wohnung, sondern in meinem Kellerraum, Nummer 34, rechts in einer Kapsel auf dem Wasserrohr, Sie können ihn nicht verfehlen." „Danke", antwortete die Stimme. „Aber Sie werden verstehen, dass wir das zunächst überprüfen, bevor wir Sie freilassen." Im gleichen Moment ging das Licht aus, und der Mann spürte nur noch seinen von den Stromschlägen schmerzenden Körper. Kurze Zeit später verabreichte ihm jemand mit einer Taschenlampe eine Injektion und er verlor erneut das Bewusstsein.

Irgendwann wurde er von einer rabiaten Frauenstimme geweckt: „He, Du, schlaf deinen Rausch woanders aus, ich muss hier saubermachen.“ Er versuchte sich zu orientieren und nahm verschwommen wahr, dass der Morgen dämmerte und er sich in der Ecke einer Einkaufspassage befand. „Los, los“, drängte sie ungeduldig. Er spürte, wie sein Körper schmerzte und langsam kam die Erinnerung an das Verhör zurück. Was hatten sich die Chinesen mit ihm erlaubt? Machte es Sinn, Anzeige zu erstatten? Ganz abgesehen davon, dass er niemanden zu Gesicht bekommen hatte und seine Peiniger vermutlich diplomatische Immunität genossen, hatte er nicht die geringsten Beweise gegen sie in der Hand. Und wenn er noch dazu die ganze Geschichte erzählte, warf sie auch kein gutes Licht auf ihn. Er musste einsehen, dass es aussichtslos war, aber er entschloss sich, seine Wohnung nicht mehr zu betreten. Bis er eine neue Wohnung gefunden hatte, würde er bei Freunden unterkommen. Wer weiß, in welche eine Intrige er durch den unglückseligen Zettel geraten war und ob er noch einmal ungebetenen Besuch bekommen würde, weil die Chinesen noch mehr Informationen von ihm haben wollten.

Die waren mit dem Verlauf der Operation sehr zufrieden. Der Zettel, der sich tatsächlich dort befand, wo der Mann es beschrieben, wurde sofort nach Peking geschafft. Somit hatten die Experten im Geheimdienst die vollständige Botschaft und die früheren Informationen wurden bestätigt. Ein Tibeter wollte einen Mitarbeiter des amerikanischen Geheimdienstes vor dem Jokhang-Tempel in Lhasa zu staatsfeindlichen Aktivitäten treffen, und ein botanisches Buch sollte das Erkennungszeichen sein. Auf einer unverfänglichen Internetseite sollten die genauen Daten übermittelt werden. Das herauszufinden war nur noch Routine.

Die Euphorie über den Erfolg verflog jedoch schnell, als die Internetseite aufgerufen war. „Gou shi“ schimpfte der Verantwortliche. „Hundescheiße, die Hunde haben sich vor ein paar Tagen getroffen.“ „Dann können Sie noch nicht weit sein, und unsere Überwachungskameras werden gewiss scharfe Fotos von ihnen gemacht haben. Außerdem dürfte es nicht schwer sein, alle zu ermitteln, die diese Seite in den letzten Wochen aufgerufen haben“, versuchte ihn ein anderer zu beruhigen.

Doch die Operation kam ins Stocken. Die Verräter kannten sich offenbar gut mit dem Überwachungssystem in Lhasa aus und hatten einen Ort gewählt, der von den Kameras nicht gut erfasst war. Kameras aus der Nähe zeigten zwei Männer, von denen einer ein Buch mit einem hellen Schutzumschlag sowie einem englischen Titel in der Hand hielt. Offenbar handelte es sich bei diesem Buch um „Himalayan Flowers of Tibet“, das Erkennungszeichen. Die Männer jedoch waren nicht klar zu identifizieren.

Ebenso unbefriedigend war die Auswertung der Internet-Zugriffe. Es gab tausende, denn chinesische Biologen griffen häufiger auf die Seite zu. Vom engeren Kreis der Verschwörer war keiner darunter, sie hatten immer unverdächtige Freunde beauftragt, die dazu Internet-Cafés aufgesucht hatten. Alle, die identifiziert werden konnte, wurden von der Polizei an ihren Wohnorten vorgeladen, doch es gab niemanden, der mit dem staatsfeindlichen Komplott in Zusammenhang gebracht werden konnte.

So blieb den Geheimdienstmitarbeitern nur, sich einen Überblick über den Stand der Verschwörung zu verschaffen. Tibetische Separatisten hatten in Zusammenarbeit mit der CIA vermutlich einen jungen Mann entführt, den die Separatisten für den Panchen Lama hielten. Aller Voraussicht nach wurden sie sich noch im Lande aufhalten, und deshalb musste jetzt alle Konzentration darauf gerichtet werden, sie zu finden und dingfest zu machen. Zwar wusste keiner genau, wie groß die Gruppe war, aber es würde sich um mehrere Personen handeln, so dass sie sich nicht völlig unauffällig bewegen konnten.

Die Leitung der Operation „Gerechtigkeit“ – wie der höchst ehrenvollen Auftrag, die Verräter zu finden, genannt wurde – erhielt der Elitesoldat und Geheimdienstmitarbeiter Han Xiaodeng. Ihn verband eine ganz eigene Gesichte mit Tibet, die ihn für diese Aufgabe besonders prädestinierte. Seine Familie stammt aus Sichuan, der Nachbarprovinz von Tibet. Sein Vater war in den fünfziger Jahren mit der Volksbefreiungsarmee in Tibet einmarschiert. Er hatte dort mehr als ein Jahrzehnte gedient und einen wichtigen Beitrag zum Aufbau einer sozialistischen Gesellschaft geleistet. Die barbarischen Tibeter hatten es ihm jedoch nicht gedankt. Stattdessen war er in den sechziger Jahren in einen Hinterhalt konterrevolutionärer Banditen geraten und erschossen worden.

Han hatte damals noch die Grundschule besuchte und der Tod seines geliebten Vaters hatte ihm schwer getroffen. Seitdem hasste er alle Tibeter, besonders diejenigen, die das Mutterland spalten wollten. Das waren in seinen Augen fast alle. In den frühen achtziger Jahren hatte er selbst in Tibet gedient, doch daran erinnerte er sich nicht gern zurück. Damals hatte sich der Parteivorsitzende Hu Yaobang verstärkt um einen Ausgleich mit den Tibetern bemüht und verkündet, es sei falsch, Tibet als „rückständig“ zu bezeichnen; die Religion durfte wieder ausgeübt werden und sogar Delegationen mit Angehörigen der Dalai-Clique hatten das Land besucht.

Han hielt diese Politik für verfehlt, und um ihr nicht länger dienen zu müssen, hatte er sich für die Geheimpolizei verpflichtet, wo er mit Sonderaufgaben betreut wurde, die ihm besser lagen. Die Aufstände des reaktionären Klerus in Lhasa von 1987 bis 1989 hatten der Parteiführung schließlich deutlich gemacht, wie korrekt seine Ansichten über Tibet waren. Unter der Führung des Genossen Hu Jintao hatte sich die Partei in Tibet wieder Respekt verschafft. Der unselige Hu Yaobang war längst in Ungnade gefallen, während Han aufgestiegen war. Die Genossen um Hu Jintao schickten ihn in ruhigen Zeiten gelegentlich nach Tibet. Wenn es längere Zeit keine Auffälligkeiten und Verhaftungen gegeben hatte, war Han genau der Richtige. Er kannte keine Skrupel, willkürlich Tibeter aufzugreifen und sie seinen Verhören zu unterziehen. Dabei hatte er es vor allem auf Nonnen und Mönche abgesehen. Sie galten ihm und seinen Vorgesetzten als besonders hartnäckige Separatisten. Zudem machten sie sich auf Kosten des Mutterlandes ein bequemes Leben ohne Arbeit.

Bei den Methoden, die Han anwandte, gestand irgendwann jeder alles, was der Geheimpolizist hören wollte. Zunächst wurden die Verhafteten zu einem „Picknick“ gebeten. Man band sie nackt mit auf den Rücken gedrehten Armen an den hohen Ast eines Baumes oder an einen Balken. So baumelten sie hilflos in der Luft, während die fest verschnürten Arme das gesamte Gewicht tragen mussten. Die Seile schnitten so tief in die Haut, dass sie dabei wund und blutig wurde, häufig kugelten sich auch die Schultergelenke aus und verursachten unbeschreibliche Schmerzen. Doch das war noch nicht alles. Während sie dort stunden- und bisweilen tagelang hängen mussten, wurden sie regelmäßig geschlagen, mit Vorliebe auf die Genitalien. Hier waren die Peiniger häufig Tibeter, die auf der untersten Stufe der chinesischen Hierarchie dienten. Die Gefangenen spürten an der Wucht der Schläge, ob es sich um Männer handelte, die in diesen Dienst gekommen waren, weil sie ihre Familien ernähren mussten oder ob sie dem Dalai Lama abgeschworen hatten.

Wenn jemand nicht hart genug zuschlug, bekam er die ganze Wut von Han zu spüren, dem es auch eine große Freude bereitete, unter dem tibetischen Sicherheitspersonal Angst und Schrecken zu verbreiten.

Im Winter bevorzugte Han eine ganz besondere Foltermethode, die er Eistaufe nannte. Nichts verbreitete mehr Schrecken im Lager als dieser Ausdruck. In den frühen Morgenstunden, wenn die Temperaturen noch weit unter Null lagen, jeder Atemzug einen Nebelschwaden hervorbrachte und die Wärter selbst in dicken Fellmänteln und Stiefeln noch froren, ließ er die bemitleidenswerten Opfer nackt Aufstellung nehmen. Die tibetischen Hilfskräfte mussten dann Eimer voll Wasser über deren Füße kippen, das rasch gefror. Waren die Füße schließlich auf dem kalten Paradeplatz angefroren, so dass sich die Gefangenen nicht mehr bewegen konnten, traten die Kräftigsten untern den Wärtern hervor. Sie stürzten sich mit aller Macht auf den Angefrorenen, bis der schließlich umfiel – und dabei die Haut unter den Füßen am Eis festklebte. Es dauerte Monate, bis die Opfer wieder laufen konnten. In ihrem Schmerz wurden sie noch von Han verhöhnt. „Warum hilft euch Euer Buddha nicht?“ schrie er hasserfüllt.

An Nonnen ließ er seinen krankhaften Sadismus besonders gern aus. Neben den sonst üblichen Methoden wurden sie mit breit gespreizten Beinen aufgehängt, und ihre Behandlung überließ er selten seinen Untergebenen. Er traktierte sie vorzugsweise mit großen Elektrostäben, die er vaginal und anal einführte. Je schwieriger das war, desto mehr Freude bereitete es ihm, denn umso mehr litten die Frauen. Die Stromstöße waren variierbar, bis die Gepeinigten Blut spien. Eine solche Behandlung endete erst mit der Ohnmacht der Opfer.

Die Vorgesetzten wussten von diesen Methoden, die zumindest bei Verhafteten, bei denen kein konkreter Verdacht vorlag, auch nach chinesischen Gesetzen nicht legal waren, doch niemand hatte Interesse, sich darüber näher Gedanken zu machen. Hans Erfolge sprachen für sich; kein Verhafteter, der nicht gestand, die Dalai-Clique zu unterstützen oder gar deren Spion zu sein. Und selbst wenn solche Aussagen letztlich kaum nutzbringend waren, ließ man Han agieren, denn eines erreichte er in jedem Fall: Die renitenten Elemente in der tibetischen Gesellschaft wurden eingeschüchtert und waren vor weiteren staatsfeindlichen Aktivitäten gewarnt. Insofern waren Hans Aktivitäten ausgesprochen nützlich.

Und auch die Gerichte schätzten seine Arbeit, denn anhand der Verhörprotokolle, war es nicht schwer, langjährige Haftsprachen auszusprechen, in Gefängnissen, in denen die Folter weiterging. Die Verhafteten selbst hatten die Protokolle unterzeichnet, obwohl sie in der Regel gar kein Chinesisch lesen konnten.

Wann immer Han zu einem Einsatz nach Tibet abkommandiert wurde, verlangte er von seiner Frau und seinem kleinen Sohn ihn zu begleiteten. Seiner Frau war das sehr ungelegen, doch sie wagte nicht, ihrem Mann zu widersprechen. Sie selbst hatte nichts gegen die Tibeter, die ihr in den Straßen von Lhasa freundlich und offen begegneten, aber sie vertrug die Höhe nicht gut. Häufig litt sie unter Kopfschmerzen, und insgeheim nahm sie ihrem Mann übel, dass er sie immer dabei haben wollte, obwohl sie sich in Peking viel wohler fühlte. Außerdem ahnte sie, dass ihr Mann keine sonderlich ehrenhafte Tätigkeit ausübte, auch wenn sie nie darüber sprachen. Seine Arbeit war ein Tabu, obwohl sie manchmal gern mehr darüber erfahren hätte.

Han trennte sein Familienleben strikt von der Arbeit, und er genoss die Zeit mit Frau und Sohn. Deshalb bestand er auch darauf, dass sie ihn nach Tibet begleiteten. Jeden Abend verließ er das Foltergefängnis wie andere ihren Arbeitsplatz im Büro. Vorher zog er sich in der Regel um, und so wirkte er wie ein gewöhnlicher Chinese in der tibetischen Hauptstadt. Niemand sah ihm an, welcher Arbeit er nachging.

Eines Tages hatte er wenig Zeit zum Umziehen gehabt. Es war ein anstrengender Tag mit äußerst renitenten Delinquenten gewesen, die unter der gewöhnlichen Folter nichts gestanden hatten. Das geschah noch dazu im Sommer, als die Eistaufe nicht zur Anwendung gebracht werden konnte.

Abgespannt und genervt kam Han zu Hause an, zog seine Jacke aus, und als er sie über die Stuhllehne legte, bemerkte sein Sohn: „Papa, was ist das für ein roter Fleck auf deinem Hemd?" Han erschrak kurz, aber er fing sich schnell. „Ach, da hat sich Papa beim Rasieren geschnitten. Weißt du, die Rasierklingen aus Peking waren alle, da musste ich die aus Tibet kaufen, aber die sind so schlecht, dass sich nur Barbaren ihr raues Fell damit rasieren können." Er lachte so dröhnend, dass sein Sohn erschrak. „Aber du hättest doch ein anderes Hemd anziehen können", setzte der Sohn nach. „Ja, da hast du eigentlich recht", blieb Han bei der jovialen Tour, „aber die waren noch in der Wäsche". Der Sohn schien sich damit zufrieden zu geben, doch seine Frau schaute verstohlen und nachdenklich zu ihm hinüber. Sie kannte ihren Mann gut und wusste, dass er sich grundsätzlich nur im Unterhemd rasierte und niemals in einem blutbefleckten Uniformhemd zur Arbeit gehen würde. Sie sagte nichts, aber ihr Bedürfnis, mehr über seine Arbeit zu erfahren, wurde immer ausgeprägter.

Auch in Peking war Han mit Tibet befasst. Innerhalb des Geheimdienstes oblag ihm die Überwachung der Tibeter in der Hauptstadt, deren Zahl immer größer wurde. Obwohl fast alle unauffällig und unpolitisch waren, traute ihnen niemand, und es war gut, sie genau im Blick zu haben. Alle waren in der Datenbank des Geheimdienstes registriert, ihre Wohnungen verwanzt, Reiseanträge wurden besonders genau geprüft und lückenlose Bewegungsprofile ergaben ein genaues Bild ihrer Reiseaktivitäten. Abhörprotokolle ergänzten die Dossiers.

Das alles zu koordinieren, war eine ehrenvolle Aufgabe, doch Han befriedigte sie nicht. Ihm fehlten die konkreten Verhöre, in denen er seine sadistischen Neigungen ausleben konnte. So wurde er im Alltag immer unbeherrschter. Neben seiner Frau waren auch seine Untergebenen Opfer seiner Zornesausbrüche. Mit der Zeit ging er so weit, dass seine Vorgesetzten einschritten und ihn dringenden ermahnten, etwas mehr Beherrschung an den Tag zu legen, da er sonst mit disziplinarischen Maßnahmen zu rechnen habe. Als auch seine Frau drohte, ihn zu verlassen, war ihm klar, dass er nach neuen Wegen suchen musste, um seine Neigungen auszuleben.

Er fand sie im Rotlichtmilieu der Hauptstadt. Offiziell gab es das im kommunistischen China nicht, doch jeder wusste davon, nicht zuletzt die Parteifunktionäre. Ein weit entfernter Bekannter, von dem er ahnte, dass er in solchen Kreisen verkehrte, gab ihm die richtigen Tipps. Han begab sich zunächst mit klopfendem Herzen dorthin. In den Bars und Bordellen wollte er herausfinden, welche Dienste angeboten wurden. Die meisten lagen dezent in Hinterhöfen oder in höheren Etagen unscheinbarer Bauten.

Wie alle anderen männlichen Gäste wurde auch er von den jungen Frauen umgarnt. „Willkommen, schöner Mann, du bist das erste Mal hier?“ dabei streichelte ihn die leicht bekleidete Frau ungefragt über sein Gesicht und griff mit geübten Griff unter sein Hemd sanft an seine Brustwarzen. Diese Form von Anbiederung mochte Han nicht. Seine Frau wollte auch gern streicheln, deswegen hätte er nicht herkommen müssen. „Lass uns in ein separates Zimmer gehen“, das klang wie ein Befehl im Dienst und die Frau war sichtlich eingeschüchtert. „Doch nicht so schnell, Herr, wir müssen uns erst einmal näher kennenlernen. Gibst du mir einen Drink aus? Gar nicht teuer.“ Das war ja noch schöner. Han kramte in seiner Hosentasche, doch statt des Portemonnaies zog er seinen Ausweis vom Geheimdienst hervor. „Ich bin nicht hier, um mit die zu plaudern, du kommst jetzt mit, wenn du keinen Ärger haben willst, und denk gar nicht, dass ich auch noch zahle. Ich habe sehr einflussreiche Freunde, deshalb kann ich dir nur raten, alles zu tun, was ich dir sage.“

Vor dem Geheimdienst fürchtete sich jeder in China, und so ergab sich die Frau ihrem Schicksal. Es war zwar nicht schön, jemanden unentgeltlich bedienen zu müssen, aber es war weitaus riskanter, sich mit einem Geheimdienstmitarbeiter anzulegen. Wie schlimm es werden würde, ahnte sie noch nicht. Als Han abzog, verhinderten zwei blaue Augen sowie Wunden auf dem Po die junge Prostituierte wochenlang daran, ihrer Arbeit nachzugehen; da half auch kein Makeup.

Han hatte es großen Spaß gemacht, die Frau zu misshandeln und sich an ihrer Angst zu weiden. Schon lange hatten ihn seine Frau und seine Mitarbeiter nicht mehr so ausgeglichen und gut gelaunt erlebt, wie nach seinem ersten Besuch im Rotlichtmilieu. Er wurde zum Stammgast, zum berüchtigten Stammgast, denn selbst die nicht zimperlichen Bordellwirte oder Zuhälter sahen es nicht gerne, wenn ihre Mitarbeiterinnen anschließend wochenlang nicht anschaffen gehen konnten. Dann geschah etwas Unvorhergesehenes, und erst im Nachhinein ahnte Han, dass er in eine Falle gelaufen war. Bei einem seiner Besuche ging eine junge Frau recht offensiv auf ihn zu. So etwas war ihm seit dem ersten Mal nicht mehr passiert. Er vermutete, dass sie neu im Geschäft war und ihn deshalb nicht kannte. Das erregte ihn besonders und er richtete die Frau übel zu, bevor er sie anal vergewaltigte.

Am nächsten Tag wurde er zu einem hohen Parteifunktionär beordert. Han hatte keine Ahnung, worum es ging, hoffte aber insgeheim auf einen neuen Spezialauftrag, vielleicht sogar in Tibet. Der Mann empfing ihn jedoch so schroff und ablehnend, dass Han unheimlich zumute wurde. Wann immer er etwas erwidern wollte, schnitt ihm der Funktionär sofort das Wort ab. Dann zog er ein Bild aus der Tasche; Han stockte der Atem. Es war die junge Frau, die er am Tag zuvor so übel misshandelt hatte. „Sie ist meine Freundin", meinte der Genosse knapp. Han wusste, was das bedeutete, dieser Mann war der Stammfreier der Frau. „Es tut mir leid," stammelte er, „es war ein Missverständnis". Der Mann herrschte ihn an: „Du hältst die Klappe und sagst nur etwas, wenn du gefragt wirst, ist das klar?" Han nickte stumm. Er kannte das System gut genug, um zu wissen, dass er alles vermeiden musste, was den Mann weiter provozierte. Der holte weitere Papiere hervor. „Ich habe hier Unterlagen über dich, dass du gegen die Gesetze verstoßen hast, wonach allenfalls dringend Tatverdächtige einer besonderen Behandlung unterworfen werden dürfen. Ich werde den Vorwürfen persönlich nachgehen." Han schluckte. Er musste alle seine Beherrschung zusammennehmen, um dem Mann nicht ins Gesicht zu springen. Offensichtlich wollte er seine Erfolge in Tibet nun gegen ihn verwenden. „Außerdem liegen hier Beschwerden gegen dich vor, dass du zahlreiche junge Frauen schwer misshandelt hast." Er vermied das Wort Prostituierte. „Bis zum Abschluss der Ermittlungen bist du vom Dienst suspendiert, abtreten!" Han war so konsterniert, dass er sich nicht von der Stelle rührte. „Ich habe gesagt, du sollst aus meinen Augen verschwinden, oder soll ich dich gleich abführen lassen?", brüllte ihn der

Mann an, und Han erwachte aus seiner Trance. Er schlug die Hacken zusammen, senkte den Kopf und verschwand. Noch nie hatte er eine solche Wut in sich verspürt.

Zwei Tage später wurde Gendün Choekyi Nyima aus einem Krankenhaus entführt, und es war den Sicherheitskräften nicht möglich, ihn trotz intensiver Fahndungsmaßnahmen rasch wiederzufinden.

Eine Woche danach wurde Han ins Ministerium der Einheitsfront zitiert. Der Empfang dort war etwas freundlicher, wenn auch sehr formal. Der Minister persönlich erwartete Han. „Sie wissen, dass gegen Sie Ermittlungsverfahren wegen schwerer Delikte wie Körperverletzung im Amt und außerhalb laufen. Es ist auch kein Geheimnis, dass einflussreiche Kräfte darauf bestehen, Sie hart zu bestrafen.“ Der Minister machte eine kurze Pause, um die Worte wirken zu lassen, und Han hatte keine Ahnung, worauf er hinaus wollte. Dann setzte er wieder an: „Gleichzeitig ist etwas höchst Schändliches geschehen“. Der Minister erzählte dem ehemaligen Geheimpolizisten ausführlich von der Entführung. Er schloss mit den Worten: „Sie kennen sich aus mit den Separatisten. Sie sind der richtige Mann für die Suche nach diesem Jungen, der so wichtig sein soll. Sie haben dabei unsere volle Unterstützung und unbegrenzte Ressourcen an Personen und Geld. Finden Sie ihn, sind Sie der Held der Partei, und Sie dürfen sich hin und wieder auch einiges herausnehmen“, dabei grinste er vielsagend und Han grinste scheu zurück. Das war ein Angebot. Doch der Minister wurde sofort wieder ernst. „Versagen Sie, und der Panchen Lama bleibt verschwunden, oder er taucht gar im Exil auf, dann möchte ich nicht in Ihrer Haut stecken. Dass Ihre Frau über Ihre Aktivitäten informiert wird und Sie Ihren Sohn nicht wiedersehen, ist noch das Geringste.“

Han verstand. Sein Schicksal war unmittelbar an das des Panchen Lama gebunden. Er würde erfolgreich sein und es dem anderen Funktionär heimzahlen, all den Tibetern erst recht. Und als verdienter Held würde er machen können was er wollte. Mehr Motivation gab es nicht.

Aufbruch ins Ungewisse

Einige Wochen vor der Befreiung des Panchen Lama hatte sich Phagpa Dedrül Rinpoche mit seinem Schützling Gyaltsen Norbu zurückgezogen. Niemand in der Parteiführung ahnte damals etwas von der Verschwörung und der Rinpoche konnte sich im Rahmen der allgemeinen Restriktionen und Bespitzelungen noch unverdächtig bewegen. „Damit der Junge vom tibetischen Volk anerkannt wird", eröffnete er in einem vertraulichen Gespräch seinem Vorgesetzten im Ministerium der Einheitsfront, „muss er seine religiöse Rolle noch besser beherrschen. Die Menschen werden ihn eher akzeptieren, wenn sie sehen, dass er wirklich mit der Tradition verbunden ist, aber dafür muss er besser damit vertraut werden. Seine Ausbildung ist teilweise etwas einseitig." Das waren mutige Worte, und der Vertreter der Partei verstand sofort. Auch wenn die Partei Gyaltsen Norbu in der Öffentlichkeit immer mit größter Selbstverständlichkeit als Panchen Lama präsentierte, war es im vertrauten Rahmen durchaus möglich, offener und ehrlicher zu sein. Letztlich wusste jeder, dass buchstäblich kein Tibeter diesen Jungen als Panchen Lama akzeptierte, und alles, was diesen schwierigen Zustand ändern konnte, fand ein offenes Ohr bei den Funktionären.

„Was schlagen Sie vor?", meinte der Mann vom Ministerium denn auch nach einer kurzen Pause. Auf diese Frage hatte Phagpa Dedrül Rinpoche gehofft. Langsam und bedacht wählte er seine Worte: „Um bei religiösen Zeremonien sicherer aufzutreten, sollte er sich einmal in ein Retreat zurückziehen. Unsere Tradition sieht dafür mindestens einen Zeitraum von drei Monaten, drei Wochen und drei Tagen vor. Ich würde ihn dabei begleiten. Während des Retreats dürfen wir nicht gestört werden, aber wenn die Zeit vorüber ist, sorgen wir dafür, dass sich die Kunde davon in Tibet verbreitet. Das wird sein Ansehen erheblich verbessern." So etwas wollten die Funktionäre nur zu gern hören und deshalb konnten die zwei ihr Retreat bald antreten, auch wenn die politische Führung das als ein Relikt dummen Aberglaubens betrachtete. Wenn es jedoch ihren Zielen diente, sah sie darüber großzügig hinweg.

Phagpa Dedrül Rinpoche hatte sich gut vorbereitet. Er zog sich zum Retreat in ein altes Kloster in Amdo zurück, zu dem er einen engen Kontakt unterhielt. Seit Generationen wählten Geistliche diesen Ort für ihren Rückzug, denn es gab einen abgeschlossenen und für niemanden zugänglichen Klosterraum, der in einen Felsen hinein gehauen war. Einziger Kontakt zur Außenwelt war eine Klappe in der schweren Eingangstür, durch die morgens und abends Tsampa und Buttertee bereitgestellt und das gebrauchte Geschirr wieder in Empfang genommen wurde.

In dem Kloster lebte einer von Phagpa Dedrül Rinpoches engsten Vertrauten, ein Freund aus Novizen-Tagen. Ihn informierte er worum es wirklich ging, und dem Freund kam eine wichtige Rolle zu. Er musste den Schein vom Retreat aufrechterhalten, denn der Rinpoche und sein prominenter Zögling, der ihm blind vertraute, hatten nicht die Absicht, dort lange zu bleiben.

Routinemäßig hatte die Partei den beiden zwei Aufpasser hinterher gesandt. Zwar genoss Phagpa Dedrül Rinpoche das Vertrauen der Genossen, doch eine solche Vorsichtsmaßnahme gehörte zum Alltag. Die beiden Parteifunktionäre waren jedoch weder mit den religiösen Praktiken der Tibeter noch dem Kloster vertraut. So wussten sie auch nichts von einem geheimen Ausgang der Klause, durch den Phagpa Dedrül Rinpoche und Gyaltsen Norbu am Ende der ersten Woche ihres Retreats verschwanden. Den Bewachern reichte es, dass der Vertraute des Rinpoche jeden Morgen und Abend Speisen und Tee in die Eingangsklappe stellte und mit leerem Geschirr zurückkam. Dass er das unangerührte Geschirr selbst entleerte, kam ihnen nicht in den Sinn. Kurz vor Ende des Retreats würde sich der Mönche ebenfalls davon machen. Er hatte sich bereits vor einigen Jahren einen Pass besorgt, mit dem er rasch außer Landes gelangen konnte.

Für Phagpa Dedrül Rinpoche und Gyaltsen Norbu war Lhasa das erste Ziel. Dorthin zu gelangen war nicht einfach, denn Gyaltsen Norbus Portrait war in Tibet weit verbreitet; schließlich war er der Mann, mit dem China gehofft hatte, die Herzen der Tibeter zu gewinnen. Phagpa Dedrül Rinpoche hatte deshalb die Haut des Jungen geschwärzt und ihm eine Brille verpasst, so dass er den vielen Portraits auf den ersten Blick nicht ähnlich sah. Dennoch hätte ein aufmerksamer Beobachter die Gemeinsamkeiten erkannt, und es gab für sie keine Möglichkeit, abgeschirmt von der Öffentlichkeit Lhasa zu erreichen. Der Rinpoche entschied sich für die kaltblütige Variante: Er wählte einen öffentlichen Bus, der täglich von Labrang nach Lhasa fuhr und zwei Tage unterwegs war. Ihn selbst kannte man nur in Peking, und es war unwahrscheinlich, dass er im Nordosten Tibets einem Bekannten begegnete, zumal niemand nach ihm suchte. Auch den von China ernannten Panchen Lama würde niemand dort vermuten.

Wesentlich riskanter war die Fahrt des Gefangentransporters mit Wang und Gendün Choekyi Nyima, denn der Junge war die meistgesuchte Persönlichkeit im chinesischen Machtbereich. Die Entscheidung, ihn als Gefangenen in die Freiheit zu geleiten, erwies sich als geschickter Schachzug. Die Papiere waren in Ordnung, und Angehörige der Volksbefreiungsarmee, die einen Häftling transportierten, genossen viel Respekt; ja, sie flößten Furcht ein, selbst bei den Kontrollstationen an der Strecke.

Es war eine höchst unbequeme Fahrt und dennoch erst der Beginn einer gänzlich unkalkulierbaren Aktion. Die Gefangenenwagen waren nicht auf Bequemlichkeit ausgelegt – auch nicht für die Fahrer und Begleiter im Führerhaus, das mit den harten Sitzen der typischen chinesischen LKWs ausgestattet war. Liegemöglichkeiten waren selbst für lange Strecke nicht vorgesehen. Noch weitaus unangenehmer war es für die Gefangenen und ihre Bewacher hinten im Wagen. Sie saßen auf harten Holzpritschen, wobei die Gefangenen noch mit Handschellen an Streben unter den Sitzen gefesselt waren. Dadurch saßen sie während der gesamten Fahrt in gekrümmter Haltung, was bei langen Strecken immer schmerzhafter wurde. Das gehörte zum Repertoire der noch vergleichsweise harmlosen Schikanen und es diente dazu, dass die Gefangenen ihren Kopf immer tiefer als die Wärter trugen. Schlaglöchern und anderen Hindernissen auf dem Weg waren sie schutzlos ausgeliefert, und mancher Gefangene war nach einem solchen Transport froh, endlich das Gefängnis zu erreichen. Diese Erleichterung war angesichts der Zustände in den Gefängnissen jedoch gewöhnlich nur von kurzer Dauer.

Auch Gendün Choekyi Nyima trug Handschellen, wenn er auch während der Fahrt nicht angekettet war. Das war nur eine Vorsichtsmaßnahme, die angewandt wurde, wenn sich der Transport einem Kontrollposten näherte und die Wahrscheinlichkeit groß war, dass die wachhabenden Beamten einen kurzen, routinemäßigen Blick in das Hintere des Wagens werfen würden.

Die Straßen wurden immer schlechter, je weiter sich die Flüchtlinge von Peking entfernten. Sie hielten sich Richtung Südosten, parallel zur Großen Mauer, doch für irgendwelche Abweichungen waren Gefangenentransporter nicht geeignet. Die Gegend war nicht sonderlich dicht besiedelt, denn es handelte sich um die südlichen Ausläufer der Wüste Gobi. Die kargen Sandböden boten wenig Basis für die Landwirtschaft. Die Dörfer, durch die sie kamen, waren Ansammlungen armseliger Hütten. Abgemagertes Federvieh lief ziellos über und neben der Straße herum, andere Tieren waren nicht zu sehen. Die Kinder, die den Transport musterten, trugen reichlich heruntergekommene Hosen und Jacken, zumeist viel zu groß oder zu klein, selten passend.

Aber auch in dieser abgelegenen Gegend gab es genügend Kasernen der Volksbefreiungsarmee, die sie abends ansteuerten. Für Wang und die anderen Bewacher war es eine recht komfortable Abwechslung, denn sie konnten in Kasernenbetten nächtigen und wurden in der Kantine beköstigt. Anders Gendün Choekyi Nyima, der als Gefangener in eine Zelle gesperrt wurde. Egal, wohin sie kamen, die hygienischen Zustände waren katastrophal. Als Toilette diente ein Eimer, der erst dann geleert wurde, wenn er angefüllt war und die Strohlager waren voll von Wanzen und Läusen. Es gab jedoch keine Möglichkeiten für die Verschwörer, ihm dies zu ersparen.

Der erste große Ort auf der Strecke, der bereits an den tibetischen Kulturkreis grenzte, war Lanzhou im Tal des Gelben Flusses. Wang war bereits ein paar Mal dort gewesen. In seiner Jugend mochte er die Stadt, doch inzwischen war sie kaum noch wiederzuerkennen. Triste Hochhäuser, die sich vom Fluss aus über eine gigantische Fläche erstreckten, bestimmten das Bild. Viele Menschen liefen mit einem Tuch vor dem Mund herum, um sich vor dem Staub und dem Schmutz zu schützen. Im Winter war es noch unerträglicher, weil alle Häuser Kohle verfeuerten. Dann hielt sich eine unerträgliche Dunstglocke tagelang über der Stadt, die in einem Talkessel lag. Lanzhou war in zehn Jahren so rasant gewachsen wie nur wenige chinesische Städte, und jede harmonische Entwicklung war auf der Strecke geblieben. In Teilen der Innenstadt waren die Wege noch nicht einmal asphaltiert. Nur ein paar alte Tempel, die der Moderne getrotzt hatten, boten kleine Oasen der Ruhe, doch für so etwas hatte die verbotene Reisegruppe ohnehin keine Zeit. Die obligatorische Kaserne lag etwas außerhalb der Metropole, und niemand kam auf den Gedanken einen anderen als den vorgeschriebenen Weg einzuschlagen.

Auf Lanzhou folgte Xining, früher einer der bedeutendsten Außenposten der tibetischen Kultur. Davon war nicht mehr viel übrig geblieben. Die Stadt befand sich weitgehend in der Hand von Chinesen und war auf den ersten Blick von Lanzhou oder einer anderen chinesischen Großstadt nicht zu unterscheiden, auch wenn die Luft nicht ganz so schlecht war. Nur ein paar tibetische Tempel zeugten noch von der alten Zeit, doch dafür hatte der Fahrer des Transportes keinen Blick übrig.

Nach Xining öffnete sich vor den Flüchtenden eine noch ödere und verlassenere Gegend als zuvor. Sie durchquerten Qinghai, was die Tibeter Amdo nannten. Nur ein paar Nomaden, die sie vom Fahrerhaus aus beobachten konnten, trotzten der unwirtlichen Gegend ein karges Leben ab. Ihre dunklen Zelte wirkten wie Kleckse in der grauen, eintönigen Landschaft. Wenn sie sich näher an der Straße aufhielten, konnte man auch die Yaks und Dris erkennen, die genügsamen Hochlandrinder, die den Nomaden ihr Auskommen und in manchen Fällen sogar Reichtum sicherten. Alles von den Tieren wurde verwertet, das Fleisch und die Milch bildeten die Basis für die Ernährung; aus dem Fell wurden Mäntel, Schuhe und Zelte hergestellt und sogar der Dung fand Verwendung – als Brennmaterial.

Wang hatte die Fähigkeit der Tibeter, selbst unter schwierigsten Bedingungen zu überleben, schon immer bewundert, und er hatte mit den anderen abgesprochen, dass er während der Fahrt durch Amdo im Führerhaus sitzen würde. Auch auf dieser Strecke mangelte es nicht an Kasernen, so dass der Transporter seine gewohnte Routine beibehielt.

Sechs Tage nach dem heimlichen Aufbruch aus Peking erblickten die Verschwörer in der Ferne die goldenen Dächer des Potala-Palastes. Lhasa lag vor ihnen, und sie hatten einen wichtigen Teil der Flucht zurückgelegt.

Fünf Tage vor ihnen hatte Phagpa Dedrül Rinpoche mit seinem Schützling Gyaltsen Norbu Lhasa erreicht, doch noch wusste keiner etwas von dem anderen. Lobsang musste informiert werden. Der Verschwörer aus Lhasa hatte den chinesischen Soldaten bei dem letzten Zusammentreffen genau instruiert, denn in der tibetischen Hauptstadt wartete eine weitere große Herausforderung auf Wang. Nun konnte er keine Kaserne mehr ansteuern, sonst wäre der Panchen Lama in den Fängen des Repressionsapparates verschwunden. Sie mussten untertauchen und auch den Gefangenentransporter verschwinden lassen. Wenn sie ihn unbemerkt irgendwo abstellten, würde er rasch gefunden, und die Behörden waren alarmiert. Jeder Gefangenentransport nach Lhasa war genau vermerkt und ein leerer, nicht registrierter Wagen höchst verdächtig.

Die Verschwörer planten ihre Ankunft in Lhasa so, dass es bereits dunkel war. Wang kannte die Stadt von einigen Besuchen und konnte sich einigermaßen orientieren. Zielstrebig steuerte er die Innenstadt an. Um den Jokhang-Tempel herum gab es noch einige tibetische Stadtviertel, doch waren Abrissbagger seit Jahren dabei, einem Straßenzug nach dem anderen sein tibetisches Gesicht zu rauben und neue Gebäude im chinesischen Stil zu bauen. Was für die Tibeter eine fatale Entwicklung war, bedeutet eine Chance für die Verschwörer. Wang war von Lobsang informiert worden, dass im Südwesten der Innenstadt, wo sich die Straßen Dekyi Shar Lam und Snow Land kreuzten, gerade besonders intensive Abrissarbeiten stattfanden. Dort hatten die Verschwörer eine Grube gefunden, in der im Moment nicht gearbeitet wurde. Sie war noch etwas tiefer ausgehoben worden und groß genug, um den Wagen darin zu entsorgen.

Je näher Wang der vermuteten Stelle kam, desto nervöser wurde er. Er musste rasch die Grube finden; fuhr er lange suchend durch das Zentrum von Lhasa, machte er sich verdächtig. Zwar bot die Dunkelheit einen geringen Schutz, doch Soldaten patrouillierten rund um die Uhr, und sie würden sich fragen, was ein Gefangenentransport dort zu suchen hatte.

Unmittelbar vor Ankunft im Zentrum hatte Gendün Choekyi Nyima seine Häftlingskleidung gegen die gewöhnliche tibetische Chuba getauscht, mit der er sich unauffällig bewegen konnte. Während Wang nach einem geeigneten Platz suchte, musste Tai auf beiden Straßenseiten nach Patrouillen Ausschau halten. Bald sah Wang eine Einfahrt zu einer Baustelle und kurz entschlossen steuerte er den Wagon hinein. Die Baustelle war jedoch gerade erst begonnen worden und es gab keinen Platz, wo das Auto nicht gleich am nächsten Morgen von den Arbeitern gesichtet werden würde. Das konnte nicht die Stelle sein, von der Lobsang gesprochen hatte, obwohl die Gegend stimmte.

Wang fluchte, doch es half nichts. Er musste wieder zurück auf die Straße. Doch bevor er zurücksetzte, rief ihm Tai zu, „Stopp, lass mich zuerst sehen, ob die Luft rein ist.“ Damit war er auch schon aus dem Auto gesprungen und hastig, aber ohne zu rennen, zur Straße gegangen. Kaum war er aus dem Eingangstor getreten, lief er einer Patrouille direkt in die Arme. Die Soldaten wunderten sich, einen der ihren nachts allein vor einer Baustelle anzutreffen. Tai salutierte pflichtbewusst, aber nicht übertrieben untertänig. Tatsächlich wurde er einem Verhör unterzogen. „Was gibt es hier spät in der Nacht zu suchen?“ Tai suchte fieberhaft nach einer plausiblen Erklärung. Er musste die Soldaten unbedingt davon abhalten, in den Innenhof zu gehen, sonst war schon jetzt alles verloren. Dann lächelte er verlegen. „Genosse, Sie kennen doch dieses Land. Was soll man hier nach Dienstschluss anderes tun, als in den Kneipen bei einem guten chinesischen Bier zu vergessen, mit welchen Barbaren wir es hier zu tun haben? Heute Abend war es vielleicht ein Bier zu viel, zumindest für meine Blase, deshalb suchte ich nach einem Örtchen, um mich zu erleichtern. Hier, wo noch viel zu viele von den Barbaren wohnen, kommt es darauf wohl nicht an, oder? Stinkt ohnehin entsetzlich dort." Der Offizier lachte laut. Das leuchtete ihm ein. „Genosse, wenn wir uns bei anderer Gelegenheit wiedersehen, trinken wir gemeinsam auf die schöne Heimat." Tai hatte den Nerv des Soldaten getroffen, der, wie nahezu alle Chinesen in Tibet, großes Heimweh hatte und sehr bedauerte, dass Alkohol im Dienst streng verboten war.

Als die Patrouille in der Nacht verschwunden war, rannte Tai zurück zum Wagen. „Du rührst dich hier nicht vom Fleck", rief er Wang zu, noch bevor der das Fenster ganz geöffnet hatte. „Um ein Haar hätte unsere Reise hier geendet. Ich suche einen geeigneten Platz, und wenn ich den gefunden habe, hole ich euch ab." Damit war er auch schon verschwunden. Wang schüttelte fragend den Kopf, doch die Botschaft war angekommen.

Allein und zu Fuß war Soldat Tai keine auffällige Erscheinung im nächtlichen Lhasa, zumal ihm jeder die Erklärung abnahm, dass er einen Ort suchte, an dem er seine Blase erleichtern konnte. Nach zwei, drei vergeblichen Versuchen fand er schließlich den vorgesehenen Gebäudekomplex. Er enthielt einen großen Innenhof, wo vermutlich Reisende früher ihre Pferde abgestellt hatten. Dort befand sich die Grube, die Lobsang gemeint haben musste. Mit zügigen Schritten ging Tai zurück zum Auto und dirigierte Wang an deren Rand. Die Grube war von der Straße aus nicht einsehbar und groß genug für ihre Zwecke. Wang fuhr den Wagen bis unmittelbar an den Rand, dann stiegen alle aus und schoben den Gefangenentransporter mit vereinten Kräften in den Abgrund. Anschließend nahmen sie sich einige der herumliegenden Schaufeln und schütteten die Grube so weit zu, dass der Wagen nicht mehr zu sehen war. Jetzt mussten sie nur noch hoffen, dass sich die Arbeiter nicht gleich am nächsten Tag an der Grube zu schaffen machen würden. Aber es war müßig sich darüber Gedanken zu machen; es lag nicht mehr in ihrer Hand. Einer nach dem anderen traten sie zurück an die Straße.

Ihr Ziel war die Wohnung von Lobsang, der Wang die Lage genau beschrieben hatte. Sie war nicht weit entfernt vom Zentrum und mit einigen Umwegen standen sie schließlich vor seiner Tür. Lobsang hätte schreien können vor Erleichterung, beherrschte sich jedoch. Er bat die Drei herein, ließ sie jedoch gleich hinter der Tür warten und verschwand mit den Worten, „Es tut mir leid, nach einer solchen Reise kein bessere Gastgeber zu sein, aber ihr werdet erwartet. Wir brechen gleich auf." Nach ein paar Minuten tauchte er wieder auf, diesmal in Begleitung eines etwa vierzigjährigen Mönches, der einen intellektuellen Eindruck machte. „Thinley, ein

Mönch aus dem Osten", meinte Lobsang knapp, und mehr Erklärungen waren nicht nötig.

Sie folgten Lobsang, der entlang einer Hauptstraße zielstrebig Richtung Chakpori schritt, dem Eisenberg, der genau gegenüber dem Potala-Palast lag. Um sie herum herrschte auch um diese Zeit noch recht viel Rummel. Das Nachtleben in Lhasa hatte sich mit dem Zuzug der Chinesen besonders gut entwickelt. Wang und Tai, der zum ersten Mal in Lhasa war, wunderten sich, wie vertraut ihnen alles vorkam. Natürlich hatten Straßen und Häuser nicht die Dimensionen wie in Peking, aber davon abgesehen schien Lhasa keinen anderen Charakter zu besitzen.

Plötzlich bog Lobsang in eine Seitenstraße ab und von dort auf einen Pfad, der selbst bei Tageslicht kaum zu erkennen gewesen wäre. Nun ging es ein Stückchen bergan und die ohnehin erschöpften Reisenden aus Peking hatten einige Mühe, ihrem Führer zu folgen. Zudem musste sie eng zusammen bleiben, denn es war so dunkel, dass sie den Vordermann nur erahnen konnten. Nach zehn Minuten blieb Lobsang erneut unvermittelt stehen. Er rollte ein paar Steine zur Seite, bückte sich und war verschwunden. Die anderen folgten ihm und staunten nicht schlecht, als sie sich wieder aufrichten konnten. Sie befanden sich in einer Höhle!

Die Tibeter nannten den Ort Palha Lupuk, und viele alte Überlieferungen rankten sich um ihn. Bereits seit dem siebten Jahrhundert sollen sich Gläubige dort zur Meditation eingefunden haben, darunter der legendäre König Songsten Gampo. Die Höhle hatte einen geheimen zweiten Ausgang, der bei den Chinesen in Vergessenheit geraten war.

Diese Höhle war der Versammlungsort einer streng geheimen Widerstandsgruppe, der Lobsang angehörte. Kein Mitglied kannte den echten Namen der anderen. Nur so war sichergestellt, dass niemand im Falle einer Verhaftung irgendetwas preisgeben konnte, selbst wenn das bedeutete, womöglich zu Tode gefoltert zu werden. Im Interesse der Sache stellte das keiner in Frage.

Jedes Mitglied konnte eine Zusammenkunft einberufen, die in unregelmäßigen Abständen stattfand. Dazu wurde an einem kleinen Stupa in der Altstadt eine Gebetsfahnenreihe aufgezogen, an der die Reihenfolge der Farben Rot – Weiß – Blau – Gelb – Grün an einer Stelle unterbrochen war und eine Farbe zweimal nacheinander folgte. Wenn man dann die Zahl der Gebetsfahnen, beginnend von der Stupa, bis zur zweiten gleichen Farbe zählte, ergab sich der Tag des Treffens. Es begann immer um zwei Uhr nachmittags, denn zu der Zeit war die Präsenz der Polizei durch Schichtwechsel etwas reduziert.

Die Höhle war nur zeitweise geöffnet, so dass man sich ungestört treffen konnte. Während einer Versammlung hielt sich stets ein Mitglied davor auf, um bei Gefahr die Freunde im Innern zu warnen. Zu diesem Zweck führte eine lange Gebetsfahnenreihe nach Innen, deren Anfang unauffällig unter einigen Steinen verborgen war. Selbst wenn man unmittelbar davor stand, würde man das kaum sehen. Das Ende im Inneren der Höhle war an einer kleinen Glocke befestigt.

Näherten sich chinesische Soldaten oder Spitzel – und als solche galten alle, die nicht zu der Gruppe gehörten – konnte man sich durch den Geheimgang, dessen Zugang unter dem Altar verborgen war, in Sicherheit bringen. Der Ausgang lag hinter Sträuchern versteckt und führte direkt zur Hauptstraße, die zwischen dem Chakpori und die Marpori Berg lag. Auf der Straße war immer viel Betrieb, so dass man sich unauffällig unter die Menge mischen konnte.

Die strenge Überwachung durch die Chinesen machte einen aktiven Widerstand nahezu unmöglich. Die Gruppe beschränkte sich derzeit darauf, gesuchte Gesinnungsgenossen vor dem Zugriff der Chinesen zu schützen. Entweder wurden sie in einem halbwegs sicheren Versteck untergebracht oder über den Himalaya nach Nepal geschleust. Dafür waren mutige Führer verantwortlich, die ganze Gruppen in die Freiheit führten, darunter viele Kinder, denen ihre Eltern eine Erziehung in der eigenen Tradition zukommen lassen wollten.

Außerdem sorgte die Gruppe dafür, dass die tibetische Exilregierung über die neuesten Entwicklungen in Tibet informiert war. Wann immer es nötig war, schickte sie dafür Boten nach Dharamsala, die ihre Nachrichten auswendig lernten; jede Art von schriftlichem Dokument wäre ein zu großes Risiko gewesen. Manche der Boten reisten legal nach Nepal, andere wählten den beschwerlichen Fußweg über den Himalaya.

An diesem geheimen Ort erwarteten weitere Verschwörer den wichtigsten Flüchtling seit dem Abschied des Dalai Lama vor fast einem halben Jahrhundert. Eine codierte SMS, die Wang einen Tag vor der Ankunft in Lhasa an Lobsang geschickt hatte, hatte alle dorthin geführt.

Als schließlich ein älterer Rinpoche gemeinsam mit einem jungen, auffällig dunkelhäutigen Mönch in die Höhle trat, wusste Gendün Choekyi Nyima sofort, dass es sich bei ihm um den Panchen Lama handelte, den die Kommunistische Partei eingesetzt hatte. Der junge Mann lächelte scheu und verlegen in die Runde und erntete freundliche Blicke. Dann blieb sein Blick bei Gendün Choekyi Nyimas hängen, doch dessen Ausdruck zeigte keinerlei Wohlwollen. ‚Das also ist der Junge, der mich um mein Amt gebracht hat…“, dachte der wirkliche Panchen Lama, und auch wenn er es nicht aussprach, so stand es doch wie eine Anklage im Raum. Dabei ahnte er selbst, wie ungerecht das war. Auch sein Gegenüber war nur ein Instrument der chinesischen Führung, wenn auch zweifellos in einer angenehmeren Rolle.

Dennoch war Gendün Choekyi Nyima zunächst nicht bereit, solchen Gedanken Raum zu geben, denn als er dem anderen Panchen Lama zum ersten Mal direkt gegenüberstand, kamen alle schmerzhaften Gefühle in ihm hoch, die er in der letzten Zeit unterdrücken musste. Mehr noch als sein verlorenes Amt war es der Verlust der geliebten Eltern sowie der Freiheit, der ihn schmerzte und dem er keinen Ausdruck geben konnte, weil die Verantwortlichen dafür anonym und unerreichbar weit weg waren. Aber dieser junge Mann mit dem kahlgeschorenen Kopf, der an seine Stelle getreten war, dem konnte er sagen was mit ihm geschehen war, während er der Liebling der Partei geworden war.

Gyaltsen Norbu hegte weniger Vorbehalte gegenüber dem wirklichen Panchen Lama, und er begegnete ihm offen. „Ich freue mich Sie zu sehen“, begann er nach einiger Zeit unsicher formal. „Ein Schicksal, das wir beide nicht beeinflussen konnten, verbindet uns, und ich möchte gerne meinen Beitrag dazu beisteuern, dass jeder den Platz einnimmt, den unsere Tradition für uns vorgesehen hat.“ Gendün Choekyi Nyima schwieg. Das machte Gyaltsen Norbu noch unsicherer. Obwohl er gewöhnlich nicht sonderlich gesprächig war, flüchtete er sich angesichts seiner Hilflosigkeit in immer neue Worte, über die er selbst am meisten überrascht war. „Freunde, die es gut mit uns meinen, haben uns die Chance auf einen neuen Anfang geschenkt. Es wird uns allen helfen, wenn wir jetzt nach vorne schauen und unser gefährliches Unternehmen zu einem Erfolg bringen.“ „Ihnen mag es helfen“, fiel ihm nun Gendün Choekyi Nyima ins Wort. „Ich weiß nicht, welchen Preis Sie dafür gezahlt haben, dass wir hier sind. Meiner war entsetzlich hoch, denn ich habe alles verloren, was mit wert und teuer war, darunter ist das Amt noch das Geringste. Da kann ich das Vergangene nicht einfach zurücklassen.“ Lobsang wollte intervenieren, doch Phagpa Dedrül Rinpoche warf ihm einen kurzen Blick zu, im Hintergrund zu bleiben. Er wusste, dass sein Schützling diese Konfrontation aushalten würde und er begrüßte es, dass sie am Beginn des Unternehmens stand, denn sie war ohnehin unvermeidlich und würde gewiss die Spannung mildern, die ihre weiteren Pläne belasten könnte, wenn sie dauerhaft unter der Oberfläche schwelte.

Die harten, ja beinah unerbittlichen Worte von Gendün Choekyi Nyima verfehlten ihre Wirkung nicht. Gyaltsen Norbu schwieg betreten, doch die Stille war unerträglich. „Es tut mir leid, aber ich weiß nichts von dem, was geschehen ist. Ich kann nur sagen, dass ich mir meine Rolle nicht ausgesucht habe," stammelte er, doch Gendün Choekyi Nyima war noch immer aufgewühlt. Er wollte jetzt keine Entschuldigungen hören. „Warum haben Sie dann mitgespielt? Ihre Eltern sind doch in der Partei, oder? Die Partei wird gewusst haben, warum gerade Sie dieses Amt erhalten haben. Die Partei tut nichts, was sie sich nicht genau überlegt hat und sie weiß immer was sie tut, das habe ich bitter erfahren", platze er dazwischen. Jetzt wurde auch Gyaltsen Norbu kämpferischer, denn sein Gegenüber hatte einen äußerst wunden Punkt getroffen. „Ja, meine Eltern sind in der Partei, aber ich habe sie in den letzten Jahren nur sehr selten gesehen. Nicht einmal sie sollten Einfluss darauf haben, wie die Partei mich formen wollte. Und was meinen Sie, was mit ihnen geschieht, wenn die Partei erkennen muss, dass ich mich nicht mehr in ihrer Hand befinde – ganz freiwillig? Das ist der Punkt, der mich anfangs sogar hat zögern lassen, der Flucht zuzustimmen. Ich habe schließlich doch eingewilligt, weil es um ein noch größeres Ziel geht, nämlich die Wahrheit. Aber es war gewiss kein einfacher Entschluss, und wenn ich zu viel daran denke, was mit meinen Eltern geschieht, dann fange ich an ihn zu bereuen. Deshalb habe ich mir vorgenommen, nach vorne zu schauen.

Und was meine Rolle betrifft, so werden Sie einsehen, dass man mit sechs Jahren noch nicht viel Einfluss darauf hat, was andere mit einem vorhaben. Dass ich jetzt hier bin, wird Ihnen deutlich machen, dass ich mich nicht damit abgefunden habe, was andere über mich entschieden haben. Ich hätte ein äußerst bequemes und privilegiertes Leben führen können, wenn ich einfach die Erwartungen der Partei erfüllt hätte. Als mir jedoch klar wurde, dass ich gar nicht derjenige bin, als der ich nach außen hin ausgegeben wurde, da war mir rasch klar, dass ich die Zusammenarbeit verweigern würde, mit allen Konsequenzen. Der Preis ist nicht so gering, wie sie vielleicht denken. Ich werde vom umworbenen Liebling einer allmächtigen Partei zu einem heimatlosen Flüchtling." Wieder breitete sich Schweigen im Raum aus, doch es war kein betretenes Schweigen, sondern eher ein bewunderndes. Selbst Phagpa Dedrül Rinpoche hatte seinen Schüler noch nie so engagiert sprechen hören, und vieles von dem, was ihn offenbar innerlich zutiefst bewegte, hatte er noch nicht einmal seinem engsten Vertrauten mitgeteilt.

Alle im Raum, die Zeuge dieser denkwürdigen Begegnung geworden waren, wussten, dass beide Jungen Recht hatten und es nicht darum ging, sich auf die Seite des einen oder anderen zu schlagen. Auch Gendün Choekyi Nyimas finstere Miene hellte sich auf. So hatte er den Mann, den er zeitlebens nur als Konkurrenten empfunden hatte, noch nie betrachtet. Aber die Lage, in der sie sich befanden, sprach für seine Ernsthaftigkeit und es leuchtete ein, dass er in der Tat ein angenehmeres Leben führen konnte.

Der Panchen Lama hatte den Eindruck, dass alle Augen im Raum sich auf ihn richteten. Auch wenn ihn in Wirklichkeit niemand direkt anschaute, war es in gewisser Weise so. Jeder erwartete eine Antwort, er selbst auch. Ohne lange nachzudenken, ging er auf den anderen Jungen zu, senkte als Geste der Hochachtung seinen Kopf faltete seine Händen vor der Brust und begann beinah feierlich: „Bruder, verzeih mir meine Worte, sie waren das Resultat meiner Unwissenheit. Ich danke dir von Herzen, dass du hierher gekommen bist, um der Wahrheit die Ehre zu geben. Du hast Recht, schauen wir nach vorne, damit wir in Freiheit bestimmen können, was unser Schicksal wirklich für uns bereithält."

Bei den Worten sprang auch Gyaltsen Norbu auf, faltete ebenfalls seine Hände vor der Brust und neigte seinen Kopf. Fast unmerklich berührten sich die jungen Männer mit der Stirn, ein Ausdruck großer Verbundenheit; die Spannung war gewichen, die Gruppe würde eisern zusammenhalten, jeder für den anderen einstehen.

„Lasst uns aufbrechen", drängte Lobsang, der noch eine längere Wegstrecke bei Helligkeit zurücklegen wollte, denn dann war die Fahrt weniger auffällig als bei Nacht. „Bald", entgegnete Phagpa Dedrül Rinpoche mit beinah verklärtem Blick. „Ich möchte Euch noch meinen Segen erteilen, damit die Götter Euch begleiten und Eure Schritte lenken". Die Männer schauten ihn verständnislos an. „„„Euch", ‚Ihr", was soll das heißen, du bist doch bei uns?" brachte Lobsang als erster hervor. „Nur in meinen Gebeten und Gedanken, nicht mit meinem gebrechlichen Körper", lächelte der alte Rinpoche verschmitzt, während den anderen jeder Ausdruck in Gesicht erfror, insbesondere Gyaltsen Norbu schaute unverständlich und fassungslos drein.

Dann ergriff Thinley zum ersten Mal das Wort. „Du hast uns einen schönen Schrecken eingejagt, Rinpoche, aber natürlich kommst Du mit uns. Oder meinst Du, die Chinesen lassen dich einfach unbehelligt weiterleben, während dein Schüler, der ihnen kostbarer ist als sonst jemand, plötzlich in Indien auftaucht?" Er lachte befreit bei seinen letzten Worten und die Spannung im Raum löste sich auf. Natürlich, warum hatte noch keiner daran gedacht? Selbst wenn er es sich tatsächlich anders überlegt hätte, hatte der Rinpoche gar keine Wahl. Er konnte nicht untertauchen, dazu war er den Funktionären viel zu gut bekannt, und die würden ihn zu Tode foltern lassen. Es gab keinen Grund, freiwillig ein solches Schicksal auf sich zu nehmen.

Doch Phagpa Dedrül Rinpoche machte nicht den Eindruck, als sei er gerade überzeugt worden. Unverwandt schaute er mit einem entrückten Lächeln in die Runde, das in einer anderen Situation sehr beruhigend hätte wirken können, das jetzt jedoch für große Verunsicherung sorgte.

„Ich danke Euch für Euer Mitgefühl", begann er, „aber ich habe mir sehr gut überlegt, was ich tun werde, und ich habe in der Tat nicht die Absicht, mich ohne Not in die Hand der Chinesen zu begeben, denn ich weiß auch, was mich dann erwarten würde.

Andererseits bin ich 76 Jahre alt, und ich würde die Strapazen der Flucht nicht überleben, denn ich bin krank, viel mehr als ihr es ahnt. Bislang habe ich es für mich behalten. Ich bin sehr froh, dem Unternehmen bis hierher gedient zu haben, mehr kann ich nicht tun. Mein Amchi hat mir offenbart, dass ich an mcher, skran zags chu leide, einem Tumor in der Milz. Ich stehe vor den Toren des Bardo, und die möchte die mir verbliebene Zeit nutzen, um mich darauf intensiv vorzubereiten." Jeder Laut in der Höhle verstummte, ja jeder Atemzug schien zu stocken. Der Rinpoche wollte seine Offenbarung hinter sich bringen, auch um den Aufbruch nicht unnötig hinauszuzögern. „Ich habe an alles gedacht, denn natürlich habe ich nicht die Absicht, die verbliebene Zeit in meinem Körper unter der Obhut meiner früheren Freunde zu verbringen", jetzt lächelte er spitzbübisch wie ein Kind, das einem Erwachsenen einen Streich gespielt hat, doch niemand ließ sich davon anstecken. Ich ziehe mich in ein wirkliches Retreat zurück, weit weg in ein Kloster im Westen. Der Name tut nichts zur Sache. Von dort ist ein Bruder nach Indien geflohen. Seinen Platz nehme ich jetzt ein. Es liegt so abgelegen, dass sich niemand dafür interessiert, und dort werden mich die alten Freunde aus Peking gewiss nicht suchen. Außerdem werde ich mir zur Tarnung noch mein Barthaar stehen lassen, das ist in der Gegend gar nicht so selten.

Aber ich werde natürlich weiter an unserm Unternehmen teilhaben. Wenn Ihr es geschafft habt, wird Dharamsala mich über das Kloster informieren. Die Verschlüsselung der freudigen Nachricht ist bereits vereinbart, ich werde auf jeden

Fall noch so lange in diesem Körper bleiben, bis sie mich erreicht, es ist das Letzte , worauf ich im Leben noch hoffe. Also, lasst mich nicht so lange warten, macht euch auf den Weg und seid vorsichtig."

Niemand sonst teilte diese Leichtigkeit, aber niemand fragte, ob sie echt oder gespielt war. Raum für Widerspruch blieb nicht mehr, und auch Thinley, der den faszinierenden Rinpoche gern noch näher kennengelernt hätte, widerstand der Versuchung, weitere Einwände vorzubringen, zum Beispiel, dass es in Indien oder erst recht in den USA Spezialisten gab, die einen Tumor erfolgreich behandeln konnten. Der Alte hatte mit dem Leben abgeschlossen, und alles, was sie noch für ihn tun konnten, war die Flucht erfolgreich zu Ende zu bringen. Vielleicht war es auch besser so. Irgendwie ahnten sie, dass unermessliche Strapazen vor ihnen lagen, von dem unkalkulierbaren Risiko ganz zu schweigen; da könnte ein kranker alter Mann tatsächlich zum Problem werden, und niemand würde es über sich bringen, ihn unterwegs zurückzulassen.

Es war ein schmerzlicher Abschied, und auch wenn es keiner aussprach, so wussten doch alle, es war ein Abschied für immer. Vor allem Gyaltsen Norbu zerriss es das Herz, denn Phagpa Dedrül Rinpoche war Lehrer und Vater für ihn gewesen, keinem Menschen stand er so nahe, keinem vertraute er so bedingungslos. Ein letztes Mal schaute er dem Alten in die Augen, doch die Tränen, die er nicht zurückhalten konnte, ließen alles verschwommen erscheinen wie hinter einer feuchten Nebelwand. Als er sich abwandte, spürte er einen Arm schützend auf seiner Schulter, es war Gendün Choekyi Nyima. Er ließ ihn gewähren und drückte sich sogar etwas näher an den jungen Mann heran, der ihn kurz zuvor noch heftig angegriffen hatte.

Die Leichenzerstückler

Das erste Ziel der Gruppe war Shigatse. Zwar gab es bereits seit Jahren eine neue Straße direkt von Lhasa nach Shigatse, die durch das Tsangpo-Tal gebrochen worden war, doch auf ihr wollten sie sich nicht bewegen, da dort sehr viel Militär unterwegs war. Sie wussten nicht genau, welche Fahndungsmaßnahmen bereits ergriffen und wie weit das Militär informiert war, also konnte jeder dumme Zufall sie verraten. Sie wählten deshalb die alte Route über Gyantse. Sie erschien ihnen sicherer, auch wenn sie etwas länger unterwegs waren.

Lobsang hatte zwei kleine, unscheinbare PKWs für die Reise bis Gyantse organisiert, das schien ihm am sichersten. Sie gehörten Freunden von ihm, die nicht genau wussten, wen sie dort fuhren und dies auch nicht näher wissen wollten, die aber vollkommen vertrauenswürdig waren. Die Straße von Lhasa nach Gyantse war eine der am meisten befahrenen Strecken in Tibet, die in ruhigen Zeiten nicht sonderlich scharf kontrolliert wurde. Kurz nachdem der echte Panchen Lama aus der Hand der Chinesen verschwunden war, war Lobsang die Strecke zweimal gefahren, um sich einen Überblick über die Kontrollen zu verschaffen. Tatsächlich wurden vor allem LKWs auffällig häufig angehalten und die Ladefläche untersucht, doch da inzwischen viele Wochen ins Land gegangen waren, waren die Kontrollen nicht mehr so streng. Zudem murrten die zumeist chinesischen Fahrer gegen die Maßnahme, für die es keine Erklärung seitens der Polizei gab. Die Sicherheitskräfte konzentrierten sich auf die Regionen entlang der Grenze, deshalb war es für die kleine Gruppe zu gefährlich, ab Gyantse weiterhin die Straße zu benutzen.

Kurz vor Gyantse bogen sie in die Berge ab, um sich eine Unterkunft für die Nacht zu suchen. In den rein tibetischen Dörfern schien ihnen das kein unkalkulierbares Risiko. Lobsang kannte die Gegend oberflächlich. Die Wagen stellten sie bei hereinbrechender Dunkelheit im Wald ab, so dass sie vom Weg aus nicht wahrgenommen werden konnten. Gegenüber einer kleinen Pilgergruppe, die vom Westen nach Lhasa unterwegs war, schöpfte niemand Verdacht.

Als das Dorf jedoch in Sichtweite kam, stockte Lobsang der Atem. Am Eingang des Dorfes parkte ein großer chinesischer Wagen, und Lobsang erkannte zwei Chinesen, die ziemlich erregt mit einem älteren, etwas heruntergekommenen Tibeter diskutierten. War man ihnen bereits auf den Fersen?

Niederes Buschwerk bot Schutz in der Dämmerung und so gingen sie geduckt weiter, um herauszufinden, was es mit der unerwarteten Wendung auf sich hatte. Plötzlich griff der Tibeter in einen Sack und holte mehrere gut erhaltene menschliche Schädel, Schädelteile und Oberschenkelknochen hervor. Die Chinesen nahmen sie an sich, verstauten sie im Auto, wobei sie großen Wert darauf legten, sie gut zu verstecken, übergaben dem Alten ein Bündel Geldscheine und fuhren davon. Der Alte sah ihnen noch kurz nach, wobei er sehr zufrieden schien, soweit man das aus der Ferne erkennen konnte und verschwand dann auch in einem der Häuser.

Während die anderen die Szene sehr befremdet verfolgt hatten, wusste Lobsang sofort, was hier vonstatten gegangen war, und er konnte die Verschwörer beruhigen; ihnen galt der Besuch der Chinesen nicht.

Sie standen vor einem Dorf von Ragyapas, der untersten sozialen Schicht in Tibet. Sie gelten als Außenseiter und waren häufig der unverhohlenen Verachtung der anderen ausgesetzt. Gleichzeitig waren sie jedoch auch gefürchtet, denn wenn sie eine Person verfluchten, wurde die ihres Lebens nicht mehr froh. Die Ragyapas arbeiteten als Schlächter und Leichenbestatter, und zu Letzteren gehörte dieses Dorf. In einem kargen Land wie Tibet konnten die Verstorbenen nicht im harten Boden bestattet werden, und auch zum Verbrennen gab es nicht genug Holz. Also wurden die Toten an spezielle Orte gebracht und mit einem großen Beil zerteilt und den Geiern und anderen Tieren zum Fraß überlassen. Gleichzeitig lernten die Menschen dadurch. wie vergänglich die körperliche Hülle war. Die irdische Existenz in einem materiellen Körper ist nur Illusion, die es zu durchschauen gilt. Was zählt, ist das Bewusstsein, das sich immer wieder eine neue sterbliche Hülle sucht, bis es den Kreislauf der Wiedergeburten verlassen kann. Zudem war es eine letzte gute Tat für das Karma des Verstorbenen, wenn er seinen eigenen Körper den Tieren zur Verfügung stellte.

Die meisten Ragyapas waren sich der großen Verantwortung bewusst, die sie trugen, doch manche dachten mehr an ihr irdisches Heil. Sie erzielten erhebliche zusätzliche Einkünfte, indem sie die Schädel und Oberschenkelknochen der ihnen anvertrauten Verstorbenen nicht wie vorgeschrieben zerteilten und den Tieren überließen, sondern zur Seite schafften. Von Zeit zu Zeit kamen chinesische Aufkäufer vorbei und erwarben diese Knochen für einige Yuan. Damit machten sie ein großes Geschäft, denn in Manufakturen wurden die Knochen zu vermeintlich antiken tantrischen Schädelschalen und Knochentrompeten verarbeitet. Dazu mussten die Gebeine einige Wochen in spezielle Lösungen gelegt werden, die sie scheinbar altern ließen.

Bei westlichen Sammlern waren diese Artefakte begehrt, sie wurden sogar im Internet vor allem bei Ebay, aber auch woanders angeboten, obwohl der Verkauf menschlicher Überreste beim größten Online Auktionshaus der Welt untersagt ist. Doch unter mehreren Millionen Angeboten täglich konnte der Handel mit den Kapalas, wie die Schädelschalen genannt werden, von Ebay nicht kontrolliert werden und wenn es Hinweise von Nutzern gab, reagierte der Internetmarkt selten. Westliche Sammler zahlten mehrere Hundert Dollar für so ein Stück, doch davon ahnen die Ragyapas nichts; ebenso wenig wie die Käufer ahnten, woher ihre vermeintlich antiken Kostbarkeiten stammten. Durch die Nachfrage wurden diese fragwürdigen Praktiken am Leben erhalten.

Der Handel brachte die Flüchtlingsgruppe jedoch in eine schwierige Lage. Wenn sie in dem Dorf um ein Nachtlager baten, konnten die Ragyapas annehmen, dass sie bei ihrem schändlichen Tun beobachtet worden seien und dies bekannt werden würde. Zwar hatten sie keine Sanktionen durch chinesische Besatzer zu befürchten, aber kein Tibeter würde ihnen dann noch den Leichnam eines Verstorbenen anvertrauen. Dadurch würde ein erheblicher Anteil ihrer bisherigen Einnahmen wegfallen. Also entschied sich die Gruppe, im Freien zu übernachten. Ein nahe gelegener Felsvorsprung bot etwas Schutz.

In der Nacht wurde es kalt. Die meisten waren das nicht gewohnt, doch es war nur ein Vorgeschmack auf die Strapazen, die noch auf sie zukommen würden. Als der Morgen graute, schälten sie sich aus ihren Decken heraus, in die sie sich notdürftig gewickelt hatten, ohne dass sie sich damit vor der Kälte hätten schützen können. Es fiel ihnen schwer sich zu bewegen, doch alle waren froh, den roten Schimmer am Osthorizont zu sehen, der immer mehr in gelb überging und schließlich den Sonnenaufgang ankündigte. In wenigen Stunden würden sie Gyantse erreicht haben. Dort verabschiedeten sich die Fahrer. Die Flüchtlinge mussten neue Wege finden, nach Shigatse zu gelangen. Sie steuerten ein kleines Restaurant an, in dem sie sich unauffällig für einige Zeit, zur Not für ein paar Stunden, aufhalten konnten. Während der Zeit versuchte Thinley, möglichst unter Touristen nach einer solchen Möglichkeit zu suchen. Er begab sich dafür zum Kumbum-Chörten, einer der bedeutendsten Kultstätten in Gyantse, die ständig von Touristengruppen aufgesucht wurde.

Als Tim Lossey hatte er sich anhand von Büchern näher mit dem Gebäude befasst und so war er tatsächlich gespannt, sein Studienobjekt direkt in Augenschein nehmen zu können. Auch wenn er nicht zu seinem privaten Vergnügen unterwegs war, gestattete er sich einen ersten Rundgang allein.

Der Komplex bestand aus 14 Stockwerken, und er besaß nicht die Form eines Tempels, wie die meisten sakralen Gebäude in Tibet, sondern die eines überdimensionalen Reliquienschreines. Im oberen Bereich schauten die Augen Buddhas in alle vier Himmelsrichtungen, nichts schien ihnen zu entgehen. Thinley kamen sie beinah ein wenig bedrohlich vor, wie sie schmal, beinah ein wenig zusammengekniffen, aber hellwach alles überblickten. Dieser Chörten durfte betreten werden, und innen war die gesamte Weisheit des tibetischen Buddhismus in Bilder gekleidet, die auch für Laien verständlich waren. Wandmalereien, Rollbilder und Figuren stellten Szenen aus dem Leben des Erleuchteten dar, zeigten die Ausbreitung der Lehre nach Tibet, die Wundertaten der großen Gelehrten Padmasambhava und Tsongkhapa und schließlich den Weg zur Erleuchtung. Spiralenförmig zog sich der Rundgang von Stockwerk zu Stockwerk hinauf, bis schließlich an der Spitze ein Flammenjuwel erschien, das Symbol für die Erleuchtung schlechthin.

Als Thinley tief beeindruckt zum Eingang zurückkehrte, sah er eine Touristengruppe, die nicht Englisch miteinander sprach. Er hatte den Eindruck, dass es sich um Deutsche handelte, war sich jedoch nicht ganz sicher. Allerdings bemerkte er, dass der tibetische Fremdenführer die Gruppe nur sehr oberflächlich und lustlos informierte. Er hatte offenbar nicht einmal die Absicht, sie auf dem Rundgang durch den Chörten zu begleiten. Das war Thinleys Chance. Gespielt schüchtern bot er seine Dienste an, wobei ihm seine Mönchsrobe sehr von Nutzen war. Zudem sprach er bewusst sehr gebrochen Englisch, damit niemand an seiner Identität als tibetischer Mönch zweifelte. Die Gruppe nahm sein Angebot gerne an und ließ von ihm detailliert den Chörten und seine Besonderheiten erklären. Es handelte sich tatsächlich um deutsche Touristen, die nicht mit einem größeren Reiseunternehmen unterwegs waren, sondern sich selbst zusammengeschlossen und in Kathmandu einen einheimischen Veranstalter angeheuert hatten. Sie schienen sehr interessiert an dem Land, seinen Menschen und seinem Schicksal. Thinley erfuhr bei der Gelegenheit, dass sie nach Shigatse unterwegs waren, nur einen Abstecher über Gyantse gemacht hatten, und von dort weiter nach Westen in das Kailash-Gebiet fahren wollten. Die Gruppe ahnte nicht, wie glücklich Thinley über die Information war, und er hütete sich das zu zeigen.

Am Ende zückten alle ihr Portemonnaie, doch etwas linkisch wehrte Thinley ab. „Als Mönch strebe ich nicht nach materiellen Gütern, aber Sie können mir dennoch einen Gefallen tun.“ „Was immer wir tun können“, lachte ihn eine Frau aus der Gruppe an, die offenbar die Wortführerin war. „Ich bin mit fünf Freunden unterwegs, denen ich Shigatse zeigen möchte, das Stammkloster des Panchen Lama. Für heute haben wir kein Busticket mehr bekommen. Wäre es irgendwie möglich, dass Sie uns bis dorthin mitnehmen?“ „Aber nur, wenn wir keine Umstände machen“, fügte er rasch hinzu.

So bescheiden musste er gar nicht sein. Für die lange Reise in den Westen war die Gruppe großzügig ausgestattet. Die kleine Karawane bestand aus drei Jeeps, die bequem Platz boten und zudem Zelte, Nahrungsvorräte sowie eine mobile Küche für die Zeit außerhalb der Siedlungen mit sich führten. Es war also kein Problem, für die vergleichsweise komfortable Reise nach Shigatse sechs weitere Personen auf die Wagen zu verteilen. Die Fahrer wirkten etwas mürrisch, doch die Touristen trugen ihr Anliegen mit einer solchen Selbstverständlichkeit vor, dass Widerspruch nicht möglich war. Und sie zahlten schließlich, also wollten es sich die Fahrer nicht mit ihnen verderben, sonst würden sie sich womöglich noch bei der Agentur in Kathmandu beschweren. Zudem war das Risiko gering, denn ihre Autos waren als Touristenfahrzeuge deutlich erkennbar und die wurde in der Regel nicht kontrolliert.

Es war bereits dunkel, als sie die Lichter von Shigatse vor sich sahen, und sie hatten vereinbart, kurz vor der Stadt auszusteigen, um sich erneut ein Nachtlager im Freien zu suchen. Die deutschen Touristen ließen sie ungern zurück, sie boten ihnen sogar an, mit in ihr Hotel zu kommen, doch auch das erschien ihnen zu risikoreich, denn sie hätten sich registrieren lassen müssen.

Von dem Ort, an dem sie waren, hatten sie kaum mehr als eine Stunde zu laufen, und da manche Pilger auf der Route unterwegs waren, erreichen sie am nächsten Vormittag unbehelligt Shigatse.

Auf dem Weg dorthin sonderte sich Gendün Choekyi Nyima immer weiter von der Gruppe ab. Die anderen spürten, dass sie ihn allein lassen mussten, auch wenn sie sich nicht wohl dabei fühlten. Sie achteten allerdings darauf, dass der Kontakt nicht zu weit abriss, denn sie wollten ihn auf keinem Fall aus den Augen verlieren. Dem jungen Panchen Lama fiel es schwer, gegen seine Tränen anzukämpfen. Obwohl er noch nie in seinem Leben in der Gegend gewesen war, kam ihm alles seltsam vertraut vor. Bald erhoben sich die mächtigen Mauern von Tashi Lhunpo vor den Pilgern, und Gendün Choekyi Nyima spürte, wie sein Körper anfing zu zittern. ‚Dort ist mein Platz, den man mir genommen", dachte er die ganze Zeit, und der Gedanke wurde immer quälender, ja er steigerte sich beinah in einen Wahn. Er war der Panchen Lama und niemand sonst! Noch nie war er sich seiner Gefühle so sicher, noch nie fühlte er sich so im Recht, und die Macht der Wahrheit würde ihn vor allen Anfeindungen schützen, da gab es keinen Zweifel. Er musste es laut herausschreien, alle sollten wissen, was mit ihm geschehen war und welches Unrecht man ihm angetan hatte!

Noch bevor jedoch der erste Ton über seine Lippen gekommen war, spürte er einen Arm auf seiner Schulter. Gyaltsen Norbu war neben ihn getreten, ohne dass er es gemerkt hatte. Der von China eingesetzte Panchen Lama war ein paar Mal in Tashi Lhunpo gewesen, immer umgeben von einer stattlichen Eskorte, die jede Bewegung überwacht hatte. Doch nie hatte er ein sonderlich vertrautes Gefühl zu der weitläufigen Klosteranlage verspürt. Das hatte ihn schon immer verwirrt. Jetzt war ihm vieles klarer, und obwohl der Aufenthalt weitaus gefährlicher und unbequemer war, fühlte er sich weniger beklommen als früher.

Stumm nickte er Gendün Choekyi Nyima zu, ein scheues Lächeln verriet, wie leid ihm alles tat, was geschehen war, auch wenn er selbst nichts dafür konnte. „Wir sind unterwegs, damit alles in seine richtige Ordnung kommt und gut wird", flüsterte er mehr als dass er sprach. „Unternimm jetzt nichts, das alles zerstören würde". Tatsächlich erschien es, als würde der Panchen Lama aus einer Trance erwachen. „Danke", erwiderte er knapp. Gyaltsen Norbu wirkte sichtlich erleichtert, zumal es sein Schicksalsgenosse sogar zuließ, dass sie sich gemeinsam dem Kloster näherten, das ihr Leben so sehr prägte.

Aus Sicherheitsgründen vermieden sie es, das Kloster zu betreten. Obwohl Gyaltsen Norbu noch immer dunkel gefärbt war, wäre das Risiko viel zu groß gewesen. Auch Gendün Choekyi Nyima zog es nicht hinein, im Gegenteil. „Hierher, wir müssen weiter", wies er die anderen an, die sich etwas ungläubig anschauten. Doch sie folgten dem jungen Mann und gelangten nach mehr als einer Stunde in ein abgelegenes Seitental. Niemand von ihnen hatte es jemals betreten, der junge Panchen Lama jedoch bewegte sich so sicher, als sei er dort aufgewachsen. Als sie näher kamen, erkannten sie Höhlen. Genauer gesagt waren es einmal Höhlen gewesen, in die sich Lamas zum Meditieren zurückgezogen hatten; Orte für ein

Retreat auf Lebenszeit. Die Lamas waren in die Höhlen eingemauert worden, bis auf eine kleine Spalte, durch die andere Mönche des Klosters etwa einmal die Woche Speisen, Getränke und Butterlampen reichten. Die unaufhörlich brennenden und rußenden Butterlampen waren die einzige Licht- und in gewisser Weise auch Wärmequelle in der völligen Einsamkeit. So wurden die Meditierenden durch nichts abgelenkt.

In diese Welt waren einst die Roten Garden mit all ihrer Brutalität eingedrungen. Unter lautem Gejohle hatten sie die Mauern eingeschlagen und die „Gefangenen befreit“, wie sie zynisch erklärten. Für die vermeintlich Befreiten war es in den meisten Fällen ein kurzes Martyrium. Durch die Jahre- und manchmal jahrzehntelange Meditation konnten sie nicht mehr laufen, noch das Tageslicht ertragen. Die abrupte und brutale Konfrontation mit der hellen Welt ließ die meisten von ihnen rasch sterben. Wer nicht gleich starb, wurde geblendet und siechte dahin, zum Gespött der Roten Garden, die sie mit besonderer Vorliebe ungeschützt der Sonne auslieferten, „damit sie wieder Farbe bekämen“.

Doch der Panchen Lama ließ diesen Ort der Tragik hinter sich und ging zielstrebig weiter in einen noch abgelegeneren Seitenweg. Dort befand sich noch eine Höhle, die so versteckt war, dass die Roten Garden sie übersehen hatten. Voller Ehrfurcht blieb die Gruppe schweigend vor der noch intakten Klause stehen. Alle spürten, dass dahinter jemand lebte, seit mehr als einer Generation vermutlich, und er wurde noch immer von den Mönchen aus Tashi Lhunpo versorgt. Plötzlich schob sich eine alte, knorrige Hand aus der Öffnung heraus. Selbst den hartgesottenen Soldaten stockte der Atem. Es kam ihnen vor, als pfiffen die leisen Töne des Windes eine Hintergrundmelodie zu einem Horrorfilm durch die kargen Büsche, die dem harten Boden ein klägliches Leben abgerungen hatten. Die Hand hielt einen Brief, der ebenso alt erschien, und ohne einen Moment zu zögern, ergriff Gendün Choekyi Nyima den Brief. Er war offensichtlich der einzige, der nichts Ungewöhnliches an der gespenstischen Szene fand. Dann verschwand die Hand wieder. Nur langsam löste sich die Spannung, doch das unwirkliche Gefühl hielt noch lange an. Fast unmerklich atmeten die Umstehenden wieder, es schien, als würden sie einer verbotenen Tätigkeit nachgehen.

Gyaltsen Norbu erkannte das Siegel auf dem Brief sofort, es stammte vom 10. Panchen Lama. Gendün Choekyi Nyima brach es und öffnete das Schreiben. Der Inhalt nahm auch ihm seine Gelassenheit:

„Verfasst vom 10. Panchen Lama, im 3.Monat des Erde-Schwein-Jahres.“ Die chinesischen Polizisten sahen sich ratlos, Lobsang griff ihren Blick auf, rechnete kurz und raunzte ihnen zu, „das ist das Jahr 1959, als unser Elend begann“.

Dann las Gendün Choekyi Nyima weiter, es ging langsam, denn der Brief war handschriftlich verfasst, und seit seiner Verhaftung hatte er keine Gelegenheit mehr gehabt, einen tibetischen Text zu lesen.

„Diesen Brief übergebe ich an den Ehrwürdigen Lama Nganpo Tsering, der sich am heutige Tag mit nur zwanzig Jahren in die Einsiedelei einer Klause zurückzieht, um sich den Rest seines Lebens vollständig der Meditation zu widmen. Wenn er ein alter Mann geworden ist, ein Sturm der Zerstörung Tibet erfasst hat und große Verwirrung und Irreführung um unser Amt herrscht, wird meine echte Inkarnation zu dieser Höhle kommen, um diesen Brief in Empfang zu nehmen. Alle Diener der Wahrhaftigkeit, die sich am Ende durchsetzen wird, werden dann die Lüge entlarven und der Welt die Wahrheit offenbaren.“

Das Schweigen, welches sich danach ausbreitete, erschien noch dichter als zuvor. Der 10. Panchen Lama hatte die tragische Entwicklung vorausgeahnt und wollte auf diese Weise die Identität seines rechtmäßigen Nachfolgers unterstreichen. Der eingemauerte Mönch hatte die Gegenwart des jungen Panchen Lama gespürt und seinen Auftrag erfüllt. Sollte es bei irgendjemandem noch Zweifel am Sinn dieses Unternehmens gegeben haben, so waren nun auch die letzten Reste ausgelöscht. „Ich wusste es“, hörte man schließlich die Stimme von Gyaltsen Norbu, und obwohl er nur geflüstert hatte, dröhnte es in die Stille hinein. „Und ich habe lange auf dieses Moment gewartet, ohne es genau zu wissen. Hier ist etwas, das dir gehört. Sein Inhalt ist ziemlich wertvoll.“ Damit reichte er Gendün Choekyi Nyima ein kleines Paket.

Noch immer unter dem Eindruck der Worte, die er gerade vorgelesen hatte, verstand der Panchen Lama nicht gleich, was damit gemeint war. Verständnislos schaute er den gleichaltrigen Jungen an, den er inzwischen freundschaftlich ins Herz geschlossen hatte. „Öffne es“, forderte der den Zögernden auf, „dann wirst du wissen, worum es geht.“ Ganz langsam folgte Gendün Choekyi Nyima der Aufforderung. Zum Vorschein kam ein kleines, goldenes, quadratisches Metallobjekt, das einen Griff an der Oberseite aufwies. Auf der Unterseite konnte man verschiedene Schriftzeichen erkennen, an denen noch Reste roter Siegeltinte zu sehen waren.

Allmählich wich Ratlosigkeit aus dem Gesicht des jungen Mannes. Er schien etwas alt Vertrautes wiederzuerkennen, auch wenn er es noch nicht benennen konnte. Zu den anderen gewandt, erklärte sein bisheriger Besitzer beinah triumphierend: „Ein Erbe des 5. Panchen Lama, fast dreihundert Jahre alt! In Tibetisch, Chinesisch und Mandschurisch steht dort: ‚Siegel des Ehrwürdigen Panchen Erdeni, auf Befehl verliehen.“ Meine ehemaligen chinesischen Gönner haben ihn mir gegeben, solange ich noch kein eigenes Siegel hatte. Zum Glück“, fügte er hinzu, „denn ich bin noch nicht offiziell inthronisiert. Ich habe ihn bei meiner Flucht eingesteckt, denn ich hatte das Gefühl, das Siegel könnte wieder zu seinem rechtmäßigen Besitzer gelangen.“ Der Panchen Lama hielt das Siegel in die Höhe und löste großes Erstaunens aus. „Pures Gold“, entfuhr es Wang, der einen Blick für solche Kostbarkeiten hatte. „und was für eine feine Arbeit.“ Fast beschämt bedankte sich Gendün Choekyi Nyima mit einer tiefen Verbeugung. „Ich werde ihn wie meinen Augapfel hüten!“

Länger durften sie an diesem denkwürdigen Ort allerdings nicht verbleiben. Die weitere Flucht musste geplant und rasch in Angriff genommen werden. Während sich die Gruppe noch etwas weiter in die unwegsame Landschaft zurückzog, wo sie vor zufälligen unerwünschten Kontakten einigermaßen sicher sein konnte, ging Lobsang zurück in die Stadt, um einen Fahrer zu finden. Im letzten Moment trat Gendün Choekyi Nyima zu ihm. „Ich komme mit, schließlich ist hier mein Zuhause, und gleichzeitig kennt mich niemand.“ Lobsang zögerte einen Moment, dann nickte er und sie gingen mit eiligen Schritten davon.

Lobsang hoffte einen Kleintransporter zu finden, der sie so weit wie möglich Richtung Südwesten bringen sollte. Sie hatten die Fluchtroute gemeinsam besprochen. Shigatse war der Ausgangspunkt für alle Tibeter, die Sehnsucht nach der Freiheit hatten, oder - was ebenso häufig vorkam - die ihren Kinder eine Erziehung in der eigenen Tradition zukommen lassen wollten.

Die Pässe und Übergänge, die Tibet direkt mit Indien verbanden und auf denen in alten Zeiten die Handelskarawanen unterwegs waren, wie das Chumbi-Tal, wurden seit Jahrzehnten scharf kontrolliert, so dass sie als Fluchtroute ungeeignet waren. Den Flüchtlingen blieb nur der Weg über Nepal. Die meisten machten sich im Winter auf den gefährlichen Weg, weil die Schneedecke aufgrund der extremen Kälte dann besonders fest, die Aufmerksamkeit der chinesischen Grenztruppen aber schwächer war.

Die wichtigste Fluchtroute führte über den Nangpa-Pass, der auf einer Höhe von 5716 Metern Höhe unterhalb des Cho Oyo entlangführt. Bis zur nepalesischen Grenze waren es je nach Tempo und Anzahl der Kinder in der Gruppe 12 bis 16 Tage und Nächte. Die Flüchtenden waren in der Regel nachts unterwegs, um chinesischen Patrouillen zu entgehen. Doch auch das wurde immer schwieriger, denn nach Einbruch der Dunkelheit waren die Truppen mit Nachtsichtgeräten unterwegs, die jede ungewöhnliche Bewegung in der Eiswüste sofort registrierten. Lobsang, Thinley und die anderen hatten sich deshalb entschlossen, die Grenze bei Mustang weiter westlich zu überqueren. Sie wollten mit einem Auto so weit wie möglich in diese Richtung fahren, und dann blieb immer noch genug Wegstrecke, die sie zu Fuß zurücklegen mussten. Als einziger aus der Gruppe wusste Thinley ein wenig darüber, welche Rolle Mustang im tibetischen Widerstand gespielt hatte.

Obwohl sie nur Tibeter ansprachen, war es nicht leicht, einen Fahrer zu finden. Jeder in Shigatse ahnte, was eine Gruppe im Schilde führte, die Richtung Südwesten wollte. Und wenn sie erwischt wurden, waren die Fahrer nicht nur ihren Verdienst los, sondern sie standen in Gefahr, selbst wegen Fluchthilfe angeklagt und verurteilt zu werden.

Ein Fahrer schien zunächst nicht abgeneigt, lehnte schließlich aber ebenfalls ab. Als sich Lobsang enttäuscht wieder auf die Suche machen wollte, sah Gendün Choekyi Nyima ein Amulett des 10. Panchen Lama an dessen Halskette. Vielleicht gab es doch noch eine Möglichkeit? Mit einer natürlichen Autorität, die Lobsang immer mehr überraschte, gebot er dem Fahrer, ihnen in eine Seitengasse zu folgen. „Panchen Lama“, flüsterte er, „Lüpa“, antwortete der Mann voller Verachtung“ „Schleim“, ein Ausdruck für die Geringschätzung, die dem von China eingesetzten Kandidaten entgegengebracht wird. Dann zog der echte Panchen Lama das alte Siegel hervor. Der Mann erkannte seine Bedeutung an der Inschrift und schaute den Jungen ungläubig an. „Er ist auf der Flucht, heimlich, und benötigt Hilfe.“ Dass er selbst es war, verriet er nicht, aber das war auch nicht nötig. „Seid morgen um halb sechs vor dem Senghe-Restaurant an der westlichen Ausfallstraße. Ihr werdet dort erwartet“.

Als sie sich nach einer weiteren Nacht im Freien dort einfanden, wurden sie bereits erwartet. Ein erfahrener Fluchthelfer namens Tashi Dasa, eine Frau und zwei Kinder hatten sich ebenfalls dort versammelt, weil sie sich auf den gefährlichen Weg nach Nepal machen wollen. Tashi Dasa hatte schon manche Gruppe über den Himalaya gebracht haben und man erzählte sich so einiges über ihn unter den Tibetern. Die

Kinder waren mit ihrer Mutter, Dolma Sangdro, unterwegs. In Dolmas Begleitung befand sich noch ein weiterer Mitreisender, einer großer Mastiff-Hund.

Mit dem Fahrer waren es nun elf Personen, die sich mit einem alten LKW von Shigatse aus in Richtung Südwesten aufmachten. Der LKW hatte Holz und Öl in Fässern geladen, die - nachdem die Flüchtlinge abgeladen worden waren - zum Kailash gebracht werden sollten. Solange sie auf der Durchgangsstraße unterwegs waren, konnte sie es wagen, halbwegs offen zu reisen. LKWs in diesem abgelegenen Landesteil waren nichts Besonderes.

Es war eine schweigsame Gruppe. Die Flüchtlinge um den Panchen Lama hatten keinerlei Grund, viel von sich zu erzählen und waren froh, wenn niemand näher nachfragte. Auch Dolma Sangdro war nicht sehr mitteilsam. So hart ihr Schicksal war, sie wusste doch, dass es vielen Frauen und Männern ähnlich erging in ihrer besetzten Heimat. Man behielt sein Leid deshalb für sich. Es wäre respektlos gewesen, es den anderen ungefragt aufzunötigen, die ihre eigene Geschichte hatten, die sie aus dem Land trieb.

Die einzige Ausnahme bildete Tashi Dasa. Obwohl ihn niemand danach fragte, erzählte er schon bald von seinen und seiner Familie Heldentaten. Sein Vater sei als Widerstandskämpfer in chinesischer Haft gestorben, seine Mutter tagelang vergewaltigt worden, was sie in den Tod von eigener Hand getrieben habe. Er selbst habe zwei Soldaten getötet, als sie ihn hätten verhaften wollen. Als sie den Namen der Widerstandsgruppe Schneelöwe hörte, horchte Dolma auf. Tashi sah darin ein besonderes Interesse an seiner Geschichte und bedrängte die junge, attraktive Tibeterin seitdem unverblümt.

Tashi Dasa fragte auch Thinley nach seiner Familie. Als er seinen Vater Lhundrop Gompo erwähnte, schauten die Tibeter erschreckt auf. Thinley sah sie fragend an, doch keiner wollte mehr sagen. Plötzlich erinnerte er sich an Situationen aus seiner Kindheit, als ihn selbst Erwachsene gemieden hatten, wenn die Rede auf seinen Vater kam. Er hatte nie erfahren, was es mit ihm auf sich hatte, und auch jetzt verschlossen sich die Mienen und die Münder.

Um die Mittagszeit des zweiten Tages blieb der Wagen bei einer Flussüberquerung im Schlamm stecken. Der Fahrer hatte das Schlammfeld zu spät gesehen und konnte nicht mehr ausweichen. Zunächst versuchte er es noch mit Gefühl, einen Weg aus dem Schlamm zu finden, doch dann versagten seine Nerven, er gab einfach Gas und grub sich dadurch immer tiefer in den Schlamm hinein. Jetzt kamen sie ohne fremde Hilfe nicht mehr weiter. Sie konnten nur hoffen, dass es nicht allzu lange dauern würde, bis ein anderer LKW des Weges kam und sie auf die feste Straße ziehen würde. Zuvor aber mussten sie die Ladung abladen, um den Wagen leichter zu machen.

Sie bildeten eine Kette, um den LKW so schnell wie möglich zu räumen. Thinley holte das Holz von der Ladefläche und reichte es zunächst an Tashi weiter. Dabei fiel ihm plötzlich ein hochmodernes Mobiltelefon auf. So etwas gab es selbst in den USA selten. Er nahm sich vor, ihn nach der Arbeit darauf anzusprechen.

In ihrem Unglück hatten sie noch Glück, dass ein LKW auftauchte, bevor es dunkel wurde. Als sie endlich wieder festen Boden unter den Füßen hatten, konnten sie die Fahrt nicht mehr fortsetzen. Der Abend dämmerte bereits und alle waren vollkommen erschöpft, denn der Fahrer hatte darauf bestanden, die Fracht unverzüglich wieder aufzuladen, um Dieben keine Gelegenheit zu geben.

Kurz vor dem Einschlafen wandte sich Thinley an Tashi: „Dein Mobiltelefon wird dir hier auf der Straße in die Freiheit nicht viel nutzen, Die Chinesen denken gar nicht daran, diese ländlichen Regionen mit einem Funknetz auszustatten.“ Tashi reagierte etwas ungehalten auf die Bemerkung: „Handys sind mein Hobby, das ich mir gönne. Ist doch schließlich nichts dabei, oder?“ „Aber warum führst du es hierher mit? Das wäre bei Freunden in Lhasa doch sicherer.“ „Es kann manchmal sehr einsam sein auf einer Flucht, vor allem der Rückweg, den ich immer alleine gehe. Dann ist es eine nette Abwechslung, ein paar Spiele auf meinem Handy zu haben. Muss ich mich dafür rechtfertigen? Muss ich mich überhaupt rechtfertigen, wie ich die Flucht organisiere, auf der ich mein eigenes Leben riskiere, um Kinder in die Freiheit zu bringen? Ich habe noch nie einen so neugierigen Mönch getroffen,“ Tashi schien an einer empfindlichen Stelle getroffen und eine bedrückende Stille breitete sich aus. Jeder von beiden hatte den Eindruck, bei dem anderen könne etwas nicht stimmen und nahm sich vor, auf der Hut zu sein.

Am Abend des folgenden Tages entfernte sich Tashi von der Gruppe. Aus einer Intuition heraus heftete sich Thinley mit einiger Entfernung auf seine Spur. Er musste ihm gar nicht zu nahe kommen, denn zu seiner Ausrüstung gehörte ein kleines, aber höchst starkes Fernglas des chinesischen Herstellers Nanyang City State Optical Instrument Manufactory. Thinleys gesamte – aus Sicherheitsgründen ohnehin sehr knappe – Ausrüstung bestand ausschließlich aus chinesischer Produktion. Darauf hatte man hatte streng darauf geachtet, um das Risiko seiner Enttarnung zu reduzieren.

Dadurch erkannte Thinley, dass Tashi mit seinem Handy hantierte. Er hatte den Eindruck, dass Tashi mit jemandem in Kontakt stand und eine Nachricht erhielt, doch wie sollte das sein, da es hier keinerlei Empfang gab? Und wenn er doch nur damit spielte? Handys waren bekanntlich sein Hobby und man konnte viele Spiele darauf installieren. Doch warum sonderte er sich dann ab? Mit einem merkwürdig-verwirrten Gefühl ging Thinley langsam zurück zu der Gruppe.

Am Mittag des vierten Tages bog der Fahrer auf einen Nebenweg ab, der Richtung Mustang führte. Weit kamen sie jedoch nicht mehr, denn nach einer weiteren halben Tagesreise endete die Straße. Nun lag noch ein mehrtägiger Fußmarsch vor ihnen, um die sichere Grenze zu erreichen.

Großalarm

Im Hauptquartier des chinesischen Geheimdienstes herrschte noch immer Großalarm. Mit jedem Tag, der ohne ein Ergebnis verstrich, wuchs der Druck der Parteiführung auf den allmächtigen Apparat. Staatschef Hu Jintao selbst ließ sich täglich über den Stand der Ermittlungen informieren und die Verantwortlichen benötigten dringend Erfolge; echte Erfolge, nicht irgendwelche armen Sündenböcke, die schnell gefunden und häufig vorgeschoben wurden, wenn Verbrechen geschehen waren, die das Volk empörten. Nun aber war Gendün Choekyi Nyima verschwunden, und für ihn konnte kein Sündenbock herhalten.

Immerhin gab es erste Anhaltspunkte, an denen sich die zahlreichen Beamten orientieren konnten. Mit dem jungen Tibeter waren die Soldaten Wang Leimin und Tai Jingshua verschwunden. Offensichtlich gab es da einen Zusammenhang. Die gesamte Umgebung der beiden wurde intensiv durchforscht und hunderte Personen verhört, doch trotz aller Bemühungen fand sich niemand Verdächtiges darunter. Alle Personen konnten glaubhaft versichern, dass sie von dem schändlichen Verrat der beiden Soldaten nichts bemerkt, geschweige denn, dass sie etwas damit zu tun hatten.

Mit der Zeit mussten die intensiven Fahndungsmaßnahmen reduziert werden, weil sie das öffentliche Leben nicht nur in der Hauptstadt beeinträchtigten. Zudem durfte niemand der vielen Ausländer im Land ahnen, dass der Staatsführung eine derartig peinliche Panne unterlaufen war; jede Berichterstattung darüber wäre verheerend gewesen. Die Ermittler versicherten ihren Vorgesetzten zudem, dass die Flüchtenden die Grenzen Chinas noch nicht überschritten hatten. Insofern gingen sie davon aus, ihrer habhaft zu werden, bevor die Panne weitere Kreise ziehen würde.

Etwa einen Monat nach dem Beginn der intensiven Fahndung erreichte den Geheimdienst eine weitere, noch fatalere Schreckensbotschaft: Gyaltsen Norbu und sein Lehrer Phagpa Dedrül Rinpoche waren nicht wie geplant aus ihrem Retreat zurückgekehrt, und niemand selbst aus ihrer engsten Umgebung, hatte eine Ahnung, wo sie geblieben waren. Auch der Mönch, der die beiden im Retreat versorgt hatte, war unauffindbar.

Zunächst versuchte der Geheimdienst diese Nachricht für sich zu behalten, doch in einem von Spitzeln durchseuchten System wie dem chinesischen Staatsapparat dauerte es nicht lange, bis selbst Staats- und Parteichef Hu Jintao davon erfuhr. Der mächtigste Mann im Reich der Mitte verlor seine Fassung. Auch wenn es niemand offen zugab, so erkannte gerade er, der mehrere Jahre Parteichef in Tibet gewesen war, die Zusammenhänge sofort. Hier war ein Komplott gegen die Einheit des Staates im Gange, der unmöglich von einigen wenigen verräterischen Soldaten begangen worden sein konnte. Er musste von außen gesteuert sein. Aber sein Geheimdienst würde stark genug sein, diesen Komplott zu entlarven, die Verantwortlichen zu überführen und die Hintermänner bloßzustellen. Umso wichtiger war es, dass die Operation streng geheim verlief und niemand wusste, dass die Sicherheitskräfte gerade eine der wichtigsten Operationen ihrer Geschichte durchführten. Um zu einem Erfolg zu gelangen, stellte der Staatschef unbegrenzte Mittel an Finanzen und Personen zur Verfügung.

Jede Polizeistation in dem riesigen Land erhielt Fahndungsfotos der beiden Soldaten Wang und Tai, sowie von Gyaltsen Norbu und Phagpa Dedrül Rinpoche, während Gendün Choekyi Nyima bei keinem Fahndungsaufruf erwähnt wurde. Man wollte keine unnötige Aufmerksamkeit auf die unangenehme Affäre lenken, was auch nicht nötig war, denn wenn die anderen gefunden werden würden, hatten sie auch den Jungen wieder, den es eigentlich gar nicht gab.

Darüber hinaus wurden Zigtausende von Überwachungskameras aus dem ganzen Land überprüft. In normalen Zeiten stand der dazu betriebene Aufwand in keinem Verhältnis zu dem Ergebnis, deshalb wurden die Kameras allenfalls lokal bei bedeutenden Vorfällen ausgewertet. In Tibet oder Xinjiang kam das häufiger vor als an der Ostküste. Niemand im Geheimdienst konnte sich erinnern, dass dies jemals landesweit mit einer solchen Intensität der Fall gewesen war. Da die Flüchtenden in Tibet vermutet wurden, wurden dort zudem großflächig weitere Kameras installiert, vor allem auf den Fluchtrouten nach Indien und Nepal.

Bis tief in die Nacht hinein saßen Zehntausende von Beamten vor den Monitoren und werteten die Aufnahmen aus dem ganzen Lande aus. Es war ein ermüdendes Geschäft, aber da die Vorgesetzten wussten, welche Bedeutung der Fall hatte, trieben sie die Kontrolleure unerbittlich zu höchster Konzentration und Aufmerksamkeit an.

Zwei Wochen waren ohne Ergebnis vergangen, als ein Kontrolleur plötzlich seinen Vorgesetzten rief. Eine Kamera in Shigatse hatte ein verdächtiges Foto im Morgengrauen aufgenommen. Es zeigte mehrere Personen, die einen LKW bestiegen. Neben einigen Tibetern schienen sich zwei Chinesen unter ihnen zu befinden, allerdings war kein älterer Lama zu sehen, der zu der gesuchten Gruppe gehören musste. Mitarbeiter der technischen Abteilung vergrößerte das Foto und lösten Stürme der Begeisterung aus. Bei den beiden Chinesen handelte es sich um die Soldaten Wang und Tai; daran gab es keinen Zweifel. Es musste sich also um die Gruppe handeln, auch wenn ein alter Lama beim besten Willen nicht identifiziert werden konnte.

Das hoffnungsvolle Ergebnis wurde unverzüglich an die Staatsspitze weitergeleitet und alle Aufnahmen aus Shigatse einer weiteren intensiven Prüfung unterzogen. Dadurch bestätigte sich der Fund, denn die Gruppe war noch auf zwei weiteren Fotos zu sehen: Sie war mit anderen Pilgern in die Stadt gekommen, aber es erschien sehr unwahrscheinlich, dass sie die gesamte Stecke zu Fuß zurückgelegt hatte. Außerdem hatte sie sich vor dem Kloster Tashi Lhunpo aufgehalten. Die jüngste Aufnahme war die vom LKW, und die war zwei Tage alt; sie konnten die Grenze also noch nicht überschritten haben.

Jetzt ging alles ganz schnell. Der Geheimpolizist Han Xiaodeng wurde mit zehn Polizisten sofort nach Shigatse geschickt. In seinem Gepäck hatte er eine von Hu Jintao persönlich unterzeichnete Vollmacht dabei, durch die sämtliche lokalen Funktionäre wie Sicherheitskräfte unabhängig von ihrem Rang angewiesen wurden, den Anordnungen von Han Folge zu leisten und ihm alle denkbare Unterstützung zukommen zu lassen. In diesen Tagen war Han einer der mächtigsten Männer im Reich; er durfte sich alles erlauben, und dennoch hing ein Damoklesschwert über ihm: Er war zum Erfolg verdammt, sonst folgte ein Absturz ins Bodenlose.

Von Shigatse aus führte der Zhong-Ni Gong, oder China-Nepal Highway, wie er auch genannt wurde, über 829 Kilometer bis zur Grenze, wo die Freundschaftsbrücke die beiden Länder verband. Von dort waren es noch 114 Kilometer bis in die nepalesische Hauptstadt Kathmandu.

„Alle LKWs auf der Straße zur Grenze und der Übergang selbst werden lückenlos und genauestens kontrolliert, Wir schaffen ein Nadelöhr, das so dicht sein wird, dass noch nicht einmal eine Maus hindurch schlüpfen könnte“, befahl Han scharf. Seine Untergebenen wussten was das bedeutete und Chou, ein Jugendfreund, der ihn häufig begleitet hatte, wagte leise zu widersprechen. „Genosse, wenn ich vielleicht etwas sagen dürfte. Wir können nicht damit rechnen, dass die Gruppe diese Route nimmt. So unverfroren werden die Verräter nicht sein. Es ist die einzige Strecke, auf der sich ein LKW bewegen kann. Vermutlich werden sie schon bald zu Fuß weiterlaufen." „Und wenn sie gerade deshalb die Strecke nehmen, weil sie dort niemand vermutet?" unterbrach Han barsch. „Ich bin mir auch nicht sicher, aber ich will keine Möglichkeit außer Acht lassen. Ich kenne die Tibeter, sie sind unberechenbar und barbarisch. Gerade deshalb müssen wir mit allem rechnen. Vielleicht versuchen sie es auch über den Nangpa-Pass, obwohl wir längst wissen, welche Rolle er für sie spielt. Die Aufnahmen beweisen unzweifelhaft, dass sich Kinder in der Gruppe befinden. Sie müssen deshalb Routen wählen, die passierbar sind, aber es gibt nicht allzu viele passierbare Übergänge im Südwesten unseres Reiches. Ich habe deshalb auch schon weitere Truppen zum Nangpa-Pass geschickt, und Helikopter angefordert, die den gesamten Luftraum überwachen. Sie werden uns nicht entkommen, egal wie und wohin sie sich bewegen." Hans Worte strahlten unerschütterlichen Optimismus aus; er schien von keinerlei Zweifel gequält zu sein. Zudem hatte er noch eine andere Idee, die sich als außerordentlich klug erweisen sollte. Er legte die Fotos mit den Flüchtenden den örtlichen Genossen in Shigatse vor, vielleicht erkannten sie Personen darauf, die ihnen nützlich sein konnten.

Rasche Erfolge konnte Han dennoch nicht verzeichnen. In keinem der zahllosen LKWs entlang des China-Nepal Highways wurden auch nur Spuren der Flüchtlinge gefunden. Auch die intensiven Untersuchungen an der Grenze selbst blieben ohne Ergebnis. Da es entlang der Straße keine Möglichkeit gab, vom Weg abzuweichen und eine andere Route zur Grenze zu nehmen, mussten die Ermittler die Möglichkeit ausschließen, dass die Flüchtenden die kaltblütige Variante gewählt hatten. Ähnlichen Nachrichten kamen von den Truppen, die an den Nangpa-Pass verschickt worden waren. Sie mussten die Flüchtenden also irgendwo in der unendlichen Weite des Schneegebirges zwischen Shigatse und der nepalesischen Grenze suchen.

Während Han Karten der Gegend studierte, um sich zu überlegen, welchen Weg die Fliehenden wohl nehmen könnten, meldete sich plötzlich jemand vom örtlichen Parteibüro: „Genosse, Genosse", rief er ihm schon aus einiger Entfernung entgegen. „Wir haben sie, wir haben sie." Han sprang auf. „Wo sind sie?" Die Nachricht elektrisierte ihn. „Noch nicht ganz, aber so gut wie." „Erzähl:" Han wurde ungeduldig. Was stimmte denn nun? Hatten sie die Flüchtenden gestellt oder nicht?

Der Parteifreund versuchte seine eigene Bedeutung zu betonen, denn jeder wusste, dass Han im Auftrag der höchsten Staatsspitze handelte und da konnte es nicht schaden, auch sich selbst ins rechte Licht zu rücken. „Ich habe mir mit einigen Genossen die Fotos aus Peking angeschaut. Bei der Gruppe, die auf den LKW steigt, ist jemand dabei, der uns allen wohl bekannt ist, “ er lächelte süffisant und wollte damit noch mehr Spannung erzeugen, doch in einer solchen Stimmung war Han nicht. „Weiter, Genosse, sag mir endlich was los ist.“ Etwas erschreckt setzte er gleich wieder an. „Ihr Führer ist Tashi Dasa, einer von uns. Er ist schon seit langem Fluchthelfer, doch hat er einmal einen Fehler gemacht und wurde mit seiner Gruppe erwischt. Unsere Soldaten waren wachsam, er wurde verhaftet und die Umerziehung hat bei ihm sehr gute Früchte getragen. Als ihm angeboten wurde, dass er aus dem Gefängnis entlassen würde, wenn er bereit wäre, mit uns zu kooperieren, hat er nicht lange gezögert. Wenn er nun Gruppen über die Grenze führt, geschieht es leider“, der Genosse weidete sich an dem Wort und er kam sich sehr gut vor „immer wieder, dass sie von unseren Truppen aufgegriffen werden. Damit es nicht auffällt, schafft er es auch manchmal, die Grenze zu überschreiten. Dann lässt er sie den Rest alleine laufen, und oh Pech, ausgerechnet diese Gruppen werden gewöhnlich von nepalesischen Truppen aufgegriffen. Der Preis, den wir zahlen, damit sie wieder in ihre Heimat zurückkehren, hält sich in Grenzen.“ Der Parteisoldat lächelte böse und auch Han hatte seine Freude an der Geschichte, aber er war viel zu ungeduldig um sie richtig zu genießen. „Gut,“ entgegnete er knapp, „aber weiß der Mann, wen er bei sich?“ „Vermutlich nicht, aber wir können es ihm sagen“, kam als Antwort. „Und wie? Dort in den hässlichen Bergen dürfte es keine Mobilverbindung geben.“ „Nein, aber eine Satellitenverbindung. Wir stehen in der Regel einmal am Tag mit Tashi Dasa in Verbindung. Deshalb besitzt er ein Satellitentelefon der Marke Iridium, 98prozentige weltweite Abdeckung.“

Nun strahlte Han über das ganze Gesicht. „Gratuliere Genosse, das ist eine wirklich gute Nachricht. Wenn wir bald von der Partei belohnt werden, werde ich nicht vergessen, welche Rolle Du gespielt hast.“ Und nach einer kurzen Pause fügte er verschwörerisch hinzu: „Genosse, das bleibt unser Geheimnis. Es wird nicht schwer für uns sein, diesen Verrätern mit unserer kleinen Eliteeinheit sehr schnell auf die Spur zu kommen und sie zu stellen. In Peking wird es dann keinen Zweifel geben, wem der Dank für diese große patriotische Leistung gebührt.“

Der lokale Funktionär grinste stolz. Wenn ihn ein so wichtiger Genosse aus der Hauptstadt in eine so wichtige Operation einbezog, dann würde er ihn natürlich nicht enttäuschen. Die Aussicht auf einen großen Karrieresprung war gerade in der Provinz sehr verlockend. Allerdings durfte er dem Genossen eines nicht vorenthalten: „Wir haben leider nicht zu jeder Zeit die Möglichkeit, mit der Gruppe in Kontakt zu treten. Da es in der Wildnis keine Möglichkeit gibt, die Akkus der Geräte aufzuladen, haben wir mit unseren Fluchthelfern vereinbart, dass sie jeden zweiten Abend um sechs Uhr das Gerät einschalten, damit wir besprechen können, was wichtig ist. Wenn dort etwas Unvorhergesehenes geschieht, melden sie sich umgehend, aber der gute Tashi ahnt wohl nicht, dass er von besonders verräterischen Staatsfeinden umgeben ist. Ich habe gestern Abend mit ihm gesprochen. Er wird sich also erst wieder morgen Abend melden. So schnell kommen sie aber gar nicht voran, denn sie sind inzwischen zu Fuß unterwegs und es gab schon einige Schwierigkeiten mit dem LKW wie ich vernommen habe. Wenn wir eher gewusst hätten, worum es geht, hätten wir die Gruppe noch in Shigatse festgesetzt, aber ursprünglich war vereinbart worden, sie mal wieder über die Grenze zu lassen und danach zu schnappen." Han wurde etwas nervös. „Das werden wir auf keinen Fall riskieren", befahl er in strengem Ton. „Nein, nein", beeilte sich der örtliche Funktionär zu versichern. „Morgen Abend werden wir wissen, wo sie genau sind, und dann haben wir sie. Es gibt auch noch Polizeiposten da draußen, die wir schon auf ihre Fährte setzen können, bevor wir zuschnappen, wenn ihr das wünscht." „Dagegen ist nichts zu sagen", erwiderte Han, „aber erklär allen anderen nicht zu viel und sag dem Tashi auch nicht mehr, als dass auf höheren Befehl verfügt wurde, die Gruppe nicht über die Grenze lassen, sondern schon vorher festzusetzen. Wir werden die Verräter dann selbst nach Shigatse bringen und von dort in Ketten nach Peking." Er lachte laut. Natürlich leuchtete es ihm ein, dass ein solches Telefon in der Ödnis nicht die ganze Zeit auf Empfang sein konnte. Diese kleine Einschränkung würde den Erfolg seines Unternehmens jedoch ganz gewiss nicht gefährden.

Wie bereits in Shigatse bekannt war, hatten die Flüchtlinge inzwischen ein Gebiet erreicht, in dem es nur noch zu Fuß weiterging. Tashi versicherte, es seien nur noch fünf Tage bis zur Grenze, doch Lobsang und Thinley wussten, dass er diese Route selten nahm, deshalb trauten sie den Angaben nicht so recht. Fast alle aus der Gruppe waren schon jetzt am Rand der Erschöpfung. Die Fahrt halb versteckt auf der Ladefläche des LKWs war anstrengend gewesen, dazu die unvorhergesehenen Probleme. Aber die eigentliche Anstrengung begann erst. Wegen der Kinder konnten sie kein hohes Tempo einschlagen, was den Begleitern des Panchen Lama nicht gefiel. Doch vor allem Tashi Dasa nahm große Rücksicht auf die Kinder. Er kam zwar nicht auf die Idee, sie zu tragen, wie es viele Fluchthelfer mit den ihnen Anbefohlenen machten, aber er hielt sich häufig am Ende des Zuges bei ihnen und ihrer Mutter Dolma auf und ermahnte die ganze Gruppe, wegen der Kinder nicht zu schnell zu gehen. Thinley gesellte sich nach einigem Zögern zu ihnen, als sie wieder einmal das Gefühl hatten, kaum von der Stelle zu kommen. Er hatte den Eindruck, als sei Dolma erleichtert darüber, doch sie sagte kein Wort. Der Respekt vor einem Mönch verbot ihr ohnehin, in näheren Kontakt mit Thinley zu treten.

Thinley machte Tashi den Vorschlag, dass die Männer abwechselnd eines der Kinder auf die Schultern nähmen, um schneller voran zu kommen. Tashi wirkte plötzlich niedergeschlagen. „Ja, das wäre bestimmt eine gute Idee und das wird auch von uns erwartet. Aber das geht leider nicht. Seit meiner Gefangenschaft ist mein Rücken nicht mehr in Ordnung. Die Folterungen; du verstehst?“ „Nein, ich verstehe nicht“, erwiderte Thinley barsch. „Du hast erzählt, Dein Vater sei im Gefängnis gestorben und Deine Mutter vergewaltigt und ermordet worden. Du aber hättest zwei Chinesen umgebracht, um ihnen zu entkommen.“

Tashi schien nicht gekränkt angesichts des Misstrauens, obwohl es bereits ihr zweiter Zusammenstoß war. „Ich habe nicht alles erzählt, ich fand es unangebracht, aber auch ich musste erfahren, wie es uns in einem chinesischen Gefängnis ergeht. Ich hätte nicht gedacht, dass ich es überleben würde, und danach habe ich mir geschworen, nie wieder in die Hände der Chinesen zu fallen, koste es was es wolle.“ Thinley schwieg und sie setzten den Weg langsam fort. Als er sich wieder zu den anderen weiter vorne auf dem Weg begeben wollte, fing er einen Blick von Dolma auf. Fast sehnsüchtig baten ihre Augen ihn, bei der kleinen Gruppe mit den Kindern zu bleiben. Er nickte kaum merklich und Dolmas Erleichterung war deutlich zu spüren. Zum ersten Mal seit sie Shigatse verlassen hatten, nahm er die Frau näher wahr. Bislang hatten die Flucht und die Aufgabe, die ihm dabei zugefallen war, all seine Aufmerksamkeit erfordert. Nun sah er mehr als nur eine stille Frau, die mit zwei Kindern unterwegs war. Dolmas ebenmäßige Gesichtszüge verliehen ihr etwas Würdevolles, ja Majestätisches, das selbst unter diesen schwierigen Bedingungen unübersehbar war. Sie war relativ groß und trug ihre Chuba eng geschnitten. Ihre Haut war hell, vermutlich gehörte sie nicht zu denen, die viel auf dem Feld gearbeiteten hatten, und wenn man ihre Hände näher betrachtete, konnte man erkennen, wie feingliedrig und gepflegt sie waren, daran hatten nicht einmal die Umstände, unter denen sie sich befanden, etwas ändern können. Thinley vermutete, dass sie aus einer vornehmen Familie stammte, aber es war seiner Rolle als Mönch nicht angemessen Näheres zu erfragen. Es gab noch etwas anderes, das ihn abhielt, seiner erwachten Neugierde nachzugeben: Dolma strahlte eine tiefe Trauer aus, als ob sie etwas Schweres mit sich herumtrug, das sie mit niemandem teilen konnte. Diese Erfahrung kannte er zu gut, und er fühlte sich der fremden Frau seltsam verbunden. Ein paar Mal schaute Thinley verstohlen zu ihr hinüber und jedes Mal wunderte er sich, warum er sie nicht früher so wahrgenommen hatte. Manchmal erwiderte sie für einen kurzen Moment seinen Blick. Er sah darin vor allem Dankbarkeit, dass sie nicht alleine mit dem Fluchthelfer bleiben musste.

Bisweilen musterte Thinley heimlich auch Tashi. Der Fluchthelfer blickte zumeist undurchdringlich auf den Boden, doch Thinley hatte den Eindruck, in seinem Herzen wünschte er ihn in die Hölle. Das hing nicht nur mit Dolma zusammen. ‚Irgendetwas stimmt nicht mit diesem Mann', dieser Gedanke setzte sich immer mehr in seinem Kopf fest. Plötzlich wurde von einem lauten Schrei aus seinen Überlegungen gerissen. Es war Lobsang, der sich nach ihnen umschaute. „Macht euch klein, ein Hubschrauber". Im gleichen Moment sahen die anderen ihn bereits. Am Horizont tauchte ein Helikopter auf, der zielstrebig auf ihren Standort zusteuerte und offensichtlich die Gegend absuchte. Waren ihnen die Chinesen etwa auf der Spur? Alle warfen sich auf den Boden, um kein Ziel abzugeben. Dabei ging Tashi besonders eifrig zu Werke. Er lag direkt neben Dolma und legte seinen Arm über sie, als ob er sie noch tiefer auf den Boden pressen wollte. Ihr Mastiff knurrte böse, doch auch er schien zu spüren, dass er sich nicht regen durfte.

Mehr als eine halbe Stunde mussten sie so liegenbleiben, dann erst drehte der Hubschrauber wieder ab und verschwand. Der Schock saß tief, doch jetzt war es noch dringender, so schnell wie möglich voranzukommen. Am folgenden Tag trafen sie auf eine Gruppe von Nomaden, die sich bereit erklärten, Dolma und die Kinder auf ihren Yaks reiten zu lassen. So ging es etwas schneller voran, doch noch immer blieb Tashi am Schluss der Gruppe und bremste. Am Nachmittag stellte sich ihnen ein weiteres Hindernis in den Weg, ein reißender Gebirgsbach, der 30 Meter unter ihnen durch ein Tal rauschte. Auf dem Weg nach Nepal mussten sie ihn überqueren. „Wir bleiben auf dieser Seite", erklärte der Älteste der Nomaden, „aber ihr könnt versuchen, euch ungefähr zehn Kilometer flussaufwärts durchzukämpfen. Dort gab es mal eine Hängebrücke über den Fluss. Ich weiß nicht, in welchem Zustand sie sich befindet, aber es ist der einzige Übergang hier weit und breit. Seit Tibet nicht mehr selbständig ist, sind die alten Wege nach Süden ins Pal Yül, das Land der Wolle, ziemlich überflüssig geworden, da die Chinesen den Handel weitgehend unterbunden haben." Er lachte laut dabei, doch den Flüchtlingen war nicht nach Scherzen zumute. Es würde eine ungeheure Strapaze werden, von der sie noch nicht einmal wussten, ob es sich lohnte, doch es gab keine andere Wahl. Sie mussten den Umweg auf sich nehmen.

Nach fast vier Stunden bergan durch Gestrüpp und Geröll kamen sie endlich zu der beschriebenen Stelle. Die Brücke befand sich in einem erbärmlichen Zustand. Zwei Seile V-förmig verbunden mit einem dritten etwas stärkeren darunter als Hauptstrang führten noch hinüber, doch sie machte alles andere als einen vertrauenerweckenden Eindruck. Außerdem war es kaum noch möglich, sich festzuhalten, denn mehr als die Hälfte der vertikalen Verbindungen fehlten. „Wir können es nicht wagen, diese Brücke zu benutzen", sträubte sich Tashi. „Das ist der sichere Tod, und ich habe schließlich die Verantwortung für die Gruppe. Wir laufen am besten noch weiter das Tal hinauf, denn irgendwann muss es schmaler werden und dann können wir durch den Fluss waten". „Der sichere Tod ist es, wenn wir hier noch länger verweilen. Hast du vergessen, dass gestern ein Hubschrauber über uns gekreist ist?", widersprach Lobsang. „Wir müssen es wagen." Doch Tashi ließ nicht locker. „Welch ein Leichtsinn, eine solche Brücke überqueren zu wollen! Wie kommst du überhaupt darauf, dass der Hubschrauber etwas mit uns zu tun hatte? Das war Zufall. Wir sind nicht weit von der Grenze, da sind häufiger Hubschrauber unterwegs, das hatte mit uns bestimmt nichts zu tun." „Da bin ich mir nicht so sicher", beendete Lobsang die Debatte. „Wir überlassen einfach jedem selbst die Entscheidung. Unsere Gruppe wird die Brücke überqueren, Dolma und die Kinder können uns gern folgen, und du kannst natürlich weiter den Fluss hinauf laufen, wir finden den Weg nach Nepal auch ohne dich." Tashi schwieg, doch seine hasserfüllten Augen sagten mehr als Worte.

Für Dolma war es keine Frage, dass sie mit den Kindern bei den Flüchtlingen blieb, und so machten sich die Erwachsenen einer nach dem anderen mit einem Kind auf den Rücken auf den unsicheren Weg. Damit die Konstruktion nicht zu sehr ins Wanken geriet, konnte immer nur einer sie betreten, während die anderen Stoßgebete zu den Göttern schickten. Gyaltsen Norbu war der erste. Quälend langsam erreichte er das andere Ufer. Ihm folgte Dolma mit ihrer Jüngsten auf dem Rücken und ihrem Mastiff. Auch sie schaffte es, worauf sich Tashi vordrängte, der es plötzlich eilig hatte. ‚Natürlich, Dolma ist drüben' dachte sich Thinley und er spürte, wie dabei Ärger in ihm aufstieg. ‚Aber zum Glück ist sie dort nicht allein", beruhigte er sich. Schließlich wartete er nur noch mit Gendün Choekyi Nyima. Als der Panchen Lama die Hälfte des Weges hinter sich gebracht hatte, erstarrte Thinley vor Schreck. Drei chinesische Polizisten tauchten wie aus dem Nichts auf und stürmten mit gezogenen Pistolen auf die Brücke zu. Sie schienen genau zu wissen was sie wollten, und Thinley schoss der Gedanke an den Hubschrauber vom Vormittag durch den Kopf. Jetzt konnte er nicht warten, bis Gendün das andere Ufer erreicht hatte. So schnell er konnte, folgte er dem Panchen Lama. Noch bevor beide das andere Ufer erreicht hatten, setzte der erste Polizist seinen Fuß auf die Brücke. Offenbar hatten sie den Befehl, die Gruppe zu stellen und zu überwältigen, denn es wäre nicht schwer gewesen, sie abzuschießen. „Rette dich, rette dich", brüllte Thinley in Gendüns Richtung, während er gleichzeitig versuchte, mit seinem Messer die noch verbliebenen Taue durchzutrennen. Der reißende Fluss verschluckte jedoch die Worte und Gendün hatte den Eindruck, Thinley benötigte seine Hilfe. Zu Thinley Entsetzen kroch er zurück. Während einer der Polizisten näher kam, schlug Thinley wie von Sinnen mit seinem Messer auf das Seil ein, das immer dünner wurde. Gendün stand neben ihm, als er zu einem letzten kräftigen Schlag anhob. „Halt dich fest", brüllte er. Die Brücke zerriss in zwei Teile, und für den Polizisten, der sich noch in der Mitte befand, gab es kein Halten. Thinley dagegen krallte sich mit all seiner Kraft an dem kurzen Ende fest. Hilflos musste er jedoch mit ansehen, dass Gendün keinen Halt fand. Der Junge war körperliche Anstrengung nicht gewohnt und versank wie der Polizist in den eiskalten Fluten.

Thinley blieb keine Zeit für Panik. Mit dem Seilende, an dem er sich festhielt, kämpfte er sich zum nahen Ufer vor, wo er sich am dichten Gestrüpp festhalten konnte. Die Dornen zerrissen sein Mönchsgewand und zerkratzten seine Beine, doch davon spürte er nichts. Er rutschte stattdessen die Böschung hinunter, in der Hoffnung, irgendetwas von Gendün zu erblicken. Plötzlich sah er zwei Köpfe aus den Fluten tauchen. Beide klammerten sich an einen dicken Ast. Der Polizist schlug auf Gendün ein, sein Leben interessierte ihn offenbar weit weniger als die Gefangennahme des Jungen. Lange konnten sie sich in der starken Strömung jedoch nicht halten. Sie trieben weiter talabwärts, und der Polizist achtete darauf, an Gendün dranzubleiben. Er versuchte ihn zu umklammern, doch der Junge mobilisierte plötzlich ungeahnte Kräfte. In Todesangst schlug er nach dem Polizisten, und dadurch gelang es ihm immer wieder, dem kräftigen Mann zu entkommen. Als beide wieder ein wenig getrennt waren, schleuderte Thinley einen Stein auf den Polizisten, doch vom Ufer aus verfehlte er sein Ziel. Plötzlich nahm die Strömung zu. Thinley erkannte die Ursache als erster. Die beiden trieben auf einen Wasserfall zu, der ins Bodenlose zu stürzen schien. ‚Das ist das Ende", wusste Thinley. Der Polizist war wieder nah an Gendün herangekommen und schien die tödliche Gefahr nicht wahrzunehmen, oder sie interessierte ihn nicht in seinem Pflichtbewusstsein. Er war dem Sturz in den

Abgrund näher als Gendün, doch auf einem kleinen Felsvorsprung hatte ein Baum Wurzeln geschlagen, dessen Äste sich über dem Wasser verzweigten. Der Polizist sah ihn und versuchte, sich daran festzuklammern. Thinley war der Stelle inzwischen auch näher gekommen. Er hatte ein paar große Steine vom Felsvorsprung aufgesammelt und schleuderte sie auf den Polizisten. Einer traf ihn heftig am Arm; er verlor seinen Halt, stürzte, überschlug sich, ein Strudel erfasste ihn und sein Kopf krachte auf einen Stein. Von oben sah Thinley für einen kurzen Moment wie sich das Wasser rot färbte. Seine ganze Aufmerksamkeit war jedoch auf Gendün gerichtet. Auch der sah den Baum und ruderte verzweifelt in dessen Richtung. Schließlich bekam er einen Ast zu greifen. Er konnte sich jedoch nicht im Wasser halten, sondern hing über dem Abgrund. Verzweifelt versuchte er, sich auf den Felsvorsprung zu retten, doch dazu war es viel zu glatt. Zudem war der Ast nicht stark genug, um ihn noch lange zu halten. Thinley erkannte sofort, dass es nur noch eine Frage der Zeit war, bis er brach und Gendün mit in die Tiefe riss. Er brüllt zu dem Jungen hinüber, der ihn erst jetzt wahrnahm. Vom Ufer aus hielt er ein Seil hoch und warf es in Gendüns Richtung. Der schaffte es jedoch nicht, das Seil mit einer Hand zu ergreifen, während der Ast sich weiter bedrohlich bog. Noch einmal warf Thinley das Seil und Gendün ging ein letztes, verzweifeltes Risiko ein. Er ließ den Ast los und griff mit dem Mut der Verzweiflung mit beiden Händen nach dem Seil. Er schaffte es, schwang sich an das Ufer, wurde aber an eine Felswand gedrückt. Mit einem Bein fand er Halt, doch war er nicht in Lage, von der Position aus nach oben ans Ufer zu klettern. Einige Meter über sich sah er Thinley, der sich flach auf den Boden gelegt hatte und über den Vorsprung hinwegschaute. Er erfasste die Situation sofort. Mit seinen Händen bedeutete er Gendün, sich das Seil um seinen Körper zu binden. Endlich verstand der Junge. Mit seinen letzten Kräften stützte er sich an dem Vorsprung ab, während Thinley das Seil zu sich heranzog. Quälend langsam ging es bergan. Endlich konnte Thinley die Hand des Jungen ergreifen und zu sich heranziehen. Völlig erschöpft sank Gendün zu Boden. Er war gerettet.

Knapp eine Stunde später erreichten die anderen die Stelle, wo Gendün noch immer erschöpft auf dem Boden lag. Sie hatten den verzweifelten Kampf nicht mitbekommen, nur den Sturz der beiden ins Wasser. Die Erleichterung war groß, den Panchen Lama lebend wiederzusehen. Besonders Tashi, der gar nicht wissen konnte, wen er begleitete, pries die Götter so überschwänglich für die Rettung, dass Thinley seinen Verdacht erhärtet sah. Mit dem Mann konnte etwas nicht stimmen. Plötzlich kam ihm eine Idee. Er würde in der kommenden Nacht so lange wach bleiben bis alle schliefen, dann wollte er Tashis auffälliges Handy näher in Augenschein nehmen. Vielleicht konnte das Auskunft über dessen merkwürdiges Verhalten geben.

Zunächst jedoch mussten sie die Ufergegend verlassen, denn sie wussten nicht, wo sich die Kollegen des ertrunkenen Polizisten befanden. Sie würden die Verfolgung gewiss nicht so rasch aufgeben, auch wenn sie vorerst keine Chance hatten, den Fluss zu überqueren. Den Vorteil mussten sie nutzen, um sich außer Sichtweite zu bringen.

Als Tashi eingeschlafen war, schlich sich Thinley zu ihm hin. Er wusste inzwischen, dass er das verdächtige Mobiltelefon nachts in einer Seitentasche seines Rucksacks verstaute, den er mit einer Schnur an seinem Gürtel befestigte, damit ihn niemand entwenden konnte. Thinley musste also an das Telefon herankommen, ohne den Rucksack zu bewegen. Er spürte die gleichmäßigen Atemzüge des Schlafenden nur wenige Zentimeter von seinem Ohr entfernt. Jedes noch so leise Geräusch erschreckte ihn und trieb Schweißperlen auf seine Stirn, obwohl die Nacht bitterkalt war. Thinley kam nicht gleich an das Telefon heran, da es ganz unten in der Seitentasche verstaut war. Während er sich mit den Fingern langsam bis auf den Boden der Tasche vortastete, blickte er unverwandt den Schlafenden an; inbrünstig flehte er zu Buddha, ‚lass ihn jetzt nur nicht wach werden!“ Nach Minuten, die ihm wie Stunden vorkamen, spürte er endlich das Gerät. Nun konnte er es langsam zu sich heranziehen. Plötzlich bewegte sich Tashi und Thinley gerann das Blut, aber jetzt gab es kein Zurück mehr. Tashis Arm glitt im Halbschlaf zu seinem Rucksack. Ihn zu spüren, schien ihn zu beruhigen. Die Hände der beiden Männer waren so nah beieinander, dass sie sich fast berührten. Thinley presste sich so tief er konnte auf den Boden und hielt den Atem an. So verharrte er regungslos, bis er endlich wieder die regelmäßigen Atemzüge eines Schlafenden hörte.

Obwohl er am ganzen Körper zitterte, musste er jetzt fortsetzen, was er begonnen hatte; wer wusste schon, wann sich wieder so eine Gelegenheit bot. Noch langsamer als zuvor zog er das Telefon aus der Seitentasche und kroch damit langsam zurück. Als er weit genug entfernt war, holte er eine kleine Taschenlampe hervor, um das Gerät genauer in Augenschein nehmen zu können. Er rieb sich kurz die Augen, denn er hielt ein Iridium-Satellitentelefon in der Hand. So eines hatte er während seiner kurzen Ausbildung kennengelernt. Seine Auftraggeber hatten jedoch darauf verzichtet, ihm eines mitzugeben. Wenn es entdeckt worden wäre, hätte er sich sofort verdächtig gemacht, denn es kostete einige Tausend Dollar und kein Mönch besitzt solch ein Gerät. Es konnte, selbst wenn es eingeschaltet war, nicht geortet werden, da als Funkstation nur Satelliten dienten, aber keine Bodenstationen. Wollte man jedoch anderen seine Position mitteilen, konnte eine Notfallfunktion mit einem GPS-Empfänger aktiviert werden, der die Daten über einen Satelliten an eine bestimmte Empfangsstation schickte. Von dort aus konnte dann der genaue Ort des Senders ermittelt werden.

Thinley zitterte jetzt nicht vor Spannung, sondern mehr noch vor Wut und Empörung. Dieser Mann musste für China arbeiten und mit der Militärpolizei oder dem Geheimdienst – womöglich mit beiden – unter einer Decke stecken. Wusste er, wer sie waren, und waren ihnen die Jäger auf der Spur? Oder war das nur ein böser Zufall?

Eines war klar, als erstes musste er das Telefon unbrauchbar machen. In der Nähe war ein kleiner Tümpel. Dorthin lief er, schraubte die Hülle des Gerätes ab und tauchte es minutenlang unter Wasser. Danach trocknete er es ab, um keine Spuren zu hinterlassen und baute es wieder zusammen. Jetzt konnte er sicher sein, dass die Elektronik den Wasserschaden niemals überstanden hatte.

Dann schlich er sich zurück zu der Schlafstätte. Nichts hatte sich dort verändert, und so gelang es Thinley ungesehen, das Telefon wieder unbemerkt im Rucksack von Tashi zu verstauen.

Die Sprengung

Einen Tag später sahen sie die Verfolger wieder. Die Flüchtenden befanden sich auf einem höher liegenden Bergkamm, vor ihnen erstreckte sich ein enges Tal. „Wir werden sie nicht los, und es sollte mich wundern, wenn die Gruppe auf sich gestellt ist, und nicht bereits die halbe Armee alarmiert hat“, meinte Lobsang etwas gereizt zu Thinley. ‚Du ahnst nicht wie recht du hast“, dachte der Angesprochene, doch er wollte seine Erkenntnisse noch nicht verraten. Deshalb schwieg er, während Lobsang den Faden wieder aufgriff. „Wir müssen sie unbedingt abschütteln, bevor sich noch mehr von ihnen an unsere Fersen heften. Es dürfte nur noch eine Frage der Zeit sein, bis wir ein Hubschraubergeschwader über uns haben.“ Lobsang war trotz der Rettung des Panchen Lama aus den Fluten nervös und verunsichert. Thinley versuchte ihn zu beruhigen: „Ich bin nicht sicher, ob sie uns von dort unten bemerkt haben, auch wenn wir eine große Gruppe sind. Sei es drum, wir wissen es nicht, aber sollte es uns in dem Tal vor uns gelingen, sie loszuwerden, werden sie Schwierigkeiten haben, uns wieder zu orten, das weiß ich“. Lobsang schaute den Agenten, dessen Identität nur er kannte, von der Seite aus an. „Du hast Informationen, die wir nicht haben, oder?“ Das klang beinah flehentlich wie eine letzte Hoffnung. „Das ist doch mein Job, aber warte ab, heute Abend werden wir alle mehr wissen, so lange möchte ich noch warten, um ganz sicher sein zu können, in Ordnung?“ „Ich bin gespannt“, beendete Lobsang das Gespräch und Thinley rätselte, ob der Mann erleichtert oder ein wenig gekränkt war, nicht in alles eingeweiht worden zu sein.

Am Beginn des Tals befand sich eine Hütte. Lobsang befand sich mit Gyaltsen Norbu an der Spitze des Zuges, während Thinley am Ende neben Dolma, den Kindern und Tashi ging, der vorgab, sich wieder um die Kleinen kümmern zu müssen. Ohne viel darüber nachzudenken, gingen Lobsang und Gyaltsen in die Hütte hinein. Sie waren ein erhebliches Stück vor den anderen, die Sonne brannte vom wolkenlosen Himmel und die Hütte spendete etwas Schatten. Als sie sich näher umschauten, entdeckte Lobsang in einer Ecke mehrere Kisten, die durch ein Sprengstoff-Symbol gekennzeichnet waren. Neugierig nahm er sie in Augenschein, während Gyaltsen Norbu die Sache nicht geheuer schien und er auf Abstand bedacht war. „Das ist Dynamit, wie kommt das hierher?“ entfuhr es Lobsang schließlich. „Es ist trocken und scheint noch zu gebrauchen zu sein“ fügte er hinzu. Gyaltsen Norbu verstand nicht so recht was er meinte, und Lobsang lächelte geheimnisvoll. „Das ist ein Geschenk der Götter“.

Er konnte es kaum abwarten, bis die anderen bei der Hütte waren und dann offenbarte er ihnen seine Entdeckung. „Was sollen wir denn damit?“, fragte Tashi lauernd. „Uns einen großen Vorsprung verschaffen“, antwortete Lobsang lächelnd. „So ein Quatsch, das rühren wir nicht an“, entgegnete Tashi leicht genervt. „Dieses Geschenk der Götter werden wir ganz sicher nicht einfach am Wegesrand liegenlassen. Mit dieser Menge Dynamit können wir so viele Felsen wegsprengen, dass der Eingang zum Tal tagelang unpassierbar ist.“ „Das kommt überhaupt nicht infrage“, widersprach Tashi heftig. „Lass die Götter aus dem Spiel. Ich weiß, woher dieses Dynamit ist, es ist ein Geschenk der Chinesen, wenn du es schon so sehen willst, und ich werde nicht zulassen, dass wir uns damit alle unglücklich machen. Ich habe schließlich die Verantwortung.“ „Wieso kommen die Chinesen dazu, solche Mengen von Dynamit in eine so angelegene Gegend zu bringen und dann nicht zu benutzen? Das ist doch seltsam, “ fiel ihm Lobsang ins Wort, doch Tashi ließ sich nicht beirren. „Das ist gar nicht seltsam. Vor über zwanzig Jahren wollten die Chinesen hier eine weitere Straße nach Nepal bauen, und mit dem Dynamit sollte der Streckenverlauf freigesprengt werden. Indien hatte jedoch etwas dagegen und es übte damals noch mehr Einfluss auf Nepal aus als China. So wurde Nepal gezwungen, auf die Straße zu verzichten. Womöglich hatten die Techniker kein Interesse mehr, das Dynamit wieder abzutransportieren, oder sie haben es einfach vergessen, jedenfalls liegt es hier noch herum. Ich verbürge mich dafür, dass es hier liegenbleiben wird. Wenn wir das zur Detonation brächten, könnte man fast bis Shigatse hören und sehen, wo wir uns befinden. Es wäre verrückt, uns auf diese Art zu verraten, nur um etwas Zeit zu gewinnen; von dem Risiko ganz abgesehen:“

Die letzten Worte rief er laut, und um ihnen Nachdruck zu verleihen und seine Autorität zu unterstreichen, gestikulierte er heftig. Ein leichtes Zittern in seiner Stimme verriet indes seine Unsicherheit. Dann schaltete sich Thinley ein. „Wir mussten erleben, wie zielstrebig die Soldaten auf uns zugekommen sind, von dem Hubschrauber ganz zu schweigen. Es scheint, als ob die Armee bereits in der Lage war, uns zu orten, deshalb würden wir nicht mehr verraten als ohnehin bekannt zu sein scheint. Dagegen wäre es ein großer Vorteil, wenn es uns gelänge, unsere Verfolger für einige Tage am Eingang des Tals aufzuhalten. Das Tal ist hier sehr steil, mit einer gezielten Sprengung könnten wir es massiv blockieren. Komm,

Lobsang...". Zu zweit wollten sie die erste Kiste ins Freie tragen, doch Tashi stellte sich ihnen entgegen. „Das könnt ihr nicht machen, das ist Wahnsinn. Ich bin hier der Verantwortliche, " schrie er. Plötzlich und für alle unerwartet schaltete sich Dolma ein, den Mastiff bedrohlich an ihrer Seite. „Diese Männer", sie deutete auf Lobsang und Thinley, „haben uns bisher durch alle Gefahren geführt und ihre Vorschläge waren weise und umsichtig. Gleichzeitig handeln sie äußerst respektvoll und achtsam, so wie es die Lehre des Erleuchteten verlangt. Ich habe deshalb volles Vertrauen zu ihnen, und wenn sie es für richtig erachten, dass wir hier Sprengungen vornehmen, dann werden wir das machen." Schweigen breitete sich aus. Selten hatte jemand Dolma so entschlossen erlebt. Auch Tashi wagte nun keinen Widerspruch mehr und so begannen die Männer, die Kisten aus der Hütte zu tragen. Plötzlich hellte sich Tashis Gesicht wieder auf. „Bevor ihr euch weiter abmüht", rief er den anderen zu, „möchte ich gern wissen, ob ihr überhaupt Zündschnüre habt. Die umsichtigen Heiligen", der Spott, aber auch seine eigene Verletztheit waren nicht zu überhören, „werden das Feuer doch wohl nicht direkt an das Dynamit halten wollen." Die Männer hielten inne. Daran hatte in ihrem Eifer noch niemand gedacht, und Tashi genoss seinen Triumph. „Bevor wir uns hier weiter aufhalten und den Soldaten, die uns rein zufällig aufgespürt haben, die Möglichkeit geben, wieder zu uns aufzuschließen, sollten wir uns unverzüglich auf den Weg machen. Lobsangs alberne Idee hat uns schon genug Zeit gekostet." „Eine Viertelstunde noch", entgegnete Lobsang, „wir haben noch gar nicht nach Zündschnüren gesucht." Mit den Worten verschwand er wieder in der Hütte. Thinley eilte hinterher, sehr zum Missfallen von Tashi. So sehr sie sich jedoch auch bemühten, sie fanden nichts Brauchbares.

„Dann müssen wir einen anderen Weg finden, um die Ladung zu zünden, du bist doch der Spezialist, oder?" Thinley wunderte sich, dass Lobsang in der Situation seinen Humor noch nicht verloren hatte. Angespannt dachte er nach. Es war zu verlockend, das Dynamit zu benutzen, um die Verfolger abzuhängen, zumal sie, was Tashi offenbar noch nicht wusste, keine Möglichkeit mehr hatten, sie zu orten. Aber sie durften auch kein zu großes Risiko eingehen. Dann kam ihm eine Idee. „Ich hab's, aber zuerst müssen die anderen in Sicherheit sein. Er rannte hinaus. „Norbu, Dolma, die Kinder und alle anderen. Ihr lauft den Weg hinauf", er wies auf den kaum erkennbaren Pfad, der in das Tal hinein führte. Lauft so schnell ihr könnt und soweit ihr könnt. Wir erledigen hier die Arbeit und kommen dann nach. Tashi, wir möchten, dass du uns hilfst." Letzteres war eine Ausrede; es war in Wirklichkeit ein Versuch, den undurchschaubaren Leiter von der Gruppe fernzuhalten. Wenn etwas schief gehen würde, wären die wichtigsten Flüchtlinge Tibets vollkommen in Tashis Hand, und das war selbst dann ein höchst unangenehmer Gedanke, wenn Tashi nicht wusste, wer sie waren. Tashi durchschaute das Ansinnen aber sofort. „Das kann ich nicht verantworten. Ich muss mich um die Sicherheit der mir Anvertrauten kümmern und werde sie in das Tal begleiten".

Als sie sich trennten, traf Thinley der Blick von Dolma. Er sah nicht nur ein Unbehagen, einem Mann ausgeliefert zu sein, in dessen Gegenwart sie sich äußerst unwohl fühlte; er sah auch eine Sehnsucht, die mit der Welt um sie herum nichts zu tun hatte. Thinley erschrak fast und wusste nicht, wohin er schauen sollte. „Bitte verlasst uns nicht, kommt wieder", flüsterte sie so leise, dass nur Thinley es verstand.

Diesmal ging Tashi mit festem Schritt voran, und es war nur allzu deutlich erkennbar, dass er nichts dagegen gehabt hätte, wenn er die beiden Sprengmeister nie wieder gesehen hätte.

Die zwei warteten zehn Minuten, dann machten sie sich an die Arbeit. Thinley nahm eine leere Zigarettenschachtel, in deren Oberseite er einige Löcher schnitt, die für die Luftzufuhr sorgen sollten. In das untere Ende der Schachtel legte er mehrere Zündhölzer, aber ohne den Holzstift. Dann steckte er zwei Zigaretten in die Schachtel, von denen er den Filter entfernt hatte. Wenn er die anzünden würde, hatten sie etwa sieben Minuten Zeit, um sich ebenfalls in Sicherheit zu bringen. Von den beiden Zigaretten sollte eine auf jeden Fall weiterbrennen, möglichst natürlich beide, die würden dann die Zündköpfe zum Brennen bringen, über denen das Dynamit deponiert war.

Lobsang wunderte sich, wie ruhig Thinleys Hand war, als er die Zigaretten anzündete. Sie glommen planmäßig und dann rannten die Männer davon so schnell sie konnten. Nach einer Zeit, die ihnen wie eine Ewigkeit vorkam, schaute Thinley zum ersten Mal auf seine Uhr. Fünf Minuten waren vergangen. Der Moment der Entscheidung rückte näher, doch sie rannten noch immer weiter. Nach sechseinhalb Minuten wies Thinley seinen Gefährten an, sich mit ihm hinter einem Felsen zu verstecken. Wer konnte schon wissen, wie heftig die Detonation werden würde - wenn es denn klappte. Der Schweiß rann in Strömen aus ihrem Gesicht, die ohnehin verdreckten Hemden klebten an ihrer Haut, doch sie nahmen nichts davon wahr. Gebannt starrten sie in die Richtung, wo sie das Dynamit angebracht hatten. Sieben Minuten waren vergangen. Nervös krallte Lobsang seine Hand in den Stein. Waren die Zigaretten vorzeitig ausgegangen? Sollten sie es noch einmal versuchen? Oder aufgeben trotz der Mühen? Dann riss ihn eine Detonation aus seinen Gedanken, die ihnen wie ein Erdbeben vorkam. Nur mit Mühe konnten sie sich an ihrem Platz halten, Steine flogen bis zu ihnen hinauf und ohne den Schutz wäre sie unweigerlich getroffen worden. Dann krachte eine gigantische Geröll- und Gesteinsmasse in den Eingang des Tals. Sie hatten ganze Arbeit geleistet, immer neue Brocken lösten sich aus den Felsen. Das gab ihnen einen Vorsprung von Tagen.

„Hoffentlich ist Dolma weit genug weg“, entfuhr es Thinley eher unbewusst. „Dolma?“ fragte Lobsang ungläubig. „Ich dachte wir sind hier, um den Panchen Lama in die Freiheit zu geleiten?“ Thinley grinste verlegen. „Ja, ja, natürlich.“ Noch nie hatte Lobsang den Agenten so unsicher erlebt. Um die Situation zu retten, machten sich beide wieder auf den Weg zu der Gruppe.

Die Erleichterung war groß, als Lobsang und Thinley aufgeschlossen hatte. Bei der ersten Detonation hatte die Gruppe ebenfalls Schutz hinter einem Felsen gesucht und dort auf die anderen gewartet. Tashi hatte sich wieder gefasst und begrüßte die Männer scheinbar ebenso erleichtert wie die anderen. Nichts deutete darauf hin, wie es in seinem Inneren aussah.

Da es erst Nachmittag war, brachen sie gleich wieder auf und marschierten noch bis zum Sonnenuntergang. Dann suchten sie ein Lager für die kalte Nacht. Wie zwei Abende zuvor sonderte sich Tashi unter einem Vorwand von der Gruppe ab. Kaum hatte er ihnen den Rücken zugekehrt, holte Thinley sein kleines Fernrohr hervor. Er wollte nichts verpassen von dem, was jetzt kommen musste.

Tatsächlich hantierte Tashi mit zunehmender Nervosität an seinem Satellitentelefon herum. Hastig betätigte er immer wieder den Ein- und Ausschaltknopf, drückte auf der Tastatur herum und baute es schließlich auseinander. Mindestens eine halbe Stunde war er so beschäftigt, aber es half alles nichts. Dann merkte er, wie er beobachtet wurde und sofort versuchte er wieder gelassen zu wirken. Langsam ging er zur Gruppe zurück, doch selbst diejenigen, die nicht wussten, was vorgefallen war, spürten, das etwas nicht stimmte. Thinley hatte sich inzwischen entschlossen, ihn öffentlich zu enttarnen. Es war nicht mehr weit bis zur nepalesischen Grenze, sie hatten einigen Vorsprung, und die Verfolger konnten sie nicht mehr orten. Den Rest würden sie ohne den Verräter viel leichter schaffen.

„Keinen Kontakt mehr zu deinen Auftraggebern?“, empfing er Tashi. „Ich verstehe einen solchen Blödsinn nicht, und bin auch nicht in der Stimmung, mich darauf einzulassen“, entgegnet der Angesprochene genervt und wandte sich ab. Thinley ließ ihn jedoch nicht gehen. „Du hast gerade mit dem Iridium Satellitentelefon versucht, Deine chinesischen Auftraggeber zu erreichen. Das ist dir aber nicht gelungen, da ich mir erlaubt habe, es heute Nacht unbrauchbar zu machen.“ Alle Umstehenden hielten den Atem an und Tashi starrte den Mönch derartig fassungslos an, dass jeder spürte, er war bis ins Innerste getroffen. Als ihn Thinley zu allem Überfluss auch noch vielsagend anlächelte, konnte Tashi nicht mehr an sich halten. „Wie könnt Ihr als Mönch nur solche Lügen in die Welt setzen und damit einen Mann verleumden, der permanent sein Leben riskiert, um andere in die Freiheit zu geleiten. Nehmt das sofort zurück und sagt mir, was ihr mit meinem Mobiltelefon gemacht habt; ich wollte wie jeden Abend ein paar Spiele spielen, “ brüllte er, dass es in der felsigen Landschaft widerhallte.

„Du kannst uns nicht länger betrügen“, antworte Thinley unbeeindruckt, ruhig, ja er flüsterte es fast, was sein Gegenüber noch mehr erregte. „Ich fordere Dich auf, die Gruppe zu verlassen. Denk dir irgendeine Geschichte aus, die du Deinen Auftraggebern erzählst, Du kommst gut alleine zurecht.“ Weiter kam er nicht, denn Tashi baute sich vor ihm auf und brüllte noch lauter als zuvor: „Mönch, Du hast meine Ehre beschmutzt wie noch nie jemand in meinem Leben.“ Bei den Worten riss er theatralisch sein Hemd auf und entblößte seine Brust. Zum ersten Mal sahen die anderen seine Halskette, an der ein Gzi-Stein aufgezogen war. „Töte mich auf der Stelle, ich kann mit dieser Schande nicht weiterleben.“ Im gleichen Moment schrie Dolma auf: „Der Gzi-Stein, der Gzi Stein an seinem Hals, der ist von meinem Mann, von meinem ermordeten Mann, wieso hast du den? Ja, er ist ein Verräter.“ Unwillkürlich griff Tashi zu dem Stein, der seine Halskette zierte. „Was meinst Du?“, fragte Thinley hastig. „Die Augenmuster in der Mitte, die Ringscheiben darum herum, dieser ganz besondere grünliche Schimmer. Davon gibt es nur einen in Tibet. Er gehörte unserer Familie, der Großvater hat ihn an den Vater meines Mannes weitervererbt, und von dort ging er an ihn. Er hatte der Widerstandsgruppe ‚Schneelöwe“ in Lhasa angehört. Niemand wusste etwas über die Identität der anderen, aber mein Mann hat mir von einem andern Mitglied erzählt, dem der mittlere Finger der linken Hand gefehlt hat. Schaut euch Tashi Dasa an! Ich hatte das zuvor nicht beachtet, aber der Stein und der fehlende Finger, das kann kein Zufall sein. Als mein Mann eines Nachts Flugblätter aus einem geheimen Versteck in einem Telegrafenmast herausholen wollte, wurde er verraten und verhaftet. Nach drei Jahren habe ich ihn wiedergesehen, aber kaum mehr wiedererkannt. Auch der Gzi-Stein war verschwunden.“ Sie machte eine lange, beklommene Pause. Dann fügte sie hinzu, „im Gefängnis ist er entsetzlich zugerichtet worden und bei seiner Entlassung war er mehr tot als lebendig. Zehn Tage später ist auch sein Geist erloschen; ich habe ihn dabei in meinen Armen gehalten.“ Die letzten Worte verstand kaum mehr jemand, denn sie gingen im Schluchzen und Tränen unter. Jetzt wussten alle, warum Dolma so verschlossen wirkte.

Ein Gzi-Stein war eines der machtvollsten Heil- oder Schutzsymbole in Tibet. Je mehr Augen sie haben, desto wertvoller sind sie. Der, den Tashi um den Hals trug, hatte sechs. Sie sind mystischen Ursprungs und sollen dem tibetischen Volksglauben nach aus versteinerten kleinen Lebewesen bestehen. Andere meinen, sie wurden vom geheimnisvollen Vogel Garuda während des Fluges auf die Erde geworfen. Echte Gzi-Steine befinden sich im Familienbesitz und werden von Generation zu Generation weitergegeben. Kaufen kann man sie nicht.

Während sich die Aufmerksamkeit noch auf Dolma richtete, sprang plötzlich Tashi zu Gendün Choekyi Nyima. Ehe jemand reagieren konnte, hielt er dem Panchen Lama ein langes Messer an die Kehle. „Also gut, ihr habt Recht. Dieser Mönch hat mich durchschaut, aber doch nicht ganz. Ich habe auch meine Geschichte, und bevor ich mich mit diesem Jungen davon mache, sollt ihr wenigstens noch ein wenig davon erfahren. Ich habe nicht immer für die Chinesen gearbeitet, schließlich gehörte ich zu denen, die den Karmapa ins Exil geleitet haben. Dummerweise wurde ich auf dem Rückweg geschnappt. Euch muss ich nicht erklären, wie wenig angenehm es in chinesischen Gefängnissen ist. Unter der Folter habe ich mich dann gefragt, ‚Wofür das Ganze?“ Unserer Familie ging es im alten Tibet nicht besonders gut. Wir waren Leibeigene und mussten für die Mönche schuften. Sie haben behauptet, sie hätten für unser Heil gebetet, aber es kann nicht viel genützt haben, denn unser Los hat sich nie verbessert. Als mir die Chinesen die Zusammenarbeit angeboten haben, habe ich nicht abgelehnt. Was hatte ich zu verlieren? Seitdem hat mein Leben und das meiner Familie eine Wende zum Besseren genommen.“ Daraufhin stieß er Gendün an und machte sich auf, mit ihm auf das Geröllfeld am Eingang des Tales zuzugehen. „Komm Junge, wir verabschieden uns von den anderen.“ Und zu den anderen gewandt sagte er: „Wenn ihr wollt, dass er am Leben bleibt, rate ich euch dringend ab, uns zu folgen.“ In dem Moment gab Dolma ihrem Mastiff einen kaum sichtbaren Befehl. Sofort sprang der große Hund Tashi von der Seite heftig an. Der überrumpelte Mann verlor das Gleichgewicht samt seinem Messer und stürzte zu Boden, der Hund über ihm. Dort entwickelte sich ein heftiger Kampf. Mit ungeahnter Kraft konnte Tashi das große Tier abwerfen, und kopflos rannte er davon. Als er merkte, dass der Hund ihn verfolgte, nahm er rasch ein paar Steine vom Boden auf und warf sie nach ihm. Zweimal traf er das Tier schmerzhaft, das aufjaulte und stehenblieb. Dadurch gewann Tashi einen Vorsprung, doch Dolma befahl ihrem Mastiff den Flüchtenden zu stellen. Bald erreichte Tashi einen Abgrund. Das war seine Chance. Er musste versuchen, den Abhang hinunterzuklettern, denn dorthin würden ihm der Hund und die anderen nicht folgen. Einen guten Einstieg gab es nicht, doch er wagte es. Steine lösten sich unter seinen Füßen und rollten drohend ins Leere. Dann sah er den Hund über sich, jetzt gab es kein Zurück mehr. Panisch hielt er sich an einem kleinen Strauch fest, der aus der Gesteinswand herausragte. Seine Wurzeln waren jedoch dünn und locker, lange würde Tashi sich so nicht halten können. Dann sah er, wie der Hund sein Hinterbein hob und unmittelbar über den Wurzeln Wasser ließ, eine große Menge. Das war zu viel für den kleinen Strauch. Er löste sich und stürzte mit Tashi in die Tiefe. Aufreizend langsam trottete der Mastiff zurück zu den anderen, so als wollte er sagen, ‚den habe ich erledigt.'

Als Dolma ihn empfing und lobte, trat Thinley zu ihr. „Das war eine geniale Idee mit dem Hund." Dolma lächelte scheu. „Und ich habe noch etwas für Sie. Das lag dort, wo Ihr Hund den Verräter zu Boden geworfen hat." Mit den Worten öffnete er seine Hand und hielt Dolma den Gzi-Stein entgegen. Statt ihn zu ergreifen, brach sie in Tränen aus.

Der Gletschersee

Nach Tashis Tod kam die Gruppe erheblich schneller voran. Auch die Kinder beeilten sich, denn alle spürten, dass sie bald in Sicherheit sein würden. Thinley ging wieder mit ihnen und Dolma zusammen, ein fast schon vertrautes Bild. Bei der Gelegenheit wagte er die junge Frau zu fragen. „Mögen Sie mir noch mehr von Ihrem Leben in Lhasa erzählen? Es muss schrecklich gewesen sein." Sie nickte kurz, doch sie schwieg lange. Dann begann sie langsam und fast teilnahmslos, als ob sie über eine andere Person reden würde. „Die Militärpolizei hat mich streng überwacht und schikaniert wie sie nur konnte. Ich wurde gezwungen, meine Kinder auf eine chinesische Schule zu schicken, obwohl es in der Hauptstadt auch tibetische Grundschulen gibt. Immer wieder tauchten Polizeitrupps auf, um mein Haus zu durchsuchen. Es hieß, sie hätten Informationen, ich besäße Bilder des Dalai Lama. Obwohl jedoch alles auf den Kopf gestellt und sogar Lebensmittel ausgekippt wurden, haben sie niemals etwas gefunden. Natürlich nicht, " fügte sie beinah trotzig hinzu. „Ich habe mich nie beklagt und konnte meinen Hass auf die Mörder meines Mannes erstaunlich gut verstecken. Ich lebte nur für den Tag, an dem die Bewachung nachließ und ich endlich das Land verlassen konnte. Nun ist es geschehen." Wieder schenkte sie dem Mönch ein scheues Lächeln und als ob sie all ihren Mut zusammennahm, hörte sie sich sagen: „Darf ich Sie fragen, wie lange sie schon zur Gemeinschaft der ehrwürdigen Mönche Buddhas gehören. Sie..." Dolma stockte, doch Thinley griff ihre Bemerkung auf. „Ich...?" „Sie wirken irgendwie anders." Dann holte Thinley ganz tief Luft. „Das ist eine lange Geschichte. Ich werde sie Ihnen einmal erzählen, fest versprochen, aber jetzt ist die Zeit noch nicht reif dazu."

„Wenn uns die Chinesen nicht länger auf der Spur sind, können wir morgen schon Nepal erreicht haben", eröffnete Thinley den anderen am nächsten Tag. Er hatte sich vor seiner Mission mit den Pässen von Tibet nach Nepal vertraut gemacht und dabei ein besonderes Augenmerk auf das Mustang-Tal gelegt, denn der alte McCarthy hatte ihm angedeutet, dass dort, unabhängig vom eigentlichen Auftrag wichtige Informationen für ihn persönlich warten könnten. Mehr hatte er nicht verraten, doch es war genug für Thinley gewesen, um sich näher mit Mustang zu befassen.

„Nicht weit von hier liegt der Photu-La, der gerade einmal 4.200 Meter hoch ist. Er ist relativ leicht zu passieren und wir können uns schon heute Nachmittag an den

Aufstieg machen. Vorsicht ist aber dennoch geboten, denn wir wissen nicht genau, was die Chinesen über uns wissen."

In der Gruppe herrschte eine zuversichtliche Stimmung; die Sprengung war geglückt, die Verfolger abgehängt, der Verräter entlarvt und das rettende Nepal nicht mehr fern. Thinley wusste zwar, dass eine solche Stimmung die Gruppe beflügeln konnte, aber er wollte die aufkommende Zuversicht in Grenzen halten, denn sie konnte zu Leichtsinn und Unachtsamkeit führen. Seine Ausbilder hatten ihm eingeschärft, dass schon mancher Auftrag im letzten Moment gescheitert sei, weil sich die Agenten zu sicher gefühlt hätten.

Wie er vorhergesagt hatte, erreichten sie den Aufstieg zum Pass am frühen Nachmittag. In einiger Entfernung sahen sie kleine tibetische Steinhäuschen. Sie waren noch immer weiß gekachelt und hatten in früheren Zeiten, als der Handel zwischen Tibet und Nepal blühte, vermutlich als Zwischenstopp und Herberge in der Einöde gedient.

Thinley bedeutete den anderen, sich vorsichtig zu nähern, denn er hatte einen Verdacht, der sich rasch erhärtete. Als sie näher kamen, erkannten sie die verhasste rote Fahne mit den fünf Sternen über einem der Häuschen. „Wenn wir zusammenbleiben, laufen wir womöglich direkt in die Arme chinesischer Soldaten. Ihr versteckt euch hier, ich gehe vor und spähe die Lage aus", bestimmte er. „Ich komme mit", entschied Wang. „Wenn wir tatsächlich Soldaten in die Hände laufen, ist es nützlich, wenn ein Chinese dabei ist. Sie werden hoffentlich noch nicht wissen, dass ich inzwischen ein Staatsfeind bin." „Am besten rechnen wir immer mit dem Schlimmsten, aber komm, wir werden sehr vorsichtig sein. Es darf nicht zu einem Kontakt mit Soldaten kommen, wenn sich dort welche aufhalten."

Tief geduckt entlang einer kleinen Felswand schlichen sie sich voran, aber weit mussten sie gar nicht gehen, dann sahen sie zwei chinesische Soldaten aus dem Haus treten. Sie rauchten und unterhielten sich offenbar. Besonders aufmerksam schienen sie nicht, aber dennoch war es für neun Menschen und einen Hund ausgeschlossen, unbemerkt an ihnen vorbeizukommen. Es gab keine Möglichkeit, die Häuser weiträumig zu umgehen; sie mussten auf einen anderen Grenzpass ausweichen. Der Photu-La war nicht der einzige.

„Westlich von hier liegt der Kore La. Er ist 400 Meter höher und erheblich schwieriger, aber wir können hoffen, dass dort keine Soldaten stationiert sind." In einer deutlich gedrückteren Stimmung kehrte die Gruppe um und orientierte sich

Richtung Westen. Zunächst bewegten sie sich auf einer Hochebene, ohne Steigung, aber auch ohne Schutz, wenn jemand auf ihre Spur kommen würde. Lange waren sie noch nicht unterwegs, da tauchte wie aus dem Nichts wieder ein Hubschrauber auf, ein Militärhubschrauber. Als einige Anstalten machten, sich auf den Boden zu legen, hielt Lobsang sie davon ab. „Das ist nutzlos, macht uns nur verdächtig", brüllte er gegen den anschwellenden Lärm des Helikopters. „Wir können nur hoffen, dass sie uns für Nomaden halten, immerhin sind Frauen, Kinder und ein Hund dabei. Also winkt ihnen freundlich zu, solange sie nicht zur Landung ansetzen."

Das taten sie, und der Hubschrauber kreiste bald so dicht über ihnen, dass sie die zwei Insassen sehen konnten. Offenkundig beugte sich der Ko-Pilot zu ihnen herunter. Er schien etwas vor dem Gesicht zu haben, doch das konnten sie nicht genau erkennen. ‚Nur keine Kamera" dachte Thinley. Obwohl allen das Herz bis zum Halse klopfte, winkten sie scheinbar fröhlich und unbeschwert. Der Pilot schien sich nicht entscheiden zu können, ob er landen oder abdrehen sollte, bis er nach quälend langer Zeit endlich an Höhe gewann, einen eleganten Kreis drehte und rasch davonflog.

„So einfach wie wir dachten, wird es vermutlich nicht", sinnierte Thinley mehr zu sich selbst. Er trieb die anderen zur Eile an und durch ein Seitental erreichten sie schließlich den Aufstieg zum Khor-La. Der Weg war erheblich steiler als zuvor und nach einer knappen Stunde sahen sie erneut ein Häuschen vor sich. Hier wehte zwar keine rote Fahne, doch Thinley wollte kein Risiko eingehen und ging erneut mit Wang als Späher voran, während sich die anderen versteckt hielten. Bald erkannten sie, dass weit und breit keine Spur von Soldaten zu sehen war. „Aus welchen Gründen auch immer schenkten Deine Genossen diesem Grenzübergang keine Beachtung", meinte Thinley zu dem ehemaligen Soldaten. Er versuchte locker zu wirken, doch seine Anspannung war seit der zweiten Begegnung mit dem Hubschrauber deutlich gestiegen. In der kargen, felsigen Umgebung fühlte er sich wie auf einem Präsentierteller. Wang ging auf seine Bemerkung ein, „Meine ehemaligen Genossen sind nicht immer die klügsten und in Gegenden wie dieser auch nicht die ehrgeizigsten. Wer hierher versetzt wird, fühlt sich bestraft und ist nicht sehr motiviert, sein Letztes für die Partei zu geben." „Wenn sie wissen, wen sie vor sich haben, dürfte sich das rasch ändern", wandte Thinley ein. „Woher kennst Du Dich eigentlich so gut aus, wenn ich mal fragen darf", wechselte Wang unvermittelt das Thema. „In meiner Unbedarftheit hatte ich immer gedacht, in den Klöstern lernt mal in erster Line meditieren und Geistesschulung statt Sprengungen ohne

Zündschnüre und Orientierung in unwegsamem Gelände?“ Thinley schwieg, doch machte er einen leicht belustigten und keinen verärgerten Eindruck, was Wang motivierte, direkt weiterzufragen. „Du bist kein Mönch, oder?“ „Manchmal ist die Welt der Erscheinungsformen nicht das, was sie vorgibt zu sein. Es ist alles nur Maya, Illusion, lehrte der Erleuchtete. Und was mich angeht, wenn wir Nepal erreichen, was ich doch sehr hoffe, werde ich etwas auskunftsfreudiger sein.“ Im Grunde hatte er damit genug verraten und Wang bohrte nicht mehr weiter. Zudem hatten sie die anderen fast erreicht, und sie überbrachten die freudige Nachricht, dass der Weg frei sei.

Dennoch war es ein sehr harter Weg den Pass hinauf. Das Wetter verschlechterte sich zusehends. Schwere Wolken, die Niederschläge ankündigten, hingen tief über dem Pass und nahmen den Flüchtlingen die Sicht. Sie konnten gerade noch den Weg erkennen und kämpften sich voran. Die lange Reise, aber auch die Aufregung der letzten Tage hatte an ihren Kräften gezehrt. Nur die Hoffnung, die rettende Grenze bald zu erreichen, trieb sie an und verlieh ihnen neue Kräfte.

Als sie meinten, die Passhöhe erreicht zu haben, rissen die Wolken auf. Jetzt musste Mustang vor ihnen liegen. Je mehr sich ihr Blick jedoch auf die Landschaft öffnete, desto unsicherer wurden sie. Alle Augen waren auf Lobsang und Thinley gerichtet, denen nach dem schmachvollen Ende von Tashi die Verantwortung oblag. „Ein zugefrorener Gletschersee“, konstatierte Lobsang ziemlich fassungslos. „Das ist nicht Mustang“. „Sicher nicht, pflichtete ihm Thinley bei“. „Das verstehe ich beim besten Willen nicht.“ Die Kinder, die bislang tapfer mitgehalten hatten, begannen leise zu wimmern. Dolma hatte sie immer wieder getröstet, dass sie bald ihr Ziel erreicht hätten, doch jetzt spürten auch sie die Enttäuschung der Gruppe.

Als sie sich genauer orientierten, sank die Stimmung weiter. Der Pfad, auf dem sie sich befanden, führte zur rechten Seite des Sees, doch er verschwand unter dem Schnee einer frisch abgegangenen Lawine. Die Schneemassen waren zum Teil auf die Eisoberfläche des Sees gestürzt und hatten dort tiefe Risse hinterlassen. In der Mitte des Sees durchbrach sogar eine dunkle Fläche das weiße Eis. Auch am Rande konnten sie offene Wasserstellen entdecken, die vermutlich von der Lawine verursacht worden waren. Hier kamen sie unmöglich weiter. Auf der linken Seite des Sees war es jedoch ebenso aussichtslos. Der See ging bruchlos in eine steile Felswand über, die selbst für geübte Alpinisten eine große Herausforderung gewesen wäre. Für die Flüchtlinge war sie ein unpassierbares Hindernis. Somit blieb nur eine Möglichkeit. Sie mussten versuchen, den See nahe dem zugefrorenen Ufer überqueren, soweit die Lawine das zuließ. Angesichts der Lücken im Eis in der Mitte war das Risiko enorm, aber es blieb ihnen nichts anderes übrig. „Ich werde zuerst mit den Kindern das Eis betreten", bestimmte Dolma plötzlich. „Sie sind am leichtesten, und so können wir nach und nach sehen, ob es hält." Die anderen nickten zustimmend. Wenn sie sich schon anbot, wollten sie das nicht ausschlagen. Seitdem Tashi nicht mehr bei ihnen war, blühte Dolma mehr und mehr auf.

Zuerst führte sie ihre jüngste Tochter Choeyong auf das Eis. Die Kleine zeigte keinerlei Angst, sondern vertraute ihrer Mutter offenbar blind, die unmittelbar darauf folgte. Mit respektvollem Abstand betrat einer nach dem anderen das Eis, zum Schluss Gendün Choekyi Nyima, der körperlich der kräftigste von allen war.

Einige hundert Meter ging alles gut. Dolma hatte das gegenüberliegende Ufer fast erreicht, als ein besorgniserregendes Geräusch die Männer am Ende des Zuges in Alarmbereitschaft versetzte: Ein kurzes Knacken, das einen unangenehmen hohen Ton verursachte. Lobsang, der Vorletzte, schaute sich um und erkannte mit geübtem Blick sofort Risse an der Oberfläche des Eises. Er wies Gendun, der so etwas noch nie erlebt hatte, an, zügig weiter zu gehen, doch die Risse wurden immer größer. Sie hatten kaum mehr eine Chance, es bis zum gegenüberliegenden Ufer zu schaffen.

Ein paar Minuten später stand Dolma mit ihren Kindern am Ufer. Die Letzten waren keine hundert Meter entfernt, aber das Eis wurde immer brüchiger und dünner. Sofort erkannte Dolma die Notlage der anderen. Sie zögerte nicht lange. „Meine kleine Choeyong wird euch helfen. Gebt ihr ein Seil, das ich hier befestige, " rief sie Lobsang zu, „sie hat als einzige die Chance es zu schaffen." Bevor die anderen etwas entgegnen konnten, gab sie ihrer Tochter schon Anweisungen. Thinley wollte heftig widersprechen, doch Lobsang hielt ihn zurück. „Sie hat Recht, nur die Kleine kann sich halbwegs sicher auf dem dünnen Eis bewegen. Sie muss zu uns kriechen und Dolma das Seil bringen." „Aber sie opfert womöglich ihrer Tochter", ereiferte sich Thinley. „Ja, womöglich", entgegnete Lobsang hastig, „aber es ist ihre Entscheidung". Mittlerweilen war Choeyong schon wieder auf dem Eis. Sie schien keinerlei Furcht zu kennen. Offensichtlich war sie sich im Vertrauen auf ihre Mutter der Gefahr nicht bewusst. Wer indes die Spannung sah, mit der Dolma am Ufer stand und das Geschehen beobachtet, spürte selbst aus einiger Entfernung, dass die Mutter sich sofort in das eisige Wasser stürzen würde, wenn ihre Tochter einzubrechen drohte. Nach quälend langen Minuten gelangte Choeyong auf Knien zu

Lobsang. Er gab ihr das eine Ende eines starken Seils und wies sie rasch an, damit zurück zu ihrer Mutter zu kriechen. Sie hatten überhaupt keine Zeit mehr zu verlieren, denn das Knacken wurde immer lauter und die Abstände immer kürzer. Choeyong erledigte ihre Arbeit mit einer Selbstverständlichkeit, die alle erstaunte. Dolma verankerte das Seil und einer nach dem anderen zog sich auf dem Bauch ans Ufer.

Lobsang hatte es als Vorletzter geschafft und war im Begriff, das Seil zurück zu Gendün zu werfen, als er erstarrte. Am anderen Ende des Ufers tauchten fast ein Dutzend chinesische Soldaten auf. Sie erkannten die Situation sofort. Sie hatten keine Chance, die Flüchtenden in der Situation zu ergreifen, sie konnten nur dafür sorgen, dass die ihre Reise nicht weiter fortsetzen konnten. Anschließend würden sie eine Hubschrauberstaffel alarmieren und sie gefangen nehmen, so wie die Partei es wollte. Verzweifelt warf Lobsang Gendün das Seil zu, als einer der Soldaten eine Handgranate ergriff und in Richtung der Gruppe schleuderte. Sie segelte knapp über der Oberfläche des Sees, landete relativ sanft, explodierte aber nicht gleich, sondern rutschte mit großer Geschwindigkeit weiter auf die Gruppe zu. Hektisch zogen Thinley und Lobsang an dem Seil, um Gyaltsen rasch ans Ufer zu holen. Dann explodierte die Granate nicht einmal fünfzig Meter von Gyaltsen entfernt. Mit einem ohrenbetäubenden Lärm, der noch eine weitere Lawine hätte auslösen können, riss sie ein gigantisches Loch in die Eisdecke. Das war zu viel für den kräftigen jungen Mann. Er brach ein und verschwand unmittelbar vor den Augen der anderen in dem eiskalten Wasser. Dabei löste sich das Seil von seinem Körper, das er in der Eile nicht gut genug befestigt hatte. Seine Retter fielen hinterrücks auf den Felsen, das leere Seil in ihren Händen. Als erster rappelte sich Thinley wieder auf. Er zögerte keinen Moment, ergriff das Seil, band sich das Ende mit einem geübten Griff um sein Mönchsgewand, drückte das andere Lobsang in die Hand und sprang hinter Gendün her. Er musste ihn finden, bevor es zu spät war. Das eiskalte Wasser schmerzte wie tausend Nadelstiche und Thinley hatte Mühe, das Bewusstsein nicht zu verlieren. Endlich sah er den leblosen Körper von Gyaltsen Norbu, der unter der Eisoberfläche trieb. Der Anblick mobilisierte seine allerletzten Kräfte. Er packte den schweren Körper tauchte mit ihm unter der Eisdecke ein paar Meter Richtung Ufer und hoffte, die anderen würden bald das Seil anziehen. Jeder Zug schien ihn der Bewusstlosigkeit näher zu bringen. Sein Sauerstoffvorrat war nahezu erschöpft. Er hatte nicht mehr die Kraft sich in dem kalten Wasser aufzurichten und die dünne Eisdecke zu durchbrechen.

In einem letzten Moment der Wahrnehmung spürte er, wie die Männer am Ufer endlich am Seil zogen. Sie konnten den verzweifelten Überlebenskampf unter Wasser nur sehr schemenhaft wahrnehmen, und waren in einer schwierigen Situation. Hätte sie zu früh gezogen, wären sie Gefahr gelaufen, Thinley von Gyaltsen wegzuziehen. Bei einer zu langen Wartezeit hätte es für beide zu spät sein können. Mit seiner allerletzten Kraft krallte sich Thinley an Gyaltsen fest, und als er spürte, wie sein Körper über die Eisdecke gezogen wurde, verlor auch er das Bewusstsein. Vorsichtig zog Lobsang, unterstützt von Wang, die ineinander verknäulten Körper zu sich hin und streckte sie am Ufer aus.

Unverzüglich machten sie sich an die Wiederbelebungsversuche. Das gestaltete sich jedoch schwierig. Keiner von beiden reagierte. „Lasst uns nicht aufgeben“, trieb Wang die anderen an, „auch wenn es paradox ist, aber das eiskalte Wasser erhöht die Überlebenschancen bei Sauerstoffmangel.“ „Ich dachte, dann haben sie erst recht kaum eine Chance, weil sich der Körper im Schockzustand befindet?“, entgegnete ein verzweifelter Lobsang. „Im Gegenteil. Der Kälteschock reduziert den Sauerstoffverbrauch erheblich und deshalb kann man länger überleben.“ Tatsächlich behielt Wang Recht. Nach etwa fünf Minuten rhythmischer Herzmassage reagierte Thinley zunächst mit einem Hustenreflex. Er spuckte das Wasser aus, das er geschluckt hatte; kurz danach kehrte auch Gyaltsen ins Bewusstsein zurück. Die Soldaten am anderen Ufer blieben unschlüssig stehen. Sie feuerten einige Schüsse ab, doch waren sie nicht so gut ausgestattet, dass sie die Flüchtenden auf die Entfernung getroffen hätten. Somit mussten sie die Verfolgung zunächst einstellen. Der Gletschersee war unüberwindbar und die steilen Felsen konnten ohne Kletterausrüstung nicht passiert werden.

Rasch entfernten sich die Tibeter, nachdem Thinley und Gyaltsen neue warme Kleidung angezogen hatte. Da Thinley keine zweite Robe dabei hatte, erlebten ihn die anderen zum ersten Mal in ziviler Kleidung.

Die Erleichterung über die glückliche Rettung von Gyaltsen und Thinley hielt nicht lange vor. Auf der anderen Seite des Sees war nicht einmal mehr in Ansätzen ein Weg zu erkennen. Stattdessen mussten sie durch tiefen Schnee waten. Manchmal ging es nur voran, wenn sie mit den Armen rudern. Für die Kinder gab es kein Durchkommen; die beiden Chinesen, Lobsang und Gendün nahmen sie abwechselnd auf ihre Schultern. Gyaltsen und Thinley waren froh, dass sie selbst überhaupt vorankamen, denn sie waren noch sehr geschwächt. Quälend langsam ging es voran, die Kinder wimmerten und Dolma tat was sie konnte, um sie zu trösten. Sie lief immer auf der Höhe eines Kindes, dem sie Mut zusprach. Hatte es sich etwas beruhigt, kämpfte sie sich zu dem nächsten vor, ohne dabei an ihre eigenen Kräfte zu denken: „Mach die Augen zu und sieh dir Indien an. Dort ist es so warm, dass du immer schwitzen musst, so wie bei uns manchmal im Sommer. Und dort kannst du immer spielen. Du musst nur noch ein klein wenig aushalten, dann haben wir es geschafft.“ Wenn sich Dolma dem Tempo des jeweiligen Trägers anpasste, konnten sie dem Kind die Hand auf den Kopf legen, und so weinten sie sich allmählich in einen unruhigen Schlaf.

Als die Abenddämmerung heraufzog, fanden sie eine Felsenhöhle, doch für die Erwachsenen war angesichts der Kälte kaum an Schlaf zu denken. Vor allem die beiden aus dem Eis Geretteten waren noch immer unterkühlt. Zu allem Übel stellte sich heraus, dass Gyaltsens warme Jacke, die ihre Freunde in Lhasa besorgt hatten, beim Kleiderwechsel und der übereilten Flucht am See liegengeblieben war. Ohne einen Moment zu zögen, zog Gendün die Seinige aus und reichte sie dem jungen Mann. Der zögerte. „Nimm sie“, drängte ihn Gendün. „du benötigst sie dringender als ich. Außerdem haben mir meine Eltern, solange sie bei mir sein konnten, einige sehr nützliche Dinge beigebracht, macht euch keine Sorgen, ich werde diese Nacht gewiss überleben.“ Eine halbe Stunde später war er in eine tiefe Meditation versunken, die Tumo-Meditation. Diese Jahrhunderte alte Tradition geriet allmählich in Vergessenheit, obwohl sie nicht nur der Geistesschulung diente, sondern auch sehr praktische Vorteile hatte. „Innere Hitze“ heißt die Meditation übersetzt, und damit kann der Praktizierende unbekleidet in Schnee und Eis sitzen, ohne ein Gefühl von Kälte zu verspüren und ohne sich Erfrierungen zu holen, denn die Körpertemperatur steigt durch die Meditation ungewöhnlich an.

Im Licht des neuen Morgens wurde ihnen ihre beinah aussichtslose Situation schonungslos vor Augen geführt. Zwischen ihnen und der Passhöhe, die sie selbst im Sonnenlicht kaum erahnen konnten, befand sich eine tiefe, geschlossene Schneedecke, unüberwindbar für ihre bescheidene Ausrüstung. Jeder Versuch musste unweigerlich im ewigen Eis enden. Wenn chinesische Hubschrauber irgendwann ihre erfrorenen Körper finden würden, mussten sie der Welt nur das Verschwinden ihres Panchen Lama erklären, und das würde ihnen gewiss irgendwie gelingen. Eine Blamage wie im Fall der gelungenen Flucht des Karmapa hatte die Regierung in Peking nicht mehr zu befürchten. „Meine Karte zeigt noch einen weiteren Pass im Osten an, doch er wird wohl nicht mehr begangen“, äußerte sich

Thinley mutlos, „ich kann nicht versprechen, dass wir ihn finden." „Gleichwohl, laufen wir Richtung Osten, immer dem Sonnenaufgang entgegen. Was können wir verlieren?", wandte Lobsang ein. „Es gibt drei Möglichkeiten. Fallen wir den Chinesen in den Hände, ist das unser aller Tod, und manche von uns werden sich in dem Fall wünschen, niemals geboren zu sein." Wang und Tai lächelten bitter. Der Tibeter wusste, wovon er sprach. „Versuchen wir uns hier weiter voranzukämpfen, wird der Pass, den wir noch nicht einmal sehen, unser Grab werden. Das ist zwar immer noch besser, als den Chinesen in die Hände zu fallen, aber es gibt vielleicht noch die dritte Möglichkeit, wenn Thinley sich richtig erinnert; der Pass, den niemand mehr kennt. Gibt es ihn nicht, bleibt uns das Grab im Schnee, aber selbst wenn die Chance minimal ist, lohnt sich der Versuch."

Niemand widersprach, doch wirkliche Hoffnung keimte nicht auf. Es war ein dünner Strohhalm und um ihn zu ergreifen, mussten sie wieder ihre letzten Kräfte mobilisieren. Heimlich dachte mancher, ob das Grab im Schnee an dieser Stelle nicht die einfachste Lösung für sie alle sei, doch da niemand so etwas offen aussprach, bewegte sich ein schweigsamer Zug Richtung Osten. Sie passierten mehrere Seitentäler, die nach Süden führten, doch nirgendwo gab es Anzeichen für den rettenden Pass.

Derweil hatte sich Han persönlich in das Grenzgebiet begeben. Noch immer war er hin- und hergerissen, welche Strategie er einschlagen sollte. Von diesem Tashi gab es keinerlei Lebenszeichen mehr. Entweder hatte er sich als Verräter entpuppt und machte mit den Flüchtenden gemeinsame Sache – was die Genossen in Shigatse für ausgeschlossen hielten – oder irgendetwas war ihm zugestoßen. Dadurch wurde es vielleicht doch nicht so einfach, die Flüchtlinge zu stellen. Würde er aber seinen Vorgesetzten alles offenbaren was er wusste, musste er fürchten, dass er den Ruhm des erfolgreichen Unternehmens mit anderen teilen musste. Das wollte er auf keinen Fall, und deshalb entschloss er sich, zunächst bei seiner ursprünglichen Strategie zu bleiben.

Er hatte mit seinen engsten Getreuen einen kleinen Militärstützpunkt 300 Kilometer südwestlich von Shigatse bezogen. Bei ihm befanden sich auch einige örtliche Genossen, auf deren Unterstützung er nicht verzichten konnte, denn in dieser unerschlossenen Gegend waren Ortskenntnisse unvermeidlich, um die Flüchtenden zu stellen. Der Platz eignete sich gut, denn in unmittelbarer Nähe hatte die Volksbefreiungsarmee bereits vor Jahren einen Hubschrauberlandeplatz angelegt, zudem gab es guten Satellitenempfang. Die letzten Informationen, die sie von Tashi empfangen hatten, besagten, dass sich die Gruppe durch ein schmales Seitental Richtung Grenze bewegten. Den Genossen aus Shigatse war die Gegend vertraut, und sie waren sich sicher, dass die Gruppe versuchen würde, über den Photu La nach Nepal zu gelangen. Eine kleine Polizeitruppe, die in der Gegend stationiert und auf die Fährte der Flüchtlinge gesetzt worden war, hatte den Kontakt verloren, nähere Einzelheiten über die Umstände waren ebenfalls nicht bekannt. Han ließ sich dadurch nicht entmutigen. Aber nun war es an der Zeit zu handeln, die Zeit spielte für die Vaterlandsverräter.

Die Truppen am Photu-La waren informiert worden, doch sie versicherten, dass dort keine Flüchtlingsgruppe gesichtet worden sei. Han behagte das alles nicht. Etwa ein Dutzend Menschen konnten sich nicht einfach in Luft auflösen, erst recht nicht in einer solchen Gegend.

Seine große Hoffnung war die Hubschraubereinheit, die ausgeschickt worden war, um jede Bewegung in der gesamten Grenzregion zu erfassen. Strong und formell befahl Han den Piloten zu sich. Der Soldat war ihm zwar vom Rang her ebenbürtig, doch mit den Sondervollmachten der KP-Führung musste jeder von ihm strammstehen. „Was haben Ihre Untersuchungen ergeben? Ich bitte um Ihren Bericht", forderte er knapp. Der Pilot war ein wenig eingeschüchtert, denn hier in der Grenzregion herrschte gewöhnlich ein weniger strenger Ton, aber auch er wusste, dass Han in höchster Mission unterwegs war.

„Wir haben drei Gruppen ausgemacht, aber offenbar alle harmlos. Vermutlich handelt es sich bei ihnen um Nomaden, die immer in der Grenzregion unterwegs sind. Eine Gruppe hat uns sogar sehr freundlich zugewunken, das passiert uns nicht so häufig, aber man scheint unsere Anwesenheit allmählich zu begrüßen." Han schaute misstrauisch auf. „Sie haben von allen Fotos gemacht?" „Selbstverständlich, war kein Problem, niemand hat versucht, sich zu verstecken." „Was in dieser Gegend auch nicht so einfach wäre", fiel ihm ein örtlicher Genosse dienstbeflissen ins Wort. „Zeigen Sie mir den Chip", befahl Han und der Pilot tat wie ihm geheißen. Rasch führte Han ihn in sein Notebook ein und fragte weiter, „welches ist die Gruppe, die euch zugewunken hat?" Der Pilot lud die Bilder gleich hoch. Die Kamera, mit der die Grenzposten ausgestattet waren, ermöglichten sehr hochwertige Bilder. Pro Aufnahme waren es mehr als zehn Megapixel, so dass viele Details zu erkennen waren. Neben seinem Notebook lagen Fotos von den verschwundenen Soldaten

Wang und Tai, vom Panchen Lama Gyaltsen Norbu sowie von dessen Lehrer Phagpa Dedrül Rinpoche. Sie waren deutlich zu identifizieren. Wenn es sich um die gesuchte Gruppe handelte, mussten diese vier Personen auf jeden Fall darunter sein.

Die anderen Personen waren auf den Aufnahmen der Überwachungskameras in Shigatse festgehalten worden, doch die Qualität dieser Bilder war nicht gut. Han zoomte die Fotos des Piloten so hoch wie möglich, und bald war es sich vollkommen sicher, die beiden Soldaten und der Panchen Lama befanden sich in der Gruppe. Der Alte fehlte auch hier, wie auf den Bildern aus Shigatse. Das war etwas verwirrend, denn wenn dessen Zögling tatsächlich versuchen sollte, das Vaterland zu verlassen, dann würde der Alte wohl kaum zurückbleiben. Aber das Geheimnis würde sich auflösen, sobald sie die Gruppe gestellt hatten.

Auch wenn die anderen nicht so klar zu identifizieren waren, so bestand doch kein Zweifel, dass es sich um die gesuchte Gruppe handelte. Da waren die eine Frau, zwei Kinder und sogar ein Hund. Mit ruhiger, aber schneidender Stimme wandte sich Han wieder an den Piloten. „Schauen Sie her, Genosse, hier liege einige Fotos von den Staatsfeinden, die wir nicht über die Grenze lassen wollen. Und hier sind Ihre Aufnahmen. Genau die Leute suchen wir. Die winken nicht, weil sie sich über unsere Anwesenheit freuen, sondern weil sie Euch hinters Licht führen wollten. Das ist ihnen perfekt gelungen!“ Den letzten Satz schrie Han heraus, sein Kopf hatte sich rot gefärbt vor Zorn. Der Pilot blieb ruhig. „Verzeihung Genosse, aber wir hatten den Befehl, jede Bewegung im Grenzgebiet auf Fotos zu erfassen. Es gab keinen Befehl jemanden festzunehmen.“ „Sie wagen es mir zu widersprechen, Sie Versager? Es ist mir egal, welche Befehle Sie hatten und von wem sie stammen. Sie hätten die Verräter festzusetzen müssen. Haben Sie nicht auch Fahndungsfotos an Bord?“ Der Pilot schwieg betreten. „Ich habe Sie etwas gefragt“, setzte Han mit bösem Unterton nach. „Ja, wir haben Fahndungsfotos an Bord, aber wenn ich einwenden darf, wie hätten wir zu zweit etwa ein Dutzend Personen festnehmen sollen? Wenn es sich um Verräter handelt, dann waren sie womöglich bewaffnet…“ Weiter kam er nicht, denn Hans zornrotes Gesicht war noch heftiger angeschwollen, so dass sich seine Vertrauten beinah Sorgen um ihn machten. „Sie sollen auf meine Fragen antworten und mir keine Belehrungen erteilen, was glauben Sie wer Sie sind? Ihr dilettantisches Verhalten und Ihre Unverfrorenheit werden schwerwiegende disziplinarische Folgen haben, dafür werde ich persönlich sorgen. Und wenn Sie schon zu feige waren, die Staatsfeinde zu stellen, dann hätten Sie unverzüglich Verstärkung anfordern können.

Treten Sie ab.“ Mit den letzten Worten schien er sich die Seele aus dem Leib zu brüllen und der Pilot beeilte sich, den Raum zu verlassen.

Zurück blieb betretenes Schweigen. Niemand wagte es, Han anzusprechen. Dann riss ein anderer Soldat die Tür auf. „Eine Neuigkeit. Die Verräter wurden an einem Gletschersee gestellt. Sie konnten leider nicht festgenommen werden, weil sie sich auf der anderen Seite des Sees befanden und eine Lawine das Eis gebrochen hatte, aber sie sitzen unweigerlich in der Falle. Dort gibt es nur einen Pass, den Kore La, doch der Weg dort hinauf ist von meterhohem Schnee versperrt. Niemand kommt dort hinauf, deshalb haben wir in der Gegend auch keine Wachen mehr postiert. Jetzt müssen wir sie sie nur noch einsammeln.“ Der Bote grinste böse und auch Hans Gesicht hellte sich auf. Das waren Nachrichten nach seinem Geschmack. Gut“, wandte er sich an die tibetischen Genossen, „dann zeigt mir bitte auf einer Karte, wo genau sich die einzelnen Stellen befinden, wo die Verrater gesichtet wurden und wie wir am besten dorthin gelangen. Meine Geduld neigt sich dem Ende entgegen, ich möchte zuschlagen, bevor es zu spät ist.“ Die Angesprochenen kennzeichneten genau die Region zwischen dem Gletschersee und dem Kore La, wo sich die Flüchtlinge aufhalten mussten. Mit sicherem Blick erkannte Han jedoch, dass es dort keine Möglichkeit für Hubschrauber zur Landung gab, zudem war der See unpassierbar. Sie konnten die Truppen zwar abseilen, aber dazu mussten sie zunächst einmal wissen, wo sich die Flüchtenden befanden, denn auch für gut ausgerüstete Soldaten war es schwierig, sich in dieser Region zu Fuß vorwärts zu begeben. Han überlegte eine Weile, dann war sein Plan gefasst. „Ich fordere vier Hubschrauber aus Shigatse an. Drei werden sich mit unseren Eliteeinheiten bereithalten, um die Flüchtlinge festzunehmen. Du wirst das Kommando übernehmen und die Truppen führen. Der vierte Hubschrauber wird die Überwachung aus der Luft übernehmen. Dort wird mein Platz sein, wir werden die Verräter aufspüren, deren Position an euch durchgeben und dann hat dieser Spuk endlich ein Ende.“ Der Plan leuchtete allen ein. Die Kommandantur in Shigatse versprach, gleich am nächsten Morgen vier Hubschrauber und kampferprobten Truppen abzustellen und auf den Weg zu schicken.

Das vergessene Kloster

Die Stimmung der Gejagten sank auf einen neuen Tiefpunkt. Allein die Vorstellung, dass sie ihrem Leid jederzeit selbst ein Ende setzen konnten, indem sie sich irgendwo in der Schneehölle zum Sterben versteckten, ließ sie noch vorwärts wanken. Ihre Vorräte an Essen und Wasser waren weitgehend erschöpft. Um noch etwas Flüssigkeit zu bekommen, nahmen sie Schnee zu sich. Da sie ohnehin völlig durchgefroren waren, war der Schmerz im Mund fast unerträglich. Die Kinder schafften keinen Schritt mehr allein, doch auch die Kräfte der Männer, die sie trugen, schwanden zusehends. Es war ein trostloser verlorener Zug, der womöglich sogar das Mitleid der chinesischen Soldaten hervorgerufen hätte.

Plötzlich sah Lobsang, der wie immer an der Spitze ging, am Horizont Punkte, die sich bewegten. Zuerst glaubte er an eine Halluzination, doch sie wurden großer und waren mit der Zeit voneinander zu unterscheiden. Da war jemand, und wer immer es war, sie bewegten sich auf sie zu. Jetzt kam der Moment der Entscheidung, handelte es sich um Soldaten, hatten sie nicht einmal mehr Zeit genug, Hand an sich zu legen. Waren es einheimische Nomaden, wäre das vielleicht ihre Rettung.

Die anderen schlossen zu Lobsang auf, zerrissen zwischen Hoffen und Bangen. Bald war klar, es waren keine Soldaten, es war eine Gruppe von Nomaden. Sie hatten sogar zwei Yaks bei sich. Lobsang rief ihnen bereits aus einiger Entfernung entgegen: „Den Göttern sei Dank, dass sie uns Rettung schicken. Bitte helft uns, wir müssen unbedingt nach Mustang gelangen." Obwohl sie einen erbärmlichen Anblick boten, machten die Nomaden wenig Anstalten, ihnen zu helfen. Sie berieten sich kurz und dann wandte sich ihr Sprecher an Lobsang: „Wir überlassen euch etwas von unserem Tsampa, Tee und Brennmaterial. Mehr können wir nicht für euch tun. Jeder muss für sich selbst entscheiden, worauf er sich einlässt." Die Nomaden waren Grenzgänger. Sie konnten sich frei zwischen Tibet und Nepal bewegen und lehnten die chinesische Herrschaft deshalb nicht rigoros ab. Zwar waren sie gläubige Buddhisten und verehrten den Dalai Lama, aber sie wussten auch, dass es mit ihren Privilegien rasch vorbei sein würde, wenn sie offen gegen die Chinesen agierten und zum Beispiel Flüchtlinge über die Grenze brachten. Lobsang hatte davon bereits gehört, aber da er nie in der Grenzregion gewesen war, hatte er sich keine Gedanken darüber gemacht. Die angebotenen Nahrungsmittel würden ihr Ende nur ein wenig hinauszögern, das einzige, was sie retten konnte, waren Einheimische, die sie über die Grenze geleiteten.

Als sich die Nomaden wieder auf den Weg machen wollten, entschied er sich deshalb, alles auf eine Karte zu setzen. „Panchen Lama“, sagte er, und wie in Shigatse lautete die Antwort „Lüpa“. Auch diese Gruppe erkannte den von China eingesetzten Jungen nicht an. „Der echte Panchen Lama“, bekräftigte Lobsang, „er ist hier und er will zum Dalai Lama.“ Die Nomaden schauten ungläubig. Sie kannten, wie alle Tibeter, nur das Bild eines sechsjährigen Jungen in einer Trainingsjacke, doch das hatte mit dem jetzigen nicht viel zu gemeinsam. Dann trat Gyaltsen hervor. „Ich bin der Panchen Lama Lüpa, aber es ist nicht meine Schuld. Auch ich will zum Dalai Lama, um meine wirkliche Rolle zu erfahren und auszufüllen.“ Damit strich er sich etwas Farbe aus dem Gesicht, die ihn dunkler erschienen ließ. Die Nomaden schauten abwechselnd zu ihm und zu sich selbst, und ihr Ausdruck verriet ein immer größeres Erstaunen. Dieses Gesicht kam ihnen bekannt von, denn wann immer sie in einen größeren Ort kamen, um Waren zu tauschen, hingen dort entsprechende Plakate. „Panchen Lama?“ „Panchen Lama“ antwortete Gyaltsen Norbu entschieden und deutete auf Gendün Choekyi Nyima. Wenn der Mann, der überall im Land als Panchen Lama präsentiert wurde, hier dabei war, dann gab es keinen Zweifel. Die frommen Menschen zögerten nicht länger, sondern fielen vor dem jungen Mann auf die Knie und ehrten ihn durch Niederwerfungen. Die Flüchtlinge wussten, sie mussten die Männer gewähren lassen, denn es war Ausdruck ihrer tiefen Religiosität, auch wenn sich Ungeduld bei ihnen breit machte. Sie hatten keine Ahnung, wie nah ihnen die Chinesen wieder auf den Fersen waren.

„Dann passt alles zusammen“, meinte der Anführer schließlich. „Wir haben uns schon gewundert, warum wir in der letzten Zeit so viele Hubschrauber gesehen haben. Aber keine Sorge, jetzt seit ihr gerettet, es ist eine unfassbare Ehre für uns, dem Panchen Lama zu helfen, nach Nepal zu kommen.“

Bevor sich die Nomaden zielstrebig nach Süden wandten, verteilten sie Tsampa und Buttertee, so dass die Flüchtenden wieder zu Kräften kamen. Dann setzten sie die vier Kinder auf die zwei Yaks, so dass es schneller voranging. Die Versorgung, und mehr noch die Hoffnung auf ein glückliches Ende, verlieh der Gruppe neue Kraft. Nach etwas mehr als einer halben Stunde hielten die Nomaden an, doch niemand aus der Flüchtlingsgruppe erkannte etwas Ungewöhnliches. Der kräftigest unter den Nomaden nahm sein Schwert und schlug Dornengestrüpp zur Seite. Dahinter, kaum zu erkennen, befand sich ein Weg. Der Durchgang war gerade breit genug für die Yaks, und kein Fremder wäre jemals in der Lage gewesen, diese Abzweigung zu entdecken. Sie gerieten in eine enge Schlucht, die allmählich etwas breiter wurde. Nach einer weiteren Stunde Marsch zeigten die Nomaden, die am Beginn des Zuges liefen, auf die Felsformation vor ihnen, doch niemand von den Flüchtenden konnte etwas erkennen. Als sie näher kamen, ahnte Lobsang als erster, worum es sich handelte: Dort oben befand sich ein Felsenkloster, dessen Gemäuer sich der Umgebung perfekt angepasst hatte. Bald war ein schmaler Pfad zu erkennen, der schwindelerregend steil dort hinauf führte. Das Kloster klebte wie ein Schwalbennest in der fast senkrechten Felswand weit mehr als hundert Meter über dem Grund. „Ein weiser Mann, Rinpoche Tendul, lebt dort, der einzige, der übrig geblieben ist. Wir versorgen ihn mit allem, was er zum Leben braucht“, erklärte einer der Nomaden und fügte lachend hinzu, „viel ist es nicht. Er hat uns einmal von einem Pass erzählt, der auch nach Mustang führt, aber wir kennen ihn nicht. Nur der Mönch kennt ihn. Er muss sehr steil und gefährlich sein, vor allem für die Tiere. Deshalb gehen wir nie ein solches Risiko ein, sondern wählen die Route über den Photu-La, wenn wir in Mustang Geschäfte machen wollen.“

Vor ihnen war alles von Sträuchern überwachsen, oder der nackte Fels schaute hervor, doch die Nomaden kannten den Einstieg. Als sie stehenblieben, meinte Gyaltsen plötzlich. „Hier, der Sockel von einem alten Relief“. Für ungeübte Augen war der ebenfalls überwachsene Stein kaum von der felsigen Umgebung zu unterscheiden, aber in der tibetischen Ikonographie hatte der vermeintliche Panchen Lama eine fundierte Ausbildung erhalten. Deshalb konnte er das Relief sofort zuordnen. „Man sieht hier noch einen kleinen Extra-Sockel, das heißt, es handelte sich um eine Darstellung der Grünen Tara mit ihrem zum Sprung bereiten Bein. Der Schutz der Tara ist immer noch da, obwohl die Chinesen versucht haben, alles zu zerstören. Hier herrschen machtvolle Mysterien, die auch durch brutale Barbareien nicht ausgelöscht werden konnten. Der ganze Felsen ist von der Tara beseelt. Sie schützt vor den acht großen Lebensgefahren, und auch uns wird sie behüten. Wir sind auf dem Weg in die Freiheit:“ So engagiert hatte die Gruppe den jungen Mann noch nie erlebt.

Wang und Tai sahen sich etwas ratlos an. Sie wussten nicht genau, ob hier eine tatsächliche Gefahr drohte. Von der tibetischen Mythologie verstanden sie nichts, deshalb kannten sie Gyaltsens Bild nicht. Zweifellos war dies nicht der geeignete Ort, sie darüber tiefer zu belehren. Während die Tibeter jedoch Gyaltsen unterstützten, um den Aufstieg zu finden, griff Dolma die Blicke auf: „Kein Angst, hier droht uns nicht mehr Gefahr als anderswo auch. Die acht Lebensgefahren gehen über diese Inkarnation hinaus. Sie sind mit der alten Lehre der Tara verknüpft, die zum Glück noch immer ganz lebendig ist. Sie hat übrigens das Gelübde geleistet, sich nur in einem weiblichen Körper zu inkarnieren, um den spöttischen Mönchen zu zeigen, dass man auch in einem solchen Körper zur Erleuchtung kommt. Sie ist es, die uns hilft, vor diesen Gefahren, vor dem Löwen des Stolzes, vor dem Elefanten der Verblendung, vor dem Feuer des Zorns, vor der Schlange der Eifersucht, vor dem Räuber der irrigen Ansichten, vor den Fesseln des Geizes, vor der Flut der Begierde und schließlich vor dem Gespenst des Zweifels."

In einer anderen Situation hätten die Chinesen vermutlich grinsen müssen, ob dieser malerischen Darstellung der Versuchungen, die das Leben für den spirituellen Weg bot. Derweil entschied sich die Gruppe, dass zunächst einmal drei Personen vorgehen sollten, um die Lage einzuschätzen. Die Wahl fiel auf Thinley, Wang und einen der einheimischen Nomaden.

Auch für sie war es ein mühsamer Anstieg, und nur langsam wurde die Schwalbennest-Gompa größer. Stumm und konzentriert kletterten sie den steilen Weg hinauf, bis sie schließlich erkannten, dass es sich nicht um Halluzinationen handelte. Um den kleinen Turm waren Gebetsfahnen gespannt, die im Wind flatterten und ihre Botschaft in den Himmel trugen.

Es dauerte über zwei Stunden, bis sie es geschafft hatten, doch alles schien unbewohnt. Bevor sie sich umschauen konnte, wurden sie gestört. Ein Hubschrauber tauchte auf, der tief über dem Boden kreiste und die Gegend offenbar intensiv absuchte. Die Armeekennzeichen waren von weitem zu erkennen, aber die Flüchtlinge hatten Glück. Die drei Männer im Felsenkloster konnten sich leicht unter einem Mauervorsprung unsichtbar machen, und die anderen im Hohlweg versteckten sich unter Sträuchern. Zudem konnte der Hubschrauber nicht so tief hinunter fliegen, um selbst mit sehr guten Kameras und Objektiven irgendetwas zu erkennen. Mindestens eine Stunde verharrten sie in ihren Verstecken, um kein Risiko einzugehen. Dann machten sich Thinley, Wang und der Nomade daran, das Kloster zu erkunden und den Mönch zu suchen, der dort leben sollte.

Das Kloster hatte die Farbe des Berges. Die Mönche hatten darauf verzichtet, es weiß zu tünchen, wie es sonst üblich ist, vermutlich um unauffällig und ungestört dem Leben als Einsiedler nachgehen zu können. Um den kleinen Innenhof scharten sich zwei größere Andachtsräume sowie sieben winzige leere Zellen ohne Türen. Der Versammlungsraum wirkte verlassen. An ihn schloss sich ein Gongkhang an, ein fensterloser, dunkler, rußgeschwärzter Raum, in dem die Schutzgottheiten ihren Platz hatten. Diese waren mit großen schwarzen Hörnern ausgestattet und besonders furchterregend. Sie maßen mindestens drei Meter. Die Rückwand war vollständig durch einen dicken, dunklen Vorhang verdeckt, dessen dicke Staubschicht die gespenstische Atmosphäre verstärkte. Auch der Lehmboden war stumpf und staubig, doch im fahlen Licht, das noch vom Eingangsbereich bis hierher reichte, konnte man schmale Trittspuren erkennen, die von der linken Ecke der Schutzgottheit zu dem Vorhang führten. Hier war offenbar häufig jemand gelaufen.

Langsam, doch ohne zu zögern folgten die drei der Spur, hoben den Vorhang an und erkannten eine Öffnung in der Wand. Offensichtlich gab es noch einen weiteren Raum. Ein paar Butterlampen brannten dort, weitere untrügliche Zeichen, dass dies Felsenkloster nicht völlig unbewohnt sein konnte. Zuerst fiel ihnen ein etwa zwei Meter hoher Stupa im Zentrum des Raumes auf. Er war kunstvoll verziert, ebenso wie die Wände, an denen zahlreiche Abbildungen von Buddha-Emanationen und heiligen Männern zu erkennen waren.

Als sie sich weiter umschauten, traf sie ein kurzer Schreck. An der Rückseite saß ein alter Mönch in tiefer Meditation. Selbst als sie sich räusperten, ließ er keine Reaktion erkennen. Er schien nichts zu bemerken von dem, was um ihn herum geschah. Thinley trat näher an ihn heran. Er bemerkte keinen Atem, die halboffenen Augen zeigten ebenfalls keine Reaktion, und als er den Puls fühlte, war kaum wahrnehmbar. Wenn sie ihn einfach aus seiner tiefen Trance herausholen würden, wäre die Wahrscheinlichkeit sehr groß, dass er das nicht überlebte. Sie mussten eine andere Methode finden. Irgendwie mussten sie an ihn herankommen, denn nur er konnte ihnen den weiteren Weg zeigen.

Plötzlich hatte Thinley eine Idee. Um sich selbst zu entspannen, hatte er auf seinem MP 3-Player eine Puja mit dem Dalai Lama anlässlich einer Kalachakra-Einweihung. Der Stimme ihres Oberhauptes noch dazu in einer so eindrucksvollen Meditation war die sicherste Methode, um den Mönch wieder ins Wachbewusstsein zu holen. Er hielt das kleine Gerät an das Ohr des Mönchs und stellte den Ton auf sehr leise ein. Dann drehte er ihn langsam höher. Nach etwa einer Viertelstunde schien der Mönch zu lächeln, dann bewegten sich seine halbgeschlossenen Augenlider und schließlich kam er langsam ins Bewusstsein zurück.

Rinpoche Tendul wirkte nicht sonderlich überrascht, als er die drei Besucher wahrnahm. „Es geschieht nicht häufig, dass sich Pilger hierher verirren, selbst damals nicht in besseren Zeiten“, begann er mit leiser Stimme, und er schien beinah ein wenig belustigt. Dann erkannte er den Nomaden, der zu denen gehörte, die ihn mit Nahrung versorgten. “Schon wieder? Ich benötige doch im Moment gar nichts, das wisst ihr doch. Ein alter meditierender Mönch verbraucht nicht so viel wie kräftige Nomaden. Wenn ihr so weitermacht, muss ich bald die Buddha Statuen entfernen, um Platz für die Vorräte zu schaffen“ Seinen Sinn für Humor hatte er jedenfalls nicht verloren. „Diese Vorräte könnten uns sehr nützlich sein“, erwiderte der Nomade, „denn wir sind nicht hier, um sie aufzufüllen, sondern um sie zu plündern. Unten am Anstieg wartet eine Gruppe von neun Menschen, die dringend nach Nepal in Sicherheit muss.“ Jetzt schaute der Alte überrascht auf. „Seit wann kümmert ihr euch um Flüchtlinge? Ich dachte, da haltet ihr euch raus?“ „Gewöhnlich ja, doch in diesem Fall handelt es sich um eine ganz besondere Gruppe.“ Dann erzählte der Nomade in knappen Worten, wer dort unterwegs war, und auf dem Gesicht des Alten zeigte sich ein seliges Lächeln, denn selbst in dieser Einsiedelei wusste man vom Schicksal des Panchen Lama. „Die Götter werden siegen“, murmelte er leise. Dann fuhr er fort: „Natürlich kommt ihr von hier aus weiter über Chak-La. Der ist zwar beschwerlich, aber ziemlich sicher, denn die Chinesen und die ganze Welt haben ihn vergessen. Es gibt nur den Zugang vom Kloster aus, das heißt, wir hätten es mitbekommen, wenn sich jemand dorthin aufmacht. Ihr könnt also unbesorgt sein. Die Vorräte, die euch zur Verfügung stehen, reichen über Mustang hinaus, so viel ist sicher.“ Thinley fiel ein Stein vom Herzen, und rasch vereinbarten sie, dass der Nomade zu den anderen hinabsteigen würde, um sie zu holen, während Thinley und Wang den Weg kein zweites Mal gehen mussten. Sie sollten sich schonen, denn es lagen noch einige Strapazen vor ihnen, bei denen die Nomaden sie wegen ihrer Tiere ohnehin nicht begleiten konnten. Zudem wollten sie gern mehr über diesen ungewöhnlichen Ort erfahren. Als sich der Nomade an den Abstieg gemacht hatte, begann der Alte bereitwillig zu erzählen: „Seit ungefähr 60 Jahren lebe ich hier schon, und wir waren selten mehr als zehn Mönche. Als die Chinesen kamen, war ich gerade Abt geworden. Für mich war das nicht angenehm, aber so konnte ich wenigstens andere ersparen, was mir widerfahren ist.“ Wang tat sich schwer, seine Rührung zu verbergen. Was hatte sein Volk diesen Menschen angetan, selbst in solch abgelegenen Teilen des Landes, wo die Mönche gewiss nie an etwas anderes gedacht hatten, als an ihre spirituelle Vervollkommnung? Niemals hatten sie jemanden ausgebeutet und erst recht keine konterrevolutionären Pläne geschmiedet, aber nicht einmal sie waren verschont geblieben.

Die beiden Männer erfuhren, dass die Volksbefreiungsarmee das Kloster ausgehungert hatte. Sie hatte sich nicht die Mühe gemacht, es auf dem schwer einnehmbaren Felsvorsprung mit Waffengewalt zu erobern. Manchmal schossen Mönche zurück, auch wenn sie sich der Gewaltlosigkeit verpflichtet hatten. Das Risiko war vermeidbar, die Chinesen mussten nur sicherstellen, dass keine Lebensmittel mehr zu den Mönchen gelangten, und sie benötigten nur wenige Soldaten für die Blockade. Neun Monate hatten die Mönche der Belagerung Stand gehalten, dann hatten sie sich ergeben müssen. Über die Hälfte war gleich ermordet worden, von dem Abt hatten sich die Soldaten weitere Informationen über die religiösen Aktivitäten in der Umgebung erwartet, die er aber nicht geben konnte. Er musste deshalb über zwanzig Jahre im Gefängnis und Arbeitslagern verbringen. Während der Zeit hat er seine toten Mitbrüder häufig beneidet.

Doch ungeachtet all der Folterungen, Misshandlungen und Erniedrigungen war er nach der Entlassung kein gebrochener Mann. Stattdessen kehrte er mit fünf anderen überlebenden Brüdern in sein Kloster zurück. Es war nicht vollständig zerstört worden und aufgrund seiner abgeschiedenen Lage bald in Vergessenheit geraten. Mit äußerst bescheidenen Mitteln bauten sie es wieder auf, doch konnten sie an die alten Zeiten nicht mehr anknüpfen. Selbst als die Religion wieder ausgeübt werden durfte, blieb der Zahl der Mönch gering. In ein so abgelegenes Kloster an der Grenze zu Mustang zog es keine Mönche. So war es allein die Aufgabe von Tendul Rinpoche und den vier weiteren Überlebenden, das Kloster mühsam zu renovieren. Die Brüder waren einer nach dem anderen gestorben, und nur noch die Nomaden im Grenzgebiet erinnerten sich an das Kloster. Ein bis zweimal im Monat – sofern es die Witterung zuließ – machten sie sich an den beschwerlichen Anstieg, um den Rinpoche mit Tsampa, Butter, Tee und getrockneten Früchten zu versorgen. Wasser gab es genug, denn das Kloster war einst über einer Quelle errichtet worden. Zudem war der Meditationsraum auch im Winter vor Frost geschützt.

Noch während der Alte von seinem Leben in der Einsiedelei erzählte, erreichte der Nomade mit dem Rest der Gruppe das Kloster. Nach den unbeschreiblichen Strapazen und den Gefahren der letzten Zeit kam ihnen das Kloster wie ein Paradies vor. Sie nahmen deshalb gern die Einladung des Rinpoches an, ein paar Tage zu verweilen und neue Kräfte zu sammeln. Die Nomaden verabschiedeten sich und kehrten zu ihren Tieren am Fuße des Felsens zurück. Zweimal noch kreisten Hubschrauber über ihnen, doch da sie weithin sichtbar waren, konnten die Gesuchten rechtzeitig im Kloster Schutz suchen. Dort waren sie vollständig geschützt. In einem Fall erschienen sogar mehrere Flieger. Die Flüchtenden hatten den Eindruck, als wollten sie gar nicht mehr verschwinden, so intensiv schienen sie jedes Fleckchen Erde abzusuchen.

Als sich Thinley am Abend des zweiten Tages ein wenig erholt hatte, verließ er das Kloster. Nach Einbruch der Dämmerung würde niemand mehr nach ihnen suchen. Zudem war die Wolkendecke aufgerissen und hatte einen Sternenhimmel freigegeben, den er in dieser Intensität noch nie erlebt hatte. Er war kaum mehr als einen Steinwurf von Mustang entfernt und eine seltsame Unruhe erfüllte ihn. Immer wieder dieses Mustang! Bei der Vorbereitung auf die Mission hatte er sich intensiv mit dem Kampf der Chushi Gangdruk befasst. Aus den Archiven der CIA konnte er die genaue Position der einzelnen Lager leicht entnehmen. Die Berichte, die er dort gelesen hatte, zeichneten ein klares Bild von der Stärke der Widerstandbewegung, die unter widrigsten Umständen einem hoch überlegenen Gegner erheblich zugesetzt hat. Aber einige interne Berichte sprachen auch von einem großen Verrat durch einen der Anführer. Darüber hätte Thinley gern mehr erfahren, doch die die Dokumente schwiegen sich aus. Entweder wusste die CIA selbst keine Details, oder ihm waren nicht alle Akten zugänglich gemacht worden.

Während ihn die Schönheit des Sternenhimmels ruhig werden und neues Vertrauen gewinnen ließ, grübelte er über Mustang nach. Dieses Tal musste irgendetwas mit der schändlichen Rolle seines Vaters zu tun haben, denn es ließ ihn einfach nicht los. Plötzlich hörte er vorsichtige Schritte hinter sich. Als er sich umschaute, sah er Dolma verlegen auf ihn zukommen. Sie hatte die Kinder zum Schlafen gebracht und war vermutlich auch von dem faszinierenden Sternenhimmel angezogen worden. Mit einem leichten Nicken des Kopfes deutet er ihr an, dass sie ihm Gesellschaft leisten könne. Noch immer etwas verlegen, setzte sich Dolma zu ihm. Beide schwiegen lange, und niemand konnte sagen, ob es an der Ehrfurcht vor der Größe der Natur oder an einer gewissen Befangenheit zwischen ihnen lag. Seit dem Tode von Tashi hatten sie keine Gelegenheit mehr gehabt, ungestört miteinander zu sprechen. Nach ein paar unverfänglichen Bemerkungen über den Sternenhimmel, meinte Dolma plötzlich: „Verzeihen Sie meine Offenheit, aber Ihre zivile Kleidung passt besser zu Ihnen als die Robe.“ Zu ihrer Erleichterung reagierte er nicht abweisend. „Sie haben offenbar eine gute Kenntnis vom Menschen.“ Er schien beinah erleichtert, diese

Gelegenheit nutzen zu können, um sein Versteckspiel – zumindest gegenüber Dolma – zu beenden. „Ich bin kein Mönch, und ich hatte auch noch nie die Absicht einer zu werden. Sie wissen inzwischen, dass ihre Reisegefährten nicht irgendwelche Flüchtlinge sind, sondern die meistgesuchten Vaterlandsverräter. Womöglich haben Sie es schon bedauert, uns in die Hände gefallen zu sein, " meinte er beinah wehmütig. Viel heftiger als sie das eigentlich wollte, schüttelte Dolma den Kopf und Thinley musste grinsen. Für einen Moment erschien ihm seine ganze Situation viel zu absurd um wahr zu sein. Er war in höchst vertraulicher Mission für den größten Geheimdienst der Welt unterwegs, um den wichtigsten Gefangenen Chinas in die Freiheit zu begleiten. Die ganze Macht einer der größten Nationen der Welt hatte sich an seine Fersen geheftet, und nun war er dabei, sich einer weitgehend unbekannten Tibeterin zu offenbaren. Doch es war ein Moment, in dem Pflicht und Auftrag vollkommen unbedeutend waren. Deshalb hatte er nicht das geringste Interesse, sich zu kontrollieren, sondern ließ sich einfach gehen, ohne Gedanken an die Folgen.

„Ich bin zwar unter Tibetern in Nepal aufgewachsen, aber noch als Jugendlicher in die USA gekommen. Ich fühle mich eher wie ein Amerikaner, oder zumindest hätte ich das noch bis vor kurzem behauptet. Für die heikle Mission, eine Gruppe Tibeter dabei zu unterstützen, den Panchen Lama aus China herauszuführen, suchte unser Geheimdienst einen Agenten, der Tibetisch und Chinesisch sprach und sich unauffällig in diesem Land bewegen konnte. Da ich wohl der einzige war, auf den das zutraf, fiel mir die zweifelhafte Ehre zu, diesen Auftrag zu übernehmen." Ein bitteres Lächeln verriet, dass Thinley noch immer nicht glücklich über das Schicksal war, das ihn hierher geführt hatte. Dolma jedoch rückte näher an ihn heran und flüsterte: „Ich danke den Göttern dafür." Dann trafen sich ihre Augen, und Thinley verlor den letzten Rest seiner Selbstkontrolle.

Unwillkürlich streichelte seine Hand über ihr Gesicht und gleichzeitig spürte er sanfte Finger über seine Wangen gleiten. Ihr Atem wurde schwer, ihre Knie weich, und jeder spürte das Zittern beim anderen, das nicht von der Kühle der Nacht herrührte. Beide hatten das Gefühl, noch nie so tief berührt worden zu sein. Unwillkürlich rückten sie noch näher zueinander, so dass sich nicht nur ihre Hände, sondern auch ihre Lippen berühren konnten. Zärtlich, als ob es sich um etwas höchst Zerbrechliches handelte, tasteten sie sich ab, spürten die sanfte Berührung der Zunge und bald darauf kräftige Hände, die beide Körper noch enger aneinander schmiegten. Ineinander verschlungen griffen sie unter die Kleidung, erspürten haarlose Haut. Fordernd ertastete Thinley ihre Brüste und spürte zwei steife, harte Brustwarzen. Als er sie zwischen seine Fingerkuppen nahm, stöhnte Dolma auf und ihre Bewegungen wurden heftiger. Thinley Erregung ließ sich nicht mehr verbergen und es gefiel ihr, ihr Knie zwischen seinen Schenkeln zu reiben, so dass die Erregung weiter anschwoll. Eng umschlungen wälzten sie sich auf dem Boden. Dolma drückte Thinley unter sich, setzte sich auf ihn und umschlang ihn mit ihrer nassen Höhle. Die Sinne schwanden, und es dauerte nur wenige Minuten, bis sie in seliger Verzückung auf ihn niedersank. Die Zeit blieb stehen und sie spürten weder Kälte noch Angst vor Verfolgern. Wie lange sie dort lagen, wussten sie nicht.

Irgendwann raffte Dolma ihre Kleider zusammen und schickte sich an, zu den Kindern zurückzukehren. Thinley jedoch hielt sie am Arm fest und schaute ihr ernst in die Augen. Sie verstand seinen Blick nicht und fühlte sich unwohl. Bereute er jetzt alles, was geschehen war und machte er sie gar dafür verantwortlich? Sie versuchte kurz sich zu lösen, doch sie hatte keine Chance. Dann hörte sie seine Stimme, die ganz sanft klang und sie dadurch noch mehr irritierte: „Dolma", begann er fast flehentlich, „noch nie habe ich mich einem Menschen so nahe gefühlt wie dir. Darum wage ich es, dich um einen besonderen Gefallen zu bitten. Auch du bist zusammengezuckt, als du gehört hast, wer mein Vater ist. Du weißt also das, was alle wissen, nur ich nicht, sein Sohn. Es muss etwas Schreckliches sein, so viel weiß ich gewiss, denn ich bin nicht dumm. Aber es zermürbt mich, immer hingehalten zu werden. Die Wahrheit kann nicht schlimmer sein als dieser Zustand."

Mittlerweilen hatte er Dolmas Hand freigelassen. Sie spürte ein großes Mitgefühl für ihn, das nicht weniger stark war als ihre Liebe. Dieser Mann, der selbst der größten Gefahr immer mutig ins Auge geschaut hatte, wirkte jetzt wie ein kleiner Junge, der von seinen Eltern völlig alleine gelassen worden ist. Voller Zärtlichkeit nahm sie ihn in den Arm, und beugte sich über ihn, ganz nah an sein Ohr. „Ja, es ist eine schreckliche Geschichte, und vermutlich wollen Dich die Menschen schonen und verraten Dir deshalb nichts Genaues. Wenn Du sie jedoch wirklich hören willst, dann erzähle ich sie Dir. Vielleicht ist es wirklich noch schlimmer, immer darüber nachzugrübeln, ohne zu einem Ergebnis zu kommen." Er nickte heftig, und sie streichelte vorsichtig seinen Kopf, als ob sie etwas zerstören könnte. Dann begann sie: „Er war ein Führer der Chushi Gangdruk, der sich der Bewegung schon frühzeitig angeschlossen hatte." Bewusst vermied sie das Wort ‚Vater". „Da er aus dem Grenzgebiet zu Mustang stammte, kannte er sich dort sehr gut aus. Schnell gewann er das Vertrauen der Befehlshaber, das er jedoch zu seinem Vorteil missbraucht hat.

Als die Chushi Gangdruk zu einem großen Überfall auf eine Militärstation ausrücken wollte, hat er die Pläne an die Chinesen verraten und sie zu einem geheimen Pass geführt, den unsere Krieger für die Operationen in der Heimat benutzt haben. Alle wurden massakriert, es war unsere größte Niederlage. Man sagt, er sei dafür gut bezahlt worden und lebe seitdem mit seiner Frau in China, aber das kann niemand so genau sagen, denn beide wurden nach dem Verrat nie wieder gesehen."

Dolma war nicht sicher, ob Thinley die letzten Sätze überhaupt noch verstanden hatte, denn er weinte hemmungslos. Sie hielt ihn lange, so wie sie ihre Kinder hielt, wenn sie besonders verzweifelt waren. Irgendwann jedoch wurde sie unruhig, denn die Morgendämmerung kündigte sich an. Sie musste dringend zurück zu den Kindern. Ganz sachte löste sie sich von Thinley, der noch immer zusammengekauert am Boden lag. „Bis später" flüsterte sie ihm ins Ohr und lief davon. Nach wenigen Schritten hielt sie jedoch inne und kehrte um. „Thinley", rief sie laut und vernehmlich, „Thinley, hör mir zu, es ist ganz wichtig." Aus verweinten Augen schaute er mühsam zu ihr auf. Sie fixierte ihn voller Strenge und Sanftmut zugleich. „Du warst es nicht, der das getan hat. Bitte vergiss das niemals!" Dann war sie endgültig verschwunden.

Die Kinder schliefen so fest, als befänden sie sich an dem sichersten Ort der Welt. Nach all den Nächten im Freien kam nicht nur ihnen das Kloster wie ein Paradies vor. Thinley blieb noch im Freien. Die Sterne begannen langsam zu verblassen und der großen Wagen, dessen Deichsel sich weit nach Osten gedreht hatte, machte deutlich, dass die Nacht schon weit fortgeschritten war.

Am übernächsten Morgen nahmen sie Abschied von Tendol Rinpoche, der es sich nicht nehmen ließ, ihre Nahrungsvorräte so weit aufzufüllen, wie sie tragen konnten. Die letzte Etappe auf dem Weg in die Freiheit lag vor ihnen.

Die optimistische Stimmung schlug jedoch um, als ein Schneesturm heraufzog. Ungeschützt waren sie ihm ausgeliefert, denn es gab unmittelbar vor der Passhöhe keinen Unterstand und keine Höhle mehr. Rasch bildeten sie einen Kreis, nahmen die Kinder in die Mitte und rückten so nah zusammen wie sie nur konnten. Leise stimmte Gyaltsen ein Mantra an, in das die anderen einfielen, doch die entfesselte Natur ließ sich dadurch nicht besänftigen. Selbst die Härtesten unter ihnen wurden durchgeschüttelt von dem eisigen Wind und unter den Schneemassen waren sie kaum noch zu erkennen. Es dauerte Stunden, bis das Toben der Elemente nachließ, und es kam ihnen fast ebenso lange vor, bis sie wieder in der Lage waren sich zu bewegen. „Auch wenn es uns allen entsetzlich schwer fällt, wir müssen noch ein

Stück laufen, sonst drohen uns schreckliche Erfrierungen", erklärte Lobsang entschieden und niemand widersprach. Nur die Kinder waren dazu nicht mehr in der Lage; zwei Männer nahmen sie auf ihre Schultern.

So schnell der Schneesturm gekommen, so schnell klarte es wieder auf. Wie auf ein geheimes Kommando hin wanderten ihre Augen die Passhöhe hinauf. Dort lag Mustang, die Freiheit, die Sicherheit. Mehrfach hatten sie geglaubt, sie hätten ihr großes Ziel erreicht, doch immer wieder entpuppte sich der vermeintliche Übergang nur als Zwischenstation.

Schließlich erreichten sie eine kleine Steinpyramide, die mit bunten Gebetsfahnen geschmückt war; das Tor zur Freiheit. Sie hatten es geschafft, doch sie waren viel zu erschöpft, um wirkliche Erleichterung oder gar Freude zu verspüren.

Der Anblick, der sich ihnen auf der Südseite des Passes bot, war ebensowenig dazu angetan, ihre Stimmung zu verbessern und ihnen neuen Mut zu verleihen Vor ihnen lag ein großer Gletscher, der – neben der Höhe – vermutlich der wichtigste Grund war, warum dieser Pass in der Vergangenheit kaum benutzt worden war. Ihnen aber blieb keine Wahl. Thinley übernahm die Führung und prüfte bei jedem Schritt mit einem Stock, wie tragfähig das Gletschereis war. Es machte einen stabilen Eindruck, und so kamen sie recht zügig voran.

Als das Ende bereits in Sicht war, ertönte plötzlich ein leises Krachen und Thinley verschwand vor den Augen der Gruppe. Ein markerschütternder Schrei von Dolma ließ die anderen nicht weniger erschaudern. Die Frau kämpfte sich zur Absturzstelle vor und konnte von Lobsang und Wang nur unter Aufbietung aller Kräfte gehindert werden, sich dort hinabzustürzen.

Der Blick in die Tiefe war erschütternd. Es war ein sehr enger Eisschacht, dessen Ende sich in der Dunkelheit verlor. Verzweifelt riefen sie nach ihrem Freund, doch es gab keine Antwort. Lobsang erfasste die Situation als erster. „Das letzte, das wir ihm noch wünschen können, ist ein rascher und kein qualvoller Tod in der Eishölle. Es ist ganz sicher in seinem Sinn, wenn wir hier nicht länger verweilen, sondern so schnell wie möglich versuchen, diesen Gletscher zu verlassen und uns in Sicherheit zu bringen." „Nein", schrie Dolma dagegen an, „Nein", und die Männer schafften es kaum, sie festzuhalten.

Dann trat ihre Tochter Choeyong an sie heran, die sehr verstört wirkte. „Mama…“ fiel sie ihrer Mutter weinend in die Arme. Minutenlang standen sie so und alle sahen, wie Dolmas Gesicht immer mehr versteinerte, als wenn eine fürchterliche Wahrheit von ihr Besitz ergriff. Die Männer spürten, dass sie die Frau jetzt loslassen konnten, und ohne ein weiteres Wort setzte sich der Zug wieder in Bewegung.

Kathmandu

Im provisorischen Hauptquartier der Verfolger versuchten alle, Han aus dem Weg zu gehen. Die Stimmung des allmächtigen Geheimdienstmitarbeiters hätte schlechter nicht sein können und jedes falsche Wort bot ihm ein willkommenes Ventil, um seinem Ärger Luft zu machen. „Fast ein Dutzend Leute können nicht vom Boden verschwinden", herrschte er die Besatzung der Hubschrauber an. „Einen solchen Hokuspokus gibt es nur in den abergläubischen Geschichten der primitiven Tibeter, aber nicht in der Wirklichkeit. Ihr habt nicht sorgfältig genug Ausschau gehalten. Was habt Ihr überhaupt da oben in der Luft gemacht? Euer Versagen wird ernsthafte Konsequenzen haben." Dabei klang seine Stimme jedoch verunsichert. Er wusste genau, was auf ihn zukam, wenn die Verräter entkommen sollten. Ernsthafte Konsequenzen gäbe es nur für ihn und gegenüber der Partei würde er die Verantwortung niemals auf die Hubschrauberpiloten oder andere örtliche Kader abschieben können. Mühsam versuchte er seine Fassung wiederzufinden. „Wir unternehmen noch einen Versuch, und diesmal bin ich dabei. Wir wissen genau, dass sie sich hier irgendwo aufhalten und versuchen nach Mustang zu kommen. Sie können uns nicht verborgen bleiben."

Doch auch ein weiterer Aufklärungsflug mit Han an der Überwachungskamera brachte kein befriedigendes Ergebnis. Es schien, als ob der Erdboden die Flüchtlinge verschluckt hätte. Aber es gab einen anderen Anknüpfungspunkt. Die Kameras der Hubschrauber zeigten eine Gruppe von Nomaden in dem Gebiet, in dem sich die Flüchtlinge aufhalten mussten. Vielleicht gab es über sie wertvolle Informationen.

Es dauerte zwei weitere Tage bis die Nomaden gestellt waren. Sie machten keine Anstalten, den Soldaten aus dem Weg zu gehen, denn sie durften die Grenze nach Belieben überqueren und trafen dabei häufig auf Sicherheitskräfte. Nun jedoch merkten sie rasch, dass es anders war als sonst. Die Soldaten empfingen sie mit vorgehaltenen Gewehren, Han selbst befand sie bei ihnen, doch konnte er sie nicht verhören, da sie kein Wort Chinesisch sprachen. Das übernahmen die örtlichen Genossen: „Habt ihr eine Gruppe von Flüchtlingen gesehen?" „Wir haben seit Tagen niemanden gesehen", antwortete der Älteste und schickte sich an, den Weg fortzusetzen. Die Soldaten dachten jedoch nicht daran, das Verhör zu beenden." „Ihr lügt", lautet die einschüchternde Antwort. „Wir wissen, dass eine Gruppen von Hochverrätern hier unterwegs ist, weil sie nach Nepal fliehen will. Es gibt nicht viele

Wege nach Nepal. Ihr müsst sie gesehen haben." Dabei richteten die Uniformierten ihre Gewehre drohend auf die Gruppe. „Wir wissen nichts, und wir kümmern uns um nichts. Wir treiben nur Handel. Alles andere interessiert uns nicht", gab der Wortführer unbeeindruckt zurück. „Und ihr, was habt ihr gesehen?" wandte sich der Soldat an einen der Jüngeren unter den Nomaden, der einen sehr eingeschüchterten Eindruck machte. „Ich habe auch niemanden gesehen", stammelte er, „keine Männer und keine Kinder." „Keine Kinder?" schrie der Soldat zurück. „Woher wisst ihr, dass in der Gruppe auch Kinder sind, ihr dreckigen Lügner? Ihr steckt mit ihnen unter einer Decke." Dann holte er aus und streckte mit dem Kolben seines Gewehrs den Anführer nieder. Als er am Boden lag, trat er mehrmals nicht weniger heftig auf den sich vor Schmerzen krümmenden Mann ein. Dann hielt er den Lauf des Gewehres direkt vor dessen Gesicht. „Wenn ihr mir nicht sofort sagt, wo sich die Verräter aufhalten, erschieße ich ihn auf der Stelle, und dann den nächsten und den nächsten, bis niemand mehr von euch lebt."

Keiner der Nomaden zweifelte, dass er seine Drohung ernst machen würde. „Ja, wir haben sie gesehen", trat einer hervor, und wir haben ihnen den Weg zu dem Felsenkloster von Tendul Rinpoche gezeigt. Dort sind sie hinauf gestiegen, aber ohne uns, denn mit den Tieren kommt man gar nicht dort hoch. Was seitdem geschehen ist, wissen wir wirklich nicht." Der Soldat schaute sie lauernd an. Das klang glaubwürdig. Unvermittelt riss er den Informanten zu sich hin: „Du gehst mit uns und zeigst uns dem Weg zu diesem Kloster, die anderen können ihren Weg fortsetzen. Aber wenn Du uns belügst oder in die Irre führst, seid Ihr alle dran, ist das klar?" Die Nomaden nickten stumm und zum Abschied verabreichten die Soldaten dem Anführer, der noch immer am Boden lag, ein paar weitere Tritte. „Wenn du das nächste Mal Soldaten der Volksbefreiungsarmee belügst, kommst du nicht so glimpflich davon ab."

Am nächsten Tag erreichten sie den Aufstieg zum Kloster. Der Nomade musste vor ihnen den steilen Weg hinauf klettern. Noch nie hatte er sich so schlecht gefühlt, doch er hatte keine Wahl. Das Kloster wirkte verwaist wie immer und der Nomade schöpfte ein wenig Hoffnung, dass sich der Rinpoche vielleicht versteckt hatte und es den Soldaten nicht gelingen würde, ihn zu finden. Schließlich wusste er, dass die Gruppe mit dem Panchen Lama gejagt wurde. Ungeduldig durchstreiften die Soldaten die Räume, rissen hier und dort Thangkas von der Wand und traten gegen Statuen. Schließlich drangen sie in das Kloster selber ein.

Tendul Rinpoche hatte sich wieder zur Meditation zurückgezogen, und es dauerte nicht lange, bis die Soldaten ihn entdeckten. Diesmal wurde er weitaus unsanfter aus seiner Versenkung gerissen. „Wo sind die Verräter? Wo hast du sie versteckt?", herrschten ihn die Soldaten an, doch es dauerte lange, bis er überhaupt verstand, was um ihn herum geschah. Er blickt kurz auf, um die Augen gleich wieder zu schließen. Das machte die Soldaten noch wütender, so dass sie gleich zu mehreren auf ihn einschlugen. Der Rinpoche schien es nicht wahrzunehmen, ja auf seinem Gesicht zeigt sich sogar ein entrücktes Lächeln. Nach kurzer Zeit griff Han ein. „Stopp", schrie er und das Echo tönte laut durch die Klosterhallen. „Nicht, dass es schade um diese Ratte wäre, aber wir benötigen Informationen von ihm. Die bekommen wir nicht, wenn Ihr ihn totgeschlagen habt." Unwillig ließen die Soldaten von ihm ab. Als sich Han zu ihm hinabbeugte, erkannte sein geübtes Auge sofort, dass es zu spät war. Der Rinpoche war tot.

Hans Wutanfall übertraf alles bislang Dagewesene. Blind schlug er auf seine Soldaten ein, die wie begossene Pudel dastanden und alles über sich ergehen lassen mussten. „Idioten, Trottel, denen alles Gehirn weggeblasen wurde. Dieser Alte wäre unsere beste Quelle gewesen, und Ihr habt sie zerstört".

Doch es half nichts. Han musste einsehen, dass er so nicht weiterkam. Er hatte keine Ahnung von dem Pass, der hinter dem Kloster lag und er wusste auch nicht, ob die Flüchtenden sich womöglich in der Umgebung versteckt hielten. Zwar gab er noch den Befehl, alles abzusuchen, doch auch das blieb ohne Erfolg.

Er musste seine Strategie ändern. Wenn es schon nicht möglich war, der Flüchtlinge im Mutterland habhaft zu werden, dann würde er sie dort in Empfang nehmen, wo sie sich in Sicherheit wiegten und vielleicht etwas weniger Sorgfalt walten ließen, in Nepal. Noch hatte er nicht verloren, und er dachte nicht daran zu resignieren. In Mustang erwarteten sie ihn nicht mehr, deshalb hatte er den Überraschungseffekt auf seiner Seite. Das war seine Chance. Allerdings gab es auch einen Wermutstropfen. Er musste die Partei in Peking informieren, denn sie musste den Einsatz in Mustang mit den dortigen Behörden vereinbaren. Das war zwar kein Problem, denn der Einfluss seiner Partei im Nachbarland war inzwischen sehr groß, aber dadurch erfuhren die führenden Genossen, dass er noch immer nicht erfolgreich gewesen war. Und die Genossen warteten dringend auf Erfolgsmeldungen von ihm.

Han täuschte sich nicht in der Reaktion der Parteiführung. Als ob es noch nötig gewesen wäre, ihm den Ernst der Lage zu verdeutlichen, wurde er nach Peking bestellt. Der oberste Chef des Geheimdienstes, Vizeminister Sitha und der Minister ließen ihn vorsprechen. „Genosse, Sie haben versagt, obwohl sie genau wissen, was auf dem Spiel steht – für unser Vaterland“, sein oberster Vorgesetzter machte eine Pause und fügte dann böse und bedrohlich hinzu, „und für Sie persönlich.“ „Genossen, ich verstehe Ihre Sorge“, versuchte sich Han zu verteidigen, „aber seien Sie gewiss, ich bin mir meiner Verantwortung bewusst. Wir werden die Flüchtlinge stellen, daran gibt es keinen Zweifel, selbst wenn sie die Grenze überschritten haben und sich in Sicherheit wähnen. Es gab leider eine Verkettung unglücklicher Umstände, die uns daran gehindert hat, sie jetzt schon zu ergreifen und auch die Hubschrauberpiloten haben ihren Auftrag nicht erfüllt, aber wir werden…“ Weiter kam er nicht, denn der Minister fiel ihm wutentbrannt ins Wort. „Ihre Erklärungen und Entschuldigungen interessieren uns nicht im Geringsten, versagt haben Sie und Sie zeigen uns jetzt mit ihrer Verteidigungsrede, dass sie den Ernst der Lage noch nicht begriffen haben. Unserem Vaterland droht eine unbeschreibliche Blamage, wenn diese Leute nicht rechtzeitig gefasst werden. Sie haben sich inzwischen einige tausend Kilometer von der Hauptstadt bis in den äußersten Südwesten unseres Landes durchgeschlagen, ohne dass wir ihnen auf die Spur gekommen sind. Als Sie die Verräter entdeckt haben, hätten Sie uns sofort Bescheid geben müssen, dann hätten wir die halbe Armee geschickt und dem Spuk ein Ende bereitet, aber das haben Sie versäumt. Schon das müsste reichen, um Ihr Schicksal zu besiegeln, doch wir geben Ihnen eine letzte Chance.“ Han wurde immer kleiner. Ihm war klar, dass jedes weitere Wort seine Lage nur noch verschlimmern würde.

„Was haben Sie vor?“ fragte der Minister unvermittelt in einem verbindlicheren Ton. Das klang wie eine letzte Chance. Han beeilte sich ihnen zu offenbaren, was er sich auf dem Flug nach Peking überlegt hatte: „Ich will die Verräter von zwei Seiten in die Zange nehmen. Ich selbst reise mit einigen Getreuen über Kathmandu in das Grenzgebiet und komme den Verrätern von Süden her entgegen. Ein anderer Trupp unseres Geheimdienstes begibt sich von unserer Seite aus dorthin; getarnt als Touristen. Dann können sie uns nicht entkommen. An der Kooperation der wichtigsten Stellen in unserm Nachbarland dürfte es keinen Zweifel geben,“ dabei versuchte er wieder verschlagen zu lächeln, doch in den Mienen seiner Gesprächspartner konnte er keine Regung erkennen.

Nach einer langen Pause hob der Minister wieder an: „Ihr Plan überzeugt uns. Wir werden über unsere Vertretung in Kathmandu unverzüglich alles vorbereiten, damit der Durchsetzung nichts im Wege steht. Natürlich werden unsere Nachbarn kooperieren. Sehen Sie zu, dass Sie nicht noch einmal versagen."

Innerhalb von weniger als zwölf Stunden erhielten Han und seine engsten Vertrauten Papiere, die ihn als Geologie-Professor auswiesen, der mit einer Gruppe Studenten und wissenschaftlichen Mitarbeitern zu Forschungszwecken in das Kali Gandaki-Tal von Mustang reiste. Gleichzeitig wurde ein Trupp ortskundiger Milizen dorthin entsandt, wo Han die Flüchtlinge zuletzt gesehen hatte. Sie sollten die Grenze nach Nepal von Norden überschreiten. Getarnt warn sie als Trekkinggruppe aus Taiwan. So müsste die Operation im letzten Moment noch gelingen.

Han und seine Leute hatten keine Zeit zu verlieren. Sie nahmen das nächste Flugzeug nach Kathmandu. Wie immer trug er eine Pistole am Körper, was als Geheimdienstmitarbeiter innerhalb Chinas kein Problem war. Sein Dienstausweis ließ jeden Sicherheitsbeamten stramm stehen. Kathmandu allerdings gehörte zu den wenigen Flughäfen der Welt, auf denen die Reisenden auch bei der Ankunft eine Schleuse mit Metalldetektoren durchqueren mussten. Damit sollte vor allem der Goldschmuggel aus Hongkong und Singapur unterbunden werden.

Sehr wirksam war das System angesichts der schlechtbezahlten Grenzbeamten allerdings nicht. Han war instruiert worden, dass sie bei einem entsprechenden Piep Ton den Erwischten gegen ein überschaubares Bakschisch ein zweites Mal durch die Schleuse schickten und dabei den Automatismus kurz abstellten. So ging der Schmuggel weiter.

Han erwartete das gleiche Entgegenkommen, doch ein Metall-Detektor piepte und sofort wurde Han einer intensiven Leibesvisitation unterzogen. Dabei wurde deutlich, dass nicht Gold, sondern seine Pistole der Auslöser für den Alarm war. Das war dem Grenzbeamten zu gefährlich. Empört wies er den angebotenen Schein zurück und informierte stattdessen die Flughafenpolizei. Han wurde entwaffnet und verhaftet.

Zwar fürchtete er sich nicht vor den Konsequenzen, aber er verlor wertvolle Zeit, und das machte ihn nervös. Ohne ihn würden auch seine Leute nicht Richtung Mustang aufbrechen können. Unbeeindruckt von seiner Lage verweigerte er jede Aussage und versuchte stattdessen, die nepalesischen Sicherheitskräfte unter Druck zu setzen. „Sie lassen mich sofort mit meiner Botschaft telefonieren, sonst verspreche ich Ihnen Ärger, wie er Ihnen noch nie in Ihrem Leben begegnet ist." Sein forsches

Auftreten, aber auch die Tatsache, dass er von China aus offenbar unbehelligt mit einer Pistole einreisen durfte, verunsicherte die Sicherheitskräfte. Sie riefen ihren Vorgesetzten, dem Han erneut sein Begehren vortrug. „Und beeilen Sie sich, in bin in einem Auftrag unterwegs, der keinerlei Aufschub verträgt." „Als Geologe?" fragte der Beamte zurück, der es nicht gewohnt war, dass so mit ihm gesprochen wurde. „Machen Sie, was ich Ihnen sage", herrschte Han ihn erneut an, und der Mann kontaktierte die chinesische Botschaft. Das Gespräch war kurz. Fünfzehn Minuten später tauchte der Sicherheitschef des Flughafens auf. Lautstark stauchte er seine Beamten zusammen, entschuldigte sich vielmals bei Han und händigte ihm die Pistole wieder aus.

Vor der Ankunftshalle wartete bereits eine schwarze Limousine der Botschaft mit getönten Scheiben. So rasch es der Verkehr zuließ, brachte sie die vermeintlichen Geologen zu ihrer Landesvertretung. Dort begrüßte sie der Kulturattaché, der sich ihnen als Kollege der gleichen Institution offenbarte. Er hielt eine großzügige Bewaffnung für sie bereit und hatte auch das weitere Vorgehen geplant. Um nicht noch einmal mit nepalesischen Sicherheitskräften in Konflikt zu geraten, fuhr die Gruppe mit einem kleinen Konvoi der Botschaft über Land bis Pokhara. Die etwa 220 Kilometer entfernte Stadt war der Ausgangspunkt für alle Touren nach Mustang. Knapp sechs Stunden waren sie unterwegs, und es war eine recht komfortable Reise, „denn", so betonte der vermeintliche Kulturattaché, „wir haben dem nepalesischen Volk vor über 30 Jahren diese Straße geschenkt".

Spät am Abend erreichten sie Pokhara. Die Nacht war kurz, früh am nächsten Morgen ging es noch fünf Stunden weiter im Konvoi, denn endete die Straße, doch acht Träger warteten auf die vermeintlichen Geologen, um deren Ausrüstung zu transportieren. Nur ihre Waffen und einige technische Geräte behielten sie bei sich.

Bevor sie aufbrachen, bat der Geheimdienstmitarbeiter aus der Botschaft Han zu einem Vier-Augen-Gespräch. „Genosse, es ist alles vorbereitet. Unsere Kontaktleute in Marpha, Jomsom, Kagbeni und Lo Mantang wissen Bescheid und stellen uns jede nur mögliche Unterstützung zur Verfügung. An diesen Orten kommen die Verräter nicht vorbei, deshalb haben sie keine Chance. Auch unsere maoistischen Freunde haben ihren Beitrag geleistet, dass alle Sondergenehmigungen in diesem sensiblen Gebiet vorliegen. Wir werden zudem von einem nepalesischen Liaison-Offizier begleitet. Das ist hier so üblich. Der Mann arbeitet für uns und ist zuverlässig. Alle örtlichen Kräfte sind seinen Anordnungen gegenüber verpflichtet. Es kann also nichts passieren, die Flüchtlinge werden wegen illegalen Grenzübertritts verhaftet und sofort an uns ausgeliefert.

Das einzige Problem könnten die zahlreichen westlichen Trekkinggruppen werden, denn natürlich darf niemand irgendetwas von der Aktion mitbekommen. Es wäre eine Katastrophe, wenn Nachrichten an die ausländischen Medien gelangten. Ebenso wenig dürfen die Flüchtlinge Kathmandu erreichen, oder dorthin gebracht werden, da dort die Hunde vom UNHCR Flüchtlingshilfswerk der UNO herumlungern. Sollten die Wind von der Sache bekommen, könnte das auch Ärger bedeuten. Wir sind denen gegenüber zwar zu nichts verpflichtet, aber sie kläffen sehr laut.

Sofern es sich aus der Situation heraus ergibt, spricht nichts gegen einen Bergunfall, solange die wichtigsten Zielpersonen sicher ins Mutterland zurückgebracht werden. Ich rechne da auf ihre Umsicht, haben Sie verstanden?" Der Mann schaute Han lauernd an, der sich plötzlich wie ein Befehlsempfänger fühlte und nicht wie der allmächtige Operationschef, der er vorher war. Das verletzte seine Eitelkeit, schließlich war er hier nicht in Peking. Er sah sich genötigt, dem Mann deutlich zu machen, wer er war. Er holte sein Schreiben von der Partei hervor, das alle verpflichtete, ihm zu gehorchen. „Du hast Recht Genosse, aber ich weiß, was ich tue, und ich bin von unserer Partei mit allen Vollmachten ausgestattet." Mit den Worten reichte er ihm das Papier herüber. Der Angesprochene reagierte kühl. „Lass gut sein Genosse, das Papier ist mir bekannt und ein paar Wochen alt. Seitdem ist einiges geschehen, was nicht ganz im Sinne der Partei war; wie Du sicher wissen wirst. Solltest Du Anlass haben, Dich über mich zu beschweren, leihe ich Dir jederzeit gern mein Satellitentelefon, damit Du in unserer Zentrale anrufen kannst. Ich bin aber nicht so sicher, wie Du dort aufgenommen wirst."

Han verstand. Er war lange genug im System um zu wissen, was geschehen war. Die Geheimdienstzentrale hatte die Botschaft detailliert über den Auftrag der Gruppe und seine eigene bisherige Rolle, sein Versagen, wie sie es nannten, unterrichtet. Dabei war den Leuten in Kathmandu sofort bewusst, von welch überragender Bedeutung es war, die Sache zu einem Erfolg zu bringen. Die Einbindung der Botschaft war offenkundig eine Reaktion auf das wachsende Misstrauen, das die Führung Han entgegenbrachte. Man nahm ihm übel, dass er seine Erkenntnisse über den Aufenthalt der Flüchtlinge nicht unverzüglich weitergegeben hatte. Zwar durfte er die Operation weiterhin leiten, doch sollte er besser kontrolliert werden.

Derweil erreicht die dezimierte Flüchtlingsgruppe Lo Mantang, die kurz hinter der Grenze gelegene Hauptstadt von Mustang. Sie wagten es jedoch nicht, sich im Ort selbst zu zeigen. Thinley war vor der Mission genau instruiert worden, dass er in Mustang nur wenigen ausgewählten Mönchen trauen dürfe. Zwar brachte die Bevölkerung den Tibetern noch immer große Sympathie entgegen, doch die CIA wusste von ihren Gewährsmännern, dass der chinesische Geheimdienst Dorfbewohner rekrutiert hatte, die Flüchtlinge verrieten und dadurch ihr bescheidenes Einkommen erheblich aufbesserten. Zwar suchte die Mehrzahl der Tibeter nicht über Mustang den Weg in die Freiheit, doch da alle anderen Routen zusehends unsicherer wurden, wuchs die Zahl der Flüchtlinge in dem tibetisch geprägten Hochtal. Die Chinesen, die daran wenig Interesse hatten, zahlten gut, schon für ganz gewöhnliche Flüchtlinge.

Der Gruppe war somit klar, dass sie sich noch nicht in Sicherheit wähnen durfte und vor ihnen lag eine letzte schwierige Wegstrecke. Es gab zwei Routen von Lo Mantang nach Jomsom, wo sich ein kleiner Flughafen befand, auf dem Mitarbeiter der CIA alles für die letzte Etappe der Flucht vorbereiten würden, sobald sie die Nachricht vom Grenzübertritt erhielten. Dafür war eigentlich Thinley vorgesehen, doch das war nicht mehr möglich.

Die Westroute war die gängige. Sie war relativ leicht und viele Menschen waren dort unterwegs, insbesondere Touristen aus den westlichen Ländern. Es gab mehrere Dörfer und auch zahlreiche Wasserquellen entlang der Strecke. Aber gleichzeitig war das Risiko verraten und verhaftet zu werden für eine so große Gruppe hoch. Insofern schied diese Variante aus. Die einzige Alternative war die weitaus schwierigere Ost Route. Der Weg war weich und voller Geröll, und es gab kaum Wasser. Aber weil er weitgehend vergessen war, wurde er auch nicht kontrolliert. Insofern war es keine schwere Entscheidung.

Eine halbe Tagesreise hinter Lo Mantang erkannten sie das Höhlenkloster Lori mit einem wesentlich geräumigeren Klostergebäude am Fuße des steilen Felsens. Es lag nicht direkt an ihrem Weg, aber hier war Platz und sie beschlossen es anzusteuern, um einige Zeit auszuruhen. Lobsang machte sich noch die Mühe, die Felswand hinauf zu klettern, wo eine Klause des Klosters errichtet worden war. Sie bestand nur aus zwei Räumen, von denen der südliche ihn ganz besonders überraschte, denn er verbarg einen makellosen weißen, etwa zwei Meter hohen

Stupa mit feinsten Malereien, der fast den gesamten Raum ausfüllte. Ein solches Kleinod erwartet niemand in der kargen Gegend.

Es war ein gespenstischer Zug geworden, der sich mühsam den steilen, gefährlichen, wenn auch nicht sonderlich langen Anstieg zum Kloster hinaufschleppte. Dolma hatte seit Thinleys Sturz kein Wort mehr gesprochen. Tagsüber erledigte sie wie immer alles, was getan werden musste, doch ihr Gesicht war wie eine Maske aus Stein, aus der jede Gefühlsregung entwichen war. Selbst diejenigen, die zuvor noch nicht mitbekommen hatten, dass zwischen ihr und Thinley zarte Bande gewoben worden waren, wussten es nun. Zaghaften Versuchen von Lobsang, sie zu trösten, entzog sie sich sofort. Nachts hörten die Kinder sie manchmal leise weinen, und es schien, als ob sie sich selbst dem Schlaf verweigerte, um sich nicht einmal für kurze Zeit der Annehmlichkeit des Vergessens hinzugeben.

Auch bei den anderen saß der Schock über Thinleys tragisches Ende tief. Seine Umsicht, seine Kenntnis, sein fast schon halsbrecherischer Mut, aber auch sein Optimismus, der in einem seltsamen Kontrast zu einer unerklärlichen Schwere stand, die ihn umgab, hatten der Gruppe einen großen Halt gegeben; wie groß, das spürten sie erst seit der Zeit ohne ihn. Lobsang hatte den anderen inzwischen verraten, dass Thinley kein Mönch war, sondern ein tibetischer Mitarbeiter des amerikanischen Geheimdienstes, der von ihnen eigens angefordert worden war.

Neben der allgemeinen Trauer um Thinley waren sie wieder an den Rand der Erschöpfung geraten, so dass es ratsam war, ein paar Tage auszuruhen, bevor sie sich auf das letzte, gefährliche Stück nach Jomsom machten. Das Höhlenkloster Lori war dafür ein geeigneter Ort, denn dort lebte nur noch ein Mönch, der niemals mit den Chinesen kooperieren würde. Er verehrte den Dalai Lama wie alle Mönche in Mustang und wer noch ein wenig Kraft hatte in der Gruppe musste lächeln, als er das Kloster endlich erreicht hatte, denn die verschwommene Fotographie eines etwa sechsjährigen Jungen in einem Trainingsanzug - das einzig bekannte Foto des 11. Panchen Lama - stand auf dem Altar. Ähnlichkeiten mit dem jungen Mann, der nun im Kloster um Unterkunft bat, gab es keine. Aber auch ohne dass jemand dessen Identität offenbarte, wurde der Gruppe sofort Unterkunft gewährt.

Gefangen

Thinley war bei seinem Absturz mehr gerutscht als gefallen, denn die Spalte war sehr eng und verlief zudem nicht senkrecht. Immer wieder bremsten kleine horizontale Abschnitte den Fall. Als er am Fuß des Gletschers angelangt war, spürte er schmerzhaft heftige Prellungen, Verstauchungen und Blutergüsse, doch nichts schien gebrochen. Langsam orientierte er sich und wunderte sich über ein schwaches grün-blaues Licht, das durch das Eis schimmerte. Es musste einen Ausgang aus der Höhle geben. Auf allen Vieren tastete er sich in Richtung des Lichts voran, das immer heller wurde. Nach einiger Zeit sah er tatsächlich einen Ausgang. Die Höhle führte ins Freie! Er war gerettet, doch von der Gruppe keine Spur. Er wusste nicht, wie weit er von ihr entfernt war und ob sie den gleichen Abstieg nahm. Es half nichts, er bewegte sich einfach weiter den Berg hinunter, dann musste er zwangsläufig in Mustang landen, bei seinem Absturz waren sie schließlich unmittelbar vor der Grenze gewesen.

Das Laufen fiel ihm schwer, doch langsam kämpfte er sich voran in das Tal von Mustang, seinem Mustang. In seinen Vorstellungen war diese letzte Wegstrecke immer der Triumphzug in die Freiheit gewesen, doch nun war er froh, überhaupt noch am Leben zu sein. Sein Körper schmerzte bei jedem Schritt, die Ungewissheit nicht weniger, am meisten von allem aber der Gedanke an Dolma. Natürlich musste sie ihn für tot halten.

Mit eiserner Disziplin zwang sich Thinley weiterzulaufen. Erstaunlicherweise ging es allmählich schneller, als er seinen Rhythmus gefunden hatte. Inständig hoffte er, bald auf die Gruppe zu treffen. Manchmal fürchtete er gar, bereits an ihnen vorbei zu sein, denn er konnte nicht einschätzen, wie lange sie an der Absturzstelle verweilt waren und ob sie gar zeitraubende und in jedem Fall vergebliche Versuche unternommen hatten, ihn zu retten. Das durften sie auf keinen Fall, schließlich hatten sie einen klaren Auftrag, der wichtiger war als jeder einzelnen von ihnen: die zweitgrößte Hoffnung aller Tibeter nach dem Dalai Lama sicher nach Indien zu bringen. Thinley nahm sich vor, zumindest bis Lo Mantang zu laufen und sich dort nach einer Flüchtlingsgruppe zu erkundigen. Dort angekommen konnte ihm jedoch niemand in der kleinen Hauptstadt Auskunft erteilen, und Thinleys Verzweiflung wuchs. Dann rief ihn ein Ladenbesitzer zu sich hinein. „Meine Kinder haben mir etwas erzählt. Sie haben gestern weiter östlich eine Gruppe gesehen, in der eine Frau mit einigen

Kindern war, ein großer Hund sogar und ein paar Männer.“ Thinley war elektrisiert. „Kann ich die Kinder sprechen? Sie müssen mir den Weg zeigen, und sie sollen es nicht umsonst machen.“ Eine halbe Stunde später erschienen die Kinder bei Thinley. „Wir haben sie bei unserem Onkel gesehen, sie waren sehr langsam und müde und sahen ganz traurig aus.“ „Wo wohnt euer Onkel?“, fragte Thinley, und die Kinder wiesen mit der Hand nach Osten, „da ganz hinten.“ Voller Ungeduld schaute er den Ladenbesitzer an. „Die Route östlich des Kali Gandaki, oder?“ „Ja, vermutlich.“ „Gibt's dort irgendeinen Ort, an dem sie ausruhen könnten, einen sicheren?“ Der Mann dachte intensiv nach. Dann hellte sich seine Miene auf. „Natürlich, das Lori-Kloster, einen guten Tagesmarsch von hier.“ „Natürlich das Lori-Kloster“ echote Thinley. Er erinnerte sich daran, dass seine Instruktionen aus Langley es ausdrücklich erwähnten. Das war seine Chance. Und selbst wenn er sie dort nicht antreffen sollte, hatte er von den Kindern wichtige Informationen erhalten: Die Gruppe war auf der Ost Route unterwegs, und sie befand sich vor ihm.

Das Kloster war auf seinem Plan eingezeichnet, so dass er sich ein wenig wunderte, warum er nicht selbst auf die Idee gekommen war. Er machte sich unverzüglich auf und erreichte am Mittag des nächsten Tages Lori. Auch ihm bereitete der letzte, steile Anstieg einige Probleme. Als er endlich angekommen war, fiel sein Blick als erstes auf Dolma, die mit den Kindern beschäftigt war. Sie hatte ihm den Rücken zugekehrt, so dass ihn die Kinder als erste wahrnahmen. „Da, Mama, der tote Mann“, hörte er Dolmas jüngste Tochter sagen „wirklich“. Eher genervt als neugierig schaute sie sich um. Im gleichen Moment ertönte ein Schrei, wie ihn das Tal des Kali Gandaki noch nie erlebt hatte. Tief aus ihrem Bauch heraus bahnte sich all ihre Trauer, Verzweiflung, Entsetzen, Fassungslosigkeit, Unglauben und Hoffnung den Weg und Thinley hatte den Eindruck, als ob der Schrei die Felswände erzittern ließ. Sekunden später stand die gesamte Gruppe im kleinen Hof vor dem Kloster. Auch der Mastiff, der im Schatten eines Baumes geschlafen hatte, kam knurrend auf Thinley zu und wechselte erst die Stimmung, als er ihn erkannte.

Alle anderen waren nicht weniger geschockt. Jeder fragte sich selbst, ob es sich wirklich um Thinley handelte, oder ob sie einer kollektiven Täuschung zum Opfer fielen. Ganz langsam, als ob er tatsächlich einen Geist vor sich hätte, ging Lobsang auf Thinley zu. „Du bist in eine Gletscherspalte gestürzt. Das..., das überlebt man nicht“. Es fiel ihm nicht leicht, die richtigen Worte zu finden. „Eigentlich nicht. Aber ich hatte unbeschreibliches Glück. Oder sagen wir besser, die Götter waren mit mir. Ich bin mehr gerutscht als gefallen, denn die Spalte war sehr eng. Zudem haben waagerechte Vorsprünge den Fall immer wieder gebremst. Die eigentliche Rettung kam aber auf dem Grund der Spalte. Es gab einen Ausgang, sonst wäre ich bei vollem Bewusstsein grausam in einer Eishöhle zugrunde gegangen." Jetzt hielt es Dolma nicht länger, sie stürzte auf Thinley zu und sank weinend in seine weit ausgebreiteten Arme. Ein nicht mehr endender Strom von Tränen löste all die Erstarrung und Anspannung, die seit Thinleys Sturz von ihr Besitz ergriffen hatte. Die anderen waren dezent genug, sich wieder ins Kloster zurückzuziehen und dabei auch die Kinder mitzunehmen.

Drei Tage blieb die Gruppe noch im Kloster, damit auch Thinleys Sturzverletzungen notdürftig behandelt werden konnten. Am Abend eröffneten sie dem Mönch, wer sie waren und in welcher Mission sie sich befanden. Er versprach alle erdenklich Unterstützung, falls das noch nötig sein sollte.

Am Nachmittag vor dem geplanten Aufbruch begab sich Lobsang nach Lo Mantang. Thinley hatte ihm genau beschrieben, wo er der den Ladenbesitzer finden würde, der ihn unterstützt hatte. Dort gäbe es gewiss eine Möglichkeit, die amerikanische Botschaft in Kathmandu zu erreichen und sie zu informierten, dass die Gruppe die Grenze nach Nepal überschritten hatte. Noch etwa fünf Tagesmärsche und sie würden in Jomsom sein, wo dann alles vorbereitet sein musste. Minuten später erhielt die Zentrale in Washington die erlösende Nachricht, und der lang geplante letzte Akt startete unverzüglich. Glen van Houten selbst begab sich sofort zum Flughafen und traf keine 24 Stunden später in Kathmandu ein, von wo er mit einem Mitarbeiter der Botschaft sofort nach Pokhara und Jomson weiterflog. Erst fünf Stunden später in Jomsom durfte er ein wenig ausruhen, um fit zu sein, den letzten Akt selbst zu koordinieren.

Am nächsten Morgen machte sich die Gruppe auf den Weg. Die Stimmung hatte sich vollkommen verändert. Mit Thinley war auch die Zuversicht zurückgekehrt und bei aller Liebe zu Dolma vergaß er nicht, was seine eigentliche Aufgabe war; und dass es darüber hinaus noch ein Geheimnis gab, das ihn mit Mustang verband und dessen Enthüllung von größter Bedeutung für ihn war.

Sie liefen durch eine beinah gespenstisch anmutende Landschaft. Hunderte von Höhlen waren seit Menschengedenken in die Berghänge geschlagen worden und hatten den Einheimischen als Unterkunft gedient. Manche waren durch Gänge miteinander verbunden und nahezu alle noch unerforscht. Einige befanden sich in so schwindelnder Höhe, dass es für spätere Generationen nicht mehr nachvollziehbar war, wie sie entstanden waren. Einige der Felswände waren so durchlöchert wie ein Schweizer Käse. Mustang war schon immer ein sehr karges Land mit wenig Holz. Unvorstellbar, dass Gerüste bis dort hinauf gereicht haben. Die meisten waren inzwischen verlassen und manche auf natürliche Weise dem Erosionsprozess unterworfen, aber eine systematische Zerstörung wie in Tibet hatte es nie gegeben.

Die Flüchtlinge jedoch nahmen mit ganz anderen Gedanken diese faszinierende Landschaft wahr. Schon mehr als drei Jahrzehnte zuvor hatten die Kämpfer der Chushi Gangdruk diese Höhlen und Höhlenkloster als Rückzugsräume während ihrer Partisanentätigkeit benutzt. Jetzt suchten die Flüchtlinge jeden Abend eine tief gelegene Höhle auf, um dort eine vergleichsweise sichere und komfortable Nacht zu verbringen.

Nach vier Tagen erreichten sie Kagbeni, den letzten größeren Ort vor Jomsom, an dem sie nicht vorbei kamen. Von dort war es nicht mehr weit bis zum Flughafen. Um nicht mehr als nötig aufzufallen, teilte sich die Gruppe. Natürlich blieben sie in Sichtkontakt, aber kleine Gruppen von Einheimischen, die sich zu Fuß fortbewegten, waren hier so häufig, dass die chinesischen Spitzel, an deren Existenz niemand zweifelte, sehr genau hinschauen mussten, um sie zu identifizieren. Nur Thinley hatte noch einen Sonderauftrag zu erledigen. Während die anderen außerhalb des Ortes warteten, ging er allein hinein, um noch einmal zu telefonieren. Er musste von der Botschaft erfahren, ob die Vorbereitungen für ihre Evakuierung abgeschlossen waren und sie sich schnellsten nach Jomsom begeben konnten. Sollte sich irgendetwas verzögert haben, wäre es besser, unterwegs zu warten, als in einem der Orte, in denen es von chinesischen Spitzeln nur so wimmelte. Für seinen Anruf suchte er den Dorfvorsteher auf, der ihm ohne Umschweife sein Telefon zur Verfügung stellte. Seine Erleichterung konnte Thinley anschließend nicht verbergen. Er bekam nicht nur grünes Licht, unverzüglich nach Jomsom aufzubrechen, sondern erfuhr sogar, dass sich van Houten persönlich dort befand, dem er großes Vertrauen entgegenbrachte. Thinley vereinbarte mit der Botschaft, dass sie sich direkt zum Flughafen begeben sollten, wo sie van Houten in Empfang nehmen würde.

Auf dem letzten Stück bis Jomsom wurde ihnen die besondere Lage des Kali Gandaki erst richtig bewusst. Es handelte sich um das tiefste Tal der Erde. Im Westen türmten sich die Achttausender des Daulaghiri-Massivs, im Osten die ebenso hohe Annapurna-Kette. Das enge Tal sowie unberechenbare Windverhältnisse machten Starts und Landungen auf der kleinen Piste von Jomsom zu einem Abenteuer, das nicht immer glücklich ausging.

Derweil war Glen van Houten nicht untätig geblieben. Er hatte Flugtickets für eine Touristengruppe gebucht, die aus zwei Taiwanesen, zwei Amerikanern und drei jungen Tibetern bestand. Alle falschen Namen waren bestätigt worden. Wenn die Gruppe endlich auftauchte, konnte nichts mehr schief gehen.

Die Amerikaner hätten gerne das letzte Stück in einer gecharterten Maschine zurückgelegt, doch sie befürchteten, dass dies zu viel Aufmerksamkeit erregen würde, denn so etwas kam in Jomsom selten vor.

Van Houtens Geduld wurde jedoch auf eine harte Probe gestellt, denn die Stunden vergingen, der Abflugtermin rückte näher und er begann zu zweifeln, ob alles richtig übermittelt worden war. Womöglich war auf dem letzten Stück noch etwas außerplanmäßig verlaufen. Von seinem Satellitentelefon aus rief er erneut die Botschaft an, um sich zu vergewissern, doch sie hatten keine weiteren Informationen für ihn.

Selbst etwas verborgen, erkannte er aus der angegebenen Richtung er eine Tibeterin mit Kindern und Hund, die von zwei Männern begleitet wurde. Bei ihnen konnte es sich nicht um die erwartete Gruppe handeln, obwohl einer der Männer Thinley täuschend ähnlich sah. Je näher sie kamen, desto verunsicherter wurde er. Er hatte Thinley während dessen kurzer Ausbildung häufig genug getroffen, um sich noch gut an ihn zu erinnern. Das musste sein Mitarbeiter sein und er entschloss sich deshalb, sich selbst zu zeigen. Thinley erkannte ihn sofort, und obwohl seine Sturzverletzungen noch immer schmerzten, lief er van Houten entgegen. Schnell waren die wichtigsten Informationen ausgetauscht, und die Zeit reichte, um den gebuchten Flieger zu erreichen.

Als van Houten die Tickets verteilte, stutzte Thinley. „Und die Frau mit ihren Kindern?“ „Wir wissen von keiner Frau und ich kann mir nicht vorstellen, dass sie irgendetwas mit unserer Operation zu tun hat.“ Diese Worte holten Thinley wie aus einem Traum zurück. Dolma war inzwischen so sehr Teil der Gruppe geworden, dass er gar keinen Unterschied mehr zwischen ihr und den anderen gemacht hatte. Die Gefühle der beiden waren seit Thinleys wundersamem Wiederauftauchen für keinen mehr ein Geheimnis und so lange sie die Operation nicht behinderten, nahm niemand Anstoß daran. Nun jedoch war jedem klar, dass die Zeit des Abschieds gekommen war; eine Liebesgeschichte durfte die Operation nicht in Gefahr bringen.

Eine tibetische Flüchtlingsfamilie, noch dazu mit Hund, musste selbst zusehen, wie sie es schaffte, von Jomsom nach Kathmandu zu gelangen.

Es waren die intensivsten und gleichzeitig bittersten Sekunden, in denen Thinley all diese Zusammenhänge plötzlich bewusst wurden, die er während der Flucht so gut hatte verdrängen können. „Kontaktiere meine Botschaft in Kathmandu, wenn du dort bist, du wirst das schaffen, ich hinterlasse dir genug Geld hier, aber hier müssen sich unsere Wege vorübergehend trennen.“ Dabei steckte er ihr ein großes Bündel von 20-Dollar-Scheinen in die Chuba. Dolma schien es kaum wahrzunehmen. Sie schaute ihn verständnislos an. Seine Worte trafen sie wie ein Schlag. Auch sie hatte sich keine ernsthaften Gedanken über ihre Zukunft gemacht, aber sie war wie selbstverständlich davon ausgegangen, dass sie mit Thinley bis zum Ende der Flucht zusammen bleiben würde. Und dann wollten sie schon sehen, was auf sie zukäme.

„Weißt du, wie viele Tibeter noch von Mustang aus zurückgeschickt werden? Ich dachte, ich würde dir mehr bedeuten....“ „Du bedeutest mir mehr, als mir jemals ein Mensch bedeutet hat, aber es geht hier um einen Auftrag von außergewöhnlicher Bedeutung.“ „Ich weiß, um welchen Auftrag es sich handelt, und ich habe jede Nacht gebetet, dass es uns gelingt, den Panchen Lama in die Freiheit zu führen. Ich hatte bisher nicht den Eindruck, dass ich da ein Hindernis war. „Das warst du bestimmt nicht, du hast uns großartig unterstützt, aber was jetzt geschieht, wurde in Washington und Kathmandu geplant. Da wusste man nichts von dir. Wir können es uns nicht erlauben, unseren Abflug hinauszuzögern“.

Ohne ein weiteres Wort drehte sich Dolma um und ging. Sie verstand nichts von Washington und Kathmandu. Sie verstand nur, dass der Mann, den sie so sehr liebt, nun keinen Platz mehr für sie hatte. Thinley wollte hinter ihr her, doch er spürte die entschiedene Hand Lobsangs auf seiner Schulter. „Jetzt gibt es Wichtigeres.“ Er hatte Recht, aber er unternahm noch einen Versuch. „Bitte kommt zur Botschaft nach Kathmandu, ich werde alles vorbereiten.“ Dolma jedoch schaute sich nicht einmal mehr um. „Eine sehr stolze Frau“ bemerkte Lobsang, und es war nicht ganz klar, ob er das bewundernd meinte.

Inzwischen hatte Han einen wichtigen Anruf erhalten. Er war mit seinem Kollegen aus der Botschaft das gesamte Tal hinaufgelaufen, ohne auf die Flüchtlinge gestoßen zu sein. Nun hielt er sich in Lo Mantang auf, wo es ebenfalls keine Spur von den Flüchtlingen gab. Dort aber erreichte ihn auf seinem Satellitentelefon der Ortsvorsteher von Kagbeni, ein verlässlicher Informant der Chinesen. Er wusste von einem verdächtigen Anruf eines Tibeters zu berichten, der perfekt Englisch sprach. Da der Ortsvorsteher zumindest ein paar Brocken verstand, hatte er mitbekommen, worum es ging. Der Mann hatte die amerikanische Botschaft verlangt und mit ihr über einen Flug nach Pokhara gesprochen. Das war höchst ungewöhnlich, denn gewöhnlich kümmerte sich die Botschaft nur um Touristen, wenn ein wirklich schlimmes Unglück passiert war. Davon wusste aber niemand etwas. Der Ortsvorsteher war jedoch, wie alle anderen Spitzel, darüber informiert worden, dass eine Gruppe von Vaterlandsverrätern auf der Flucht war, die unbedingt gefasst werden musste. Für jede Mithilfe war eine großzügige Belohnung ausgesetzt. Der Ortsvorsteher machte sich einige Hoffnung darauf.

Endlich hatte Han die heiße Spur, auf die er seit Tagen mit wachsender Nervosität wartete. Zunächst war es ihm wieder so vorgekommen, als habe sich eine Gruppe von sieben Erwachsenen und zwei Kindern in Luft aufgelöst. Die Suche hatte sich auf die großen Orte beschränkt, die von den Flüchtlingen auf jeden Fall passiert werden mussten. Hier, auf fremdem Territorium, durften die Fahnder nicht zu viel Aufsehen erregen, schon wegen der vielen Touristen nicht, deshalb war an den Einsatz von Hubschraubern nicht zu denken. Nun aber war die ersehnte heiße Spur da, und Han wusste sofort, was zu tun war. Er musste sich beeilen, denn er hatte keine Ahnung, wie viel Zeit ihm noch blieb.

In Jomsom saß derweil eine tibetisch-taiwanesisch-amerikanische Reisegruppe im Flugzeug nach Pokhara. Bis auf Thinley waren alle in bester Stimmung. Die letzte Etappe lag unmittelbar vor ihnen und das Flugzeug rollte langsam auf die Startbahn. Die Windverhältnisse waren günstig, so dass einem baldigen Start nichts entgegen stand. Plötzlich stoppte die Maschine. Nach einer endlos erscheinenden Pause drehte der Pilot um und fuhr zur Startposition zurück. Die Flüchtlinge schauten sich sorgenvoll an, doch van Houten versuchte sie zu beruhigen. „Das hat bestimmt nichts mit uns zu tun, vermutlich noch ein technischer Check.“ „Hoffentlich“, hauchte Lobsang, den eine heftige Unruhe ergriffen hatte.

Kaum war das Flugzeug zum Stand gekommen, öffneten sich die Türen und drei nepalesische Polizisten erschienen. Zielstrebig gingen sie auf die Flüchtlinge zu und zwangen sie mit vorgehaltener Pistole zum Aussteigen. Widerstand war zwecklos, denn selbst wenn die Flüchtlinge die Polizisten überwältigt hätten, wären der Pilot und die Fluglotsen niemals zu einem Start zu bewegen gewesen. Sie hätten Verstärkung geholt und alles wäre noch schlimmer geworden. Van Houten stand offenbar nicht auf der Liste der Gesuchten, ihn ließen sie unbehelligt. Als die anderen abgeführt wurden, schob er Thinley heimlich sein Satellitentelefon in die Chuba, womöglich konnte es noch nützlich sein. Als die Sechs das Flugzeug mit den Polizisten verlassen hatten, rollte es unverzüglich zum zweiten Start.

So befand sich der Verbindungsoffizier des CIA auf dem Weg nach Pokhara, während die ihm Anvertrauten damit rechnen mussten, sehr rasch auf dem Weg zurück in die Hände der Chinesen zu sein. Während des Fluges zerbrach sich van Houten den Kopf, wie er die Mission noch retten konnte. In Pokhara rief er sofort seine Botschaft an und erläuterte mit knappen Worten die dramatische Wendung. „Schickt eine Staffel Kampfhubschrauber, wir müssen sie erreichen, bevor sie die Grenze nach China überquert haben.“ „Mach dich nicht lächerlich“, bekam er zu hören. „Unsere nächste Staffel steht in Thailand, das ist viel zu weit. Und glaubst du vielleicht, die Inder würden uns durch ihren Luftraum fliegen lassen?“ „Was sonst?“ „Wir werden uns mit Washington beraten, mehr können wir gerade nicht tun.“

In weitaus besserer Stimmung befand sich Han, als er von der Verhaftung erfuhr. Noch von Lo Mantang aus hatte er die Flughafenpolizei in Jomsom kontaktiert, die den Passagieren, die auf einen falschen Namen gebucht waren, rasch auf die Spur gekommen war. Sie hatten den knappen Wettlauf gegen die Zeit gewonnen und den Flug gerade noch rechtzeitig gestoppt.

Das war Hans Triumph, und er wollte ihn auskosten, jetzt, da er gewonnen hatte, würde die Partei ihm alle Pannen nachsehen. „Haltet sie gefangen bis ich komme. Ich werde jeden Schritt von ihnen persönlich bis zurück ins Vaterland begleiten, und es wird mit ein großes Vergnügen sein.“ Die Partner in Jomsom taten, wie ihnen der Chef der „Operation Heimholung“ befahl Gleichzeitig beorderte er einen Helikopter der nepalesischen Armee nach Lo Mantang, der ihm ohne Umschweife zur Verfügung gestellt wurde. Allerdings stand er erst für den kommenden Tag bereit.

Das Gefängnis in Jomsom war ein dreckiges Loch, ohne Frischluft und offenbar seit Jahren nicht mehr gereinigt. Überall lagen vertrocknete Exkremente herum, die jüngeren verbreiteten einen ekelhaften Geruch, der sich mit dem ähnlich unangenehmen schwefeligen Uringeruch vermischte. Die Gefangenen jedoch nahmen es in ihrer Verzweiflung kaum wahr. Keiner sprach ein Wort, kein gegenseitiger Trost, keine Perspektive mehr. Sie waren buchstäblich in letzter Minute verraten worden.

Nach Stunden fing sich Thinley als erster wieder. In gewisse Weise war er erleichtert, dass Dolma nicht mit ihm ins Flugzeug gekommen war. Er würde sie ohnehin nicht wiedersehen, aber so hatte er wenigstens die Hoffnung, dass es für sie ein Leben in Freiheit geben würde; auch wenn er sich gewünschte hätte, das dies mit schöneren Gedanken an ihn verknüpft wäre. „Van Houten hat alles mitbekommen, und mir sogar ein Satellitentelefon zugesteckt, da aussieht wie ein normales Mobilgerät. Er wird uns nicht im Stich lassen und irgendeinen Weg finden, uns zu befreien.“ Die anderen schwiegen. Sie wussten besser als der in den USA lebende Thinley, welche Gesetze hier herrschten.

Am Abend des nächsten Tages wurde sie in der kleinen Polizeistation Han vorgeführt, der gemeinsam mit seinem Kontaktoffizier aus der Botschaft nach Jomsom zurückgekehrt war. In ihrer Begleitung befanden sich fünf schwer bewaffnete nepalesische Soldaten, die offenbar der weiteren Einschüchterung dienten. Zudem waren die Gefangenen mit Handschellen gefesselt. Als erstes fielen den chinesischen Geheimdienstmitarbeitern Wang und Tai auf. In martialischer Haltung baute Han sich vor ihnen auf. „Ihr seid der letzte Abschaum, Vaterlandsverräter, wie es keine zweiten gibt! Das einzige, was ihr verdient, wäre eine Kugel in den Kopf! .Aber den Gefallen tue ich euch nicht, Ihr werdet euch noch danach sehnen, wenn ihr daheim im Vaterland eure gerechte Strafe bekommt. Das werde ich persönlich überwachen.“ Mit diesen Worten schlug er beide hart ins Gesicht, dann setzte er wieder an. „Das war nur ein kleiner Vorgeschmack auf das, was euch erwartet, und da eigentlich gar nichts geschehen ist, wenn alle wieder dort sind, wo sie hingehören, müssen wir uns auch keine Mühe geben mit einem Prozess. Ihr seid längst überführt!“ Wieder schlug er hart zu, so dass Tais Nase blutete. Wie aus einem Reflex heraus, spuckte der Gequälte Han ins Gesicht. Damit war es um dessen Beherrschung endgültig geschehen. Besinnungslos schlug er auf den Wehrlosen ein, und als der sich vor Schmerzen am Boden krümmte, trat er so lange nach, bis ihn sein Kollege aus Kathmandu stoppte. „Es ist zwar nicht schade um die Ratte, aber es könnte Komplikationen geben, wenn er hier stirbt. Soll er noch bis ins Vaterland durchhalten, reicht es jetzt.“ Erschöpft und wutschnaubend ließ Han von ihm ab. „Habt ihr die Lektion verstanden? Es ist aus, ihr habt verloren und je eher ihr euch damit abfindet, desto besser ist es für euch. Wir brechen morgen früh nach Lo Mantang auf. Damit ihr nicht noch einmal auf dumme Gedanken kommt, habt ihr das Vergnügen, in einem Hubschrauber transportiert zu werden. Es dürfte das letzte Vergnügen eures Lebens sein. Ab Lo Mantang wird gelaufen, da kommen uns keine neugierigen

Touristen mehr in die Quere, höchstens ein paar Taiwanesen, die euch nämlich zurück begleiten werden," Dabei grinste er wieder höhnisch, weil er merkte, dass niemand so recht verstand, worum es ging. Aber es war den Gefangenen ohnehin gleichgültig, wie sich das grausame Schicksal, das auf sie wartete, erfüllte. Van Houten erschien ihnen immer weiter weg.

Dann wandte sich Han an zwei der Soldaten. „Durchsucht sie!", befahl er knapp. Auf eine Leibesvisitation hatten die nepalesischen Sicherheitskräfte bislang verzichtet. Auch sie wussten, was auf diese Männer zukam, und im Grunde ihres Herzens bedauerten sie die Gefangenen. Aber sie machten nun einmal Geschäfte mit den Chinesen und die Familien zu Hause – oder auch die Alkoholhändler – freuten sich gewiss über den zusätzlichen Verdienst.

Sie fanden nicht viel, nur Thinleys Satellitentelefon. Als sie es Han reichten, lachte der schallend auf, weil er es nicht auf den ersten Blick erkannte. „Hier benötigst du ein Mobiltelefon? Du armer Tropf! Lasst es ihm, er kann ja versuchen, seinen Buddha anzurufen, vielleicht hilft ihm der!" Erneut brach er in schallendes Gelächter aus, in das die anderen eher aus Höflichkeit einstimmten.

Anschließend besprachen die beiden Chinesen mit den nepalesischen Sicherheitskräften den Rücktransport der Gefangenen. Es sollte schnell gehen, denn Han wollte die Mission endlich zu Ende bringen, durfte aber auch kein Aufsehen erregen. „Auf der Westroute sind zu viele Touristen unterwegs, aber es gibt eine Alternative im Osten, die kaum jemand kennt. Für Ausländer ist der Weg gesperrt, seit es dort einen tödlichen Unfall gegeben hat", erklärte einer der Nepalesen. „Und wie ist es mit den Einheimischen? Wir haben Informationen, dass es hier eine Menge Sympathisanten für die Separatisten geben soll", fragte Han skeptisch nach. „Das stimmt. Leider!", betonte der Sprecher beinah übertrieben laut. „Dagegen können wir uns aber absichern", schaltete sich jemand anders ein, „der Weg ist immer sehr gut einsehbar. Wenn wir Einheimischen begegnen, werden die Gefangenen rechtzeitig geknebelt, damit sie keine Dummheiten erzählen können. Den Leuten erklären wir, es handele sich um Viehdiebe, die dem König von Mustang Pferde gestohlen hätten und deshalb auf dem Weg zum Gericht in Lo Mantang seien." „Hervorragend", strahlte Han über das ganze Gesicht. Darüber hinaus verabredeten sie, dass die Nepalesen sie bis Lo Mantang begleiten sollten. Dort warteten die als taiwanesische Trekkinggruppe getarnten chinesischen Soldaten, die von Tibet aus nach Mustang gekommen waren.

Noch am gleichen Tag brachen sie auf. Die Gefangenen waren nicht nur mit Handschellen gefesselt, sondern auch noch durch Stricke miteinander verbunden, so dass selbst in einem unbedachten Moment niemand die Möglichkeit hatte, einfach wegzulaufen. Auf die fünf schwer bewaffneten Sicherheitskräfte konnten sich die Chinesen verlassen.

Es war ein schweigsamer Zug. Die Gefangenen mussten hintereinander gehen. Es war ihnen streng verboten, auch nur ein Wort miteinander zu wechseln. Die sieben Bewacher waren ebenfalls nicht sonderlich gesprächig. Schon bald merkten sie, dass sie langsamer vorankamen als geplant, denn Tai litt sehr unter den Verletzungen, die Han ihm in Jomsom zugefügt hatte. Er hatte ihn mehrmals mit voller Kraft in den Rücken getreten. Natürlich war die Verletzung nicht behandelt worden. Ein paar Mal begegneten ihnen Einheimische. Als sie hörten, hier würden königliche Pferdediebe zum Gericht gebracht, waren sie empört. Manche spuckten sogar voller Abscheu vor den Gefangenen aus.

Nach fünf Tagen waren sie endlich in Lo Mantang, wo die chinesischen Soldaten bereits ungeduldig warteten. Mit ihnen besprach Han die weiteren Details. Was immer unterwegs geschehen mochte, die beiden Panchen Lamas mussten auf jeden Fall sicher zurückgebracht werden. Bei den anderen gebot eher Hans Sadismus und das Wissen um das, was sie erwartete, die Rückkehr. Er selbst war froh, nicht noch einmal in die karge Einöde hinaus zu müssen. Er würde die Gruppe noch bis zur Grenze begleiten, um sicher zu sein, dass sie das Vaterland erreicht hatte, und sich dann unverzüglich nach Kathmandu begeben. Von dort wollte er nach Lhasa fliegen und dann nach Shigatse fahren, wo es das ersehnte Wiedersehen geben würde.

Den Bewachern befahl Han, Tai dem sicheren Tod im Gebirge zu preiszugeben, wenn er die Gruppe zu lange aufhalten sollte. Das dürfe aber erst jenseits der Grenze geschehen.

Han rechnete damit, in knapp einem Tag die Grenze zu erreichen. Dann würden sie noch eine Nacht gemeinsam mit der Gruppe verbringen und am nächsten Morgen umkehren. Auf weiteren nepalesischen Geleitschutz verzichteten sie. Die Nepalesen hatten gute Dienste geleistet und waren dafür entsprechend entlohnt worden, aber nun lag die Operation ganz in chinesischer Hand, und so sollte es bleiben. Auch wenn gewöhnliche Flüchtlinge ausgeliefert wurden, achteten die Chinesen genau darauf, dass keine Angehörigen einer fremden Macht ihr Hoheitsgebiet betraten, selbst wenn es Freunde waren.

Die Khampas

Als der Abend dämmerte, kam die Grenze allmählich in Sicht. Die Landschaft diesseits und jenseits der imaginären Markierung unterschied sich nicht voneinander. Allmählich wurde es Zeit, nach einem Platz für die Übernachtung zu suchen. Han war froh, dass er diese Prozedur in der Kälte ein letztes Mal über sich ergehen lassen musste. Vor ihnen krümmte sich der Weg, der immer schmaler wurde zwischen den Ausläufern der Berge. Er war nicht allzu steil, aber von kleineren Felsbrocken und ein paar dürren Sträucher gesäumt. Alles wirkte öde und verlassen.

Plötzlich peitschten von verschiedenen Seiten Schüsse durch die Luft. Hans Kollege aus Kathmandu und einer der einheimischen Bewacher brachen zusammen. Sie waren sofort tot. Auch andere waren getroffen, versuchten aber noch, selbst zu den Waffen zu greifen. „Verrat, Verrat!", schrie Han verzweifelt und warf sich auf den Boden. „Geht in Deckung und erwidert das Feuer!", brüllte er, doch dazu war es zu spät. „Waffen weg und Hände hoch!", befahl jemand auf die Tibetisch. Die Bewacher schauten unschlüssig zu Han hinüber, doch auf ihr Zögern folgte eine weitere Gewehrsalve. Noch ein Mann sank blutüberströmt nieder. Daraufhin warfen die anderen ihre Waffen weg, und selbst Han tat wie ihm geheißen.

Die Gefangenen hatten am wenigsten verstanden, was eigentlich vor sich ging. Sie hatten sich bei den ersten Schüssen sofort mit dem Gesicht nach unten zu Boden geworfen. Jetzt hörten sie eine raue Männerstimme sagen: „Steht auf, ihr seid frei! Außerdem gehört es sich nicht für einen Panchen Lama, im Dabeisein anderer Menschen auf dem Boden zu liegen." Langsam und unsicher schauten sie auf. Fast ein Dutzend verwegen aussehende Männer mit roten Kordeln im Haar traten hinter den Eisfelsen hervor. Sie machten sich sofort daran, Han und die noch lebenden Bewacher zu entwaffnen und zu fesseln. Han hatte einen Streifschuss an der Schulter abbekommen, doch er biss die Zähne zusammen und ließ sich den Schmerz nicht anmerken.

Die Befreier waren Khampa, Nachkommen jener Kämpfer, die nach der Auflösung der Lager und der Verfolgung durch die nepalesische Armee in Mustang selbst untergetaucht waren. Sie hatten Unterschlupf in Dörfern gefunden, einheimische Frauen geheiratet und ihre Kinder in der alten Tradition erzogen.

Aber nicht nur die plötzliche Wende ließ die Befreiten an ihrer Wahrnehmung zweifeln, sondern noch etwas anderes. Hinter den Khampa tauchte eine Frau auf, Dolma. Beherzt ging sie hin, zog ein Messer aus ihrer Chuba, und durchtrennte die Stricke, mit denen die Männer aneinander gebunden waren. Allerdings benötigten sie noch den Schlüssel für die Handschellen. „Er wird es wissen", meinte Thinley und deutete mit dem Kopf zu Han hinüber. „Wo sind die Schlüssel?" rief ihm Wang auf Chinesisch zu, doch Han stellte sich unwissend. Daraufhin richtete sich einer der kräftigen Khampa über Han auf und trat zweimal kräftig zu. „Stopp", schrie er auf, „sie sind in der Pistolentasche auf der Brust." Damit war klar, warum er die Schlüssel nicht preisgeben wollte. Er trug unter seiner Kleidung noch eine Pistole, die bei der Entwaffnung übersehen worden war. Tatsächlich fand sich dort auch der Schlüssel, und alle konnten vollständig befreit werden.

Als Dolma mit besonderer Sorgfalt Thinleys Handschellen öffnete, meinte einer der Khampa: „Sie ist eine Heldin, sie hat uns hierher geführt!" Das löste bei der Gruppe Verwirrung aus. „Erzähl die Geschichte", forderte der Khampa sie auf, „auch ich habe selten so etwas erlebt." Dolma zögerte dennoch, vielleicht wollte sie nicht, dass Han etwas mitbekam. „Der Verbrecher dort", deutete Thinley zu ihm hinüber, „versteht kein Wort".

Und dann erzählte Dolma ohne großes Pathos. „Es hat mir schon bald leid getan hatte, dass ich am Flughafen so brüsk davongegangen bin. Nicht einmal für das Geld hatte ich mich bedankt. Außerdem wurde mir klar, dass es gar keine andere Möglichkeit für euch gab, als den Weg ohne mich fortzusetzen. Also bin ich zurückgelaufen, und sei es nur in der Hoffnung, dir noch einmal zuwinken und deutlich machen zu können, dass ich es allein mit den Kindern nach Kathmandu schaffe und ich dort zur amerikanischen Botschaft gehen würde. Du konntest gar nichts anderes für mich tun." Etwas beschämt hielt sie inne, doch Thinley Blick verriet, dass er ihr nichts übel nahm. Also setzte sie wieder an. „Aber als ich bei der Flugpiste ankam, war es schon zu spät, dachte ich zumindest, denn das Flugzeug rollte gerade auf die Startbahn. Ich blieb und hoffte, vielleicht siehst du mich vom Fenster aus und verstehst, warum ich noch einmal gekommen bin. Dann fuhr das Flugzeug plötzlich zurück und ich sah mehrere Polizeiautos kommen. Ein scheußliches Gefühl der Panik stieg in mir auf. Tatsächlich musste ich zusehen, wie ihr abgeführt und ins Gefängnis gebracht wurdet. Mir war klar was dies bedeutete, ihr würdet an die Chinesen ausgeliefert. Ich lief zurück zu meinen Kindern, gab sie in die Obhut einer tibetischen Familie, hinterließ ihnen einen Teil des Geldes und versprach so schnell wie möglich wiederzukommen“. Dabei lächelte sie etwas verlegen, denn sie war sich sehr wohl bewusst gewesen, dass sie von dieser Mission womöglich gar nicht zurückkehren würde.

Als sie spürte, wie alle gebannt zuhörten, griff sie den Faden rasch wieder auf. „Dann bin ich unauffällig zum Gefängnis zurückgekehrt. Zum Glück lag nicht weit davon ein kleiner Teeladen mit Blick auf das Gefängnis, in dem ich sitzen konnte ohne aufzufallen. Ich hatte mir vorgenommen, nicht eher zu gehen, bis ihr herausgeführt wurdet, und es war eine recht lange Geduldsprobe. Dann bin ich euch einfach gefolgt. Das war nicht so schwer. Schon nach Kagbeni merkte ich, dass ihr über die Ostroute geführt wurdet. Die kannte ich. Deshalb konnte ich euch manchmal weit vorausgehen lassen, um kein Risiko einzugehen. Ich habe die Götter angefleht, mir zu helfen, und sie standen auf meiner Seite, denn unterwegs kam mir plötzlich ein Plan. Der Mönch im Felsenkloster Lori sollte mir helfen. An dem Tag, als ihr kurz vor dem Kloster wart, hielt ich mich nicht so weit von euch entfernt. Als ihr abends ein Lager bezogen hattet, bin ich gar nicht weit von euch vorbei gelaufen. Mein Herz schlug so laut, dass ich dachte, jeder im Tal muss es hören. Am liebsten wäre ich zu euch gerannt, aber dann wäre alles zerstört gewesen.

Nach Einbruch der Dunkelheit erreichte ich das Kloster. Der Mönch wusste sofort was zu tun war. Er war nicht einmal überrascht, denn er hatte beobachtet, wie ein Militärhubschrauber jemanden von Lo Mantang abgeholt hatte. Das geschah nur bei wirklich wichtigen Ereignissen. Er kannte unsere Freunde“, sie deutete auf die Khampa-Krieger, die nun ein wenig verlegen schienen. Deshalb fuhr sie fort. „Noch in der Nacht liefen wir los, um diese Kämpfer zusammenzutrommeln. Alles Weitere war nicht mehr so schwer. Es gab nur einen Weg zu Grenze, ein Informant aus Lo Mantang unterrichtete uns über den Aufbruch dort. So hatten wir genügend Zeit, um einen günstigen Platz für den Hinterhalt zu suchen. Ich glaube, sie haben ihre alten Gewehre gern hervorgeholt.“ Sie lachte, als ob ihre Initiative das Normalste von der Welt gewesen wäre, doch das fassungslose Schweigen der anderen verriet, dass sie noch immer einige Zeit benötigten, um wirklich zu verstehen, was sich ereignet hatte.

Schließlich trat der Panchen Lama hervor, der selten unaufgefordert das Wort ergriff. Geradezu feierlich erklärte er: „Diese Frau ist eine Heldin! Wenn wir das nächste Mal ein Flugzeug buchen, dann steige ich nur ein, wenn sie auch mitfliegt.“

Neben Han hatten zwei der Geheimagenten den Überfall überlebt. Da es bereits dunkel war, musste die Gruppe die Nacht an Ort und Stelle verbringen. Am nächsten Morgen wollte sie dann entscheiden, was sie mit den Gefangenen machte.

Um kein Risiko einzugehen, teilten die Khampa Wachen für die Nacht ein. Die Gefangenen lagen etwas entfernt von den Flüchtlingen und den Kämpfern. Während die anderen schliefen, oder zumindest den Eindruck erweckten, dachte Han fieberhaft nach. Wenn er es nicht schaffen würde, in dieser Nacht freizukommen, wäre sein Schicksal besiegelt. Damit wollte er sich jedoch nicht abgeben. Seine Schussverletzung war nicht sonderlich tief, aber er konnte so tun, als sei er nahe am Delirium. Gegen drei Uhr übernahm jemand die Wache, der noch sehr jung schien und einen eher gutmütigen Eindruck machte. Das war Hans Chance. Zunächst rieb er seine Wunde am Boden, damit sie stärker blutete und überhaupt besorgniserregend aussah. Dann begann er leise zu stöhnen. Wie erwartet wurde der junge Wachposten auf ihn aufmerksam. „Wasser“, stöhnte Han, „Wasser! Au, ah, meine Wunde.“ „Ruhe“, raunzte der Junge, aber in seiner Stimme schwang Anteilnahme mit, und darauf hatte Han gehofft. „Bitte, bitte, Wasser“, stöhnte er in einem Ton, der Steine zum Erweichen gebracht hätte. Tatsächlich holte der junge Mann einen Becher mit Wasser und brachte ihn Han. Als er vor ihm stand, ging alles ganz schnell. Mit seinen gefesselten Händen holte Han weit aus und schlug den arglosen Mann nieder, zog dessen Messer aus dem Gürtel, als er am Boden lag, und stach auf ihn ein. Mit einem leisen Röcheln hauchte der Mann sein Leben aus.

Han war schon immer einer der besten Einzelkämpfer im Geheimdienst gewesen. Er wusste genau, wie man zuschlagen und zustechen musste, um einen Gegner unschädlich zu machen. Schnell löste er mit dem Messer seine Fesseln. Die anderen Gefangenen hatte die Aktion mitbekommen und erwarteten, dass er auch sie befreite, doch Han zischte nur leise zu ihnen hinüber: „Gleich, ich muss eben noch etwas Wichtiges erledigen.“ Leise zu sich selbst jedoch sagte er: ‚Auf Nimmerwiedersehen!’ Er hatte nicht die Absicht, noch einmal zurückzukommen, und ahnte, welches Schicksal den Gefangenen in der Hand der Khampa drohte.

Geräuschlos schlich Han zum Panchen Lama. Niemand der anderen schien etwas bemerkt zu haben. Zuerst drückte er ihm die Hand auf den Mund, dann setzte er ihm das Messer an die Kehle. „Komm mit“, flüsterte er ihm ins Ohr, „und keinen Ton!“ Der verdutzte junge Mann folgte ihm halb im Schlaf. „Du kommst mit mir bis zur Grenze, denn du bist mein Pfand, dass ich unbehelligt dorthin gelange. Wenn wir dieses fürchterliche Land hinter uns gelassen haben, kannst du gehen". Als sie sich etwas vom Lagerplatz entfernt hatten, musste der Panchen Lama stehenbleiben. „Damit mein Pfand nicht verlorengeht, werde ich es sichern." Er nahm die Seile, die kurz zuvor ihn selbst gefesselt hatten, und band damit die Hände des Hilflosen auf dem Rücken zusammen. Dann trieb er ihn gnadenlos durch die Nacht.

Als der Morgen dämmerte und ein rosarot gefärbter Himmel hinter den Bergen einen schönen Tag ankündigte, hatten sie fast die Grenze erreicht. „Du hast versprochen, mich jetzt freizulassen", erinnerte ihn der Panchen Lama schüchtern. Han brüllte vor Lachen: „Und das hast du geglaubt? Was seid ihr Barbaren nur für ein naives Volk! Du bist der wichtigste Mann dieser Mission, denn du darfst auf keinem Fall zum Instrument der Separatisten werden. Wenn ich dich zurückbringe, habe ich nicht völlig versagt. Also", damit wies er Richtung Tibet. „dort ist deine Heimat. Ich hoffe, ich werde die Kollegen in Shigatse bald erreichen, aber bis sie uns abholen, müssen wir eben laufen." „Aber du hast doch versprochen..." versuchte es der Panchen Lama noch einmal, und fing sich einen harten Schlag von Han ein. „Halt endlich die Klappe und rede nur, wenn du gefragt wirst!" Han trieb den Panchen Lama weiter rücksichtslos vor sich her. Wenn seine Flucht bemerkt werden würde, wollte er einen großen Vorsprung herausgelaufen haben. Er hoffte, dass die Verfolger es nicht wagen würden, die Grenze zu überschreiten.

Der Weg wurde enger und steiler. Plötzlich bemerkte der Panchen Lama, wie Han hinter ihm strauchelte, im gleichen Augenblick hörte er ein lautes Fluchen, dann einen Schrei. Er wagte es, sich umzuschauen, und sah, wie Han über die Kante gerutscht war. Verzweifelt hielt er sich an einem Dornenbusch fest, der Wunden in seine Hände gerissen hatte. Der Busch und das um ihn herum liegende Gestein bröckelten bereits gefährlich. „Du musst mich retten", schrie Han nun voller Verzweiflung. „Deine Religion gebietet es dir. Du begehst eine schwere Sünde, wenn du einem Menschen die Hilfe verweigerst, dessen Leben bedroht ist". Das hatten auch seine Eltern ihm beigebracht, und als ganz wichtigen Grundsatz hatten sie ihn gelehrt, Mitgefühl gerade mit jenen zu entwickeln, die einem nicht wohlgesonnen waren. Doch andererseits ging es auch um sein eigenes Leben. Er wusste, dass er Han nicht trauen konnte, und er hatte keine Ahnung, wie weit die Freunde noch entfernt waren. „Wirf das Seil!", forderte Han. Der Panchen Lama zögerte immer noch, doch als er sah, wie verzweifelt Han um sein Leben kämpfte, siegte sein Mitgefühl. Er warf Han ein Seil hinunter, das dieser in letzter Sekunde mit seinen blutigen Händen zu fassen bekam. Der Panchen Lama war jedoch zu schwach, um den kräftigen athletischen Geheimpolizisten hochzuziehen. Er knotet das Ende seines Seils um einen großen Stein, so dass Han sich langsam selbst aus dem Abgrund heraufziehen konnte. Fast hatte er es geschafft, als er sah, wie jemand auf das Seil trat. Voller Entsetzen erkannte er Thinley über sich, hinter ihm drohend einige Khampa. Sie waren außer Atem, vermutlich waren sie den ganzen Weg gelaufen. „Pech gehabt, du Ratte, das war Maßarbeit, oder?“ Mit diesen Worten zog Thinley sein Messer und machte sich daran, das Seil zu durchtrennen. „Nein!“, schrie Han. Im selben Moment griff der Panchen Lama nach Thinleys Hand: „Unsere Religion verbietet uns, jemanden zu töten, selbst Übeltäter“. „Übeltäter ist etwas untertrieben, bei dieser Ausgeburt an Boshaftigkeit und Brutalität“, grinste Thinley, der sich an Hans Todesangst weidete. „Dennoch, ich bin der Panchen Lama, und ich wünsche es nicht!“ Thinley war beeindruckt, wie entschieden das klang. Er hielt einen Moment inne. „Ich bin nicht so erleuchtet, dass ich mit einem solchen Subjekt auch noch Mitgefühl empfinden würde, aber ich mache, was du möchtest, es gibt vermutlich noch etwas Schlimmeres als einen schnellen Tod hier im Abgrund.“ Mit diesen Worten zog er Han auf den Weg zurück und warnte ihn: „Eine falsche Bewegung, und du liegst endgültig dort unten!“

„Han ist der einzige von den Hunden, der noch lebt“, erklärte Thinley dem Jungen. „Als die Khampa seine Flucht bemerkten und erkennen mussten, dass der jüngste unter ihnen kaltblütig erstochen worden ist, haben sie die anderen Gefangenen ohne Umschweife erschossen. Die Sitten hier sind ein wenig rau“, fügte er fast entschuldigend hinzu. „Wir werden die Ratte hier gefesselt und ohne Schuhe zurücklassen. Schlau, wie er ist, wird es ihm irgendwie gelingen, sich zu befreien. Bis dahin hat er viel Zeit, sich zu überlegen, was er gern machen würde. Ich bin mir nicht sicher, ob er seinen alten Genossen in Peking wirklich noch einmal begegnen möchte.“ Damit fesselte er Han an einen Felsen, zog ihm die Schuhe aus und warf sie den Abhang hinunter. Aus Respekt vor dem Panchen Lama akzeptierten auch die Khampa diese Entwicklung, obwohl ihnen deutlich anzusehen war, wie gern sie Han persönlich ins Bardo befördert hätten. Dann machte sich die Gruppe mit dem Panchen Lama zurück auf den Weg Richtung Lo Mantang.

Zwar gelang es Han tatsächlich nach einigen Stunden, sich zu befreien, doch seine Lage war dadurch nicht weniger verzweifelt. Er überlegte sich ernsthaft, ob er sich in den Abgrund stürzen sollte, vor dem er kurz zuvor gerettet worden war. Seine Mission war vollständig gescheitert. In seine Heimat zurückzukehren war völlig undenkbar. Er wusste nur zu gut, was ihn dort erwartete. Endlos lang würden sie ihn verhören, selbst wenn alles schon mehr als einmal gesagt worden war, und es nichts mehr zu gestehen gab. Und sie würden ihn nicht nur verhören. Er wusste besser als irgendjemand sonst, was solche Verhöre bedeuteten. Wie oft hatten sie Gefangene mit den Händen auf dem Rücken unter der Decke aufgehängt und die Opfer mit Gewichten beschwert, bis ihre Gelenke ausgekugelt und Knochen gebrochen waren. Dann waren sie so lange mit elektrischen Viehtreibstöcken oder metall-verstärkten Peitschen geschlagen worden, bis ihre Haut in Fetzen hing. Zwischendurch immer wieder Fragen. Fragen, die jedoch häufig gar nicht beantwortet werden konnten, weil die Gefangenen besinnungslos vor Schmerzen waren. Wenn man fürchtet musste, dass ihr Körper es nicht länger ertrug, holte man sie herunter und ließ sie liegen, bis sie wieder soweit beieinander waren, dass die Folterungen fortgesetzt werden konnten. Für Gefangene, deren Namen im Ausland bekannt waren – sie wurden von den regierungsfeindlichen Kräften dort benutzt, um sich in die internen Angelegenheiten der Volksrepublik einzumischen und sie öffentlich anzuprangern – zog man Spezialisten hinzu, die sich auf Foltermethoden verstanden, die keine sichtbaren Spuren hinterließen. Dabei litten die Gefolterten jedoch nicht weniger. Han selbst hatte nie viel von solchen Praktiken gehalten. Er hatte es genossen, wenn er an den Gefolterten die Spuren seines Einsatzes sehen konnte.

Fast schon wehmütig dachte er an die Zeit zurück, als er im Gefängnis der Allmächtige war. Jetzt aber riss er sich los von diesen Gedanken, denn es ging um sein Überleben. Er wollte nicht sterben! Eine Rückkehr jedoch war ausgeschlossen. Ein langsamer Tod in dieser Eiswüste stimmte ihn ebensowenig hoffnungsvoll, also blieb nur noch eine Zyankalikapsel, um das Ende abzukürzen.

Plötzlich hatte er eine Idee. Erst einmal musste er dieses grauenvolle Mustang mit seinen Barbaren hinter sich lassen. Von Pokhara aus gäbe es sicher Busse über die indische Grenze. Er besaß legale Papiere und ging nicht davon aus, dass Peking bereits mit einem internationalen Haftbefehl nach ihm suchte. Also stand seiner Ausreise nichts im Wege. Von Indien aus würde es ihm schon irgendwie gelingen, nach Singapur zu kommen, dem chinesischen Stadtstaat, auf den die Volksrepublik gleichwohl keinerlei Zugriff hatte. Dort könnte er mit einer neuen Identität ein ganz neues Leben beginnen. Ein Mann mit seinen Fähigkeiten würde überall gebraucht.

Diese Perspektive weckte neue Lebensgeister in ihm. Unverzüglich machte er sich auf den Weg. Zunächst störte er sich nicht daran, dass er nur in Strümpfen laufen musste, aber mit der Zeit war der Schmerz in seinen Füßen nicht mehr zu ignorieren.

Der felsige und von spitzen Steinen gesäumte Weg wurde zur Tortur, je länger er unterwegs war. Zuerst begannen seine Füße zu brennen, dann zu bluten. Han fluchte auf die Tibeter, die ihm die Schuhe abgenommen hatten, doch die Aussicht auf ein neues Leben in Singapur ließ ihn die Zähne zusammenbeißen und trieb ihn vorwärts. Schließlich zerriss er sein Hemd und wickelte es um die blutenden Füße, doch auch damit kam er nicht viel schneller voran.

Es wurde Abend, bis er Lo Mantang erreichte. Diesmal vermied er es, bei Repräsentanten der Regierung um Unterstützung zu bitten. Womöglich standen sie mit chinesischen Stellen in Kontakt. Auf eigene Faust besorgte er sich ein neues Paar Schuhe und machte einen Tag Rast, damit die schlimmsten Verletzungen abklingen konnten. Der lange Weg nach Jomsom war immer noch unangenehm, aber mit den Schuhen kam er etwas schneller voran.

Als er nach über einer Woche den Flughafen von Jomsom vor sich sah, atmete er tief durch. Den beschwerlichsten Teil der Reise hatte er hinter sich gebracht. Das Glück war ihm hold. Er erhielt ein Ticket nach Pokhara für den nächsten Morgen. Zufrieden verließ er das kleine Flughafengelände, um nach einer Übernachtungsmöglichkeit zu suchen. Er freute sich auf die erste Nacht seit langer Zeit in einem Bett.

Plötzlich spürte er eine kräftige Hand auf seiner Schulter. „Genosse!" Wie benommen von einem unerwarteten Schlag drehte er sich um und erkannte drei Mitarbeiter seiner Botschaft in Kathmandu. Wie aus einer anderen Welt hörte er sie sagen: „Peking schickt uns. Man möchte dort wissen, wie es um die Mission steht und ob wir Unterstützung leisten können. Es scheint, Sie haben uns einiges zu erzählen." Der Griff wurde fester. Han verstand. Er war so gut wie verhaftet, auch wenn es keiner aussprach. Jetzt gab es keine Hoffnung mehr, ihm blieb nur noch eine Lösung: Zyankali. Jeder Geheimdienstmitarbeiter hatte bei brisanten Aufträgen eine Kapsel Zyankali dabei, die in einer Zigarette steckte. Scheinbar teilnahmslos holte er die Schachtel aus seiner Tasche, ertastet die präparierte Zigarette und steckte sie an. Nach einigen Zügen jedoch riss ihm einer der drei die Zigarette aus dem Mund. Er hatte die kleine Verdickung bemerkt, und da alle drei Mitarbeiter des Geheimdienstes waren, kannten sie die Praktiken. „So einfach entkommst du uns nicht, Genosse! Es ist offenkundig, dass du vollkommen versagt hast, und dazu werden dir einige deiner ehemaligen Mitarbeiter eine ganze Menge Fragen stellen wollen." Hans Knie versagten ihren Dienst. Seine ehemaligen Kollegen konnten ihn gerade noch auffangen. „Früher hatte er den Ruf, ein besonders Harter zu sein“, spottete einer. Sie schleiften ihn grob zur Polizeistation. Vier Tage später saß er als Gefangener in seiner eigenen Botschaft in Kathmandu. Von dort begleiteten drei Sicherheitskräfte den völlig apathischen Mann auf dem Flug nach Peking. Danach verschwand Han. Nie wieder hat jemand etwas von ihm gehört oder gesehen. Die wenigen, denen sein Verschwinden auffiel, wussten, dass es besser war, keine Fragen nach seinem Verbleib zu stellen. Seiner Witwe und seinem Sohn sagte man, dass er bei einem wichtigen Auslandseinsatz den Heldentod fürs Vaterland gestorben sei. Bedauerlicherweise sei es nicht möglich gewesen, seinen Leichnam zu bergen. Eine großzügige Pension half den Hinterbliebenen über ihren Verlust hinweg.

Ein eilends von der Botschaft zusammengestellter neuer Suchtrupp, der zwei Tage nach Hans Verhaftung in Jomsom eintraf, um die Suche nach dem Panchen Lama noch einmal aufzunehmen, hatte keinen Erfolg.

3. Teil: Das Geheimnis

Schatten der Vergangenheit

Zum ersten Mal seit ihrem Aufbruch in Peking wichen die Spannung und die ständige Todesangst von der Gruppe. Die chinesischen Verfolger waren entweder tot oder soweit unschädlich gemacht, dass von ihnen nichts mehr zu befürchten war. So würden die Auftraggeber in Peking erst mit einiger Verzögerung erfahren, dass die Mission gescheitert war. Bis dahin waren sie in Sicherheit. Zwar war allen klar, dass sie weiterhin heimlich reisen und die größeren Orte möglichst meiden würden, aber sie konnten es sich erlauben, auf einem kleinen Anwesen in der Nähe von Lo Mantang ein paar Tage zu verweilen. Zu dem neuen Gefühl der Sicherheit trug auch bei, dass die Khampa in ihrer Nähe blieben. Der Mönch aus dem Kloster Lori hatte ihnen die wahre Identität der Gruppenmitglieder verraten. Damit war es für die Nachkommen der alten Kämpfer klar, dass sie ihnen so lange Geleitschutz gaben, bis sie Mustang sicher verlassen hatten. Allerdings hielten sie sich bescheiden im Hintergrund. Ihr Respekt vor dem jungen Panchen Lama war grenzenlos.

Das Anwesen bestand aus fünf Flachdachhäusern im tibetischen Stil. Es war noch nicht sehr alt, vielleicht zwanzig oder dreißig Jahre, und von ehemaligen Chushi Gangdruk-Kämpfern errichtet worden. Nun wohnten dort bereits die Nachkommen, aber die Erinnerung an den Widerstand war überall noch lebendig.

Vor einem der Häuser saß ein alter Mann, der wenig Notiz von der Gruppe nahm. Sein Sohn jedoch bat die Gäste herein und bewirtete sie mit Buttertee und Khabse, dem tibetischen Gebäck, das seine Frau gebacken hatte. „Jahrelang hat niemand Notiz von uns genommen, aber in den letzten Monaten steigt die Zahl der Flüchtlinge aus unserer Heimat spürbar. Es muss fürchterlich sein dort, sogar Bilder Seiner Heiligkeit sind verboten.“ Sie schwiegen, und jeder machte sich seine eigenen Gedanken zur Lage in Tibet. Bevor die Stimmung jedoch gänzlich umschlug und sich Niedergeschlagenheit breit machte, hob der junge Mann wieder an: „Heute laufen alle weg, aber früher haben wir Tibeter wenigstens für unsere Freiheit gekämpft; mit der Waffe in der Hand. Mein Vater war auch dabei“, fügte er stolz hinzu. Der alte

Mann jedoch wehrte ab. „Kelsang, ich habe dir schon so oft gesagt, lass die alten Zeiten ruhen, sie kommen nicht wieder. Uns alten Kämpfern bleibt nur noch die Hoffnung, in Ruhe zu sterben und womöglich irgendwann einmal in einem freien Tibet wiedergeboren zu werden." „Der Krieg mit den Waffen ist wirklich Vergangenheit", schaltete sich Lobsang vielsagend ein, „aber es gibt auch heute noch Möglichkeiten, den Chinesen Niederlagen beizubringen. Vielleicht lernen sie daraus und ändern ihre Politik." „So viel Optimismus bringen Sie aus Tibet mit?", wunderte sich Kelsang. „Wir dürfen die Hoffnung nicht aufgeben", entgegnete Lobsang.

Am nächsten Morgen genossen vor allem Thinley ebenso wie Wang und der immer noch verletzte Tai die neuen, bescheidenen Annehmlichkeiten. Ihre Gastgeber hatten ihnen einen großen Bottich mit heißem Wasser vor die Tür gestellt, denn sie sehnten sich nach einer ausgedehnten Morgentoilette. Die anderen amüsierte das eher, denn diese Art von Körperpflege war in Tibet aufgrund der extremen klimatischen Verhältnisse nicht sonderlich ausgeprägt.

Plötzlich bemerkte Thinley, wie der alte Kämpfer mühevoll und gebeugt auf ihn zukam. „Was trägst du da um deinen Hals, Junge? Lass mich sehen!" Ohne Thinleys Antwort abzuwarten, hatte er schon dessen Gau in den Händen, ein Glücksamulett, das viele Tibeter trugen. Thinleys Gau, den er auch in den USA aus Gründen, die ihm selbst nicht ganz verständlich waren, nie abgelegt hatte, war ein besonderes Stück. In der Mitte glänzte ein Wunschjuwel in der Sonne, die über den Bergen stand. Eingefasst war es von drei wertvollen Rubinen.

Eindringlich betrachtete der Alte den Gau, hielt es in den Händen, ließ es wieder los. Je länger er sich damit beschäftigte, desto mehr verlor er die Fassung. Sein Atem ging schwer und röchelnd, schließlich musste er sich abstützen. Mühsam presste er ein paar Worte hervor. „Woher, woher hast du ihn, Thinley Lhotse?" Nun war Thinley perplex. Niemand in der Gruppe hatte seinen Nachnamen erwähnt. Bevor er etwas entgegnen konnte, sackte der Alte zusammen. Im letzten Moment fing sein Sohn ihn auf. Er war bewusstlos. „Mein Vater stirbt! Ich habe schon lange den Eindruck, dass er ein Geheimnis mit ins Grab nimmt. Du scheinst damit etwas zu tun zu haben, schade, dass ihr nicht eher gekommen seid." Gemeinsam trugen sie ihn ins Haus. Dann hatte es Kelsang sehr eilig. „Ich mache mich auf, um einen Lama aus dem Kloster Nyphu zu holen, damit er meinem Vater die nötige Begleitung ins Bardo geben kann. Ich hoffe in drei bis vier Stunden zurück zu sein. Falls ihr irgendetwas tun könnt, dann versucht, ihn am Leben zu erhalten, bitte!" Der Sohn sorgte sich nicht um den Tod seines Vaters, der gehörte zur irdischen Existenz wie Geburt und Hochzeit, sondern allein darum, dass er den Weg ohne die Gebete eines Lamas antreten musste. Das wollte er auf jeden Fall verhindern.

Am frühen Nachmittag kam Kelsang in Begleitung eines Mönchs zurück. Der Zustand seines Vaters war unverändert. Unverzüglich ging der Lama zu ihm und begann mit seinen Ritualen, während sich die anderen im Freien aufhielten, in Gedanken bei dem Sterbenden. Nach vier Stunden jedoch kam der Mönch aus dem Haus heraus. Er wirkte beinah amüsiert: „So schnell verlässt uns der alte Tashi Gondup nicht. Er möchte, dass du zu ihm kommst." Mit den Worten deutete er auf Thinley.

Der Alte war sehr unruhig, ja beinah erregt. Sein Kopf glühte, seine Hände zitterten, aber sein Geist war klar. „Thinley Lhotse", begann er so würdevoll, wie ihm das noch möglich war, „ich kenne dich als kleines Kind, und ich danke den Göttern, dass sie dich kurz vor meinem Tod noch zu mir geschickt haben. Das macht mir Hoffnung, dass ich bei ihnen nicht völlig in Ungnade gefallen bin." „Aber Vater...", wollte der Sohn entgegen, doch er kam nicht weit. „Du sagst jetzt bitte nichts mehr! Natürlich habe ich immer versucht, dir ein guter Vater zu sein, aber leider weißt du nicht alles über mich." Dann schwieg er vor Erschöpfung. Jeder im Raum spürte, dass sich hier ein Geheimnis seinen Weg bahnte, das er viel zu lange mit sich herumgetragen hatte.

Fast wie zu sich selbst murmelte Thinley, „Menschen, die mich noch als kleines Kind gekannt haben, freuen sich selten, mich zu sehen." Der Alte verstand ihn. Ein paar Tränen rannen über seine zerfurchten Wangen. „Ich weiß, Junge, ich weiß, Es tut mir so leid." Die Umstehenden sahen sich ratlos an. Niemand hatte eine Ahnung, wovon der Alte sprach. „Holt einen Yak! Thinley, mein Sohn Kelsang und der Lama begleiten mich. Ich führe euch zu einem Ort, der ein schlimmes Geheimnis birgt." Die Angesprochenen zögerten, bis der Lama als erster die Initiative ergriff. „Wir machen am besten was er sagt. Hier geht es um sein Karma."

Gestützt auf seinen Sohn und Thinley wankte der Alte nach draußen. Ein Familienangehöriger brachte ein mächtiges Tier herbei, auf das der Alte gebunden wurde. Sein Sohn führte es am Strick und schlug die vom Vater angegebene Richtung ein. Der Weg führte nach Norden Richtung chinesische Grenze. Nach einer halben Stunde teilte er sich. Der Alte dirigierte sie nach links, vorbei an steilen Felswänden. Es schien nur noch eine Frage der Zeit, bis der Weg in der Felswüste verschwand, doch plötzlich weitete er sich wieder. Bei einem Steinhaufen hieß der Alte die kleine Gruppe anhalten und sich selbst absetzen.

Auch den Einheimischen war dieser Platz nicht sehr vertraut, dabei bot er eine wunderbare Aussicht. Während Tashi Gondup sich ein wenig erholte, versuchten die anderen, sich auf den Ausblick zu konzentrieren. Im Süden sah man auf die weißen Mauern von Lo Mantang und im Norden bis weit nach Tibet hinein. Der Spannung, die in der Luft lag und etwas Großes ankündigte, konnte sich jedoch niemand entziehen.

Schließlich hatte der Alte sich wieder gefasst. „Thinley Lhotse", hob er erneut feierlich an, „ich habe dir und deiner Familie fürchterliches Unrecht getan. Ich möchte es hier vor dir, vor meinem Sohn und dem Ehrwürdigen Lama bekennen, damit der Wahrheit der Weg bereitet wird, damit die ganze Welt sie erfahren möge und ich vielleicht schon zu meinen Lebzeiten von einem kleinen Teil meiner Schuld entlastet werde. Sie ist zu groß, um von einem alten Mann allein getragen werden zu können".

Selbst der Wind schien zu schweigen, um diesen dramatischen Augenblick nicht zu stören, während die drei Männer kaum zu atmen wagten. Kelsang fühlte sich bei alledem äußerst unwohl. Er hatte seinen Vater immer bewundert, auch wenn er sich manchmal gefragt hatte, warum der im Gegensatz zu anderen alten Kämpfern nie über seine Vergangenheit gesprochen hatte. Er hatte darin eine unnötige Bescheidenheit gesehen, doch offenbar steckte weit mehr dahinter. Das Schuldbekenntnis seines Vaters beschämte ihn und am liebsten wäre er davon gelaufen, doch das ließ sein Respekt nicht zu.

Mittlerweile begann Tashi Gondup wieder in seiner pathetischen Art, so gut es sein geschwächter Zustand zuließ. „Thinley, wir stehen hier am Grab deines Vaters!" Unwirsch schüttelte der Angesprochene den Kopf und machte Anstalten zu gehen. „Es gibt kein Grab meines Vaters, auf jeden Fall nicht hier, vielleicht in Peking." Verächtlich spuckte er aus. „Und ich möchte nicht daran erinnert werden. Alle Welt hat sich immer mit Schaudern abgewandt, wenn die Rede auf ihn kam. Inzwischen weiß ich auch warum. Eine Person, die mir sehr nahe steht, hat mir das schreckliche Geheimnis verraten. Ich hoffe, ich kann bald in meine alte Welt zurückkehren, wo niemand ihn kennt und ich ihn wieder vergessen kann. Deshalb war ich nicht begeistert, diese Mission zu übernehmen, doch es war der ausdrückliche Wunsch Seiner Heiligkeit. Meine Aufgabe werde ich zu Ende bringen, aber von meinem Vater möchte ich nichts hören!" Damit wandte er sich ab, doch der Alte ließ es nicht zu.

„Halt, bleib stehen! Niemand hat dir das Geheimnis um deinen Vater verraten, denn niemand kennt es.“ Dem Alten schien neue Energie zuzufließen, so kräftig wurde seine Stimme. Er rief es beinah in die Steinwüste hinein und fügte fast beschwörend hinzu: „Außer mir!“. Die plötzliche Verwandlung des Alten, der noch kurz zuvor am Rande des Bardo stand, war so überwältigend, dass Thinley innehielt. Und wenn es tatsächlich noch ein Geheimnis hinter dem Geheimnis gab? Unbeirrt fuhr Tashi Gondup fort: „Glaubt mir, ich weiß, wovon ich spreche. Mein Geist ist noch stark, auch wenn mein Körper schwach ist. Alle Welt sollte glauben, dein Vater habe die Tibeter verraten, sei dafür gut bezahlt worden und lebe sorglos in China. Und leider glaubt man das auch.“

Noch immer verstand niemand so recht, worauf der Alte hinauswollte. Thinley wurde ungeduldig. „Ja, jeder Tibeter weiß es. Ich als sein Sohn habe es als Letzter erfahren.“ Der Alte blieb unbeirrt: „Ich sagte schon, niemand weiß die Wahrheit. Es war gut, dass du diese Mission übernommen hast, nicht nur für die Freiheit Tibets sondern auch für dich. Du wirst endlich erfahren, was wirklich geschah mit deinen Eltern – und mit dir“. Unwillkürlich musste Thinley lächelte und keiner der Umstehenden ahnte, dass er an Dolma dachte.

„Ich will dir die ganze Wahrheit erzählen, und ich danke den Göttern noch einmal, dass sie mir die Gelegenheit dazu gegeben haben.“ Die seltsam kräftige Stimme des Alten riss Thinley aus seinen Gedanken an Dolma.

„Ich stamme aus der gleichen Gegend wie dein Vater, Lhondrup Gompo, nämlich aus dem Grenzgebiet zu Mustang. Wir kannten uns zunächst nicht, denn ich habe mich dem tibetischen Freiheitskampf später angeschlossen als er. Wir gehörten zu den wenigen, die keine Khampa waren. Ich selbst war hauptsächlich als Aufklärer im Einsatz. Zum ersten Mal traf ich deinen Vater im Lager Nr. 2, das unter seinem Kommando stand. Es lag der Grenze zu unserer Heimat am nächsten, unmittelbar hinter dem Marang-Pass. Nur einen halben Tag brauchten wir nach Tibet, also lag es nahe, die Angriffe auf die Chinesen von unserem Lager aus zu starten. In der Nähe befand sich auch das kleine Gar-Kloster mit 15 Mönchen. Sie unterstützen uns mit ihren Gebeten.

Als ich deinen Vater kennenlernte, warst du gerade geboren, doch du lebtest noch mit deiner Mutter im Dorf Chusang unmittelbar jenseits der Grenze. Den Chinesen war das Gebiet damals zu unsicher, deshalb konnten sie sich dort halten.“ Der Alte stützte sich an den Felsen und wischte sich den Schweiß von der Stirn. Seine Rede strengte ihn erheblich an. Zaghaft und sehr unsicher trat sein Sohn zu ihm. „Vater, vielleicht solltest du…“ „Ich habe dir schon einmal gesagt, dass du mich gewähren lassen sollst! Du verstehst nicht, worum es hier geht. Dein Verhalten macht alles nur noch schwieriger.“ Der Mönch, der spürte, dass hier jemand eine große Schuld eingestehen musste, um sie nicht vollständig mit ins Bardo zu nehmen, gebot Kelsang mit einem entschiedenen Blick, sich zurückzuhalten, egal was geschehen möge.

Der alte Mann machte eine lange Pause. Thinley versuchte, sich seine Mutter vorzustellen. Er hatte überhaupt kein Bild von ihr, keine Fotografie, keine Erinnerung an sie in seinem Kopf. Von ihr war so gut wie nie die Rede, aber nach dem, was unter den Tibetern erzählt wurde, musste sie ebenfalls mit dem Verrat seines Vaters zu tun gehabt haben. Und sie hatte nicht nur die Freiheitskämpfer verraten, sondern auch ihn, einen kleinen Jungen. Sie hatte ihn einfach seinem Schicksal überlassen. Eine sonderlich liebevolle Frau konnte sie nicht gewesen sein.

Endlich griff der Alte den Faden wieder auf. „Die Khampa hatten zunächst einige Vorbehalte gegen deinen Vater als Kommandanten. Er stammte nicht aus ihrer Gegend, sprach nicht ihren Dialekt und war auch mit ihren rauen Sitten nicht vertraut. Doch durch Tapferkeit, Umsicht und seinen schon tollkühnen Mut war es ihm rasch gelungen, ihr Vertrauen zu gewinnen. Immer wieder führte er kleine Gruppen nach Tibet hinein. Sie kundschafteten die chinesischen Standorte und Truppenbewegungen aus und planten die Überfälle. Selbst unser größter Erfolg, als wir den Oberbefehlshaber der westchinesischen Militäreinheit gestellt und ausgeschaltet haben und dabei zahllose höchst geheime Dokumente erbeuten konnten, ging auf die Vorarbeit deines Vaters zurück. Der Ruhm dafür ist Kommandeur Rara zugefallen, der die Einheit angeführt hat, aber innerhalb der Chushi Gangdruk wusste jeder, welche Rolle dein Vater gespielt hatte.

Die Zeit in den Lagern war damals sehr hart. Die Chinesen wurden immer stärker, ihr Terror immer brutaler. Sie schüchterten die Bevölkerung mit drakonischen Strafen so sehr ein, dass es niemand mehr wagen konnte, uns offen zu unterstützen. Immer häufiger geschah es sogar, dass Dorfbewohner so lange brutal gefoltert wurden, bis sie uns verrieten. Erst mit dem Wechsel des Oberkommandeurs verbesserte sich unsere Lage ein wenig.

Dennoch wurden unsere amerikanischen Unterstützer ungeduldig. Sie ließen uns jeden Monat 40.000 Dollar zukommen. Für über 10.000 Kämpfer in 13 Lagern, von denen einige sogar ihre Familien dabei hatten, war das nicht viel, aber wenigstens etwas. Es half uns, nicht auch noch viel Zeit damit verbringen zu müssen, für unseren Lebensunterhalt auf den Feldern zu arbeiten. Nun drohten uns die Amerikaner, die Zahlungen auf 15.000 Dollar zu reduzieren oder sogar vollends einzustellen, wenn wir nicht offensiver gegen die Chinesen vorgehen würden.

Im Grunde sprachen sie uns aus der Seele, und so planten wir einen großen Schlag gegen die Besatzer. Bislang waren wir immer mit kleinen Trupps über die Grenze gegangen, manchmal nur zehn oder zwanzig Kämpfer, nie mehr als 50. Damit konnten wir nicht mehr als Nadelstiche verbreiten, doch jetzt sollte es eine ganz große Aktion geben.

Weniger als zwanzig Kilometer nördlich der Grenze befand sich die größte chinesische Grenzgarnison mit 300 Soldaten. 200 unserer besten Kämpfer mit dem Überraschungseffekt auf unserer Seite sollten sie auslöschen und dabei Waffen sowie wichtige Dokumente erbeuten.

Unser Plan schien sicher. Es gab zwei bekannte Pässe nach Tibet, glaubten zumindest die Chinesen, den Photu-La und den Kore-La. Beiden waren gut bewacht. Was die Besatzer aber nicht wussten, es gab noch einen dritten Übergang, nicht allzu weit vom Kore-La entfernt. Es war ein schwieriger und gefährlicher Weg, der noch nicht einmal einen Namen hatte, denn solange wir noch frei gewesen waren, gab es keine Notwendigkeit, ihn zu benutzen. Für uns aber hatte er noch einen Vorteil: Er endete in Tibet in einem Seitental, das den Chinesen ebenfalls unbekannt war und das die Truppen an den anderen beiden Pässen nicht einsehen konnten. Es war der perfekte Zugang, um unentdeckt nach Tibet einzusickern. Nur wir einheimische Kämpfer und die Kommandeure kannten den genauen Weg.

Die Einnahme der Garnison sollte der Beginn einer neuen Strategie sein, im Süden unserer Heimat eine befreite Zone von 200 Kilometer Länge und 50 Kilometer Tiefe zu errichten. Bis zum Tsangpo wollten wir uns festsetzen, der im Sommer wegen des niedrigen Wasserstandes leicht zu überqueren war, und von dort nach Norden vorstoßen. Dann wäre auch die Lhasa-Xinjiang-Straße in unserer Hand gewesen, einer der wichtigsten Nachschubwege der Besatzer. Sie hätten in der Folge große Teile ihres Nachschubs über die nördliche Qinghai-Route umdirigieren müssen, die in einem schlechten Zustand und ohnehin schon überlastet war. Wenn aber ihre eigenen Truppen nicht mehr richtig versorgt werden konnten, würden sie auch ihre Kampfmoral verlieren, denn wir hatten häufig genug erfahren, dass die jungen

Chinesen in Uniform gar nicht wussten, wofür sie kämpften. Sie waren nicht gerne so weit entfernt von ihrer Heimat. Auf unserer Seite wusste dagegen jeder ganz genau, wofür er kämpfte, das musste den Ausschlag geben."

Selbst Kelsang hörte inzwischen atemlos zu und hatte die Sorge um seinen Vater vergessen. Noch nie hatte der so viel von der Vergangenheit erzählt. Jetzt war er nicht nur äußerst mitteilsam, sondern er klang derartig engagiert, dass alle den Eindruck bekamen, es ginge um ein Ereignis aus der jüngsten Vergangenheit.

Mit einem Schlag änderte sich jedoch seine Stimmung. Eine große Verzweiflung schien über ihn zu kommen, und leise fuhr er fort: „Je mehr Pläne einer macht, desto härter trifft ihn das Schicksal. Das war eine grausame Erfahrung. Zu allem Überfluss hatten auch die Chinesen ihre eigenen Pläne. Sie entsandten immer mehr Politkommissare in die Grenzdörfer. Für direkte Militäraktionen und offenen Terror wie anderswo reichte ihre Stärke zwar noch nicht, sie bemühten sich jedoch, unsere Leute durch Einschüchterungen und Verlockungen auf ihre Seite zu ziehen. Wer sich freiwillig meldete, um die friedliche Befreiung zu unterstützen, wie sie es nannten, sollte reich belohnt werden. Auch in Chusang erschienen immer mehr von ihnen.

Wenn seine Militäraktionen es erlaubten, besuchte dein Vater heimlich deine Mutter und dich, was von den Nachbarn bemerkt wurde. Du musst wissen, dass deine Mutter Padma eine äußerst starke, attraktive und begehrenswerte Frau war. Viele Männer hatten um sie angehalten, auch Tsarong, der Bruder deines Vaters. Für sie gab es jedoch nur deinen Vater, selbst als sie davon ausgehen musste, dass er dem Wege Buddhas im Kloster folgte, wie seine Eltern das vorgesehen hatten. Als sie geheiratet hatten, machte sich Tsarong große Hoffnungen, sie als zweiter Mann ebenfalls ehelichen zu können, wie dies unter Brüdern nicht unüblich war. Tsarong war einer der hartnäckigsten Verehrer deiner Mutter gewesen und ihre Zurückweisung hatte seine Eitelkeit sehr verletzt. Nun sah er eine neue Chance, doch noch an sie heranzukommen. Dein Vater jedoch erteilte dem eine klare Absage, denn er wollte Padma mit niemandem teilen. Damit jedoch war dein Onkel Tsarong zum Feind deines Vaters geworden: Er hatte ihm die Frau verweigert, die er begehrte, und er hatte ihn darüber hinaus vor dem ganzen Dorf lächerlich gemacht. Deine Mutter aber war ihm dafür sehr dankbar, denn sie empfand wenig Sympathie für Tsarong, der ganz anders war als sein Bruder, eher feige und hinterhältig. Deine Eltern haben sich wirklich sehr geliebt." Der Alte wischte sich eine Träne aus den

Augen und auch Thinley musste schlucken. Es war das erste Mal in seinem Leben, dass jemand etwas Positives über seine Eltern berichtete.

Keiner der Zuhörer verstand jedoch, was diese Liebesgeschichte mit der Militäraktion zu tun hatte, die gescheitert war, weil Thinleys Vater sie verraten hatte. Ihre Geduld wurde auf eine harte Probe gestellt, denn Tashi Gondup machte erneut eine lange Pause. Er schien von den Gefühlen, die mit diesen alten Erinnerungen an die Oberfläche kamen, überwältigt.

Endlich fuhr er fort. „Tsarong wollte sich einfach nicht damit abfinden, von seinem Bruder und dessen Ehefrau so barsch abgefertigt worden zu sein. Unverblümt stellte Tsarong deiner Mutter weiter nach, und sie hatte Mühe, sich ihn vom Hals zu halten. Natürlich berichtete Padma deinem Vater bei seinem nächsten Besuch von Tsarongs Nachstellungen, und jeder kann sich ausmalen, wie er reagiert hat. Er stellte seinen Bruder öffentlich zur Rede, verbot ihm jeden weiteren Kontakt zu Padma und um dem Nachdruck zu verleihen, verprügelte er ihn heftig. Danach hatte Tsarong nur noch einen Gedanken, deinem Vater und deiner Mutter diese Schmach heimzuzahlen.

Die Gelegenheit ließ nicht lange auf sich warten. Tsarong versprach den chinesischen Politkommissaren, sie sofort über den nächsten Besuch deines Vaters zu informieren, von dem auch die Chinesen inzwischen wussten, dass er einer ihrer gefährlichsten Feinde war.

Es dauerte ein paar Monate, denn diesmal hatte Lhondrup eine besondere Überraschung für seine Frau vorbereitet: Die Situation war ihm zu unsicher geworden, und er hatte es ermöglich, dass Padma, mit dir, ihrem Sohn, in einem weiter südlich gelegenem Lager aufgenommen werden konnte. Das war nicht selbstverständlich, denn ich sagte schon, die Lebensbedingungen waren äußerst hart, und jeder Mund, der zusätzlich gefüttert werden musste, bedeutete neue Einschränkungen für die Kämpfer. Da Lhondrup aber inzwischen zu den angesehensten Kommandeuren gehörte, hatte es der Oberbefehlshaber Wangdu Gyatotsang erlaubt.

Doch eine schreckliche Verkettung unglücklicher Umstände hat alle Pläne zunichte gemacht, und das Schicksal hat mich ausgesucht, auch noch daran teilzuhaben." Nun klang zum ersten Mal Selbstmitleid in der Stimme des Alten mit, aber niemand störte sich daran.

„Lhondrup war abends in Chusang angekommen und hatte gleich begonnen, eure wichtigsten Sachen für die Reise zusammenzupacken. Am nächsten Morgen wollte er mit euch ins sichere Mustang aufbrechen. Tsarong muss davon Wind bekommen haben, denn obwohl die Dunkelheit bereits angebrochen war, nahm er sich ein Pferd und preschte durch die Nacht zur chinesischen Garnison. Dort traf ich ihn zum ersten Mal.“ Dies Bekenntnis ließ die Zuhörer aufhorchen. „Ja, ich war ein paar Wochen vorher verhaftet worden. Bei einem unserer Erkundigungszüge für den großen Angriff verlor ich meine Einheit. Ich versuchte mich alleine nach Mustang durchzuschlagen, doch eine Armeeeinheit griff mich auf. Sie erkannte rasch, dass ich kein Zivilist war und nahm mich mit in die Garnison. Ich sprach ein wenig Chinesisch, denn ich hatte als junger Mann, als wir noch unabhängig waren, ein paar Jahre in einer tibetischen Handelsstation in Chengdu gearbeitet. Tibeter mit Chinesischkenntnissen waren höchst selten. So stellten mich die Besatzer vor die Alternative: Entweder ich würde ihnen als Übersetzer dienen oder ich würde sofort erschossen. Man mag mir verzeihen, dass ich nicht so heldenhaft war und den Tod gewählt habe.“ Es klang beinah flehentlich, und in die Stille hinein schluchzte sein Sohn „oh, Vater“. Der Alte ging nicht darauf ein. „Aber es war nicht nur Feigheit. Ich nahm mir fest vor, das Vertrauen der Besatzer zu erwerben, um dann etwas für meine gefangenen Landsleute tun zu können.

Von meinen alten Kampfgefährten wusste niemand was mit mir geschehen war. Sie gingen davon aus, dass ich bei der Aktion ums Leben gekommen war; entweder durch den Feind oder das Zyankali, das wir immer bei uns trugen. Später erklärte ich ihnen, ich hätte mich monatelang versteckt gehalten, und das wurde nie in Frage gestellt.

Als Tsarong an jenem unglückseligen Tag spät am Abend in der Garnison eintraf, reagierten die Besatzer sofort. Sie stellten eine Truppe zusammen, weckten mich, da ich schon schlafen gegangen war und ließen sich von Tsarong durch die Nacht nach Chusang führen. Sie überraschten Lhondrup und Padma im Schlaf, legten sie in Ketten und nahmen auch dich mit. Ich musste alles mit ansehen.

Es war schon gegen Morgen, als wir in der Garnison ankamen, und dort begannen die Verhöre. Ich habe selten einen tapferen Mann gesehen als deinen Vater. Obwohl er nach Stunden übersät war von blutenden Wunden, verriet er kein Wort. Dann änderten die Peiniger ihre Strategie. Sie fesselten ihn streng, so dass er sich kein bisschen bewegen konnte, führten dann Padma ins Zimmer, rissen ihr die Kleider vom Leibe und vergewaltigten sie. Zuerst machten sie es mit Schlagstöcken.“ Der Alte stockte erneut angesichts der Erinnerungen, denen er sich jetzt stellt. Leise weinend fuhr er fort. „dann kamen die Soldaten an die Reihe, einer nach dem anderen. Lhondrup ist verrückt geworden bei ihren Schreien und dem Anblick, dem er sich nicht entziehen konnte. Irgendwann hat er gebrüllt, dass er alles gestehen würde. Tatsächlich hat der Oberbefehlshaber dann Einhalt geboten, denn Lhondrup war gebrochen. Er hat den geheimen Pass verraten, und ich musste mir genau merken, wo er sich befand. Er hat sogar von dem geplanten Überfall erzählt. Daraufhin zog der Offizier seine Pistole, hielt sie Padma direkt an die Stirn und drückte ab. Deine Mutter wusste in dem Moment schon gar nicht mehr, was mit ihr geschah."

Thinley war vollkommen erstarrt, nur sein Kinn zitterte. So, wie der Alte die Geschichte erzählte, gab es nicht den geringsten Zweifel daran. Und sie war noch nicht zu Ende. „Die Chinesen wollten sicher sein, dass Lhondrup die Wahrheit gesagt hatte. Sie brachten ihm deshalb seinen Sohn, dich. „Schön, dass du eingesehen hast, wie vorteilhaft es ist, mit uns zu kooperieren", verhöhnten sie deinen Vater. Er sollte in Sicherheit gewogen werden und man wollte ihm das Gefühl geben, er hätte eine Chance zur Flucht. Die Wachen waren angehalten, so zu tun, als seien sie unaufmerksam, und auch auf Fesseln hatte man verzichtet. Tatsächlich ging ihnen dein Vater in die Falle. Mit dir auf dem Arm machte er sich davon, doch drei Soldaten und ich warteten hinter dem Ausgang der Garnison. Wir hatten den Auftrag, euch heimlich zu folgen und den Weg zu dem unbekannten Pass ausfindig zu machen. Danach solltet ihr beide umgebracht werden. Zunächst war es nicht schwierig, euch in sicherer Entfernung auf den Fersen zu bleiben, denn es gab nur einen Weg. Doch je höher es ging, desto anstrengender wurde es für die Soldaten, Schritt zu halten. Sie waren die Höhe nicht gewohnt, bedrängten mich aber, die Verfolgung allein weiterzuführen, sie würden in ihrem Tempo folgen. Sie wussten, dass sie dem Kommandeur nicht wieder unter die Augen treten konnten, ohne den Auftrag erfüllt zu haben. Auch ich verlor fast den Anschluss an deinen Vater, denn trotz der Misshandlungen war er nicht aufzuhalten. Die Verantwortung gegenüber den anderen Kämpfern verlieh ihm Flügel. Beim Anstieg auf die Passhöhe fand ich eure Spur wieder. Beim Abstieg, als wir schon wieder Mustang erreicht hatten, war ich so nah hinter ihm, dass er mich hörte. „Lhondrup, rief ich, Lhondrup". Er drehte sich um und sah mich mit hasserfüllten Augen an. Ich erkannte sofort, dass er mich für den Tod seiner geliebten Frau mitverantwortlich machte. „Auch ich wurde gezwungen für die Chinesen zu arbeiten, aber ich möchte da raus. Bitte verrat mich nicht, dann kehre ich mit dir gemeinsam in unser Lager zurück." Er ging darauf nicht ein. „Sie haben dich gezwungen?", fuhr er mich an. „Dafür siehst du richtig gut aus. Du bist ein Verräter und das werde ich den Kämpfern mitteilen, damit sie wissen, woran sie mit dir sind." Mich überkam Panik, was sollte ich tun? Würde ich zurückgehen, würde ich von den Chinesen umgebracht werden, ginge ich zu unseren Leuten, würden die das Gleiche mit mir machen, wenn dein Vater mich verriet. Ich flehte ihn nochmals an, über das Geschehene Stillschweigen zu bewahren. Ohne Erfolg. „Niemals werde ich das tun können. Unser Freiheitskampf ist ohnehin schon schwierig genug, Überläufer in unseren eigenen Reihen können ihn völlig zum Scheitern bringen.

Da hatte ich keine Wahl mehr, ich zog meine Pistole und schoss deinen Vater in den Kopf, hier, an dieser Stelle!"

Der Alte hielt inne, geschüttelt von schrecklichen Erinnerungen. Nur mit Mühe hielt es sich an dem Felsen fest. Von seinen Zuhörern bewegte sich niemand. Sein Sohn und der Lama waren starr von Entsetzen angesichts dieses Geständnisses, Thinley ertrug es nicht mehr, er brach zusammen. Schwer atmend krallte er seine Hand in den Boden, als wollte er nach dem Grab seines Vaters graben. Schließlich wandte er sich wieder Tashi Gondup zu.

„Und... und warum lebe ich noch?" fragte er flüsternd. Seine Worte rissen den Alten aus seiner Lethargie. „Du, ja Du". Jetzt erst schien er wieder in der Gegenwart anzukommen. „Die Geschichte ist noch nicht vorbei. Du hattest dich weinend über deinen toten Vater geworfen. Ich hätte auch dich töten sollen. Ich zog die Pistole, aber ich konnte es nicht. Ich konnte dich nicht töten. Also nahm ich dich von deinem Vater weg und machte mich, ohne wirklich darüber nachzudenken, auf den Weg nach Lo Mantang; den Weg, den wir eben gekommen sind. Damit war klar, dass ich nicht mehr zu den Chinesen zurückkehren konnte, denn sie hätten mich als Verräter sofort hingerichtet. Aber wenigstens konnte mich niemand an die Chushi Gangdruk verraten, und ich zweifelte nicht, dass ich eine glaubhafte Geschichte für meine Abwesenheit finden würde. So entschloss ich mich nach einem Tag in Lo Mantang unser Lager aufzusuchen und die Kämpfer zu warnen. Ja, ihr sollt alles wissen. Ich war entschlossen ihnen zu sagen, dass dein Vater gegen ein hohes Kopfgeld mit den Chinesen gemeinsame Sache gemacht und alle Pläne verraten hätte.

Als ich im Lager ankam, war ich entsetzt, es war leer bis auf wenige Wachen. Die große Aktion hatte bereits begonnen. Die Kämpfer waren auf dem Weg über den geheimen Pass nach Tibet. Ihr wisst, was dort geschah. Die drei chinesischen Soldaten, die mit mir auf die Fährte von Lhondrup Gompo gesetzt worden waren, hatten nicht aufgegeben. Da sie mir als Tibeter nicht trauten, waren sie mir so gut es ging gefolgt und hatten den Übergang selbst gefunden. Zwei hielten die Stellung, einer lief zurück und informierte die Garnison. Jetzt kannten sie den Weg und sie wussten, dass ein größerer Überfall geplant war. Also stellte der Kommandeur sofort ein Kontingent zusammen, das bis an die Zähne bewaffnet war und schickte es mit dem Späher los. Derweil hatten die anderen Späher unsere Truppen im Visier, die den Pass bei Nacht überquert hatten. Sie waren ahnungslos, denn bislang hatte es noch nie Probleme beim Abstieg gegeben. Diesmal aber wurden sie erwartet, und es war eine tödliche Falle. In einer schmalen Schlucht wurden sie von den Chinesen unter Feuer genommen. Sie hatten keine Chance."

Erneut versagte die Stimme des Alten. Jeder in Tibet wusste von dem Massaker an den besten Kämpfer der Chushi Gangdruk, doch niemand hatte so hautnah damit zu tun gehabt wie Tashi Gondup. War er schuld daran? Hätte er es verhindern können, wenn er sich gleich ins Lager aufgemacht hatte? Die Zuhörer spürten, dass er sich diese Fragen seit vierzig Jahren stellte.

„Ich will es zu Ende bringen", meinte der Alte entkräftet, „ich habe mich mit Thinley umgehend ins Hauptquartier zu Wangdu Gyatotsang begeben und ihm berichtet, Lhondrup Gompo habe die Seiten gewechselt, sich mit seiner Frau an die Chinesen verkauft und alles verraten. Seinen Sohn aber hätte ich befreien können. Pathetisch erklärte ich, ‚Erzieht ihn zu einem Freiheitskämpfer, die werden wir auch in zwanzig oder fünfzig Jahren noch dringend brauchen.' Zum Abschied nahm ich ein Schutzamulett und hängte es dir um den Hals, Thinley. Die Anordnung der drei kleinen Rubine, die das Wunschjuwel Cintamani umsäumen, machte es unverwechselbar. Ich verabschiedete dich mit den Worten: ‚Möge dich der Bodhisattva Avalokiteshvara, dessen Bild sich in diesem Gau befindet, ein Leben lang beschützen'."

Unwillkürlich ergriff Thinley das Amulett – ein Geschenk vom Mörder seines Vaters! Sollte er es sich vom Hals reißen und von sich schleudern? Wie schon früher, als er noch nichts von dessen Herkunft wusste, sagte ihm ein seltsames Gefühl, dass er sich nicht davon trennen wollte. Er gab dem Gefühl nach und widerstand der Versuchung, sich von dem Gau zu befreien. Der Mörder seines Vaters war gleichzeitig sein Lebensretter.

Der Alte bemerkte Thinleys inneren Kampf: „Ich verstehe was du tun möchtest, aber dieser Gau ist sehr, sehr machtvoll. Ohne ihn hätte ich dich nie wiedergesehen."

„Und ich hätte nicht die Wahrheit über meinen Vater erfahren", hörte sich Thinley sagen. „Vielleicht", antwortete Tashi Gondup, „ich kehrte zu den Kämpfern zurück, niemand hegte einen Verdacht gegen mich, doch von Jahr zu Jahr drückte mich meine Schuld mehr.

Für unsere Bewegung war diese militärische Katastrophe der Anfang vom Ende. Um uns zu demoralisieren, verbreiteten auch die Chinesen die Nachricht, ein so tapferer Kämpfer und wichtiger Kommandant wie Lhondrup Gompo habe eingesehen, dass es ein Fehler gewesen sei, die Waffen gegen die Befreier zu erheben, die niemals etwas anderes im Schild geführt hätten, als Tibet aus den feudalen Klauen der Ausbeuterklasse von Adel und Klerus zu retten. Sie verfassten sogar einen Aufruf in seinem Namen, in dem die Kämpfer aufgefordert wurden, die Waffen niederzulegen und Hand in Hand mit den chinesischen Brüdern die friedliche Befreiung Tibets voranzubringen. Wer dem Folge leiste, käme in den Genuss einer großzügigen Amnestie.

Damit sein Verschwinden und Überlaufen glaubwürdig waren, haben ihn die Chinesen, die auf meiner Fährte waren, gleich hier, wo ich ihn erschossen habe, tief verscharrt. Ich bin ein paar Tage später heimlich zurückgekehrt, um nach dem Leichnam zu suchen und konnte mir selbst ein Bild davon machen, das Grab war ganz frisch. Unsere Art der Feuer-Bestattung kennen sie nicht, aber selbst wenn sie damit vertraut gewesen wären, hätten sie darauf verzichtet, denn Feuer fällt auf und hätte womöglich Neugierige angezogen. Niemand aber hat mitbekommen, dass er verbuddelt wurde und bald war die Stelle nicht mehr von anderen zu unterschieden. Nur ich habe diesen Ort nie vergessen, meinen Schicksalsort."

In den letzten Worten klang wieder etwas Selbstmitleid an; sein Atem wurde immer schwerer und er musste seine letzte Kraft zusammennehmen, um die Geschichte zu Ende zu bringen. „Ich bin dir, Thinley Lhotse und den Göttern zutiefst dankbar, dass ich dich wiedertreffen und dir die Wahrheit offenbaren durfte. Ich werde das Karma annehmen, das ich durch meine Taten verdient habe. Wenn das Schicksal gnädig ist, wird mir eine Wiedergeburt in der Eis- und Feuerhölle erspart bleiben, und ich kann im Reich der Tiere oder vielleicht der Hungergeister wiedergeboren werden, mehr darf ich nicht erhoffen."

Die letzten Worte waren kaum mehr verständlich. Der Alte schaffte es nicht mehr, sich am Fels zu halten. Sofort waren jedoch Kelsang und der Lama bei ihm. Sie banden ihn erneut auf den Yak, wo er ohnmächtig wurde. Er erlangte sein

Bewusstsein nicht mehr wieder, aber der Ausdruck auf seinem Gesicht machte deutlich, dass ihm diese Lebensbeichte Frieden gebracht hatte. Während sie sich beeilten, zu den Häusern zurückzukehren, blieb Thinley an dem Ort zurück. Auch er war vollkommen erschöpft, aber das war ihm egal. Zorn und Erleichterung kämpften in ihm. „Vater", flüsterte er, „ich bin stolz auf dich." Und dann weinte er all die Tränen um das Schicksal seiner Eltern und seiner verlorenen Kindheit, für die zuvor nie Raum gewesen war. Irgendwann spürte er eine Hand auf seiner Schulter. Er schaute auf und sah Dolmas Gesicht, gleichzeitig nahm er wahr, wie Kelsang rasch davonlief. Der junge Mann hatte sich vom Sterbebett seines Vaters entfernt, um Dolma zu Thinley zu geleiten, wohl eine kleine Wiedergutmachung für das, was sein Vater ihm angetan hatte. ‚Danke', schickte er in Gedanken Kelsang hinterher. Es gab keinen Menschen, den er sich sehnsüchtiger herbeigewünscht hätte als Dolma. In ihren Armen verbrachte er die Nacht auf dem Grab seines Vaters.

Derweil begleitete der Lama den alten Tashi Lhotse ins Bardo, und diesmal dauerte die Reise nicht mehr lange.

Die alte Piste

Das wirkliche Geheimnis um Thinleys Eltern sprach sich wie ein Lauffeuer in Mustang herum, und von dort gelangte die Kunde rasch nach Tibet sowie in die nepalesischen und indischen Exilgemeinden. Nun lag ein schweres familiäre Erbe auf den Schultern von Kelsang, doch Thinley bemühte sich nach Kräften, ihm die Bürde zu erleichtern; eine Bürde, die er selbst nur zu gut kannte. „Du bist nicht verantwortlich für die Taten deines Vaters, und er war ganz sicher nicht nur schlecht, sonst würde ich nicht leben. Und dass er uns noch alles offenbart hat, was er so lange mit sich herum getragen hat, wird seinen Weg ins Bardo sehr erleichtern." Kelsang antwortete nicht, doch es war deutlich, dass die Worte in ihm wirkten. Es würde einige Zeit dauern, bis er sich mit diesem neuen Bild seines Vaters abfinden konnte. All die Fürsorge, die er ihm, seinen Geschwistern und seiner Frau hatte zukommen lassen, wurde dadurch nicht weniger. Der Zuspruch von Thinley tat ihm gut.

Als nach zwei Tagen die ersten Besucher in der kleinen Siedlung auftauchten, um den neuen Helden aufzusuchen, wusste die Gruppe, dass es Zeit war, aufzubrechen und den letzten Teil der Reise anzutreten. Sie wollten nicht mehr Aufsehen erregen als nötig, denn noch konnten sie sich nicht in Sicherheit wiegen, obwohl die Khampa ihnen ein Gefühl der Beruhigung vermittelten und es ihnen gut getan hatte, einige Zeit an einem sicheren und halbwegs komfortablen Refugium zu verweilen. Aber niemand wusste, wann die Nachricht von ihrer erfolgreichen Flucht bei der chinesischen Führung ankommen und wie sie reagieren würde. Aller Voraussicht nach würde Peking bis zuletzt versuchen, die unbeschreibliche Blamage abzuwenden, also war es besser, sich mit neuen Kräften wieder auf den Weg zu machen.

Diesmal nahmen sie die komfortablere Westroute Richtung Jomson, und da sie halbwegs ausgeruht waren, ging es schneller voran. Kurz vor Jomson rief Glen van Houten seine Botschaft mit dem Satellitentelefon an, das die Chinesen bei Thinley nicht erkannt hatten. Er informierte sie über den erfolgreichen Verlauf und bat um ein Flugzeug, das ihm umgehend versprochen wurde. Niemand sonst außer den beiden CIA-Mitarbeitern hatte davon etwas mitbekommen; es sollte eine Überraschung sein, in Jomson gleich von einem befreundeten Piloten empfangen zu werden. Dabei vergaß Glen nicht, die Plätze für Dolma die Kinder zu erwähnen.

Am Abend des letzten Nachtlagers kam Lobsang auf die weitere Route zu sprechen. „Wir wiegen uns zu sehr in Sicherheit und machen uns zu wenig Gedanken über die weitere Reise." „Keine Sorge", entgegnete van Houten gut gelaunt. Dafür ist gesorgt." „Ich bin für die Unterstützung unserer Freunde in Amerika zutiefst dankbar, aber wir sollten den Gegner nicht unterschätzen. Deshalb würde ich gern genauer wissen was geplant ist." „Wir wollen euch überraschen, aber glaubt mir, es ist alles vorbereitet in Jomson. Reicht dir diese Auskunft nicht?" Lobsangs Gesicht verzog sich und auch Wang und Tai, die das Gespräch mitgehört hatten, zeigten sorgenvolle Mienen. „In Jomson sind wir zumindest bei den staatlichen Stellen bekannt, schließlich haben wir dort eine Nacht im Gefängnis verbracht. Niemand von uns kann sagen, wer von den Beamten direkt für die Chinesen arbeitet und ob sich dort womöglich Verbände von ihnen aufhalten, die stärker sind als unsere Khampa. Wir wissen zu wenig, als dass wir riskieren könnten, uns noch einmal dorthin zu begeben, wenn es sich irgendwie vermeiden lässt." „Wie sollte es vermieden werden können?", fragte Glen etwas verunsichert und fuhr dann, wie von einem Gedankenblitz getroffen, fort: „Wir können Dolma vorausschicken, sie kennt man nicht und sie muss ohnehin noch ihre Kinder holen. Ich beschreibe ihr genau, wie das Flugzeug aussieht, das uns erwartet und wenn es auf der Piste steht, gibt sie uns Bescheid, und wir müssen nur noch einsteigen." „Das ist die zweitbeste Idee, die wir dann verfolgen, wenn wir die beste Idee nicht umsetzen können", meinte Lobsang nach kurzem Zögern. „Und was ist die beste Idee? Zu Fuß ist es etwas weit bis Kathmandu, aber bei euerm Training ist das vielleicht etwas anders", bemerkte Glen spöttisch. Die Hartnäckigkeit des Tibeters nervte ihn ein wenig, denn er hielt die Sorge für übertrieben. Lobsang indes blieb gelassen. „Frische Luft hatten wir genug, darum geht es uns nicht. Wir wissen aber, dass der CIA und die alten Kämpfer der Chushi Gangdruk einige Flugpisten für ihre Versorgung benutzt haben, die mit Billigung des nepalesischen Königs nach der großen Flucht vom Schweizer Toni Hagen angelegt worden waren, um die Rettung und Aufnahme zehntausender tibetischer Flüchtlinge zu ermöglichen.

Sie werden sich nach fast fünfzig Jahren nicht mehr in einem besonders guten Zustand befinden, doch die Vegetation ist dort oben sehr karg, völlig zugewachsen wird die Piste deshalb kaum sein. Ich halte das Risiko deshalb für geringer als in Jomson einer chinesischen Militärpatrouille in die Hände zu laufen."

Schweigen breitete sich aus. Der CIA-Agent musste zugeben, dass Lobsang mehr Erfahrung mit den Chinesen hatte, erst recht die ehemaligen Soldaten Wang und Tai, die Lobsang entschieden zustimmten. „Vielleicht wissen unsere Begleiter etwas darüber“, griff Lobsang den Faden wieder auf. Einer aus der Gruppe der Khampa-Nachkömmlinge versprach sich noch in der Abenddämmerung aufzumachen. „Wenn es jemanden gibt, der darüber Bescheid weiß, dann werde ich ihn holen und morgen früh mit ihm im Lager sein“, versprach er.

Tatsächlich tauchte er kurz nach Sonnenaufgang wieder auf, und in seiner Begleitung befand sich ein alter Khampa. Seine Augen strahlten, offensichtlich war er über die Mission informiert worden und man merkte ihm seinen Stolz an, einen Beitrag zu deren Gelingen leisten zu können. „Mein Vater“, meinte der Jüngere, nicht weniger stolz. „Es gibt nicht weit von hier eine solche Piste“, begann der Alte. „Wir müssen nur den French Pass überqueren, um dorthin zu gelangen, denn sie liegt nicht im Tal des Kali Gandakhi, sondern weiter westlich. Hidden Valley heißt das Tal, und die Piste haben wir immer STOL genannt, wie unsere amerikanischen Freunde.“ Etwas verständnislos schauten die anderen Glen van Houten an, und der erklärte rasch, „Short Take Off and Landing.“ „Und du kennst den Weg?“, erkundigte sich der CIA-Mitarbeiter noch immer skeptisch. Ihm wäre das Risiko von Jomson lieber gewesen, denn er war schon lange nicht mehr im aktiven Außendienst und deshalb von der zweimaligen Durchquerung des Mustang-Tals so erschöpft, dass ihn die Aussicht auf einen weiteren Pass nicht gerade in Euphorie versetzte. Zudem traute er Dolma zu, die auf jeden Fall nach Jomson musste, sich einen Überblick über die Lage zu verschaffen und damit das Risiko zu minimieren. „Ganz sicher“, entgegnete der Angesprochene beinah empört und mit solcher Vehemenz, dass jeder Zweifel an der weiteren Planung ausgeräumt war.

Nur Thinley stimmte in seinem Innern Glen zu, wenn auch aus ganz anderen Motiven. Es würde wieder ein Abschied von Dolma sein, ein sehr kurzer, wie er hoffte, aber nach allem was geschehen war, fühlte er sich nicht wohl bei dem Gedanken. Sie wurde jedoch von dem Sohn des Alten begleitet, der den French Pass ebenfalls kannte, und dem sein Vater beschrieb, wo sich die Piste befand. Es war ihre Aufgabe, den Piloten der Botschaft ausfindig zu machen, falls er bereits in Jomson angekommen sein sollte.

Unverzüglich machte sich die Gruppe mit dem Alten an der Spitze auf den Weg. Auch Glen ergab sich in sein Schicksal und wies seine Botschaft an, dem Piloten durchzugeben, dass er nicht Jomson ansteuern solle, sondern eine Piste im Hidden Valley. Einheimische Mitarbeiter mussten herausfinden, wo genau sich das Tal im Westen des Kali Gandaki-Valleys befand.

Der Weg war bedeutend länger und mühseliger als sie sich das vorgestellt hatten, und auch der alte Khampa hatte Schwierigkeiten mit dem langen Anstieg, der auf mehr als 5.300 Meter hinauf führte. Bisweilen schauten sich die Flüchtenden zweifelnd an, doch der Alte setzte langsam, aber unbeirrt seinen Weg fort. Am Mittag des zweiten Tages erreichten sie den Pass; nach Auskunft des alten Kämpfers war es nun nicht mehr weit bis zu der Piste. In den nächsten Stunden jedoch wurde deutlich, dass er nicht mehr die volle Orientierung besaß. Sein Schritt wurde nicht nur aufgrund der Erschöpfung immer unsicherer, sondern auch weil ihn seine genaue Ortskenntnis allmählich im Stich ließ.

Plötzlich sahen sie über sich ein Flugzeug. „Unser Mann, unser Mann“, rief Glen sofort, doch nach einiger Zeit drehte der Pilot ab und die Flüchtlinge mussten erkennen, dass es nicht das Flugzeug war, auf das sie gehofft hatten.

Das war bereits in Jomson eingetroffen, als Dolma mit dem Khampa den Ort erreichten. Es war eine DHC-6-300 Twin Otter, in der außer dem Piloten 19 Personen Platz hatten. Der Typ war als Hochdecker ausgelegt und besaß ein nicht einziehbares Bugradfahrwerk. Das Flugzeug war für extrem kurze Start- und Landebahnen optimiert und benötigte gerade einmal eine Pistenlänge von gut 300 Metern. Da der Pilot wusste, wie delikat der Auftrag war, hatte er nicht damit gerechnet, dass die Gruppe bereits am Flughafen wartete, doch ging er davon aus, dass es einen Späher gab, der seine Ankunft melden würde. Er übte sich also in Geduld und musste zunächst die Behörden am Flughafen über seine Mission unterrichten. „Ich warte auf eine internationale Trekkinggruppe aus dem Dolpo-Tal“, erklärte er, und schöpfte damit keinen Verdacht. Dolpo war ein noch abgelegeneres Tal westlich des Kali Kandhaki Flusses, was es für manche Ausländer besonders reizvoll machte. Auch wenn es noch einige Tagesreisen entfernt im Westen lag, war Jomson der wichtigste Flughafen auf dem Weg dorthin.

Dolmas Weg führte sie jedoch zunächst zu ihren Kindern. Über zwei Wochen war sie unterwegs gewesen. Obwohl sie sich bei ihrem Aufbruch nicht festgelegt hatte, wann sie zurückkehren würde, hatten sie früher mit ihr gerechnet. Die Gastfamilie, die sie nur flüchtig kannte, hatte sich sogar schon mit dem Gedanken vertraut gemacht, die

Frau hätte die Kinder bei ihnen zurückgelassen, um sich alleine abzusetzen. Insofern waren sie sogar erleichtert, Dolma überhaupt wiederzusehen.

Die Freude der Kinder war unbeschreiblich, doch bei ihrer Ältesten Choeyong sah Dolma neben der Erleichterung auch einen leichten Vorwurf im Blick. „Mama, ich dachte, Du kommst gar nicht mehr", flüsterte sie. Dolma drückte sie fest an sich. „Nur der Tod könnte mich von Euch trennen". Und gleichzeitig dachte sie, „vielleicht werde ich Dir irgendwann mal erzählen, wie nah ich ihm so manches Mal war..." „Kommt, Kinder, wir machen einen Spaziergang zum Flughafen", lud sie die Kleinen ein. „Ein mutiger Krieger begleitet uns". „Aber Mama, wir brauchen doch hier gar keine mutigen Krieger, wir kennen uns selber aus", schallte es ihr entgegen. Sie musste lachen. Sie war so stolz auf alle vier. Sie hatten Strapazen ertragen, die selbst Erwachsene an den Rand ihrer Kräfte geführt hatten. Als sie unterwegs waren, fragte Choeyong ganz vorsichtig: „Mama, wo ist der Mann, den Du besonders lieb hast?" Vor Rührung stiegen ihr die Tränen in die Augen. Ihrer Tochter verstand das falsch: „Mama, was ist mit ihm passiert, ist er jetzt richtig tot?" „Nein", entgegnete Dolma, gleichzeitig lachend und weinend, „nein, ganz und gar nicht. Er und die anderen mussten nur einen anderen Weg nehmen. Bald werden wir wieder bei ihnen sein, und wenn wir Glück haben, fliegen wir sogar zu ihnen."

An der Flugpiste herrschte mehr Leben als noch ein paar Wochen zuvor. Auffällig viele Männer, bei denen Dolma sicher war, dass es sich um Chinesen handelte, hielten sich dort auf. Die meisten trugen eine Sonnenbrille. Sie verfügten offenbar über modernste technische Geräte. Alle bemühten sich, unauffällig und gelangweilt zu wirken, doch Dolma hatte den Eindruck, dass sie hinter ihren dunklen Brillen genau registrierten, was um den Flughafen herum geschah. Diese Männer waren ihr zuvor nicht aufgefallen. Vermutlich suchten sie nach dem Panchen Lama. Lobsang hatte Recht. Es wäre fatal gewesen, nach Jomson zu gehen.

Eine Frau und ein Mann mit zwei Kindern interessierten die Sonnenbrillenträger nicht. Da nur zwei Flugzeuge auf der kleinen Piste standen, war es nicht schwer, das auszumachen, das die amerikanische Botschaft geschickt hatte. Dolma hatte von Thinley inzwischen ein paar Worte Englisch gelernt und konnte sich zumindest soweit verständlich machen, dass der Pilot seine Botschaft kontaktierte und von dort genaue Informationen über die neueste Entwicklung erhielt. Er verstand, dass die Tibeterin mit den Kindern ihm den Weg zu der geheimen Flugpiste zeigen sollte.

Glücklich kletterten die Vier in das Flugzeug, während der Pilot den kleinen Tower informierte, dass die Dolpo-Trekker direkt Pokhara ansteuern würden. Er werde sich deshalb dorthin begeben, um sie abzuholen. So etwas kam vor, zum Beispiel, wenn die geplante Route nicht begehbar war und die Gruppe früher zurückkehren musste. Deshalb schöpfte niemand Verdacht. Auch die Sonnenbrillenträger erweckten nicht den Eindruck, als interessierten sie sich für das Flugzeug.

Der Pilot wusste, dass er sich Richtung Westen halten und eine Bergkette überqueren musste. Der Khampa sprach zwar kein Wort Englisch, aber mit Gesten konnte er die Richtung vorgeben. Alle suchten intensiv die Umgebung ab, bis der Khampa plötzlich laut aufschrie und aus dem Fenster zeigte. Tatsächlich! Dort war eine Gruppe von knapp zwei Dutzend Personen unterwegs. Das mussten die Gesuchten sein! Dolma bestätigte das unverzüglich. Sie befanden sich auf dem Abstieg von einem Pass, doch von einer Piste war weit und breit nichts zu sehen. Längst hatte auch die Gruppe das Flugzeug bemerkt. Der Pilot drehte auf sie zu und wurde mit heftigem Winken begrüßt, aber sah er keine Möglichkeit zur Landung. Selbst wenn er mit viel Glück und Geschick in dem Gebiet eine Notlandung geschafft hätte, wäre es ausgeschlossen gewesen, von dort aus wieder zu einem Start anzusetzen. Also drehte er nach einiger Zeit ab. Ihm blieb nichts anders übrig, als nach Jomson zurückzukehren. Das konnte ihn möglicherweise verdächtig machen, aber er hatte keine andere Wahl. Er würde Probleme mit dem Motor vortäuschen und hoffte, das man ihm das ihm abnehmen würde

Tatsächlich wunderten sich die Männer am Flughafen, als der amerikanische Pilot wieder auftauchte. Sofort zog er einen Overall an und machte sich mit seinen Geräten am Motor zu schaffen. Scheinbar zufällig schlenderten zwei der Sonnenbrillenträger zu ihm hinüber und sprachen ihn im perfekten Englisch an. „Welch ein Pech, dass eine so gute und neue Maschine hier Probleme hat. Können wir vielleicht helfen?“ „Danke für Ihr Angebot, aber ich glaube, ich schaffe es schon. Die schwierigen Bedingungen hier setzen selbst neuen Maschinen zu.“ Damit wurde er die ungebetenen Gäste aber nicht los. „Diese Maschine habe ich hier noch nie gesehen“, hob der eine wieder an. „Woher kommt die Gruppe, die Sie erwarten?“ „Soll das jetzt ein Verhör werden?’, fragte sich der Pilot. Auch ihm war klar, dass es sich bei den beiden um Angehörige des chinesischen Geheimdienstes handelte, die auf die Spur des Panchen Lama angesetzt worden waren. Er nahm sich vor, ihnen eine Lektion zu erteilen.

„Europäer, Amerikaner, sie waren in Dolpo, aber nun sind sie auf dem Weg nach Pokhara. Da sind einige Gruppen unterwegs, wie ich gesehen haben.“ Wie erwartet tappten die Männer in die Falle. „Interessant, dabei ist doch gerade gar keine Touristenzeit. Oder sind es eher Einheimische?“ „Beides und sogar eine größere Gruppe aus Einheimischen und Fremden, die es offenbar ziemlich eilig hatte. Sie wirkten irgendwie irritiert, als ich auf sie zugedrehte. Die meisten Gruppen mögen das und winken mir freundlich zu, aber denen schien es unangenehm zu sein. Komische Leute!“, der Pilot lachte laut auf. Die Chinesen konnten ihr Interesse und ihre Erregung kaum noch zügeln. Nur mühsam hielten sie ihre zur Schau gestellte Gelassenheit aufrecht. „Ja, schade, wenn solche Leute auch noch so gehetzt durch die Gegend rennen und die Schönheit gar nicht genießen. Wer weiß, was sie antreibt. Die waren unterwegs nach Pokhara?“ „Ja, genau auf der Route nach Pokhara“, bestätigte der Pilot. „Vielleicht brauchen sie Hilfe, man sollte sich um sie kümmern“, warf der Chinese ein. „Wissen Sie, wo das ungefähr gewesen sein könnte?“ ‚Für wie dumm haltet Ihr mich eigentlich?’, dachte sich der Pilot, ‚Euer Verhör ist derart durchsichtig.’ Doch er blieb höflich und mitteilsam. „Es war ziemlich genau nach einem Drittel der Strecke, denn unmittelbar nach der Begegnung begannen meine Probleme mit dem Motor. Ich musste mich deshalb schnell entscheiden, ob ich versuchen sollte, Pokhara noch zu erreichen oder nach Jomson zurückzukehren. Da der Rückweg der kürzere war, entschied ich mich für Jomson.“ Plötzlich hatten es die Chinesen sehr eilig. „Wir wollen Sie nicht weiter stören, Sir, es war schön, sich mit ihnen unterhalten zu haben“. Die waren bestimmt schon in den USA im Einsatz, dachte der Pilot, als sie sich entfernt hatten. Über diese Geschichte würden sich diejenigen, die er aufnehmen sollte, noch lange amüsieren.

Derweil musste der alte Khampa seine Hoffnung aufgeben, die Piste aus seinem Gedächtnis heraus zu finden. „Ihr müsst mir helfen“, bat er schließlich kleinlaut, „es ist schon lange her, dass ich zuletzt hier war. Diese Gegend aber muss es sein. Wenn wir alle ausschwärmen, werden wir die Piste finden!“ Schließlich waren es Wang und Tai, die das vereinbarte Signal abgaben. Sie hatten die Piste entdeckt – oder das, was von ihr noch übrig war. Als sich die anderen an der Stelle einfanden, breitet sich Skepsis aus, ja Sorge. Man konnte zwar noch erkennen, dass es sich einmal um eine Piste gehandelt hatte, doch sie war in einem miserablen Zustand. Gras und kleine Büsche hatten sich ihren Platz zurückerobert. Das musste unbedingt entfernt werden, um eine halbwegs sichere Landung und einen Start zu ermöglichen. Aber auch ohne das Wirken der Natur war die Piste eine unglaubliche Herausforderung für jeden Piloten. Sie war nur etwa 50 Meter lang, mehr gab die Lage nicht her. Um auf einem solchen Terrain überhaupt manövrieren zu können, war sie mit einer deutlichen Neigung angelegt worden. Dadurch wurde die Landung abgebremst, während es bei einem Start einen zusätzlichen Schub gab. Alle hofften und beteten, dass die Botschaft den besten Piloten schicken würde, den es im Himalaya und darüber hinaus gab.

Am nächsten Morgen wollte es der Pilot noch einmal versuchen, doch als er aus dem Fenster sah, musste er die Hoffnung aufgeben. Dichter Nebel lag über Jomson. Unter diesen Bedingungen war an einen Start nicht zu denken, geschweige denn, die Gruppe zu finden. „Kein Problem, kein Problem“, beruhigte ihn Dolma jedoch, „bald wird es aufklaren.“ Tatsächlich lichtete sich der Nebel nach zwei Stunden, und der nächste Start konnte erfolgen. Die Zahl der unauffälligen Sonnenbrillenträger auf dem Flughafen hatte sich deutlich reduziert.

Um keinen Verdacht zu erwecken, hielt der Pilot zunächst Richtung Pokhara, drehte bei, als Jomsom nicht mehr zu sehen war, und flog Richtung French Pass. Er und seine sechs Passagiere drückten sich die Nasen an den Fenstern platt, um die Flüchtlinge zu entdecken, doch es gelang ihnen nicht. An der Stelle vom Vortag war niemand mehr zu sehen, zudem hatte sich der Nebel jenseits des Passes noch nicht völlig verzogen.

Die Gesuchten dagegen hörten das Flugzeug sofort. Sie hatten gerade die letzten Büsche und Sträucher entfernt. Beim Anblick des Flugzeugs jubelten sie auf, winkten und schrien, doch es war deutlich, dass sie nicht gesehen wurden. Offenbar war auch die Piste von oben nicht gut zu erkennen. Dann hatte Thinley eine Idee: „Schnell, sammelt allen Dung von den Yaks und Schafen, der hier herumliegt. Wir machen ein Feuer, dann sehen sie uns!“ Sofort machten sich alle an die Arbeit. Der Dung qualmte entsetzlich, doch das war genau in ihrem Sinne. Der Rauch blieb den Spähern im Flugzeug nicht verborgen. Endlich konnten sie die Gruppe orten. Als der Pilot die Piste erblickte, verspürte er ein flaues Gefühl im Magen. Unter solchen Bedingungen hatte er noch nie Landen und Starten müssen. Die Piste war für andere Flugzeuge angelegt worden, für die Pilatus Porter, Transportmaschinen, die seinerzeit die Khampa versorgt hatten und keine lange Start- und Landebahn brauchten. Die Twin Otter aber benötigt zum Starten normalerweise über 300 Meter, beim Landen etwas weniger. Die Piste war viel zu kurz! Der Pilot zwang sich, ruhig zu bleiben und flog erst einmal langsam über die kurze Landebahn. Er bemerkte dabei, dass sie abschüssig angelegte war. Wenn er es schaffte, bergauf zu landen, könnte es vielleicht reichen. Knapp würde es aber auf jeden Fall.

Er setzte zur Landung an, das Manöver misslang, die Maschine setzte zu spät auf. Um nicht über die Piste hinauszurasen, startete er durch. Auch beim zweiten Versuch klappte es nicht, er verlor zu früh an Höhe. Beim dritten Mal ließ er sich mehr Zeit. Es war die letzte realistische Chance. Seine unerfahrenen Passagiere, die kurz zuvor noch laut gejubelt hatten, weil sie alles für ein großes Spiel hielten, waren inzwischen so still, dass der Pilot seinen eigenen Atem hörte. Aber er hatte aus den Fehlern gelernt. Beim dritten Versuch schaffte er es, die Twin Otter im letzten Moment zum Stehen zu bringen.

Sofort rannten die Flüchtlinge zu den Türen. Der Jubel kannte keine Grenzen, niemand schämte sich der Tränen. „Wir haben es geschafft, wir haben es geschafft!" Auch der nüchterne Glen konnte sich dem Freudentaumel nicht entziehen und rief: „Aus dieser Maschine holt uns niemand mehr heraus!"

Nur der Pilot hielt sich zurück und nahm Glen zur Seite: „Sir, die Starts von Jomson und die Suche haben weit mehr Treibstoff gekostet als vorgesehen. Der Tank reicht nicht mehr bis Kathmandu, und ich möchte weder in Jomson noch in Pokhara einen Zwischenstopp machen. Dort gibt es Leute, die uns womöglich nicht wohlgesonnen sind." Dann erzählte er ihnen in knappen Worten, wie viele Chinesen sich dort aufhielten, offenbar auf der Suche nach dem Panchen Lama.

Glen hatte verstanden. Sie wollten die Freude der anderen nicht trüben und entschieden sich, zunächst nur Thinley einzuweihen. Mit ihm spielten sie verschiedene Varianten durch. „Um es bis Kathmandu zu schaffen, benötigen wir zusätzlich mindestens 200 Liter", erläuterte der Pilot. „Wir könnten einige der Khampa bitten, nach Jomson zu laufen und dort Kerosin zu kaufen. Sie sind unverdächtig und werden bestimmt ein paar Yaks auftreiben, die uns die benötigte Menge hierher bringen", schlug Thinley vor. Glen zögerte. „Denk mal, wie lange wir schon ohne Lasten unterwegs waren. Mit dem Gewicht wird es Tage dauern, und so lange hängen wir hier fest. Noch sind wir nicht in Sicherheit. Stellt Euch vor, die Chinesen starten mit ihren nepalesischen Freunden die Überwachung von oben. Dann könnten wir ihnen nicht entgehen und säßen in der Falle." Der Pilot wurde sichtlich nervös. „Um die ganze Konsequenz unserer Lage einschätzen zu können, müsst Ihr noch etwas wissen." Er berichtete ihnen, wie er die Chinesen, die in Jomson herumhingen, auf die falsche Fährte Richtung Pokhara geführt hatte. „Wenn wir sicher in Kathmandu sind oder, noch besser, in Indien, dann werden wir herzlich darüber lachen, aber in unserer jetzigen Lage wäre es in der Tat besser, die Chinesen hätten nicht den Eindruck erhalten, wir seien in der Umgebung gesichtet worden. Es ist gut möglich, dass sie die Überwachung aus der Luft immer weiter ausdehnen. Ein Flugzeug einsam und allein in der Wildnis ist ein interessantes Ziel.“ Thinley fühlte sich nicht gut bei dem Gedanken. Unruhig stand er auf, lief ein paar Schritte und ließ dabei seinen Blick schweifen. Plötzlich stutze er: „Die Rettung, die Rettung!“, rief er aufgeregt, doch die anderen schauten ihn nur verständnislos an. „Da, die Gruppe!“ Er zeigte in westliche Richtung, und tatsächlich sahen auch die anderen eine relativ große Trekkinggruppe, die offenbar Richtung Dolpo unterwegs war. Dennoch verstand niemand der beiden amerikanischen CIA-Mitarbeiter, was ihr tibetischer Kollege damit meinte. Der Gruppe war das Flugzeug ebenfalls sofort aufgefallen. Sie zögerte, ob sie näher kommen sollte. Hier war keine Landepiste, es gab keine Hütte, geschweige denn irgendwelche anderen Dinge, die auf einen Landeplatz hindeuteten. Ein Flugzeug hier im Hidden Valley konnte nur auf einen Defekt oder gar Unfall zurückgehen, aber es schien nicht so, als ob jemand verletzt wäre oder die Insassen überhaupt Hilfe benötigten.

Thinley jedoch winkte eifrig zu ihnen hinüber. „Hierher, hierher!“, deutete er ihnen an. „Was soll das, was willst du mit denen?“, fragte van Houten, der wie der Pilot noch immer nicht begriffen hatte. „Kerosin, sie haben doch Kerosin“, schrie Thinley aufgeregt. „Mit Holz zu feuern ist inzwischen streng verboten, weil sonst die Berghänge bald kahl sind angesichts der vielen Trekker. Deshalb führen sie große Mengen an Kerosin mit sich, den wir gut gebrauchen können. Ich denke, wir haben genug Geld, um ihnen den doppelten Preis zu zahlen. Wenn wir dann noch organisieren können, dass sie die Menge irgendwie ersetzt bekommen, dann wäre das die Lösung.“ Beide staunten, wie rasch ihr junger und unerfahrener Kollege die Lage erfasst hatte.

Auch die Trekkinggruppe verstand Thinleys Signale und machte sich auf den Weg zu ihnen. Sie stammte aus Deutschland. Als die Teilnehmer sahen, dass es sich überwiegend um Tibeter handelte, grüßten sie mit „Tashi Delek“ statt „Namaste“, wie in Nepal üblich. Thinley konnte und wollte seine Freude nicht verbergen. Glen fürchtete schon, er würde den Fremden vom Panchen Lama erzählen, doch diese Sorge war unbegründet.

Die Gruppe hatte einen Sherpa als Führer. „Ich heiße Sardar Kami Dorjee Sherpa. Können wir Ihnen irgendwie behilflich sein?“, stellte er sich vor. Thinley erklärte ihm ihre Situation und brachte die Bitte nach Treibstoff vor.

Da die Gruppe einen langen Treck plante, führte sie entsprechend viel Kerosin mit sich, doch offensichtlich löste Thinleys Bitte eine lebhafte Diskussion aus. Auch wenn niemand von den Flüchtlingen ein Wort verstand, wurde deutlich, dass die Meinungen weit auseinander gingen. Schließlich kam der Wortführer zurück. „Wir können momentan 200 Liter entbehren, wenn garantiert ist, dass wir sie rechtzeitig zurück erhalten. Wie wollen Sie das gewährleisten?“ Daraufhin zückte Glen seinen Diplomatenausweis: „Wir sind Mitarbeiter der amerikanischen Botschaft, die einigen Landsleuten sowie Tibetern ein sicheres Geleit geben. Sie kennen die Situation in Tibet, oder?“ Der Deutsche nickte eifrig, und Glen wusste, dass er auf der richtigen Spur war. „Es ist eine durchaus heikle Situation, über die ich jetzt nicht mehr verraten darf. Vielleicht werden Sie aber noch davon hören...“, dabei grinste er breit und verschwörerisch. Dies verfehlte nicht seine Wirkung. „Ich kann Ihnen aber im Namen meiner Regierung versichern, dass wir – sobald wir in Kathmandu angekommen sind – einen Helikopter auf den Weg schicken werden, der Ihnen das fehlende Kerosin ersetzen wird. Sie müssen mir nur sagen, wohin und wann er kommen soll. Und wenn Sie den Treck beendet haben, können Sie sich bei unserer Botschaft in Kathmandu nach unserer Mission erkundigen. Jeder dort wird wissen, worum es geht, denn es gibt nur eine Gruppe, die in diesen Tagen aus diesem Teil Nepals evakuiert werden muss.“ Der Angesprochene überlegte kurz und meinte dann, „Ich vertraue Ihnen, sorgen Sie dafür, dass uns ein Flugzeuge den Treibstoff nach Juphal bringt, das ist die einzige Flugpiste im Dolpo. Wir werden dort in etwa zehn Tagen ankommen, so lange reicht unser verbliebenes Kerosin. An der Flugpiste arbeitet mein Freund Pasang, ihm übergeben Sie bitte den Treibstoff. Ich muss mich aber zu hundert Prozent darauf verlassen können, denn sonst wäre unser restlicher Treck gefährdet. Wenn man überhaupt Kerosin in Juphal kaufen kann, müsste ich mehr als das Doppelte dafür zahlen. Mein Entgegenkommen kann mich meine Stellung kosten.“

„Sie können sich auf uns verlassen, und Sie werden nicht bereuen, uns unterstützt zu haben.“ Zwar war deutlich, dass es noch immer Mitglieder der Gruppe gab, die nicht damit einverstanden waren, was ihr Reiseleiter ausgemacht hatte, doch die Vereinbarung galt. Zwei der einheimischen Träger füllten das Kerosin in den Tank. Der Pilot schaute skeptisch zu. „Hoffentlich ist es rein genug“, sagte er mehr zu sich selbst, doch er hatte nicht bemerkt, dass Thinley direkt hinter ihm stand. „Haben Sie Bedenken?“, fragte der Tibeter. „Ein Risiko bleibt. Je reiner der Treibstoff ist, desto teurer ist er natürlich. Eigentlich reicht zum Brennen minderwertiger, aber wir wollen hoffen, dass die Krauts, pflichtbewusst wie sie sind, ihren Sherpa angewiesen haben, gutes Kerosin zu kaufen, mit dem auch wir weiterkommen.“ Sie sahen sich skeptisch an, dann ergriff der Pilot erneut das Wort, „ich weiß, was Sie denken, aber lassen wir die Frage lieber. Sie beantwortet sich gleich von alleine.“

Derweil telefonierte Van Houten mit seiner Botschaft und kündigte ihre Ankunft an. Man möge in Abstimmung mit dem UNHCR Flüchtlingshilfswerk der Vereinten Nationen alles dafür vorbereiten. Van Houtens Ton ließ keinen Zweifel an ihrer rückkehr aufkommen, doch der Pilot musste mehrfach den Starthebel drücken, dann endlich klappte es. Zunächst sprang ein Motor an, dann, unter großem Stottern, auch der andere. Der Start selbst erforderte alles Können von dem Piloten. Am Ende der kleinen Piste hatte das Flugzeug noch nicht die erforderliche Geschwindigkeit erreicht. Die Maschine sank fast 100 Meter tief hinab. Ein gellender Schrei hallte durch die Kabine. Dann, endlich, schaffte es der Pilot, sie abfangen. Mit merklich reduzierter Leistung nahmen sie Kurs auf Kathmandu. Über Pokhara schwenkte die Maschine Richtung Osten und 35 Minuten später landete sie in der nepalesischen Hauptstadt

Dharamsala

In der nepalesischen Hauptstadt hatten die diplomatischen Vertreter ganze Arbeit geleistet. Da jeder in der amerikanischen Botschaft sowie beim UNHCR wusste, wie groß der Einfluss Chinas war, wollten sie kein Risiko eingehen. Noch am Flughafen wartete ein Bus unter der Flagge des UNHCR, der die Flüchtlinge direkt nach Indien bringen sollte. Zwei unauffällige nepalesische Zivilfahrzeuge mit Sicherheitsbeamten der Botschaft begleiteten den Bus. Sollte es unterwegs unvorhergesehene Zwischenfälle geben, wären sie sofort zur Stelle.

Doch es gab keine Zwischenfälle mehr. Nach 14 Stunden erreichte der Bus Dharamsala, wo man den Dalai Lama und sein Kabinett über die geglückte Flucht informiert hatte. Für das letzte steile Wegstück von Dharamsala hinauf in den tibetischen Ortsteil McLeod Ganj, wo sich auch die Residenz des Dalai Lama befand, wählte der Fahrer die Nebenstrecke, die am Komplex der tibetischen Regierung im Exil vorbei führte, am medizinischen und astrologischen Institut, bis sie schließlich auf den Pilgerweg stieß, der den Komplex des Dalai Lama umgab. Dort nahm die Zahl der Pilger deutlich zu, doch da die Ankunft der wichtigen Flüchtlinge streng geheim gehalten worden war, nahm niemand besondere Notiz von dem Bus und den zwei zivilen Fahrzeugen. Die Pilger kümmerten sich auch nicht weiter darum, als der kleine Konvoi am Ende der Straße links abbog und zur Residenz des Dalai Lama geleitet wurde, wo Autos gewöhnlich keine Durchfahrt haben, außer wenn das Oberhaupt selbst von einer Reise heimkommt. Das aber konnte nicht der Fall sein.

Zwei der Ankömmlinge kamen aus dem Staunen nicht mehr heraus, als sie die religiöse Inbrunst der Pilger aller Altersgruppen sahen, Gyaltsen Norbu und der Panchen Lama Gendün Choekyi Nyima. Der eine kannte nur die initiierten Rituale der chinesischen Herrscher, bei denen er für die Öffentlichkeit immer die Hauptrolle gespielt hatte, obwohl er in Wirklichkeit nur eine Marionette war. Der andere hatte den religiösen Eifer seiner Landsleute noch nie persönlich erleben können. Nur seine Eltern hatten ihm einst davon erzählt, doch damals war er noch zu klein gewesen, um wirklich zu verstehen, was sie meinten.

Die Wachtposten vor der Residenz des Dalai Lama waren offenbar eingeweiht, denn sie begrüßten den kleinen Konvoi ehrerbietig mit vor der Brust gefalteten Händen. Der Weg führte an geschmackvoll angelegten Gartenanlagen und Gewächshäusern vorbei direkt zu den Privatgemächern des Dalai Lama. Als sie ihn erkannten, wurden alle Insassen des Busses von einer seltsamen Unruhe ergriffen. Dort stand ihr Oberhaupt und erwartete sie, ausgestattet mit den Kathaks, den traditionellen Begrüßungsschals. Der Bus hielt in respektvoller Entfernung, und die Gruppe formierte sich. Thinley und Lobsang führten sie an, um dem Dalai Lama vorzustellen, wen sie aus Tibet heraus ins indische Exil geleitet hatten.

Mit ehrfürchtig gebeugtem Haupt, die Hände gefaltet, näherte sich die Gruppe unsicher dem Dalai Lama, doch der schritt ihnen lachend entgegen. „Wie soll ich denn jemanden erkennen, wenn ihr die Gesichter auf dem Kinn tragt? Ich möchte die Helden sehen, die so Großes für unser Volk geleistet haben."

Die größte Aufmerksamkeit zog der Junge auf sich, dessen Gesicht niemand kannte, der aber seit Jahren im Zentrum des Interesses und der Gebete aller Tibeter stand, Gendün Choekyi Nyima, der Panchen Lama. Ihm gegenüber wirkte auch das tibetische Oberhaupt etwas unsicher. Er beugte sich zu ihm nieder, und die beiden berührten sich Stirn an Stirn. Lange standen sie so da. Dann löste der Dalai Lama die Berührung auf und schaute dem Jungen tief in die Augen: „Jetzt ist der Sohn wieder dort angekommen, wohin er gehört, beim Vater. Somit kann der Sohn vom Vater an seine Aufgaben herangeführt werden, und wenn der Vater dann den Weg ins Bardo geht, wird der Sohn seine Verpflichtungen übernehmen und dem tibetischen Volk Orientierung und Stütze sein. Und er wird dafür Sorge tragen, dass die nächste Inkarnation des Vaters gefunden und ihrerseits an ihre Aufgaben herangeführt wird, so wie es früher bei uns gute Tradition war."

Jeder der Anwesenden spürte die Bedeutung und den Zauber dieses besonderen Moments, der durch das ehrfürchtige Schweigen der Umgebung noch verstärkt wurde. Es schien, als würden die Worte des Dalai Lama von den Pflanzen und Tieren der Umgebung aufgenommen und über die Gipfel des Himalaya getragen, um den Menschen in Tibet neuen Mut und Kraft zu geben, ihrer religiösen Tradition treu zu bleiben.

Dann wandte er sich Gyaltsen Norbu zu. „Dir gebührt nicht weniger Respekt, denn du bist von denen, die zu Unrecht in unsere religiöse Autonomie eingreifen, in eine sehr angesehene Position befördert worden. Aber du hast dich all den Verlockungen, die damit verbunden waren, entzogen, weil du reines Herzens bist und nicht nach Macht und Reichtum strebst, sondern nach deiner wahren Bestimmung. Die wirst du hier finden. Du bist nämlich nicht nur eine Marionette fremder Mächte, sondern auch eine bedeutende Inkarnation, vermutlich der Nyingma-Linie, der ich mich neben meiner eigenen schon immer in besonderer Weise verbunden gefühlt habe. Welche Aufgaben auf dich zukommen, werden die nächsten Jahre zeigen, aber schon jetzt bist du einer der bedeutenden religiösen Führer unseres Volkes." Eine solche Begrüßung hatte der junge Mann nicht erwartet. Er war unsicher gewesen, ob man ihn aufgrund der Rolle, die er bisher gespielt hatte, reserviert oder gar ablehnend empfangen würde. Voller Glück, wie es nur tief aus dem Herzen kommen kann, strahlte er den Dalai Lama an. Noch nie war ihm zu Ohren gekommen, dass er eine hohe Inkarnation der Nyingmapa sein sollte. Es gab sehr viel zu lernen, hier, wo der Glaube frei gelebt werden konnte und nicht irgendwelche leeren Rituale einer atheistischen Partei vollführt werden mussten, der es nur darum gegangen war, die Menschen auf ihre Seite zu ziehen. Und als ob der Dalai Lama seine Gedanken lesen konnte, fuhr er fort: „Ihr habt sehr viel nachzuholen in eurer Ausbildung, denn ihr habt viel verpasst. Lernt fleißig, dann werdet ihr in eure Rolle hineinwachsen und man wird überall mit großem Respekt von euch sprechen, als zwei Säulen des Dharma und Sangha."

Anschließend wandte er sich an die tibetischen und chinesischen Begleiter. Er versicherte ihnen seine uneingeschränkte Bewunderung für ihren Mut, ihre Klugheit sowie ihre Bereitschaft, ihr Leben und ihre Unversehrtheit für eine große Sache zu opfern. Zum Schluss schaute er Thinley in die Augen: „Du, Thinley Lhotse bist mir besonders vertraut, seit ich dich in einem persönlichen Brief gebeten habe, dieses Opfer für unser Volk zu bringen. Ich habe mir lange überlegt, ob ich mit der Bitte an dich herantreten sollte, und nun bin ich sehr glücklich, dass du in zweifacher Hinsicht etwas ganz Besonderes geleistet hast. Auch ich wusste über deinen Vater nur, was sich alle Tibeter über ihn erzählt haben. Ich habe ihn häufig in meine Gebete eingeschlossen, damit er erkennen möge, was Gut und was Schlecht sei und seine Seele auf dem Weg ins Bardo nicht von Dämonen begleitet werde. Du hast die Ehre deines Vaters für alle Welt wieder hergestellt. Dein Vater war einer der größten Helden des tibetischen Volkes, und du hast dich als sein würdiger Sohn erwiesen. Während der Einsatz deines Vaters jedoch nicht von Erfolg gekrönt war, hast du Großartiges für unser Volk geleistet, wovon noch viele Generationen sprechen werden."

Vier Wochen später erreichte ein einsamer Pilgermönch das abgelegene Kloster Chiu im Westen Tibets. Es lag nicht weit vom heiligen Berg Kailash entfernt und war, wie nahezu alle anderen, von den Roten Garden zerstört, später jedoch wieder aufgebaut worden. Von seinen Mauern aus konnte man bis zum Manasarovar-See blicken. Dorthin hatte sich vor kurzer Zeit ein alter Lama aus Peking zurückgezogen, der seinen Lebensabend ganz der Meditation und dem Gebet widmen wollte. Nur wenige wussten, wer dieser Mann war. Auch wenn er den größten Teil des Tages in Meditation versunken war, schien er auf irgendetwas zu warten, ein Geheimnis, über das er mit niemandem sprach. Als der einsame Pilger den Lama aufgesucht hatte, wirkte dieser wie verwandelt. Er machte einen seligen Eindruck, wie jemand, von dem eine große Last genommen worden war. Nie hatten die Mönche des Klosters jemanden so gelöst, ja verzückt in das Bardo eingehen sehen.

Reale Personen der Handlung

Chadrel Rinpoche	geb. 1940, ehemaliger Abt des Klosters Tashi Lhunpo und Leiter der Suchkommission zur Auffindung des 11. Panchen Lama; wegen Kontakten zum Dalai Lama am 17. Juli 1995 verhaftet, 1997 zu sechs Jahren Gefängnis verurteilt, 2002 entlassen; im November 2011 plötzlich verstorben, Todesursache ungeklärt
Dechen Chödön	geb. 1952, Mutter von Gendün Choekyi Nyima, Krankenschwester am Bezirkskrankenhaus von Lhari
Gendün Choekyi Nyima	geb. 25. April 1989 im Nagchu Lhari Distrikt, vom Dalai Lama anerkannter 11. Panchen Lama; zusammen mit seinen Eltern am 17. Mai 1995 von der chinesischen Regierung entführt und seitdem verschollen. Lebt vermutlich in einem Militärlager nördlich von Peking
Gyaltsen Norbu	geb. 13. Januar 1990; am 29. November 1995 von der chinesischen Regierung durch Losverfahren zum 11. Panchen Lama bestimmt; von den Tibetern nicht anerkannt; seine Eltern sind Mitglieder der KP Chinas
Hu Jintao	geb. 21. Dezember 1942; von 2002–2012 Generalsekretär der Kommunistischen Partei Chinas, Staatspräsident der Volksrepublik und damit Staatsoberhaupt und Vorsitzender der Zentralen Militärkommission der Volksbefreiungsarmee
Hu Yaobang	geb. 20. November 1915, gest. 15. April 1989, Teilnehmer des Langen Marsches von Mao, 1980 Generalsekretär der KPCh, Repräsentant des Reformflügels, 1987 entmachtet. Sein Tod löste Studentenproteste aus, die zum Massaker auf dem Platz des Himmlischen Friedens führten.
Könchok Phüntsog	geb. 1950, Vater von Gendün Choekyi Nyima, arbeitete bis zu seiner Verschleppung als Arzt am Bezirkskrankenhaus von Lhari
Lobsang Trinley Choekyi Gyaltsen	10. Panchen Lama, geb. 19. Februar 1938, gest. am 28. Januar 1989 in Tashi Lhunpo unter ungeklärten Umständen; kurz vor seinem Tod hatte er die chinesische Tibetpolitik heftig kritisiert
Robert McCarthy	pensionierter CIA-Agent; in den 1950er und 60er Jahren verantwortlich für die Unterstützung der tibetischen Guerilla gegen die Chinesen
Sitha	Vizeminister im Ministerium der Einheitsfront, hochrangigster Tibeter innerhalb der KPCh

Sonam Drolma (Ma Panchen)	geb. 1915, gest. 29. Juni 2012, Mutter des 1989 verstorbenen 10. Panchen Lama Lobsang Trinley Choekyi Gyaltsen
Tenzin Geyche	Privatsekretär des Dalai Lama
Tenzin Gyatso	14. Dalai Lama, geb. 6. Juli 1935, 1959 aus Tibet geflohen; traditionell geistliches und weltliches Oberhaupt der Tibeter, 2011 Rücktritt von allen politischen Ämtern; Friedensnobelpreisträger 1989
Wangdu Gyatotsang	von den USA ausgebildeter tibetischer Widerstandskämpfer, letzter Oberbefehlshaber der Chushi Gangdruk; wurde 1974 an der Grenze zwischen Indien und Nepal von nepalesischen Soldaten erschossen.

Fiktive Personen der Handlung

Choeyong	Älteste Tochter von -> Dolma Sangdrol
Dolma Sangdro	Witwe, mit ihren zwei Kindern auf der Flucht nach Nepal; ihr Mann, Dawa Tsering, wurde von den Chinesen verhaftet und gefoltert, starb kurz nach der Freilassung
Geshe Tsering	CIA-Gewährsmann im Kloster Jampa Ling, angeblicher Shugden-Anhänger
Glen van Houten	amerikanischer CIA-Offizier, verantwortlich für die Flucht des Panchen Lama
Gyalto Rinpoche	Mönch aus Süd-Indien, Kontaktmann von -> Chadrel Rinpoche zum Dalai Lama
Han Xiaodeng	Leiter eines Sonderdezernats der chinesischen Geheimpolizei mit Schwerpunkt „Tibet"
Lhondrup Gompo	Vater von Thinley Lhotse, Kommandeur der Chushi Gangdruk; stammt dem Grenzgebiet zu Mustang
Lobsang Trinley	Reiseleiter in Lhasa und Organisator der Flucht des Panchen Lama
Padma Gompo	Ehefrau von Lhondrup Gompo und Mutter von Thinley Lhotse
Phagpa Dedrül Rinpoche	von der chinesischen Regierung gegen seinen Willen eingesetzter Lehrer von → Gyaltsen Norbu
Sengchen Lobsang Gyaltsen	Mönch aus -> Tashi Lhunpo, lebt zumeist in Peking. Gegenspieler von -> Chadrel Rinpoche bei der Suche nach der Wiedergeburt des 10. Panchen Lama.
Tashi Dasa	Fluchthelfer, führt tibetische Kinder über die Grenze nach Nepal; arbeitet jedoch heimlich für China
Tashi Gondup	Kämpfer der Chushi Gandruk in Mustang
Tai Jingshua	chinesischer Soldat und Freund von → Wang Leimin
Thinley Lhotse (Tim Lossey)	Tibeter mit US-Staatsbürgerschaft, Sohn von → Padma und Lhondrup Gompo: gemeinsam mit → Lobsang Trinley Organisator der Flucht des Panchen Lama.
Tsering Gyalwa	Freund von → Wang Leimin, offiziell angepasster Tibeter
Tsarong Gompo	Bruder von Lhondrup Gompo.
Wang Leimin	chinesischer Soldat, im Miilitärcamp Nr. 45 mit der Bewachung von → Gendün beauftragt; Freund der Tibeter

Glossar gesamt – Orte und Begriffe

„Om Vajrasattva hum“ → Mantra zur Verehrung des transzendenten Buddha Vajrasattva

Amchi – tibetischer Arzt

Avalokiteshvara – auch Chenresi; Bodhisattva des Mitgefühls und Schutzpatron Tibets

Bardo – 49-tägiger Zwischenzustand zwischen Tod und Wiedergeburt

Barkhor – Rundgang [Pilgerroute] in → Lhasa um den Jokhang-Tempel herum und um weitere Klöster und Tempel in der Altstadt

Chai – süßer indischer Tee

Chakpori – Medizinberg; früher Sitz der Medizinhochschule auf einem Berg gegenüber des Potala-Palastes, heute Standort eines Sendemastes

Chengdu – Hauptstadt der chinesischen Provinz Sichuan

Chimphu – heiliger Berg in Zentral-Tibet, Rückzugsort zur Meditation

Cho Oyo – 8153 m hoher Berg oberhalb des → Nangpa-La Passes

Choekorgyal Kloster – unterhalb des 5300 m hoch gelegenen Orakel Sees → Lhamo Latso, 160 km südöstlich von → Lhasa

Chuba – traditioneller Wickelmantel bzw. -kleid der Tibeter

Chushi Gangdruk (dt. „Vier Flüsse, sechs Gebirge“) – 1956 in Kham gegründete tibetische Guerillabewegung; bekämpfte von 1959–1974 die chinesische Volksbefreiungsarmee von Mustang (Nepal) aus

CIA. (Central Intelligence Agency) – US-amerikanischer Geheimdienst mit Sitz in → Langley (US-Bundesstaat Virginia)

Dharamsala – tibetische Exilhauptstadt im indischen Bundesstaat Himachal Pradesh

Dolpo – Grenzregion im äußersten Westen Nepals

Dorje (Donnerkeil) und Ghanta (Glocke) – Sinnbilder für das männliche und das weibliche Prinzip, d.h. für Weg und Weisheit

Einheitsfront – Volksdemokratische Einheitsfront Chinas, übt als politischer Volkskonsultativrat Befugnisse des nationalen Volkskongresses aus

French Pass – Pass zwischen dem Kali Gandakhi Tal und dem Hidden Valley in West-Nepal

„Friedliche Befreiung“ – in der chinesischen Propaganda verwendete Bezeichnung für die Besetzung und Unterwerfung Tibets

Garuda – geflügeltes Fabelwesen in der indischen und tibetischen Mythologie

Gebetsmühle – auch Mani-Rad, enthält eine Papierrolle mit aufgedruckten Gebeten oder Mantras, die durch Drehung aktiviert werden und ihre positive Wirkung entfalten

Gelugpa (die Tugendhaften) – auch Gelbmütze, seit dem 17. Jh. führende Schule des tibetischen Buddhismus, der auch der Dalai Lama angehört

Goldene Urne – Losverfahren zur Bestimmung von hohen → Tulkus in Zweifelsfällen; von den Chinesen bei der Auffindung des Panchen Lama fälschlicherweise benutzt

Gonggar – ältester Flughafen Tibets, ca. 70 km südsüdwestlich von → Lhasa

Gormo (chin. Golmud) – Stadt in der chinesischen Provinz Qinghai (tib. Amdo) auf ca. 2.800 m Höhe; Ausgangspunkt der 1.956 km langen Qinghai-Tibet-Bahnlinie nach → Lhasa

Guru Rinpoche – erster Verbreiter des Buddhismus in Tibet → Padmasambhava

Gyantse – drittgrößte Stadt Tibets nach Lhasa und Shigatse, ca. 200 km südwestlich von → Lhasa.

Gzi Stein – magische Steine der Tibeter; dem Ursprung nach Achate/Carneole, die in eisenreichen Böden entstehen; echte Gzi-Steine sind Familienschmuck und werden für Tausende von Euros gehandelt

Hainan – Insel im südchinesischen Meer

Hidden Valley – Tal in West-Nepal

Hungergeister (Preta) – einer der sechs möglichen Daseinsbereiche der Wiedergeburten

Iridium – Name eines weltweiten Satellitenkommunikationssystems

Jokhang – buddhistischer Tempel in der Altstadt von → Lhasa; wichtigstes Heiligtum der Tibeter

Jomsom – Ort an der Grenze zu Mustang in Nepal im Kali Gandakhi-Tal mit der letzten Flugpiste vor Tibet

Kagbeni – Ort in Nepal an der Grenze zu Mustang im Kali Gandakhi; früheres Hauptquartier der → Chushi Gangdruk

Kalachakra (Rad der Zeit) / Kalachakra-Einweihung – bedeutsamste Initiation im tibetischen Buddhismus; betont die Einheit zwischen Mensch und Kosmos, wird seit vielen Jahren vom Dalai Lama durchgeführt

Kali Gandaki – Fluss in West-Nepal mit der Quelle in → Mustang

Kathmandu – Hauptstadt von Nepal

Kham – Region in Ost-Tibet; Heimat der Khampas, tibetisches Widerstandszentrum

Khatak – meist aus weißer Seide gefertigter langer traditioneller Begrüßungsschal der Tibeter

Kore-La – Pass von Tibet nach Mustang

Kulturrevolution – politische Kampagne von Mao Tsetung (1966–1976) mit millionenfachen Morden, Misshandlungen und Zerstörungen in ganz China

Kumbum Chörten – einziger von innen begehbarer → Stupa in → Gyantse

Kyischu – Fluss im Süden von → Lhasa

Labrang – in 2800 m Höhe gelegenes Kloster im Nordosten Tibets

Langley – Sitz der → CIA im US-Bundestaat Virginia

Lanzhou – Hauptstadt der Provinz Gansu im Nordwesten der Volksrepublik China.

Lhamo Latso – 5300 m hoch gelegener Orakel-See 160 km südöstlich von → Lhasa

Lhasa – Hauptstadt Tibets in 3.600 m Höhe

Lhasa-Xinjiang-Straße – Straße von Lhasa nach Xinjiang (Ostturkestan) in den äußersten Nordwesten Chinas

Lhoka – Bezirk im Süden Tibets

Lo Mantang – Hauptstadt von → Mustang in 3860 m Höhe

Lori – Höhlenkloster östlich des Kali Gandakhi in Mustang

Losar – tibetisches Neujahrsfest

Maitreya Buddha – Buddha der Zukunft

Mantras – heilige Sätze oder Silben, die ständig wiederholt werden

Marpori – Roter Hügel des → Potala-Palastes in → Lhasa

Mastiff – tibetische Hunderasse; häufig als Wachhund verwendet

McLeod Ganj – überwiegend von Tibetern bewohnter Ortsteil von → Dharamsala

Mustang – früheres teilautonomes Gebiet in West-Nepal an der Grenze zu Tibet mit tibetisch-stämmiger Bevölkerung; Rückzugsgebiet der → Chushi Gangdruk

Namche Bazar – größter Ort im Everestgebiet in Ost-Nepal

Namgyal-Tempel – größtes Heiligtum der Exiltibeter in Dharamsala

Nangpa-La – 5.700 m hoher Pass auf der Grenze zwischen Tibet und Nepal; von Flüchtlingen aus Tibet häufig genutzte Route ins Everest-Gebiet in Ost-Nepal

Chinesischer Nationalfeiertag – 1. Oktober, Gründungstag der Volksrepublik China im Jahre 1949

Norbulingka – Sommerpalast des Dalai Lama in Lhasa

Om mani padme hum → Mantra des → Bodhisattvas → Avalokiteshvara: „O Du Juwel in der Lotusblüte“

Padmasambhava – lebte im 8.–9. Jh., aus Nordwest-Indien, gilt als Begründer des Buddhismus in Tibet

Panchen Lama – hoher Geistlicher der tibetischen Gelug-Schule, hat wesentliche Funktion bei der Auffindung der Reinkarnation des → Dalai Lama

Photu La – Pass nach Mustang

Platz des Himmlischen Friedens (Tian'anmen) – zentraler Platz vor der Verbotenen Stadt in Peking, Schauplatz des Massakers vom 4. Juni 1989

Pokhara – 240 km westlich von Kathmandu gelegene zweitgrößte Stadt Nepals

Potala – offizielle Residenz und Winterpalast der Dalai Lamas in Lhasa

Puja – Ritual im Buddhismus und im Hinduismus

Ragyapa – Leichenbestatter, der den Körper des Verstorbenen zerteilt und bei der Himmelsbestattung an Raubvögel verfüttert; verachtete Berufsgruppe

Retreat – völliger Rückzug aus dem Alltagsleben, um sich ganz der Meditation zu widmen

Rinpoche – Ehrentitel für einen Lama oder einen anderen Würdenträger des tibetischen Buddhismus; wörtlich „Kostbarer“; auch Anrede für → Tulkus

Rote Garden – meist aus Schülern und Studenten zusammengesetzte Gruppen, von Mao Tsetung zur Verwirklichung seiner Ziele in der → Kulturrevolution eingesetzt; überzogen ganz China mit Terror

Sera – nördlich von Lhasa gelegenes großes Kloster der Gelug-Schule des tibetischen Buddhismus; früher eine der drei „Säulen des Staates“ (mit den Klöstern Ganden und Drepung)

Shigatse – zweitgrößte Stadt Tibets mit dem Kloster → Tashi Lhunpo, dem Sitz des Panchen Lama, 270 km westlich von Lhasa

Shugden – umstrittene tibetische Schutzgottheit, gegen deren Verehrung sich der Dalai Lama ausspricht

Sutra – Lehrtext in buddhistischen Schriften

Tashi Lhunpo – Stammkloster der Panchen Lamas in → Shigatse

Tschörten (Stupa) – ursprünglich Grabdenkmal mit der Asche eines hoch angesehenen Mönchs; buddhistisches Symbol und Mahnmal

Thangka – buddhistisches Rollbild mit religiösen Motiven

Tinker-La – Pass im Westen Nepals an der Grenze zu Indien

Tulku – anerkannte hohe Wiedergeburt eines verstorbenen Meisters

Tumo-Meditation – besondere Meditation zur Erzeugung innerer Hitze

Vajra – Sanskritbezeichnung für → Dorje

Volksbefreiungsarmee – Eigenname der chinesischen Armee; mit über 2 Millionen Soldaten größte Armee der Welt

Xining – früher einer der bedeutendsten Außenposten der tibetischen Kultur in Amdo (Nordost-Tibet), heute Hauptstadt der Provinz Qinghai

Xizang – chinesische Name für Tibet, dt. „Westliches Schatzhaus“

Yong He Gong – wichtigster tibetisch-buddhistischer Tempel in Peking, erbaut 1744

Zhangmu – tibetische Ortschaft an der Grenze zu Nepal mit der einzigen Straßenverbindung zwischen beiden Ländern, 829 km von → Lhasa und 114 km von -→ Kathmandu entfernt d

Zhong-Ni Gong (China-Nepal Highway) – 829 km lange Überlandstraße von → Lhasa nach → Zhangmu

Die Autoren

Klemens Ludwig

Klemens Ludwig, geb. 1955, arbeitet als freier Autor mit dem Schwerpunkt Asien. Tibet bereiste er erstmals 1986 und danach immer wieder, bis ihm die chinesischen Behörden 2004 das Visum verweigerten. Er unterhält enge Kontakte zu den Exiltibetern in Nordindien, in Nepal und in der Schweiz und fungiert als Chefredakteuer der Zeitschrift „Brennpunkt Tibet". Über seine Erfahrungen im Himalaya hat er zahlreiche Bücher, Radiosendungen und Zeitungsbeiträge veröffentlicht.

Darüber hinaus hat er mit dem Roman „Die schwarze Hofmännin" (Freiburg 2010) der einzig bekannten Frau aus dem Bauernkrieg von 1525 ein Denkmal gesetzt.

www.klemensludwig.de

Publikationsliste Tibet

Tibet. Eine Länderkunde, Beck Verlag, München 5. Aufl. 2010

Vielvölkerstaat China. Die nationalen Minderheiten im Reich der Mitte, München 2009

Wenn der Eisenvogel fliegt. Tibeter im Exil, München 2008

Der Dalai Lama, Beck Verlag, München 2. Auflage 2008

Perspektiven für Tibet. Mit einem Beitrag des Dalai Lama, Diamant Verlag, München 1999

Tibet: Schönheit, Zerstörung, Zukunft, Umschau Verlag, Frankfurt 1998 (gemeinsam mit Franz Alt und Helfried Weyer)

Der Weg zum Potala, Ein Roman aus dem alten Tibet, Focus Verlag, Gießen 1997

Holm Triesch

Das Interesse, aus dem später die Leidenschaft für die Himalaya-Region wurde, packte Holm Triesch bereits im Jahre 1980. Viele Reisen vertieften seine Einblicke in Kultur, Geschichte und Religion des tibetischen Kulturkreises. Er engagiert sich in der Tibet Initiative Deutschland e.V. für die Rechte der Tibeter und unterstützt ein Kinderhilfsprojekt in Nepal mit dem Verkauf von tibetischer Sakralkunst.

www.thangka.de

Holm Triesch organisierte in den letzten Jahren mehrere Ausstellungen zu Tibet und Nepal und war Berater für ein großes botanisches Science Center in Bremen für den Himalaya-Raum.

www.botanika.net

Thomas Weyrauch hat die Geschichte Chinas der letzten hundert Jahre anschaulich, detailgetreu und spannend geschrieben. Die komplexe Entwicklung von der Gründungsphase bis zur Gegenwart dieses Landes wird dadurch nachvollziehbar und verständlich.

Thomas Weyrauch

Chinas unbeachtete Republik
100 Jahre im Schatten der Weltgeschichte

2 Bände: 1911 – 2011

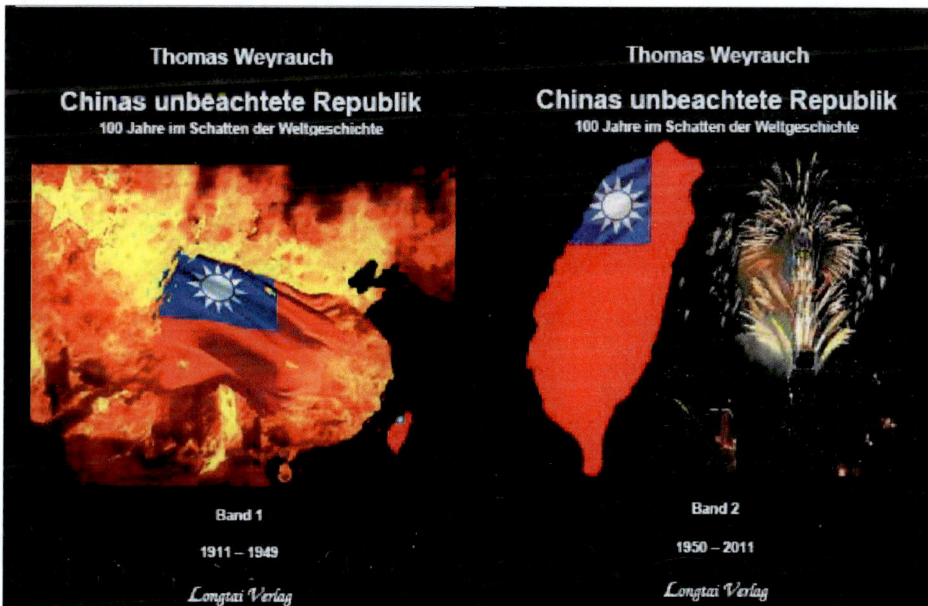

Band 1: 351 Seiten, ISBN: 978-3-938946-14-5
Band 2: 448 Seiten, ISBN: 978-3-938946-15-2

Stimmen zum Buch ‚Chinas unbeachtete Republik':

Wenn man diese hochkarätige Arbeit sieht, versteht man, weshalb es dem Autor mit diesem Buch gelungen ist, wozu ein Dutzend Sinologen mit einem Haufen Geld seit einem halben Jahrhundert nicht in der Lage war.

Dr. Wang Rongfen, China-Observer

Das Buch ist eine äußerst empfehlenswerte Lektüre für alle, die verstehen wollen, wieso es nach 1949 in China zu einer der größten humanitären Katastrophen der Menschheitsgeschichte gekommen ist.

Klemens Ludwig, Brennpunkt Tibet

Der Jurist und Chinakenner Weyrauch hat pünktlich zum bevorstehenden 100. Geburtstag der Republik China im Oktober 2011 Band 1 seiner umfassenden Darstellung über die Geschichte der Republik China vorgelegt. Damit widmet er sich einem Thema, das hierzulande bisher tendenziell vernachlässigt wurde. Retrospektiv analysiert er die Entwicklungslinien der Republik China; aufgezeigt wird der Weg vom maroden Kaiserhaus über die Wirren des Bürgerkrieges bis hin zu einer modernen, leistungsfähigen Demokratie auf Taiwan. Entstanden ist ein hoch informatives, spannendes Buch, das durch seine Tiefenschärfe überzeugt. (...) Weyrauch legt bekannte und weniger bekannte Mosaiksteinchen aneinander und zeichnet ein vielschichtiges Bild, welches bisher verengte Perspektiven auflöst und die konventionelle Geschichtsschreibung relativiert. (...) Das Herausarbeiten von Schlüsselereignissen hebt die Komplexität des Themas auf und setzt fundiert neue Akzente.

Sophie-Caroline Zillessen, Deutsch-Chinesische Gesellschaft

Leicht zu lesen, klar geschrieben, übersichtlich als Quellenwerk zu nutzen. Es ist ein zu lobendes Unterfangen von Thomas Weyrauch, die Beschreibung dieses unglaublich grausamen Weges eines Volkes in die – bisher nur auf Taiwan geltende – Selbstbestimmung anzugehen. Sein klarer Blick als Jurist auf eine Faktenlage kam ihm zugute, den Schrecken in einfachen und deutlichen Worten zu beschreiben. Wer Chinesen verstehen will, wird um dieses Buch und diese Geschichte nicht herumkommen.

Renate Lilge-Stodieck, Epochtimes

原來在這個世界上，想不到還有西方人堅決站在真理和正義的一邊，為我苦難的中華民族伸張正義，為我中華民國伸張正義！我們應該深深感謝這位偉大的德國作家，他是一位有良心的民主鬥士。相信我們中華民族不會忘記他的歷史功績。

Kan Zhongguo

Warum eine Tibet-Reihe im Longtai Verlag?

Der im Jahr 2005 gegründete Verlag hat als Themenschwerpunkte Kultur, Geschichte und Politik. Er bekennt sich programmatisch zu den universellen Menschenrechten. Aus diesem Grund war es naheliegend, eine Tibet-Reihe aufzunehmen.

Tibet-Reihe Band 1:
Tibetan Centre for Human Rights and Democracy:
Tränen im Land des Schneelöwen
150 Seiten
ISBN: 978-3-938946-04-0

Tibet-Reihe Band 2:
Tibetan Centre for Human Rights and Democracy:
Tibet
Reisetipps für kritische Touristen
68 Seiten
ISBN: 978-3-938946-08-7

Tibet-Reihe Band 3:
Tibetan Centre for Human Rights and Democracy:
Kuxing
Folter in Tibet
178 Seiten
ISBN: 978-3-938946-11-4

Tibet-Reihe Band 4:
Norbu, Jamyang:
Drachensaat.
Wie ein diktatorisches Regime in China an der Macht bleibt und Frieden und Gerechtigkeit auf der ganzen Welt gefährdet
70 Seiten
ISBN: 978-3-938946-12-1

Tibet-Reihe Band 5:
Klemens Ludwig / Holm Triesch:
Gendün
Die Rückkehr des Panchen Lama
297 Seiten
ISBN: 978-3-938946-22-0

... deshalb *Longtai Verlag*

Leona Stahlmann · Der Defekt